# 迷失之鸟

李伦 著

陕西新华出版传媒集团
太白文艺出版社·西安

图书在版编目（CIP）数据

迷失之鸟 / 李伦著. -- 2版. -- 西安 : 太白文艺出版社, 2022.1
ISBN 978-7-5513-1834-1

Ⅰ. ①迷… Ⅱ. ①李… Ⅲ. ①长篇小说－中国－当代
Ⅳ. ①I247.5

中国版本图书馆CIP数据核字(2021)第273329号

迷失之鸟

MISHI ZHI NIAO

| | |
|---|---|
| 作　者 | 李　伦 |
| 责任编辑 | 刘　涛　林　兰 |
| 封面设计 | 郑江迪 |
| 版式设计 | 建明文化 |
| 出版发行 | 陕西新华出版传媒集团<br>太白文艺出版社 |
| 经　销 | 新华书店 |
| 印　刷 | 陕西金德佳印务有限公司 |
| 开　本 | 787mm × 1092mm　1/16 |
| 字　数 | 490千字 |
| 印　张 | 29.5 |
| 版　次 | 2017年11月第1版<br>2022年1月第2版 |
| 印　次 | 2022年1月第1次印刷 |
| 书　号 | ISBN 978-7-5513-1834-1 |
| 定　价 | 75.00元 |


联系电话：029-81206800
出版社地址：西安市曲江新区登高路1388号（邮编：710061）
营销中心电话：029-87277748　029-87217872

人生的道路虽然漫长，但紧要处常常只有几步，特别是当人年轻的时候。

——柳青

人生，处处地方都有毒蛇在引诱我们。

——马克·吐温

# 一

李小叶突然听见一阵警车的鸣叫声，她下意识地站住脚步，心里一阵莫名的狂跳。那警笛发出的声音直往胸口上撞，就像寒冬的半夜里有人要破门而入。

嘀呜——嘀呜——嘀呜——

跟往日一样，李小叶应该早早把女儿欢欢送到市区的阳光幼儿园，然后去保险公司上班，可是最近夜里一直都睡不好觉，起床晚而耽误了时间。

她拉着女儿的手匆匆走出简陋的出租屋，关好门，走下光线昏暗狭窄的楼梯，然后来到楼下。见到小院子里一早起来就收拾东西的房东嫂子，问一声好，就快步朝着外面的巷口走去，前面的路逐渐光亮起来。这时候，这个位于城市边缘的城中村开始苏醒，早起往城里赶上班的租房客、上学的孩子，以及村里的居民、路边的摊贩、蹬三轮车的都忙活了起来。巷道里夹杂着食物、污水、煤烟等各种混合难闻的气味，也交织着各种声音，喊嗓子的、逗鸟叫的、小摊通炉子的、骑自行车按铃的……

一天的日子就这样拉开了序幕。

李小叶就是走到巷口时听到警笛鸣叫的声音的，她感到有一种不祥的预兆，下意识地停住了脚步。女儿抬起头来看着她，小声地问，妈妈，你怎么啦？我今天要迟到了。

李小叶好像没有听见女儿说什么，依旧站在原地，仿佛是自言自语，说好像听见有警车的声音。女儿看了看马路上奔跑的车辆，对她说，妈妈，不是警车，是救护车，你看——女儿用手朝不远处一指。

顺着女儿手指的方向，李小叶果然看见一辆白色有红十字标识的救护车，鸣叫着在马路中的车流里快速穿行。她神情恍惚地松了一口气，但狂跳的心还没有平息下来。她看了看手表，现在是早晨七点，到市区的幼儿园还来得及。她俯下身亲亲孩子的脸蛋，笑笑说，欢欢说得对，是救护车，真的是救护车。走，我们打的去好不好？

好。女儿开心地笑了。

一个男人的声音突然在耳边响起，女子，你看好路，走好——

李小叶猛一抬头，是一个经常能碰见的城市盲人站在跟前。这是一个五十多岁的中年男人，这人很有意思，每天早晚从城中村的石头牌坊前走过。早晨穿一身传统中式服装，手里拿着一根破旧竹棍，仰头朝天，瞪着眼睛，不停地点着地面前行，一路不跟任何人说话，行人见了他也早早地避开。每次到了石头牌坊前总要问一个村里练武的人前面有路吗，那练武的人说，有，端走。

盲人就重复一句，好，端走！

到了晚上天黑了，盲人却换了另外的装束，穿着笔挺的西装，打上领带，戴一副漆黑的墨镜，手里没有了那根破旧竹棍，却闭着眼睛大步前行，若入无人之境，一路居然不会碰上行人、电杆或路边其他物体，装扮非常夸张，行为很是怪异。有人说他是盲人，也有人说他是行为艺术家，还有人说他是个神经病。

奇怪的是有一段时间，李小叶每天早晨出门或者晚上下班回来，几乎都能碰到这个神秘的城市盲人。如果她先走到村口石头牌坊前，他会主动停下来，等她走过去后他再往前去，好像他知道她是谁似的，并且掌握了她的生活规律。李小叶认为他或许是住在附近的人，就感到有些害怕。问房东嫂子和其他邻居，附近有没有这个人，都回答说没有。房东嫂子说，别害怕，那是一个迷了路的人，城市里像这样的人不少。

城市里还有这样的人？真是大千世界，无奇不有。李小叶相信房东嫂子说的话。时间一久，果然没有发生什么异常的事情，她的心里也就坦然了。心想，这不过是一个行为有些特别和怪异的人罢了。久之，也就见怪不怪了。如果几天不见，反倒感觉好像一天的生活少了点什么。

李小叶让开路，笑笑对城市盲人说，谢谢，你也走好。

城市盲人用破旧竹棍点着路面往前走了。

女儿问，妈妈，这个叔叔是迷路了吗？

李小叶说，也许吧。

迷路的人，城市里真有这样的人吗？李小叶常常在心里问自己。如果有一天，自己也在这个城市迷路了，会是什么样子呢？

李小叶在路边拦下了一辆出租车，告诉了司机要去的目的地，然后带着女儿钻进车的后排。司机一边打开计价器，一边把车朝着城里的方向驶去，汽车广播里传出每天城市的早间新闻。

李小叶每天的生活就是这样开始的。平日起得早，就带着孩子坐公交车，时间晚了就打的，必须要保证女儿按时准点地到达幼儿园，不论刮风下雨，还是烈日炎炎，几乎从不间断。送完孩子，她还要赶到公司上班，成为最早进入公司大门的人。

现在是初春的季节，北方的春天总要来得晚一些，城市路边的树木才刚刚开始发绿，寒冷的空气里已经有了暖和的气息。这是一个平静普通的日子，这样的日子看上去波澜不惊，但实际上却有着许许多多人们看不见的变化，看似平平常常的世界，却不知有多少事情正在发生。就像没有风的海面，不等于水下没有隐藏着汹涌的波涛。

李小叶看着车窗外移动的城市建筑和匆忙赶路上班的行人，这一切现在都十分熟悉。时光过得真快，正如有句话说的，如白驹过隙。

李小叶来到省城，转眼已经有好几年了。这几年她几乎跑遍了这座城市的每个街道和角落，熟悉了城市的豪华酒店、高档会所，也熟悉了平民超市、普通批发市场及各处天桥地摊。她还认识了城市里许许多多各式各样的人物，从城中村的普通老百姓，到商业写字楼里的企业家、银行家和投资家，甚至市政府办公大楼里的官员。

离婚后，她从康南山区的一个茶乡小镇，来到省城这座古老又繁华现代的大都市，完成了一个乡下人到城里人的转变。不仅如此，她的人生轨迹更是在这短短的几年时间里，发生了快速的、意想不到的变化。她对自己说，今天的李小叶已经不是几年前的她了，她追求的成功人生的目标正在一步步实现。

出租车的广播里正在播出一个行医诈骗的新闻，说是郊区某县近日发生了一件事情，一个外地来的老中医，用祖传的方子给人治病，结果几天后治死了两个人，还有几十个人出现了症状，被送进了医院抢救。花了钱连命都差点不保，警方已经介入调查。记者提醒市民，不要轻信外面的江湖郎中，他们冒充神医，有病还是赶紧去医院治疗。

出租车司机是个话多的年轻小伙子，感慨地说，现在的骗子真是太可恶了，人命关天的事也敢骗。

李小叶出于礼貌应了一声，说，是啊，大家出门都要当心，要擦亮眼睛。

小伙子从后视镜里看了李小叶一眼，一下打开了话匣子，说，擦亮眼睛有啥用？防不胜防，现在的骗子能叫你认出来，那就不叫骗子。

出租车司机大都天生就是会聊天的人，他们会察言观色，客人一上车，只要一开口，看一眼，就知道大概是什么样的人，做什么事的，猜个八九不离十。这跟他们天天接触社会上各种职业的人有关。小伙子一看李小叶，穿着一身青蓝色的职业装，里面是白衬衣，短裙刚过膝，手里拎着黑皮包，一看就是在写字楼里上班的人。这些人被称为职场白领，尤其女性，她们精明能干、风风火火、衣着得体、谈吐有度，属于社会成功人士一类。何况，李小叶还很年轻漂亮，一张白皙清秀的脸，一双明亮乌黑的眼睛，透出一种成熟和亲切，很容易与人拉近距离。唯一看不明白的是，这样的女人应该住在城市的高档小区里，可为何却是从城南城中村的出租屋里走出来的呢？出租车司机感觉不懂。

李小叶接上小伙子的话说，其实，很多人也是自己愿意上当受骗。

小伙子点头赞成李小叶的说法，说受骗的人大都喜欢占小便宜，结果吃了大亏。他说自己也被骗过，还是被坐出租车的乘客骗的。那客人说自己的钱包丢了，里面除了有几千块现金外，还有银行卡和一张几十万的存款单，当然身份证也在里面。现要赶着去派出所报案，身上只有一枚金戒指，只好抵打的费了。他说，这怎么行，一枚金戒指少说也要几千块钱，多的要上万块。客人说，要不就先押在他那里，报案后等家里人送钱来再取回。他说自己还要拉客人呢。客人说，要不就用金戒指跟他随便抵换点钱算了，问他有多少现钱。他把钱从口袋里翻出来一数，说只有七百多。客人想想说，七百就七百吧，吃点亏不算啥，只要追回他的钱包就好。说着，就把手上的金戒指取下来给他。他把金戒指掂了掂，挺沉的，心里一阵乱跳，就把七百块钱整数给了客人，说声谢谢啊。

客人在派出所门口一下车，他就赶紧把车开走了，心想，今天赚大发了，七百块钱换了一枚上万块钱的金戒指！他乐得赶紧把车开到街上的一家金店前，请里面的师傅看看到底值多少钱。没想到金店的师傅看后说，这金戒指是假的，不是真黄金，而是一种镀的化学金，不值钱。他当时差点没气得晕过去，马上火燎燎地赶回客人下车的派出所，打听刚才丢了钱包来报警的客人。警察说，哪有什么报警的人，他一下就蒙了，明白被人骗了，这一天的活算是白跑了。他气得真想开着车往电线杆上撞。妈的，骗子，骗子！

小伙子叹口气继续说，其实自己这点小钱被骗也算不了啥，他家的一个亲戚才叫惨。亲戚是个下岗工人，听朋友说有一项投资很赚钱，是在沙漠里搞一个现代化的高科技项目，一年回本，两年翻番，三年红利飙升。这个项目有政府批文和银行担保，已经在沙漠里动工。他家亲戚看了朋友拿来的规划图纸、批文复印件和项目现场照片，就动了心，回家后把家里人一生省吃俭用积蓄下来的二十多万元，全部投资到沙漠里的高科技项目。结果一年后一分钱也没有拿到，投资的二十多万也全部打了水漂，被沙漠吸得干干净净。他的亲戚赶紧报案，没想到朋友与所谓的项目开发人，早就勾结在一起卷钱跑了，至今还没有下落。他家亲戚气得差点跳楼，一急之下浑身抽搐，现在还病躺在床上。

唉，现在的人，到底都咋啦？小伙子一边说，一边摇头，大为感叹，愤愤不平。

李小叶没有说话，她的耳边仿佛又响起了早晨出门时听见的那一阵警笛鸣叫声。她的心里又突突地跳起来，如敲鼓一般……

城里的阳光幼儿园终于到了，出租车司机还在不停地唠叨。李小叶付了钱和女儿下车，向幼儿园的大门口走去。送孩子的家长早已经到来，很多小车停在幼儿园前面的路边。

这所幼儿园是市政府机关幼儿园，从师资力量到环境设施，各方面条件都比较好，里面大都是政府公务员和社会上成功人士的孩子。李小叶把女儿送到这里来，当然是找了关系花了钱的，让她从小就接触有背景、富裕家庭的孩子，为的就是不让女儿输在起跑线上。同时，在这里自己还可以认识许多孩子的家长，他们都是有权、有钱或有地位的人，对于自己拓展保险业务也是有好处的。

这里是优质资源的聚集地。

李小叶刚到幼儿园门口，一个男人已经在等着她了。这个男人叫方明亮，在城市规划局工作，是一个园林工程师。妻子几年前与他离了婚，跟一个男人去了美国，现在他单身一人，带着一个叫小涛的男孩，跟李小叶的女儿在幼儿园的同一个班里。

李小叶跟方明亮是在接孩子的时候认识的，大概有离婚的共同经历吧，他们一天天走近。现在不仅是认识，而且已经有了一层亲近的关系了。

方明亮老远就向她招手。他的儿子小涛先跑过来，叫了她一声阿姨，然后就问欢欢怎么来晚啦，说他和爸爸在这里等了好久了。欢欢说，是妈妈起床晚了。李小叶不好意思地看了看方明亮，用手拂了一下额前的头发，说，这孩子一点不给妈妈面子。方明亮说，还不晚，赶紧叫孩子们进去吃早饭吧。李小叶点点头。两个孩子向大人说声拜拜，就向幼儿园大门里跑去。跑了一半，女儿忽然回过头来问，妈妈，今天放学你来接我吗？

李小叶笑着说，当然，宝贝。

两个孩子高兴地拉着手，一起走进了幼儿园教室。

孩子们一走，方明亮从身后拿出一个提袋递给李小叶，里面的塑料保鲜盒里装有油条、鸡蛋和豆浆。他说，估计你没有吃早饭，趁热吃了吧。

李小叶心里一阵温暖。

自从他们认识后，方明亮给她买早饭这样的事情是经常有的，有时候她下班晚了，他还帮忙接女儿，一直等着她从公司下班赶来。接了孩子，他们就一起到幼儿园对面的一家炸鸡店给孩子买吃的喝的，他们就坐在一起聊天。女儿过生日，方明亮会买来蛋糕和礼物，还带她去看动画片电影，女儿很是开心。李小叶忙得顾不上家，凡是有了体力活儿，方明亮就跑来帮忙，拎米提面搬东西，通下水管道，啥都干。房东嫂子开玩笑说，你们像是一家人呢。

方明亮对她的喜欢虽然没有直接说出来，但他的眼神和为她所做的一切是明明白白的，显而易见的。然而，李小叶却在犹豫，她内心里的那道伤痕还没有抚平。

方明亮不像许多北方男人那样长得粗壮结实，而是高高瘦瘦的，有一些文气。他的性格沉稳内向，不爱多说话，只是用行动来表达自己的感情，也比较会体贴人，是一个内心成熟的男人。

李小叶喜欢这种气质的男人。

可是，自从第一次婚姻失败后，李小叶在心理上对男人就有一种戒备和防范，怕再一次被伤害。除了工作和业务的关系，她不愿意跟男人私下接触，更不愿意谈及个人感情的事情。现在的人都变复杂了，至于方明亮，能否走下去要看缘分。

李小叶接过袋子，要赶到公司去上班。方明亮要开车送她，她说，不用了，自己打车到公司去。因为时间紧张，方明亮也要赶到单位去，他们就这样分手离开了阳光幼儿园的门口。谁也想不到这个普通平静的日子会发生什么事情。

李小叶走到马路边，看见刚才送她的那辆出租车还停在路边，司机小伙子正忙着用毛巾擦车，就问他怎么还没有走，小伙子开玩笑说，姐，我在等你呢。李小叶说，那好，我就再坐你的车吧。小伙子高兴地说，咱们有缘分啊。李小叶说，是啊，缘分。

李小叶上车后，小伙子问她去哪，她说去经济开发区。小伙子问，是在那里上班吗？李小叶没有回答。小伙子开着车一路前行，忍不住又问，姐，你娃上这么好的幼儿园，你又在开发区上班，你是做啥的，咋会住在城中村的出租屋呢？李小叶脸上有些不悦，说，开你的车，问这么多干啥，你是公安局查户口的呀，累不累？小伙子瞟了一眼后视镜，拍一下自己的嘴巴，赶紧解释说，姐，不好意思，我只是好奇，没有别的意思。

李小叶看着小伙子的傻样，脸上又笑了，说，你还真是个爱操心的人。

司机小伙子挠挠头，感到有些尴尬。没想到今天多嘴遇到了一个厉害的女子，赶紧握好方向盘，把新闻频道换为轻松的音乐，自己再不说话了。现在正是城里上班的高峰时间，开往经济开发区的车很多，从市区到二环一路上都是车流，到了红绿灯路口，车就堵成了一片。

出租车在车流里鱼一般地穿行……

经济开发区的永久保险公司，正在酝酿一场严重的风险危机。

一大早，公司的大门还没有打开，就来了十几个人在门口，三三两两在一起，神情非常怪异。门卫赶紧给经理贺大虎打手机，说，有一些形迹可疑的人来到公司门口，好像是要出什么情况。开车在半路上的贺大虎在电话里叮嘱，千万不要跟他们发生冲突，他马上就到。这时候，正是早晨的七点钟，公司要到八点半才上班，开门之前还要召开晨会，通报销售业绩，开展竞赛激励，宣扬企业文化，等等。做好了营业前的一切准备，然后才开门营业，迎接客户。一般情况下，公司是没有这么早来客户的，这么早就来客户，说明一定是出现了异常情况。

永久保险公司是一家人寿保险公司，在全国及省里各市区县都有分支机构，开发区公司就是市公司下属的一个业务销售单位，主要经营人身保险业务。

金融保险业，中华人民共和国成立初期国家也有，但规模很小，因实行计划经济很快就停办了，直到改革开放后才重新恢复，并快速发展起来。以前只听说国外才有这个行业，没想到一搞市场经济，保险公司很快就遍布全国，老百姓都知道了保险这个词。这几年，随着国家加快经济建设的步伐，位于大西北重镇的省城保险业也迅猛发展，短短几年时间，各类保险公司、保险经纪公司就如雨后春笋般钻出来，发展到几十家。而永久保险公司就是其中的一棵成长迅速的大笋，吸引着人们的目光。

由于地处经济和科技发展的前沿，开发区公司得天独厚，具有先行发展的优势，几年里保险业务越做越大，成为省城行业内的一面旗帜和明星。当初，上面把公司设立在开发区，就是看中了这里未来发展的前景，看中了这里潜在的巨大资源。距公司前面不远处，可以看见开发区管委会，它的身后是科技产业园区，有着大大小小几百个现代化企业、跨国公司和高新科技产业。而在公司的后面，是一所所科研院校，一个个高端商业住宅小区，一栋栋高楼大厦。中心道路的两边，是大型的豪华商场、电影院、超市、通信公司，还有各种高档酒店、咖啡店、美容店、美食店……琳琅满目，令人眼花缭乱。

这是一块难得的风水宝地。

当经理贺大虎开车赶到公司时，员工们已经陆陆续续地来了，通过工作通道进入公司大楼。贺大虎把车停到一边，大步向门口走去，果然看见有一小群人蹲在门外一边，透过公司大门的玻璃，看看里面又转头向外面的路上张望，好像在等待着什么人似的。

两个门卫站立着坚守在门口。

贺大虎是一个成熟而又有经验的人，在保险公司已经干了整整十个年头了。以前他在银行工作，后来国内保险业恢复，他看到了机会，就走进了保险这个新兴行业，或者叫作“朝阳行业”。贺大虎头脑聪明，事业心强，吃苦肯干，而且办事灵活，上下关系也处理得很好，方方面面对他都有不错的评价。他从一个小小的业务员做起，然后当上了主管，走上公司经理的位置，现在已经成为市公司领导班子的后备干部，只等上级公司派人来考察，很快就会得到提拔。现在，如果公司一旦出现什么问题，他的升职肯定受到影响，他必须防止这样的事情发生。

贺大虎先把门卫叫过来，简要地问了问情况，然后走到那一小群人跟前，态度热情地问他们，是不是来办理保险业务的，公司现在还没有到开门营业的时间呢。那几个人啥话也不说，也不理睬他，蹲在原地依然不动。贺大虎感到不理解，一脸茫然。

开发区公司是贺大虎一手打造起来的，经营的每一个环节他都十分清楚，甚至大部分的客户他也都熟悉。可是这一小群人，他一个都不认识。他们到底是来干啥的？是来咨询购买保险，还是买了保险不满意想退保，或许是遇到理赔问题需要解决？他不得而知，感到有些摸不着头脑。这些年，随着业务量的增大，也伴随着激烈的市场竞争，公司和客户发生矛盾的频率也在不断增加，而且呈上升的趋势。保险条款烦琐、服务不到位、投保容易理赔难，成了老百姓怨声载道的话题，有的话说得很难听，直接骂保险公司是骗子公司。贺大虎处理过大大小小的矛盾纠纷，但今天这种情形，他还是头一次遇到。

正在这时，又有一群人从马路对面过来了，走到公司的门口与先前的一小群人会合，依然是啥话也不说，蹲在了公司的门口。路过的行人也开始围观过来。贺大虎感觉事情有些蹊跷，这么多人来到公司门口，聚成一团，不知道要做什么事情。这样会使围观的人越来越多，造成不好的影响。公司毕竟是金融单位，莫名其妙来一群人堵在公司门口，还以为是出了啥事情呢。

贺大虎赶紧把保安叫过来，小声交代了几句，要所有值班的保安人员都出来，加强大门和营业厅里的警戒安全。保安赶紧叫人去了。这时，副经理马红艳跑过来，问贺大虎发生了什么事情，贺大虎说，他也不清楚，叫她赶紧到大厅里面，让每一个工作人员坚守岗位，做好一切应急防范工作。

贺大虎带着一名保安，再一次来到门前的那些人面前，清了清嗓子，大声地说，各位朋友大家好，我是这里的负责人，叫贺大虎，如果你们是来办理保险业务的，就依次排好队，不要围堵在门口；如果不是办理保险业务，就请你们尽快离开！

这些人没有回答，也没有动，完全没有把他放在眼里。这时候，陆陆续续又有一些人到来，纷纷拥向公司的门口，与先前来的人会合在一起，同样是啥也不说，只是围堵在门口，好像等待着什么人的到来。这情形就像是天空中的乌云在不断地聚集，只要闪电一出现，立刻就会有一场暴风雨袭来。

贺大虎有些慌了。

终于，人群里有人喊了一声，来啦！只见几辆面包车和三轮车飞快地开了过来，停在公司大门前的马路边，从车上跳下十几个人，一边走一边拉开了两条长十几米的白布横幅，上面用大黑字醒目地写着：保险公司骗了我们的血汗钱！我们要见李小叶！领头的是两个中年男人，一个戴眼镜，另一个戴黑布帽子。原先来的人见到这两个人，立刻站起来发出了呼喊声。

贺大虎一下蒙了，这到底发生什么事啦？

贺大虎和马红艳赶紧带着公司人员和保安，紧紧地守在公司大门口。眼前不一会儿就聚集了上百人，黑压压的一片，分不清是客户，还是其他什么人，也不知道后面还会来多少。贺大虎的心一下紧张地悬了起来。他站在门口大声喊道，你们到底是干什么的？有啥事情可以派代表说出来商量解决，请不要聚集在这里，影响我们公司的正常营业。

领头的两个中年男人，挥手让聚集的人群静下来。戴眼镜的看了看贺大虎和马红艳，问，你们是公司的领导？贺大虎说，是的，你们有什么事情，咱们坐下来谈，不必叫这么多人堵在公司的门口。戴眼镜的男人说，我们要找李小叶，要她还我们的血汗钱。她骗了我们，你们保险公司骗了我们。戴黑布帽子的男人也跟着说，我们来不为别的，一句话，就是要她还钱！

还钱、还钱、还钱！门口的人响起一片呼喊声。

贺大虎有些慌神，忙说，你们在这里喊闹没有用，到底是啥事，说出来才能够解决问题。

戴眼镜的男人说，叫李小叶出来，让她来给你们说。

戴黑布帽子的男人说，她骗了我们，你们保险公司要给我们一个交代。

后面的人跟着呼喊，叫她出来，出来！

贺大虎赶紧问马红艳，李小叶来了没有？马红艳说，还没有见到。贺大虎脸黑了下来，喊道，赶紧去找。马红艳犹豫了一下，转身跑步离开了。

李小叶是公司优秀的保险营销员，而且还是销售经理，曾经被评为省市公司的先进个人，出席过全国的营销精英表彰大会，是行业里闻名的销售明星。她的客户是公司里最多的，客户对她的口碑也是最好的，怎么可能会跑到公司里来找她闹事啊，这到底发生了什么事情？

贺大虎脑子开始乱了，像着了一团火。他要自己尽快地冷静下来，做出正确的判断，不然事情就会越来越大，最后不可收拾。现在最要紧的是赶快问明情况，平息眼前的风波，不要把事情闹大。可是，李小叶到现在还没有到公司，这是不应该的。平日她早就提前到了，每天的晨会她必定是要参加的，而且还要负责通报她的团队业绩情况。

贺大虎只好再次问戴眼镜和戴黑布帽子的两个中年男人，他们在李小叶那里到底买了什么保险，为啥说是保险公司骗了他们？并且保证说，只要他们是公司的保户，投保了公司的保险产品，公司就一定会负责任的。

两个男人相互看了看，回答说，他们在李小叶那里买的是一款叫作“财富年年红”的保险理财产品，保险公司每年都要分红的。时间早就到期了，可是到现在还没给他们分红。李小叶先说是分配预算没出来，保险公司分红推后了，后来又说什么公司电脑系统进行升级，还要等一段时间。

贺大虎一听就感到不对，公司就没有“财富年年红”的保险理财产品。于是就问他们有没有保险凭证，话音刚落，面前黑压压举起了一片树杈一样的手，纷纷从口袋里掏出“保险凭证”，有公司保险合同书，有发票收据，还有的居然是白条子。这些东西像树叶一样在眼前摇晃。

贺大虎一看就傻眼了，脸上开始冒冷汗。

公司里明明就没有这一款保险理财产品，可是为什么这么多客户手里竟然有公司的合同单证呢？他不敢相信眼前的东西，这些合同单证不知是真是假，这么多人聚集在一起，要求退还保险金，这里面肯定有问题。李小叶有近千个客户，要是都是这种情况，那还了得！他忽然想起来，前几天马红艳告诉他，最近陆续有一些人前来公司打听高额分红保险理财产品的事情，柜台的人员回答说公司目前没有销售这种产品，那些人就匆匆地走了。贺大虎听了马红艳的报告，虽然感到有些奇怪，但并没有引起警觉。现在出现这一幕，他才明白幕后早已有了动静。

一种不祥的预感闪过脑际。

贺大虎说，你们排好队，拿好手上的凭据，一个一个进入营业大厅，我们要进行登记确认。如果是属实的，就给你们办理相关业务。

戴眼镜的男人说，不，我们要见李小叶。

戴黑布帽子的男人也说，对，我们要她亲自来给我们办理。

闹事的人群喊起来，我们要见李小叶，要见李小叶！人群中甚至有人高喊，李小叶不来，我们就堵在保险公司门口！

对，把门口堵了！

人群顿时骚动起来。

贺大虎感觉一场地震就要爆发了。他的脸变得铁青，一股冰凉的东西从脑后一直滑到脊梁上。他打了一个寒战。这时，马红艳跑了过来，把他拉到一边，小声告诉他李小叶没有来，电话也打不通。贺大虎说，赶紧派人去家里找。马红艳紧张地说，贺经理，要不我们报警吧，不然要出事情了。贺大虎吸了一口气，镇定地说，等一下，我再想想。他的心里已经开始乱了。这是从来没有过的现象呀，李小叶到底怎么啦？来了这么多客户闹事，她却关机不知在哪里，到底出了什么事情啊？我的老娘啊！贺大虎急得快要哭了。

马红艳在一边催促他，快报警吧，这些人堵在门口怎么办公啊？万一拖久了控制不住冲进营业大厅，事情就难以收拾啦。

贺大虎当然知道眼前事情的严重性，然而一报警，事情就弄大了，不仅涉及李小叶，还关系到公司声誉，自然也会影响到他。可是不报警，如果真闹出了事情，耽误了及时处理，引起连锁反应，出现像银行那样的挤兑风波，公司就会受到更大的损失；而且这些闹事的人一旦与公司门卫发生冲突打起来，事情就更难收拾了。

贺大虎犹豫不决。

这时，又有一些不明身份的人来了，加入到闹事的人群中，围观的人也越来越多，连公路上的车辆也被堵得难以行驶，不停地按响喇叭，发出刺耳的声音。人群外，还有人用录像机在录像，好像是电视台的记者。

马红艳焦急地说，贺经理，赶快决定吧！

贺大虎一看这事态，完了。他叹口气说，好吧，你去报警，我向公司领导报告情况。

李小叶坐着出租车快到公司的时候，正好看见了公司门口发生的那惊心动魄的一幕。

她看见一大群人围住了公司的大门，还看见带头闹事的两个中年男人。那个戴眼镜的叫谢长安，是长安文化传媒公司的老板；那个戴黑布帽子的是东郊白河村的村主任贾兴旺。其他的人大都是街道小区里退休的老头老太和东郊白河村的村民，这些人都是她的客户。

她万万没想到这些人会聚集起来，跑到公司来找她，要讨还投资保险理财的钱款。她甚至还看到了经理贺大虎和副经理马红艳，他们一脸焦急不安的神情。她身子不由自主地向后一靠，脑子里轰的一声就像汽油桶着了火，噼里啪啦地燃烧起来。瞬间，烧成了一片真空。

开出租车的小伙子放慢车速，说，姐，前面好像闹事呢，有点堵车，不知又发生啥坑害老百姓的事了。

李小叶猛地清醒过来，心跳立刻加速，心脏直往嗓子眼蹦，她慌乱地拍打着出租车隔栏，失态地对小伙子喊道，赶紧掉头！

她快速地关掉自己的手机。

小伙子不解地问，姐，你怎么啦，你不是要急着去公司吗？李小叶撒谎说，我早晨忘了拿办公室钥匙了，要马上回家一趟。小伙子摇摇头，嘴里嘟囔道，真是麻烦，我一会儿还有事情呢。李小叶说，我给你加倍的钱，好不好？你给我掉头开快点。小伙子说，好吧，谁叫我今天碰上姐呢。

出租车经过公司大楼门口，在一个十字路口朝左边一转，向南郊的方向飞快地驶去。

一路上，李小叶心里慌乱紧张，犹如惊弓之鸟。她意识到发生了什么，她想起早晨出门时在巷口听见的那一阵警笛的鸣叫声，现在想想这不是偶然，而是一种预兆。李小叶不迷信，但她心里已经有了预感，觉得迟早要出事情，只是没想到会出得这么快。

的确，最近她销售的“财富年年红”保险理财出了问题，投资出去的资金收不回来，客户天天打电话催她要钱。这几日她一直睡不好，失眠、心慌、多梦，担心那些客户半夜来敲门，或者一大早堵在家门口。她向他们承诺，钱一定会给你们的，区区几百万对于保险公司来说，只是小菜一碟。公司今年的分红推迟了，财务管理系统又要升级，等一切都好了，会一分不少地给大家。去年的分红不是都有吗？你们再耐心等一等。

李小叶知道自己是在向客户撒谎，这个谎就像肥皂泡沫维持不了多长时间。她担心的不是眼下的这几百万，而是投出去的那一笔笔巨大的资金，那会形成一个无底的黑洞，将她葬身在其中。因此，她要拖时间尽力解决出现的风险问题。然而，没想到客户们居然翻脸不认人，一起跑到公司去闹事，这就像一根点燃的导火索，将引发更大的事情——公司很快就会发现问题，并将对她进行调查。

李小叶感到脸上寒风飕飕。这回这个坎有点难迈过去。现在公司不能去了，甚至家也不能待了，闹事的客户和公司的人都会找她。她必须马上离开省城。但是，她现在要赶回家去，处理一件十分重要的事情。

出租车再次回到南郊城中村的村口，李小叶扔给司机小伙子一百块钱，然后匆匆下车，直接朝巷子里奔去。她快步跑进出租屋小院，飞快地上楼。

房东嫂子从屋里出来看了她一眼，不知她为啥又回来了。

进入家里，关上房门，李小叶从柜子旁拉出一个出差用的小行李箱，然后趴在床下拖出一个纸箱，从里面取出一个塑料包，还有一捆用报纸包着的钱。

塑料包里的东西直接与她的命运相关，是马上把它烧毁呢，还是把它暂时转移到别的地方？如果销毁，她就没法要回投资的巨款，也不能重新滚动新的资金，客户闹事的风波就平息不了。如果不烧毁，一旦被公司或警方发现，一切就完了，几年来的奋斗和努力就会前功尽弃。她可能会被公司开除，也有可能会锒铛入狱失去自由，从此在铁窗里度日。

她犹豫着，心里就像有两个人在打架。一个说销毁，一个说不销毁，最终还是不销毁的人占了上风。毕竟现在还有时间可以想办法挽回局面，公司不一定这么快发现问题，调查也还需要时间。只要自己尽快采取补救措施，事情就会很快得到解决。于是，她决定把这包东西转移到一个谁也不知道的地方。她把塑料包快速地塞进行李箱里。

报纸里包着的一捆钱有二十万，其中十万是用来还债的，是前夫朱大军欠下的赌债；另外十万是防备万一，有急需时怕银行取不出来，作为机动资金。她为随时可能出现的风险，早已做好了准备。放好钱，她又掀开枕头，翻出藏在里面的银行卡和证件之类的东西，接着从柜子里拿了几件平日换洗的衣服和洗漱用具，几分钟时间收拾完毕。她知道，在屋里停留的时间不能太久，很快就会有人找上门来。

李小叶提上行李箱，挎上小包，就要走出家门。她回头环视了一下这个简陋的屋子，心里顿时涌起一股说不出的滋味。在这个城市第一次租房就一直住在这里，虽然城中村的环境不好，巷道脏乱，空气霉臭，房屋里光线昏暗，屋里家具也很破旧简单，可是她和女儿在这里度过了一个又一个难忘的日子。这里有她的孤独，有她的痛苦，有她的迷茫，也有她的快乐和梦想。现在她要离开这个小屋了，不知道还能不能够回来。

墙上挂着一幅小油画，画面上是她站在家乡的茶山篱笆前，眺望着远处。这是方明亮画了送给她的，她十分喜欢。画面上的她，穿着一身淡色的素裙，眼睛里带着迷茫、期待和憧憬。当她的目光与画面上她的目光相遇的一瞬间，她心里不禁猛地抖动了一下。她感到心里一阵疼痛。

她赶紧把脸转了过去。

李小叶锁好门下了楼，正好碰上房东嫂子在下面晾晒衣服，问她，怎么刚去上班又回来了？她说，一到公司就通知她去外地出差。房东嫂子问，欢欢咋办？李小叶说，没事，有我姨妈呢。说着，想起什么，从身上的小包里掏出五百块钱，塞到房东嫂子的手里。房东嫂子半推着说，你这是干吗，不是刚把今年的房租费都交过了吗，又给钱做啥？李小叶说，这是给你娃的，我看他脚上的胶鞋都破了，你去给他买双鞋子吧。房东嫂子感动地接过钱，说这咋个好呢。李小叶说，你就收下吧。

李小叶叮嘱房东嫂子，如果近日有人来找她，不管是什么人，问她去哪里了，就说不知道。房东嫂子一边点头道，我懂我懂，一边赶紧把钱放进口袋里。李小叶急着赶路，就告别了房东嫂子，快步离开了出租屋小院。

李小叶立刻打车来到郊区离南湖边不远的一处高档小区。她拖着行李箱来到小区门口，刷卡进入大门，然后走到一栋花园洋房面前，再一次刷卡，进入一楼门厅，向右一拐就到了一个房门前——这是她未来的家。

李小叶用钥匙打开房门，快速进入屋里。房屋是精装修的，除了要买的电器和家具，一切俱有，所谓拎包就可以入住。然而，由于无人居住，屋里显得有些空落和寒冷，还有一些装修的气味。这是她刚买不久的房子，一个憧憬了好久的家。这套房子，目前谁也不知道，所有认识她的人，只知道她住在南郊城中村的出租屋。

李小叶抓紧时间从行李箱里取出塑料包，四处寻找藏匿的地方，最后进了主卧的卫生间，四下看了看，接着爬上落满灰尘的洗漱台，掀开一块吊顶板，把手里的塑料小包塞在里面的排水管道边藏起来。

藏好东西，李小叶匆忙离开房间。她在小区的门口，用门卫的座机给姨妈打了一个电话，说她要到外地出差，要姨妈下午到幼儿园帮忙接一下女儿，并带回家里去。李小叶刚到省城时，曾经在姨妈家住过，后来虽然搬出来了，但一有事情还是要求她帮忙。李小叶的姨父在市政府机关工作，姨妈早已经下岗，先开过小店，后来又利用熟人关系推销女人的化妆品。李小叶到省城后，发展很快，除了在保险公司工作，还有一个自己的小茶楼。有时忙不过来，就叫姨妈帮忙看管小茶楼，可她依然还在暗地里做着推销化妆品的生意。

姨妈在电话里有些不高兴，说茶楼里很忙，幼儿园放学的时间她分不开身。李小叶就让姨妈早晨送女儿去幼儿园，下午叫方明亮去接。姨妈没见过方明亮，说把孩子随便交给一个男人这怎么行，李小叶解释说，我不是随便交给他，我跟他认识都两年多了，放心吧。姨妈这才无话可说。

李小叶又拨通方明亮的手机，好一会儿里面才出现声音，问她，怎么用座机电话，李小叶说，手机没电了。接着，就把自己要到外地出差，要他帮忙到幼儿园接女儿的事情告诉他。方明亮一口答应，说，没问题，啥时候回来？李小叶说，七八天吧。方明亮说，这么长时间啊？李小叶说，是不是不乐意啊？方明亮赶紧解释说，不不不，我不是这个意思，我是……李小叶打断道，好了好了，不是这个意思就别啰嗦了。方明亮说，好吧，出去注意身体，穿好衣服，不要在外面乱吃东西，你的胃不好——李小叶啪地把电话挂了，嘴里说，婆婆妈妈的。可是不知为什么，心里却一阵难受，鼻子酸酸的。

把孩子的事情安排妥了，李小叶心里踏实了许多。她要赶紧离开省城，否则有可能就走不出去了。她在小区门口拦了一辆出租车，朝火车站方向驶去。李小叶已经想好了，决定先回到康城山区的老家去，观看事态的发展情况，等待客户闹事的风波过去以后再回来。越是在有风险的时候，自己的家越是最安全的。

出租车开到了火车站旁边一个外地车拉客的地方。与正规的长途汽车站相比，这地方比较杂乱，人员流动性大，公安和城管人员不爱管。她几年前从老家山区来省城时，就是坐私人大巴车在这里下的车。

李小叶看见一辆去康城的私人大巴车已经发动，一个家乡口音的卖票女人站在门口挥着小旗，扯开嗓子大声吆喝。车就要开了，还有几个人抱着大包小包的东西往车上挤。李小叶顾不了那么多，提着行李箱就冲了上去。刚一踏上大巴车踏板，车门就啪一声关上了，正好把她吞进车里。

门口的卖票女人把她的行李箱扔到司机座位的后面。李小叶一看，车里的座位已经填得满满的，过道上堆着行李，连一条缝儿都没有。女人看她一副不知所措的样子，就说，你就坐那盖儿上吧。女人用手指了指司机屁股旁边发动机盖的位置，然后扔了一个黑乎乎脏兮兮的破布垫子在上面。李小叶试着就坐了上去。卖票女人端起一个发黄的玻璃茶杯子，仰脖咕嘟咕嘟喝了两大口，喘口气，然后冲着开车的男司机吼了一声，开车——

开车的男司机马上顺从地开车了。

汽车轱辘一动，李小叶喘了一口气，一直绷紧的神经暂时松缓下来，她捂住胸口，感到心脏还在怦怦乱跳。她干脆闭上眼睛，脑子里立刻闪现出刚才在公司门口看到的场景，客户们在挥手呼喊，公司领导神色紧张，保安如临大敌，楼前一片混乱。现在不知有多少人在打她的手机，有多少人在四处寻找她？

一场未知的人生旅途就这样开始了……

# 二

市局的公安人员刘剑锋和叶梅开着警车来到经济开发区永久保险公司的大楼前，看见已经有附近的交警和110人员正在疏导交通秩序，驱散围观人群，并进入保险公司大楼维护安全，那些情绪激动的闹事客户暂时平静了下来。

这些闹事者到底是什么人，有多少是保险客户，现在还不清楚。这期间，一部分人看见警察来了，悄悄离开了现场。还有一些人继续滞留在门口，继续跟公司人员吵闹。大楼门口摆上了“今日暂停营业”的标牌，来公司办理业务的人只好选择改日再来。几个媒体记者想进入公司采访，被110警察挡在了门外。

刘剑锋和叶梅是早晨刚上班就得到通知的。王局告诉他们，开发区的永久保险公司发生了客户闹事的事情，可能涉及保险纠纷和资金问题，叫他们先去了解一下情况。刘剑锋其实不属于经侦处的人，而是刑侦队的干警，由于经侦处的头头带着人去忙活省里抓的一个专案去了，就把他从刑侦队临时抓来顶替。他曾经跟经侦处的人一起干过，参与了几个金融犯罪的案子。今天事情一出，接到报案，王局就把他叫到办公室，让带上经侦处新来的警校毕业生叶梅，去保险公司跑一趟。

刘剑锋开始以为，这也许只是一个普普通通的、行为有一些过激的保户集体投诉事件。现在群众对保险公司的理赔服务很有意见，是避免不了要发生矛盾冲突的，110一去，事态就会平息。保险公司按照保险合同，该解释的解释，该赔的就赔，别跟老百姓斤斤计较，老百姓不到万不得已，是不会找保险公司闹的。保险公司把事情处理好了，矛盾也就化解了。这样，他和叶梅也就没事了，然后拍拍屁股回局里交差，下班回家该干啥干啥去。他不希望有事情。可是，一到保险公司，看到的情况完全不是他想象的那样，事情就像是大海上露出的冰山一角，让刘剑锋感到震惊，又感到迷乱和复杂。

叶梅的想法跟刘剑锋不一样，她刚从警官大学毕业，到市局里工作不久，这还是第一次出警，平日都是在机关里做一些文案工作和打杂的活儿，或者是接待上级领导和外来客人，还没有直接在一线参与过案子的侦破。这次机会来了，她很兴奋，想在实践中显露身手，让那些说她是机关里的“花瓶”的人闭上嘴巴。她在警官大学学的就是金融犯罪专业，不能白学了，更不能让别人小瞧她。所以，一听说有情况，她的眼睛就立马发亮，一路小跑紧跟在刘剑锋的身后。

当刘剑锋和叶梅进入营业大厅时，公司经理贺大虎和副经理马红艳，正在向闻讯赶来的上级公司有关领导和110警官讲述事情发生的经过。刘剑锋和叶梅走上前去做了自我介绍。110警官说，你们来得正好，这事交给你们了。刚才我已经接到上级电话，这里发生的事情由市局经侦处接手调查，我们只负责安全和维持秩序，现在一切基本都正常了。刘剑锋握握他的手说，你们辛苦了。

刘剑锋和叶梅很快了解到事情的经过和主要问题。从目前掌握的情况看，当事人李小叶是公司的营销员，也是销售经理，编制不在体制内，属于个人代理人，不是公司的正式员工。闹事人群中大都是她的客户，什么人都有，在单位上班的、做生意的、下岗的、退休的，还有一些是城郊的农民。

从闹事者留下的合同单证和票据复印件来看，都像是公司的东西，但上面的业务和财务印章却难以辨别。还有一些白条子，直接写的就是钱款数目及李小叶的签名，更无法确认。初步统计，涉及保费金额达一千多万。这仅仅是闹事客户中的一部分，还有未登记的，还有未浮出水面的，也许是两千多万，三千多万，五千多万……天哪，这简直无法想象！刘剑锋的脑子里立刻绷紧了弦，叶梅也感到非常吃惊。

当然，这些东西还需要查阅公司的业务档案、投保人员名单，并与电脑上的有关数据进行统计比对，才能证实其真实性，才能知道具体涉及多少金额，但这需要一定的时间和相当大的工作量。

经理贺大虎哭丧着脸在原地不停地叹气，他的脑子里已经一团乱麻。虽然闹事基本平静了，但问题才刚刚冒头。树欲静而风不止。如果不把事情弄清楚，并且尽快地解决，别说他进市公司领导班子，就是他现在屁股坐的位置也许都很难保住。他做梦也没想到会发生这样的事情。

一切问题的焦点，都指向李小叶。

刘剑锋抬头看了看营业大厅墙上的光荣榜，上面有几排五英寸大的人头照片，就问上面有没有李小叶。贺大虎说，有，第一张就是。刘剑锋和叶梅把目光投过去。照片上的李小叶年轻漂亮，一张秀丽的脸庞，一双明亮的眼睛，一头乌黑的头发，身着深蓝色的职业工装，脖子上系一条红色的小纱巾，干练利索，阳光自信，露出微微的笑容。照片下面是她的先进事迹和业绩介绍，一看就是公司的先进人物。

贺大虎觉得，李小叶不可能出问题，她到公司几年来，从来没有出过什么差错，更没有客户投诉记录。大家都知道，她在公司里有三个最多：一是客户最多，二是保费最多，三是荣誉最多。这样一个一心一意扑在保险事业上的人，怎么可能出问题呢？

叶梅说，这不好说，犯罪是没有表面的先进和落后之分的。

刘剑锋没有说话，他在仔细观看那些客户留下的部分单证票据复印件，认为有些东西通过侦查技术，是可以检验出真伪的，但有的东西可能只有找到当事人，才能够说清楚了。他发现一个细节，就是李小叶的签名，一笔一画都写得十分工整。哪怕是一张白条子，内容可以写得潦草，但签名一定是规规矩矩的，带有一种女性的认真和执着。这说明她对自己的形象是比较注重的，做人做事一点都不马虎。

刘剑锋和叶梅又来到营销职场，走进李小叶的办公室。这是公司特地为她隔出来的一间十几平方米的小房子，这是对她的特殊奖励。因为她带有一个七八十人的团队，到年底也许就会成为公司的第一个“百人团队”。她带领着这么大一支队伍，应该有一个属于自己的办公室，这是公司决定的。

玻璃隔断的办公室虽然不大，但十分干净整洁，屋里摆放的一切井然有序，墙上除了挂着各种锦旗和奖状，还有一面镶在镜框里的激励口号，非常醒目，上面写着：

面对生活，如果你感到不如意，说明你的努力还不够，你需要对自己说——我要努力、努力、再努力，一定要实现自己人生的奋斗目标！

李小叶可能每天都要看着它，以它作为激励自己的人生座右铭。这样一个积极向上、充满阳光的人，很难与一个犯罪嫌疑人联系起来。

在桌子上的电脑旁边，刘剑锋看见了李小叶的又一张照片，是在一个精致的小相框里，是她和女儿的合影。跟光荣榜上的照片不同，这一张照片上她穿着一件红色的毛衣，抱着她可爱的女儿，脸上流露出当妈妈的那种幸福笑容。刘剑锋发现她的脖子上没有系小丝巾，在锁骨之间的颈窝处有一块指甲大的粉红胎记。

刘剑锋对贺大虎说，我想把这张照片暂时用一下。

贺大虎说，可以，可以。

刘剑锋从相框里取出照片，放进了自己的上衣口袋里。他问贺大虎，现在有李小叶的消息没有，贺大虎说，还没有，但已经派人去找了，还没有回电话，手机也一直打不通。刘剑锋说，要尽快找到她，才能知道事情是咋回事。他问贺大虎，知道她住的地方不，贺大虎说，知道，在城南的一个城中村出租屋，春节前我和公司的领导还带着人去慰问看望过她。

刘剑锋说，那我们马上去看看。

刘剑锋叫经理贺大虎立即锁好李小叶的办公室，保护好里面的电脑和所有物品，不得有任何人接触。接着，他直接给局里王局打电话，汇报了这里发生的情况，并准备到李小叶的家去看看，以防重要证据被嫌疑人转移或销毁。打完电话，他带着叶梅和贺大虎经理一起出了公司的大门，开上警车，火速前往南郊李小叶住的城中村出租屋。

他们一走，上级公司的有关领导也坐车迅速离开开发区公司，回去准备召开会议，研究开发区公司发生的事情和下一步的措施。他们也感到了问题的严重性和危害性，一个个脸上布满了乌云。

一场暴风雨就要来了！

警车在路上奔驰。

刘剑锋开着车，神情严峻。他凭着职业的敏感意识到，这很有可能是一个重大的金融保险犯罪案件，具体性质现在还不能确定，但涉及人员之多、金额之大，是本市和全省保险业里都没有出现过的。这种案件不仅关系到个人经济犯罪，还关系到老百姓的切身利益和社会稳定。

可是，自己要不要揽下这个事呢？他在接受任务时还向王局推辞过，说自己是搞刑事案件的，跑到经侦处来有点不合适，别人不知道还以为他想出点风头显摆什么的。再说，他确实不想跟经济金融的案子打交道，老是钱钱钱什么的，整天围着钱跑来跑去，时间长不说，枯燥乏味得一点意思都没有。而且搞金融的人智商都比他要高得多，跟他们打交道很是费脑筋，不如刑事案子真刀真枪、干脆利落。再加上给他派一个啥都不懂的新手，怎么开展工作啊？小丫头积极性倒是蛮高，模样也长得不错，可这有什么用，破案又不是选美。他跟王局说，赶快换一个人，要不他就回到自己的老窝去，不要种了别人的地，荒了自己的田。

王局把他臭骂一顿，说，什么你的地我的田，没有一点大局意识，像当过兵的人吗？少讲价钱，不许后退，保险公司这事就交给你了。刘剑锋还想说什么，王局吼道，走人！刘剑锋没招，只好先应承下来，谁叫王局是他在部队时的老领导呢，转业进公安局还是王局帮的忙呢。

叶梅看着黑着脸的刘剑锋，知道他对自己有看法。她来到局里后知道，刘剑锋是当兵出身，在部队时当过侦察连长，立过功，是个功臣。后来转业进了市公安局刑侦队，干了十几年了也没什么进步。据说还出过一次事，受到过处分。听说他过去爱喝酒，身上常背一个军用水壶，走哪带哪，里面装的都是酒，没事就抿一口。后来因为出了事受了处分，就再也没见他喝酒了，身上整天背的那只军用水壶也不见了。

他平日看上去大大咧咧的，没啥上进心，无案子时下了班就往家里跑，跟领导和同事很少往来。局里选拔干部，几乎很少有人投他的票。比他年轻的都提到科级处级的位置上了，他到现在还是一个普通刑警。他好像也不在乎，该干啥干啥，自得其乐。

他过去除了喝酒，还有一个爱好就是下象棋。据说局里没人是他的对手，只要见到象棋就着迷，下起来一脸的杀气，没事还跟街上路边电杆下的老头下，一下就到天黑，饭也不吃。老婆找他，一定是在棋摊上。

他不爱多说话，也不注重自己的仪容仪表，经常头发蓬乱胡子拉碴的，正经穿警服的时候不多，常常是一身油光光的皮衣出出进进，很少在办公室里待上几分钟。叶梅第一次碰见他的时候，还以为他是社会上的闲杂人员，把他拦在了办公楼的门口不让进，这成了局里的一个笑话。

搞刑事案件的人，性格个个都比较古怪。叶梅从刘剑锋身上已经看出来了。想起当时把他拦在办公楼外的情景，叶梅忍不住想笑。

刘剑锋转过头看了她一眼，摇摇头。

叶梅故意问道，大叔，王局刚才说啥了，有啥指示？

局里的年轻人都把刘剑锋叫大叔，他实在算得上是局里“大叔”级的老警察了。

刘剑锋说，没指示。

叶梅说，我看这个李小叶不是一般的人。

刘剑锋说，何以见得？

叶梅说，女人的直觉。

刘剑锋鼻子里哼了一声，摇摇头。

叶梅说，大叔，你是老同志，听说你办案很有经验，你得好好带带我啊。

刘剑锋说，美女，别给我戴高帽子，你搞清楚，我可是暂时给你们经侦处帮忙的，过两天咱就拍屁股走人。

叶梅说，这个案子，我看一两天完不了。

刘剑锋说，所以，给你们头儿说说，赶紧另派高明来。

叶梅说，我才不管呢。

保险公司的经理贺大虎开始介绍李小叶的有关情况，说她来自南部康城山区，几年前与丈夫离了婚，带着一岁多的女儿来到省城，父母还在农村老家。据说省城里还有一个亲戚，其他社会关系不大清楚。后来开发区公司招聘营销员，李小叶前来应聘，然后就留了下来。她很努力，进步很快，几年时间从一个普通营销员做到销售经理的位置上，而跟她一起应聘的人现在已经没剩下几个。这样的人不多，可谓凤毛麟角。

贺大虎情绪有些激动地问，像李小叶这样的人会做出犯罪的事情来吗？他感到难以置信。刘剑锋安慰道，贺经理，你也别急，事情出来了，总会有个结果的。贺大虎连连叹气。

南郊的城中村很快就到了。刘剑锋三人赶到李小叶的出租屋时，结果扑了个空。女房东在小院里告诉他们，李小叶拉着一个行李箱出去了，具体干啥去了不知道。叶梅又问了她几个问题，女房东都说不知道，神情有些紧张。刘剑锋只好上楼撬开了门锁，屋里简陋的情况令人感到惊讶，整个房间里除了床、柜、桌子等简单的生活家具，还有一台旧电视，就再也没有什么了。墙上有一幅小油画，画面中的女子很像照片上的李小叶。一扇窗户对着外面的天井，一道亮光投进屋来，拉下一道长长的暗影。没想到李小叶就是在这样一个环境里生活，而且在这里居住了几年，还带着一个年幼的女儿。在别人眼里，她可是在一家保险公司里工作的白领，衣着打扮和气质，怎么也与这破旧昏暗的出租屋不相匹配啊。

从出租屋里看到的情景，刘剑锋也不愿意相信这个贫困山区农家的女子会做出违法的事情。但法律是不会因为你门第高贵或出身贫寒而网开一面的，里面不能掺杂一丝一毫的个人情感和好恶。道德因素不是法律判断的依据。

叶梅打开了墙边的一个旧木衣柜。一般情况下，这是一个女人最私密而丰盛的地方，可是里面除了女人和孩子简单的衣物没有别的东西。李小叶的衣服都平平常常，只有一件酒红色的套裙属于高档时装，还算值钱，在里面显得格外醒目。而真正引起叶梅好奇的是，柜子里有不少的小纱巾，五颜六色，几乎占据了柜子很大一部分空间。叶梅还是第一次看到，一个女子对小纱巾如此的痴迷和偏爱。

叶梅在柜子里没有找到有价值的东西。可是，刘剑锋很快发现了蛛丝马迹，他在床头处看出了床单有被人掀动的迹象。他拿出身上的小手电，趴在地上朝床下照去，看见有一个小纸箱，便拉出来仔细一看，里面空空的，纸箱盖还支棱着，一定是李小叶从里面拿走了什么重要的东西。

看来她已经知道事情发生了，一人拖着行李箱一大早匆匆出门，很有可能就是要离开这个城市。而且从小纸箱中拿走的东西，很可能就与发生的事情有关，或许就是案子的重要证据。

贺大虎说，销售人员虽然不一定要天天到公司来，但一般外出还是要向公司请假的，尤其像李小叶这样的销售经理，差不多每天早晨都要到公司来一趟，与她的团队人员见面。公司最近没有安排她外出，她今天的行为应该属于反常。

刘剑锋迅速做出了反应，叫叶梅赶紧通知有关分局和派出所，马上对机场、火车站和长途汽车站进行监控，发现李小叶立即将她拦下，并将她手里的行李箱截下来，出了省城就不好找她了。刘剑锋拿出口袋里的李小叶照片，让叶梅找地方赶紧传出去。

叶梅说，是。

刘剑锋希望贺大虎尽快把李小叶的身份证号码、发钱的银行卡之类的东西提供给警方，以便掌握她的个人资金流向，必要时可以对她的银行卡进行冻结。同时，还要他在单位里找一些熟悉她的人谈话，了解李小叶的人际关系和个人资产情况，除城南的出租屋外，还有没有其他的房屋、小汽车等固定资产。还要贺大虎向他提供一份李小叶所有客户的详细名单。

贺大虎点头答应。

刘剑锋带着叶梅和贺大虎离开出租屋，走到城中村的石头牌坊前，他回头看了看这条狭窄昏暗的小巷子，想象着李小叶每天带着孩子出门走过的情景。

他想，还要想办法查到李小叶女儿上的幼儿园，找到她在省城工作的那个亲戚，还有一切与她密切相关的社会关系。只有找到这些线索，梳理清楚，才能知道该从哪里下手。

刘剑锋抬起头来，看看头上初春灰蒙蒙的天空，不由得锁紧了眉头。李小叶你现在到底在哪里？

丁零零零……

林亚雄还在睡梦中就被一阵急促的手机铃声惊醒了。他在床头摸到一个手机，发现是关闭的，又摸另外一个，亮着屏响着铃，一看是他的司机田三打来的，忙问有啥事，几点啦？

田三告诉他，现在已经上午九点多了，刚才宏达投资公司的钱总打来电话，说有很急的事情找他，还有公司有几个人也打电话找他。田三一一回复董事长还在休息，昨晚喝多了，都挡了回去。这部手机的号码只有田三知道，别人打不进来。

林亚雄问，钱总没说是啥事？田三说，没说，就说要马上见你。林亚雄说，叫他半个小时后在我的办公室见面，我马上就回去，你在楼下等我。说完，起身穿衣。

房间里还是昏暗的，弥漫着一种浓郁的香水和人体混合的暧昧气味。微微合拢的窗帘露出一条小缝，透进来一道白光，看来外面早已经大天亮了。昨天晚上，林亚雄跟一帮商界朋友在南山的高尔夫温泉酒店喝酒，一高兴就喝多了，朋友们走后，女秘书杜咪就安排他在酒店里住了下来。本来周一要赶到公司处理事务的，没想到一睡就睡过了。

现在，年轻漂亮的女秘书杜咪就躺在他的床上，她已经被手机的铃声吵醒了，惺忪地微闭着眼睛，赤裸着身子斜躺在被窝里，勾画出一道像山丘那样优美起伏的曲线。

林亚雄刚穿好衣服，打开另一部手机，手机马上就响了起来，他吓了一跳。里面传来一个女人高喊的声音，林亚雄，你昨晚干吗去了？家里电话没人接，手机也打不通。

林亚雄压低声音说，昨晚有个应酬，喝高了，住在酒店没回家，不信去问田三。女人在电话里说，我才不管，你赶紧打钱过来，我和女儿等着用钱呢。

原来，这是林亚雄在加拿大的老婆。老婆在电话里强调说，女儿大学毕业要读研究生，国外的学费是很贵的，再说她也要过日子，希望他尽到当父亲和丈夫的责任。林亚雄感到嗓子里像被鱼刺卡了一下，想发火又忍住了。

老婆年轻时是一家旅行社的导游，后来坐办公室当了一个小领导，经常出国考察旅游线路什么的。几年前认识了一个大胡子的加拿大籍所谓的旅行家，就把女儿送到了多伦多读大学，她也辞职跟女儿一同出了国。一出去，没多久她就跟那个大胡子旅行家有了说不清的关系。林亚雄原来是要跟她离婚的，可是她不回来办不成手续，一直就这么拖着。女儿跟她在一起，读完书是留在加拿大还是回国也没有定向，就只好这样耗着了。两个人在国外的所有费用，都是由林亚雄提供。老婆不懂外语，也不找工作，成天无所事事，不是逛街购物、喝咖啡，就是一人独坐在公园发呆，据说患了抑郁症。好在她守着女儿，名义上还算是夫妻。林亚雄觉得掏点钱算不了什么，只是所谓的婚姻，也就是那么回事了。

林亚雄答应今天就打钱。

女人说，千万别忘了啊。

林亚雄不耐烦地挂掉手机，啰唆个屁！

铃声马上又响起。你怎么婆婆妈妈的——林亚雄不高兴地喊了一声。

什么婆婆妈妈的，你跟谁说话啊？手机里传来另外一个女人的声音，口气很不一般，大声喊道，林亚雄，你怎么回事，手机要不关机，要不就打不进来？

林亚雄一听，这是黄副市长的夫人徐雅芝打来的，赶紧脸上堆起笑，赔不是，哎哟大姐，对不起，对不起，我的手机刚才没电了，刚充好，老婆就从加拿大打电话过来占了线。

黄副市长夫人说，好啦好啦，不说这么多了，你知不知道李小叶出事了？

林亚雄一愣，出啥事了？

黄副市长夫人说，具体我也不清楚，只听说她的客户找她闹事呢，要她还钱，现在还困在保险公司的门口。

林亚雄吃惊道，啊，有这事！那她现在人在哪里？

黄副市长夫人说，我正要问你呢，她人在哪里？

林亚雄赶紧解释说，我不清楚啊，我最近一直没跟她联系。

黄副市长夫人说，我的一些姐妹朋友，也在她那里买了不少保险，投了不少的钱，现在都担心她出了事，钱收不回来，打电话来问我该怎么办，电话都要打爆了。

林亚雄安慰道，大姐，不会有事的，保险公司有的是钱。李小叶办事还可靠，相信我，放心吧。

黄副市长夫人说，她是你干妹子，你可给我问清楚了，出了事情，我可找你。

林亚雄说，好的好的，放心吧。

放下手机，林亚雄头上出了一层汗。

手机铃声又响了，是公司办公室打来的，说是白河村的拆迁农民又找到公司来了，想要见他。白河村在东郊白河工业园区，前段时间村里的人因园区里的征地问题，与公司卫队发生了冲突，双方都有人员受伤，可村里却要求公司给予赔偿，估计又要闹事了。

林亚雄说声知道了，你们先应付一下吧。说完就关了手机。他骂了一声，妈的，今天这是怎么啦，这么热闹。

女秘书杜咪已经在床上坐了起来，眼睛盯着林亚雄，不高兴地说，一大早就有这么多女人给你打电话！

林亚雄没有正面回答，俯身在她脸上亲了一口，说，公司里有急事处理，我要先走了，你在这里好好享受，今天可以不到公司上班。这个温泉酒店的套房是我包了的，吃的喝的什么都有，只要打服务电话就会送来。你还可以去室内游泳池游泳，去外面泡露天温泉，去旁边的高尔夫球场打球，在这里可以尽情消费。说完，从口袋里掏出一张会员卡和一张银行卡给杜咪。

杜咪接过卡高兴地一笑，问他刚才在打电话时提到李小叶，有什么事啊，林亚雄敷衍道，没啥事，有人在找她，找到我这里来了。杜咪说，小叶可是我的亲密朋友，有啥事一定得告诉我啊。林亚雄说，那是当然，闺蜜嘛。

女秘书杜咪是李小叶的同学和老乡，都是从康城边远山区来的，她比李小叶来省城要早一些。不过，最先认识林亚雄的却是李小叶，是李小叶把她介绍给林亚雄，他们才认识的，而且认识不久很快就发展到现在这样的地步。

林亚雄拿了床头柜上的小包和手机，走出房门。下了楼，走出酒店大堂，司机田三已经在门口等候。林亚雄上了车，给李小叶拨了一个电话，想问问到底是咋回事，可是打不通，手机关机。他疑惑地自语道，这女子，咋回事呢？林亚雄不知道，麻烦的事情正等着他呢。

车离开南山高尔夫温泉酒店，沿着弯曲的山路向市区的方向驶去。

女秘书杜咪穿上睡衣，站在高大明亮的落地窗前，一直看着林亚雄的车消失在视线里，然后拿起手机给李小叶拨打电话……

林亚雄的公司就在省城市区繁华的中心地段上，大楼的门口醒目地挂着“大唐飞龙集团公司”的牌子。这块牌子上的字还是副市长黄文亲自写的呢，他的字可比省城里的书法家的字值钱，一般人是求不到的。

林亚雄二十多年前就认识黄文了，那时候他是白河电视机厂的销售科长，林亚雄是银行的信贷员，因为贷款的事情相识。那个时候，正是改革开放的初期，物资匮乏，买台电视机还要凭关系、凭票，亲戚朋友和银行里的同事知道林亚雄跟电视机厂的人熟悉，都托他通过内部走后门买电视机。一台电视机内部价和市场价要相差几百块钱呢。有人甚至愿意林亚雄把电视机搞来，给他一台几百块钱的差价。林亚雄找黄文要了十台，一下赚了几千块钱。他高兴得不得了，这几乎是他在银行当小信贷员半年的收入。林亚雄看到了赚钱的机会，于是，就毅然辞职离开银行，自己开了一家小电器公司，就卖白河牌电视机。当时家里人都反对，老婆天天跟他干架，吵着要跟他离婚。放着银行收入稳定、工作舒服、令人羡慕的“铁饭碗”不要，却去干连办公桌都没有一张的“皮包公司”，谁也想不通的，都认为他疯了。

林亚雄通过银行贷款获得了第一笔资金，然后找到黄文批条子，一共批了一百台二十英寸的白河牌彩色电视机，在东郊纺织厂临时租了一个废旧车间作为库房。那时候纺织厂已经开始不景气了，好多车间都停了产，租房子很便宜。林亚雄雇了一辆大卡车，把一百台电视机拉到纺织厂车间里，不到一个礼拜，一百台白河牌彩色电视机全部卖光，车间里连一个纸箱子都不剩，地上只剩下一堆打包的塑料带。

林亚雄赚到了人生的第一桶金。这一桶金没有黄文，他是做梦也一分钱见不到的。因此，他要感谢黄文一辈子，使他迈出了下海经商的道路。白河牌电视机红火了好些年，后来，因进口电视机降价，国产电视机增多，白河牌电视机在市场竞争中跟不上步子，败下阵来，厂子很快就倒闭了。但是，黄文在白河电视机厂辉煌的时期，从销售科长提升为副厂长、厂长，后来又进了市政府机关，青云直上，从处长、局长走到了副市长的位置上，现在是代理市长，等人大会议之后就正式上任。林亚雄的公司也在黄副市长的关照下，一路不断发展壮大，成为一家集商业、娱乐业、房地产业于一体的集团公司，他也成为闻名省城的民营企业家，还当选为市政协的委员和商贸促进会的副会长。

然而，林亚雄认识李小叶却纯属偶然。

那是三年前的一天，林亚雄带着几个生意上的朋友去郊外南湖的一家小茶楼喝茶，那里地理偏僻，少有人去，生意看上去十分清淡。可是，茶楼地处湖边，风景好，空气清新，环境安静，林亚雄认为这倒是一个喝茶聊天谈生意的好地方。

林亚雄带着几个朋友进了小茶楼，来到楼上临窗的一个位置，正好对着湖边，可以看到湖面的景色。然后，几个人就一边喝茶一边胡侃起来，一会儿政治，一会儿经济，一会儿历史，一会儿文化，海阔天空，漫无边际。这座省城里的人都喜欢这样聊天，商人们聚在一起也是话题不少。当然，他们也谈军事，什么伊拉克战争、阿富汗战争，本·拉登、萨达姆，等等，但最终都会谈到女人上来。谈到女人，气氛一下就活跃起来，不像谈政治经济历史文化军事那样单调沉闷和枯燥。大家的脸上顿时神采飞扬。

他们从小茶楼的女服务员议论开始，说茶楼的生意好不好，进门一看里面的女子就知道了。女子长得漂不漂亮，年轻不年轻，可爱不可爱，懂不懂茶，是这个茶楼生存的关键。眼下这个小茶楼，倒茶服务的都是中年妇女，结过婚的大嫂，可谓年龄大矣。她们大概都是从附近郊县农村招来的，这些从小在小麦苞米地里干活的北方女人，身体结实，手臂粗壮，且不说长相如何，压根就没有做过泡茶沏茶这样雅致的细活儿，更不要说懂茶了，生意怎么能够做起来呢。老板招她们来，无非就是图工钱便宜而已。

林亚雄和几个朋友纷纷摇头。

正说着，一个年轻的女子走上楼来，就像推开门照进来一道亮光，昏暗的小茶楼里立刻有了光彩。女子身材苗条，脸庞秀丽，眼睛明亮，长发乌黑，穿一身简单素净的长裙，就像一棵春风里摇曳的柳树，生动而又姣好，一股青春的气息迎面而来。

林亚雄和几个朋友的眼睛顿时睁大了。

进来的年轻女子就是李小叶。她刚来省城不久，是到这个小茶楼来找工作的。

老板是一个胖乎乎的男人，正在楼梯边伸着指头骂一个女服务员，骂她笨手笨脚，又打坏了一个茶杯，要从她的工资里扣钱，再出问题就要开除她。女服务员看着地上破碎的茶杯，吓得低着头直哭。李小叶上前想帮她把地上的茶杯碎片捡走。胖老板问她，你是干啥的？并叫她少管闲事。李小叶说自己是来找工作的，听说茶楼里需要人。胖老板正在气头上，斜了她一眼，没好脸地说，找啥工作？我这里生意都没有，不需要人。李小叶说，我是从康南茶乡来的，是茶艺学校毕业的。胖老板粗鲁地打断道，走走走，我不管你是学啥的，我这茶楼不需要人，你到别处去吧，走人。

林亚雄和几个朋友在一边看了，都说这个老板有眼无珠，还有些无礼，太过分了。林亚雄说，康南那地方出美女，你们看年轻漂亮又雅致的女子，坐在茶楼里是多么的相配啊，但给这样的老板打工真是可惜了。朋友们都笑起来，说他怜香惜玉，不如收了她，让她到他的公司里上班好了，每天见了赏心悦目。林亚雄说，只要这女子愿意，我就收下。

朋友们一阵大笑。

李小叶听见笑声回过头来，正好看到林亚雄，不知这一伙人在说笑什么，就朝林亚雄微笑地点点头。林亚雄有些猝不及防，只好尴尬地回应一笑。朋友们怂恿他把女子叫过来，把刚才要收了她的话告诉她。林亚雄躲避着说，这怎么行，太贸然了吧，弄不好人家还以为遇上流氓了哩，不可，不可。朋友们又一阵哄笑，说他真是叶公好龙。林亚雄说，你们这帮老男人，简直就是狼，哈哈哈哈。

李小叶顾不上身后男人们在说笑什么，偶然间发现角落处有一架古筝，就对胖老板说她还会弹乐器，没等胖老板说话就主动到古筝前坐下来，准备演奏一曲展示一下才艺，让胖老板将她留下。

当铮铮悦耳的声音突然一发出，如同一股清泉从山间流淌而来。人们纷纷把目光转向角落里弹古筝的女子，茶楼里顿时安静下来。

这时林亚雄接到公司打来的一个电话，就起身拿着手机到茶楼一边无人的地方接听。几个朋友目不转睛地看着李小叶弹着古筝，一边喝茶一边品味着优美的音乐。

林亚雄接完电话，就进了茶楼的厕所。喝了不少的茶，感到肚子胀。

然而，就在林亚雄上厕所这一会儿，一件意外的事情突然发生了：

有人惊喊了一声，着火啦！

小茶楼下不知什么原因突然着了火，浓烟火光直往上冒，楼上的人吓得纷纷往楼下跑，一片混乱。

林亚雄这泡尿实在尿得有些长，他一边尿一边听见外面有吵吵的声音，等他尿完走出厕所时，才发现茶楼里烟雾弥漫，楼梯口冒着火光，座位上空无一人，连几个朋友也早已没有了人影。

林亚雄蒙了，眼前什么也看不见。

正在他感到犹豫不决之时，忽然有一盆凉水泼到了他的头上和身上，一只女人柔软纤细的手拉住了他的手。

先生，楼梯口下不去了，跟我来！

林亚雄依稀看出就是刚才那个康南来的找工作的小女子。

原来，着火的时候，胖老板慌忙跑下楼叫人扑救，而楼上的服务员和客人们见势不好纷纷逃命。林亚雄的几个朋友，在慌乱中喊了几声也跑下了楼。李小叶本来也跟随着人群跑了出去，但发现自己随身的小包丢在了刚才弹古筝的地方，里面有她的身份证呢。于是，她又跑回到楼上，找到了小包。正当她再要冲下楼时，就看见了站在楼上手足无措的林亚雄。

眼前已是浓烟一片，楼梯口火舌直朝上蹿，人已经无法下去了。林亚雄被烟火呛得直咳嗽，眼睛也几乎睁不开。李小叶见状就拉着他的手往茶楼后面跑。跑到厕所边的角落，她用力推开了一扇窗子。一股风吹来，林亚雄睁开眼睛，看见窗台离楼下有八九米高的距离。林亚雄问，你想干吗？李小叶说，我们从这里跳出去。林亚雄犹豫着，不敢动。这么高跳下去，摔不死，也会摔断腰腿。

大火噼里啪啦已经烧到了楼上，火借风势迅速蔓延。

李小叶忽然转身往回跑。林亚雄喊道，你干吗去？没一会儿，李小叶又跑了回来，手上多了几条桌布，一边撕成条状，一边连接起来。她的动作麻利而果断。眨眼间，桌布很快变成了一条绳索。她一头拴在林亚雄的身上，一头紧紧地拽在自己的手里。李小叶喊道，先生，你先下！

林亚雄推让说，你先下吧。

李小叶说，别啰唆，再耽误一会儿都走不成了。

林亚雄从窗上翻了出去，抓着桌布绳索一点一点往下缒，没想到离地面还差一截，只好松手摔倒在地上。看见林亚雄着地了，李小叶赶紧左右瞧瞧，把桌布绳索绑在了厕所边的一根铁管上，然后爬出窗子，抓住桌布绳索慢慢往下溜，溜到头了，离地面还有三四米高。她悬在了半空中，不敢松手。

林亚雄在下面喊，赶紧跳吧！

李小叶说，我害怕。

林亚雄说，别怕，我接着你。

李小叶闭上眼睛，尖叫一声松了手，身体重重地砸在林亚雄身上，两个人一起摔倒在地。

当林亚雄和李小叶从茶楼后面逃离开时，火越烧越烈，浓烟冲天，小茶楼噼里啪啦红成了一片。他俩要再晚一点，可能就出不来了。两个人吓出了一身冷汗，赶紧往外跑。这时，远处响起了消防车的鸣笛声，消防战士很快就赶来了，端起水枪就开始灭火。

小茶楼外围满了观看的人。

林亚雄和李小叶到了安全的地方，脸上身上都湿漉漉的，衣服和头发也散乱着，显得有些狼狈。这时，林亚雄的几个朋友跑了过来。林亚雄一边抹着脸上的水，一边不高兴地骂，妈的，你们还是朋友吗？着火了一个个比兔子都跑得快，也不来救我。

几个朋友低头不吭声，脸上有些尴尬。他们以为他打完电话早已跑出来了。

晚上，林亚雄在城里新世纪酒店摆了一桌，一是庆贺大家死里逃生，有惊无险；二是给自己和李小叶压压惊，毕竟他俩是最后逃出来的，危险系数最大；三是感谢李小叶，是她救了他的命。

李小叶本不愿意参加这样的饭局，她跟林亚雄又不认识，跟其他的人也没关系，仅仅是一起从火场逃了出来而已。她还要赶回家看孩子，明天还要继续去找工作。但是林亚雄坚持要叫她参加，她只好勉强跟来了。

林亚雄端起酒杯对李小叶说，你是我的救命恩人，我敬你一杯！

李小叶站起身来说，林先生，不能这么说，我们只是一起逃出来的。

林亚雄说，可是没有你拉我出来，我现在恐怕在哪里都不知道了。

李小叶只好把酒喝了。

酒过三巡之后，林亚雄问李小叶，为啥当时她自己没有跑，李小叶说，她上楼找自己的包，看见一个人还站在烟雾中，火一旦燃烧上来就有生命危险，于是就朝他头上泼了一盆凉水，拉着他就往没有烟的地方跑，想找地方尽快逃出去，这些应急逃生知识过去在学校里学过。林亚雄问，你当时不害怕吗？李小叶说，当时不怕，现在想起来怕。

一桌的人都笑了。

林亚雄感到这个康南山区的小女子不仅有胆量，而且做人实在，心里很是高兴，就说认她做干妹子，并让她到他的公司里来工作。岗位由她挑，工资比别人高，待遇可以提，问她愿意不愿意。

几个朋友也在旁证实，在茶楼上第一眼看见李小叶时，林亚雄就说过只要她愿意，他就收下她。朋友们说时，一边相互窃窃地笑。

李小叶没想到会意外认识林亚雄这个省城里的大老板，不仅要认她做干妹子，还要安排她到他的公司去工作。这对于刚从山区里走出来，迫切需要找到工作的她来说，简直就像是天上掉馅饼。然而，一看到林亚雄这样有身份地位的人，一看到他身边那些衣着光鲜的朋友，李小叶不知出于什么样的心理，至少当时觉得自己很卑微吧，就婉言谢绝了。

李小叶说，当干妹子可以，但就不去他的公司里工作了。自己的愿望是今后想当一个茶艺师，实现自己读书时的人生理想。

林亚雄感到李小叶很有骨气，不为他提供的优厚工作条件和待遇所动，越发觉得这女子不错。于是，就没有勉强她，由她自己选择生活的道路。说话间，又得知她独自还带着一个一岁多的女儿，心里就愈加对她感到敬佩。

林亚雄说，好，以后你就是我的干妹子了，我就是你的哥，有啥事情告诉我就行了。来，咱们为我的干妹子干一杯！

朋友们纷纷端起酒杯。

李小叶也站起身来。

干杯！

小茶楼失火后一蹶不振，很快就垮掉了。林亚雄从胖子老板手里盘了过来，按照康南山区古镇茶楼的风格，重新修建装修，一年后以新的面目出现在南湖边，取名为“一叶楼”，为的就是感谢李小叶的救命之恩。本来他想送给她，完成她想做一个茶艺师的理想。可是，李小叶坚持不要，要自己花钱买下来。最后林亚雄只好把“一叶楼”以最低的成本价给了李小叶，算是了了彼此的心愿。

然而，李小叶最终却没有选择做茶艺师，而是去了保险公司卖保险，这是林亚雄万万没有想到的事情。

林亚雄驱车赶到公司的时候，宏达投资公司的总经理钱彪已经在门口等着他了。

林亚雄刚一下车，钱彪就迎上来，看看左右，着急地说，哎哟我的哥也，你怎么现在才来，我都等你半天了。

林亚雄问，啥事啊，火烧屁股啦？

钱彪结结巴巴地说，哥，出……出了点事……

林亚雄看他慌张的样子，说，瞧你这点出息，到办公室说。两个人就一起上楼，林亚雄告诉前台不要让任何人打扰他。进了办公室，关上门，他把包朝办公桌上一扔，对钱彪说，有屁赶紧放。

钱彪赶紧告诉林亚雄，说，出事了，开发区永久保险公司门口，早晨发生了闹事的事件，一大堆保险客户要找李小叶和保险公司要钱，110和市公安局的人都出动了，现在公司和公安人员都在找她。

林亚雄皱眉说，这事我知道了。

钱彪哭丧着脸说，哥，这事可能我有麻烦了。

林亚雄不解地看他一眼，这事跟你有啥关系？

钱彪不回答，只是连连叹气。

宏达投资公司是一家民营机构，表面上是做信贷投资和资产抵押之类的业务，但实际上在以高额利息吸收社会和民间资本，并发放贷款，是市场上近几年才兴起的一种所谓民间金融机构。现在中小企业找银行贷款比较难，只好找社会上这些投资公司、信托公司、抵押公司，虽然利率高一些，起码还有水喝，不至于死掉。对于一般的投资人来说，现在不愿意把闲钱放到银行里，也不愿意投到低迷的股市，投到房地产也有风险，还不如放到投资公司，坐吃高于银行的利息，这样也安稳一些。于是，社会上这些大大小小的投资公司、信托公司、抵押公司应运而生，比比皆是，鱼龙混杂。现在做生意不容易，市场竞争这么激烈，哪家公司屁股上是干净的呢？

林亚雄问，李小叶在宏达也有业务？

钱彪迟疑地点点头。

林亚雄拉下脸问，有多少？

钱彪支吾着说，不少……

林亚雄继续追问，你是不是有把柄捏在她手里？

钱彪痛苦地点点头，这句话直接刺到了他的心脏。

林亚雄这才感到事情有些大了。他拍了一下桌子，大声吼道，钱老二，你这是在玩火，你这是在找死啊！

他早就告诉过钱彪，不要轻易去碰保险公司这块蛋糕，更不要打李小叶的主意，毕竟投资公司的风险还是比较大的，出了事情谁也担当不起。可是，没想到钱彪偏偏不听，就看上了保险公司钱多，是块肥肉，看上了李小叶手里有大批的客户和人脉，说即便有啥事情，也有保险公司顶着，背靠大树好乘凉。

现在出了事，知道麻烦来了。

林亚雄是宏达投资公司的大股东，也是钱彪多年的大哥。二十多年前，林亚雄刚起步做生意的时候，钱彪也在社会上晃荡，他因打架坐过监狱，出来后就开了一家小歌舞厅。当时，林亚雄在倒卖电视机上面赚了钱，然后转向了娱乐业，开办大型量贩 KTV 和洗浴中心，当时社会上流行这个。这对开小歌舞厅的钱彪构成了威胁，就指使社会上一伙流氓来砸林亚雄的场子。没想到林亚雄打电话给市政府当局长的黄文，叫来了警察，一下把钱彪的人收拾了。后来，钱彪就认林亚雄做了大哥，把自己的小歌舞厅加入到他的名下。林亚雄把 KTV 和洗浴中心都交给了钱彪打理，而且成立了自己的保安队伍，确保 KTV 和洗浴中心的安全，防止出现打架斗殴的事件。

再后来，林亚雄放弃了娱乐业，进军商业和房地产业，就让钱彪独立出去，成立了宏达投资公司。钱彪很是高兴，对他感激不尽，一口一个大哥的不离嘴，有了事情都向他汇报，出了问题也叫他帮忙摆平。因为，林亚雄在社会上人缘广、势力大，有政府的背景，又有生意上的朋友，做事干练果断，出手慷慨大方，在省城里没有办不成的事情。

林亚雄问，闹事的人都是些什么人？

钱彪说，退休老头老太、个体户、农民，啥人都有。

林亚雄又问，涉及李小叶多少钱？

钱彪耷拉着脸说，不知道，也许几百万，也许几千万。

林亚雄感到头都大了。他联想起最近国家经济开始紧缩的情况和市场资金的波动状况，就有些警觉起来，这个时候闹事，会不会是下面有人在操作呢？但当下要紧的，还是赶紧找到李小叶，问清楚情况。如果她被公安局找去了，事情就麻烦了，宏达投资公司自然会被牵涉进去。

林亚雄说，现在要想办法马上找到李小叶，要赶在公安局找到她之前，拿回跟宏达投资公司有关的东西。

钱彪说，已经派人四下去找了。

林亚雄说，要快！

钱彪点头说，是是是……

林亚雄突然想起黄副市长夫人徐雅芝打来的电话，感到头上一阵的痉挛……

# 三

从省城到李小叶的家乡，一路向南有几百公里的路程，要翻越险峻的高山，穿过开阔的平川，然后到达山区的康城；接着沿清澈的清江支流继续前行，进入南北交界的地段，有一座江边的小县城；再走十几公里看见路边的山上有一片片的茶树，离李小叶的家就不远了。

踏上归途的李小叶，心情激动而又复杂。几年前离开家乡时，还没有康城到省城的高速公路，那时候的公路坎坷不平，曲折狭窄，恰似她当时的人生境遇。而现在的高速路平坦光洁，宽阔通畅，完全改变了过去的模样，李小叶也不再是当年离家时的她了。可是，这样被迫而匆匆地回家，却是她万万没有想到的。

初春的季节，省城里还有些寒冷，但翻过延绵不断的南山之后，气温就开始变得暖和起来，满眼是树木的绿色和油菜花的金黄，清新的空气里可以闻到各种野花混合的香味。一路上，看着从车窗前移动的山光水色，李小叶却一点都高兴不起来，越是接近家乡，心情越是变得沉重，她的脸上感到一阵阵冰凉。快到康城时，当看到那些熟悉的茶山，熟悉的小路，熟悉的青瓦房，她突然感到眼睛发涩，两行滚烫的泪水涌了出来。

昔日的一幕幕，像电影一样浮现在眼前……

李小叶出生在康南山区阳南县一个叫坝子镇的地方，父母都是山上的茶农，有一个妹妹和一个弟弟。李小叶生下来的时候，正好是春天，茶树长出了嫩绿的叶芽。父亲问母亲给她取一个什么名字，母亲说就叫小叶吧。这样，她的名字就跟茶叶有了与生俱来的联系。

后来，相继又有了妹妹二叶和弟弟大喜。人口一多，日子就一天天拮据起来。生二叶就违反了计划生育，罚了五百块，那时候五百块可不是小数。怀上大喜，母亲就到山里的亲戚家东躲西藏，最后生下来又被罚了两千块，而且还上不了户口，成了黑户。这样一来，家里的日子就更加艰难了。全家的希望都寄托在那几亩地的茶树上，盼望着一棵棵的茶树能够长出金子来。

李小叶从小就学会了种茶、采茶，背着茶篓跟着父母下山到坝子镇去卖茶叶。

坝子镇是个依山傍水的小古镇，地处南北三省的交通要道。据老人讲，在清朝康乾时期是清江上游重要的水运码头和商品集散地，可以直通湖北、湖南、江西、福建及四川，交通便利，航运发达，商贾云集。当地主产茶、麻、丝、漆、桐油、木耳、药材等，尤其以茶叶闻名。但是，后来有了公路、铁路，古老的商埠、昔日繁华的水运码头就被取而代之，渐渐地就被人们遗忘了，这里成了偏僻闭塞的贫困山区。

李小叶的家在坝子镇的山上，背靠一片小树林搭建了一栋泥墙瓦房，屋旁有猪圈，有扎着篱笆的菜地，屋前有小小的院坝，有家里的几亩茶地，那是他们全家日子的希望。家里还养有一只小黄狗，漫山遍野地跑着，每天都要到菜地边的篱笆前叉腿撒尿，样子十分滑稽可笑。

李小叶从小胆子就比较大，那是因为山里的孩子平日没人管，满山遍野地疯野惯了。八岁那年，有一天她带着二叶和大喜到山里玩，途中遇到了一条又粗又长的大蛇，横在小路中间，仰起头吐着红色的芯子，发出嗞嗞的声音，瞪大眼睛看着他们。跟在他们身后的小黄狗，吓得嗷地叫了一声，就掉头躲得远远的。二叶大喜转身也要跟着跑去，被李小叶抓住了胳膊，叫声，别动——两个人就站在原地不敢动了。

李小叶听父亲说过，见了蛇不能动，一动蛇就会咬人。可是眼前这条蛇实在是太大了，而且就离他们脚跟前一米多点的距离，立起半截身子凶狠地瞪着他们，随时可能扑上来咬他们一口。二叶吓得哭了，大喜也跟着哭了。李小叶却紧紧拽着妹妹弟弟的手，还是一动不动。双方僵持着，谁也不让路。过了一会儿，大蛇终于妥协了，转身钻进了旁边的草丛里。事后，父亲告诉李小叶，那是一条大毒蛇，幸亏他们没有动，否则后果不堪设想。

李小叶读书就在坝子镇上，她每天背着书包下山到学校上学。由于她长得瘦小，家里又穷，常常受到镇上孩子的欺负。女孩子会嘲笑她穿的衣服，因为那是用她母亲的衣服改的，穿在身上不合身。男孩子则会拿她脖子上的一块小胎记取笑，骂她是“疤子女”。她声辩说那不是疤子，是胎记。男孩子们笑着大声喊，就是疤子，疤子！

李小叶委屈地哭了，她的心里受到了伤害。

李小叶这块疤子是从娘胎里带来的。半岁时，母亲抱着她忽然发现脖子上有一块指甲盖大的粉红色胎记，就有些担心，不知是福是祸。父亲笑着说，像朵小茶花哩，挺好看的，以后走出去丢不了。母亲说，你胡说啥呢。父亲嘿嘿一笑，拍了一下自己的嘴巴，接连朝地上呸了几声。

可是，没想到小学三年级的时候，这块胎记就给李小叶带来了麻烦。从小她就觉得自己脖子上的这块胎记很丑，有些羞于见人，试图用衣领来遮挡它，可总是遮挡不住会露出来。到了学校，同学一见她就喊“疤子女”，更让她心里感到难受。于是，她就用母亲的一条旧纱巾，上学的时候系在脖子上，那块粉红胎记便被遮住了。她很满意，别人再也看不见她的胎记了，也不会喊她“疤子女”了。

这一天，在放学的路上，李小叶被几个男孩子挡住，其中一个胖子男生要她脱去脖子上的纱巾，看看她的那个疤子。她不干，凭什么要给他看自己的胎记。这个胖子男生学习不好，是个留级生，鼻子上还经常挂着鼻涕。旁边的几个男生笑了起来，看来他们是一起打了赌。

胖子男生涨红着脸说，让我看看，我给你一块钱。

李小叶说，不要。

胖子男生说，两块。

李小叶坚决地说，不要，不要！转身要走。

几个坏小子又笑了起来。

胖子男生生气了，一把抓住了李小叶，用手扯下她脖子上掩饰的纱巾，并且大声喊叫，我就要看看你脖子上的疤子。

李小叶拼命挣扎。

忽然，纱巾被胖子男生扯掉了，脖子上的粉红胎记露了出来。

胖子男生一下松开手，眼睛呆住了。

这时，谁也没有想到李小叶大声吼叫一声，突然发起攻击，像一头反抗的小鹿，一头撞向胖子男生的肚子，使他当场倒在地上，手脚朝天，哭了起来。

几个男生愣了一下，吓得跑了。

李小叶捡起地上的纱巾，重新系在脖子上。

此后，学校的男孩子再也不敢欺负她，喊她“疤子女”了，女孩子们也不再对她的衣服指指点点、品头论足了。那个胖子男生，见了她就躲得远远的，再也不提被撞倒的事情。李小叶认识到，只有自己坚强勇敢，在外面才不会受别人的欺负。可是，她万万没想到的是，多年之后这个胖子男生竟然成为她的丈夫。这就是所谓的命运。

李小叶如似一棵小茶树在山里艰难地成长。

这一年初春，她从县城的中学回到家中，帮助家里采摘明前的春茶。一日下午，她在茶地里干活出了汗，身体感到黏黏的，就提前回到家里。二叶带着大喜下山玩耍去了，屋里就她一人。她走进厨房，烧了一大铁锅热水。关上门，在土灶前放好洗澡用的木盆，然后脱了衣服站进去，对好热水开始沐浴。

厨房顶上有四块发黄的玻璃亮瓦，一道光线从上面照射下来，正好照在她青春的裸体上。她突然感到惊讶，经过这一冬的时间，自己好像山里的竹笋，从地里冒出来长得变了模样。她看见自己的身体是那样结实光亮，从上身到腰际再到腿部，线条十分流畅，焕发出一种活力。尤其是胸部两处尖尖凸起的乳房，如含苞欲放的荷花，象征着少女发育的成熟，让她自己也感到羞涩。她从铁锅里舀上一瓢热水从头上浇下，热水蒸腾的雾气立刻笼罩了她的全身……

从这一刻起，李小叶感到自己长大了。

忽然，她发现门缝外的光线下有一个人影。她大喊了一声，是谁？没人回答。那人影迅速地消失了，留下了一阵慌乱的脚步声。她几下穿好衣服，追了出去，见远处有一人朝山下跌跌撞撞地跑，背影像是那个长大了的胖子男生。

李小叶气得狠狠地跺了几脚。

在县城里读完中学，她准备去康城读高中再考大学。可是，家里的经济情况越来越窘迫，靠种茶叶维持全家的生计和供她和弟妹读书，已经是难以熬煎下去了。父母明确告诉她，他们今后无力供她读大学。作为长女的李小叶只好放弃读大学的念头，选择了去康城读职业茶艺技术学校，学习种茶和茶艺，为今后实实在在的生活铺一条路子。

李小叶十九岁在康城读完茶艺技术学校，原打算留在康城找工作，却被父母叫回了家。母亲的身体出了问题，她的腰部出现了肿痛现象，每天躺在床上难以出门下地。二叶读完初中就已辍学，在家照顾母亲。全家的重担都落在父亲一人肩上，家里的日子越来越艰难，希望她回来分担一下。李小叶清楚，农村里当然是重男轻女，全家人的希望都在弟弟大喜身上，希望他继续读书，今后考上大学，出人头地，全家人也跟着享受荣华富贵。

其实，李小叶何尝不想上大学、不想走出贫穷的康南山区呢。她也很羡慕城里人的生活，尤其羡慕城里的女孩子，可以穿高跟鞋，穿漂亮的裙子，画眉毛，抹口红，挎上小包上大街，逛商场、看电影、去歌厅，这样的生活是多么浪漫美好啊。在康城三年读书的日子，已经让李小叶看到了生活的曙光。她不愿意离开康城，她觉得康城就是世界上最大的城市了。

好朋友杜眯有一天对她说，康城算什么，有一天我要离开这个穷地方，到省城去，到北京、上海、深圳去，到法国、加拿大、美国去，到世界上所有的地方去。

李小叶笑了，说，我没有你这么大的理想，我要是能够留在康城就满足了。

这时候，李小叶的理想是当一名茶艺师。小时候她不喜欢茶，觉得茶又苦又涩，种茶又是那样艰辛，她发誓长大后就离开茶山，离开家乡，永远不要过父母那样苦涩的生活。可是长大后，她对茶有了新的看法，是满山的茶树养活了全家，一到春天茶树发芽，父母眼睛就发亮，心里充满了希望。清明前后就忙碌起来，一家人欢声笑语。茶，这时候就是日子，就是快乐，就是幸福。父亲说，一个茶字，就是人在草木之中。人是离不开草木的。尤其是上了茶艺技术学校后，李小叶懂得了茶的历史，学到了更多茶的知识，特别是对家乡的茶有了更加深入的了解。她希望今后在康城当一名茶艺师，开一家小茶楼，办一个茶艺班，把家乡的茶叶宣传出去，名扬四海，为家乡的发展做一点贡献。

然而，理想和现实总是有差距。茶艺技术学校一毕业，杜眯果然去了省城，而李小叶为了家庭和父母，为了今后要读大学的弟弟，她不得不离开康城，回到了山里的坝子镇，回到了茶山上破旧的家，回到了过去生活的原点。

回来她能做些什么呢？

刚回家的那些日子，李小叶常常坐在家门口，望着满山的茶树，望着大山的远处，眼神渐渐暗淡下去，眼前一片迷茫。她心里默默地唱着，我是一只小小小小鸟，想要飞呀飞却飞也飞不高……

这一年，李小叶家里遭遇了前所未有的打击。首先是茶叶收成受到了损失。立春前康南山区受到一股北方来的寒流影响，居然下了雪，有的地方还罕见地落了冰雹子，打得茶树七零八落。到了清明前后，满山的茶树冻得瑟瑟发抖，还不见发出嫩芽来，父母盼望的这一季春茶不仅推迟了时间，产量也几乎减半。

而到了秋天，没想到茶山又遭到虫害的袭击，茶树纷纷枯黄掉叶，掉得一家人心里慌了神，幸好李小叶懂得些对付茶树虫害的知识，跑到县里买回农药，才控制住了虫灾继续蔓延，但损失已经成为定局。

接着，母亲的病情开始加重，从坝子镇药铺抓来的中药始终不见效。镇上的老中医让她到县里医院去检查一下，看是不是身体长了啥东西。结果到医院一检查，说是肾上长了肿瘤，医生说必须尽快做手术，否则生命就有危险。可是，做手术少说要花上万块钱，这钱从哪里来？屋里家徒四壁，空空荡荡，该向亲戚朋友借的都已经借了，欠的债还没有还，怎么好再向人家开口。到了现在，除了养的两头猪和几只鸡鸭，哪里还有什么钱呢？这时候，大喜又考上了县里的中学，如果继续读下去，也需要钱。

这天晚上，一家人心情沉重，脸上如同打了寒霜一样惨白，屋里显得愈发黑暗。

李小叶从来没感到过家里是如此窘迫、如此艰难，就像掉入了绝望的深渊之中，看不见光明。父亲蹲在门口一声声地叹息，母亲躺在床上不停地流泪，而二叶和大喜望着黑夜远处的天边茫然发呆。李小叶第一次认识到钱是多么重要，它不费吹灰之力，就可以轻易把一个家庭陷于绝境，置于死地，让人痛苦而又绝望。

父亲最后决定，他想办法到镇上去找放“印子钱”的人借钱。母亲一听就急了，坚决反对。“印子钱”是什么，就是高利贷啊。这种已经没有了的东西，不知啥时候又在乡下出现了。俗话说，印子钱，一换三；利滚利，年年翻；一年借，十年还；几辈子，还不完。母亲说，宁可不做手术，也不要去借高利贷。父亲说，他愿意背一辈子的债，也要换回母亲的命，也要让儿子继续读书。

全家人仿佛被困在寒冷的冰窖里。

一大早，吃过早饭，父亲就准备下山去镇上找人，刚要出门就见山道上来了一个女人。这个女人不是别人，正是坝子镇上收购李小叶家茶叶的老店家女老板何金香。

何金香是一个精明能干的女人，以前在山上的国营茶场做财务会计，后来跟在县政府食堂当厨师的男人结了婚，自己就在镇上开了一家茶叶店，开始做茶叶生意，跟李小叶的父母可以说是多年的旧相识。李小叶家种的茶，年年都送到何金香店里，由她卖到县里或者更远的地方，每次她都会按时把钱一分不少地给他们。有时候，种茶用钱周转不过来，何金香还会提前预支一些钱给家里用。因此，李小叶父母都非常感谢她，她是李小叶一家的依靠和希望。

何金香性格开朗，为人乐善好施，做事干脆利落，走到哪里都是一片笑声，在坝子镇老老小小都说她好，外地的茶商也喜欢跟她打交道、做生意，她家的茶叶店在坝子镇做得数一数二、红红火火。一到春秋出茶的季节，她家的店里总是人来人往，络绎不绝。可是，今年的茶因为春天的寒流和秋日的虫灾，质量和数量都大幅下降，不仅茶农受到损失，而且茶商也亏了许多，何金香的茶店人也少了，生意也冷清下来。

父亲不知道这时候何金香到山上来有何事情，便感到意外地说，哟，何老板你怎么上山来了？

何金香问，李大哥，你这是要出门？

父亲支吾说，这……这个……

何金香直接又问，你是不是要出去借钱？

父亲脸一下红了，心想，她怎么会知道呢？于是就有些慌张，张张嘴不知该说什么是好。

何金香拉住父亲说，走走走，回屋去。

父亲说，你有啥事？

何金香说，回屋说。

父亲只好带着何金香进了家，入门后，破旧黑暗的屋里到处飘着苦涩的中药味。何金香看到了李小叶家里的情景，母亲躺在病床上，姐弟三人站在一边不知所措，父亲脸上凝聚着一片愁云。眼前这个家就要垮了。

何金香揉揉有些发酸的鼻子，说，家里成这样了，咋不吭一声呢？

父亲尴尬地搓着双手不说话。

何金香说，她已经从镇上老中医那里知道了李小叶母亲的病情，也知道了大喜考上了县里的中学，一家人正在为钱发愁。何金香生气地说，家里没钱，为啥不告诉我？俗话说，远亲不如近邻，难道我是外人吗？

父亲低下头，一声叹息。

母亲说，唉，男人脸皮薄，不好开口，准备出去借“印子钱”呢。

何金香说，李大哥你好糊涂，那“印子钱”敢借吗？

何金香边说边从包里取出两沓钱来，递到李小叶父亲的手上，说，这两万块钱是刚从银行取的，你赶紧把病人送到县医院去，尽快手术，钱不够我还有。

父亲推辞了一下，就颤着手接下了。

父亲说，何老板，这……这怎么可以……

何金香说，啥也别说了，现在就走——对了，大喜上学的事情也别发愁，头一年的学费我来出，以后有困难再找我。二叶从学校回来就耽误了，别再误了大喜，今后他还要上大学呢。咱们山里能出一个读书人，多不易啊，对不对？

母亲眼里流出了眼泪。她抽泣一声说，何老板，我们全家怎么感谢你呀。

何金香说，感谢啥，谁家没有个难处啊。要说感谢，我还要感谢你们呢，没有你家的茶叶，我哪有饭吃啊。

母亲一下破涕为笑，说，何老板看你咋说的。

父亲叫大喜赶紧跪下，给何金香磕头感谢。何金香一把挡住了，说，这是干啥？不要再说感谢的话，茶农茶商都是一家人，没有种茶人，哪有卖茶人？

父亲感动得眼泪稀里哗啦，赶紧收拾母亲看病的东西。李小叶和二叶扶起床上的母亲，一起走出家门，留下大喜在家里看屋。何金香早已经在山下准备好了一辆面包车，跟着他们全家到了县人民医院，一直陪着进了病房。

两天之后，母亲顺利做完了手术，从死亡的边缘走了回来，全家人欣喜不已。一个星期后，母亲出院回到家里康复休养。这次住院手术共花了一万多块钱，剩下的钱买了身体康复期间需要的药品。要没有这些钱，母亲是无法渡过这道难关的。这期间，何金香还多次到医院来看望母亲，手术那天也在外面守着，出院后又上山来看望，还买了一大堆的营养品。

何金香成了李小叶家的救命恩人。

半年后，母亲可以下地走路了，全家人又恢复了往日的欢声笑语。这一天，忙碌一天之后，吃罢晚饭一家人早早就睡下了。黑暗中，母亲在床上对父亲说，家里现在基本恢复了平静，日子也会一天天好起来的，但这一切都是茶店老板何金香帮助的结果，是不是应该感谢一下人家呢？父亲说，应该应该。可是，现在家里还没有完全从困境中摆脱出来，拿什么去感谢呢？父亲说，要不抓两只家里的鸡，捡一筐鸡蛋给她家送去。母亲没吭声。父亲说，要不就把圈里的猪卖一头，给何老板买点啥高档的东西。母亲还是没吭声。父亲有些急了，那你说送点啥？母亲说，把小叶送过去。父亲在黑暗里立起了身，你这是啥意思？母亲说，你别急嘛，容我慢慢跟你讲。

原来，有天何金香来看母亲，聊天时提到她店里的一个伙计走了，需要一个懂茶叶的帮手，而且还要年轻的，可就是找不到合适的人，正在发愁。

母亲对父亲说，小叶读书学的就是茶，现在家里也无事，何老板急需要人，这不正好帮她解个难？父亲说，这也算是感谢？母亲说，当然啦，替人救急嘛，又不为了去挣钱，这是人情，以后家里有钱了，还要还人家的两万块钱呢。父亲说，那是的，就看小叶愿不愿意了。

第二天一早，父亲把晚上与母亲商量的事情对李小叶说了。李小叶说，我下山去了，照看我妈咋办？父亲说，有二叶呢。母亲说，你去吧，我自己能够照顾自己。李小叶就低下头无话了。

于是，李小叶就每天下山，到镇上何金香的茶店上班了。

日子就这样平平淡淡地走着，像山里的小溪水无声无息地流淌着。

没过多久，有一天，父亲和母亲在屋前的菜地里干活。母亲忽然问父亲，何老板家是不是有个儿子？父亲答，有的。母亲又问，你见过没？父亲答，见过。母亲继续问，人咋样？父亲答，胖乎乎的，好像在跑运输生意，你啥意思？母亲冒出一句，把小叶嫁了吧！父亲猛转身，瞪大眼睛看着母亲问，做何金香家的儿媳妇？母亲点头嗯了一声。父亲又问，这是何老板提出来的？母亲摇头说，不是，是我自己这么想的。我在县医院住院手术时，听何金香说她有个儿子，还没有结婚呢。父亲说，你是想把小叶嫁给她儿子来感谢她？母亲说，你看我们家里还有啥值得报答人家的。父亲说，你把小叶送到她店里上班，就为的是这个？母亲说，我是想让人家先看看我家的女子咋样嘛。

母亲对父亲说，前两天她下山到镇上买东西，见到了何金香，何金香把小叶美美地夸了一番，说小叶在店里如何如何虚心好学、聪明能干，在顾客面前如何如何态度和善、深受喜爱。何金香和在县城当厨师的男人都非常满意。尤其是何金香儿子，下班一回来，见到李小叶就高兴得不得了，眼睛就一直盯着她不愿意离开，像被磁铁吸住了一样，以前没事就跑出去跟一帮子朋友玩耍、喝酒打牌，现在有空了就回家到店里来帮忙，眼睛离不开李小叶。何金香说，要是能够娶到小叶这样漂亮能干的女子做她家的儿媳妇该多好啊。

父亲说，可是小叶还小，才二十岁呢。母亲说，二十岁不小了，我跟你结婚的时候比小叶现在还小呢。男大当婚女大当嫁，何况何老板家条件不错，对咱家又有恩，小叶嫁给她家做儿媳妇亏不了，这是李家的福。父亲说，就不知道小叶愿意不愿意。母亲说，父母之命，媒妁之言，她应该是懂的。父亲不再说话了。

晚饭后，母亲把李小叶叫到自己的屋里，让她在床前坐下，跟她谈起了婚姻大事。母亲告诉她，当初把她从康城叫回来，一方面是要她继承种茶的家业，另一方面就是为了她今后的婚姻大事，在坝子镇嫁一户好的人家，今后全家的日子就有了依靠。母亲很快就把目标指向镇上茶店的老板何金香，听说她有个儿子很不错，长得高高大大的，在县城的运输公司工作。

李小叶一听，脑子里立刻炸了，她站起身来，表示坚决不愿意。原来，何金香的儿子叫朱大军，就是当年李小叶上小学的时候，欺负过她的那个胖子男生，学习成绩一直不好，爱跟一帮坏孩子一起打架惹事。后来没有考上大学，高中毕业后，靠他爸爸在县政府工作的关系，在县里运输公司安排了工作。按说人长大了都会变，过去调皮的，长大了就会老实。可这个朱大军一点不给家里争气，依然是一个扶不起的阿斗，整天不务正业，没事就跟一群狐朋狗友喝酒打牌，在县城和坝子镇没留下什么好名声。李小叶见了他就躲，从不主动跟他说话。

母亲说，小时候的事情还能记一辈子仇？人家现在长大了，又有正式工作，家庭条件又好，想嫁给他的姑娘多着呢。他现在的工作是在外面跑，自然朋友多，免不了喝酒打牌，结了婚就知道回家疼女人了。我们两家之间，种茶卖茶，知根知底，不分彼此。嫁到他家有啥不好？李小叶说，他爸好，他妈好，但这个朱大军她就是不喜欢。母亲说，有啥喜欢不喜欢的，男女之间接触多了，自然就会有感情。

母亲说，多少年了，何金香一直帮助家里，茶叶不论好歹，一律照收，价钱公道合理，做人厚道，且从不拖欠一分钱。逢年过节，还给茶农分发红包，这样的店家很少。再说，我生病做手术要不是何金香帮助，慷慨地拿出两万元钱来，可能连命都没有了。

母亲问李小叶，你知道咱镇上的那个塔吗？

李小叶点点头。

母亲指的是在镇东头江边的那座塔，旁边有一座小寺庙。塔是用石头砌成的，共七层，灰白的，有些斑驳，上面长了草，立在江边，经历风雨，远远看去就像一个站在江边远眺的书生。李小叶在镇上读小学的时候去过，也带二叶和大喜到那里去玩过。

母亲问，你知道那塔叫啥名字吗？

李小叶摇摇头。

母亲说，它叫报恩塔。

接着，母亲给她讲了报恩塔的故事。说是乾隆年间，一外地商人乘船路过坝子镇，遭到一路土匪的追杀，就将一个装有数百两白银的袋子，套在跟随自己的一条大黄狗身上，然后将狗推入江中。数日后，商人躲避过土匪的追杀逆水返回，寻找大黄狗和银袋，一路上认为家犬或已淹死，银袋早已丢失。他沿着江边行走。然而，意想不到的是，在一座小寺庙旁的树林里，发现了自家死去的大黄狗，身体下还压着他的那一袋银两，银两安然无恙一两不少。商人大哭一场，厚葬义犬，并将袋里的白银全部捐出，在江边修建了一座小塔，取名为报恩塔。

母亲讲完故事，眼睛已经湿了。母亲说，商人报的是大黄狗护银之恩，而大黄狗报的是主人收养之恩。一个人如果没有报恩之心，那还是人吗？

李小叶说不出话来，脸上有了两串眼泪……

李小叶的婚姻一开始就注定了是一个错误。

然而，她只有沿着这条错误的道路走下去，哪怕前面是沟沟坎坎、荆棘丛生，她也要往前走，因为她别无选择。为了这个风雨飘摇的家，她必须以自己的爱情作为代价，换来一家人阳光灿烂的日子。

她希望走到后面，能看见光明。

当天晚上，李小叶躺在床上不能入睡，眼睛望着瓦房的屋顶，泪水爬满了脸颊。二十岁的她，不再是过去那个满山遍野疯跑的小丫头了。她已经长大成人，是一个浑身散发着青春气息的大姑娘了。在康南山区，这样年龄的女孩子早已经谈婚论嫁，有的已经当上了孩子他妈。

可是，她还不想结婚。

李小叶也憧憬过自己的爱情。在康城读茶艺技术学校的时候，她就幻想过找一个城里的男孩子，高高瘦瘦、斯斯文文、干干净净的，做她的白马王子和意中人。她甚至有一段时间暗恋过学校艺术团主持节目的那个帅气男生，只要一看见他出现在礼堂舞台上，她就浑身发热，手心出汗。平日偶尔在校园里或食堂碰见，她就感到移不开步，呼吸困难，胸口里怦怦地跳。

有一次，那个男生回头朝她点点头，微微一笑。她顿时觉得一瞬间地球停止了转动，脑子里一片空白。等清醒过来，那个男生早已经不见了。她的好朋友杜咪笑她得了花痴病，劝她喜欢就大胆地追，别自己偷偷摸摸地折磨自己。可她一口否认，说绝没有这样的事情。

后来有一天，她去图书馆看书，刚好碰见那个主持节目的男生也在看书，她正要上前去坐在他的旁边，却忽然来了一个穿着时髦的女生，走到男生跟前，当着众人的面在他脸上亲吻了一口，然后挽着他的手，一起说说笑笑走出了图书馆大门。

太过分啦！她差点喊出声来。

但是，她却躲在一边，看着两个人一直亲密地走远。她顿时感到万分失落，心里一下就空了，转身跑回宿舍，趴在床上整整哭了一夜。杜咪劝她也没有用。

可是，没想到第二天一大早李小叶就起床了，到操场上跑步，然后洗漱吃饭，然后到教室上课，好像什么事情也没有发生过。杜咪问她花痴病怎么这么快就好了。她一笑，露出两排白牙，说我已经恋爱过了，已经知道梨子是啥滋味了，呵呵呵呵。杜咪瞧着她说，神经病！

李小叶想，爱情或许就是这样吧。

可是，现在她却要嫁给一个自己不喜欢的人，一个不能见了叫自己浑身发热、手心出汗、呼吸困难、头脑一片空白的人。多少年来，每当想起那个小胖子男生扯下她脖子上的纱巾，要看自己胎记的那一幕，她就感到一种羞辱和愤怒。可是，命运就是这样捉弄人，没想到自己偏偏要嫁给他，嫁给那个鼻子上曾经挂着鼻涕的留级生，想想都恶心。

现在为了家里的报恩，她只能委曲求全。

李小叶闭上眼睛，冰凉的泪水滚过她的脸颊……

第二天一早，母亲下了山，去坝子镇见茶店女老板何金香，临走前还在地里拔了一大筐新鲜蔬菜带去。两个人见面的情景李小叶不知道，但母亲中午回来时，脸上一片喜气，还没有进家门就远远传来的笑声，已经表明了一切。她带回的筐子里塞满了一大堆吃的穿的用的东西，还有一瓶父亲爱喝的康城老白干。

母亲进门就把父亲叫到跟前，高兴地说，女儿的事情成了。我跟何金香一提起两家的婚事，何金香就高兴得不得了，眼睛都笑弯了，说她和娃他爸做梦都想小叶成为她家的儿媳妇。儿子跟李小叶是同学，打小就认识，一直对小叶念念不忘。从工作到现在，镇上县里有好多漂亮女子都想跟他好，他都不愿意，说就喜欢李小叶。这就是缘分。

我说，就是缘分。

我们俩手拉手一阵喜悦，很是亲近。何金香要留我在镇上吃午饭，我说，不了，我要赶快回家把这喜事告诉家里。何金香说，好好好，三天后，我要亲自带着儿子上山来见面提亲。

母亲一口气讲完了与何金香见面的经过，家人都跟着兴奋起来。只有李小叶坐在里屋窗前，看着远山和飘浮不定的云层，脸上木木的没有一点表情。

三天后，何金香果然带着儿子朱大军正式到山上来提亲了。不用说，父母非常高兴，赶紧叫何老板和朱大军进屋，又是端茶又是让座。平日清冷的小院坝，有了欢声笑语，也有了喜气洋洋的氛围。

何金香对李小叶父母说，别再一口一个何老板了，以后都是亲家，这样叫起来生分。父母点头笑着说，好好好，亲家亲家。何金香说，以后小叶和大军结婚了，愿意出去工作，大军他爸可以在县里给她找，不愿意出去也可继续在镇上帮我打理茶店里的生意，她聪明好学，以后这个茶店迟早都要交给她的。母亲高兴地说，怎么都行，我家小叶不挑。何金香还希望李小叶父母以后也搬到镇上去住，说我家在镇上盖了新房，门面是茶店，楼上可以居住，后面还有一个很大的院子，两家人住在一起热闹。父亲婉言谢绝，说在山上已经住习惯了，再说家里还有茶地和菜地，还有猪啊狗啊什么的，都离不开人照料。何金香说，也好、也好，反正随时可以下山来住，就当是自己的家。

父母心里很是感动。

跟在何金香身后的朱大军，眼睛一直在寻找李小叶。这个当年欺负过她的胖小子，虽然现在已长得五大三粗，但始终没有忘记过去被她撞倒的那件糗事，至今想起来还有些心有余悸。可是他又太想看见她了，心里一直去不掉那时候就产生的念头，尤其是扯下她脖子上的纱巾，露出粉红胎记的一瞬间，身体里涌起一种说不出来的兴奋和冲动，如火一样地炙烤着他。

从在学校读书起到走向社会，他朱大军认识的女孩子多了，但最终心里都被李小叶勾着，他不清楚这到底是为了什么。李小叶去康城读书后，他也念念不忘，还从县域跑到她学校去偷偷看她。学校放假，得知她从康城回来，他又悄悄跑到山上想去看她一眼。

一晃几年光阴过去了，他就像着了魔一样想着李小叶。他认为，也许她再也不会回来了。可是，忽然有一天，他回到家刚到店门口，居然看见李小叶就在他家的茶店里上班，这真他妈的太邪门啦！他感到万分惊喜，内心的火焰又燃烧起来，而且更加炽烈。他想，你这个“疤子女”绝不能让你再跑掉了。

现在终于到李家提亲了，朱大军心花怒放，他特地穿了一身新西装，打了领带，头梳得油光锃亮，希望获得李小叶的好感。可是，他一来到山上，除了见到李小叶的父母和弟妹，却没有看到她的身影。这显然是她故意躲着不愿见他。后来，李小叶的母亲叫了几声，她才从里屋出来，没看朱大军一眼，也没叫他一声，只是礼节性地跟何金香打声招呼，然后又回到里屋，关上了门，故意把朱大军冷落在外面。

朱大军显得十分尴尬。

母亲说，这孩子还有些不好意思。

何金香笑着说，没关系、没关系，女孩子嘛，矜持一些好。

朱大军在坝子镇的年轻一辈中，也算得上是一个人物，钱多哥们儿多，喜欢热闹，天不怕地不怕，啥样的场面都见过。可是奇怪得很，一见到李小叶就好像变了一个人，变得胆小心虚。他几次想走到里屋门口，推开门主动跟李小叶说话，打破尴尬的僵局，但始终没有胆量迈出步子。他只好来到屋外，从身上掏出烟来点上，一边抽一边走到菜地篱笆边，不小心居然踩到一团稀糊糊臭烘烘的东西上，差点滑倒。

二叶和大喜在一边捂着鼻子笑着喊道，胖子哥，你踩到小黄的“地雷”啦，哈哈哈哈。

家里的大黄狗跑了过来，冲着朱大军一阵狂吠，汪汪汪汪。朱大军叫一声，我的妈呀！吓得脸都白了，赶紧扔了烟就往下山的小路上跑，一边跑一边喊，妈我先回去啦！大黄狗在后面紧追不舍。

二叶和大喜笑得弯了腰。

李小叶在屋里听了也扑哧一声乐了。

在山上提亲见面后，第二天两家人在镇上的酒楼吃饭，何金香安排了一桌丰盛的宴席。饭桌上，何金香不停地给李小叶的父母倒酒夹菜，亲家长亲家短的，营造出喜庆和谐的气氛。并且给儿子朱大军使眼色，要他主动跟李小叶说话，照顾好她。

朱大军喝了几杯酒之后，胆子才壮了起来，先是给李小叶父母敬酒，然后壮着胆给李小叶碗里夹菜，嘴里说一些酒桌上的豪言壮语和笑话。二叶和大喜不时发出嘻嘻的笑声。可是李小叶却不动声色，心里就是高兴不起来，只顾低头吃饭。

过了一会儿，朱大军喊着要跟李小叶喝酒，李小叶不想跟他喝。她说自己不会喝。朱大军坚持要跟她喝，说这个日子一定要喝。于是，李小叶就改变了主意，要喝就用大碗喝，一人喝一大碗。朱大军说，好好好，喝就喝，老同学了嘛，要喝就喝三碗，三六九朝上走。他要在李小叶面前表现一下自己。

一大碗能盛下二三两酒，三大碗下去就是小一斤了。朱大军料想李小叶怕一碗也喝不完就会倒下去，等她喝不下时就替她喝，这叫英雄救美。

两家老人都劝不要这样喝，何金香还瞪了朱大军一眼。

可是，李小叶说，好，三碗就三碗，我奉陪。

两家老人眼睛都直了。

朱大军倒好酒，站起来端着碗说，我今天高兴，先干为敬。一仰脖子把碗里的酒喝了。

李小叶也站起身，端起酒碗说，我今天也高兴。说罢，也把碗里的酒喝了。接着，又倒上一碗喝了，又倒上一碗喝了，一口气接连喝了三大碗。最后把碗向朱大军眼前一亮，底朝天扣在桌子上。她嘴里吐一口酒气，用手在嘴上一抹，然后稳稳地坐回凳子上，眼里射出两道光芒。

李小叶喊道，喝，你喝，不喝是王八蛋！

两家老人都吃惊地瞪大眼睛。

朱大军端起碗，摇晃着身子站起来，酒溢了出来，洒了一些在桌子上和地上。何金香拦住儿子，劝他别喝了，说你已经喝多了。朱大军推开他妈的手，红着眼睛说，我没喝多，我今天高兴，就要跟她喝……喝……他结结巴巴地说完，喝下了第二碗酒。可是，当第三碗酒刚端起来，还没挨到嘴边时，只见他腿一软，身子一歪，就摔倒在桌子下面了，手里的酒也洒了一地。

李小叶红着脸哈哈地大笑起来。

回家的时候，李小叶是被父母架着上的山。

这个错误的婚姻，就这样拉开了序幕……

半年后，李小叶和朱大军结了婚。

结婚的当天，何金香在县里的天香楼摆了三十多桌，请来了亲朋好友和坝子镇上的街坊邻居，专门租了三辆大巴车，加上迎亲的十几辆小车，排成了一条长长的队伍，从坝子镇一路往县城开去，很是风光。

之前，朱大军带着他的几个哥们儿，上山迎接李小叶一家下山，在门前噼里啪啦放了一大堆鞭炮，等待李小叶穿好了新娘的衣服后，朱大军进门要牵她的手出门。李小叶甩开了他的手，要自己走。她旁边是好朋友杜咪，作为她的伴娘，后面是父母和二叶、大喜，还有一些过去要好的同学、茶场的邻居。

天香楼里的婚礼隆重而热烈，布置得光彩耀眼，这对坝子镇里的人来说，也算是开了眼界，都说李小叶好福气。给茶店老板何金香当儿媳妇，是上辈子修来的福气。大家对于她的婚姻都羡慕不已。

整个婚礼的过程，李小叶都神情呆滞，脑子里一片空白，感觉这不是真实的存在，就像在看过去的一部老电影，一个我可以看见另外一个我，另外一个我在飘浮不定的画面里。婚礼现场闹哄哄的，她却一点也听不见，任由人摆布，就像一个木偶。

一直陪在身边的杜咪对她说，你高兴一点，今天是你的大喜之日。李小叶说，有啥好高兴的，我就这样嫁给了一头“猪”。杜咪看看左右说，小声点。李小叶说，怕啥，就是一头“猪”嘛。说着，就哭了起来。杜咪赶紧安慰她一番，说那你以后就生一堆小猪崽。李小叶说，去你的，你才生小猪崽呢。杜咪捂着嘴哧哧地笑。

婚礼啥时候开始的结束的，啥时候坐车回的坝子镇，啥时候进的新盖的婚房，父母朋友同学邻居啥时候走的，李小叶一律想不起来。直到人都散尽，闹声消失，一个人坐在屋子里的时候，她才发现自己是在一个陌生的房间里。外面天色已黑，屋里亮起灯光，眼前闪着一片红红绿绿的光彩。

李小叶感到屋里很闷，透不过气来。

这时，门哐当响了一声。朱大军歪歪斜斜地进来了，一身的酒气，随手关了门。他盯着李小叶从上到下地看了一遍，得意地笑了起来。李小叶站起来，准备逃出门去。朱大军双手拦住了去路。他见李小叶的脖子上还系着一条红色的小纱巾，就伸过手去，说，今天晚上就不用再系这个东西了吧。

李小叶用手一挡，别碰我！朱大军吐着酒气说，为啥不能碰你，你是我老婆了，为啥不能碰你？李小叶说，我们今天先把规矩定好。朱大军眨眨眼睛问，还有啥规矩？李小叶说，很简单，就三条。朱大军怪笑着说，别说三条，只要你跟我好，就是三十条、三百条我都答应。

李小叶对朱大军说出了三条规矩：一是结婚后不许赌博，二是不许吸毒，三是不许在外面找女人。这三条做到了，就跟他过日子。朱大军一听，先是愣了一下，然后就大笑了一声，举起右手对李小叶说，这三条规矩保证做到，做不到我就吃狗屎喝猪粪！

李小叶说，这是你说的，记住了。

朱大军拍拍胸脯表示没问题，然后就晃着脑袋，迫不及待地扑过来，一把搂住李小叶，说，取下你脖子上的纱巾，让我今天晚上好好地看一看。

李小叶说，不行！

朱大军不高兴地吐了一口酒气，说，咋不行？

他心想，等这一天，我等了十多年了。李小叶，难道你对小时候的事情还在记仇？不就是想看看你身上的胎记嘛，你当着那么多同学的面把我撞倒在地，让我出丑丢人，我还没跟你计较呢，你还高傲得不行。你家的茶叶是我家收的，你妈看病手术的钱是我家出的，你弟弟上学的费用也是我家给的，没有我家的帮助，你家能有现在的好日子吗，嫁给我难道委屈了你？

李小叶看出了朱大军心里在想什么，她转过头去，眼睛里有了泪光。朱大军借着酒劲喊道，我今天就要看看你的疤子怎么啦？你是我的老婆，我还不能看了？看你今天还敢撞我。说着，上前一把扯下李小叶脖子上的红纱巾，然后把她抱起来向床前走去。

李小叶一边尖叫，一边挣扎。

朱大军怪笑着把李小叶扔到床上，正想挨近她，没想到脸上重重地挨了一巴掌，紧接着肚子上又被踢了一脚，他捂着脸踉跄着退了几步差点摔倒。

朱大军恼羞成怒，骂了一声脏话，号叫一声，像野兽一般地扑了上来，把李小叶压到床上。他掀开她的衣领，仔细瞧着她白净光洁的脖子上那块粉红色的小胎记。他喘着粗气，眯着醉眼嘿嘿地笑着，好看，真好看！

看着看着，突然身体里的一种东西就涌动起来，如同着了火一般，轰的一声开始燃烧。他将身体猛地压在她的身上，手伸向她胸前的衣服扣子。李小叶挣扎着央求道，不行，真的不行！我今天身子下面不舒服……朱大军狂声喊道，今天是我的新婚大喜之日，有啥不行，哈哈哈哈。

此刻，朱大军已经疯狂地失去了理性，那块粉红色的小胎记像火苗一样，点燃了他体内躁动的欲火。他一把抱住李小叶，用力撕开她身上的衣服，扣子噼里啪啦地迸飞。接着，脱去她的内衣，她的上身完全暴露无遗——朱大军瞪大惊呆的眼睛，兴奋而又紧张，浑身发抖，像猛兽一般扑了上去。

李小叶使劲挣扎着身体，哭喊道，你个流氓、流氓、坏流氓……

朱大军疯狂地笑着、吼叫着，老子就是流氓，就是流氓，就是流氓，就是流氓，就是流氓——他已经完全控制不住自己了。一种疯狂的占有欲在身体里膨胀，他的神经亢奋，欲火燃烧。他不顾一切，扯下她的裤子，又扯掉自己的裤子，把又胖又壮的身体像石碾子一般压过去。

李小叶的挣扎毫无用处。在晃动的灯光下，她就像一条被抛到岸上的鱼，不停地摆动，双眼闪着绝望的泪光。朱大军狂笑着，更加有力地压住她，使她不能动弹，并且用嘴在她的脸上和脖子上一阵乱吻，用手在她丰满结实的乳房上不停揉捏，任凭她怎样躲闪和拼命抓打，他燃烧膨胀起来的欲望不可遏制，最后快速地冲向目的地……

李小叶下身疼得如尖刀刺入一般，她痛苦地大叫，啊——

眼前一片血光……

# 四

李小叶在康城长途汽车站下了车，没出站又坐上一辆小巴，继续向山里逦逦而行，一个多小时后终于辗转到了康城山区的阳南县。如果再搭乘出租车或者三轮车，走十几公里的乡村简易公路，就是家乡的坝子镇了。但是，她没有再继续往前走，而是在县城里找了一家靠近江边的快捷酒店住下来。之所以住在县城里，一是她在县城有一件事情要做，二是不想回去引起坝子镇人的注意，三是不想在家里待的时间太长。

这时候，已经是下午的四五点钟，西斜的太阳被灰暗的云层遮掩，天空显得有些苍白无力。

她在酒店的房间里放下行李，拉开窗帘看了看外面的街景和楼下走动的行人，然后又把它拉上。她打开了电视机，调到新闻频道上，一边听一边倒在床上，闭上眼睛休息一会儿，这才感觉心里平静了许多。毕竟这里远离了省城那个危险之地，离家已经不远了。

李小叶真的不愿意出现客户闹事的事情，这些人大都是她这几年好不容易积累起来的客户，里面有政府的公务员，有公司老板、城市白领，也有社区的普通百姓，还有一些农村的房屋拆迁村民。这些人是她的衣食父母，他们买她的保险，她才有佣金有饭吃。

真正的大客户们，是不会抛头露面到公司里来找她的，他们会通过别的方式向她施加压力。现在或许还不是他们来找她的时候，他们可能正在暗地里观察着事情的发展，一旦触及底线，就会反目成仇。眼下主要还是那些普通的社区居民和农民拆迁户，生怕拿不到钱，一天就吵吵。几天前，她曾去白河村找过村主任贾兴旺，希望他能够缓一缓。贾兴旺却威胁说，拿不到钱，我们就要闹事。她以为贾主任只是嘴上说说而已，可是没想到他居然来真的，跟长安传媒公司的老板谢长安勾结一起，带着客户到公司闹事。幸亏她躲得及时，要不然被客户纠缠住就脱不了身了。现在想想，真是后悔不该跟这些人打交道。

李小叶早预感到要出问题，正在想办法弥补漏洞，可还没来得及行动，客户就把事情捅出来了，不知这下该怎样收场。

休息一会儿之后，李小叶拿出手机，准备开机与外界进行联系。从早晨离开省城到现在，她已经“失踪”了七八个小时，她很想知道现在事情发展的状况，不知道那些在公司门口找她闹事的客户散了没有，也不知道经理贺大虎和副经理马红艳是如何对付这些人的。

她坐起身来，靠在床头上，首先拨通经理贺大虎的电话，第一道铃声刚响，里面就传来了贺大虎着急上火的声音，哎呀，李小叶啊，你现在在哪里呀？我们正在到处找你。你的手机也打不通，你跑到哪去了啊？

李小叶尽量用平静的语气说，不好意思贺经理，我今天一早接到家里电话，说母亲病了，因为走得急没跟你请假，就赶回康城老家了，后来手机也没电了，对不起啊。

贺大虎着急地说，你还是赶紧回来吧，公司现在都乱套了，今天一早你的客户就跑到公司来把大门围了，找你要钱，找公司要钱，到底是咋回事？

李小叶故作惊讶地说，有这事情？可能是我跟客户在业务和资金上有些误会。贺经理，这件事电话里说不清楚，你放心，我会处理好的，我在老家待两天很快就回去。

贺大虎语气一下变了，发火道，现在都啥时候了，你光顾着家里，想没想到公司？客户跑来闹事，我们只好报了警，110 和市公安局的人都来了，这才暂时平静下来。可是事情还没有解决，你不回来说清楚，客户还会闹事的，我这个经理还怎么当？

李小叶一听 110 和市公安局的人，心里一惊，手就像触电一样一抖，手机啪地掉在了地上。

贺大虎还在电话里声嘶力竭地呼喊，李小叶——李小叶——

李小叶感到了事情的严重性，公安局的人一出面，事情就麻烦了。可是，她从贺经理的话语中，又感觉到事情还没有坏到这个地步，要她回去是说清楚与客户发生的问题，平息闹事的风波，110 和公安局的人到公司来也就是例行公事，维护一下社会治安和秩序，驱散闹事的人群，然后他们也就撤了。一切万事大吉。

李小叶侥幸地这么想，刚才紧张而悬吊起来的心，又落了下去。真是自己吓唬自己。不过，当务之急还是要尽快弄到钱。这时候，她想到了林亚雄，现在也许只有他能够帮她一把，渡过眼前这个难关。毕竟她是他的干妹子，是他的救命恩人。

李小叶从地上捡起手机，拨通了林亚雄的电话。

林哥，是我，小叶。

妹子，你在哪儿？

我……我现在在外地……李小叶在电话里忽然低声哭了起来。

你怎么啦？别哭，慢慢说。林亚雄在电话里安慰她。

我遇到事情了，欠客户一些钱……

我知道，我听人说了，咋回事？

李小叶把客户到公司闹事的原因简单向林亚雄讲了讲，但她没有说出与宏达投资公司投资的事情。她说需要他帮忙，借她一笔钱缓解眼前客户闹事的危机。林亚雄问要多少钱，李小叶想了想说，眼前大概几百万吧，然后可能还需要一两千万……我会还你的。林亚雄一听，顿了一下，说，这可不是个小数，现在经济形势不好，公司流动资金也很紧张。不过，既然妹子开口了，哥一定会帮你，别哭了。

李小叶抹去眼泪，感谢林亚雄答应对她伸出的援助之手。她就像一个掉进河里在漩涡中挣扎的人，忽然抓到了一块漂浮而来的木头。

林亚雄问，你啥时从外地回来？

李小叶说，过上两天吧。

林亚雄说，好，我给你想想办法。

李小叶的眉头终于舒展开了，她心里松了一口气，感觉有了希望。只要林亚雄能借钱给她，先支付给闹事的客户，眼前的风波就会平息下去，她的资金链条就会重新连接而运转起来。她就可以继续在省城立足和发展，在公司展露她销售明星的风采，就像任何事情没有发生一样。

有了好的心情，李小叶又给好朋友杜咪打了一个电话，亲爱的，你在干吗？

杜咪喊叫道，哎呀，你这人跑哪去了，急死我了，现在才听到你的声音。

李小叶问，你急啥啊？

杜咪说，现在好多人都在找你，你玩什么失踪呀？一大早，我就听说你出事了，保险客户把整个开发区的街道都堵了，你牛啊！

李小叶说，没这么严重，夸张了吧？

杜咪说，还不严重，你们公司的领导派人来把我叫去，还有公安局的两个警察站在一边，问我知不知道你去哪儿了，我说我哪知道啊。还问我们俩是啥关系，可笑不。我说，我们是好同学好朋友闺蜜呗。

李小叶问，他们还问啥啦？

杜咪想想说，他们还问我你平时都跟什么人来往，爱去什么地方，我说这些跟我没有关系，我不知道。

李小叶说，咪，你够哥们儿！

杜咪说，小叶，我们是好朋友，你到底出啥事了，老实告诉我，可别吓唬我啊。

李小叶说，真的没啥事，就是拖欠了一些客户的保费，他们就跑到公司去闹事了。

杜咪说，是这样啊，那你打算咋办？

李小叶说，想办法还呗。

杜咪问，你现在在哪儿？

李小叶说，我回康城老家了，要办点事情，很快就回来，千万不要告诉别人啊。

杜咪说，知道了，你还是早点回来吧，我眼皮老跳。

李小叶说，放心，天塌不下来的。

打完电话，李小叶从床上坐起来，看了看手机上的时间，站起来走到卫生间里，对着镜子简单梳理了一下头发，又回到房间里，打开床边的行李箱子，从里面取出一件短风衣穿上，然后提上随身带的小包，走出了快捷酒店的房间。

李小叶来到街上，漫无目的地走着。

她很熟悉这座山区里的小县城，房屋依山而建，鳞次栉比，层层叠叠，有新修的水泥楼房，也有老式的青砖瓦房，就像一块块高低不平的积木。从县城里望出去，一条清江水从城的脚下流过，江上有一座水泥大桥，跨过桥对面依然是山，一条狭窄的简易公路一头通向康城，另一头通向省外。

李小叶不知不觉地走到江边，看着汩汩流动的江水，一直流向十几公里外的家乡坝子镇，然后再往前流向很远的地方。

现在她想家了，但却又不敢回家……

李小叶结婚后就住在了山下坝子镇的街道上。

房屋是新建不久的，一共三层，是水泥混合的砖瓦房，墙上还贴了耀眼的白色瓷砖，就跟城里人住的一样，在镇上街道的老房子里显得格外醒目，令人羡慕。一楼是茶叶店，比以前的老铺子大了一倍多，后面有一个院子，是库房和厨房。二楼公公婆婆住，三楼是李小叶和朱大军住，有卧室有客厅，还有卫生间和阳台，很是宽敞亮堂。

李小叶住在这样的房子，比以前山上家里的破旧瓦房强了许多。既然木已成舟，嫁给了朱大军，给何金香做了儿媳妇，她的心也就渐渐安定下来。

李小叶想，朱大军这个人她不喜欢，但婆婆和公公对她还算不错，尤其是何金香，简直就是把她当女儿一样看待，心疼她心疼得不得了，吃的穿的样样都考虑得十分周详。她每次到县里或康城办事送货，都要给李小叶买回漂亮的衣服鞋子，只要是看见城里女孩子穿着好看的，就一定也会给李小叶买。她还亲手给李小叶做喜欢吃的清江大锅鱼，鱼必须是早晨刚从清江里打起来的。她一大早就在江边的码头上等着，打鱼的人送来鱼，她快步拎回家里，直到下锅鱼还在活蹦乱跳。

这些，都让李小叶非常感动。

结婚后，山上家里的日子也一天天开始好起来。李小叶出了嫁，二叶在家照顾父母，大喜上了中学，学费有婆婆家资助，连以前母亲住院手术的两万块钱，何金香也坚决不要家里还了，说都是一家人还有啥借不借的。父母非常感动，一致认为李小叶嫁对了。家里的经济负担一下减小了，种茶虽然很辛苦，但到了收茶的季节，父母的脸上竟有了多年不见的笑容。

这一切，李小叶都一一记在心里。

李小叶最为高兴的事，是跟着婆婆何金香学习经营茶叶买卖。婆婆告诉她，茶店的生意迟早要交给她，不会交给儿子朱大军的，交给他不放心。因此，就没有给李小叶在县城里去找工作。李小叶很愿意，她学的就是茶艺专业嘛，跟着婆婆学经营，正好可以发挥专长。

于是，李小叶就跟着婆婆何金香开始学习做茶叶生意。从如何跟人打交道，到如何识别茶的优劣，婆婆都是一点一滴、手把手地教她，很多东西是在书本上根本学不到的。尤其是婆婆的为人，不论是茶农或者茶商，还是普通茶客，她都是以诚信赢得他们的信任，以豪爽、大方、热情获得他们的赞誉。比如，对待茶农，不论啥收成的情况下，她都会收下他们的茶叶，哪怕自己吃点亏，也不会拖欠他们一分钱，因为种茶人十分不易。对待茶商，她与他们公平交易，一言九鼎，说话算数，绝不含糊，你敬我一尺，我还你一丈。对待茶客，更不用说，完全当成了自个儿的家人一样，镇上的街坊邻居或者县里的老客户来了，需要啥茶尽管到店里来拿，先不提钱字，拿回家喝了感到满意再付。对于新客户，她会主动送一包茶先让他们品尝，然后告诉他们，什么茶好喝，什么时候喝什么样的茶，喝茶要用什么样的水，用什么样的茶具，水到什么样的温度最好，等等，客户心里感到温暖。

一到春天的清明前后，何金香更是忙碌，把刚出的新茶一一精心打包装盒，对照客户名单，远处的邮寄托运，近处的一家一家地送到门口。

清明的前一天，突然下了大雨，婆婆依然坚持要到县里送茶，李小叶劝她改天再去。婆婆说不行，今天一定要去，就是下刀子也要去。县里中学有个教书的老先生，每年的清明前一天，一定会在家门口等她送茶叶。李小叶只好跟着婆婆，冒着大雨，坐一辆三轮手扶拖拉机，一路颠簸到了县城，一家一户地送茶叶。客户们都感到十分意外，又感到格外地高兴。

到了教书的老先生家时，果然见他打着伞，站在门口，一见到她们两个人浑身透湿，送来了茶叶，颤抖着嘴就说了一句话，我知道你们会来的……因为这是清明前的新茶，他年年在清明这一天，用来祭奠他的父母。

李小叶得知这个细节，当时就眼睛一热，脸上分不清泪水和雨水了。

从此，小叶对婆婆何金香从感激变为敬重，跟着她认认真真地学习做人和做茶。这期间，朱大军依然在县运输公司上班，早出晚归，因为有了李小叶，逐步减少了与过去那些哥们儿朋友的聚会，也很少出去喝酒打牌，家里的日子过得还算太平。

时光在四季的更替中，不急不慢地走着，使这座山区里的小古镇显得格外地静谧祥和，也使李小叶的心里感到一种安稳和满足。她似乎忘记了过去对于外面世界的向往和追求，忘记了想到大城市里当茶艺师、开茶楼、办茶艺班那些不切实际的理想。她认为这样的生活就很好，多少康城山区的漂亮女孩子，也没有她现在这样的日子呀。

李小叶渐渐适应了婚后的生活。

坝子镇是个古朴的山区小镇，镇上虽然有不少新修建的平顶小楼房，但依然能够看到许多过去的尖顶青砖瓦房铺排在江边的山上，高高低低、错落有致，一条条石板路把街巷连接起来，加上古老树木的掩映，显示出一种别样的韵致。

镇上的街道很窄，路是用石板铺成的，时而有大车小车摩托车从街道中间穿过。除了茶店，沿街还有卖各种小商品和乡间日用杂货的店铺，过去用的塑料暖水瓶和生铁打的刀具斧头什么的还能够见到。有几家小餐馆和一个酒楼，餐馆卖的是当地人的小吃，过去不叫餐馆，叫食堂。酒楼是一个在外面打工挣了钱的人盖的，是镇上最豪华的饭馆，还有点欧式的风格。

江上有一条铁索桥，桥身由许多粗大的铁缆绳拉扯着，上面铺着木板，山民们早晚背着背篓，走过铁索桥，来到镇上卖出自家的山货，换回养家的柴米油盐。李小叶家从山上下来，也要经过这条铁索桥，才能把茶叶送到镇上的茶叶店里。

再往镇子的东面，有一片树木浓密的地方就是小寺庙和报恩塔，紧靠在江边，一到农历的春节，镇上的老百姓就在那里举行祭祀活动，祈求神灵庇护，来年五谷丰登和家人平安。

李小叶很快就熟悉了镇上的一砖一木，也熟悉了镇上的每家每户。一年后，李小叶生下了女儿，取名欢欢。

接着，日子就开始有了变化。

变化是从坝子镇要修高速公路开始的。据说，这条高速公路从省城到康城，穿过坝子镇一直连接到南方的外省，今后会给坝子镇带来很多好处。城里的人可以开车到这里来旅游，外面的人也可以到这里来投资盖楼房、开酒店。镇上的茶叶药材等土特产也可以卖到比县城和康城更远的地方，卖到南方的外省去，这样就可以带动镇上的经济，使坝子镇改变贫穷面貌变得富裕起来。年轻人盼望高速公路早点建起来，今后到康城和省城都很方便，在繁华的大城市里逛上一天，当天就可以轻轻松松地回来。年轻人在街道上挂起横幅，表示欢迎。

然而，修高速公路遭到了老人们的反对，其理由是：二十多年前，坝子镇的清江下游修建水电库区，迫使镇上临江的房屋进行搬迁，在搬迁的过程中，江边那些有飞檐斗拱的明清老建筑，几乎遭到了毁灭性的破坏，镇上的老会馆、码头栈道、古戏台等，至今只剩下一片风雨飘摇的残骸。老人们担心，修高速公路，会把坝子镇糟蹋得更不像样子。高速路通了，城里人都跑来了，那还是乡下吗？那日子还能够安宁吗？老人们坐在镇政府门口不走，反对高速公路修过来。

年轻人和老年人的想法不一致。最后，镇上领导出面进行协调，才平息了双方的矛盾。上面政府修高速公路谁也挡不住，但反映情况后，高速公路重新做了规划，不再直接从镇上通过，而是改为架一条高架桥从小镇背靠的山腰穿过去，这样就避开了对坝子镇的直接影响。然而，这个多年来闭塞偏僻的山区小古镇，从此再也不会平静了。

没有几天，高速公路的设计人员和工程人员就出现在坝子镇上，三三两两的人在后山上架着仪器、举着红旗开始进行测量。

这一天，朱大军急匆匆下班回来，告诉家里一个消息，听说坝子镇的这一段高速公路，基础工程要进行招标承包。朱大军的意思，他想要承包这个工程。他说，只要把这个工程拿到手，可以挣很多很多的钱，家里就是卖几年的茶叶也赶不上。

朱大军一直不安心在县运输公司工作，一年四季开车到处跑，日晒雨淋，早出晚归，挣的是死工资，没几个钱。那点钱还不够他一人在外面的花销。每个月几乎都是光着口袋回来，见到李小叶就感到心里虚慌。反倒是李小叶做的茶叶生意红红火火。一个男人挣钱不如女人，在外面是很没有面子的。朱大军早就不想在运输公司上班了，想到外面做生意赚大钱，他在外面有的是朋友，路子多的是。

李小叶劝他还是老老实实上班好，日子安安稳稳的。婆婆何金香也反对儿子到外面去做生意。高中毕业的时候，朱大军就嚷嚷要学做生意，何金香就买了一辆旧车，让他跑外地的茶叶销售，没想到跑了几天就不愿意跑了，吃不了苦不说，还动不动喝了酒就跟别人打架。有一次，居然把一个客户打得住了医院，连老本都差点赔进去了。他爸一气，干脆把车卖了，赔了人家医疗费，这才把事情了结了，从此他再也不提做生意的事情了。

何金香指着儿子的脑门说，朱大军，你就不是做生意的料，你有几斤几两，妈还不知道！

朱大军说，你们就是瞧不起我，这一次跟跑茶叶生意不同，我就要承包这个工程——他气得拔腿跑出门去，找狐朋狗友喝酒去了。

朱大军不听家人劝解，死活要去参加高速公路基础工程的招标。全家人没有办法，拦不住他，只好让他去碰碰壁，撞了南墙也许就知道回头了。

果然，朱大军去参加竞标失败了。

那天，从县城里竞标一回来，朱大军就垂头叹气，一脸沮丧的样子，躺在床上不说话也不吃饭。李小叶问他，竞标到底咋样啦？朱大军背过身去，气愤地骂道，让狗日的镇长儿子抢去了。他怪家里人没有找上面当官的送礼。

这样的结果，是和尚头上的虱子明摆着的。

李小叶以为，从此朱大军也就断了做生意的念想。没想到，过了不到一个月，朱大军又找到了一条发大财的路子。这一次，他比想要承包高速公路基础工程还要兴奋，就像打了鸡血一样，浑身是劲，眼睛发亮，手舞足蹈。

朱大军有一朋友，说认识一个从广东来的大老板，身家几十个亿，看上了坝子镇这块有山有水、古色古香的地方，准备在镇子东面江边买一块地皮，一开口就是上千亩，要在江边建一座豪华的高档旅游度假村和高尔夫球场。今后高速路一通，全国各地的有钱人都会跑来，休闲旅游，能赚大钱。广东大老板有国家有关部门的批复文件，盖了大红章子的，还有省市县领导在上面签的字，还有一张红红绿绿的规划图。

朱大军通过朋友的引见，在县城最高档的宾馆清江大酒店里见到了这个广东大老板。大老板住在宾馆豪华的套房里，戴一墨镜斜坐在客厅的大班桌后接电话，桌子上摆着那些红头文件，墙上挂着规划图纸，屋里挤满了前来与他洽谈投资项目的人，连门口都有人等着。

朱大军跟着朋友进了门，看见大老板正拿着电话，用半广东话半普通话的腔调，对电话里一个大领导直呼其名，称兄道弟，谈笑风生，看样子关系非同一般，一点不避讳屋里的人。屋里的人盯着大老板，大气都不敢出。朱大军紧张地站在一边，双手捏出了湿汗。

大老板打完电话，转过脸来，用半广东话半普通话的腔调对屋里的人说，不好意思啊，刚才你们县长要约我见面吃饭，没有办法啦，这个项目领导都很关心嘛。你们大家都是关系和朋友介绍来的，我可以给出一部分股份，让大家都有钱赚，共同致富嘛。

大老板说，现在地皮上面已经批了，资金一到位，就开始运作，到时候高速公路一通，地皮价格飞涨，投资的钱就可以翻几番，甚至几十番，这只是毛毛雨啦——大老板说，我们那里管这个叫炒地皮，就是跟炒股一样，地皮就是原始股，谁拥有谁就发财嘛。

屋里的人听着都咧开嘴乐了。

朱大军没想到赚钱对于有钱人来说，是这般容易。他站在屋里的角落，就像一根傻傻的木头。

朱大军觉得在度假村的地皮项目上绝不能再错过机会了。机不可失，时不再来，过了这个村就没有这个店了。他决定要赌一把，赚一大笔钱，让全坝子镇的人，还有全家人都对他刮目相看。

朱大军偷偷把家里的存款全部取了出来，又从茶叶店的周转资金中支出了一笔钱，一共五十万。跑到县城大宾馆里，交给了广东大老板。广东大老板给了他一张印制精美的股权证书，上面有大老板公司的印章，有大老板的签名。当然，股权证上还醒目地写着朱大军三个字。用不了多久，这五十万就会变成一百万、二百万，甚至上千万……朱大军看着股权证，兴奋得就像看见了银行点钞机哗哗地数钱。

朱大军没有把这件事告诉李小叶，也没有告诉他爸妈。告诉他们，一定会遭到反对，他赚大钱的梦想就实现不了了。朱大军想象着有一天人们向他投来羡慕嫉妒恨的眼光。想到这些，在没人的时候，朱大军就忍不住放声大笑。

然而，三个月过去了，半年过去了，坝子镇度假村投资项目却没有一点消息。这期间，广东大老板还请朱大军吃过一次饭，还送给他一块据说价值上万的进口手表。可是，后来就没有了音信。朱大军给他的朋友打电话，那朋友说酒店的门上还挂着度假村项目的牌子，估计大老板回广东处理事务去了，很快就会回来。手里有股权证，担心什么？

又过了一个月，朱大军实在憋不住了，自己就跑到县城的清江大酒店，叫服务员打开广东大老板的豪华套间一看，早已是人走屋空，度假村项目的牌子和墙上的规划图被扔在一个角落里。朱大军感到非常吃惊，赶紧给广东大老板和那个朋友打电话，手机都关机打不通。

朱大军发现事情不妙，拔腿就跑到县政府问建坝子镇度假村的事情，工作人员说从来没有听说有这样的项目。朱大军感到头在旋转，脸上的冷汗豆粒一样地冒出来，他赶紧跑到公安局报警。警察说，你来报警都晚了，前面已经来了不少人，都是被骗的。那个所谓的广东大老板就是一个大骗子，那些红头文件、领导批复签字和规划图纸，统统都是假的，连送给朱大军的进口手表也是假的，一百块钱都不值。这是一个诈骗团伙，在阳南县骗了一大笔钱，然后卷钱就跑了。现在公安机关正在追查破案，通缉那个“广东大老板”。

朱大军感到天旋地转，一屁股坐在了地上。五十万啊，一眨眼间就打水漂了，连个泡都没有冒一下。他恨不能马上一头栽进清江里。后来，朱大军终于打听找到了那个牵线的朋友，他躲在外县的一个亲戚家里。他告诉朱大军，他是去广东打工时在火车上认识的这个“广东大老板”，并不知道这人是个大骗子，他也被骗了二十万，只是他帮“广东大老板”介绍客户，给了他五万块的好处费。大家都想投资赚大钱，都是自愿上了骗子的当。可是这些受骗的人现在都在找他，有的还说要拿菜刀砍他，他只好躲藏起来，不敢露面，他真是冤枉死啦。

朱大军哑巴吃黄连，有苦说不出。

李小叶和家里人很快知道了这件事情，都感到为之一震，怎么也不相信这个残酷的事实。何金香一下就气得病倒在床上了。公公抄起门后的木棍子就追着朱大军在后院子里打，打得满院子鬼哭狼嚎、鸡飞狗跳。可是又有什么用，辛辛苦苦挣的几十万，就这样被儿子拿出去被别人骗走了。真是败家子啊！

李小叶欲哭无泪，抱着女儿就回到了山上父母的家。

天亮了，小县城从宁静中醒来。

李小叶一大早起了床。晚上做了一个噩梦，让她半夜惊醒，好长时间睡不着，直到天亮心里还堵堵的，感到郁闷不快。

她在快捷酒店楼下的小摊上吃过早饭以后，又回到酒店的房间，路过一楼大厅时顺手拿了一份当地的报纸。她从行李箱里取出一件浅蓝色短风衣穿上，山区县城里早晚还有点凉。然后又从那二十万元里分出一半，用刚才拿的当地报纸包好，放进一个装食品的普通小提袋里。

她走到卫生间照照镜子，看见自己的眼睛还有些浮肿，是夜里没有睡好的原因。她把头发梳理整齐，嘴唇上淡淡抹了一点口红，在脖子上系一条粉色小纱巾，尽量使自己看上去精神一点。最后，她戴上了一副墨镜，不想让人认出她来。这一身打扮，就像一个外地来的游客。

李小叶感到满意以后，就拿起小提袋，背上随身带的小包，走出了快捷酒店的房间。按照自己的计划，先去城郊的一个地方找一个人，了结一件事情。她要找的这个人，就是当初给朱大军介绍认识“广东大老板”的那个朋友，叫王鑫，外号狗子。

李小叶打了一辆出租车，来到县城郊外离桥头不远的一个地方。她在公路边下了车，路两边大都是修理车辆的店铺，门口竖着修车补胎打气的大红牌子，一些破旧的车辆横七竖八地摆着，地上到处是一块块黑色的油污，空气里充斥着难闻的汽油机油和轮胎焦煳的气味。

李小叶看见不远处有一家挂着“鑫鑫汽车修理店”招牌的铺子，便大步走了过去。门口几个修车的小伙子见来了一个城里人打扮的年轻女子，都转过头来，互相嘿嘿地坏笑，用一种异样的眼光，从上到下仔细扫描了她一番，以为她是一个从外地来的女子。

李小叶走过去，问道，王鑫呢？

几个小伙子一听，愣了一下，没有反应过来。

狗子，我说的是狗子。

几个小伙立刻明白了，其中一个问，你是谁，你找狗哥干吗？

李小叶说，我是他嫂子，叫他出来。

几个小伙子一阵爆笑，说啥时候狗哥有了一个漂亮嫂子。

这时修理铺的后院传来一声吼，妈的，你们吵吵个啥，还要不要老子睡觉了？

几个小伙子的笑声戛然而止。

接着，一个瘦小个子、脑袋上扎一个小发髻的人从修理铺里面懒懒地走出来，一边穿衣服，一边不高兴地喊，妈的，谁呀，这么早就叫春……哎哟，是嫂子啊，不好意思，你怎么回来了？“小发髻”一副吃惊和尴尬的样子。

这人正是狗子。

李小叶剜他一眼，说，你还认识我啊？

狗子笑着脸说，看你说的嫂子，啥时候你都是我的嫂子。里面请，里面请——他一边叫那几个傻愣着的小伙子赶紧烧水沏茶，一边把李小叶带进修理铺后面的院子里。他解释说，昨晚喝多了，一睁开眼就听见外面有人吵闹，不知是嫂子到来，有失远迎哈。

李小叶没说话。刚到后院，就听见一阵狗叫声，角落里用铁链拴着好几条大狗，见生人就往前扑，铁链子哗哗地响。狗子大声喝住狗，让李小叶在院子里的一张茶桌前坐下来。

狗子问，嫂子，你咋今天有空到我这里来？

李小叶说，难道我不能来吗？不欢迎我马上就走。

狗子赶紧赔笑说，别别别，我没这个意思。我是天天盼、月月盼，你却不肯来呀。

李小叶说，是盼我的钱吧？

狗子嘿嘿一笑说，不敢不敢。

李小叶说，狗子，我今天就是来还钱的。说着，将手里的小提袋往茶桌上一放。

狗子开始有些惊讶，接着脸上立刻露出了喜色。他没有想到，李小叶会亲自把朱大军欠自己的钱送上门来。朱大军当年一共借他二十万，用来赌博都输光了。三年前李小叶离开坝子镇时，还了他五万，还欠他十五万。到省城后，又还了他七万块，还欠八万。狗子心里算得清清楚楚。

李小叶叫狗子去把朱大军的借条取来。

狗子飞快地跑进院子里的一间屋子，不一会儿从里面出来，手里拿着一张皱皱巴巴的字条，递给李小叶。李小叶接过来看了看，把字条塞进身上的小包里。然后把小提袋往狗子面前一推，说，数好，一共十万。八万是欠你的账，两万是给你的利息。从今天起，你要再带人去坝子镇找我的公公婆婆，去山上找我的家人，我饶不了你！

狗子看了一眼小提袋里砖头一样捆着的钱，高兴得站起身连连弯腰鞠躬说，谢谢嫂子，谢谢嫂子，我绝不敢……真的不敢。他知道，李小叶在省城里认识不少有钱有势的人。

几个小伙子端上沏好的茶来，狗子亲自给李小叶倒上，说一会儿中午请她去城里吃饭。李小叶说，不用了，我还有事。说着起身离开后院，顺着原道走出了修车铺。狗子一直陪着她出来。

狗子小声冒了一句，听说朱哥最近就要出来了？

李小叶说，这关我啥事，你别再提他。

狗子马上闭了嘴。

到了公路边，来了一辆出租车。李小叶一招手，车停在跟前。她上了车，看见狗子带着几个修车小伙子，在路边弯腰给她送行，一起高喊，嫂子再见，欢迎再来！样子很是滑稽。李小叶没有回头，叫司机开车。

路上司机问，妹子去哪？

李小叶说，戒毒所。

朱大军现在就关在县城公安局的戒毒所里。

李小叶坐在车上，回忆起朱大军染上毒瘾的一幕幕不堪回首的往事……

朱大军自从投资坝子镇度假村项目被“广东大老板”所骗后，从此一蹶不振，破罐子破摔。上班三天打鱼两天晒网，下了班就跟过去的一群狐朋狗友喝酒打牌，经常不回家，回到家也是深更半夜，一身的酒气，吐得满地污秽。朱大军从来不管李小叶和自己的女儿。接着，很快就学会了赌博，常常骑着摩托到县城里，与一伙人聚集在狗子修车铺后面的院子里，白天黑夜地赌博，先是打麻将，后来玩纸牌；再后来，又一起去城里的一家地下游戏厅，在一间灯光昏暗的屋子里玩轮盘赌，就是赌场里常常看到的那种像车轮一样旋转的东西。赌博要熬夜，有人给他喝了一种令人兴奋的饮料，喝着喝着就喝上了瘾，后来干脆就直接吸食饮料里的白色粉状物质了。

在家里，如果毒瘾发作，朱大军就变成了一头野兽，关上门，撞墙、摔东西，抓着李小叶就打，揪她的头发，撕她的衣服，歇斯底里地把她压在地上，强行发泄性欲，完全不顾年幼的女儿在一边哭叫。父母在外面使劲敲门，他也不开。直到发泄完毕，朱大军就像一堆烂泥瘫在墙角。

李小叶缩着身体靠在床边，用撕烂的衣服掩住到处是伤痕的身体，一声接一声悲惨地痛哭。

婆婆何金香和在县政府食堂工作的公公，叫人把门撞开，把朱大军绑了起来，关在屋子里要他戒毒。啥办法都想到了，就是戒不掉，毒瘾就像恶魔已经进入到了他的身体里，一旦发飙，六亲不认，天王老子都管不住。公公气得抄起后院的木棍子就打，棍子打断了好几根，也打不断朱大军的毒瘾。

一天晚上，公公打他时，一头栽倒在地上。送进了医院，诊断是脑血栓梗死，也就是脑出血，经医院抢救后保住了命，但出现了半身不遂症状，身体动不了，话也说不出来。出院后，再也不能到县政府食堂上班了，只能躺在家里的床上，斜瞪着眼睛望着屋顶，吃喝拉撒全要人照顾。

街上的邻居都骂朱大军，造孽哟，造孽哟！

不到一年的时间，朱大军“炒地皮”受骗、喝酒打牌、赌博吸毒，几乎花光了家里的所有积蓄，连新建没两年的房子也被他赌输做了抵押，还欠了别人一屁股债。每天不断有人前来敲门要钱，一家人只好搬回到过去的旧房子里。李小叶带着女儿，回到了山上跟父母一起居住。

因为儿子不争气，何金香感到在镇上丢尽了脸面，再也没有心思把精力用在茶叶生意上，每天不是跑县城医院和药店，想办法给朱大军戒毒，就是在家里照顾瘫在床上的男人，茶店的生意一落千丈。

这个家很快就败了，就跟秋天的树木似的，经不起风吹雨打，已是满地落叶。

李小叶几次想提出与朱大军离婚，但看到婆婆和公公对自己不薄，眼下这个家又四处漏风漏雨，就不忍心说出口来。朱大军毒瘾没发作的时候，也向她发誓赌咒，绝不再赌博吸毒了，只要李小叶不跟他离婚，让他做牛做马都行，绝不会打她，撕她衣服，强行做违背她意愿的事情。他甚至在她面前跪下，持一把菜刀，对着自己的另一只手，说如果自己做不到，就叫李小叶用刀剁他的手指，违反一次剁一根指头。为了证明他的诺言，说自己违背了当初结婚时李小叶提出的“三不规定”：不准赌博、不准吸毒、不准在外找女人。他愿意受罚，吃狗屎猪粪。他真的不知从哪里找来了狗屎和猪粪，要往自己的嘴里塞。李小叶将他挡住了，她觉得恶心。

朱大军终究还是改不了吸毒的毛病，毒瘾一发作，一切发誓赌咒都成了空话，他又变成了魔鬼和野兽。有一天，他疯狂地跑上山来，不顾李小叶父母的阻拦，冲进屋里就对李小叶大打出手，要拉她跟他回到镇上去。李小叶不走，他就抢过女儿，要把女儿带走。女儿吓得哇哇大哭。李小叶上前去夺女儿，朱大军一脚把她踢倒在地上。朱大军已经疯了，浑身痉挛，嘴唇哆嗦，眼睛里露出凶光。李小叶忍着痛，又扑上前去，要把女儿夺回来。

两个人在屋里纠缠厮打在一起。

李小叶的父母害怕出人命，赶紧打电话报了警。毒瘾发作的人，是不顾一切的。朱大军抱着抢到手的孩子，拿起菜刀，威胁李小叶，要她下山跟他回去，要不就带走女儿。镇上派出所的民警及时赶到山上，上前夺过朱大军手里的菜刀，用手铐把他铐了起来。

李小叶抱回女儿，撕心裂肺地哭了起来，眼泪哗哗地直往下流……

朱大军被民警带走，关进了县城公安局的戒毒所。

为了孩子和自己不再受到伤害，李小叶正式跟朱大军提出离婚。婆婆和公公虽然舍不得李小叶离开，但面对现实还是同意了她的意愿。是自己的儿子害了李小叶，害了这个家。李小叶也不忍离开婆婆和公公，这两个老人对他们家有恩，也把她当亲生女儿一样看待，她实在是迈不开脚步，越过那道家的门槛。

那一天，李小叶来到县城公安局的戒毒所，当着看守人员的面，让朱大军在离婚协议上签字。朱大军眼睛望着看守所的房顶，愣了半天，最后抖着手歪歪扭扭地签下他的名字，然后抱着头蹲在地上。

李小叶离开戒毒所时，听见后面传来朱大军号啕大哭的声音……

# 五

一辆公安越野车，飞快地由市区向东郊方向驶去。

车前座上坐着刘剑锋和叶梅，后座上坐着市局的王局长。他们接到黄副市长秘书打来的电话，要他们立即赶到白河工业园区的绿洲大酒店，向他汇报开发区永久保险公司客户聚众闹事的事情。他在那里出席全市金融工作会议。

车上三个人谁也不说话，脸上挂着忧心忡忡的表情。没想到这件事情这么快就惊动了市里领导，可事情还像一团乱麻没有理出一个头绪，当事人到现在还没有找到。刘剑锋开着车，从后视镜里看见王局靠在后座上，闭着眼睛不知在想什么。

刚才一见面，王局就把刘剑锋一顿臭骂，一个有经验的老侦查员了，居然让一个卖保险的小女子从眼皮底下溜走了，到现在还不知去向。找不到当事人，事情就得不到解决，时间一拖，后面什么事情都可能发生。到时候，怎么向上面领导交代？怎么向那些投保的老百姓交代？刘剑锋低着头，一句话不敢回。叶梅想帮着解释一下，被王局用手挡了回去，这没你的事！叶梅吓得再不吭声了。

刘剑锋眼睛里有了血丝，看得出来一夜没有睡好觉。昨天几乎是忙了一整天，从到现场了解情况，到赶去当事人家里找人，再到找有关人员谈话。之后，下午回到局里，赶紧向领导汇报，一环接一环，气都没有喘一口，直到半夜才回家。

据他和叶梅初步查明，李小叶在省城的社会关系非常简单，有一个姨妈已经离职，姨夫在市政府里工作。还有一个家乡一起出来的同学叫杜咪，在一家企业集团公司当秘书，昨天叫来见了面，与案子有关的事情啥也没有问出来。

听说她还有一个男朋友叫方明亮，是市规划局的园林工程师，两个人的关系目前说不清楚。除此之外，大都是她的保险客户，党政部门的公务员、工商企业的老板、学校医院的老师教授、城市写字楼里的白领、下岗工人、退休职工、拆迁农民等等，什么样的人都有。从这些人际关系的背景中，可以看出李小叶是一个什么样的人呢？

刘剑锋加大油门，车上了二环车道，向白河工业园区的方向箭一般地飞驰。

……

白河工业园区绿洲大酒店。

黄文副市长正在主持召开全市金融工作专题会议，参加的都是各区县的领导和来自银行、证券公司、保险公司的头头脑脑。豪华高档的会议室里座无虚席。会议主要内容是，通报市里第一季度经济运行情况及白河工业园区建设规划和实施情况，各金融机构汇报新一年的工作打算，参观工业园区建设情况等，最后由黄副市长做重要讲话。

金融系统的头头们集中参加市里的会议，一年也就是一两次，非常难得，一般都是全年的重要经济工作会议。像这样单独召开金融专题会议的，很是少见。特别是保险行业的加入，使金融队伍的阵容越来越庞大，说明市政府领导对金融工作越来越重视。

市政府主管金融的副秘书长，先通报了今年以来全市经济运行形势，接着就开始介绍白河工业园区目前建设的进展情况，以及面临的困难和压力。说白了就是缺钱。台下银行、证券和保险公司的头头们，立刻明白参加这次会议的目的了，纷纷交头接耳地议论起来。

副秘书长说，大家现在不要议论，过一会儿我们还要去园区里参观，等参观完以后，大家再回到这里，坐下来讨论发表意见。副秘书长说，下面我们先欢迎黄副市长给我们做重要讲话和指示。

台下的人热烈鼓掌。

黄副市长摆摆手，笑着说，首先声明，我现在还是代市长，没有什么重要讲话，更不是什么指示。今天来的目的就是想跟各位有钱人见见面，聊聊天，说说心里话，说干脆一点，就是来傍大款的。

台下响起一片笑声。

黄副市长是从工厂里出来的，说话嗓门大，声音洪亮，性格直爽，做事开门见山，从不曲里拐弯。

黄副市长说，各位都是财神爷，平日很难请到，我今天特意要给你们烧烧香、拜拜佛。烧什么香呢，烧的就是白河工业园这支香，拜的就是金融业这个佛，希望大家服务当地经济社会，拿出真金白银来。

黄副市长说，白河工业园区建设是市政府新一个五年规划的重点项目，未来要打造成为一个国际化的国内一流的新兴产业园区。这个园区建起来后，不仅可以成为拉动本市经济的亮点和增长点，提高 GDP，而且对于全市未来的经济发展和进一步扩大社会影响力，都具有十分重要的意义。

今后，在工业园区里，不仅要引进国内国际先进的企业加入，吸引国内和国际的大机构入驻，还要组织召开全国和国际性的大型会议，提升园区和整个城市的形象。通过营造西北地区水天一色的自然景观，可以孵化出高科技的工业绿色生态产业链，还可以设立专门的高端属区，比如金融一条街，银行、证券、保险，各路财神相聚一起，财源就会滚滚而来。当然，政府还要治理好白河的污染问题，还要开发房地产，在白河边建起一排排、一幢幢花园洋房、水景房。如果大家愿意入驻到园区里来，政府不仅在土地和资金方面给予优惠政策，还可以在企业税收、个人住房、家属子女就业等方面提供优厚的条件。

黄副市长笑笑说，这可是难得的机会，我在这里给你们搭窝，你们在这里下蛋，下的可是金蛋啊，哈哈哈哈。

台下又是一片笑声。

黄副市长话锋一转说，各位财神虽然属于条条管理，不归我们块块的领导，但大家不要忘了，你们吃喝拉撒都离不开本人这块两亩三分地。地方政府和老百姓给你们烧香，你们也得显显灵，从身上拔几根毛下来，有钱的出钱，有力的出力，为白河工业园区建设做点贡献。

这话厉害了，等于是将了大家一军。

黄副市长坦然一笑说，我在这里最后再说一句，白河水不是黑的，是清亮的，是干净的，是会给社会带来财富的，是会给人民带来幸福的。拜托各位了，中午我请大家喝酒，完啦。

哗！一片掌声。

台下的人一边鼓掌，一边心里开始盘算，中午这酒该怎么喝，喝出来会是啥味道呢？

黄副市长讲完话，会议就进入到参观的阶段，会议代表纷纷走出会议室。酒店的门口早已经停好了一长排的观光车。

在酒店的大堂里，早已等候的王局、刘剑锋和叶梅见到了黄副市长。黄副市长说，先上观光车边走边说。又告诉秘书，去把保险公司的唐总叫来，坐一辆车，也一起听听公安部门了解的情况。不一会儿，市永久保险公司的唐总跑步过来，脸上一副不安的神色。大家跟随黄副市长上了观光车。

一辆接一辆的观光车驶出绿洲大酒店门口，在白河工业园区里缓缓前行。一路上车上的女解说员拿着电池小喇叭，不停地讲解，到了重点规划的区域和标志性的建筑前，会议代表都要下车进行参观，听女解说员的介绍。

整个工业园区占地面积有七八千亩地，紧挨白河岸边，车绕着慢慢转一圈也得一个多小时。过去，这一片地方是荒芜的河滩地，由于河水减少改道，河床变窄，露出了两岸贫瘠的土地，长满了荒草。加上城市的生活污水排放和岸边的化工厂、造纸厂等小企业生产，河道里的水质受到很大的影响。

唯有靠近中心地带的一片地方，水土丰茂，草木繁盛，一个叫白河村的村庄坐落其间。工业园建设开始后，这个村庄的土地被征用，村庄搬迁到乡镇上新的安置点。可实际上，村里的人还没有完全搬迁，坚守着土地不愿离开。原因就是这里的开发项目还没有落实，资金不到位。综观整个园区，基本框架已经形成，到处是建筑工地，高楼已像竹笋般地钻了出来，清理了河道，修好了公路，栽了许多的树木，形成了园区的格局。只有白河村那片地方，空落着就像人头上长的一块疤瘌，非常刺眼。

会议代表们兴致勃勃地边看边议论。

蓦然，远处出现了一些人群，打着横幅标语，像是要朝观光车冲过来，却被保安人员阻挡着。黄副市长问秘书，那是什么情况？秘书赶紧掏出手机，打了一个电话，很快就回话说，打横幅标语的人，是当地白河村的人，因为征地的事情还有一些问题没有解决，得知今天有市领导在这里开会，就聚集起来想拦道请愿。

黄副市长说，现在社会矛盾很多，老百姓动不动就集体游行上访，这种方式虽然有些激进，但的确说明存在问题，并且反映问题的渠道不畅。叫人去查一查是啥问题，尽快处理好，不要影响今天的开会，更不要影响到工业园区的建设。

秘书答道，是。

黄副市长回过头，对王局说，你们抓紧时间讲讲吧。

王局碰了一下身边的刘剑锋，刘剑锋就在车上向黄副市长简要汇报了经济开发区永久保险公司出现保户聚众闹事的情况，以及目前他们开展工作了解到的情况。并说，初步认为，这件事情可能涉及金融犯罪，但涉及资金多少、案子有多大，还需要进一步调查。刘剑锋看着黄副市长绷着的脸，尽量把事情说得宽裕一些，留有余地。

接着，市永久保险公司的唐总汇报了事情发生后，公司采取的措施和下一步要做的工作。唐总检讨说，是我们没有把工作做好，给市里领导添麻烦了。

黄副市长忽然问，你们刚才说那个保险营销员叫什么？

唐总赶紧回答，李小叶。

黄副市长一听，名字很熟悉，就问，就是你们在报纸电视上宣传的那个李小叶吗？

唐总回答，就是她。

黄副市长说，我认识她，这女子人很聪明，还是个先进人物嘛，怎么会出这样的问题呢？你们要把事情好好弄清楚。

唐总低下头，一脸的难堪。

王局说，黄市长，这件事请你放心，我们会尽快查明情况。

黄副市长点点头，叫秘书从黑皮包里取出一份报纸。说，这件事都上报了，不知大家看到没有。标题很醒目，保户聚众闹事，女经理卷钱跑路。这下保险公司出名了，咱们市也出名了。这叫好事不出门，丑事传千里呀。

保险公司的唐总感到无地自容，恨不能把头埋进裤裆里。

黄副市长说，这些年银行出事的情况比较多，内部的外部的都有，保险公司起步晚，市场规模也不大，我以为不会有大的问题，我指的是直接影响社会安定的问题。心想，保险公司也就是些保险推销员投保前欺瞒客户，出了事不给理赔这些鸡毛蒜皮的事情。看来我们的认识还是落后了。昨天出现的客户闹事就是一个警钟，保险公司也不“保险”啊。现在不管是属于金融案子也好，还是属于内部管理上的问题，都要确保社会的稳定。稳定是大局，一切都要服从这个大局。包括媒体报纸电视台什么的，也不能哗众取宠，瞎凑热闹，给稳定添乱。我已经给市委宣传部打了电话。大家都要有大局意识。

黄副市长说，听说这些闹事的保户中，就有白河工业园区里的拆迁户，刚才大家也看到了那些打横幅标语的人。不要因为保险公司的事情，又增添不安定的因素，影响到工业园区的开发建设，这可是全市的重点工程。

黄副市长加重了语气。

车上的几个人点着头，大气都不敢出。

黄副市长对王局说，抓紧时间把事情搞清楚，既是对社会负责，对老百姓负责，也是对保险公司负责。

他转过头又对保险公司的唐总说，现在是市场经济，你们又是金融单位，整天跟钱打交道，出点问题是正常的。但出了问题不怕，怕就怕在不把问题当问题。咱们还要讲发展，要确保工作的正常开展，出了事但保险公司的大门不能关。

唐总点头说，是是是。

黄副市长说，当然了，保险公司也不要光埋头收保费，还要抬头向前看，履行社会责任，积极参与地方经济建设。今后也可以跟政府合作，在社会养老、医疗保险、环保卫生，包括白河工业园区建设等方面，发挥自己的作用嘛。

唐总不停地点头，说，是是是。

参观的中心区域到了，观光车队伍停了下来。

黄副市长看着正在崛起的一座座高楼，兴致勃勃地说，我们下车去看看，白河工业园区将来会创造我省很多个第一呢。

几个人跟随着黄副市长下了车，一群媒体记者拥上来。

这时候，刘剑锋的手机响了，是开发区保险公司的贺大虎经理打来的，告诉他终于跟李小叶电话联系上了，人现在在南部的康城山区，说是家里母亲生病回老家了。刘剑锋问是什么时候联系上的。贺大虎说是昨天下午下班前。刘剑锋生气地说，怎么现在才告诉我？贺大虎说，昨天你们走后，公司又是开会，又是连夜清理业务数据，就把李小叶打电话来的事情给忘了。

刘剑锋赶紧把这个情况报告给王局。

王局说，知道人在啥地方就好，你赶紧跑一趟，把这个女子从家乡带回来，事情就可以搞清楚了。

刘剑锋说，是。

叶梅说，王局，我也去吧？

王局说，好，再叫上一个保险公司的同志。

刘剑锋说，是。

叶梅看看刘剑锋，高兴地笑了。

王局叮嘱道，人要带回来，还要找到她身上带走的东西。千万不要让这女子再从你们眼皮底下溜掉了。这边的工作，我会加强力量配合你们。

刘剑锋和叶梅齐声答道，是！

刘剑锋和叶梅开车离开了白河工业园区，赶回局里收拾东西，同时通知经济开发区保险公司的贺经理，派出一个人跟随他们，按照王局的指示，立即赶赴南部康城山区，争取在天黑之前赶到李小叶家乡的小县城。

这一趟长途行程结果到底如何，刘剑锋心里没有把握，是否可以找到李小叶，找到她能不能拿到她带走的东西，这一切都是未知数，事情往往没有想象的简单。李小叶到底是一个怎样的人，这个年轻漂亮而又聪明能干的女子，在一片光环包裹的掩盖下，是什么诱惑和力量使她一步步走向犯罪的边缘。他想知道这一切。

刘剑锋看看身边年轻的新搭档叶梅，一脸的好奇和兴奋，他真不知道该感到高兴还是发愁，这又不是去旅游，带着她就是一个累赘。

叶梅才不管刘剑锋在想些什么，只要能够参与这次金融案子，不待在机关办公室里打杂、当“花瓶”，就是给“大叔”拎包也可以呀。他不就是嫌她是个刚出校门的新手，没有破案的经验吗，可是自己是警官大学毕业的研究生，有自己的优势和长处。尤其是女性犯罪，作为同样是女性的她更懂得其心理。别门缝里看人，把人看扁了。

叶梅偷偷看了刘剑锋一眼，对赴康城山区执行任务充满了信心。

警车在向市区的路上飞奔。

方明亮也是在早晨看到那张报纸的。

一大早，他开车把儿子送到阳光幼儿园，刚到门口就看见李小叶姨妈带着欢欢从一辆出租车下来。他们见面后，两个孩子牵着手一起进了大门里。

按照李小叶电话里的安排，昨天下午他到幼儿园接了两个孩子，然后把欢欢送到南湖边的小茶楼。在小茶楼的门口，李小叶姨妈把方明亮认真打量了一番，露出一副怀疑的眼光，问他是做什么的，在哪里工作，家住啥地方，认识李小叶多久了，一口气问了一大堆，看样子对他不放心。

方明亮笑着一一回答。

虽然认识李小叶时间不短了，但方明亮还是第一次到小茶楼来。看着这个坐落在湖边的小茶楼，古香古色，清雅干净，他脑子里立刻就浮现出李小叶的样子。一个从茶乡里走出来的女子，虽然在卖保险，却更像是一个茶艺师，在这里喝着她泡出来的茶，该是怎样的一种滋味呢。

李小叶姨妈见他傻愣着，就说这段时间小叶去参加培训不在家，她整天在这小茶楼里忙着离不开，就要麻烦方明亮每天去幼儿园接一下欢欢。

方明亮说，不麻烦，应该的。

说了几句话，方明亮就离开了小茶楼。

今天一见李小叶姨妈，她态度明显不一样了，老远就笑着打招呼。在她看来，小叶出差能把孩子交给这个男人来接，说明她对这个男人信任，说明他俩的关系不一般。

两个人在幼儿园门口聊了起来。

李小叶姨妈说，李小叶带着一个孩子过日子不容易，每天早出晚归，工作很忙，经常是顾了东头顾不了西头。以前刚来省城时，就住在家里，可是后来她坚持要离开，怕给家里添麻烦。一家人有啥麻烦的，对不对？

李小叶姨妈说，她要自己出去租房子住，她要自强自立。一个女人带一个孩子，住在外面让人多不放心，对不对？她呀，今后身边有个人照顾就好了。

李小叶姨妈眼睛看着方明亮，明显话里有话。

方明亮感觉李小叶姨妈是在试探他和李小叶的关系，就坦诚地说，是啊，多亏有姨妈帮助和照顾她，我现在也是一个人带着孩子，她的艰辛我能体会到。不过，我们现在只是很好的朋友，我也想有一天能够守在她身边，好好地照顾她，可是这还要她本人愿意才行。

李小叶姨妈高兴地说，她当然愿意。我知道这孩子的心思，她现在没有明确答应你，是思想有顾虑，她以前心里受过伤。你不要介意，要有信心和耐心。

方明亮笑道，我会的，姨妈。

李小叶姨妈高兴地笑了，说，你这孩子，我喜欢。

方明亮与李小叶姨妈分手后，离开幼儿园，开车去单位上班。车到了城市规划局的大门口，路过传达室时，按照往日的惯例打开车窗，向看门老头要了当天的报纸。

他在院子里停好车，拿上报纸，一边走一边随手翻阅，还没走几步，目光就停在了一排醒目的黑字标题上：《开发区保险公司客户聚众闹事，销售明星女经理卷钱跑路走人》。再仔细看新闻配发的照片和里面的内容，就像是李小叶上班的单位，涉及的人虽然没有点名，但感觉与李小叶非常相似。

方明亮的心一下紧张起来，感觉事情有些不好。昨天早晨在幼儿园跟李小叶分手时，她说要去公司上班。可没过多久，就接到她的电话，要匆匆离开省城去外地参加培训，连地点都没有告诉就挂了电话。他觉得有些奇怪。现在这张报纸上的新闻说的就是李小叶吗？会不会是巧合？不不不，不会是她！方明亮不愿意相信。他认为是自己太多疑、太敏感了。

方明亮放下报纸，下意识地朝左右看了看。

突然，他发现单位大门外有两个陌生男子，鬼鬼祟祟地朝里面东张西望。旁边的路上还停了一辆白色破旧的面包车，里面还有一个人在打电话。

方明亮感到有些蹊跷。

他赶紧大步上楼，走进自己的办公室，从玻璃窗向外观看，想瞧瞧这几个人到底是干啥的。那两个陌生男子朝办公楼张望了一会儿，又到传达室窗口向守门老头打听什么。这时，在面包车上打电话的人，朝两个家伙喊了一声，使劲招手。两个人就跑了回去，钻进了白色破旧面包车里。一阵发动机响声之后，白色破旧面包车一阵风似的开走了。

方明亮忽然想起来，早晨在送儿子到幼儿园的时候，就见到过这辆白色破旧面包车，就停在他的车后面，面包车的前车灯下，有一个碰撞后留下的凹坑，还胡乱贴了几块塑料胶带。对，没错，就是这辆车。难道是自己被人跟踪了吗？不可能啊，是什么人，跟踪他干吗？

方明亮坐在办公桌前，打开报纸又仔细看了一遍，心里越发感到不安了。他拿出手机立即给李小叶打电话，可是怎么也打不通，手机关机。

直觉告诉方明亮，李小叶一定出事了。如果报纸上的新闻是真实的，她就不是去参加什么培训，而是为了躲避那些闹事客户离开了省城。刚才那几个跟踪自己的形迹可疑的人，会不会就是那些闹事的人呢？这些人跟踪他，可能就是为了找到李小叶。她现在的处境十分危险！

方明亮在办公室里焦躁地转来转去，不知该如何是好。

他与李小叶认识已经有一年多的时间了。在这之前，他有过一段婚姻，妻子是歌舞团的舞蹈演员，结婚不久他们就有了儿子小涛。于是，日子就渐渐变得平淡无味，常常会为一些琐碎的事情发生争吵。妻子要恢复身材，重新上舞台。方明亮也把精力更多地投入到工作中，希望做出成绩。这些年，城市建设非常快，对环境绿化要求也越来越高，作为一个园林工程师，他的工作越来越繁忙，经常在外面奔波。然而，没想到有一天妻子突然向他提出离婚，然后拿走自己的衣物和东西，再也没有回家……

生活就是这样，常常有许多意想不到的事情发生。

离婚后，方明亮一度消沉，仿佛整个世界都变得灰暗起来，生活没有了方向，直到李小叶的出现，才让他感到在黑暗中有了光亮。这个康城山区来的女子，同样也遭受了生活的打击，但没有对未来失去信心，没有放弃自己的努力，没有任何的抱怨，带着一岁多的女儿来到省城，重新开始自己的人生。

方明亮第一次看见李小叶时，是在幼儿园的门口。他们都挤在门口等待幼儿园放学孩子出来。当时，李小叶手里拿着一个文件夹，里面有保险宣传资料和客户的保单。忽然，那个文件夹被涌动的人群挤掉，散落一地。她慌乱地蹲在地上捡拾起来。方明亮见状，立刻帮她，最后从人群的脚堆里一张张捡回了那些宣传资料和保单。李小叶脸上露出一种羞怯的微笑，向他鞠躬表示感谢。相视的瞬间，方明亮看见了一张秀丽而明净的脸，包括那双明亮的眸子，包括那有些羞怯的微笑，就像山里一汪清澈的泉水，可以一望见底。

此后，方明亮每天看见她一早把女儿送到幼儿园来，然后脚步匆匆地离开。到了下午接孩子的时候，她又几乎准时地出现在幼儿园的门口，以灿烂的笑容迎接着孩子。无论刮风下雨，酷暑飘雪，她几乎没有间断。风雨之中看见她的身影，是不愿倒下的执着和坚强；平淡之中露出的笑容，是对生活的自信和对幸福的追求。

他们之间没有相互的安慰和怜悯，也没有彼此的鼓舞和激励。他们就像森林里两只受伤的动物，相互对视着，不需要走近去舔舐安抚对方的伤口，只是用目光传递着力量，使自己重新站立起来。在这个人与人之间彼此渐渐变得陌生的世界里，或许只有这种目光才能赢得信任。

方明亮几乎每天都是在幼儿园与李小叶相见，从开始的一句话不说，到彼此点点头，相互看上一眼，再到有事情就托付，一切都是默默之中情感的自然流露，一切都是在时间的累积和打磨中的契合，如同山里的溪流千回百转交汇在一起，清澈透明、涓涓流长。

一个春日的上午，方明亮在市里的文化馆举办自己的油画展览。

方明亮从小喜欢画画，考大学时准备考美术学院，受到家里反对，就上了理科大学，学了园林设计专业，但画画的爱好一直没有停止。他利用业余时间写生创作，画了许多反映现实生活的油画，受到市里美术家协会的关注，特地为他举办了一场个人画展。

方明亮特地邀请了李小叶参加。

这一天，出席画展的嘉宾和观众很多，还有不少的媒体记者，文化馆的展厅里灯光明亮，前来观看的人络绎不绝。墙上展出的一幅幅画作，是方明亮多年呕心沥血的作品，人们在他的画前驻足，仔细观看和评说。

一进门，展出的第一幅画名为《向往》，画面的远处是绵延不绝的大山，近处是清晨的白雾和茶树，一个穿着白裙的山里女子，站在篱笆前一条蜿蜒的小道上，眺望着远方，微风吹拂着她清纯秀丽的脸庞，撩动着她的头发，一双明亮的眼睛里充满了憧憬，又流露出一种淡淡的忧伤……

画面令人感到震撼和冲击，吸引了众多的目光。

当李小叶走进大厅看到这幅画时，驻足停留下来，看着看着不觉眼睛潮润了。方明亮赶过来看见此情景，深感意外，心情起伏。

发现方明亮来到跟前，李小叶赶紧掩饰自己，说，不好意思……这是画的我吧？

方明亮点点头。这是他根据她讲述的生活经历，在无数个无眠之夜后，精心创作的一幅作品，也是他最喜爱的一幅油画。因此，挂在画展第一幅画的重要位置。

方明亮问，你喜欢吗？

李小叶说，喜欢。

方明亮说，那我就把它送给你。

李小叶推辞说，这怎么可以，它是你付出的心血。

方明亮笑道，送给你值得。

这时，一群人簇拥着一个光头男人走了过来。在看了墙上的油画《向往》后，大声地议论起来，还发出哈哈的笑声。光头男人看见旁边的方明亮，就用财大气粗的口气对着他说，你就是画家吧，这幅画上的姑娘长得漂亮，这画我要了，你看多少钱啦？

光头男人胖胖的，脖子上挂着一串粗大的黄金项链，手指上套着一枚硕大的黄金戒指，嘴里还叼着一支粗粗的雪茄烟，说话里带着广东口音，看样子是一个有钱的老板。

方明亮说，这幅画不卖。

光头男人说，不是说画展上的画卖吗？

方明亮说，对不起先生，这幅画我已经送给了这位女士。

光头男人把目光转向李小叶，再一看那幅画，就惊奇地“哦”了一声，心里就更加想要这幅画了。这完全是一幅按照真人画的肖像画，太漂亮啦！光头男人对李小叶说，美眉，能不能把这幅画让给我，你要多少钱我都可以给啦。

李小叶指着方明亮说，这画是他画的，还是听他的吧。

方明亮说，我说了不卖的。

光头男人感到很尴尬、很没有面子，红着脸嚷嚷起来，你这个人真不识抬举啦，我认识的大画家很多，买的名画也很多，想买你一张画还不卖。有啥了不起，不就是一张画嘛，不卖就是垃圾啦！

方明亮气得想发火，你……你怎么这样说话？

人们纷纷围拢过来。

李小叶用手拦住方明亮，对光头男人说，先生，请你说话自重一点。你想买这幅画，也要得到画家本人的同意，不能强买强卖，更不能恶语伤人，对不对？再说，这里是公共场所，在这里大声嚷嚷，随便吸烟，会有失你老板的身份，对不对？

围观的人议论起来，纷纷指责光头男人。

光头男人脸上一阵红一阵白，感到十分尴尬和难堪，赶紧给自己找台阶下，说道，算了，我不买了，不就是一幅画嘛，有啥了不起。我们走，走啦——说罢，一挥手，气呼呼地带着跟随他的人，悻悻地离开了展览大厅。

展厅里响起了笑声。

李小叶就这样走进了方明亮的心里。

如果有一天见不到她，他就会感到心里有一种空落感，有一种怅惘。每天在幼儿园见到她，已成为他生活的一部分，不可或缺的一部分。就像每天要喝水，要见到阳光一样。

现在，李小叶突然离开省城，不知去了什么地方，而且有可能发生了重大危险，方明亮更加心急如火！

突然，手机响了。方明亮拿起来一听，是李小叶的好朋友杜咪打来的。

里面传来杜咪急促而带有哭泣的声音，方哥，快去帮帮小叶，她出事了！

方明亮问，到底咋回事啊？

杜咪说，保险客户闹事，现在有好多人都在找她。

方明亮头嗡的一响，忙问，你知道她现在在哪？

杜咪说，已经回到康城老家了，住在县城的一家快捷酒店，她叫我不要告诉任何人。可是刚才，有几个坏人突然把我绑架了，要我说出小叶在哪里，我不说他们就拿刀逼我，我只好……对不起，方哥你快去帮帮她吧，那些人一定会去找她。千万别出什么事情啊！

方明亮问，你现在咋样？

杜咪说，我没事了，你快去吧——说着，手机一下挂了。

方明亮赶紧给李小叶打电话，仍然打不通。他的心一下揪紧了。

杜咪被几个不明身份的人绑架是在早晨的九点多钟，她刚从自己住的花园小区里出来。

昨天早晨，她在南山的高尔夫温泉酒店，听见林亚雄接电话时提到了李小叶，便问他有什么事情，林亚雄说没事，然后就匆匆地走了。但杜咪却感到心里不踏实，就给李小叶打电话，没想到打不通。她感到很奇怪，李小叶平日是很少关手机的，她的保险客户很多，二十四小时全天候畅通。现在手机关机，有点反常。

杜咪吃过早餐后，没有去泡温泉、做SPA、享受山里清新美妙的空气，而是叫酒店派车送她离开南山回到了城里。她在街上漫无目的地闲逛，拿着林亚雄给她的银行卡，买漂亮高档的衣服，买国外进口的化妆品，买自己最爱吃的甜点。反正林亚雄放了她一天假，不去上班就要好好地放松自己。而购物消费就是女人放松自己的最好方式。

中午后，杜咪满载而归，拎着大包小包回到自己住的花园小区里。这套两室一厅的房子是林亚雄送给她的，虽然不大，但装修时尚，生活设施齐全，小区的环境也好，杜咪感到很满意，林亚雄有空也常到这里来住。她想，这只是暂时的居住而已，只要林亚雄跟她出国的老婆离了婚，她就会住进他现在的郊外别墅里，成为那栋豪宅真正的女主人。

杜咪刚放下大包小包的东西，忽然接到保险公司打来的电话，要她去一趟，说是有关李小叶的事情。杜咪一路疑惑着赶到保险公司，才知道是李小叶出了事情，要找她问话了解李小叶的情况，并问她知不知道李小叶现在去了哪里，问话的时候，除了保险公司的领导，旁边还站着一男一女两个警察。杜咪感觉不妙，回答很是小心。

看来李小叶真的是出事情了。

回到家后，杜咪就一直不安，心里就像发了洪水，被冲击得稀里哗啦的。后来，她就接到李小叶的电话，知道了她现在在康城的老家，也大概知道了她出事离开省城的原因，心里更加为她担忧。一晚上她都没有睡好，林亚雄也没有来。

天亮后，杜咪醒来发现起床已经晚了，就给林亚雄打了个电话，告诉他一会儿去公司上班。然后开始洗漱，简单吃了点东西后，拿起包就出了门。

走到花园小区的门口，她站在路边等出租车。

这时，一辆白色的破面包车一阵风似的开到她面前，门打开跳下来一个高大强壮的男人，问她是叫杜咪吗，她看着高大强壮的男人，反问，你是谁？高大强壮的男人说，有个老板找你。说着，拉开车门。杜咪奇怪地探过头朝车里看去，座上有一个戴墨镜、蓄小胡子的人，并不认识。正要回头，身体却被高大强壮的男人猛地一推，塞进了面包车里，紧接着门砰的一声关上了。杜咪大声喊道，你们这是干什么？还没有坐稳，白色破旧的面包车飞也似的离开了花园小区的门口。

杜咪发现自己被夹在了高大强壮的男人和戴墨镜、蓄小胡子的男人中间，前面驾驶室还有一个司机，瘦猴猴的，染一头黄发，就像一只黄鼠狼。

小胡子挠挠下巴问，美女，认识李小叶吗？

杜咪喊叫道，这跟你有啥关系，你们要干吗？

小胡子说，我们在找她，告诉我她现在在啥地方？

杜咪警惕起来，你们是什么人，找她干啥？

小胡子说，你别管这么多，只告诉我她现在在啥地方就行了。

杜咪喊道，不知道，赶快放我下车，我还要赶去上班呢，你们这样做是犯法的。

小胡子哈哈笑了，说，我们犯法吗？我们可从来不干犯法的事，对不对？高大强壮的男人和前面的“黄鼠狼”附和应道，对对对，哥，我们从不干犯法的事。嘿嘿嘿嘿。

小胡子说，快说吧，说了我马上就放你下车。

杜咪这才反应过来，自己被人劫持了。他们要找李小叶，看来是跟她出的事情有关，说不定就是那些找她要钱闹事的人。李小叶在电话里叮嘱过他，不能告诉任何人，她连林亚雄都没有说，要是让这伙人知道了，他们肯定要去找李小叶的麻烦。

杜咪坚决地说，我不知道。

小胡子对高大强壮的男人说，土锤，你来劝劝美女吧。

高大强壮的男人突然转过身，一把揪住杜咪的头发，另一只手掐住她的脖子。杜咪尖叫一声，立刻感到嗓子里刺痛难忍，呼吸困难。

车猛地晃动了一下。

小胡子说，赶紧说吧，说了就没你的事了。

杜咪闭嘴摇头。

高大强壮的男人松开揪头发的手，猛地朝她的脸上挥起一拳。杜咪立刻感到头嗡地一响，整个脸部像被石头撞击了一样，眼前发黑，四处冒金星，鼻孔里喷出一股鲜血。她感到自己就要昏厥过去。

接着，小胡子从身上掏出一把亮晃晃的刀来，威胁说，美女，再不说以后这张脸就不能用了。

杜咪感到了从没有过的恐惧，终于受不了了，赶紧说，我……我说，我说——她只好哭着说出了李小叶现在在康城老家的小县城。

车上的三个男人一阵狂笑。

小胡子让“黄鼠狼”把车停在了路边，高大强壮的男人把杜咪推下了车。杜咪踉跄站稳，捂着脸，满手是血，吓得浑身发抖。

小胡子说，你要是早说了，就不吃这个苦了。土锤，你小子下手也太重了，也不看看人家是个漂亮女子，哪经你打，脸都快成西瓜了，可惜啊。

叫土锤的男人嘿嘿一笑，哥，你还真是怜香惜玉。

开车的“黄鼠狼”冒出一句，土锤，小心你小子以后找不到女人。

叫土锤的男人说，去你驴屌的！

杜咪气得抓起路边的一个破垃圾桶盖，朝几个坏蛋扔过去，哭着骂道，滚，你们这些流氓、无赖、混蛋，给我滚！滚！

高大强壮的男人赶紧关上车门，白色破旧的面包车一溜烟地像兔子一样，眨眼就跑得没影了。

杜咪捂着脸一边给林亚雄打电话，一边拦了一辆出租车，叫司机赶快往附近的医院开去……

当林亚雄赶到医院的时候，杜咪已经躺在医院急诊科的治疗室里，医生正在给她做头部检查，清理脸上和鼻腔里的血迹。她的脸上一侧发红肿大，鼻腔里有一处破裂，医生在里面缝了几针。

看见林亚雄匆匆赶来，杜咪一下哭了。

林亚雄赶紧安慰她，又问医生，情况怎么样？医生说，不要紧，病人主要是受到了惊吓。鼻腔里已经缝合好了，脸上的红肿和脖子上的瘀血过两天就可以消去。医生问，是什么人啊，下手这么狠？光天化日之下把人打成这样，应该赶快报警。

杜咪哭泣着给林亚雄讲述了事情的经过，怀疑是那些找李小叶闹事的人。

林亚雄没想到会出这样的事情，气愤地说，这些家伙也太无法无天了，不仅到保险公司闹事，还绑架殴打无辜的人。

正说着，宏达投资公司的总经理钱彪捧着一大束鲜花和一篮水果急匆匆地走进来。

林亚雄奇怪地看着他，问道，你怎么来了？

钱彪说，我有事到公司去找你，办公室没人，就给司机田三打电话，田三告诉我杜咪被一伙人打伤了，林总现在在医院。我就马上赶了过来，表示慰问。

杜咪捂着脸，看了钱彪一眼，没说话。

钱彪满脸怒气地说，林哥，是伙啥鸟人，把杜秘书打成这样，我找几个兄弟去收拾他们。

林亚雄说，你别冲动，我会想办法的。

林亚雄看杜咪的伤势问题不大，也就放下心来，医生也说可以回家，休息几天就没事了。于是他就感谢医生一番，带着杜咪离开了医院。

林亚雄用车把杜咪送回到她住的花园小区，钱彪开车紧跟在后面。到了小区后，林亚雄叫钱彪在门口等着他，他亲自下车把杜咪扶着送进小区，一直送入居住的楼房里。林亚雄叫杜咪好好在家里休息，不用到公司上班了，他要回公司开会，有空了就过来看她。

他说，你放心，只要找到那几个打你的家伙，我会替你好好出出气。

杜咪说，我怕他们去害小叶。

林亚雄说，没事，有我呢。干妹子的事情，我也会管的。

杜咪说，有了消息尽快告诉我。

林亚雄点点头，然后就离开了杜咪居住的房子。他走到花园小区的门口，看见钱彪还在那里等着他，立刻就拉下脸来，上前把他拽到一边，用刀子一样的眼光逼着他问，到底是咋回事？说！

钱彪看看左右，慌忙说，哥，对不起，真对不起。

林亚雄瞪着眼问，是你找人干的？

钱彪一边点头一边解释，说李小叶昨天出事后，他就派人四处去找她，打听她的消息，可是都没有结果。有个朋友告诉他，道上有专门做这样事情的人，就是花点钱而已。于是我就雇了这几个人，要他们尽快查到李小叶在什么地方，并且拿回她带走的东西。当然，我也给他们提供了一些信息，比如方明亮和杜咪的有关情况，他俩算是跟李小叶关系最近。我特别给他们交代过，君子动口不动手，弄清楚李小叶在哪里，拿回东西就完事。没想到这几个家伙野性大，林哥的人也敢动……

林亚雄生气道，这个不说了，现在知道小叶在啥地方？

钱彪回答，杜咪告诉他们她回康城老家了，住在县城的快捷酒店里，现在那几个人已经赶过去了。

林亚雄不悦地说，杜咪也瞒着我。不过，我提醒你钱老二，再不要出这样的事情了。小叶是我的干妹子，叫你的人绝不能动她，只要拿回东西就行，大不了花几个钱，千万不要干蠢事。

钱彪忙应诺道，是是是。

林亚雄说，我跟你说过多次，你过去的那套方式要改改了，大小你也是个投资公司的老总，在场面上也是有头有脸的人物，动不动就打打杀杀，做不成大事情。现在是市场经济、商品社会，啥事情钱都可以解决，用不着使用暴力，做事情要多动脑子！

钱彪顺从地说，明白了，林哥。

林亚雄说，李小叶昨天打来电话，需要钱。

钱彪抬起头来，有些惊讶地问，她给你打电话了？

林亚雄说，是的，可是她没有告诉我她在哪里，只说她需要钱。

钱彪问，要多少？

林亚雄说，先要几百万，然后还要一大笔。

钱彪说，你答应啦？

林亚雄说，我说想想办法，这得先稳住她。要给，也得从你身上出血。

钱彪叫苦道，林哥，你知道我现在手里哪有钱啊。她前段时间找过我，我说没有，钱都撒出去还没收回来呢。哥你清楚，公司里的那些钱大都砸在白河工业园和北山地区的煤矿油矿里。钱收不回来，别人也追着我讨债，我他妈总不能整天光着屁股见人吧。她没钱，保险公司有钱啊，叫那些要钱的人去找保险公司嘛。

林亚雄凶道，你喊叫什么？都是你惹的事。给钱的事情后面再说，你先把眼下的屁股给我擦干净！

钱彪说，是是是，哥放心，我明白。

林亚雄上了车，离开了花园小区。

钱彪看着林亚雄的车开远了，长长地吁了一口气，抹了一把头上冒出的汗，赶紧从口袋里掏出手机，向他雇的那几个家伙发布新的指令。

起风了，天空开始聚起了乌云……

# 六

上午的天空苍白无力，城市也跟病了一样没有精神。

经济开发区的永久保险公司虽然依旧跟平日一样开门营业，但大门外多了一些走动的警察，门口的保安也看守严密，目光紧盯着过往的行人。由于客户的闹事和媒体的报道，来公司办业务的客户明显少了许多。

公司大楼里，对李小叶的业务清理检查正在紧张地进行。从事发到现在，经理贺大虎和副经理马红艳白天一直没有离开公司，接待客户、劝说客户，迎接上面来人、汇报情况、布置工作，等等。晚上回到家里，脑子里也不停地旋转想着李小叶的事情，几乎是一夜没合眼。

公司出现这样的事情，是他俩始料未及的，也是做梦都没想到的，就像晴空一个霹雳，把他们给震蒙了。经过一天混乱的忙碌后，现在还惊魂未定。谁也不相信公司会发生这样令人震惊的事件，也不相信优秀的营销经理李小叶会做出这种不可想象、不可思议的事情来。

昨晚下班时，贺大虎走到营业大厅下意识看了一眼墙上的光荣榜，目光不由得落在李小叶的照片上，心里突然像触电一样颤了一下。他叹口气，叫来马红艳，说，马经理，明天有空了把李小叶的照片先取下来吧。马红艳点点头说，好，我知道了。

今天一早，马红艳开完晨会，又跟上面检查组的人会面谈话，之后忽然想起贺大虎交代的事情，于是就来到营业大厅，要把李小叶的照片从光荣榜上先撤下来。

现在，她站在大厅里，看着墙上李小叶微笑自信的照片，不由得想起了当初她刚进公司的那一幕情景……

几年前，经济开发区永久保险公司第一次在社会上公开招聘保险营销员。公司还在市里的报纸上花钱登了招聘广告，条件很简单，不限男女，不限户口，不限过去职业，只要学历中专以上、年龄在十八至五十岁的人员都可以报名参加。报名录取后，经过一个月的培训，考核不合格的淘汰，合格的留下，签订劳动合同，每月有底薪和“三金”，主要收入为保险业务的佣金，做单越多，获得越多。业绩突出、能力优秀者，可晋升到销售领导岗位——这是一个多么诱人的招聘啊！这在到处找工作难、求职应聘挤破头的今天，无疑是寒冬里吹来的春风，沙漠中看见的绿洲。于是，应聘者蜂拥而至，在公司大楼门前排成了长长的队伍。招聘工作计划三天时间结束，没想到两天人就招满了。

这是一个阳光很好的上午，大楼前马红艳正在组织新招收的人员排队，准备发放培训穿的绿色迷彩服，然后给他们训话，带着他们登车前往省城郊外的南山里，进行一个月的半军事化封闭式培训。两辆大客车已经停在了大门外的路边等候着出发。

这时候，两个年轻女子出现了。

走来的正是李小叶和她的好朋友杜咪。杜咪走在前面，李小叶跟在后面。杜咪问门口的保安，这里是不是永久保险公司？保安说，是的。并顺手指了一下门口的牌子。杜咪又问，这里是不是在招聘保险营销员？保安说，是的。杜咪又问，那在哪里报名？保安指着大楼前的马红艳说，她是管这个的，你去问她吧。杜咪说，好的，谢谢。

李小叶跟在杜咪的后面走进保险公司的大门口，她抬头望着眼前这座神秘而高不可攀的金融大楼，心里立刻怦怦地跳动起来，感到嗓子发干。

大楼前正在集合队伍。杜咪拉着李小叶，直接走到队伍的前面。杜咪到省城早些，见过世面，胆子要大得多。

马红艳发现突然冒出两个人来，就问，呃，你们两个是干啥的？快到一边去。杜咪对马红艳鞠一躬说，领导，我们是来报名参加招聘的。马红艳愣了一下，说名已经报完了，你们走吧。杜咪拿出一张皱皱巴巴的报纸说，不可能啊领导，上面不是说三天吗？马红艳说，再告诉你们一遍，名已经报满了。对不起，这次招聘已经结束，你们下次来吧。

杜咪小声问身边的李小叶，怎么办？

李小叶的脚没有动。

马红艳说，你们赶紧离开吧，我们准备上车了。

杜咪看看李小叶，无奈地说，那就算了吧？

李小叶脚还是没有动。

队伍里立刻有老女人喊起来，美女，你们来晚了，黄花菜都凉了，没戏啰。我们这里女多男少，阴盛阳衰，你们两个美女就别来凑热闹了。接着一个女人跟着起哄，闺女，快回去吧，别耽误时间了，赶紧找个男朋友去谈恋爱吧！

队伍里笑成一片。

新招的人员中绝大多数都是女人，而且是中老年女人，只有少数几个男的，还是学校毕业没找到工作的学生，就像几只小公鸡钻进了一群老母鸡里，老实得屁都不敢放一个。在营销员队伍里，女人多于男人，并且能于男人，主宰着话语权，这在保险公司里是普遍的现象。

杜咪一看这阵势，气得拉着李小叶说，我们走，都是什么人啊。李小叶站着一动不动，倔强地说，我不走，我今天就不走。杜咪劝道，人家不报名了，你还待在这里干啥？李小叶忽然喊道，凭什么不报名了？保险公司还讲不讲信誉？他们在报纸上说报名三天时间，为啥变成两天，说话还算不算数，老百姓谁还敢买他们的保险？

杜咪一下愣住了。

马红艳和队伍里的人也都愣住了。

没想到这个一直站在一边不说话的女子，出口居然一句接一句，就像镰刀一样锋利，叫人猝不及防。

马红艳竟一时答不出话来。

队伍里的女人们也停止了笑闹，一起把眼光投向这个刚才没有放在眼里的小女子。

李小叶说，我就要报名，否则我就告你们保险公司骗人，不公平。

场面一下有些失控，队伍里乱哄哄地议论起来。

这时，正好经理贺大虎从大厅里走出来，看见外面吵吵闹闹的，就问马红艳发生什么事情了，马红艳把事情经过简单地说了一遍。贺大虎一听笑了起来，对眼前这个有个性的女子感到很有兴趣。

贺大虎走到李小叶和杜咪跟前，问道，你们两个叫啥名字？杜咪说，我叫杜咪，她叫李小叶。李小叶把脸侧向一边。贺大虎问，你们真是来报名的吗？李小叶回头说，那当然。杜咪说，我是陪她来的。贺大虎对李小叶说，可是，报了名还要考试的。李小叶说，考就考。贺大虎说，那没录取怎么办？李小叶说，我认了。但是，必须公平公正，不许糊弄我们。贺大虎说，那当然。好，我就亲自来考考你吧。李小叶怀疑地问，你是啥人？贺大虎笑笑说，我是这个公司管事的。李小叶问，你说话能算数？贺大虎说，算数。李小叶说，那好，你考吧。

马红艳把贺大虎拉到一边，小声提醒道，贺经理，人员可都招满了。贺大虎笑道，别急，我知道。然后回到李小叶跟前说，就在这里考怎么样，当着这么多人的面，算不算公平公正？

杜咪看看李小叶，偷偷拉了一下她的衣角。

李小叶说，怕什么，考就考。

在场所有的人都看着李小叶。队伍里招聘的人员都是在室内考试的，先填一张表，主要是个人的基本情况，然后是书面问卷，回答对保险的认识和个人愿望等等。最后是面试，由考官提出问题，现场予以回答，通过综合打分，最后由贺大虎拍板敲定。可是，现在公司领导要当着众人考一个晚来报名的女子，该怎么考，大家都十分好奇。

贺大虎说，我只问你一句话，回答我就好了。

李小叶问，就这么简单？

贺大虎说，就这么简单。

李小叶说，那你就问吧。

贺大虎说，听好，你为什么想到保险公司工作？

在场的人瞪大眼睛，没想到他会出这么一个看似简单，却又很难回答的问题。一般的回答都会说一些漂亮的话，比如为保险事业的发展作贡献啊，为服务大众献爱心啊，为老百姓的生命保障尽心尽力啊。这些冠冕堂皇的回答都是现成的。

李小叶沉默无声。

杜咪着急地望着她。

贺大虎说，你听见我的问题了吗？

李小叶点点头，深吸一口气，不紧不慢地回答，第一，我是为了挣钱——对，就是为了挣钱来的，我的朋友告诉我保险公司是金融单位，只要自己努力，就可以挣到很多的钱。我要养活自己，养活我一岁多的女儿，我需要钱。第二，为了改变自己的命运。我是一个从康城山区来的女子，虽然读过书，但还是没有走出那个贫穷的地方，命运给了我一些挫折，我到省城来找工作就是想重新开始我的人生道路。第三，你们保险公司招聘没有歧视像我这样的外地人和学历不高的人，包括下岗工人，给了我们这些找不到工作的人一条就业的生路。因为有了工作，我们在这个社会才会受到尊重，不被别人看不起。我相信，这样的公司是有爱心的公司，是有社会责任的公司。因此，值得我走进你们的大门。

李小叶说完，长长地吐了一口气，抬起头看着天空。她的眼里闪动着一种发亮的东西。

一片沉静，没有一个人说话。所有人都感到吃惊，又感到震动。这些实实在在的话，就像敲鼓一样，一声声从胸膛里迸发出来。队伍里有的人眼睛开始潮湿了。李小叶的回答触动了大家内心深处的某种东西，并产生了共鸣。

贺大虎也有些激动，他高兴地看着李小叶，说，我现在宣布，李小叶同志，欢迎你加入永久保险公司，请你入队——

李小叶好像听错了什么，瞪大眼睛。

贺大虎大声说，你被录取了，还愣着干什么？

队伍里响起一片掌声和笑声。

马红艳也没有想到，贺大虎会做出这样的决定，破例录取了这个晚来报名的女子。后来她问过贺大虎，为什么李小叶的回答，使他毫不犹豫就决定留下她，并且认为她是一个做保险营销员的好苗子呢。贺大虎说，她的回答不仅是大实话、真心话，而且重要的是要改变自己，要为自己的理想去努力奋斗和追求。有了这种信念，她想做的事情是任何困难、任何力量也阻挡不了的，这正是一个优秀销售人员，尤其是保险销售人员必备的特质。另外，她的性格很特别，看上去不声不响，却沉静坚定，一旦认定了目标绝不放弃。所谓性格决定命运。我相信她一定会在保险营销这个行业里脱颖而出、出类拔萃的。

后来的事实证明了贺大虎的判断，李小叶果然是一个天才的销售高手，再加上她的勤奋和努力，在短短的几年时间里，就从一个普通的营销员，走到了销售经理的位置上，销售团队达到了近百人，成为一名成功的营销精英。在通常情况下，一个不错的销售员完成这个过程，至少也得五到十年的时间，甚至更长。

李小叶创造了一个奇迹。

直到现在，马红艳还不相信这个奇迹会是一个泡沫，会破碎。

她看着李小叶的照片，百思不得其解。

马红艳搭着梯子，把墙上李小叶的照片取了下来。她拿着照片回到办公室刚坐下，就见贺大虎跟着走了进来。这时候已是上午的十点多钟。贺大虎看了她手里李小叶的照片一眼，说，取下来啦？

马红艳说，取下来了。

贺大虎叹口气，摇摇头。

马红艳问，贺经理有事吗？

贺大虎说，有件事我忘告诉你了，昨天晚上下班后李小叶打电话来了，说是回了康城的老家，母亲病了，过两天就回来。

马红艳吃惊地说，是吗，她回老家啦？这件事你向刘警官报告没有？

贺大虎说，刚才报告了，刘警官说局里领导要他和叶警官马上到康城去把她找回来，并要我们公司派一个领导跟他们一起去。

马红艳说，现在公司都乱了，你不能走，要不还是我去吧。

贺大虎说，我正是这个意思，只有你去才能办成事，别人去我不放心。

贺大虎说，另外，市公司办公室刚才打来电话，通知我参加下午召开的全市区县公司经理紧急会议，说是唐总亲自布置安排的，具体内容不知道。

马红艳说，会不会跟李小叶的事情有关啊？贺大虎叹口气说，那还用说，我现在就是等着上门去挨宰呢。两个人心里都清楚，李小叶的事情一出，作为公司的正副经理，当然脱不开责任，尤其是“一把手”，难逃一劫。

贺大虎想，看来上面是要对自己动刀了，在这个关键时候要想救自己，就是尽快把李小叶找回来。这期间公司保险业务不能停，更不能出现大幅下滑，人心波动，否则公司垮了，他就再无翻身之地了。贺大虎苦笑一下，故意半开玩笑地说，也许下午去开会就把我撸了。

马红艳说，贺经理你别胡说。

贺大虎说，群龙不能无首，万一我有啥事情，工作就交给你了，你得顶上稳住公司的阵脚，绝不能乱了套。不然公司垮了，大家几年的心血和努力就白费了。

贺大虎说话的语气有些慷慨悲歌的味道。经过一夜的辗转难眠，他已经做好了心理准备。

马红艳心里也有些难过，说，贺经理你别这样，出了事情我们共同担当。公司的事情还是你把舵，我给你打下手，公司垮不了的。

贺大虎握了握马红艳的手，感激这个一直跟他搭档的聪明能干的女助手。

然后，就离开了马红艳的办公室。

马红艳看着他一下变得有些佝偻的背影，忍不住喊了一声，贺经理，公司离不开你！

贺大虎摆摆手，没有回头。

马红艳的眼睛红了。

市永久保险公司的小会议室里，各区县分公司的头头脑脑正等着召开紧急会议。这伙平日凑在一起就爱打闹开玩笑的各路“诸侯”，今天一反常态，个个变得老老实实、正儿八经，脸色都显得有些焦躁不安。大家都在窃窃私语，猜测会议的内容。贺大虎在角落里独自低头抽烟，一缕缕烟雾遮住了他的脸。

公司总经理唐国庆带着班子成员走进会议室，脸上的表情都十分凝重，就跟被霜打了似的。

“诸侯”们赶紧各就各位。

唐总上午参加完白河工业园区金融专题会议刚回来，先跟班子成员开了一个会，然后就来到会议室召开各区县分公司经理紧急会议。会议主题就一个——通报经济开发区公司发生的客户闹事事件，进一步加强经营风险的防范。本来这件事是要严格保密的，但没想到媒体报纸捅了出来，虽然没有点名道姓，但很快行业里和公司内部都会知道，与其让大家猜忌议论，还不如直接敲响警钟。特别是在金融专题会议上，黄副市长把他叫去谈话，叫他感到十分震动不安。

唐总清清嗓子黑着脸说，同志们，昨天我们经济开发区公司发生了一件意想不到的事情，这件事不仅在社会上造成了不良影响，而且还惊动了市里和上级公司的领导——

唐总简要通报了客户在开发区公司聚众闹事的经过，传达了黄副市长和上级公司领导的指示精神及提出的要求。他拿出了当天的城市报纸，举起来给大家看，并叫坐在一边的办公室主任念了一遍。

唐总气得满脸通红地说，你们看看，我们保险公司在政府眼里、在老百姓眼里成了啥形象，这么大的事情发生在我们眼皮底下，难道事先一点都没有感觉？简直是迟钝，太迟钝了——他气得把桌子拍得啪啪地响。

所有人都正襟危坐瞪大眼睛。

坐在最后一排椅子上的贺大虎，胆战心惊地低着头，眼皮都不敢抬一下。

唐总吼道，贺大虎经理，这就是你培养的优秀人才、销售精英，居然惹出这么大的祸来。把天捅了个窟窿，她自己却一拍屁股跑了。

贺大虎脑袋恨不能钻到裤裆里。他哭丧着脸，心想，你唐国庆别现在出了事对我大喊大叫，大发雷霆，当初李小叶被评为省市优秀营销员的时候，你给她戴过大红花；她代表公司参加全国系统销售精英表彰会回来时，你亲自带着班子成员到火车站去迎接；在开庆功会的时候，你还笑着与她喝酒合影，当着众人的面夸奖她为公司争得了荣誉，号召全体营销员向她学习。现在出了事，屎啊尿啊都扣在我头上，我倒霉不倒霉，冤枉不冤枉啊！

李小叶的事情出来后，市公司派下人来，对她涉及的保险业务及单证票据开始了全面清理，果然发现了很多问题和漏洞。

真是不查不知道，一查吓一跳。闹事客户提供的保费金额与公司数据明显不符，单证票据已经过期，还盖了公司的印章，这些票据印章真假难分，需要专业人员进行鉴定。同时，还有业务超权限的问题，上面有他贺大虎的签字，也有市公司业务部门的签字，说明上上下下有人为李小叶做业务开绿灯，公司管理层肯定脱不了干系。问题和漏洞错综复杂，盘根错节，在几年的时间里，搅成一团乱麻。可是，这些问题和漏洞带来的将是公司遭受巨大的经济损失，以及法律问题和社会稳定问题。

然而，这些问题都需要尽快找到李小叶才能弄清楚。如果事情还没有弄清楚，媒体又推波助澜进行炒作，矛盾就会更加激化，放大社会效应。如果诱发新的更多的客户聚众闹事，形成客户退保风潮，就如同洪水势不可当，那时候公司业务发展不仅会受到巨大冲击，并且将会在严酷的市场竞争中败下阵来。

唐总说，大家都明白，这几年保险公司的市场竞争已经到了白热化的程度，甚至到了你死我活的地步。大大小小几十家公司，都在抢市场的一块“蛋糕”，就像香港跑狗场里的赌博，谁冲在前就是赢家，谁落在后面就被淘汰、就被宰掉。中途一只狗摔倒了，旁边的狗就会高兴得蹦起来，蹦得八丈高。如果公司就像那只中途被摔倒的狗，其他的公司当然会暗自拍手称快。

唐总提醒道，从现在起大家要敲响警钟，引以为戒，防止事态进一步扩大，更不能在这个节骨眼上给我再节外生枝。他提出了以下几点要求：

一是开发区公司要继续配合公安机关做好有关调查工作，并且尽快找回李小叶，把事情搞清楚；二是要做好资金的准备，确保正常客户的保险赔付和到期给付；三是要加强安全保卫，防止闹事客户再次聚众到公司，避免发生冲突事件；四是要立即聘请一名律师，做好打官司的准备；五是全市各区县分公司要在内部进行一次全面的业务清理检查，发现问题，堵塞漏洞，防止类似的事情再次发生；六是做好保密工作，李小叶事情在公安机关还没有调查清楚下结论之前，任何人不得对外散布消息，否则以违反纪律论处。

唐总说完，宣布散会，叫大家赶紧回去抓落实。最后又强调了一句，问题要查，业务不能耽误啊。谁要是影响了业务，完不成今年的任务，别怪我六亲不认。走人吧——

经理们一边议论一边离开会议室。

唐总喊了一声，贺大虎，你给我留下。

刚溜到门口的贺大虎，只好又退了回来。

唐总把他带到自己的办公室，关上门，然后叫他坐下，扔给他一支烟，自己也点燃一支，狠狠地吸了一口，半天不说话，好像肚子里憋着什么。

贺大虎眼睛直直地望着他，知道他有重要的话说。

唐总以前在保险学校工作，后来到了永久保险公司，也是从基层一步一步走到现在的位置上。他跟贺大虎关系甚好，心照不宣。以前贺大虎叫他唐老师，叫着叫着，唐老师就成了唐总。但工作上两个人依然一码是一码，绝不马虎，私下里还是朋友，喝酒嚎歌谁也不服谁。

唐总叹口气说，大虎，这事情有点麻烦了。

贺大虎说，唐总，对不起……给咱公司抹黑了。

唐总说，嗨，现在不是让你检讨的时候。

贺大虎小心探问道，那你是啥意思？

唐总拿起办公桌上的杯子喝了一口水，瞥了贺大虎一眼，说，大虎，咱俩虽然现在是上下级关系，但也是朋友关系，我实话实说，这几年，你的表现的确不错，业务全市第一，工作大刀阔斧，上上下下关系搞得也好。我把你一步一步提起来，并且作为市公司的后备干部，可是在这个关键时候，你公司出了这个大纰漏，叫我咋办？你的那些竞争者，都在你屁股后跟着呢，你出了问题，你摔倒了，人家就要跑到你前面去。

贺大虎脑子里马上闪过狗追兔子的场景。

唐总说，开发区发生的这件事情，媒体都抖搂出来了，地方政府领导、上级公司领导眼睛都盯着呢，全公司员工的眼睛也都盯着呢。希望你脑子清醒，看清形势，识大体，顾大局，正确认识。

贺大虎急得脸上冒出一层汗，说，唐总你就别绕弯子了，直说吧，想把我咋样？

唐总叹息道，好吧，那我就直说了，我是挥泪斩马谡啊。从明天起你先停职检查，主要配合上级工作组和公安部门做好李小叶事情的调查工作，等问题调查清楚了，再说后面的事情。暂时把担子交给马红艳，这是刚才党委会研究的，也是上级公司领导的意见。本来要在今天的经理会上宣布的，我想还是给你点面子，让大家看公司下发的文件吧。

贺大虎眼泪唰地流了下来。

唐总瞪大眼睛说，大虎你这是做啥嘛，是男人吗？

贺大虎使劲抹眼泪，越抹越多。他委屈地喊道，你们这是过河拆桥啊，我贺大虎为了开发区公司汗没少流，劲没少使，没有功劳也有苦劳，没有苦劳也有疲劳，你不能在这个时候对我卸磨杀驴、撒手不管吧？

唐总劝道，大虎看你说的，我这不是为你好吗？停职检查是为了避开矛盾，又没有说撤你的职，你有啥难受的？再说，公司出了事，总得有一个人出来挡着，你不出来谁出来？

贺大虎说，李小叶打电话给我说了，她很快就筹集钱，把客户闹事的事情平息下去。

唐总说，这样当然好，我也希望事情早点平息，不要把事情闹大，闹大了对你我都没有好处。可是，眼下我们总得表示一个态度吧，总得给方方面面一个交代吧，对不对？

贺大虎说，唐总，我……

唐总打断说，现在最关键的问题是要尽快马上灭火。你只要把火灭了，停职检查算个啥嘛，还不是可以恢复，不影响你今后的进步。

贺大虎露出希望的眼光，望着唐总，你说的是真的？

唐总说，当然的嘛。

唐总看看墙上的电子挂钟快到下班的时间了，就对贺大虎说，不在这里说这些了，走走走，咱们出去坐一坐。

贺大虎还坐在椅子上不愿起来。唐总走过去，拉起他说，还抹啥泪呢，像男人吗？大丈夫能屈能伸，以退为进，退一步海阔天空。走，别抹了，叫人瞧见多没出息。

贺大虎在脸上使劲抹了一把。

唐总换了衣服，带着贺大虎出了办公室，下楼后来到公司斜对面的一家川渝美食酒楼。女老板一见唐总，是老熟人，赶紧陪着上楼要给安排一个包间。唐总说，算了，就俩人，找个安静点的角落就行了。这家餐馆中午饭口的时间，公司来吃饭的人不少，可是到了下午下班，大家都急着回家，几乎就看不到公司的人了。于是，两个人就在靠窗边的一个角落坐了下来。

唐总点了菜，要了两瓶白酒。唐总说，咱兄弟俩今天不醉不归。贺大虎说，好，喝个痛快！唐总还特地点了一个大盆鱼，麻辣的，说是店里刚推出不久的新菜，他吃过，非常够味。他知道贺大虎也能吃辣椒，是个不怕辣的货。不一会儿，酒菜就上了桌，热气腾腾，香辣扑鼻。唐总打开酒瓶，亲自给贺大虎倒了一满杯。

唐总端上酒，对贺大虎说，大虎，我敬你一杯，这是兄弟酒。我比你大，先喝为敬。说着，一口先喝了。

贺大虎说，唐总，应该我先敬你。

唐总说，今天你听我的。喝了。

贺大虎说，恭敬不如从命。一仰脖，一口也喝了。

唐总又端上第二杯，说，这是朋友酒。我们相处多年了，肝胆相照，无话不说，打可还手，骂可还口，心有灵犀一点通。喝！

两个人一起举起杯子，一饮而尽。

唐总端起第三杯，说，这是赔罪酒……他的手突然抖了一下。贺大虎一听，赶紧站起来，说，唐总你不许胡说，收回去。唐总说，兄弟你听我说，这是赔罪酒，我过去曾经是你的老师，现在是你的领导，是我没有保护好你，光叫你在市场上冲锋陷阵，却没有给你提供防弹衣、避雷鞋，这是我的过错，这赔罪酒我喝。

唐总眼里有了泪光。

酒一下肚，身子发热，脸也开始红起来。

贺大虎抓住了唐总端酒杯的手，眼睛红了，求道，唐总，这酒你不能喝，我贺大虎承受不起呀。冲锋陷阵那是应该的，总有人挡子弹，总有人蹚雷区吧，我不后悔，不委屈。

唐总挣脱贺大虎的手，酒洒到了桌子上，他又重新满满地倒上，说，这杯酒我必须喝，这是我的错，如果我的兵、我的弟兄受伤了、倒下了，这是我的耻辱。说完，一杯酒全倒进了嘴里。

贺大虎一屁股坐在椅子上，哭了起来。

唐总笑着指着贺大虎说，瞧你出息的，今天像个娘们儿似的，婆婆妈妈，还学会小姑娘那样挤马尿了。哈哈，赶紧把酒喝了。

贺大虎把脸上的泪一抹，扑哧一声又笑了，样子怪怪的。他端起了酒，一口喝尽。自嘲道，我他妈真是没出息，给你丢脸啊。

唐总大声说，屁话！

两个人说着笑着，你一杯，我一杯，不一会儿两瓶白酒就见了底。两个人脸上也红成了一片，舌头发硬，说话开始跟不上节奏，前言不搭后语了。

唐总说，大虎我告诉你，人生就这么回事，总有起起伏伏，跌一跤不……不算事。

贺大虎说，唐总，我……我贺大虎啥时候怕事了？我是感到他妈的冤……冤枉。这个李小叶真是害死我了。

唐总笑笑说，你别说，这小女子胆子还真大，叫我想都没想到，也算是一个了不起的人物。她……她可是你亲手培养的人才哪。

贺大虎也醉笑着说，你不是也欣赏她吗？她给你、给我们永久保险公司挣过多大的脸面啊。

唐总点头说，那是那是，辉煌啊，荣誉啊，可是现在，她快把我们带到坑里去了。

贺大虎说，你错了唐总，不会的，绝不会的，我相信这小女子，她的能量大得很。

唐总说，你敢拍……拍胸脯？

贺大虎双手使劲擂自己的胸脯，笑道，咋样唐总，嘿嘿嘿嘿。

唐总指着贺大虎，你小子，有种，有种，哈哈哈哈。

两个人喝完酒，唐总埋了单，一起下了楼。因为都有些喝高了，满嘴的酒气，走路一晃一晃的，回家不好见家人。唐总说，干脆嚎……嚎歌去？贺大虎说，嚎……就嚎，还怕你……不成，哈哈哈哈。

于是，两个人就离开了川渝美食酒楼，摇摇晃晃走到不远处的一家闪着灯的歌厅，进了包间抢过话筒，就像两只受伤的狼一样大声干嚎起来。两个大男人胡乱唱了一通，一直唱到累了，倒在沙发上……

此刻，夜色已深，浮华褪尽。

# 七

在同一天的时间里，有三路人马不约而同先后驱车赶往南部的康城山区，去寻找一个叫李小叶的女子。当然，他们的目的各不相同。

最早出现在高速路上的是那辆破旧的白色面包车，一路上气喘吁吁地奔跑。这时候大概是上午十点多钟的样子。车上坐的就是早晨跟踪方明亮、后来劫持杜咪的那一伙人。他们从杜咪那里打听到李小叶的下落后，就立即开着车离开省城，向康城山区的方向一路狂飙。

从省城到康城山区有好几百公里的路程，中间要翻山越岭，穿越平川，然后再进入山区。过去没有高速公路之前，全是蜿蜒的山路，弯弯绕绕如同羊肠，要从天明走到天黑，现在大半天的时间就可以到达了。

这一伙人开着前灯下有伤的破旧面包车，一路使劲往前赶，就像一群嗅着猎物气味的饿狼，拼命朝着目标奔去。坐在前面的小胡子叫吴天贵，外号杆子，是这伙人的头儿；后座上高大强壮的叫赵大福，外号土锤；开车的黄毛叫郭有财，外号闷戾。他们都是从小一起长大的，是一个村镇上的人。

他们之间一律不呼大名，只喊外号。外号都是道上的人喊出来的，生动形象。比如杆子，他就长得像根苞谷秆子似的，可心里却诡计多端、无所不能。比如土锤，他爸就是个铁匠，他也长得五大三粗，跟那打铁的锤子差不多。再比如闷戾，这家伙看上去不哼不哈，三脚踢不出个屁来，但做起事来却阴坏阴坏的。大名是爹妈取的，什么贵啊福啊财啊，太土瘪了，跟他们一点都不沾边，还是道上的这些外号，一叫就让人记住，一叫就在江湖上传开了。

这三人都是省城北郊北关镇的无业青年，从小在铁路边长大，他们曾经跟道上的郭老大一伙人，在铁路上扒飞车一起进过公安局。后来杆子在火车站摆小摊，土锤在游戏厅当保安，闷尿在建筑工地开车拉渣土，都没有混出名堂来。前几年，一个偶然的机会，他们又走到一起，跟郭老大一伙人在社会上做“商务中介”，接手一些红白两道都摆不平的生意，吃喝玩乐很是自在，江湖上也有了些名声。

接的李小叶这单活儿，就是娱乐城“夜来香”歌舞厅的女老板介绍的，说雇主是一个有钱有身份的人，以前是做生意的，也在道上混过，现在搞金融，经常跟政府官员和企业家、商界老板们吃饭喝酒，成了上流社会的成功人士。

杆子一伙听了很感兴趣。

女老板说，雇主希望他们帮忙找一个人，拿到他要的东西，价钱方面的事情好说。

在歌舞厅女老板的引见下，杆子一伙人在娱乐城“夜来香”歌舞厅见到了雇主。雇主姓钱，出手果然慷慨大方，一见面就给了一万块，说事情成了再给两万。钱老板说，辛苦你们几个小兄弟了。杆子说，小事小事，包在我们三个兄弟身上，找一个小女子，小菜一碟。

钱老板感到满意。

三人也很高兴，拍胸脯保证办好事情。

根据钱老板提供的信息，当天晚上的半夜，他们就来到城南李小叶居住的城中村出租屋，趁着夜深人静翻入小院中。不远处的地方传来狗叫声。杆子叫闷尿在楼下放哨，自己和土锤就蹑手蹑脚地上了楼，轻轻撬开门锁进入屋里。

屋里没有人，看来那个叫李小叶的女子的确跑了。

二人打开手电在屋里翻找起来。按照钱老板的交代，要找的东西是一份文书之类的东西。黑黢黢的小屋里简陋得几近寒酸，只有一张旧床、一个装衣服的破衣柜和吃饭的小桌子，没有一件像样的家具。二人在屋里很快把所有的地方搜了一遍，没有找到需要的东西。二人进了厨房里找，土锤不小心碰到一个锅盆什么的，发出了声响。

杆子小声骂了一句，猪！

这时楼下传来一声猫叫，那是闷尿的信号，意思是下面屋里有动静。杆子说，撤。二人就赶紧闪出小屋，飞快地下楼，然后与闷尿一起翻出小院。刚跑出几步，听见院子里有人在喊，有贼——顿时灯光亮起。

眨眼工夫，三个人已经跑得无影无踪。

在李小叶的出租屋没有收获，他们一早就来到城区里的阳光幼儿园，等着李小叶的男朋友出现。只要跟着他，就能够找到那个叫李小叶的女子。当看到一辆老北京吉普车开来时，他们就跟上从车上下来的男人。男人三十多岁的模样，文质彬彬，一看就是坐机关办公室的人。三人一直盯着他送完孩子，然后离开幼儿园，开车进了一家单位的大门。他们始终没有发现有李小叶的踪影，反而好像被那个男人发觉了什么。

杆子赶紧给雇主钱老板打电话汇报情况，钱老板叫他们马上去一个花园小区，找一个叫杜咪的女子，她是李小叶的闺蜜，一定知道她躲在啥地方。于是，他们就赶到那个花园小区，在门口拦住了打扮时髦的女子杜咪。

他们顺利地劫持了杜咪，并且从她的口里得知了李小叶的下落。虽然使用了点暴力，打伤了那个漂亮时髦的女子，但结果是令人满意的。用道上的话来说，不流点血怎么见彩虹，没有拳头哪打得出天下。

可是，后来钱老板却打来电话，把他们给臭骂一顿，骂他们是蠢猪，把人打成那样，都进了医院。要是女子报警，惊动了警察，就会惹出麻烦事来。钱老板要他们按照杜咪提供的信息，马上去南部康城山区找到李小叶，拿到要的东西，不到万不得已，绝不能对这个女子动拳头，掉一根头发都不行。

杆子说，是是是，钱老板放心。

土锤说，不动拳头，咋想拿到东西？

杆子说，叫你别动就别动。

土锤咧咧嘴，不吭声了。

面包车驶入山里，两边是一座座绵延的山峰，天空变得狭窄起来，道路不仅有了坡度，还有不少的弯道，加上路面一辆接一辆的大货车，面包车的速度也慢了下来。

三个家伙没事开始闲聊。

土锤说，哥，这要找的女子到底是啥人啊，钱老板不知啥把柄落在她手里了，看样子急得很。

杆子说，管屌他的，咱只要挣钱就行了。

土锤说，可是，他又护着那个女子，不让咱碰她，这是啥意思？

杆子说，有钱人，搞屌不懂。

闷屄开车嘿嘿地笑。

土锤说，你笑个茄子。

土锤继续问道，哥，那女子带个娃住在出租屋里，也够穷的，家里值钱的东西都没有。

杆子说，甭管，钱老板有钱。

闷屄开口说，就是。

土锤忽然问道，哥，你说咱大老远跑去，那女子会不会早就跑没影儿了？

杆子说，跑不了，屁大个小县城，就是一个跳蚤我也能把它找出来。她老家也不远，县城不在就去她家里，看她往哪里跑。

土锤嘟囔道，我看这活不好干。

杆子火了，吼道，你他妈啰唆够了没有，不想干就马上滚下车。

土锤低声说，我说说而已嘛。

杆子说，你而已个屁！

闷屄偷偷地乐。

车里终于安静下来，车外景物在飞快地移动。

过了一会儿，杆子掏出手机，找到钱老板发给他的李小叶的照片，一边看一边羡慕地说，这小女子长得还真不错，狗日的有钱人身边尽是美女。

闷屄说，哥，等我有钱了，也要找一个美女。

杆子笑道，行啊闷屄，只要你跟着哥好好干，挣多多的钱，哥保你今后娶一个大大的美女。

闷屄嘿嘿一笑说，不要大大的，小小的就可以了。

土锤挖苦道，还小小的，有了钱就去歌厅发廊找小姐，闷驴子尽干骚屌事。

闷屄不高兴了，嚷道，哥，你看他又欺负我了。

杆子说，好了，你们不要闹，咱哥们儿在一起混不就是为了挣钱吗，有了钱吃香的喝辣的，再找一个漂亮的女人，过美美的日子，哈哈哈哈。

闷屄笑了，说，就是就是。

土锤从后面拍了一下闷屄的脑袋，说，你狗日的张！

土锤以前有过一个女朋友，耍了两年多，后来嫌他没钱，就跟另外一个男人跑了。那男人是市殡仪馆的火化工，整天跟死人打交道，但比土锤挣钱多，女朋友也愿意。土锤很受打击，自己还赶不上一个烧死人的。他恨不能杀了那个火化工，也恨不能杀了他的女朋友。

杆子掏出手机对二人说，现在你们好好看清楚这一张照片，给我牢牢记在脑瓜里，到了山区的小县城不要把人认错了。说着，举起手机给身边的闷屄看，然后又给后座上的土锤看。

土锤鼻子里哼了一声。

闷屄点点头说，美，以后咱就找这样的漂亮女子当媳妇。

土锤嘲笑道，做你的美梦吧，见了漂亮女人就想让她当你的媳妇，真是想媳妇想昏头了。

闷屄红着脸说，我……我愿意，咋地？

杆子对土锤说，你小子，不要一朝被蛇咬，十年怕井绳。

土锤说，哥，女人就那么回事，就像那地里的花一样，长得好看的都被有钱人采走了，长得不好看的宁可待在地里也不让没钱人采。

杆子笑道，你小子那就赶紧挣钱啊。

土锤说，哥，挣钱哪这么容易啊。现在的女人就是个无底洞，钱是填不满的。再说，我也不相信什么漂亮女人，大都是整形整出来的，从脸上到身上，鼻子眼睛眉毛胸脯屁股，什么都整，结果模样都差屎不多。满大街都是美女，其实都是假的。

闷屄说，只要漂亮就行，管她真的假的。

杆子笑道，好，闷屄说得好，不管真假，只要漂亮。

土锤急了，说，我给你们讲一个故事，看你们还敢不敢要漂亮的女人。

土锤讲的故事是这样的，说有一女子长得特丑，又黑又胖，就跟农村养的大黑猪似的，见过的男人都会呕吐，见过的女人都说她这一辈子也找不到男人。女子不服气，砸锅卖铁，倾家荡产，花了几十万到韩国找了最好的整形医生。

一年之后，女子摇身一变，焕然一新，活生生一个明星级的大美女，又白又苗条，光彩照人。并且很快就找了一个有钱的千万富翁，让过去所有瞧不起她的人都羡慕不已。

又过了一年，女子给千万富翁生下一个女娃，没想到娃刚从肚子出来就又黑又圆，就像一个小黑猪。千万富翁感到很是吃惊，就追问女子是怎么回事，女子最后只好坦白交代，说出了过去整形美容的事情。千万富翁一怒之下就跟女子离婚了，并且将她告上法庭，以诈骗罪叫女子赔偿物质损失和精神损失。结果这整形女子最终落得鸡飞蛋打，竹篮打水一场空。

土锤讲完哈哈地笑起来。

杆子说，你先别笑，故事还没有完呢。

土锤看着杆子，怎么还没完？

杆子说，当然了，你听我讲——

那女子刚一离婚，立马有一个亿万富翁找到她，并且很快就与她结了婚。亿万富翁一点不嫌弃女子是整形美容的，更不嫌弃那个小黑猪一样的女娃。亿万富翁说，一个人以前是啥样子不重要，重要的是现在是啥样子。只要这女人敢于去改变，不怕别人说三道四，就是一个了不起的人。亿万富翁还说，生下的女娃像个小黑猪也不要紧，以后长大了再去整形就OK了，黑的也会变成白的，她会成为一个比她妈妈还要漂亮的女人。从此，女子跟亿万富翁带着那个小黑猪一样的女娃周游世界，过上了美满幸福的生活。

杆子讲完，哈哈大笑。

土锤瞪大眼睛，啊了一声。

杆子说，你啊个屁呀，你小子吃不着葡萄说葡萄酸，哈哈哈哈。

闷屄也笑得前仰后合。

土锤涨红着脸，气得说不出话来。

面包车突然钻进了黑咕隆咚的洞子里……

一辆北京吉普越野车也在高速路上飞快地奔驰。

车上的方明亮紧握着方向盘，眼睛一眨不眨地盯着前方，脚下踩足了油门，车轮飞快地旋转，以最快的速度赶往南部康城山区。他要去找到李小叶，帮助她逃离被人绑架的危险。

他知道，那伙劫持杜咪的人也正在途中。他们到底是什么人，为什么要追踪寻找李小叶？李小叶到底出了什么事？她为什么要逃离省城，而且不愿意跟自己说出实情？这一切的一切，他都迫切地想知道。他必须尽快赶在那伙人之前到达康城山区的小县城，找到李小叶。

方明亮就像要去救火一样，浑身沸腾不已。

越是心急，越是偏偏出事。车出了省城进入南山高速路的山坡道时，突然就熄了火，不知道出了什么故障，怎么打也打不着，车哼哼几声就趴那不动了。方明亮只好把车推到路边停下。然后赶紧打道路救援电话，希望维修人员赶快到来，帮忙修好车好继续赶路。

方明亮狠狠地踢了车屁股一脚，气得嘴里骂了一句什么。这辆北京吉普车是辆二手车，是他有了儿子小涛后才买的，为的就是早晚接送孩子方便。这辆车的车况一直不是太好，最近工作忙也没有去维修店检修，偏偏在这个节骨眼上出了毛病，真是耽误事情。对于他来说，现在一分一秒都很重要和紧迫。他恨不能马上长出翅膀飞到康城山区的小县城，出现在李小叶的面前。

方明亮焦急地在路边等待公路救援车的到来，看着一辆一辆的车从眼前驶过，心里急得像猫在抓一般。从省城到南部的康城，高速路要走三四个小时。从康城到山区的阳南县却没有高速路，只有简易公路，不知要走多长时间。等维修人员来了把车辆修好，再赶到康城山区的小县城，可能天已经拉上夜幕了。

方明亮拿出手机继续给李小叶打电话，还是打不通。他看看手表，又看看山里灰白的天空，心情变得十分焦躁不安。路边一条小溪在汩汩地流淌，树林和灌木丛里的鸟儿在啾啾地鸣叫。他尽量让自己的心情平静下来。

方明亮想起李小叶也曾经“救”过他一次的情景：

那是一年前的夏日，酷暑之后突然出现了持续的暴雨天气。那几天，城市里接连下起大雨，刮起狂风，导致雨水漫延成患，许多街道和道路都出现了下水道堵塞，城市交通受到影响，一些公共设施遭到损坏。方明亮整天冒着狂风大雨跟着有关市政管理和工程人员，满城地到处跑，哪里出了问题就赶到哪里，查看灾情，采取抢救措施。

由于时间紧迫，发现的问题又多，市政部门之间相互扯皮，推诿责任，工作很难开展。方明亮心情很不好，不停地跟有关人员沟通、解释、吵架，批评他们不按国家规定招标，不按设计要求施工，偷工减料，暗吃回扣，暴雨后暴露出一个接一个的问题。他白天黑夜地泡在雨水里，喊哑了嗓子，熬红了眼睛，浑身湿得就像一只斗架失败的落水鸡。

那时候，方明亮跟李小叶认识已经有些日子了。他工作一忙，就顾不上到幼儿园里接孩子。等他忙完事情赶到幼儿园时，李小叶已经带着两个孩子在幼儿园对面的一家肯德基店等着他了。外面下着大雨，两个孩子在李小叶的陪伴下，开心地吃着汉堡包，喝着热腾腾的饮料。而李小叶望着玻璃窗外的雨景，在等着他的到来。

这一幕，让方明亮很感动。

那一天，雨下得特别的大，市郊的一个绿化工程出了问题，他带着有关工程人员抓紧抢修，一直忙到天黑才把问题解决了。工程人员离开了工地，但他还没有走，准备最后再检查一遍就离开。他把接孩子的事情已经忘得一干二净。

天越来越黑，雨越来越大。

这是一个新打造的城市大型绿化景观区，有雕塑、喷泉和园林，四周还用围栏封闭着没有完工。方明亮来到一处喷泉管道下面的建筑支撑位置，再看看排水的情况。有一台抽水泵轰隆隆地响着，通过一条排水管向外排水。本来安排了值班员值班，但现在人还没有来，估计吃饭去了。

方明亮一边检查，一边考虑着第二天有的地方还需要进一步改进。走着走着，脚下突然踩到一个东西，他啊地叫了一声，身体一下滑倒摔进了旁边的一个水坑里，脚一阵钻心的痛。他半躺在水里抬起脚来，发现是踩到一块有钉子的木板上了，一颗粗大的钉子穿透了鞋子，钻进了脚心的肉里，鲜红的血流了出来。他动也不敢动，拔也不敢拔，想站起来却十分的困难，无法起身。

天色更黑了，雨不停地下着，工地上空无一人。他喊了几声，无人搭理。他只好半躺在水坑里等值班的工人到来。这时候，他突然想起幼儿园的儿子还没有接，李小叶或许还在幼儿园对面的肯德基店带着孩子等他。他心里一下开始着急了，赶紧摸手机，但手机在口袋里已经进了水不能使用了。他拼命地大声喊起来，快来人啊！

喊了几声，果然有一个人出现在他的面前——不是值班的工人，而是李小叶。她打着一把伞，站在工地排水处的上方。方明亮感到非常吃惊，她怎么会找到这里？

原来，李小叶下班后接了两个孩子，就到幼儿园对面的肯德基店等着方明亮。天渐渐黑了，雨下个不停，还没见到他的身影，手机也打不通，她心里就开始发慌了，感到胸口里怦怦地跳个不停。她开始担心起来，感觉方明亮一定出了事情，就把两个孩子先送回自己住的出租屋里，然后就跑出来找他了。她打车到方明亮单位的值班室问询，又给他的同事打电话，最后终于在这个工地找到了他，发现他受了伤，躺在水坑里不能动弹。

李小叶赶紧下到水坑里把方明亮扶住。

方明亮一边疼得咧着嘴，一边高兴地笑着说，幸亏你来得及时，不然我还不知要在水坑里泡多久呢。

李小叶看着他脚上的钉子，心疼地说，你还笑，这怎么走路啊？

方明亮说，不要紧，小伤而已。

李小叶说，那我们赶紧去医院吧。

方明亮点头同意，刚想站起来，却疼得哎哟地叫了一声。

李小叶见钉子悬吊在他的脚上，一动就会摇晃起来，令人疼痛难忍。于是，毫不犹豫地把自己脖子上的小丝巾解下来，把带钉子的木板与方明亮的脚固定在一起，这样就可以歪着身子站起来了。

李小叶解下小丝巾的一瞬间，方明亮不经意看见了她脖子下的那块粉红色胎记，在白皙的皮肤下显得格外醒目，不觉有些惊讶。

李小叶脸一红，用手掩住说，不许乱看。

方明亮尴尬地嘿嘿一笑。

李小叶扶着方明亮一步一步走出工地。他不能开车了，李小叶就叫了一辆出租车把他送到附近的一家医院。在急诊室里，医生看过后给方明亮脚上打了麻药，然后叫护士帮忙，一起折腾了半天，才把他脚上带钉子的木板取下来。幸好没有伤到筋骨，只是一个局部的贯穿伤，没有大碍。消毒打针包扎，一番忙碌之后，李小叶带着方明亮一瘸一拐地离开了医院。

他们坐车回到李小叶在南郊城中村的出租屋。打开门一看，屋里的小电视还亮着，两个孩子却歪在床上睡得呼呼的，就像两只宠物狗似的。

方明亮心里一热，感激地看着李小叶，眼睛湿湿的，什么话也说不出来。

方明亮要带着儿子回家。李小叶见他受伤的脚走路一瘸一瘸的，抱着孩子不方便，就让他把孩子留下，明天由她送到幼儿园去。李小叶说，你看一眼孩子在这里就放心了。方明亮感动地说，在你这里，我当然放心。这里有一种家的感觉。

李小叶明白他的意思，只是微微一笑。

这之后，他们之间往来就多了起来，相互走近了许多，不再像过去那样有一种陌生感和距离感。但是李小叶与他相处，依然还是有些顾虑，内心没有完全向他敞开，有的地方甚至不愿意让他碰触。她是一个很敏感的人。

一个星期天，他们一起带孩子去公园玩。两个孩子在草地上奔跑嬉戏。方明亮和李小叶在小路上散步聊天，讲自己过去的经历，也讲工作和生活。走着走着，方明亮的手碰到了李小叶的手，他心里触电一样狂跳了一下。再一次碰触的时候，他的手一把握住了她的手。她的手软软的滑滑的，就像一条小鱼儿似的。方明亮有些紧张，感到嗓子就像被东西堵住了，堵得脸都涨红了。可是，李小叶没有把手抽回去，任凭他握着，纤细如鱼的手在他手里开心地游弋。

方明亮希望一直能握着这只手，永远不要分开。

忽然，他们听见路边的树丛里有声音。转头一看，原来是两个年轻男女，在树丛里紧紧相拥着接吻和抚摸，由于十分投入，忘记了周围的环境。他们扭动着身体，发出兴奋喘息的声音。

方明亮和李小叶不知该如何是好，一动生怕惊扰了他们，不动站在原地又感到非常难堪。方明亮看了李小叶一眼，李小叶红着脸低下头。方明亮担心树丛里出现更加尴尬的场景，就轻轻地咳嗽了两声。两个年轻男女听见动静，马上停止了激情的接吻和抚摸，顾不上整理凌乱的衣服和头发，起身拉着手嬉笑着就跑远了。

方明亮和李小叶松了一口气。

李小叶说，你干吗要撵人家走啊？

方明亮不好意思地挠挠头说，现在的年轻人太不注意场合了。

李小叶说，公园里就是谈恋爱的地方嘛。

方明亮笑笑说，的确是，看来是我们打扰人家了。

李小叶笑了，笑得很好看。

方明亮看着她，忽然说，哪天我给你画一幅画好不好？

李小叶高兴地说，好啊，不过我长得不好看，从小连相都不爱照。

方明亮直接说，是因为你脖子上的胎记吗？

李小叶一听，脸色立刻变了。

方明亮赶紧解释说，对不起，我那天不小心看见了。其实，我觉得很好看的。

李小叶脸不觉一红，说，真的吗？

方明亮认真地说，真的，真的挺好看，就像一朵山茶花一样。

李小叶高兴地笑起来，说，你怎么跟我爸说的一样，他也说我这个胎记像山茶花。你不会是因为喜欢画画才这么说吧？

方明亮说，当然不是。我是觉得，我们每个人的生命都是父母给的，谁也无法选择。一个人身上的胎记，是生命上绽开的花朵，它是健康而美丽的，我们不应该觉得它难看丑陋，更不应该在心理上感到卑微。

李小叶说，可是，我是在农村山区里长大的，小时候就因为这个胎记，受到别人的欺辱。更因为家庭的贫穷，在世面上抬不起头来。后来我知道，身上的胎记改变不了，但我的命运一定要改变。

她眼里露出一种坚毅的目光。

方明亮看到李小叶的内心有一种深深的自卑，有一种受到伤害后的自我防卫，但还有一种希望超越自卑、改变自己的自信和自强。她是单纯的，又是孤独的，就像山涧里的小溪，独自流淌和吟唱。

他心里突然对李小叶生出一种说不出的情感。

不久，方明亮根据李小叶的讲述和自己的想象，创作了那幅她站在茶山小道上凝望远方的油画，取名叫《向往》，后来送给了她。

李小叶非常地喜欢。

方明亮还沉浸在往日美好的回忆中。这时，山里的高速路上传来几声汽车喇叭的声响，一辆公路救援车驶了过来，维修人员终于赶到了。

公路救援车停在方明亮的北京吉普车前面。修车师傅打开车前盖一检查，说是油路出了点问题，于是就修了起来，不一会儿就修好了车。发动车试了试，北京吉普车发出机器轻快的轰鸣声。

修车师傅说，好了。

方明亮向维修师傅表示感谢。看看时间，前前后后耽误了一个多小时。他赶紧跳上车，向维修师傅挥挥手，用力踩下油门，朝着康城的方向奔驰而去……

刘剑锋和叶梅带着马红艳，是下午两点多才从省城出发的。他们并不知道已经有人赶在了他们前面。三个人中，只有刘剑锋去过康城，但没有去过山区里的阳南小县城，更没有去过那清江边的坝子镇。为了不惊动李小叶的家人和镇上的村民，刘剑锋和叶梅都改穿了便装。

公安越野车在高速路上马不停蹄地飞奔。

刘剑锋出发前跟康城的警方进行了联系，在阳南县城给他们安排好住宿的地方，等他们到达的时候估计已经是晚上的八九点钟了。他们打算先在县城住下，然后第二天再到坝子镇去找李小叶，如果贺大虎提供的信息是真实的话，她应该是在自己的家中。

自从事情发生之后，他们没有在第一时间控制住当事人就已经被动了，没想到又让她逃离了省城，并且带走了十分重要的东西。如果带走的东西被销毁，案子的侦破就很困难，这是不能原谅的过错。因此，王局狠狠地批评了他们一顿，他们无话可说，只有全力以赴尽快找到李小叶，查明情况，以弥补前面的过失。

据公司经理贺大虎说，李小叶回到康城山区老家，是因为母亲有病。还说，客户到公司闹事的事情她并不知情，可能是她和客户之间在业务上发生了误会，她保证很快会处理解决。

显然，这是在说谎。

刘剑锋认为，这是李小叶故意玩的一个缓兵之计，她肯定知道了公司发生的事情，慌忙逃回老家，暂时躲避客户闹事的风波。她给贺经理打电话，就是想打探消息，观察事态的发展，以采取应对之策。

叶梅认为，李小叶匆匆逃回老家，目的是为了隐藏证据或者销毁证据。她从床下带走的那包东西非常重要，一定与客户聚众闹事有关，与她的保险诈骗事实有关，与一些相关的重要人员有关。

经过他们的初步分析，最后一致认为，李小叶有犯罪的嫌疑。

一路上，叶梅掏出笔记本，向马红艳了解李小叶的工作情况和个人兴趣爱好，包括她的人际关系及保险客户。马红艳一边讲，她一边认真记，每一个环节和细节都不放过。

马红艳说，在公司每一个人的眼中，李小叶除了是一个工作狂外，好像没有任何的个人兴趣和爱好，平时就是上班做业务、见客户，然后就是下班接孩子。每天见到她，几乎都是一身青蓝色的工装，极少见到她穿高档漂亮的衣服，完全不像同龄女子那样追求时尚和浪漫。唯一的装饰，就是脖子上的小纱巾，经常不断地变化。据说她有很多各种颜色的小纱巾，这可能就是她唯一的爱好吧。

叶梅脑子里一下闪过李小叶家中衣柜里那些五颜六色的小纱巾。这些小纱巾，看上去是一个女人的爱好，但对于李小叶来说，一定蕴含着某种特殊或重要的意义。从这一点上，也许可以窥见她的内心世界。

叶梅在读警官大学时，老师翻着教科书强调了侦查案件中细节的重要性。她认为书本上学到的东西，也是前人经验的积累。许多成功的案例证明，一些复杂案子的侦破，往往是从日常生活的细节中找到答案的。她相信课堂上老师所讲的，在工作实践中一定能够用得上。

叶梅问，李小叶工作的主要收入是什么？

马红艳答，就是保险佣金，也就是卖出保单，公司给她提取的一部分费用。保单卖得多，佣金就高。保单卖不出去，就没有钱。所有保险营销员都是这样。当然，做得好的，还有奖金。

叶梅问，那李小叶的保险卖得好吗？

马红艳答，刚开始不行，后来越来越好。

叶梅问，好到什么程度？

马红艳答，业绩排列公司第一名，成为公司的先进个人和销售精英，年佣金收入可以达到十几万元。这不算多，我们系统里的金牌营销员，有的一年卖保险可以挣几十万，甚至几百万。当然，这样的人不多。这是李小叶和许多营销员追求的目标。

叶梅点头说，的确不错。那马姐，你看李小叶的钱都花在什么地方了？

马红艳说，我想，主要是她的女儿和老家吧。她离过婚，自己带着一个上幼儿园的女儿在省城打工。她的父母还在山区的农村，靠种茶为生，母亲常年有病，经济上还是比较困难的。

叶梅说，从现在的情况来看，李小叶把从客户手中收来的“保费”，有的交给了公司，有的私自留了下来，而留下来的可是一笔巨大的资金，这些钱她用到什么地方去了？她买房买车了吗？她有做生意吗？她买股票或有其他的投资吗？

马红艳脸色难看，摇着头说，这个，我们的确不清楚。我们只知道她还住在城中村的出租屋里，上班一般坐公交车，偶尔打出租车，生活很是节俭。平时请客户吃吃饭、送送小礼物是有的，但绝不会花费很多，更没有听说过她买车买房炒股票。相反，她还经常帮助别人，公司里有家庭困难的人，或者有生病住院的同志，大家出钱捐助，她也毫不犹豫地掏钱。有一次，南方一个农村发生了水灾，公司号召捐款，她一人就捐了两千块。我无法相信她会出问题，会骗取客户那么多的钱，感觉这就像一个梦，不是真的。

叶梅说，一个人真实的一面是很难看清楚的。

马红艳摇摇头，叹口气。

从马红艳介绍的情况来看，李小叶的确与一个罪犯的形象很难联系起来。但是从刑侦的角度来看，犯罪总是有因果关系的，有动机的，也是有迹象的。出现保险客户闹事的情况，出现那么多不明真假的保单，出现体外巨额资金浮出水面，保险公司居然没有一点察觉，太令人不可思议了。而对于李小叶来说，背后有什么样的交易，是什么样的利益在驱动？现在她回到家乡是为了藏匿证据，还是暂时的躲避？这些都不得而知。如果找不到她，拿不到相关的证据，资金的流向就不知在哪里，案子就无法破解，保险公司将承受巨额赔付的风险，而保险客户也会遭受巨大的经济损失。

刘剑锋问马红艳，马经理，这次客户闹事中，带头的是什么人？

马红艳说，一个戴眼镜的中年人，好像是做生意的；另一个戴帽子的中年人，听说是东郊白河村的，看样子还是个干部什么的。

刘剑锋说，看来他们挺有煽动性的，召集了那么多人，还叫来了新闻媒体，看样子是故意想把事情闹大。

叶梅和马红艳点点头。

刘剑锋感叹道，这活儿不好干啊。

叶梅盯了他一眼，大叔，你想打退堂鼓呀？可别把我一人撂下啊。

刘剑锋说，我本来就是给你们经侦处帮忙的嘛。

叶梅说，那你就帮忙帮到底呗。

刘剑锋说，就咱俩能把这事办了？天方夜谭。

叶梅说，大叔，你这话啥意思？咱俩也是强强联合呀，加上保险公司的马经理，至少现在咱们也是三个臭皮匠赛过诸葛亮啊。

刘剑锋被逗乐了，不由得笑了起来，说，丫头，我真佩服你这种革命的乐观主义精神。

马红艳也忍不住笑了。

车穿过崇山峻岭，一路上有笔直的平川，也有蜿蜒曲折的山地，还有一个个黑暗漫长的隧道。前方永远充满希望，又永远充满未知和迷茫……

# 八

出租车在县城郊外一条僻静的公路边停了下来。李小叶付钱下车，然后顺着一条小路，来到一片树林包围的县城公安局的戒毒所。

这里是一座废弃的学校，外面围墙上架了铁丝网，大门改成了两扇大铁门。一边白墙上还有过去“好好学习，天天向上”的字迹，而另外一边墙上却写着“告别过去，重新做人”的口号标语。里面的教室，现在是戒毒人员的课堂和宿舍，还有医务室、戒毒室。教室外面有操场，还有劳动的菜地。走近就可以听见里面有跑步训练的声音，也有戒毒者毒瘾发作时传出的鬼哭狼嚎。

李小叶在门口的接待室等了一会儿，就看见工作人员把朱大军带了过来。这是离婚后，她第一次见到他。当朱大军在看守人员陪同下走进接待室的时候，李小叶在一瞬间还没有把他认出来。他完全变了一个样子，以前又胖又壮，像猪一样，现在瘦了好多，剃着光头，脸上青黄，像抹了一层蜡，没有一点表情，穿着一身戒毒所的灰色管制服，在看守人员面前，哈着腰，老老实实的，一点看不到过去那副张狂和歇斯底里的模样了。也许是刚训练或劳动出来，他额头还冒着热汗，身上沾着泥土，脚上的一双破胶鞋裂开了口子。

朱大军没有想到李小叶会出现在戒毒所，更没想到她会来看他。他感到有些吃惊、惶恐和不安，两只手使劲地搓着，眼光不敢与她正面接触，身子也不由得下意识地往后躲。他不知道李小叶来的目的是什么，他低着头不说话。

接待室里只有一张桌子两个凳子。李小叶坐在一个凳子上，朱大军则站在另一个凳子的旁边。一名男看守靠在门口眼睛斜睨着他们。

李小叶开门见山，对朱大军说，她来这里就是一件事，告诉他替他还完了所有的赌债，从此跟他再没有一点关系了。她从小包里拿出了狗子那张皱皱巴巴的欠账条，八万块，这是当年他赌博吸毒欠下的最后一笔债。她把欠账条递过去，说，你看好了，是不是给狗子写下的东西。

朱大军抬头看了看，点点头。

李小叶说，到今天为止，你欠别人的钱我都替你还干净了，希望你以后好好做人，让你的心里和身上也变得干净起来。

朱大军低下头，无地自容。

李小叶最后从包里拿出一张女儿欢欢的照片，放在了桌子上，站起身准备离开。朱大军突然抓过桌子上的照片，捧在手里，睁大眼睛看着，扑通一声跪在了李小叶面前，脸上流出两行悔恨的泪水，嘴里喊着，我对不起你和孩子，我不是人，不是人，不是人！

赎罪的人，良心的发现总是来得太晚。

李小叶不愿意看到这样的场景，她转身大步走出接待室，离开戒毒所。此刻，她的心里一软，不觉有些可怜起这个曾经伤害过她、毁了她青春的人。真是可怜之人必有可恨之处。

然而，她现在已经没有恨了。

李小叶一身轻松地出了戒毒所，打车前往坝子镇去看望自己的父母。

说实在的，自从离婚后离开坝子镇她就再没有回去过，那里是她的伤心之地，她曾发誓再也不回去。几年来，她就是靠电话跟父母联系，了解他们的生活情况，给他们寄钱寄物，她心里感到很是内疚。她就盼着有一天把两个老人接到省城，他们一家人团聚在一起，开始新的生活。现在离这一天的日子已经不远了，苦苦的奋斗和期盼，就要告别黑暗看到曙光了。

但她决定，回去看一下父母就走，不能在家里待太久。她不想让别人看见她回到了坝子镇，也害怕自己待久了会影响到家里。

她先回到快捷酒店的房间，从行李箱里取出剩下的十万块钱，放进一个提包里。这十万块钱是给母亲治病的，回家的目的就是要把钱交给她。母亲以前是肾里长了肿瘤，手术后平静了一段时间，后来又感觉浑身无力，恶心呕吐，到医院一检查，医生说是患了尿毒症。李小叶寄钱叫母亲到康城人民医院做了血液透析，后来母亲嫌治疗太贵、花钱太多，就回家改用中药，一直拖到现在。如果自己真的出了事情，这些钱还能够为她治病起到雪中送炭的作用。

山区里的天气，变化莫测，刚才看上去晴着的天，这会儿就阴了，空中堆积起一块一块的乌云。她套了一件风衣在外面，系上纱巾，戴上墨镜，出门时还拿了一把折叠雨伞以防下雨。

李小叶收拾妥当，拎上提包出了房门。下楼后，在快捷酒店旁边的街道给父母买了一些东西。然后，叫上出租车向坝子镇开去。

小县城离坝子镇只有十几公里的路程，沿着清江水岸弯曲地行走，很快就可以到达目的地了。看到家乡熟悉的山山水水，李小叶心里有一种说不出的滋味，真是五味杂陈，起伏翻腾。她不清楚，此次归来到底是与家人的聚会，还是与他们的告别。

离家越近，心越突突地跳得厉害。

昨天快速安全地离开省城，是她反应灵敏和临危应变的能力，也是她早有预料、未雨绸缪的结果。接下来就是要尽快想办法筹到钱，平息客户闹事的风波，继续她成功事业的追求和人生财富的梦想。

半夜时，她做了一个噩梦。梦见自己在一片森林中迷了路，森林里树木浓密，遮挡了天空中的阳光，黑暗中到处是一片死亡的气息。一群凶猛的狼出现在她的面前，她转身就跑，狼在后面穷追不舍。她在森林里拼命地奔跑、奔跑……终于看见了一片光亮——她跑到了森林的尽头，眼前没有了道路。她站在了一个悬崖峭壁上，脚下是万丈深渊，身后是追来的狼群，她完全绝望了。狼群越来越近，张着血盆大口，瞪着凶狠的目光，一起朝她扑来。她别无选择，只好闭上眼睛，大喊一声，纵身一跳……

啊——

李小叶猛地惊醒了，坐在床上一头的冷汗。吓得她再也睡不着了，辗转难眠一直到天明。

她想起昨天跟林亚雄打电话要钱的事情，这给她带来了一线希望。在这个关键的时候只要他帮她一把，事情就会出现转机。但是，林亚雄也会权衡利弊，考虑得失，毕竟他是省城里有名的企业家和大老板，虽然区区几百万、甚至一两千万对他来说不算什么，可是在一个有风险的关口，帮助一个卖保险的普通小女子到底值不值，会不会影响他的社会声望和利益，他也会认真盘算的。

现在，李小叶感觉自己就像是一个在悬崖高空中走钢丝的人，手里必须要握着一根横着的杆子，尽力保持身体的平衡，才能确保自己的安全。而这根横着的杆子就是钱，没有钱她就会坠入万丈深渊。

造成这次资金危机的罪魁祸首，当然是宏达投资公司的总经理钱彪。李小叶以保险名义募集而来的钱，大都投资到了他的公司里。可是没想到，他那里出了问题，到期该给付的钱兑现不了，最终导致了这场保险客户聚众闹事的风波。

李小叶一直在找钱彪要钱。可是，他却躲着不见。

出事之前，李小叶多次打电话告诉钱彪，要尽快拿出一些钱来，解决燃眉之急。也到宏达投资公司找过他，提醒他不能再拖了，再拖就要出事情了。可是，都被他以资金没有收回、手里紧张为由予以拒绝。李小叶很是气愤。

李小叶说，钱总，你得考虑考虑我现在的处境。

钱彪说，妹子，不是我不想给你钱，而是我现在口袋里没有钱嘛。

李小叶说，我们可是签了合作协议的。

钱彪说，那个合作协议有屁用，现在经济形势变了，我放出去的钱也收不回来。

李小叶看着钱彪就像是一个无赖。

现在事情已经出来了，所谓解铃还须系铃人。李小叶认为，必须找到钱彪，叫他拿出钱来解决问题。否则事情弄大了，他也脱不了干系。李小叶在与钱彪的投资交易中，除了签订合作协议外，她还在一个小本子里对具体的投资过程和每一笔资金都做了详细的记录，这是以防万一而给自己留下的后路。

现在这份投资合作协议和小本子，对于钱彪来说，就是一把架在他脖子上的刀。一旦李小叶出事，这把刀就会落在他的脖子上，咔嚓一声。如果钱彪明白这样的后果，他就应该想办法拿出钱来，与她共同化解眼前出现的危机。

早晨一醒来，李小叶就打开手机拨通了钱彪的电话。钱彪一听她的声音，就夸张地喊叫起来，哎呀妹子，是你呀，我和林哥都到处找你，你现在在哪儿？

李小叶故意问，找我干吗？

钱彪说，听说你们公司客户闹事了，到处找你，还上了报纸电视，你知道不？

李小叶生气地说，这都是你惹出来的祸。

钱彪说，怎么能怪我呢，是你自己没有把控好嘛。

李小叶喊道，我怎么把控？客户们要钱，你说没有，我从哪里拿钱给他们？现在闹得我家也不能回，只有离开省城，是你把我害到这个地步。

钱彪赶紧安慰说，妹子，你别激动，我也是哑巴吃黄连，有苦难言。那可不是一笔小钱啊，不是哥哭穷，我现在手头也紧，实在是拿不出来。要不，干脆就让那些闹事的人找保险公司好了。

李小叶说，你说得轻巧，那些闹事的客户会放过我吗？保险公司会放过我吗？

钱彪说，那你说咋办？

李小叶气愤地说，咋办？我也没有办法，不行只有告诉他们钱在宏达投资公司，让他们来找你好了。

钱彪马上紧张地喊叫起来，不行不行，绝对不行。

李小叶说，那你说怎么行？赶紧想办法把钱给我吧！

钱彪叫苦道，哎哟妹子，你别这样嘛，钱都种在地里，还没长出苗苗来嘛。只要形势好转，有钱了，哥保证一定给你。

李小叶说，我现在等不了，再等我都进公安局大门了。我要是进去，恐怕你还得来跟我当陪伴啊。

钱彪着急地说，妹子，咱俩好说好商量，这事绝不能叫公安掺和。

李小叶说，我也不想，可你得拿个办法出来。

钱彪想想说，钱一时拿不出这么多，但可以想办法凑点出来，先安抚几个闹得最凶的人。

李小叶说，那你把钱直接打到我账户上吧。

钱彪狡猾地说，我们最好还是见面商量一下。

李小叶说，我不管，三天之内你必须打到我的账户上，如果见不到钱，我就叫客户直接到宏达公司找你去。

钱彪在电话里嘶声喊道，李小叶，你这是什么意思？你不能卸磨杀驴啊！

李小叶关了手机，骂道，你才是卸磨杀驴呢。

李小叶想象着此刻钱彪一定气得摔了电话，在办公室里大声地骂人。她想，跟钱彪这种人打交道，不能客气，不能显示自己的软弱，否则就会被他欺负。这个社会就是这样，善良对于恶人来说永远是没有用的，就像绵羊对于狼，软弱只能成为它的食物。一个人如果被逼到了绝路，只有反抗才能获得生机，否则只有死路一条。

钱彪，你现在就是一条狼！

出租车开到坝子镇的时候，李小叶看到了镇口那棵高大茂盛的古榕树。几年前，她就是从这棵大榕树下，带着一岁多的女儿，含着眼泪离开坝子镇的。

女儿在她的怀里大声哭泣，父亲和母亲拭着眼泪给她送行……这情景历历在目，现在想起来还令人心痛，宛若刀割。

李小叶没有叫司机在镇口停下，而是继续往街道里开。显然，坝子镇已经发生了很大变化。由于正在兴修高速公路和开发旅游，一路上看到了许多新建的房屋和农家乐，还有广告牌。路边和山上，一片片都是茶树。镇上的街道更是让人眼亮，道路变宽了，房屋变多了，人的穿着打扮都跟过去不一样了。整个镇子变得热闹起来。

李小叶感到既熟悉又陌生。

出租车司机介绍说，虽然镇上盖了新楼，但过去的老房子也重新进行了维修，保持了原来的模样。以前的祠堂、戏台、店铺、老码头，以及寺庙和报恩塔都成了旅游景点。一到节假日，康城和县里的车辆和游人都拥了过来，甚至还有从省城来的人，看古香古色的古镇，吃地地道道的农家饭，喝清江水泡的山茶，昔日偏僻穷困的小镇一派新的气象。

李小叶闻到了家乡的气味。

她问出租车司机，今年的茶叶生意怎么样？

出租车司机说，不好，去年开始就不好了。

李小叶问，啥原因？

出租车司机摇摇头说，不知道，卖不出去了呗，不像前几年好卖，来县里和坝子镇的茶商也少了。

李小叶说，坝子镇的茶叶不是很好吗，怎么会卖不出去呢？

出租车司机看看李小叶，以为她是外地做茶叶生意的女老板，就说，不瞒老板你说，坝子镇的茶叶的确不错，可是现在全县都在种茶叶，你看山上山下全都是，连周边的县都在种，多了就不好卖了。

李小叶说，哦，是这样。

出租车司机说，但最主要的原因还是——他突然顿口不说了。

李小叶问，啥原因？

出租车司机说，算了算了，不说了，说了给自己丢人。

李小叶奇怪地看了司机一眼。

说着话，出租车很快就进了镇上的街道。在快到自己以前的“家”时，李小叶特意叫司机放慢了速度。原来的茶店和房子被前夫朱大军吸毒抵押变卖后，变成了一家麻将馆，婆婆何金香和公公只好搬回以前的破旧老屋，日子一落千丈。

去年，李小叶托人把这座失去的茶店和房子买了回来，让婆婆何金香和公公又回到过去的屋子居住，两个老人非常高兴。她曾经叫父母也下山到镇上来，与婆婆何金香和公公一起居住，大家可以做个伴，可是他们不愿意，说山上有茶地，还养有猪啊狗啊什么的，离不开人。李小叶没办法，只好由着他们。

楼下依然是茶店，李小叶叫了家乡的同学和几个年轻人来经营，婆婆何金香有时也帮帮忙。茶店不光批发买卖茶叶，还为省城的“一叶楼”提供茶叶货源。她希望将来在山上建立一个茶叶生产基地，最后形成一个完整的供销产业链。这是她未来的梦想。

现在，这个当年镇上有名的茶店又重新开张了，里里外外焕然一新，在整条街上格外醒目。

当年李小叶离开坝子镇时心里想过，总有一天她回到家乡的时候，要让全镇上的人对她刮目相看。她不再是过去那个贫穷的小女子，不再是失败婚姻的牺牲品。她靠奋斗和打拼，改变了自己的命运，实现了财富的梦想，是一个事业成功的女人。所以，她买回以前的茶店和房子，是为了证明自己。这仅仅只是开始。

当然，现在还不是张扬的时候。

李小叶叫出租车司机在茶店门口停了下来，她透过车窗玻璃望过去，看见店里几个年轻人都在里面忙碌着，有的在打扫卫生，有的在整理货物，有的在招呼客人。婆婆何金香坐在门口的一把竹椅上，微闭着眼睛养神，她头发已经花白，脸上布满皱纹，几只苍蝇在头上飞来飞去，她也不驱赶，家庭遭遇的打击使她过早地衰老了。

是朱大军把这个家和老人害成了这样。

李小叶鼻子一阵发酸，心里不由得涌起对婆婆何金香的同情和怜悯。但她不想到店里去，也不想去打扰老人，赶紧叫出租车司机开车，向镇后的山上驶去。

出租车沿着一条弯弯曲曲的道路向山上盘旋。过去是一条土路，坑坑洼洼，现在修成了水泥路，平平坦坦，车很快就开到了山上。出租车司机说，现在山上的茶园还有农家乐，一到周末节假日，城里来的旅客开着自己的车，或者打出租车到山上茶园，学采茶、吃农家乐，成了一种时尚的休闲方式。有时候上面人多得连车都停不下。

出租车在茶园旁边的一块空地停了下来。

茶园就是以前老茶场的地方，现在这里有了小商店、茶铺和农家乐，还有信用社、小邮局。镇上还准备招商引资，扩大茶叶生产的规模，形成整体效应。镇上把过去老茶场的房子，改造成休闲度假中心，或者建成养老院；并且通过旅游业的带动，把山上的茶农都集中到茶园摆摊卖茶。镇上还专门在茶园为茶农盖了新房子，将来茶地被收购或者入股，茶农就成为茶园里的工人，在茶园里上班。

但是，李小叶的父母亲不愿意搬到茶园里来，因为家离茶园本来就不远，也没有想好以后是卖茶地还是入股，目前还在犹豫。这些情况，父母在电话里告诉过她，她已经有所了解。只是没想到回来一看，果然变化比想象的还要大。

年初的时候，镇上的王镇长跟随县里的领导，到省城来招商引资，曾经找到李小叶，希望她帮忙介绍一些省城的企业家和大老板到坝子镇投资。王镇长听说李小叶这几年在外面干得不错，成了保险公司的销售经理，在省城认识了不少有头有脸的人，因此就希望她帮忙牵线搭桥。

李小叶很是热情，就跟他们约见了大唐飞龙集团的董事长林亚雄和几个商界的朋友。在一起吃饭的时候，县领导和王镇长就谈到了坝子镇茶园的开发项目。林亚雄和几个商界的朋友都很感兴趣。李小叶对此更是兴奋不已，这是她出生的地方，也是她产生梦想的地方。

李小叶对林亚雄和几个商界的朋友说，康城山区的茶，是中国茶由南向北最后的一片绿地。尤其是坝子镇的绿茶，由于地理特殊，温差较大，绿色天然没有污染，富含多种人体需要的微量元素，对健康非常有好处。只要经过市场整合，就可以把它打造成为康城山区绿色生态茶叶基地，直接连接南北两地，辐射全国，发展前景不可估量。

李小叶还建议，今后还可以在茶叶基地兴建茶艺学校和茶文化博物馆，既可以传承中国的茶文化，让当地山区的孩子入校学习，解决因家庭贫困而上不了学的问题，又可以扩大宣传和影响，让家乡的茶叶闻名中国，闻名世界。

李小叶的想法获得了在场人的一片掌声。林亚雄当即表示愿意支持她，投资坝子镇绿色茶叶基地的建设项目，几个商界朋友也表示愿意出资进行合作。大家都一致推荐李小叶来具体负责运作这个项目。王镇长和县里的领导高兴得合不拢嘴，不停地夸赞李小叶并给她敬酒。

目前，这个项目很快就要开始启动了，林亚雄和几个商界朋友还准备来坝子镇进行实地考察，最终与县、镇政府签订投资建设协议。但没想到的是，偏偏这时候出了客户聚众闹事的事情，要等这场风波平息过去，李小叶才能拿出精力投入这个项目，正式动手描绘她一直梦想的美好蓝图。

然而，这次她悄悄回家，绝不能让镇上的人看见，更不能让县、镇上的领导看见。

为了不引起别人的注意，李小叶在茶园旁边的空地下车后，拎着东西从一条岔路口走进山间小道，顺着这条小道往坡上拐一个弯，看见一片树林和一栋老旧的瓦房，那就是她的家了。

一切都是那么的熟悉，虽然离开家乡几年了，但脚下的路和两旁绿色的茶树，以及呼吸到的清新空气，都还是以前的样子，完全没有变。李小叶想，这个世界千变万化，但有的东西是永远不会变的，那就是对家乡和家的印象。

终于看见了家里的茶地，看见了路边的篱笆栅栏，看见了屋前的小院坝，看见了父亲正在小院坝里弯身忙碌着，将刚采回来的茶叶从竹篓里倒出来晾晒，看见母亲坐在父亲旁边的一把小木椅上，手不停歇地挑选茶叶。

这时候，一缕阳光从阴云里投射下来，给屋前的小院坝和父母的身上铺上一层金黄色的光亮，使人感到温暖又祥和。离家几年第一次回家，看到这样熟悉的情景，李小叶眼泪顿时涌了出来。她远远地朝父母哑哑地喊了一声，爸——妈——

父母完全没有想到李小叶回来，也没有听见她的声音，依旧低头在忙碌。

李小叶又大声地喊了一声，爸——妈——

父母转过头来，看见了她，但目光迟疑着，没有认出她来。

李小叶几步跑到父母跟前，放下手里的东西，摘下脸上的墨镜，喊道，爸妈，我是小叶啊。

两个老人终于认出来了。父亲放下装茶叶的竹篓惊喜地看着她，说，是小叶啊，我都没有把你认出来呀！坐在椅子上的母亲激动得想起身站起来，手里的簸箕一抖，滑到一边，茶叶撒到地上。母亲向她伸出手喊道，叶儿，你终于回来啦！

李小叶热泪滚下，向父母扑了过去。

父亲明显老了许多，黑瘦的脸上一道道皱纹就像山沟沟一样，他的腰背也弯曲了，仿佛比以前矮了一大截。母亲头发也花白了，脸上和身上显得浮肿，皮肤青黄发亮，这是她患有肾病和尿毒症的表现。

门口的土墩上，一个黑土罐子正冒着热气，一股浓浓的中药味弥漫在空气里。

李小叶上前扶起母亲进了屋，在堂屋的饭桌前坐下。父亲把她带回的东西放在桌子上，忙着去给她倒茶。李小叶翻出在县城街上买来的东西，有衣服和鞋子，有老年保健品和父母爱吃的点心，还有电热毯、电热宝，山上刮风下雨和寒冷的时候用得着。

母亲看着一大堆东西，开心地说，叶儿，你回来就好，花这么多钱干啥呀！父亲也说，是啊是啊，回来就好啊，去省城一晃就好几年了，这还是第一次回来。

母亲忍不住流下了眼泪。

父亲说，你哭啥呀，叶儿回来你应该高兴嘛。

母亲抹着泪笑着说，我咋不是高兴啊。

李小叶说，你们高兴就好，今年我把你们二老接到省城去住，我们一家人天天在一起，那才更是高兴哩。

两个老人咧着嘴笑得合不拢。

母亲说，我可住不惯城里的房子，不过我想看看我的小孙女欢欢。

父亲问，对了，你咋没把欢欢带回来？

李小叶解释说，我这次是临时出差路过，看看你们二老，一会儿还得走呢。

母亲拉下脸说，咋会这么急呀？才刚进屋呢。

李小叶说，妈，工作忙嘛。

母亲说，再忙也要在家里吃顿饭，住一晚上，陪我好好说说话呀！

李小叶笑着说，住不了，就在家里吃顿中午饭吧。

母亲脸上勉强又有了笑容，赶紧叫父亲去院坝里杀鸡，到菜地里采摘菜，让女儿中午好好吃一顿家里的饭。父亲立刻乐颠颠地出了门。

李小叶向母亲问起二叶和大喜近来的情况。母亲说，二叶自从结婚离家后，日子过得还算安稳，现在怀了身孕，到秋天就要生产了，不能像以前那样经常回家来了。大喜还在上海的大学读书，今年准备考研究生。

母亲叹口气说，读个大学就花了不少钱，还要读啥研究生，家里哪有那么多钱啊。

李小叶说，妈，别发愁，大喜能读书是好事，书读得多今后才能做大事，这是全家人的光荣。读书的钱我来出。

李小叶与母亲说话的时候，看见父亲在院坝里拿着一把菜刀抓鸡，追得鸡们屋前屋后地乱跑乱叫。

她和母亲开心地笑了。

这一刻，李小叶忘记了客户闹事引起的紧张和不安，也忘记了资金危机带来的困惑和烦恼。这个山里的家就像一个遮挡风雨的港湾，充满了亲切和欢乐的气息，让人感到温暖和安全。

母亲在厨房一阵忙活，丰盛的饭菜就端了上来。小小的桌子上摆得满满的，都是自家的腊肉、香肠、土鸡、竹笋和菜地里新鲜的蔬菜，还有清香扑鼻的茶饭，这些都是李小叶从小爱吃的。一上桌，她就狼吞虎咽，就像几天几夜没吃饭似的。

父母看着她，一边给她夹菜一边高兴地笑着。

他们为女儿感到骄傲和自豪。李小叶带着孩子到省城去打工，多么的不容易，几年时间就有了出息，当上了保险公司的销售经理，成了先进个人，上了省城的电视和报纸。不仅替前夫朱大军还赌债，还在镇上买回了以前的房子，让婆婆何金香和公公又住了回去。

她辛苦而又努力地工作，拼命挣钱。在省城买了一个小茶楼，在镇上又开了以前的茶店，使得家里种的茶叶不用发愁卖了。她还买药寄钱回家，给母亲住院治病，给大喜提供上学的费用，才使这个家没有垮塌下来。她还要在省城买房子，今后让父母搬到城里去住。

坝子镇上的人都羡慕他们，都说他们有福气，生了一个孝顺的好女儿。连镇上的领导见了他们也格外客气，说他们培养了一个优秀的人才，为坝子镇争了光。

然而，父母有时候也暗自为女儿担心，小叶怎么会有这么多钱？难道城里真的遍地都是金子？或许是老天有眼，让女儿交上了好运，碰上了财神爷？

母亲一边吃饭一边提醒李小叶，大城市里做事不容易，城里人也不像山里的乡下人老实，你做人做事要千万千万小心。

父亲也说，咱们宁可过穷一点，也不能去挣昧良心的钱。

李小叶心里一顿，赶紧说，爸妈，看你们说到哪去了，女儿现在是在保险公司工作，靠自己的努力挣钱。我们公司一年挣几万、几十万的人有的是。你们放心，我会努力工作，多多挣钱，让你们过上好日子。难道你们还不相信？

母亲立即说，相信，相信。

父亲脸上也堆起笑说，我也相信，只是我们都是农民，一辈子种茶，过惯了山里清淡的日子，一生图的就是一个平安。我们一天天都老了，荣华富贵对我们来说不稀罕，只是希望你和二叶、大喜有出息，在外面为家里和家乡争光，我们就心满意足了。

李小叶说，你们二老就放心吧。

母亲又提起她个人的事情，说，听说你在省城有了男朋友？

李小叶说，这是姨妈告诉你的吧。

母亲说，姨妈是关心你。我和你爸的意思是如果人好就早点成家。一个人在外面工作本来就不易，还带着一个孩子，就更辛苦了。成了家，在外面也有一个依靠，踏踏实实地过日子，我们心里就踏实了。

李小叶红着脸说，妈，我跟那人现在只是认识，还需要进一步了解。

母亲说，不都认识一两年了吗，还了解啥？

李小叶说，妈，放心，我会考虑的。

母亲看出女儿的心思，叹了一口气，说，过去的事情都怪你妈。不过，还是要相信这个世上有好人，一切都是缘分。

李小叶说，嗯。

吃过饭，李小叶跟随父亲来到坡上家里的茶地。看着春日里一片片的茶树，生机勃勃，长势茂盛，枝叶之间正在抽出绿黄细嫩的新芽。李小叶就向父亲问起茶叶种植的情况，并提起路上出租车司机说的问题。

父亲说，今年茶叶销售不好这是事实，种植面积扩大是一个方面，最主要的问题还是大量使用了农药，使得销售出现了困难。县里为了扩大茶叶的种植面积，把山上山下的其他树木也都砍伐了，全都种上了茶叶。可是不知道为啥虫害却多了起来，于是只好大量地喷洒农药来控制。可是打了农药的茶叶受了污染，质量不好，喝起来也变了味，客户不愿意要，茶商也不进货，结果是种茶叶的和卖茶叶的都亏损。

李小叶这才恍然明白家乡的茶叶最近卖不出去的真正原因。

父亲看着家里的几亩茶地，皱起眉头说，咱家的茶叶也快种不下去了。

李小叶问，为啥？

父亲一脸惆怅地说，我不是电话里告诉你了嘛，镇上要搞开发，叫茶农搬家，茶地出卖或者入股。现在整个山上，只有几家人没有搬了，可搬迁是迟早的事情。我们还拿不定主意。没有了茶地，能做啥呢，以后咋过日子啊？

李小叶笑了，告诉父亲说，不用担心，搞开发是件好事情，以后山上的茶园会建成康城山区最大的茶叶生产基地，实行统一经营管理，不光种茶，还要搞茶叶加工，以公司的方式运作，不再是一家一户的家庭作坊生产，规模扩大会产生更大的经济效益，对山上的茶农是有利的。家里把茶地出卖或入股都可以，以后有的是事情做，破旧的瓦房也不要留恋了，镇上给茶农盖了新房，还可以到省城来居住，日子会过得越来越好的。

父亲问，你咋会清楚这些事情呢？

李小叶故意诡秘地一笑说，这是秘密，现在不告诉你，以后你就知道了。

父亲笑着说，我女子的心越来越大了。

李小叶说，不过，现在茶叶农药污染的事情是一个严重问题，一定要想办法解决。否则，坝子镇的茶叶就彻底毁了。

父亲点头称是。

经过李小叶一番安慰，父亲心里安稳多了。两个人说笑着，沿着小路又回到了家里。

李小叶看看时间不早了，就告别父母要走。说着，从提包里拿出那十万块钱叫母亲收下。父母一看这么多钱，顿时有些吃惊，忙问拿回这么多钱干啥，李小叶告诉母亲，这是给她看病用的。母亲推辞说，我在吃中药呢，不需要这么多钱。李小叶说，省城的专家说了，要治好尿毒症这个病，只有做血液透析才行，这要花一些钱。母亲叹息一声，只好接过钱，把女儿的手紧紧握在手里，眼睛里很快潮湿了。

李小叶告别父母，离开了山上的家。她一边走，一边感到脚步越来越沉重，就像有什么拖住了她似的。她依依不舍地不断回头，一直走到快到茶园的岔路时，还远远看见年老的父母在向她不停地挥手。

不知这一别，何时才能回来相见。

李小叶两行热泪涌了出来……

离开家，李小叶打车下山，远远看见了离镇上不远的报恩塔和旁边的小寺庙。她决定去拜见一下小寺庙里的一位老禅师。

初春阴沉的天气里，微微吹拂着有些寒冷的风，树木掩映之中，清江水缓缓地向远处流去，矗立的白色报恩塔和红墙里的寺庙，显得格外的肃静平和。她想起了几年前离开坝子镇时，曾经到寺庙求佛的情景。

那时，她刚与朱大军离了婚，满脸憔悴，神情恍惚，就像是一只遭遇了暴风雨在河流中失去方向的小船。她步履蹒跚地来到小寺庙里，走进正中的大殿烧香拜佛。她向一位坐在佛像前念经的老禅师讲述了自己的不幸，请求给她指点人生的迷津。

老禅师只说了两个字，改变。

她不明白。

老禅师就给她讲了一个故事，说有一个小徒弟问他，河流为什么不是直的？老禅师答，因为河流在前行的过程中，要遇到山峰的阻挡，只能选择改变方向，绕开山峰继续前行，这样就有了弯弯曲曲走过的路程。小徒弟又问，那河流不是向山峰妥协了吗？老禅师答，这不是妥协，是一种忍让，一种智慧，一种坚强，河流绕开山峰最终流向了大海。人生也是这样，不会是一帆风顺，也会遇到许多的坎坷和挫折。但只要我们不放弃前行的追求，懂得改变，就会像河流一样，最终抵达人生理想的目标。

李小叶听完老禅师的话，感到眼前豁然开朗，仿佛从黑暗中看见了光明。第二天，她毅然决然抱着孩子，带上简单的行李下了山。告别家乡，也告别过去的生活，离开坝子镇，离开阳南县，离开康城山区，坐上通往省城的长途汽车，踏上了人生新的路程。

从此，天地变得广阔无垠。

经过几年的奋斗，李小叶已经完成了一个山区农家茶女到都市白领的改变。过去的贫困和痛苦，生活的坎坷和不幸，已经被抛在了身后。她正在朝着自己人生的目标大步前行，遇到再大的困难她也绝不放弃。她相信，眼下出现的客户闹事风波，也一定能够逢凶化吉雨过天晴。

或许，这座清江边的小寺庙还会给她带来醍醐灌顶的启示。

李小叶来到小寺庙门口。这里不收费，游人可以随便进入。因为天气阴冷，也不是节假日，所以前来寺庙烧香拜佛的人不多，显得四处空荡而宁静。

李小叶脚步轻轻地走进寺庙里。一进入院内，立刻闻到空气里花木的清香，还有一缕缕香火缥缈的气味。不知何时从大殿里传来一阵诵经的声音，伴随着敲钟撞击的金属声，明亮透彻，穿越肺腑，使凡尘里的人一走进寺庙，一颗浮躁的心很快就平静下来。

李小叶在进门处买了三支香，走到庭院中间的铁香炉前，点燃香火，双手插好，然后闭目双手合十，弯腰鞠躬。烟火袅袅地飘动起来。她来到寺庙大殿，跨过门槛进入殿里，看见悬幡飘动，法幢高竖，气象庄严，正中端坐着一尊高大神圣的金身佛像，他微闭一双巨眼俯瞰尘世，目光仿佛可以洞穿世界和每一个人的心灵深处。

李小叶像触了电似的，心里突然一阵颤抖。

她赶紧从身上掏出两张百元人民币放进一边的功德箱里，然后走到香案前，面对巨大的金身佛像虔诚地跪了下来，一次次地躬身磕头，心里默默地祈祷佛祖保佑，希望顺利度过眼前发生的灾难。

清脆的金属声音在耳边响起。

大殿里没有游人，也无香客，只有那个老禅师依然坐在香案的一侧，一边手里转动着佛珠，闭目诵经，一边轻轻地敲响身边那只黑得发亮的金属铜钵，当——当——当——

金属声在大殿里回荡盘旋，不停地撞击着李小叶的胸口。她伏在地面，长时间没有抬起头来。

老禅师在一旁发话，施主可以起身了，阿弥陀佛——

李小叶立起身来，两眼里含着泪水。她走到老禅师跟前，深深鞠了一躬，问道，老师父还记得我吗？

老禅师微睁双目看她一眼，说，芸芸众生，相逢是缘，阿弥陀佛！

李小叶说，老师父，我有事向你请教。

老禅师说，施主请讲。

李小叶问，一个人追求幸福有没有错？

老禅师答，没错。

李小叶又问，可是没有钱能幸福吗？

老禅师答，钱不是幸福。

李小叶问，那钱是什么？

老禅师答，钱是祸根。

李小叶问，那幸福是什么？

老禅师答，幸福什么也不是，只是一种感觉。

李小叶问，追求幸福只是为了一种感觉？

老禅师答，是的。

李小叶感到很是惊讶，又问，如果一个人追求幸福做错了事情怎么办？

老禅师答，花落有声，水流无痕。

李小叶不解，我不懂。

老禅师说，施主的心里压着很重的东西。

李小叶问，是什么？

老禅师答，欲望。

李小叶说，人怎么可能没有欲望呢？

老禅师答，欲望是人生来的本性，也是一切罪恶之源，该放下时一定要放下。

李小叶问，什么叫放下？

老禅师不言语，拿起身旁的一个茶杯，递给李小叶，然后就往杯里倒开水，一直不停，直到开水溢出，烫到李小叶的手，她不得不放下茶杯。

老禅师说，痛了，自然就会放下。阿弥陀佛！

老禅师说完，闭上眼睛，转动手里的佛珠，继续念经，再也不开口说话了。

几年前老禅师对李小叶说了“改变”两个字，使她从痛苦和迷茫之中解脱出来，看到了生活的曙光。今天，老禅师又给她说了两个字“放下”，是要她放下心中的欲望，归于平淡。这意味着将放弃努力奋斗换来的一切，包括事业的成功、荣耀和名誉，以及财富和美好的日子，这岂不又回到了生活的原点？这怎么可能啊！拥有是多么的不易，“放下”更是无比的艰难。

李小叶感到了困惑。

老禅师的话太深奥了，一时不得其解，悟不出其中的深刻含义。她本希望老禅师能为她拨开眼前的迷雾，让她看清尘世的真相，度过遭遇的劫难。可是，他却叫她放弃所有的一切。这不可能！

佛是讲觉悟的，没有自觉，便没有醒悟。

李小叶双手合十向老禅师深深鞠躬，感谢他的教诲。

她一步步退出大殿。当她转身离开时，老禅师依然端坐在幽暗的大殿里，一边手里转动着佛珠，闭目默默诵经，一边敲响身边黑得发亮的铜钵，当——当——当——

清脆的金属声从大殿传出，在小寺庙里回荡，然后逐步地扩展到天空中，若如金身佛祖对这个世界芸芸众生发出的天籁般的声音……

# 九

李小叶改变自己是来到省城开始的。

那时候，她的身上只有二百多块钱，怀里抱着一岁多的女儿，手里拖着一个装着简单衣物的行李箱，来到省城投靠姨妈。身上除了揣着前夫朱大军欠下的一屁股赌债欠条外，再也没有什么值钱的东西了。

坐了近一天的长途汽车，李小叶面容憔悴，疲惫不堪。到了省城又是转公交车，几经周折才找到姨妈家时，外面的天已经黑了。

当她出现在姨妈家门口的时候，姨妈打开门吓了一跳，以为是从甘肃干旱灾区逃过来的灾民。电视上看到那个地区正遭受了一场几十年未见的干旱，庄稼地都裂开了口子，手都能够伸进去，地面上的庄稼就像被火烧过似的一片枯黄。灾民只好向有水的地方逃离。此刻的李小叶，在姨妈的眼里就跟那枯黄的庄稼差不多，几乎快认不出模样了。

姨妈哎哟惊叫了一声，赶紧接过李小叶怀里睡着的孩子，叫她快进屋里。李小叶没有脱鞋就直接进了姨妈家里的客厅。她一边打量着姨妈干净整洁的家，一边看看自己又累又饿，头发散乱，灰头土脸的样子，感到有些狼狈和不知所措。

姨父和姨妈的儿子闻声从里屋出来，与李小叶高兴相见。李小叶要来的消息，他们已经从电话里得知，但没有想到她会是这样一副失魂落魄的样子。他们的眼神里露出了惊讶。

姨妈问李小叶吃饭没有？她摇摇头。中午在车上就着矿泉水吃了家里烙的干饼子。母亲一早给她烙了一大袋子。姨妈问孩子吃什么？李小叶说，吃奶，吃我自己的奶。我在路上已经喂过了。姨妈说，这么大的孩子还吃妈的奶啊，该喂牛奶了。李小叶说，就是，找到工作就断，喂牛奶。

姨妈把孩子放在沙发上，跑进了厨房里，不一会儿就给李小叶煮了一大碗面。李小叶毫不客气地端着碗，呼噜呼噜地大口吃起面来，她实在是饿得心慌了。姨妈和姨父说，慢慢吃，慢慢吃。

李小叶一边吃面，一边向姨妈和姨父讲了来省城的目的，并不停地说，给姨妈姨父添麻烦了。姨妈叹口气说，你的情况都知道了，是你妈打电话来告诉的。现在城里找工作也不容易，下岗的工人不说，光每年从学校毕业的大学生都一大堆，市里体育场一开招聘会，密密麻麻的都是人，就跟洪水过后河滩上爬满的小虾小蟹似的。

姨妈为难地说，我已经下岗了，你姨夫虽然在政府里工作，但就是一个普通干部，没啥能耐，我们也帮不了你啥。不过，你去找工作孩子白天我可以帮你带着，反正我也没有啥事情。

姨父的儿子插嘴说，爸，你带上两瓶酒，找你们局长帮忙嘛。姨妈喝道，小孩子懂个屁，快进屋写作业去。姨父有些难堪地苦笑一下，搓着双手，不说话。姨妈的儿子不高兴地回到里屋去了。李小叶对姨妈说，工作我自己去找，孩子有姨妈在家里看着，我就很感谢了。姨妈说，一家人感谢啥，你也不容易。姨父说，就是就是。姨妈说着，眼睛就红了。李小叶也感到鼻子酸酸的。

李小叶知道，姨妈以前是在银行工作，还没到退休年龄就无奈提前“买断工龄”了。回家后闲着无事，一会儿学画画，一会儿学跳舞，后来又跟过去认识的几个姐妹朋友做化妆品直销。姨父在市政府里上班，人比较老实和书生气，干了快二十年，还是一个普通干部，一直没有得到上级的提升。姨妈整天骂他没有出息，不会来事，只知道闷头干，替别人做嫁衣。骂得姨父在家里抬不起头来。姨妈的儿子正在读高三，就要考大学了。全家人住在一套两室一厅不足六十平方米的房子里，生活也不怎么宽裕。李小叶一来，还带着一个一岁多的孩子，家里一下就显得紧张起来。

姨妈叫李小叶和女儿暂时睡在客厅的沙发上，等第二天再想办法给她们母女俩腾出住处。姨妈说，房子太小了，只好将就一下。李小叶感激地说，只要有睡的地方就行，哪怕阳台上也可以，我找到工作后很快就搬出去租房子住。姨妈说，先住下来再说，一家人挤一挤还是可以的。于是，李小叶就在姨妈家住了下来。

第二天，李小叶出门开始找工作。因为要喂奶，她把女儿也带上了。她抱着女儿在城里的街道上走，一边看着城市的街景，一边注意路边的招聘广告。省城到底不同于家乡的康城和小县城，坝子镇更无法相比。这里到处是顶天的高楼大厦，一眼望不到边，就像一片密密麻麻的森林。道路上车辆川流不息，街面上人头攒动，年轻的男女个个都打扮得时尚漂亮。特别是商场的玻璃橱窗里，那高档服装、珠宝和化妆品，包装华丽、五光十色，令人眼花缭乱，一看上面的标签，价格贵得吓人。

李小叶羡慕地想，这也许就是大城市的生活。如果有一天我有钱了，一定要穿上这样的衣服，戴上这样的珠宝，用上这样的化妆品，成为一个时尚漂亮的城市女人。

李小叶站在玻璃橱窗前不敢久留，她要赶紧去寻找工作，在这个大都市里开始她奋斗的人生。

她来到一座大楼前，大楼门口挂着一块长条的木牌子，上面写着某某某单位的名称，门口墙上贴着招聘布告，说是要招聘相关人员，有稳定的收入，还有三金。看来这是一家不错的工作单位。李小叶就走进大楼，找到了招聘的办公室。她推开门一看，里面有一男一女两个中年人，男的坐在椅子上抽烟看报纸，女的在嬉笑着跟某个人打电话。

李小叶轻轻敲门，走进屋里。

抽烟看报纸的中年男人见一个抱着孩子的女子走进来，就从烟雾中偏过头问她是干什么的，找谁？

李小叶看看打电话的中年女人，小声地说，老师好，我是来应聘工作的。

中年男人放下报纸，皱着眉头问，有简历吗？

李小叶赶忙说，有有有。

她从身上的旧挎包里掏出简历递给中年男人。中年男人一看就不屑地说，你走错地方了吧？我们这里是政府下属的事业单位，招的工作人员学历至少要大学本科，你这个大专毕业还是学茶艺的，条件差得远呢。

怀里抱着的女儿被屋里的烟呛得哭了起来。

李小叶一边哄着孩子，一边着急地说，老师，帮帮忙嘛，看看有没有我够条件，适合我做的工作。

中年男人冷冷地说，目前没有。除非是打扫办公楼卫生和厕所，你愿不愿意？

李小叶说，老师，我可是上学读了书的。

这时，一边的中年女人被孩子的哭声闹得放了电话，不高兴地插嘴说，上学读书的多了，满大街都是，要想打扫办公楼卫生和厕所，还要排长队呢。

你——李小叶气得说不出话来。

中年男人说，赶紧走吧，别在这里耽误时间了。

李小叶只好退出招聘办公室。身后的门里传来那个中年女人的声音，哼，也不瞧瞧自己是啥文凭，就想来找工作，门儿都没有。

李小叶心里一阵难过。

她快步离开这个所谓政府的事业单位大楼，继续在街上寻找工作的机会。虽然第一次碰了壁，心里受到一点刺激，但她并没有气馁。她要继续寻找下一个工作目标。

李小叶来到了一家酒店的门口。招聘广告上写着大堂经理月薪四千元，业务公关月薪三千元，包吃包住。李小叶心里一动，待遇不错，工资也高，酒店工作比较适合自己，就走进了酒店大门。

在一楼大厅旁的一个办公室里，酒店管人事的女经理很有礼貌地接待了她，先看了看她的个人简历，然后又问了她一些具体情况。最后说，实在对不起，你还是去别的地方看看吧。李小叶问为什么，女经理微笑回答，你没有酒店工作的经历，我们现在需要的是有一定酒店工作经验的人。李小叶说，我可以在酒店做茶艺师啊。女经理笑笑说，对不起，我们不需要茶艺师，我们招聘的人广告上已经写清楚了。

遭到酒店的拒绝，李小叶只好继续往前走，看还有没有招聘人的地方，不是政府单位也可以，不是高薪的酒店也可以，只要能够满足他们母女俩人吃住生活，在省城里先站住脚就可以了。

不觉间就到了中午，到了该吃饭的时间，李小叶和孩子都感到饿了。可是才跑了两家，工作完全没有着落。路过街上的餐馆，看见到处都坐满了客人，桌子上摆着鱼肉和各种饭菜，飘出诱人的香味，就听见自己肚子咕咕地闹响。她摸摸身上瘪瘪的口袋，只好咽咽口水，赶紧离开。

李小叶抱着孩子来到一个巷口处，买了一瓶矿泉水，找了一棵树下背阴的地方，从旧包里翻出塑料袋放在地上，然后坐下来，看看左右无人，就解开胸前衣服扣子，露出半个乳房给孩子喂奶。又翻出家里烙的干饼子，自己就着矿泉水吃了起来。干饼子的碎末不时从嘴角边掉在身上，她用手捡起来又放进嘴里。她对女儿说，欢欢，等以后妈妈有钱了，一定带你到这个城市最高档的餐厅吃一顿，好不好？女儿一边吃奶，一边望着她笑。李小叶也笑了，眼睛里潮潮了。

吃完午饭，休息了一会儿，李小叶继续开始寻找工作。她希望下午有好的运气。

她来到了一家小旅行社跟前。这里要招聘男女导游，学历不限，工作经历不限，异地人员不限，就要年轻吃得苦，工资待遇是基本工资加出团补贴，还签劳动合同。李小叶觉得招聘条件不算苛刻，自己年轻也吃得苦，应该是没有问题的。

果然，她一进小旅行社里，就被穿着西装打着领带秃着头的男经理一眼看上了。秃头经理坐在自己办公室的桌子后面，一见到李小叶，脸上就露出一种怪怪的笑，两只小眼睛在她的胸前不停地晃荡。李小叶正在哺乳期，胸部显得格外丰满，又抱着孩子，裂开的衣缝不小心就常常露出一些内容来。

李小叶感到有些不自在，拉拉胸口的衣服，然后拿出简历递过去。

秃头经理摆摆手，意思是不用。

李小叶心想，完了，这次结束得更快，准备转身离开。

可是，秃头经理说话了，叫她等一下，转过身看看。李小叶没明白什么意思，傻傻地看着他。秃头经理用手在空中比画着做了一个手势。李小叶明白了，就把抱着的孩子放到一边的沙发上，然后回到原处，转身背对着秃头经理。

秃头经理的目光从上到下仔细扫了一遍，又叫她转过来。

李小叶就又转过身来，看见秃头经理怪怪的笑中，又增添了一些暧昧的东西。

秃头经理笑着说，可以了，刚才是目测。

李小叶有些不相信地问道，你是说录取我了？

秃头经理点点头，说，不过，还有最后一道测试就可以填表了。说着，从抽屉里拿出一张工作人员录取表，放在李小叶的面前。

李小叶感到一阵惊喜，没想到这么容易就胜利在望。

秃头经理说办公室外面太吵了，就站起来关了门，然后走到李小叶的身后，说，现在开始最后的测试，叫情景反应。李小叶挺直了身子，认真等着秃头经理的最后测试。屋子里静了下来。李小叶感觉身后秃头经理挨近了她，并且听见了他渐渐急促的呼吸声。她感到有些奇怪，不知秃头经理要做怎样的测试？

李小叶说，经理，你怎么还不测试？

嘘——秃头经理在背后示意她不要吭声。

突然，李小叶感到秃头经理的手从后面落在了自己的头上，开始抚摸她脑后的长发。她的心里像一根弦被拨了一下，身子微微一颤。接着，那双手从长发移向了她的脖子和肩头。李小叶身子绷紧，听见身后的呼吸声越来越粗。

李小叶感到有些不安，问道，经理，你要干吗？

秃头经理说，不要说话，我在测试你。

李小叶不知道秃头经理用的是什么奇怪的测试方法，但一想到桌子上那张工作人员录取表，她只好忍受着坚持下去。

秃头经理的那双手又开始移动，从她的肩头慢慢滑向腰部，滑向臀部，又回到腰部——李小叶感到有些不对了，她还没有反应过来是怎么回事，突然那双手一下从后面抱住了她丰满的胸脯，来回地摩挲起来……

李小叶这才明白是咋回事了，她浑身像被刺儿扎了一般，一边拼命挣扎，一边大声喊叫，你这是干什么？

秃头经理还不松手，更加肆无忌惮地乱摸，大声喘气。

李小叶感觉身后就是一头猪。她抓住"猪爪"狠狠地咬了一口。

啊——秃头经理疼得跳起来，手也飞快地缩了回去。

李小叶转过身，朝着秃头经理的脸上啪地扇了一巴掌，气愤地骂道，你这个流氓！

秃头经理狼狈地捂着脸，又看看手，辩解道，我这是在对你测试嘛。

李小叶喊道，有你这么测试的吗？你是在欺负人。

秃头经理悻悻地说，没有一点牺牲精神还想当导游，真他妈的不识抬举。

李小叶一把抓起桌子上的工作人员录取表，扔到秃头经理的脸上，大骂一声，流氓——然后抱起一边吓得哭起来的女儿，打开门冲出了办公室。

外面的人围在门口，不知发生了什么事情。

秃头经理恼羞成怒地喊道，滚滚滚，有什么好看的，有什么好看的！

李小叶跑出了小旅行社。到了街头上，心里突然感到一种羞辱、委屈和说不出的悲凉。她抱着孩子靠在路边的墙上，眼泪唰唰地流了下来。没想到找工作如此的艰难，还遭人侮辱。

这一天，李小叶空手而归。

第二天，李小叶又准备出门。姨妈说，哪有你这么找工作的，满大街地跑，还带着一个孩子，谁要你呀。你得买张报纸，看看上面的信息，看准了目标才上门去应聘。找工作，哪这么容易啊。

李小叶按照姨妈说的，把孩子留在了家里，暂时由姨妈看管。出门时在小区门口的报摊买了一份当天的报纸，在信息一栏上仔细查找招聘消息，觉得合适的就用笔画上一个勾，然后一家一家地找上门去。

果然，这样的效果比毫无目标地在大街上跑要好多了，至少省了许多的冤枉路。但是，跑来跑去，仍然没有人愿意聘用她。不是嫌她的文凭不够，就是专业不对口，或者没有工作经验，或者人员已经招满了。而愿意留下她的，不是在小餐馆打工洗盘子扫地，就是在足浴店里当洗脚工，整天给别人洗脚。她当然不愿意。

李小叶只能垂头丧气地回到姨妈家。姨妈腾出了儿子的屋子给李小叶和女儿住，让儿子睡客厅，把他的书桌搬了出来。李小叶说，这怎么行？弟弟要学习准备考试呢。姨妈说，不碍事。

李小叶夜里在床上翻来覆去地睡不着。

第三天，李小叶决定找一个跟自己学的茶艺专业有关的工作，于是就来到了南湖的小茶楼，没想到小茶楼又意外失火，几乎烧毁。工作没找到，却意外认识了省城的一个企业家、大老板林亚雄，要认她当干妹子，还叫她去他的公司上班。天上哪有掉馅饼的事情？对于这些有钱人，还是敬而远之为好。

最后，李小叶想到了在康城茶艺学校读书时的好朋友杜咪，毕竟她一毕业就到了省城，现在在一家茶楼里上班，肯定认识的人多，想必一定有办法帮她找一份工作。

李小叶一早给杜咪打了电话后，来到城里一个偏僻巷子的茶楼前，只见里面静悄悄的，一个看门老头坐在门口听收音机。李小叶说明来意，就上了楼，穿过空无一人的茶室，走到一条窄窄的过道尽头，有一间小房子。她轻轻推开门一看，里面挤着几张双人架子床，床上横七竖八地躺着五六个年轻女子，大白天的还呼呼睡觉。

李小叶刚想进屋，背后却被人碰了一下。她回头一看，是一个披头散发穿着内衣内裤的女子。女子啊的尖叫一声，然后惊喜地嘻嘻哈哈一把抱住了她——正是杜咪。

杜咪刚起床上了厕所回来，没想到李小叶会这么早来。他乡遇故人，两个人都感到格外的激动和亲切。杜咪抱着李小叶说，小叶，你想死我啦！说着，在李小叶的脸上一阵亲吻。

李小叶喊道，疯丫头，你松开，脸都快被你啃烂了。

杜咪松开手，兴奋地喊道，你终于来省城了，我太高兴啦！

李小叶也激动地说，我也很高兴，我们又在一起了。

李小叶在门口瞥了一眼屋里睡觉的女子们，提醒杜咪别喊叫，不要打扰人家。杜咪大大咧咧地说，没事，就是天上打雷也叫不醒她们。李小叶奇怪，这些女子大白天的咋还在睡觉？杜咪解释说，茶楼上班夜里要到两三点钟才关门，有的客人更晚才走，她们只好白天睡觉，到上午十点后才起床上班。李小叶叹口气说，唉，都不容易。杜咪说，无所谓，习惯就好啦。李小叶说，我们找个地方说话吧。杜咪说，好，等我收拾一下就来。

杜咪钻进屋里，不一会儿梳好头发、穿好衣服，换了一个模样出来。她把李小叶带到茶室一个靠窗的地方，泡上一壶茶，然后自己点上一支烟，吸了一口。

李小叶吃惊地问，你学会抽烟啦？

杜咪说，闲着无聊，抽着玩的。

李小叶摇摇头，感到杜咪有些变了。

两个人聊了起来。

李小叶叹口气对杜咪说，我现在离婚了，无路可走了。

杜咪说，离婚才好呢，我早就看出那个朱大军不是个好东西。现在离了，你就自由了。

李小叶说，那你呢，你和那个白马王子现在怎么样，啥时候结婚啊？

杜咪在康城的茶艺学校读书时，就跟一个高一年级的男生谈恋爱，当时爱得死去活来，叫人羡慕不已。毕业后男生到了省城，她也就跟着到了省城。起初还不时跟李小叶有电话，后来就没有了消息。

杜咪说，还结婚呢，早吹啦！

李小叶吃惊道，啊，他嫌弃你啦？

杜咪说，不是他嫌弃我，是我嫌弃他。这人来到省城后大事做不了，小事又不愿做，叫他去找工作，他就借口没有合适的，整天不是在屋里睡大觉，就是到网吧打游戏，全靠我辛苦挣钱养活他。你说这还像男人吗？

李小叶说，你不是说，他是你的白马王子吗？

杜咪说，狗屁白马王子，他就是一个废物。在这个城市里混，没有钱什么都不是。我气得把他赶走了，叫他滚得越远越好。

李小叶还以为两个人甜蜜着、浪漫着，没想到居然也分了手。

李小叶说，那你现在也自由了。

杜咪说，是啊，自由了，一身轻，多好啊！

李小叶问，没再找？

杜咪说，找了，我看上的都结婚了，看上我的却都没有钱。

李小叶一下笑了。

杜咪说，你笑什么，真是这样，不信你找找试试。

李小叶说，我可是来找工作的，不是来找对象的。

杜咪问，那找得咋样啦？

李小叶一脸感慨地说，唉，别提了，在大城市里找工作，比找对象还要难哪！

杜咪也有同感，说她刚到省城找工作也是两眼墨黑，她当过商场的模特儿，卖过手机，还替人发过小广告，最后还是进了茶楼给人沏茶倒水，活儿倒是轻松，就是钱少点。

杜咪说，要不你到我们这里来吧，茶楼的老板是个女的，跟我关系不错，我一开口包你进来。你当初的理想不就是做一个优秀的茶艺师吗？

李小叶叹口气说，现在脚跟都还没有站住，谈什么理想呀。你别说，我还真去找过一家茶楼，可是倒霉得很，一去就碰上茶楼失火，差点把我烧死在里面。

杜咪吃惊道，还有这事？

李小叶说，看来这是天意，我现在不能跟茶沾边。我要重新规划人生的目标，我要改变自己，我要找一个好工作，挣好多好多的钱，不仅养活自己，还要养活孩子。

杜咪说，你做梦吧，挣钱多的工作，我还想呢。

李小叶噘嘴，失望地看着杜咪。

忽然，杜咪好像想起什么似的，喊道，等等，有一个挣钱多的地方你去不去？

李小叶问，啥地方？

杜咪故意神秘地说，卖保险。

李小叶仰头呵呵笑起来，说，你是开玩笑吧，你看我像卖保险的人吗？

杜咪一脸认真地说，你笑什么？人家保险公司可是金融单位，那可是有钱得很。我有个客人就是保险公司的，经常带人来喝茶，其实就是卖保险，挣了好多钱，已经在城里买了房子和小车，我们这里的女子都羡慕呢。现在他们公司正要招人，你去不去？

李小叶问，真有这回事？

杜咪说，骗你是小狗，我去找报纸来。说着，扔了手里的烟，跑回住的屋子，果然找来一张皱皱巴巴的报纸。她指着一处广告的地方说，你看这不是？

李小叶一看，果然是一家叫永久保险公司的在招聘保险营销员，上面写着："不限男女，不限户口，不限过去的职业，只要学历中专以上、年龄十八岁以上的人都可以报名参加。收入=底薪+佣金，还有'三金'。给你一次机会，为你圆一个财富的梦想。永久保险，值得信赖！"

李小叶指着佣金两个字问，这个是啥意思？

杜咪说，这就是卖保险挣的钱啊，卖得多挣得多，就是乡下人说的多劳多得。我的那个客户说，他一个月的保险佣金就有一两万块。李小叶惊叹道，这么多啊？杜咪说，可不。

职业高端，门槛低矮，收入诱人，前景美好。招聘广告具有很强的吸引力和煽动性。李小叶有些心动了。

杜咪问，去不去？

李小叶还有些犹豫，说，你看我合适吗？

杜咪说，这跟买鞋一样，合不合适穿上就知道了。

李小叶说，那就去？

杜咪说，去，我陪你去！

李小叶高兴地尖叫一声，站起身来，张开双臂拥抱住杜咪，在她脸上亲了一口。

两个人嬉笑成一团。

直到现在，李小叶都十分感谢杜咪，是她的那张皱皱巴巴的报纸救了她，让她找到了工作，进入了永久保险公司，找到了新的人生轨道。同时，也帮她度过了刚到省城时最艰难的日子。

然而，李小叶开始并不懂得保险是怎么回事，匆匆忙忙地报名，稀里糊涂地被录取，然后就被车拉到省城郊外的南山永久保险公司培训基地，她这才恍然感到自己和一个完全陌生的行业交集在一起了。

这个行业与人有关系，与人的生命有关系，与人的保障有关系，与人的信誉有关系，也与金钱和财富有关系。这个行业连接着生活的各个角落，构成一个庞大的社会网络体系，触角深入到每一个生命的个体。像一棵巨大的树，为树下的每一个生命遮挡风雨。

李小叶记忆最深的就是一个月封闭式半军事化新人培训。她深刻体会到，保险这个行业不是毁灭她的人生，就是彻底改变她的人生。

培训基地坐落在南山的一个山沟里，三面环山，一面向着山口，过去是一个单位废弃了的仓库，车从城里开去要走一个多小时。手机打不通，电视没有信号，几乎与外界完全隔离。一进山就规定了纪律，一切行动都必须是集体进行，就是上厕所也要两个人以上。据说山里有野兽。

大家感到有些恐惧。

第一天早晨，所有参加培训的人在山沟里集合了。

公司经理贺大虎专程从公司赶来给大家讲话。他站在队伍前面挺着胸膛大声说，欢迎各位加入永久保险公司。你们是我们公司第一次在社会上公开招聘的保险个人代理人，你们是公司的新鲜血液，是公司未来的希望。

大家一个个眼睛发亮。

贺大虎说，我们这次培训叫作“魔鬼式”培训，当然我不是“魔鬼”，是培训的方式堪称“魔鬼”。

大家哈哈笑了。

贺大虎说，你们不要害怕。培训的目的就是在一个月短短的时间里，要把你们改变成另外一个人。让胆小的变得勇敢，懦弱的变得坚强，自私的变得仁爱，卑微的变得自信。不论你是下岗工人，还是退休的公职人员；不论你是山区农村来的打工妹，还是刚刚走出校门的大学生，只要你有追求、有梦想、有付出，你就会在永久保险公司得到回报。

大家兴奋得使劲鼓掌。

其实，所谓的“魔鬼式”培训，就是现代企业的一种培训方式，有培养团队精神的拓展训练，有提高执行能力的军事模拟对抗，有学习专业知识和技能的企业内训，还有挑战自我、凝聚人心的主题活动等等。总之，就像贺大虎说的，就是要把一个人从外到里彻底地改变了。

贺大虎讲完话，把参加培训的人员分成三个小队，分别由公司里当过兵的复员军人担任小队长，他亲自当培训队的大队长，马红艳当副大队长。

早晨的第一个科目就是跑步爬山。

路是山路，沿着培训基地在山沟里蜿蜒。天刚亮，山里还有些雾。贺大虎指着远处山上的一面小红旗说，看见没有，那就是到达的目标，来回五公里路程，三个小队谁先回来就算胜利，时间三十分钟，出发！

三个小队一起跑了出去。

开始大家没有当回事，一边跑还一边开玩笑，嘻嘻哈哈的，只当是到山里来旅游。尤其是队伍里的一群“大妈”“大叔”，一边跑一边唱，一边扭秧歌一边相互逗乐，队伍就像农村赶庙会去似的，很是热闹。

只有李小叶不吭声，眼睛盯着远处的小红旗，一人跑在最前面。

跑了一会儿，大家才发现上当了，五公里的路程怎么越跑越远，曲里拐弯的半天都到不了。只见他们一个个衣服汗湿，脸色通红，气喘吁吁，腿肚子抽筋，很快就溃不成军了，跑得稀里哗啦的。三个复员军人像赶羊一般地催赶，也无济于事。

李小叶一人最先跑到了小红旗处，又很快跑回出发的地点，时间正好半个小时。而她身后的三个小队都“羊拉稀”了。五公里的路程，一个多小时后，队伍才像打了败仗似的陆陆续续回来。

贺大虎黑着脸，看着手表，气得直摇头。最后，罚所有没有按时完成任务的人，吃早饭前集体站二十分钟，个人扣十分。培训总分为一百分，扣到六十分以下就自动淘汰回家。被扣分的人都叫苦不迭。

贺大虎说，我送一句话给大家共勉，天将降大任于斯人也，必先苦其心志，劳其筋骨，饿其体肤，空乏其身，行拂乱其所为，所以动心忍性，曾益其所不能。

贺大虎说，这话不是我说的，是古人孟子说的。

李小叶记得，孟子这段话来自于他的《生于忧患，死于安乐》这篇文章。她想，我现在只有忧患，哪有安乐。后来，每天早晨跑步或者爬山前，全体人员都要集体大声朗诵孟子这段话。李小叶把它背得滚瓜烂熟。

第二天，一大早爬山就完全改变了情况。贺大虎对着培训基地后面的小山坡，宣布了目标任务和要求，刚喊一声出发——“大妈”“大叔”们就像兔子一样，撒开腿就跑开了，也不说笑也不扭秧歌，闷着头就往前奔，就跟到银行抢钱似的，看得贺大虎直乐。结果，三个小队都按照要求爬上了小山坡的山顶，而且准时跑了回来。

贺大虎站在培训基地门口，坏笑着给大家鼓掌。

培训的关键内容还是白天的上课。上课前是早会，这是营销员必须学会的。课堂里又唱又跳还喊口号。唱，就是唱歌，唱《汇聚在这里》，唱《团结就是力量》，唱《我相信》，唱《壮志在我胸》等等。跳，就是跳公司自编的运动晨操，跟幼儿园似的，老师在上面教，学员在下面跟着比画。年轻人容易学会，年纪大的“大妈”“大叔”显得别扭又滑稽，惹得大家忍不住哈哈大笑。喊，就是喊激励的口号，一个人站在课堂前带着大家大声喊：“我行，我能，我做得到！”“我要努力，我要改变，我要成功！”一边喊一边拍巴掌，是很有节奏的那种，啪啪，啪啪啪，啪啪啪啪啪啪啪！

没有见过这种阵势的人，会感到浑身震撼。

大家很快就接受并习惯了这种“魔鬼式”培训方法。在这种氛围下，李小叶不断给自己打气，自己是在浴火重生，是在凤凰涅槃，要克服心理上的障碍，彻底改变自己、超越自己。

正式上课学的是金融学、保险学和营销学等，还有公司的各种制度。讲师在台上用电脑打开 PPT，把讲的内容投放到台前的幕布上。一上来就是国际金融理论和保险原理，大家如同听天书一般，云里雾里，脑子一片空白，所有的人都傻眼了——根本就听不懂。

李小叶瞪大眼睛，认真地听讲，白天在小本子上把老师讲的记下来，晚上躺在被窝里打着手电又看一遍，就是半夜上厕所也抱着书本。就这样，她一脚跨入了保险这个神秘的金融世界的大门。她这才知道，从几百年前最初的国外海上第一笔保险，到今天世界上各大保险公司林立，再到中国保险业的兴起，风云变幻，沧海桑田，保险成为一个国家现代经济社会发展和文明进步的标志！

最吸引李小叶的还是保险营销课，这门课是保险营销员挣钱的本事。保险营销员也叫保险代理人，在中国他们不是保险公司所谓编制里的“正式员工”，而是招聘来的替公司销售保险产品的雇佣人员，就像外国军队里的雇佣军差不多。雇佣军替别人打仗，营销员为保险公司卖保险。李小叶听“大妈”“大叔”们说，社会上有些人瞧不起保险营销员这个职业，说跟临时工差不多，不是“铁饭碗”，在社会上和公司里都没有地位。唯一的好处就是有一份工作，可以挣钱，只要自己肯努力能吃苦，就可以挣好多好多的钱。

李小叶想，我到保险公司就是来挣钱的。我才不管什么正式不正式，地位不地位的，只要能够挣到钱，挣很多很多的钱，管他啥“铁饭碗”“土饭碗”

的。再说了，现在是市场经济，只要是靠劳动挣钱，都是光荣的。公司讲师在讲课时不是讲了吗，人家外国的保险营销员，叫个人保险理财师，与律师、医生、银行理财顾问等一样，在社会上很受人尊敬，甚至可以跟州长和总统一起吃饭。在美国，还有保险个人代理人的“百万圆桌会议”，简称 MDRT，汇集了全世界最顶尖的保险销售精英，要求年佣金收入必须超过百万，才能走进会议的大厅。还有“世界华人保险大会”，打造了世界华人保险精英云集的平台，其设立的国际龙奖 IDA，是华人保险的最高荣誉。

这些全球瞩目的保险精英，从平凡走向成功，像是夜空里璀璨闪烁的明星，吸引着无数保险营销员仰望的目光。

李小叶为此心潮澎湃。

培训结束时进行了考试，李小叶以优异的成绩获得了第一名。之后，培训人员回到了省城，其中有三分之一的人因为适应不了“魔鬼式”培训的要求，而被淘汰出局。接着，留下的人员参加了省保险行业协会组织的保险代理人资格考试，又淘汰了一部分人，剩下的人只有一半了。幸运的是李小叶在大浪淘沙中一路走到最后，并且成为其中的佼佼者。而这一半人，还要经历一个月的实战试用期，也就是说在一个月的时间里，要真刀真枪地冲入保险市场，开始销售保险，必须至少卖出一万元保费的保单，否则就会自动脱离保险公司。这是一个残酷的生存法则。

李小叶想，真正的挑战到来了！

# 十

回到小县城，已是傍晚时分，阴沉的天空在天边只留下最后一抹光亮。

在快捷酒店旁边的拐弯处，李小叶从出租车下来，她走到一个水果摊前，准备买一点水果。就在她挑选水果的时候，突然一个人从背后拦腰抱住了她，并且捂住了她的嘴巴。她还没有来得及反应，已经被抱住她的人拉到水果摊后面的一个角落里。

她惊恐地回头一看，原来是方明亮。

李小叶吃惊地说，怎么是你，你怎么到这里来啦？

方明亮嘘了一声，示意她小声点。他没有回答李小叶的问话，而是用身体遮掩住她，用手指着快捷酒店对面马路上说，看见那辆白色面包车没有？李小叶顺着他的手看过去，果然看见一辆白色面包车。她点点头。

方明亮问，车里是不是有人在盯着酒店门口？李小叶嗯了一声，奇怪地看着方明亮。方明亮说，我们赶快离开这里。李小叶说，为什么，车上是啥人？方明亮说，回头再说，我们赶紧走。李小叶说，我的行李还在酒店里呢。

方明亮决定先到酒店把她的东西取了再走。李小叶起身要走出去，被方明亮一把拉了回来。方明亮说，不能这么过去，会让面包车上的人看见的。李小叶不知道方明亮在搞什么名堂，神秘兮兮的。方明亮悄声走到水果摊老板面前，指了指那辆白色面包车，给了摊主一百块钱，交代了几句话。老板点头应着，按照方明亮的吩咐，抱起一箱水果，朝快捷酒店对面的马路边走去。没过一会儿，水果摊老板就跟白色面包车里的人争吵起来。

方明亮趁机拉着李小叶的手，飞快地朝快捷酒店门口奔去，就像是百米冲刺一般。两个人气喘吁吁地跑入酒店，看见马路对面水果摊老板和白色面包车上的人还在纠缠不休。于是就抓紧时间上楼，直奔李小叶住的房间。刚打开房门，一下被眼前的情景惊呆了——房间里一片狼藉，柜子旁边的行李箱被撬开，里面的衣物散落在地上，床上的被子和床单也被掀开，屋里的桌子抽屉、柜子，甚至卫生间里，都被翻得乱七八糟，就像发过洪水一样。

房间里有人进来过了！

两个人顿时紧张起来。方明亮赶紧关好房门，叫李小叶看看丢了什么东西没有。李小叶赶忙清理，没有发现丢失什么东西。进来的人把房间里翻得这样凌乱，好像是在寻找什么。幸好李小叶把给母亲的钱带走了。方明亮说，肯定是酒店外面那伙人干的。李小叶恐惧地看着方明亮，问道，他们到底是什么人？方明亮说，我也不清楚。李小叶又问，那你怎么知道我在这里？

方明亮就把早晨被人跟踪，在办公室里看到报纸新闻，以及杜咪被人劫持后打电话要他来康城山区帮她的经过，一一说了。

方明亮说，他是下午赶到小县城的，很快找到了杜咪说的这家快捷酒店，刚要把车开到门口，就发现了马路对面那辆破旧的白色面包车，还有早晨跟踪他的那三个家伙。方明亮担心他们已经找到了李小叶，心里不由得一紧。但仔细一看，不见她的身影。那几个家伙还在酒店外面等待观望，看样子她还没有落在他们的手里。

方明亮立即把车开到酒店后面隐藏起来，观察这伙人的一举一动，等着李小叶出现立刻带她离开这个地方。

李小叶一听，脸色变得煞白。她没想到竟然有人这么快找到这个偏远的山区小县城来了。

方明亮看着李小叶紧张不安的样子，就问，小叶，到底出了啥事？

李小叶脑子里乱糟糟的，忙掩饰说，没什么，可能是客户跟我在业务上发生了误会。

方明亮说，这伙人是你的客户吗？

李小叶摇摇头说，不是，没见过。

方明亮说，奇怪，那他们是什么人？从省城一直追到这里，就是冲你来的，你现在很危险，我们赶紧离开这里吧。

李小叶故作镇静地说，我才不怕呢，你怕你走吧。

方明亮说，我不是怕，我是担心这伙人会害你呀。我的车就停在宾馆后面，我们赶紧走，躲开这伙人。要不我们就报警，让警察把他们抓起来。

李小叶马上制止道，不行，不要报警。

方明亮说，那你说怎么办？

李小叶一时没有了主意，心慌意乱，一屁股坐在床上，急得眼泪快流了出来。

方明亮的突然出现，让她感到十分意外。没想到客户闹事的事情让他也知道了，他心里该怎样想啊，她该怎样向他说明和解释呢？李小叶心里很是不安。可是，在她孤独无助、面临危险的时候，他的到来就像一道遮挡风雨的墙，又让她感到温暖和不再害怕。

天已经黑了，小县城亮起了灯光。

方明亮走到窗前看了看，酒店马路对面的白色面包车依然还停在那里，没有打算要离开的意思。但那几个家伙却没在车上，也许吃饭去了？他想。

方明亮觉得这个时候是离开酒店的好机会，就劝李小叶说，我们还是先离开酒店躲开这伙人吧，好汉不吃眼前亏。李小叶心情渐渐平静下来，想了想说，好吧，听你的。方明亮让她在房间里等着，他先下去看看情况。

李小叶抓紧时间收拾行李。

方明亮刚出去几分钟就回来了，神色不安地说，走不了了，我看见面包车上的那几个人正堵在酒店门口，一边抽着烟，一边左右环顾，看样子是在等着你回来呢。

李小叶一看出不去了，就说，那我们就不走了，看他们敢怎么样？

方明亮说，好吧，我们暂时不走了，晚上看看情况再说。实在不行明天一早想办法离开。

李小叶把手里的行李放了下来。

外面的天色越来越黑，像一只巨大的布袋子把小县城笼罩着，街上稀稀疏疏的灯光，还有不时驶过的车辆，都让人感到陌生和不可捉摸。

房间里不能开灯，灯光一亮，外面那伙人就会知道李小叶回来了。因此，他们只好在房间里等待，看命运的安排。方明亮坐在窗前的椅子上，李小叶身体靠在床边，两个人在黑暗中彼此凝望着对方。他们心里有很多话要说，却不知从何处开口。他们沉默着，听着彼此的呼吸和心跳。

忽然，有人敲门，咚，咚，咚——声音很小，是试探性的。

方明亮和李小叶吓了一跳。

方明亮示意李小叶不要吭声。他悄悄地走到门口，从门孔的猫眼向外看，见一个高大强壮的男子站在门口，正是白色面包车上那伙人中的一个。

李小叶紧张地跳下床，双手捂住胸口。

高大强壮的男子又咚咚咚地敲了三声，停了一会儿见屋里没有动静，嘴里骂了一声什么，就摇头晃脑地离开了。

方明亮听着外面的脚步声渐渐走远，回过头来正要告诉李小叶刚才从猫眼里看到的情形，没想到刚一转身，就见她从床前张开双臂向他扑了过来，投入他的怀抱。

方明亮猝不及防地拥抱着李小叶，见她脸上挂着两行泪水，身子不停地颤抖，犹如森林中一只迷路的小鹿，是那样的惊恐不安和焦虑无助。他的眼睛也忍不住潮湿了。

李小叶抬起头来看着方明亮，她的双眼闪动着异样的光亮，变得大胆而直接，忽然紧紧抱住他狂风暴雨般地亲吻起来。方明亮一接触到李小叶那柔软温润的嘴唇，脑子里立刻就变成一片空白，浑身如雪山崩塌了一样，轰隆隆地响。

这一刻，李小叶忘记了所有的不安和恐惧，忘记了世界上所有的一切。她甚至出现了一种短暂的昏厥和眩晕，就仿佛梦幻一般。他们紧紧地相拥在一起，身体紧贴着身体，能够清楚地听见彼此心脏剧烈跳动的声音。紧张和幸福使两个人浑身颤抖，喘着粗气，血液循环加快，身体里迅速膨胀和燃烧起来。

李小叶脱去方明亮身上的衣服，也脱去自己身上的衣服，让彼此都一丝不挂，赤裸相见。

方明亮热烈地吻着李小叶的脸颊，然后是脖子和那块粉红色的胎记，那块胎记变得更加鲜亮生动，如山茶花一般灿烂开放。她那凸起坚挺的乳房紧紧地顶着他的胸膛，让他感到快要窒息。他的鼻息粗大而急促，不断地扑打在她的脸颊和脖子上。

在李小叶的第一次婚姻里，朱大军对她的接近，每一次都是折磨和羞辱，没有过快乐，只有痛苦。而此刻，方明亮是真正地爱她，而她也找到了自己相爱的人，过去好似树木死去一般的身体，竟然奇迹般地长出一片片绿叶，焕发出青春的活力。仿佛身体每一个部位和细胞都充满了女人的娇艳和温柔，就像肆意绽放的花朵，大胆地接受着阳光的照耀和抚爱……

他们站不稳，一下倒在床上。方明亮把李小叶放在自己的身下。

她兴奋地尖叫了一声，身体使劲往后仰去。

两个早已枉爱的人，终于打破了内心的压抑，爆发出火山喷发一样的激情……

一辆警车在夜里悄悄驶入了山区里的阳南县。

在黑夜里，小县城街道安静，灯光稀疏，显得有些不可捉摸。一条江水绕城而过，无声无息地流向远方，而两岸的山峰起伏蜿蜒，如凝固了的一只只巨兽，给人一种恐惧和神秘的感觉。

警官刘剑锋、叶梅和保险公司的马红艳副经理，从车窗里打量着这座陌生的小县城。从省城到康城有高速公路，而到阳南县就进入了山区，都是弯弯绕绕的山路，车在山里转着，好不容易才到了小县城。

刘剑锋把车开到县政府招待所，停在了里面的院子里。一名当地的公安同行早已等候在这里，一见他们下车就迎了上来，做了自我介绍。刘剑锋从省城出发前，跟当地的公安部门进行了联系，县公安局安排他们晚上就住在县政府的招待所里，等到天亮以后再带他们去坝子镇找李小叶。

握手寒暄之后，当地的公安同行问他们吃晚饭没有，这一路马不停蹄地奔波，估计还没有顾得上。刘剑锋说不用了，他们带了方便面，途中休息的时候，顺便就填了填肚子。当地公安同行也没客气，就带他们到招待所的前台登记住宿。三人拿到了房间的钥匙，就叫当地的公安同行赶快回家，不用再陪他们了。

三人上楼打开了房间，叶梅和马红艳住一起，刘剑锋独自一间，两间房子一墙之隔。刘剑锋说，今天晚上早点休息吧，跑了一天快把人跑散架了，明早吃饭后就去坝子镇。

刘剑锋关上门，把身上的行李包往床上一扔，脱了外衣，走到窗前朝外面看了看，然后拉好窗帘，把身上的枪塞进床上的枕头下，然后脱掉散着热臭的鞋子，一屁股坐在靠窗的沙发里。他掏出烟来点燃后深深地吸了一口，一缕袅袅的烟雾在眼前飘动。

一进入康城山区，刘剑锋的心里就开始隐隐不安起来。他想起了过去曾经在这里发生的一件事情，它一直是隐藏在他内心里的一个痛，到了这里又勾起了那段让他不堪回首的往事……

那是几年前的一个春节前夕，一天下午快下班的时间，省城郊外的一家银行遭到几个蒙面人的持枪抢劫，虽然没有人员伤亡，但抢走了银行柜面三十多万元的现金，然后骑上摩托车迅速逃去。

刘剑锋和同事们接到报警赶到后，几名抢匪已经无影无踪。于是展开调查，从银行监控录像上虽然认不出抢匪的模样，但在门外发现了骑走的摩托车上面的车牌，最终查到城外一建筑工地上，得知摩托车是一个叫郭山子的民工的。刘剑锋拿出监控录像照片让包工头确认，包工头从穿的衣服上判断开摩托车的像是郭山子，后座上两个也像是工地上的民工杨某兄弟二人。工地前几天就放假了，民工们都纷纷离开了，郭山子和杨某兄弟二人也应该回到自己的家乡去了，他们怎么会去抢银行呢？郭山子的家乡在康城地区的山区，而杨某兄弟二人的家乡在外地河南的农村。

于是，局里决定分路出击抓捕逃犯，一队去外省农村，一队去康城的山区。刘剑锋带着年轻的侦查员石磊先到了康城，然后到了山区的一个叫虎峰口的乡镇。当地民警先去山上的村子打探情况，发现郭山子并没有回来。于是刘剑锋和石磊就在虎峰口乡镇住了下来，等待郭山子的出现。

到了第三天，终于有了消息，据有人报告，郭山子晚上将会回到家里。这一天，是大年的三十，山里飘起了小雪，树上和路面都铺上了一层薄薄的银白。乡镇上也放假过年了，路面上很少见到行人。当天下午，刘剑锋和石磊提前吃了晚饭，在当地的一个民警带领下上了山，直奔郭山子的家。他们要在他回家之前，在他家的附近埋伏下来，一旦他出现就将其抓获。由于山区天气寒冷，出发前一人又披了一件军用大衣。

他们走一条蜿蜒的小路来到山上，远远看到了坐落在半山腰的一个小村子，村子后面有一个偏僻的山洼，斜倒着一间破旧的泥墙瓦房。当地民警说那就是郭山子的家，家里只有父母两个老人。这时候已是下午傍晚时分，山里的夜幕早早就扯了起来，雪在黑暗里无声地飘着，小村里窗户亮起灯光，噼里啪啦响起了鞭炮。小山村在这个春节的夜晚平静而祥和。只有山洼处的破旧瓦房没有动响，显得有些孤寂和冷清。

为了不惊动村子里的人，刘剑锋三人在郭山子家侧面不远的一个树林里隐藏起来，等待着郭山子的出现。从乡镇到山上的小村有一条弯弯拐拐的土路，郭山子可以开着摩托车直接回到家里。

时间一分一秒地过去。所有在家里的人这时候都围在电视机前看春节联欢节目，屋里充满欢声笑语，而刘剑锋和石磊及陪同的当地民警却匍匐在大山的树林里，眼睛一眨不眨地盯着黑暗中的那条山路，希望看到一道摩托车的灯光出现。然而，已经到了半夜十二点跨年的钟声响起，目标还没有出现。难道消息有误，或者郭山子听到了什么风声？

三个人趴在树林里，身上压了一层雪，手脚也冻得快僵硬了。石磊问刘剑锋，师傅，咋办？刘剑锋说再等等看。石磊那年二十三岁，警校毕业生，在基层派出所干了两年后调到刑侦队，刘剑锋做了他的师傅，走哪都带着他。小伙子机灵聪明，做事也勤快，刘剑锋很是喜欢。

刘剑锋撩开军大衣，从身后取出一个军用水壶，水壶里装的是酒不是水。局里人都知道刘剑锋爱喝酒，当兵时养成的习惯，装酒的军用水壶走哪带哪从不离身。军用水壶放在雪地上，他又从衣服的口袋里掏出一大包东西来，是塑料袋装的，打开里面露出花生米、豆腐干和几只卤猪蹄，一股香味顿时扑鼻。三个人的肚子立刻条件反射，一阵咕咕乱叫，捂着嘴不敢笑出声。刘剑锋说，这是他中午吃饭时偷偷打的埋伏。

刘剑锋拧开军用水壶的盖子，用鼻子闻了闻，说好香。

石磊提醒道，师傅，执行任务时不能喝酒。

刘剑锋笑笑说，你小子还嫩着呢，你问问身边的大哥，他们执行任务喝不喝酒？

当地的民警嘿嘿一笑。

刘剑锋在冻得发疼的鼻子上揉了揉，说，妈的，今天是大年三十，别人都在家吃团圆饭，我们趴在这大山里冒着风雪等那个兔崽子。我们也喝两口，暖暖身子，庆祝一下新年到来。我先喝，祝你们两位及家人春节快乐，万事如意！说着，举起军用水壶，对准自己的嘴，咕咚一声喝了一口。

刘剑锋抹了一下嘴，说，舒服。

他把军用水壶递给当地的民警。当地民警也说了一句祝福的话，接着也仰着脖子喝了一口。然后，军用水壶递到石磊手上，石磊说他不会喝酒。刘剑锋说，喝，今天是无论如何要喝一口，因为今天是过节。石磊只好接过军用水壶犹豫着喝了一口，立刻呛了起来。刘剑锋笑着说，你小子，真没出息，赶紧吃菜吧。说着，给石磊嘴里塞了一块猪蹄肉。

刘剑锋就和当地民警你一口我一口喝了起来，不知不觉中一壶酒就喝尽了，两个人也舒坦了，浑身暖和了，手脚也不麻木了，但脑子却感到有些晕晕的，身体软软的。两个人都想躺一会儿。刘剑锋叮嘱石磊，看好山上的路，一有摩托车灯光就叫我。一定要在兔崽子进家门之前把他逮了。当地民警说，老哥，过了除夕夜了，估计郭山子不会回来了。刘剑锋说，我们守到天亮就撤。

两个人在一棵大树下裹着军大衣睡了。

不知啥时候，刘剑锋迷迷糊糊地睁开眼睛，感觉天好像朦朦胧胧地亮了，树林里有鸟儿在鸣叫。他想爬起身来，感到一阵头痛，看见当地民警躺在树根下呼呼大睡，而石磊却不在身边。他心里叫声不好，刚要站起来，就听见传来一声枪响：砰！枪声是从那间破旧瓦房传来的，接着又是一声枪响：砰！

大山的寂静被打破了。一群鸟儿飞出树林。

刘剑锋脑袋里嗡的一声，掏出腰上的枪，踢了当地民警一脚，飞快地向那间破旧瓦房奔去。等他冲进屋里时，一切都晚了，惨剧已经发生了——有两个人倒在血泊里，一个是郭山子，一个是石磊。郭山子当场毙命，倒在屋里的桌子下，一手拿着一支土枪，一手还抓着一大把钱。他的摩托车停在门口。石磊的身体也靠在门口，奄奄一息，胸口处一片鲜红，眼睛看着刘剑锋说不出话来。屋里有两个老人，一个躺在床上，一个坐在凳子上，嘴里还咬着点心，点心的盒子打开摊在桌子上，桌子上堆了一堆钱，一匝一匝的，银行的封条都没有打开。

两个老人露出惊恐的眼光，浑身颤抖，抖得嘴上的点心渣子直往下掉。

刘剑锋失去理智地向跟在后面的当地民警嘶声喊道，快……快叫人来啊！

后来，石磊在送往康城医院的路上停止了呼吸。从现场情况分析，石磊是在清晨的时候发现郭山子回来的，他推了推刘剑锋和当地民警后，就一人冲到那间破旧瓦房去了，冲进屋里后他先中了郭山子一枪，然后他向郭山子开了一枪。两个人就这样倒在了地上。这是瞬间发生的事情，也就是刘剑锋被推醒过来一两分钟的时间，事情就完全改变了模样。

刘剑锋悲痛欲绝，泪如雨下，后悔得使劲捶打自己的脑袋。因为他喝酒造成的过错，使石磊失去了年轻的生命。

之后，逃犯杨某兄弟二人也在河南农村家乡落网，案子告破。原来，郭山子和杨某两兄弟都是在省城郊外的建筑工地打工，快到春节了开发商也不给当年拖欠的工钱，民工们便找包工头要，包工头只给了每人五百块钱让大家回去过年，说年后再找开发商讨要。民工们无奈，只好空着手回家。郭山子和杨某二兄弟感到这样回家无脸见人，脑子一热，就一下萌生了抢劫银行的念头。他们用包工头给的钱找人在黑道上买了土制的手枪和匕首，然后选择地点就公然实施了行动，然后就各自逃散。

郭山子在外面躲了三天，认为没事了才在大年初一清晨回到家来。家里是两个孤寡老人，身体残疾，行走不便。而郭山子并不是两个老人的亲生儿子，是他们从小在外面捡来养大的，郭山子成人后出去打工挣钱来养活他们。家里一贫如洗，破旧的瓦房已经倾斜，屋里除了一张塌陷的床和一张发黑的木桌，就再没有家具了。郭山子是睡在厨房灶头边的一块木板上长大的。

郭山子带着从银行抢来的钱和买回来的点心，准备给两个老人好好过一个年。春节后等要回了开发商拖欠的工钱，就开始维修家里的房子，再买一些适用的家具和生活用品，从此让两个老人的日子过得亮堂起来。他把钱堆在桌子上，然后打开点心盒子，把点心送到两个老人的嘴里，看着两个老人吃着点心，就开心地笑了。然而，他没想到公安人员已在家门外布下天网，他是逃不走了。当一个小伙子冲进来，说自己是公安人员时，他脑子里啥也没想就给了他一枪，接着他看见小伙子手里的枪一闪，他就倒下了。

案子的真相叫刘剑锋感到震惊。怎么会发生这样的事情？他一次次地在内心里问自己，希望这一切能像录像片子一样可以倒回去，什么也没有发生。

事后，刘剑锋受到局里处分，从此他不再喝酒，把军用水壶扔进了家里的一个旮旯里。至今，事情已经过去好几年了，但只要他想到康城的山区，浑身就冒冷汗。

往事并不如烟啊！

山区里的夜，黑得似漆，令人发痛。

一道强烈的白光一闪，杆子睁开眼睛，醒了。

妈的，天都亮了。

街道上有了早起的行人，马路上有了驶过的车辆，小县城拉开了一天生活的幕布。杆子一看面包车前座的土锤和闷屃，睡得死猪一样东倒西歪，一个打着呼噜，一个嘴里吊着涎水。

杆子赶紧摇醒二人，骂道，狗日的还睡，看看都啥时候啦。他不清楚李小叶半夜回来没有，也不知道她会不会一大早就离开酒店。他担心他们白在这里守了一夜。

谁看的最后一班？杆子恼火地问。

土锤和闷屃惺忪着眼睛，互相指着对方。

杆子在一人的脑袋上甩了一巴掌，说，误了事情，我割了你俩的蛋子。快下车，到酒店那屋里去看看那女子在不在，不能让她跑了。

土锤和闷屃跳下车，穿过马路向对面的快捷酒店跑去。

昨天下午，他们开着面包车从省城赶到了康城山区的阳南县，按照李小叶的闺蜜杜咪提供的地址，找到了快捷酒店。到前台一问，果然李小叶就住在这里。他们从打扫卫生的清洁工那里偷得了钥匙，打开了李小叶房间的房门，发现人不在里面，就开始翻她的行李，翻屋里的床铺床单、桌子柜子，还有卫生间的角落，结果一无所获，没有发现钱老板要的东西。他们只有等着李小叶回来，绑了她，才知道东西藏在啥地方。

他们一直从下午等到天黑，也没有见到李小叶的影子。奇怪啊，她跑哪去了，难道离开小县城了？不可能啊，行李都还在房间里。于是，他们三人轮番看守，眼睛一刻不停地盯着酒店的大门，盯着李小叶住的房间窗口，土锤还到房间去敲过一次门，但也没有动静。

现在，必须再到酒店里看看，否则让女子跑掉了，这笔生意就黄了。

土锤和闷屄上楼来到李小叶的房间门口。土锤看看左右，叫闷屄敲门。闷屄不愿意，身子往后缩。土锤一把拉着他，叫他敲门。土锤昨天晚上敲过一次了，这次必须要闷屄敲。闷屄只好犹豫地举起手，怯怯地先敲了一下，然后又敲了两下，咚，咚！

两人侧耳听，屋里没有声音。

闷屄说，没人啊。

土锤说，再敲。

闷屄说，我敲过了。

土锤说，你那是小娘儿们捶背。

闷屄不乐意地说，要敲你敲。

土锤一把扯开闷屄，不屑地说，好，让老子教教你啥叫敲门——咚！咚！咚！他的拳头使劲砸在门上。

此刻，李小叶和方明亮正依偎在床上，沉醉在甜美的睡梦之中，早已经忘记了发生的事情和潜伏的危险。一夜火山般的激情爆发，一夜大海一样的汹涌澎湃，终于风平浪静。两人筋疲力尽地躺在床上，睡得昏天黑地。

突然，方明亮被敲门声惊醒，他睁开眼睛，敏感地坐了起来。他先以为是酒店的服务员，就穿好衣服走到门口，从“猫眼”里望出去——顿时倒吸了一口气，门口站着一高一矮两个男子，高大强壮的是昨晚来敲过门的人，另一个瘦小一头黄毛的是开面包车的司机。没想到这伙人一大早就找上门来了。

李小叶也醒了，睁开眼睛问道，怎么啦？

方明亮赶紧示意她不要发出声音，指指门外有人。李小叶一下紧张起来，赶紧穿好衣服，眼睛盯着门口的动静。

门外，土锤说，好像听见屋里有声音。

闷屄说，有吗？

土锤说，好像有，是那女子的声音。

土锤决定打开门锁，到房间里看看。他从身上掏出一根细小的金属东西，捅进了锁孔里，轻轻搅动。

听见外面有人撬锁的声音，方明亮和李小叶都不由得瞪大了眼睛，虽然门锁是反锁的，但两个家伙要是硬闯进房间来，事情就麻烦了。方明亮急中生智，果断地大喝一声，干什么的？谁在外面敲门，影响老子休息！

外面的土锤和闷屄一听，吓了一跳，这房间不是那女子住的吗，怎么钻出个男人来？愣了一下后，土锤慌忙回答说，对不起，对不起，我们是酒店客人，找错门了。说着，飞快地收回锁孔里细小的金属东西，就像做贼被人发现似的赶紧转身逃走。

土锤和闷屄一溜烟跑回酒店的马路对面，把发现李小叶房间里有男人的情况向杆子汇报。杆子感到纳闷，怎么女子的房间里会有一个男人，莫不是敲错房间了？土锤和闷屄一致说没有敲错。

杆子问，真是一个男人的声音？

土锤说，真真的。

闷屄点点头。

杆子捏着小胡子说，他妈的奇怪啊，半路上杀出个程咬金。我就不信，看你三板斧有多厉害。走，上去看看，一会儿甭管那男的，见了那女子就给我拿下。

杆子吼了一声，走！

杆子带着土锤和闷屄又回到酒店。

杆子亲自上前敲门，咚咚咚！咚咚咚！

土锤和闷屄做好了冲入房间的准备。

这时候，方明亮和李小叶已经在房间里收拾好了东西，正在想办法摆脱这几个家伙，赶紧逃离出去。忽然又听见敲门声，而且一声比一声紧，一声比一声响。这几个家伙又来了。李小叶吓得紧紧抱住方明亮。方明亮说，不用怕，他们进不来。

又是一阵急促的敲门声。

方明亮大声喊道，谁在敲门，赶紧给我滚开！

杆子故意挤着嗓子答，我是酒店服务生，请开门，我们要打扫卫生。

土锤和闷屃捂住嘴想笑。

方明亮凑近门上的“猫眼”一看，果然还是那伙人，刚才是两个，现在多了一个小胡子，一共三个。看来不打开门，他们决不罢休。方明亮气得火冒三丈，大声吼道，滚开，老子现在不需要打扫卫生，再敲门我就打电话投诉你们！

门外三个人不由得退了一步。

李小叶脸色煞白，问方明亮，怎么办，他们会不会撞开门进来？方明亮说，放心，没事的，我有办法。说着，走到床头拿起电话，拨通了宾馆的前台。

不一会儿，酒店的女服务员带着两名保安来到楼上，看见三个形迹可疑的人站在过道里，问他们是干什么的，杆子说，他们是来找人的。女服务员问，找什么人？杆子说，找这房间里的女子。女服务员说，对不起，这房间里住的是一位先生，没有女子，你们赶紧走吧。杆子斜着眼说，不可能啊？

两个保安上前催赶道，你们赶紧走，不然我们就要报警了。

杆子只好说，好吧，我们走。

三人被“请”出酒店，回到马路对面的面包车前。土锤问，哥，咋办？闷屃也问，咱还守这里吗？杆子发火道，继续给我守好了，㞗卵子眼睛瞪大点。这小女子给我玩花样呢，她指定就在那房间里。咱们守了半天一夜，就没见她进出过酒店。妈的，老子就守在门口，看她咋跑出来，除非有本事飞到天上去。

外面那伙人一离开，方明亮松了一口气。要不是找来酒店女服务员和保安，把逼上门来的几个家伙赶走，真不知道会发生什么事情。刚才从“猫眼”里看到三个家伙一脸凶相，暗藏杀气，心里更加为李小叶感到担心。现在他们要赶紧想办法逃出酒店，最终才能脱离危险。

方明亮走到窗前，拉开窗帘，朝楼下望了望，白色面包车还在马路对面，看来那伙人贼心不死。

李小叶问，怎么办？

方明亮说，实在不行，咱们硬闯出去。

李小叶说，那不成，太危险了，我们拼不过他们。

方明亮说，那我们还是报警吧？

李小叶坚决地说，不行，不能报警。

过了一会儿，李小叶忽然惊喜地喊起来，我有办法了。

她猛然想起小县城郊外“鑫鑫修车店”的小老板狗子，他可是这里的“地头蛇”，没有啥事情摆不平的。她赶紧掏出手机给他打电话，说自己在酒店遇到了一点麻烦，叫他赶紧过来帮忙。狗子在电话里说，嫂子等着，兄弟马上就带人过来。

一出好戏就要开场了。

十分钟之后，一辆黑色的皮卡车屁股后面冒着一股黑烟向快捷酒店开来，一路上发出轰隆隆的声音。这辆车是专门用来拖拉出了故障或交通违章车辆的。驾驶室里坐着的就是县城“鑫鑫修车店”的小老板狗子，后面车厢上站着五六个他店里修车的伙计。

狗子一眼就看见了快捷酒店马路对面停着的那辆白色破旧的面包车。狗子在小县城混了这么多年，也算得上是一个人物，虽然没有做出惊天动地的大事，但只要是替人帮忙、打抱不平的事，总是少不了他。不管是谁，踏进阳南县的地界，一打听狗子，没有人不知道的。狗子是朱大军的哥们儿，一直对李小叶敬重。虽然朱大军因赌博吸毒跟李小叶离了婚，但她却把朱大军欠的钱全部替他还清了。狗子打心眼里佩服李小叶，觉得她够意思。只要她有事招呼一声，他狗子赴汤蹈火在所不辞。

狗子把皮卡车开到破旧面包车前面停下来。狗子打开车门，指着后面的车对弟兄们说，就这破车，干活吧。车厢上的修车伙计们拿着工具和钢丝绳，跳下车来到破旧面包车跟前，七手八脚地忙活起来。

正在酒店大堂门口堵着李小叶的杆子三人，忽然发现来了一伙人围着他们的面包车动手动脚，感到有些不对劲。杆子就叫土锤和闷尿过去看看是怎么回事。土锤和闷尿跑过马路，一看是有人要把他们的面包车拖走，一下急了，忙喊道，这是我们的车，你们要干啥？

干活的伙计们没理睬二人，继续作业。

土锤想上前阻拦，被狗子用手挡住。土锤一看阵势不对，一边要拖车的工人住手，一边叫闷尿去把杆子叫来。杆子很快就跑了过来，大声喊道，咋回事，咋回事？

狗子站在皮卡车前，斜睨了杆子一眼，一边抽烟一边不紧不慢地说，这是你们的车吧？

杆子点着头说，是啊。

狗子说，对不起，我们接到交警电话，说这里有一辆违章车停在这里，要我们赶紧拖走，拉到修理厂去。

杆子急了，我们车好好的，拉到修理厂干吗？

狗子说，我管不了这么多，交警打电话，我就来拖，废什么话。弟兄们，动作快点！

几个伙计准备用钢丝绳绑在面包车前面拖走。

皮卡车发动起来，声音轰隆轰隆像是坦克，屁股后面喷出一股黑烟。杆子被黑烟呛得捂嘴躲避。强龙压不过地头蛇，他赶紧从身上掏出两张大票子，上前跟狗子说好话，要他放一马，不要拖走面包车。狗子眼睛不看钱也不说话。杆子又掏出两张大票子来。狗子用手挡了回去，说，对不起，我们是在执行公务，你这是违章停车，把钱留着给交警吧。

几个伙计捂着嘴偷偷地乐。

杆子挠着小胡子恼火起来，拦住工人，不让他们把车拖走。他要狗子赶紧住手，不然就对他们不客气了。狗子呵呵一笑说，你们还想动手吗？省城人有啥牛的，不看看这是在谁的地盘上！土锤蛮横地说，老子管你啥鸟地盘，有种谁跟我来比试一下。

双方剑拔弩张，对峙起来。

一个修车伙计把外衣一脱，站到土锤面前，爷爷不怕你，来吧！土锤瞪着眼睛冲上前去，两个人扭打在一起。狗子把烟头朝地上一吐，一挥手，上！几个干活的修车伙计们都冲了上去，与杆子三人展开了一场激烈的交战。

方明亮在酒店楼上的窗户前看到这一幕，赶紧带着李小叶离开房间，拉着行李箱就往楼下跑。

马路边的双方混战成一团，过路的行人站在一边围观。杆子三人势单力薄，眼看着拳脚敌不过五六个汽车修理工，只有节节败退。杆子忽然从身上拔出一把刀来，冲到狗子跟前，眼里露出了凶光，大声吼道，都给我住手，谁要再动手，我就捅死他！

刀锋一闪，寒光逼人。

所有的人一下愣住了，一动不动站在原地，眼睛都盯着杆子，盯着他手里比画在空中的那把刀。狗子紧张地说，你不要乱来啊，我们也有家伙的。说着，几个修车伙计也从车上抄起了铁棍扳手榔头什么的。

局势变得剑拔弩张，一触即发。

这时，闷尿忽然看见酒店里跑出一男一女，急忙对杆子喊道，哥，哥你看，你看——杆子转头一看，酒店门外一男一女正在飞跑，那女子就是他们要找的李小叶。

杆子心里叫声不好，妈的差点把正经事给耽误了，不能再跟这帮土鳖纠缠。他一挥手喊道，快上车。三个人赶紧躲开交手的工人，打开面包车车门。

狗子和修车伙计们拦住车坚决不让走。

这时，李小叶和方明亮跑到了酒店后面，跳上了北京吉普车，飞快地离开，转眼间就不见了。

面包车发动起来，欲走不能。

忽然，不远处传来一阵警车的鸣笛声。不知是谁喊了一声，警察来了！

狗子说，我们撤！

五六个修车伙计立刻转身跑回皮卡车上，一阵轰隆隆的声响过后，车屁股后面吐出一股黑烟，拖着一根长长的钢绳开走了。

杆子朝闷尿喊道，我们快走！面包车急打方向掉头，朝北京吉普车开走的方向追去。刚开不远，杆子回头看见一辆警车飞快驶来，停在了快捷酒店的门口，从车上跳下来几个警察。杆子脸上冒出一层冷汗，妈的，幸亏跑得快，不然就套住了。

杆子气得对闷尿大声吼道，狗日的开快点！

破旧的白色面包车在小县城的街道上像老鼠一样疯狂地乱窜……

一大早，刘剑锋三人吃过饭就离开了县政府招待所，在当地公安同行的陪同下前往坝子镇，去李小叶的家中。为了不惊动她的父母和周边群众，当地公安同行也换上了便装。

出了县城，当地公安同行一路上向三人介绍县里的经济情况和社会治安情况，说阳南县是一个国家级的贫困县，交通不便，经济落后。在社会治安方面形势非常严峻，赌博吸毒诈骗等案子比较普遍，甚至周边邻省发生了重大抢劫杀人的案子，犯罪分子往往也选择逃匿到康城山区里来，给当地公安部门带来了巨大的压力。

刘剑锋想起过去郭山子的案子，不由得摇头叹息。

车后座上的叶梅和马红艳一直在说话，不时发出笑声。昨天晚上她俩住在一起，不知聊了多久才睡觉，看来还没有聊够。短短的一天时间，两个人竟像姐妹一般了。

当地公安同行指着路边的大山和山下流淌的清江水说，我们这里虽然贫穷落后，但我们这里有山有水，风景优美，空气新鲜，这一点比你们大城市好。

刘剑锋说，好多了，我喜欢你们这里，以后退休了就来这里养老。

当地公安同行笑了，那欢迎你啊。

叶梅和马红艳说，我们也来。

当地公安同行笑着说，你们俩还早着呢。

说着话，车很快就到了坝子镇，直接上了山上的茶园。下车后，他们在镇上派出所的一个同志带领下，来到了山腰处李小叶父母的家。当一间破旧的瓦房出现在眼里时，刘剑锋不由得加快了脚步，叶梅和马红艳紧跟在后面。马上就要见到李小叶了，大家的神经都绷紧起来。

一行人来到瓦房前，看见一个老人背着背篓正要出门，镇上派出所的同志上前告诉老人，省上有人来看望他们了。老人就是李小叶的父亲。他看看来的一行人，忙把背篓放下，找凳子叫大家在院坝里坐，说屋里太小坐不下。马红艳对李小叶父亲说，我们是省城保险公司的，得知李小叶的母亲病了，特地来看望一下，表示慰问。说着，把一袋水果和营养品送到老人的手里。

出来前，刘剑锋跟大家商量好了，以保险公司慰问的名义去李小叶父母的家，这样可以不惊动两位老人，顺利把李小叶带走。上车时，马红艳在县政府招待所旁边给李小叶的父母买了点东西。

李小叶父亲接过东西，激动得不知该说啥是好。他没有想到女儿公司的领导会从省城那么远的地方专门来看望他们。他的嘴嚅动着，不停地说谢谢、谢谢……

这时候，叶梅已经快步进了屋里，但很快就出来了，向刘剑锋摇摇头，表示李小叶不在屋里。

刘剑锋见情况不好，直接问李小叶父亲，老哥，李小叶呢，她在家吗？

李小叶父亲说，真不凑巧，她昨天上午回来，下午就走了，说工作忙，保险公司事情多，我们几年了才好不容易见一回她的面啊。

刘剑锋问，她有没有放什么东西在家里？

李小叶父亲愣了一下，说，没留啥东西啊。哦，对了，她给我们买了一些吃的穿的和用的。

刘剑锋说，我们看看好吗？

李小叶父亲犹豫一下说，好吧，我带你们进屋看看。

一行人走进狭窄昏暗的屋里，里面只有几件简陋的家具，还有一些堆放的粮食和茶叶，李小叶的母亲躺在床上，空气里弥漫着一股刺鼻的中药味。听说是省城保险公司的领导来看望，李小叶的母亲要从床上下来，大家赶紧叫她躺好。简单说了几句慰问的话，刘剑锋和叶梅的眼睛就在屋里搜寻起来。李小叶的父亲指着一个旧木柜上说，李小叶带回来的东西都在那里。叶梅走过去，对上面的一堆东西一一进行检查。

李小叶的父亲和母亲露出一种疑惑的眼光。

马红艳看着这种场景，心里突然有种说不出的滋味。

检查完旧木柜上的东西，刘剑锋和叶梅又在屋里四处看了看。结果，什么也没有发现。

正在这时，当地公安同行的手机响了，他出去接听之后，立刻把刘剑锋叫出屋外，说刚得到消息，李小叶现在在县城里。电话是城区派出所打来的，他们接到一家快捷酒店举报，说酒店里来了几个外地人，要找一个叫李小叶的女子，并在门口与人发生了打架斗殴。他们赶到现场时，果然有个以李小叶名字登记的。

刘剑锋把叶梅和马红艳也从屋里叫了出来，并向李小叶的父母辞别。当得知李小叶在县城里，叶梅和马红艳都感到十分突然和惊讶。

在下山的路上，他们回头看着山腰处那间破旧的瓦房，回想着两个老人脸上激动又疑惑的表情，都沉默不语，心情复杂……

刘剑锋一行开车赶到县城快捷酒店时，门前打架斗殴的场面已经谢幕，围观的人群也散去。一辆当地的警车停在酒店的门口等着他们的到来。他们刚下车，派出所的同志就简要告诉了在酒店内外发生的事情。

他们进入酒店，在大厅里见到了值班经理和前台女服务员。刘剑锋叫女服务员打开酒店的监控录像，他们很快看到三个陌生男子鬼鬼祟祟在李小叶住的房间敲门的画面。后来，女服务员带着保安上楼赶走了三个陌生男子。不一会儿，一男一女从房间里拖着行李箱快速跑出来，然后进了电梯，然后跑出一楼大厅……

马红艳指着监控视频大声喊道，是李小叶！

情况已经证明李小叶就在快捷酒店里住过，而且是跟一个男人住在一起。

这个男人是谁，跟她是什么关系？来追踪她的那三个家伙又是谁？为什么要找她？刘剑锋的脑袋里出现了一串串问号。

城区派出所的同志说，现在李小叶和那个男的开着一辆北京吉普车已经离开了，三个跟踪她的人开着一辆白色面包车也跑了。那几个打架的青年不知去向。

刘剑锋要当地公安同行帮忙，马上在县里的交通监控上查看北京吉普车和面包车去了什么地方。接着，他带着叶梅和马红艳来到楼上李小叶住过的房间。酒店女服务员打开房门，里面凌乱不堪，床上的被子没有整理，房间钥匙扔在桌子上，一片匆忙出走的场景。刘剑锋仔细检查房间里的每一个地方，叶梅拿出相机拍照。

这时，当地公安同行跑上楼来说，经查县里的交通监控录像，发现北京吉普车和那三个家伙开的白色面包车已经先后出了县城，朝康城和省城的方向去了。

刘剑锋感到事情有些复杂了。他决定去追赶北京吉普车和白色面包车，以防止出现什么意外。

马红艳着急地问，刘警官，李小叶有没有危险啊？

刘剑锋说，现在别问这么多，我们还是抓紧时间走吧。

三人快步走出李小叶住过的房间。

在酒店门口，刘剑锋三人与陪同的当地公安同行和城区派出所的警察握手告别，感谢他们提供的帮助，希望有了李小叶新的消息尽快告诉他们。

之后，一行人上了车。刘剑锋加大油门，离开阳南县城，朝康城和省城的方向快速追去。

# 十一

世界上的事情往往是不以人的意志为转移的，不论你怎样地精心安排、周密设计，最后出现的情况总是出人意料，让人防不胜防。

李小叶坐在方明亮的北京吉普车上，心里感到惶恐不安。

离开省城回到家乡，原本是想暂时躲避一下公司出现的客户闹事风波，观看事态的发展，争取尽快找来资金弥补出现的“窟窿”，以化解风险，渡过眼前的难关。可是没想到钱还没有着落，竟然有人像狗一样闻到气味，从省城追赶到康城山区的小县城来了。

如果是她的保险客户，当然是为了钱，为了“财富年年红”保险理财的高额回报。比如东郊白河村的村主任贾兴旺就是个很狡猾的人，拿着村里的大笔拆迁留存款买了她的“财富年年红”保险理财，去年赚了钱高兴得叫她美女财神，可眼下出了事他就翻脸不认人，居然带着村民到公司闹事。

还有那个长安文化传媒公司的老板谢长安，这次客户闹事的风波很可能他就是主要推手。这人以前是一个中学的老师，不知犯了啥错误，就下海做了生意，到广东搞过服装批发，也倒卖过钢材什么的，再后来开了一家广告公司，摇身一变就成了文化传媒公司的老板。

谢老板认识李小叶的时候，说他很有钱，关系很广。对她一见钟情，想着方法要跟她好，不时地掏钱买保险，以讨她欢心。李小叶感到这人虽然有钱，但年龄比她要大十几岁，看上去戴副眼镜文质彬彬的，可心里城府很深摸不透，就婉言拒绝了。谢老板心里一直不甘，现在居然反目成仇。

还有那些办公写字楼的工薪阶层和小区里退休的大爷大妈，这些普通客户虽然投资不多，但听说“财富年年红”保险理财分红比银行利息还高，当然高兴，当时都趋之若鹜。可是现在听到点风声，他们的神经就脆弱得像路边的草一样，马上倒向一边，站在了她的对立面。这些人也巴望着能够尽快找到她，要回他们的辛苦钱和养老钱。

李小叶感到一阵阵心寒。

当然，还有另外的一些人想找到她，这些人就是她的“大客户”。他们都是省城的社会精英和成功人士，还有一些是在政府部门工作的官员，手里掌握着重要权力。他们大都是通过黄副市长夫人徐大姐而认识李小叶的，并以投资的方式买了保险。其中一些资金来源十分隐秘，不可示人，一旦出了问题，不仅要受到经济损失，而且害怕在政治上会受到影响。

这些人在把钱交给李小叶时，一再强调“安全”二字，李小叶也保证绝对万无一失，买保险当然最保险。现在出了客户闹事风波，这些人出于对自身安全的考虑，也会专门派人来找她，拿走与他们相关的东西，这也是极有可能的事情。但是，面包车上的那几个家伙，相貌丑陋，行为猥琐，而且一脸杀气，不像是“大客户”的风格。

真正值得怀疑的人，应该是宏达投资公司的总经理钱彪。这个人本来就是一个在社会上混的人，后来跟着林亚雄做生意才走了正路。李小叶从保险客户那里募集来的钱，几乎全进了他的手里。他们之间签有协议合同，一旦她出了事情，他也脱不了干系。这几个陌生男子很有可能就是他派来的，想拿走她手里的协议合同，断绝与她的关系。

李小叶昨天还打电话给钱彪，希望他在这个关键时候同舟共济，拿出钱来平息事态。他却不但不伸手相助，反而落井下石。这个家伙真是太无情无义、太阴险狠毒了，当初真是瞎了眼，跟这种人合作打交道。

她吐了一口心中的抑郁之气。

不管怎么说，现在能够从小县城里逃离出来，她已经感到很幸运了，如果没有方明亮的到来，她简直不敢想象自己该怎样应对这样危险的状况。也多亏了县城里修车店的狗子帮忙，他们才能逃离酒店，摆脱了那伙人的纠缠。

方明亮驾驶着车，离开了小县城，在绵延起伏的山区道路上奔跑。眼前都是山，一座连着一座，山下有一条河，蜿蜒地向前流去。方明亮决定带着李小叶回到省城去，只要到了康城的高速公路上，就可以摆脱面包车上那几个家伙的追踪，安全地回到省城了。

可是，就在车要路过康城的时候，方明亮忽然从后视镜上发现，那辆白色的破旧面包车不知啥时候又出现了，像狗一样气喘吁吁地跟在后面。李小叶回头一看，心里也不由得一惊。方明亮赶紧加大油门，很快又甩掉了面包车。

拐过一个弯，前面出现了去省城和康城方向分道的路标。

李小叶突然改变主意，不回省城，要去康城。方明亮感到意外，不解地问，怎么啦，是担心那伙人追上来吗？李小叶摇摇头。方明亮说，放心，只要你回到省城就安全了。可是，李小叶还是坚持要去康城，说，要不你回省城，我去康城，我们分开。方明亮说，这咋可能？现在那几个家伙还在后面穷追不舍，怎能让你一人留在康城呢？这时候，他无论如何也不能离开她。

方明亮只好听李小叶的，把方向盘往右一打，车立刻进入到去康城的辅道上。方明亮问李小叶，一会儿进了城去哪儿？这里他可不熟悉。李小叶笑笑说，不用担心，我在这里读过书，城里的每个旮旯角落都跑遍了。于是，方明亮就把车开进了这个陌生的南部山区的中心边城。

两个人朝车后一看，跟在后面的破旧面包车没有了影子。

李小叶开心地笑了。

康城是李小叶当年高中毕业后读职业茶艺技术学校的地方，她三年的青春时期就是在这里度过的，这里的一切她都非常熟悉，城市里到处都留下了她的足迹。当时，在她的眼里，康城就是心目中最大的城市。她曾经幻想过自己的一生应该是在这里度过，从学校一毕业，就能够在康城留下来，到一家茶叶公司或者城里的一个茶楼里工作，当一个茶艺师；然后再找一个自己喜欢的男朋友，轰轰烈烈谈一场恋爱，然后结婚生子；然后安安稳稳甜甜美美地过日子，一直到老。

想起当时单纯幼稚的想法，李小叶不由得淡然一笑。

康城十分像是一座南方城市，一条江水绕城而过，把城市分为南北两地。主城区在北，地势平缓，有现代的高楼林立，也有古老的街巷纵横，新老建筑在这里共存和交替，虽不如省城那样的繁华，但也是一方政治经济文化的中心，充满了当代生活的气息。而南岸是山，是城市的郊区，山上有寺庙和古塔，远远就能看见。沿江岸的边上，修建了一条长几公里的人行长廊，树木掩映之间，成为人们休闲观景的好去处。

李小叶高兴地说，我先带你去南岸山上的公园吧，那里是康城最高的地方，从上面可以看到整个城区。

方明亮也很感兴趣地说，好吧，去看看。

李小叶带着方明亮来到了南岸的山上，看见一座高大的门楼，门楼的中央是一条长长的向上的阶梯，一直通往山上的寺庙和古塔。方明亮把车在门楼旁边的停车场停下来。

山上是一座绿化公园，进入需要买门票。

方明亮去买门票的时候，李小叶拿出手机给宏达投资公司的总经理钱彪打了一个电话，问他钱准备得怎么样了。钱彪说，正在准备。李小叶问他，是不是派人来跟踪她了，还进入她酒店的房间，翻她的行李，甚至还想绑架她。钱彪装着吃惊地说，有这样的事情？一口否定不是他干的。李小叶说，你不承认也行，但你得抓紧时间准备钱，不然客户们再闹起来就不好收场了，我只好叫他们去找你。钱彪急着说，别别别，我不是在尽力想办法吗，你现在在啥地方？李小叶说，我在康城，钱准备好了，马上通知我，我立刻就回省城。钱彪说，好的好的。李小叶说，钱总，你可要说话算数啊。钱彪说，一定一定。

李小叶关了手机。她不能完全相信钱彪的话，她只有把他逼到火坑里来，让他感到无路可走，日子难过，他才会拿出钱来解决问题。这种人就得好好地收拾。李小叶冷冷地一笑。她之所以突然改变主意来到康城，就是担心钱彪说话不能兑现，回到省城，客户、公司和公安的人马上就会来找她，她就再也难以脱身了。

方明亮拿着门票回来，他们一起进了公园的门楼。

两个人沿着石阶而上，来到山上的寺庙，里面有不少的游人。李小叶买了香，拉着方明亮进到寺庙的大殿前。来烧香拜佛的人还不少，一直排到了大殿的门口。大殿旦香烟袅袅，人头攒动，隐约可见一尊巨大的金身佛像坐立在里面。

李小叶说，这座寺庙是明代建的，有几百年的历史了，里面的金身大佛很灵的，你也拜拜吧。

方明亮笑笑说，好吧，反正见了菩萨就磕头，终有善报。

方明亮看着李小叶一副虔诚的样子，也只好跟随着她来到大殿里烧香。其实，他内心里的紧张和不安并没有平静下来。尽管摆脱了那伙人的追踪，但危险的阴影仍然笼罩在他的心里，他不得不提高警惕，四处张望，看看有没有可疑的人出现在周围。

李小叶见他有些心神不定，就拉了一下他的手，提醒他进入寺庙的大殿里要内心平静、注意力集中。方明亮回过神来，不好意思地朝她笑了笑。

在短暂的一夜之间，他们的关系就发生了实质性的变化。过去是窗户上蒙着一层纸，是相互平行保持着一定距离，没有突破也没有一个交会点。然而，在李小叶面临着危险的紧要关头，他们在异地相逢，一下就打破了原来发展缓慢的局面。这种关系的突变，使得方明亮感到既意外又欣喜若狂。

两个人终于随着人群走进了大殿里。

李小叶点燃香在香案上插好，然后跪拜在巨大的金身佛像前，抬头仰望，脸上浮现出一种虔诚又充满了幸福的神色。她弯腰向佛像拜了三拜，不知此刻她的内心在想些什么，也许是在许愿，也许是在祈祷。

李小叶双手合十，眼里闪动着泪光。

方明亮插好香，跟在李小叶旁边跪下来，心里充满了神圣。高大金身的佛像，仿佛有一种巨大无形的力量，如温暖的阳光穿透全身。他是一个搞城市园林规划和设计的人，也懂得一些宗教文化和建筑艺术，但并没有对佛教产生信仰。可是看见他心爱的女人满眼泪光拜在佛前祈祷，他的内心也被深深地感动。他跪在佛的面前，不知该说些什么，只是希望它能够保佑李小叶平安无事，保佑她幸福快乐，保佑他们的相爱有一个美好的未来。

方明亮对着金身佛像拜了三拜。

佛像高大庄严，目光慈悲。袅袅烟火之中，大殿里响起清脆的金属声，仿佛是对祈祷者的回应。

两个人在大殿里烧香拜佛后，走出寺庙，在门口的一棵树上见到两只喜鹊喳喳地叫着。李小叶兴奋地说，看见没有，喜鹊啊，见到喜鹊叫，有好事呢。方明亮笑着说，是啊，能够跟你在一起，对我来说就是最大的好事。李小叶说，那好，以后你就天天跟我在一起，不许离开我。方明亮高兴地说，我求之不得呢。

两个人说着来到山顶的古塔前，从这里放眼俯瞰整个康城市区的全貌。高耸的古塔，是石头砌的，一共七层，已经斑斑驳驳，跟寺庙一样也是明代的建筑，虽然历经岁月风雨沧桑，仍然耸立在江边的山上，目睹着这座南部山区城市的更替和变迁，镇守着这一方的平安。

李小叶指着山腰处一些被树木掩映的房舍说，看，那就是我过去读书的地方，我在那里学到了中国的茶文化和茶艺技术，那时候我的理想就是当一个茶艺师。方明亮说，其实，当一个茶艺师也是很好的，你要是当茶艺师也一定是一个优秀的茶艺师。李小叶笑笑说，也许吧，如果有一天我不做保险了，就当一个茶艺师怎么样？方明亮说，好啊，那我就每天陪着你，一边品茶一边品你。李小叶脸一红，笑道，你说得太富有诗意了。

两个人都笑了起来。

他们站在古塔下，拉着手，依偎着，耳畔响着古塔上风铃的声音，微风掀动他们的头发和衣角，眼前是古老而又崭新的城市，天地苍茫，逶迤的江水无声地流淌，奔向远方。

两个人默默无语，而内心翻滚涌起无比的感慨。对人生和爱情，对理想和奋斗，对希望和挫折，对欲望和迷茫……

杆子三人像狗撵兔子似的追出小县城，企图赶上前面的北京吉普车，一路上见车就超，把车开得飞快，前后颠簸，恨不能马上就抓到李小叶。三个人脸上都充满了恼怒和气急败坏。

傻傻地在宾馆外守了一个半天和一个夜晚，吃盒饭，喝矿泉水，夜里还轮着值班盯着不能睡觉，居然连李小叶一根头发都没有抓到，反而莫名其妙地冒出一伙土鳖青年要拖走他们的车，结果还打了一架。杆子的衣服裤子被扯破了，土锤和闷屃的鼻子和嘴角也出了血，而那女子居然跟着一个男人趁乱从他们眼皮底下溜跑了。当看到那辆北京吉普车时，他们才恍然大悟，那个男人就是他们跟踪过的李小叶的男朋友。鬼知道他啥时候跑来的，把他们玩得跟猴似的。

杆子心里很是恼火。

土锤和闷屃开始埋怨，说跑到这荒远的穷山区来不值当，苦累不说，关键人生地不熟的摸不清方向，现在那女子身边又多了一个男人，更不好下手了。最倒霉的是差点碰上赶来的公安，幸亏跑得快，要不万一被逮住弄到局子里去，那就亏大了，我们绝不能做亏本的买卖。

杆子心烦地发火道，嚷嚷个屌，都给我闭嘴！

车很快到了去省城和康城的岔路口。闷屃问，去哪？没见到那辆北京吉普车。杆子犹豫起来，抓挠着小胡子，不知李小叶和那男的去了省城还是康城。土锤也拿不准，说，也许是省城，也许是康城。杆子说，妈的，你说的等于放屁。闷屃催道，你们两个快点决定，马上就到路口了。杆子想了想说，那个男的也许就是来接女子回省城的，咱们也回省城，追！

闷屃把方向盘往省城方向一打，上了高速公路，一路继续狂飙。

跑了一会儿，杆子掏出手机给雇主钱老板打电话，向他汇报来到康城山区找李小叶的经过和事情发生变化的情况。话还没有说完，电话里立刻传来了钱彪气恼的声音，骂他们都是蠢猪、白痴！

杆子说，钱老板，你听我解释。

钱彪在电话里说，我不听，我要结果，他妈的结果。

杆子说，现在还没有结果，李小叶跑了，她身边还有一个男人。

钱彪说，我不管那么多，一个小女子都追不到，你们几个是干啥吃的？一个男人怕啥，你们三个男人还对付不了？

杆子说，可是钱老板，我们担心惊动警察嘛。

钱彪更生气了，警察你们没见过吗？该怎么对付，还要我教你们吗？我要的是找到李小叶，要的是她手里的东西，懂不懂？

杆子说，懂懂懂，钱老板，你听我说，我的弟兄们——

钱彪打断说，不用说了，赶紧把事情办好，办好了我绝不会亏待你们，不就是多加点钱嘛。

杆子高兴地说，只要有钱老板这句话，弟兄们吃点苦受点罪不算啥。

钱彪喊道，赶紧去找人吧，找不到人拿不到东西，一毛钱都没有。

杆子说，是是是。

听说钱老板要加钱，三人像打了鸡血，浑身又兴奋起来。只要有钱，这个世界上的事情啥都好办。

破旧面包车加快速度狂奔，想要追到前面的北京吉普车。刚跑一会儿，杆子的手机忽然响了，是钱老板打来的。杆子问，钱老板还有啥吩咐？钱老板说，吩咐个屁，你们现在到哪里了？杆子回答，过了康城，在回省城的路上追那女子呢。钱老板气得吼道，蠢猪，你们把人都跟丢了，李小叶现在在康城，不在回省城的路上，你们赶紧掉头回去，一定要把她找到。

杆子一听有些蒙了，就叫闷屃掉头去康城。

土锤说，哥，真的假的？

杆子气呼呼地说，妈的，谁屌知道，钱老板说女子在康城，我们就去康城。

土锤嘟囔道，这可咋找，大海捞针啊。

闷屃说，就是。

杆子抓挠着小胡子说，妈的，这女子咋会去了康城呢，会不会是在玩我们啊？

土锤和闷屃都不吭声。

车终于到了康城前面的一个出口，出了收费站，然后闷尿又掉头回到高速路上，忙不迭地朝康城方向开去……

就如同是在上演一部电影里的警匪片，杆子一伙人刚开着车去了省城的方向不久，刘剑锋驾驶的警车也风驰电掣般地追了上来。

刘剑锋把车停在了岔路口标牌的下面。

叶梅问，大叔，怎么不走了？

刘剑锋问，你说怎么走，回省城还是去康城？

叶梅不假思索地说，当然回省城啊，李小叶跟着那个男的肯定是回省城去了。

刘剑锋问马红艳，你认为呢，马经理？

马红艳摆着手说，我说不好。

刘剑锋说，我的直觉是他们去了康城。

叶梅问，为啥？

刘剑锋说，李小叶刚回到家乡一两天，不可能马上就回省城去，因为省城的客户闹事还没有完呢，那些客户还在到处找她。她总要在外面躲几天吧。再加上那几个家伙还在追踪她，她一定会去熟悉的康城，把那伙人甩掉。

叶梅敬佩地看着刘剑锋说，大叔，你不愧是搞刑侦的，判断得有道理。

刘剑锋笑笑说，谢谢你表扬，搞刑侦的没啥本事，就是下里巴人，不像你们搞经侦的阳春白雪。

马红艳在一边听了，笑着说，你们俩一老一小，就像父女一样，挺有意思。

刘剑锋说，我要有这样的女儿，得天天哄着。

叶梅说，我才不给你当女儿呢。

刘剑锋问，为啥？

叶梅说，那得天天挨训啊。

马红艳忍不住笑了起来。

警车很快就进入了市区，直奔当地的公安局。刘剑锋不想在大街小巷里漫无目标地到处寻找李小叶，他要借助当地公安机关的力量，发现线索，锁定目标，然后再找到她。

刘剑锋对康城也非常熟悉，一年总要来几次这个城市。有时候为了破一个案子，一待就是两三个月，这里的街道和巷子，他几乎都跑遍了。那次追捕银行抢劫案的逃犯，他也来过康城。他最喜欢去的有两个地方，一是城北的老巷，在那里早晨吃豆花饭，晚了还要排长队。二是南岸的江边，有一家小店做的江水鱼，他最爱吃，晚上没事了，他和同事们常去那里喝酒。

到了康城公安局门口，刘剑锋下车去找局里的同行朋友帮忙，查找李小叶坐的那辆北京吉普车是否进了康城。他还要给王局打电话，汇报一下目前的情况。原以为在阳南县就可以找到李小叶，可没想到事情并不顺利，她跟着一个男的又跑到康城来了。这个男的是谁，干什么的？不得而知。而那伙追踪她的人也不知道是什么人。事情变得有些复杂而诡秘。

叶梅坐在车里，拿出了笔记本电脑。昨天晚上，她通过局里的网络系统，开始查找李小叶的相关信息。她还找到省厅的同学，希望通过一些技术手段，了解到李小叶更多的个人情况，包括她的资产情况。

叶梅记得从省城出来时，刘剑锋对她说，如果掌握了李小叶的资产情况，对案件的侦破也是一个突破口。不过这不太容易。叶梅自信地说，这有啥难的？现代侦查不能光停留在老传统、老方法上，还要充分运用科学技术。现在国外同行除了使用计算机技术，还兴起了声纹技术、测谎技术和激光技术等侦查技术，大大提高了侦破案件的准确性和工作效率。刘剑锋说，那你就好好发挥你的特长吧。

现在，打开的电脑终于有了消息，省厅的同学给她回话了，屏幕上出现了一行行文字和数据。叶梅脸上露出了欣喜的笑容。

这时候，刘剑锋回到车上，说有好消息，他在康城公安的朋友那里，从城市监控查到，李小叶坐的那辆北京吉普车，已经进入康城，向南岸的方向开去了。另外，那辆白色面包车不久也进了康城，看来对李小叶是紧追不舍。他给王局打电话，王局指示他们要在当地公安的配合下，尽快找到李小叶，还要搞清楚那伙追踪她的是什么人，绝不能出现任何问题。

叶梅也高兴地向刘剑锋报告了一个好消息，说通过局里网络系统和省厅同学的帮忙，她查到了有关李小叶的一些重要信息。据初步了解，她的银行卡里有存款五十余万，在省城南湖边开有一座小茶楼，前不久在城里的一家汽车 4S 店买了一辆价值三十多万的小车。至于在股市和别的地方还有什么投资，目前正在了解之中。

叶梅说，一个保险公司的营销员，在省城开有茶楼，还买了高档小车，没想到吧？

马红艳吃惊地瞪大了眼睛。她只知道李小叶一直住在城南的出租屋里，上下班坐公交车，偶然打出租车，穿着也简单普通，平时穿工服，有重大活动才穿一件像样的衣服，怎么还有茶楼和豪华汽车？简直不可想象！

刘剑锋说，你们真是小看这个打工妹了。不过，真正水下的东西还没有显露出来。比如她在省城有没有购买房产？从保险客户那里募集而来的大量资金去了哪里？现在没有一点踪迹，说明隐藏得很深。与她的个人资产相比，那些钱才是一座巨大的金山。

叶梅点点头。

刘剑锋说，你这些信息对案情的侦破有好处，但还需要做进一步的查证，暂时不要向外透露。我们的重点是要找到李小叶，眼睛盯住她从出租屋带走的东西，以及她手里大量所谓“保费”资金的去向。

叶梅问，要不要冻结她的个人资产？

刘剑锋说，暂时不需要，只要找到李小叶就能证实那些资产的来源。现在我们去李小叶读书的学校看看。

马红艳问，她会去那里吗？

刘剑锋说，有可能，那里就是南岸。

三人上了车，离开公安局向城南方向驶去。他们很快来到地处南岸半山腰的康城茶艺技术学校，在门口停下车来。三个人下车后看看周围，没有发现那辆北京吉普车，只有些学生从学校门口进进出出。

学校依山傍水，树木茂盛，是一个幽静雅致的地方。校门口挂着茶艺技术学校的牌子，两边的墙上绘着古代茶文化的壁画，还有介绍茶知识的文字。里面的教室里不时传来老师的讲课声和学生的笑声，空中飘逸着古琴的声音，从音乐里似乎还可以闻到一缕缕茶叶的清香，四处都散发出中国传统文化独特的氛围。康城山区盛产茶叶，茶对人们生活的影响，以及茶文化的传承和教育，在这里可见一斑。

刘剑锋感慨地说，的确是人杰地灵，一方水土养一方人，只可惜一个女子走错了路。

叶梅说，你是说李小叶？

刘剑锋说，是啊，她本应该做一个很好的茶艺师啊。

马红艳说，她做保险也不错，是我们公司最优秀的营销员和销售经理。

刘剑锋沉默了。他在这里好像看到了读书时的李小叶，清纯阳光，充满幻想。她应该属于这里，属于茶，属于简单古朴和优雅。可是她到了省城，被都市生活的迷雾遮挡了眼睛，被金钱物质诱惑了心灵，一步步走向犯罪的深渊。

叶梅问，大叔，你在想什么呢？

刘剑锋苦笑一下，说，我在想，学校是人生的第一课堂，它不仅教给我们知识，更教我们做人的道理。可是为什么一进入社会，人就开始变化了呢？再没有学校里那样的单纯，那样的充满理想，那样的阳光灿烂。变得复杂、自私、贪婪、尔虞我诈、钩心斗角、坑蒙拐骗，扭曲得不再像人了。

叶梅也感叹地说，因为社会是个大染缸啊，再单纯有理想的人进入社会，都会被染上各种颜色，这就是现实。

刘剑锋问，你也会吗？

叶梅看看马红艳，迟疑地回答，也许会，也许不会。

刘剑锋说，看来我们每个人身上都有各种各样的颜色，有鲜亮灿烂的，也有阴暗晦涩的，只是在不同的条件下会发生不同的变化而已。但最重要的是，我们不要忘了自己的本色。

马红艳说，刘警官，你说得真好。

叶梅说，大叔，怎么今天发起人生感慨来了？

刘剑锋不好意思地笑笑说，我是胡说的哩。走，我们进学校里去看看。

三个人朝学校里走去。

……

就在刘剑锋三人在康城茶艺学校观看的时候，方明亮和李小叶也从山上下来了。李小叶是想让方明亮看看自己读书的地方，让他对自己的过去有一些了解。她说，如果你愿意还可以带你到家乡的坝子镇去看看，到山上茶园的家里去看看。方明亮说，当然愿意，以后一定会去的。

他们顺着山顶古塔前的一条小路来到半山腰的茶艺学校。两个人一边说着，一边顺着围墙向学校门口走来。当快要走到门口的时候，李小叶突然看见前面停了一辆公安越野车，有三个人站在学校门口说着什么，其中一个是公司副经理马红艳，还有一男一女可能是穿着便衣的公安人员。她脑子里轰的一声就像汽油着了火，立刻转过身，拉着方明亮就飞快地往回跑，很快钻入刚才来的那条树木茂密的山路里。

方明亮不知发生了什么事情，见李小叶突然神情慌张，就问，你怎么啦？

李小叶喘着气说，我们赶快离开这里。

方明亮不解地问，到底出什么事了？

李小叶脸色发白，着急地说，别问了，快走吧！

两个人飞快地离开半山腰的茶艺学校一路跑回山上。李小叶大口喘着气，不时回头看有没有人跟上来。一直到了门楼处的停车场，上了车她的心里还在怦怦怦地猛跳，就像有一千面鼓被人敲响似的。她万万没想到在这里会碰到公司副经理马红艳，而且她身边还有两个穿便衣的公安人员。他们到康城来干什么？到茶艺学校来干什么？对了，他们一定是来寻找她的，说不定已经去过阳南县了，去过坝子镇了，去过她的家了，现在又追到康城来了。

李小叶如惊弓之鸟慌了手脚。

方明亮发动车要走。李小叶突然说，不行，你下车去把车牌取了。方明亮问，为什么？李小叶发脾气地喊道，别问为什么，快去取了。方明亮只好下车，拿着一把起子把车牌卸了下来，扔在车的后面。方明亮上车后问，我们现在去哪？

李小叶说，先开下山再说。

方明亮说，我们还是回省城吧？

李小叶说，不！

她想，这时候绝不能回省城，因为马红艳正带着公安上的人在寻找她，说不定这辆北京吉普车已经被锁定，只要他们一出现在交通要道上，就会被人拦下。先是一伙不明身份的人追踪她，现在又出现了马红艳带着省城的公安人员接踵而来。李小叶意识到自己面临着双重的危险。她决定先找一个安全的地方藏起来，然后再做打算。她忽然想起了城北的老街区，那里的房屋密集，小市场繁闹，人多嘈杂，藏身于那里便无人知晓。

车下山后，李小叶带着方明亮沿着江边，走一条过去运输车辆多的老路，绕了小半圈，然后过了一座水泥桥，就到了康城的城北。

车进入老街，李小叶叫方明亮把车开进一个临街的巷子里。进去后一看，小巷里有一家私人小旅馆，旁边就是一个蔬菜水果批发市场，人群熙熙攘攘，还有装运货物的各种车辆进进出出。这里既可以观察到街上的情况，也可以跑进批发市场瞬间消失。只是这里比较吵闹，气味难闻，小旅馆的条件也比较差。但这里是理想的隐身之地。

李小叶说，就住这里吧。她愧疚地看了方明亮一眼，感到对不起他，让他跟着一起担惊受怕，而且还住在这样简陋破旧的地方。

方明亮不说话，依着李小叶把车停了下来。小巷里乱七八糟地停着车，还有自行车和三轮车混杂在一起。两个人拿着行李来到小旅馆，给老板交了钱就住了下来。李小叶选择住在楼上，房间虽然小，而且简陋，但从窗里可以看到外面的情形。她的目光很快把房间扫了一遍，从细节上首先考虑了安全问题。

李小叶看看方明亮，说，凑合住吧？

方明亮说，好的。

两个人关上门，把行李放了下来。

李小叶的心里现在稍微平静下来，她鞋子也不脱就一头倒在了房间里的床上，闭上眼睛，长长地吁了一口气。方明亮则坐到窗前的椅子里，看着躺在床上的李小叶，脑子里一团乱麻。狭小的屋子里拉着窗帘，光线灰暗，看不清她脸上的表情，也不知道她心里在想什么。窗外的嘈杂声不绝于耳。方明亮想去开灯，被李小叶制止了。

两个人就这样默默无声地待在房间里，虽然都不说话，但心里却波澜起伏。李小叶眼前一会儿出现警车的画面，一会儿出现马红艳和那一男一女两个便衣警察的画面，一会儿又出现面包车上那伙人追赶她的画面……

方明亮心里也在翻江倒海。他知道，那几个面包车上的家伙无疑对李小叶是一种威胁。但是，刚才在茶艺学校门口见到的警车和公安人员，李小叶脸上露出的恐惧，才是她真正感到害怕的东西。可是，她为什么不愿意把实情告诉自己呢？方明亮感到迷惑不解又十分不安。

时间一分一秒地在灰暗房间的窗帘上移动着。

这一个白天，两个人几乎都没有离开过小旅馆，中午吃的饭是方明亮从外面买回来的盒饭。到了晚上，方明亮说到街上去吃，李小叶还是不出去，依然躺在床上不说话。方明亮就到外面买回来一大堆卤菜和熟食，还有一瓶白酒。两个人就在小旅馆的房间里一边喝一边吃一边聊了起来。

李小叶从自己小时候说起，家庭的贫困，母亲的病重，父亲种茶的艰辛，一直到她在茶艺学校发奋地读书。后来是不幸的婚姻，以及离开家乡到省城找工作，然后进入保险公司开始卖保险。生活的沉重和苦难不堪回首。

这些往事，方明亮过去有些听过，有些还不知道，此刻听来感受格外不同。

李小叶感叹地说，你要是在我从茶艺学校毕业时就出现该多好，也许后面的事情就不会发生了。

方明亮说，经历是一种财富，姻缘是命中注定。

李小叶说，可是付出的代价太大了。

方明亮也讲述了自己的过去，他从小在一个知识分子的家庭里长大，日子平静简单而又幸福，后来父亲遭政治陷害进了监狱，生活一落千丈，他陪伴着母亲感受了世态炎凉。后来他考上大学，毕业后工作结婚生子，一切按部就班。可是，妻子却突然抛弃他跟别的男人走了，把他推入痛苦的深渊……直到遇见李小叶，他才看见了一线阳光。

两个人经历虽然不同，但内心都感受过生活的沉重，以及精神上遭受到的痛苦打击。彼此敞开心扉，相互慰藉伤痛，使他们的心灵达到了进一步的交融，并产生了强烈的共鸣。

李小叶举起酒瓶说，干，让我们告别过去吧！

方明亮接过酒瓶说，干，为了我们今后的生活！

酒喝下去，浑身发热，也增添了勇气。李小叶觉得是该跟方明亮说出自己躲藏的真实原因了。在经过内心的一番犹豫和挣扎之后，她终于对方明亮说，我们分手吧！

方明亮吃惊地睁大眼睛看着李小叶，感到很突然和诧异，问道，为什么，你怎么啦？

李小叶平静地说，我出事情了，真的出事情了。我一直想跟你讲，但我心里又很害怕。我用保险客户的钱做投资出了问题，一时还不了，所以客户就到公司闹事，并且惊动了公安部门。今天在茶艺学校门口碰见的三个人，一个是我们公司的领导，另外两个可能就是公安人员，他们一定是来找我的。我不想让你跟着我受到影响，所以我们俩必须分开。

方明亮一听，感到很是震惊，但心里的疑惑总算被解开了。报纸上说的一切都是真实的，难怪有人来追踪她，公司的领导和公安人员来寻找她。他深深地为李小叶感到担忧，可是他坚决地说，我不会和你分手，你需要多少钱，我就是砸锅卖铁也要帮你。

李小叶摇摇头说，你帮不了，钱太多了，太多了……

方明亮安慰道，相信我，一定会有办法的。不行咱们就主动跟公司和公安部门说清楚，能还的钱就还，还不了的就再想办法，天无绝人之路，总比这样在外面担惊受怕、躲躲藏藏的好啊。

李小叶流着泪说，不行，已经晚了。接着，她又说，但是，我正在想办法，或许还有一线希望。她的眼睛里又露出一种期待的光芒。

方明亮看着她，心如刀绞。

不知不觉天就黑了，小旅馆旁边的蔬菜水果市场喧嚣的声音也已经像潮水一样退去，城市的灯光渐渐亮起，而老街区的巷子里却变得更加神秘幽暗，行人稀少，安静得有些令人恐惧。

李小叶擦去脸上的泪水，拿起酒瓶，对方明亮强装笑容说，我们喝酒，不想那么多了，今朝有酒今朝醉，明日无钱明日求。

方明亮鼓励她说，不要灰心，人生道路坎坷，谁没有个闪失啊，摔倒了爬起来，依然是个英雄。

李小叶说，好，我就要当一个英雄，喝！

方明亮说，喝！

两个人就在房间里继续喝酒，用酒来掩盖内心的矛盾和忐忑不安。谁也想不出办法来，眼前的路该怎么走。在继续前行和退却之间，怎样权衡和选择。李小叶就像是处在人生的十字路口，看不到正确的方向，很难迈出脚步。

一瓶白酒很快见了底，下酒的卤菜也所剩无几，眼前就像一片失败的战场。

房间里的光线越来越暗，但他们没有开灯。窗外探进来的微弱光线，模糊着他们脸上的表情，触动着他们内心的痛楚。在精神高度紧张和酒精的作用下，他们浑身开始兴奋起来，似乎可以听见彼此心脏剧烈的跳动。他们深情地凝视着对方，眼睛里闪动着水一样的光亮。

忽然，他们紧紧地拥抱在一起，热烈地亲吻。然后倒在床上，身体相互紧紧地缠绕。李小叶快乐地呻吟着，在方明亮坚实的怀抱里感到无比的充实，无比的温暖，无比的安全。她让他一次一次地享受她、爱抚她，直到筋疲力尽，直到脑子里一片空白……

# 十二

那一年，刚进入永久保险公司的李小叶开始卖保险了。卖保险是一件十分不易的事情，没有经历过很难体会到是啥滋味儿。

什么是保险？

刚开始许多客户听了，一头雾水。李小叶参加公司的培训时，讲师一般都是按照书本照本宣科：保险是集合具有同类危险的众多单位和个人，以合理计算分担金的形式，实现对少数成员因该危险事故所致经济损失的补偿行为。

没人听得懂，大家都张口打哈欠。

但是，李小叶记住了两个关键词，一个是危险事故，一个是损失补偿。也就是说，没有危险，也就没有保险，保险是对危险事故的一种损失补偿。这样一想，李小叶感到摸到点门儿，但依然觉得枯燥无味，不好理解。

有一天，经理贺大虎给新人讲课，什么是保险？他站在会议室的讲台上，从口袋里摸出一只避孕套，举在头上说，这就是保险。保险套在他的头上晃来晃去。

台下一片哗然。

女人们不好意思地捂着嘴乐，男人们却笑得东倒西歪。

贺大虎说，规避风险就是保险的本质，跟我手里拿的这玩意儿一样，两口子亲热要不用它，就会带来许多的麻烦，成天担惊受怕，算着日子看那个来了没有。如果没有来，说明中彩了，最后还要到医院打胎。

台下一片乱笑。

贺大虎把话锋一转，说，人的一生有可能发生疾病、伤残、死亡、丧失劳动能力，或者发生意外事故，出现这样的情况就会给个人和家庭带来巨大的损失，甚至陷入天塌地陷般的痛苦之中。保险在这个时候就可以发挥作用，给悲伤者以心灵慰藉，给风雨飘摇中的家以支撑。

贺大虎说，过去一提起保险，老百姓要不就是不知道，要不就是不感兴趣，原因是在计划经济的体制下，就业和社会保障都是由国家政府包揽下来，产生了强烈的依赖性，甚至还有老旧思想的人认为参加保险不吉利，是诅咒自己，买了保险就要出事，还不如花钱烧香拜佛呢。封建迷信的那一套也出来了，这真是挺可笑的事情。改革开放之后，国家啥都不管了，政府也依赖不了了，工作得自己找，房子得自己买，生了病得自己花钱，出了意外那就麻烦大了。

美国著名心理学家马斯洛认为，人的需要分为五种：生存的需要、安全的需要、社会交往的需要、尊重的需要和自我实现的需要。今天，在中国飞速发展和变化的社会里，普通老百姓最基本的需要是什么？是生存和安全的需要，这在马斯洛的理论里是最低的层次，而就是这样的需要，他们还在犹豫彷徨和痛苦纠结。

李小叶听着，心里突然感到一阵难过。她想到了康城的山区，想到了山上种茶的父亲，以及身体有病的母亲。一种悲凉从心而升。

贺大虎继续说，当人们生存的需要满足后，就要走向安全保障的需要，所谓“天有不测风云，人有旦夕祸福”。在现代社会，人们生活在众多风险交集的环境中，自然的破坏会造成地震、干旱和洪水暴发，空气的污染带来了雾霾和各种疾病，交通的发达也致使事故频发惨剧环生。各种风险对人的生命和身体形成的不安全性，已经向人们敲响了警钟。生命诚可贵，安全很重要。为了消除风险对生命的威胁，减轻家庭因风险而带来的负担，参加人身保险就是必然和最佳的选择。

贺大虎说，中国进入21世纪以后，将面临人口三大难题，即人口总量膨胀、人口就业压力增大和人口老龄化。科学家们预测，到2030年，中国人口将达到十五亿，这在中国历史上是前所未有的，在世界人口发展史上也是罕见的。

人口数字是与保险紧密相关的，它既是人身保险存在的基础，又是对人身保险提出的一个挑战。从保险可以看到一个国家的国民安全保障程度，甚至生活的质量。与发达国家相比，我们的保险深度和密度远远落后。也就是说，我们是一个泱泱人口大国，可是买保险的人却很少很少，这是一个值得人们深思的问题，这就是中国社会的现实。

贺大虎终于结束了讲课。

台下爆发出热烈的掌声。

李小叶找到了卖保险的理由。然而，保险产品是一种特殊的商品，看不见、摸不着，仅凭一张纸就对未来进行承诺，人们很难对此做出判断和决定。而且保险还有很多种类，什么长险、短险、人身险、意外险、团体险、个人险、养老险、医疗险，等等，五花八门，数也数不清，说也说不清。营销员要想说服客户把口袋里的钱掏出来，有时候比女人生孩子还难。

经理贺大虎为了给大家打气和激励，每天早晨要求新人参加公司举行的晨会，然后再跟师傅一起出去展业。有本事的不跟师傅也行，只要你把保费拿回来。

晨会在公司二楼的大会议室里进行，由副经理马红艳主持。晨会是为了让营销员们燃烧起销售保单的激情，就像短跑运动员比赛前要活动热身一样。晨会开始前，全体人员跳晨操，不论男女都要手脚比画，蹦蹦跳跳，营造出一种热烈的气氛。然后，副经理马红艳出场，宣布晨会开始。

第一项，通报业绩。经理贺大虎精神抖擞地跑上台来，通报市场竞争态势和公司业务发展情况。他以慷慨激昂的声音，宣布公司在市场上继续保持领先地位，业务发展实现了跨越式的突破，然后以一串串可喜的业务数字，说明公司取得的优异成绩。

台下响起一阵热烈的掌声。

第二项，表彰先进。这一项由副经理马红艳通报表扬上一周销售保单前十名的优秀营销员，并亲自给他们戴上“销售明星”的红色绶带。同时，也点名指出还没有出单的新人，希望他们尽快“破零”，真正成为公司的一员。

第三项，经验分享。由明星营销员们一一上台现身说法，介绍自己销售保单的经验体会，有的还讲到自己的曲折经历，以及卖保险的艰辛和成功的喜悦，激动得一会儿高兴，一会儿流泪。

台下的人受到感染，心情跟潮水一样起伏。

李小叶眼里也闪动着亮光。

最后一项，领导激励。经理贺大虎再次跑到台前，神情庄重地大声喊道，全体销售伙伴们!

到——台下一片整齐的回应。

贺经理喊道，你们是保险战场上的勇士，你们是民族保险的精英，你们是生命的守护神，你们是爱心的传播者。今天你们走遍千山万水，吃尽千辛万苦，最终将把幸福带给千家万户！

台下啪啪啪鼓掌。

贺经理说，请大家跟我一起喊，我是最棒的！

台下齐声，我是最棒的。啪啪啪！

贺经理喊，什么困难也拦不住我！

台下回应，什么困难也拦不住我。啪啪啪！

贺经理喊，我要成功，成功，成功！

台下齐声喊道，我要成功，成功，成功！啪啪啪啪啪啪啪！

晨会达到高潮，所有的人都兴奋得热血沸腾，如同就要冲锋陷阵的士兵，胸膛起伏，两眼发光，好像随时准备着抛头颅洒热血，不惜牺牲在战场。

贺经理最后喊道，让我们一起牢记孟子的教导吧！

大家齐声诵读道，天将降大任于斯人也，必先苦其心志，劳其筋骨，饿其体肤，空乏其身，行拂乱其所为，所以动心忍性，曾益其所不能……

会议室里吼声如雷，直冲云霄。

晨会一结束，营销员们打足了气、憋足了劲，就像士兵听见了冲锋的军号声，潮水般地涌出会议室，涌出保险公司的大楼，纷纷奔向城市的大街小巷和每一个角落……

对于新人来说，最重要的就是在三个月的考验期里“破零”卖出保单，这是营销员入公司至关重要的一步，也是从事保险行业必须迈出的第一步。这一步如果走不好，会对其信心和公司理念产生动摇和影响。很多刚进公司的营销员都跌倒在这一步，被淘汰回家，或者心里留下阴影，再不敢走进保险公司的大门。

李小叶先是跟着公司里一个叫王桂花的老营销员学习卖保险。王桂花是纺织厂的下岗女工，干保险营销也有好几个年头了，因勤勤恳恳，吃苦耐劳，年年被公司评为先进模范。

李小叶跟着王桂花每天跑城里的生活小区和家属院，见她跟那些老头老太很是熟悉，见面有说有笑的，也没提卖保险的事，倒是不停手脚地帮老人们办这个事、办那个事，忙得不亦乐乎，就像她是老头老太们的女儿媳妇什么的。

李小叶心里着急，这咋卖保险？她不愿意跟着王桂花与老头老太们磨耗时间，跟着她是白跑，跑了一个礼拜，自己一张保单也没卖出去。

李小叶决定自己想办法卖。

副经理马红艳告诉她，卖保险急不得，就像吃火锅一样得一口一口吃，吃急了会烫嘴的。王桂花卖保险，可不是一天两天的工夫，看起来不动声色，可每年卖出的保单都在公司的前几名，老老实实跟人家学习吧。

李小叶听出副经理马红艳对她有些看不上眼，但她还是不愿意跟着王桂花卖保险，也说不出来为了什么。马红艳说不要急，怎么不着急？你是饱汉不知饿汉饥，站着说话不腰疼。我不尽快卖出保单，怎么在保险公司站住脚，我喝西北风去呀？

她决定先从熟人下手。

几乎所有的保险营销员卖保险都是从卖给熟人起步的，包括自己的家人和亲戚朋友，甚至有的为了进入保险公司干脆自己掏钱买保险。这些情况是普遍的现象。但卖给熟人也不容易，家人可以帮忙，亲戚朋友就难说了，一提保险，个个脸色难看，躲得远远的。

李小叶的父母在康城山区的农村，别说拿钱帮她买保险了，就是逢年过节给自己买点吃的穿的都舍不得。在省城，她除了姨妈家和好朋友杜咪，几乎再没有什么熟人了。没有人脉资源，很难卖出保险。

这一天，李小叶硬着头皮跟姨妈提起保险的事情，说到买保险的好处。姨妈装着没听见，一转身进了厨房。她本来就反对李小叶去保险公司的，说保险营销员就跟那些上门推销老鼠药的人差不多。现在没想到她把保险推销到家里来了，姨妈的脸拉了二尺多长。

到了晚上吃过饭，一家人坐在客厅里看电视时，正好播出一个新闻，发生了一起交通意外事故，使一家人陷入了生活的困境。李小叶借题发挥，就说到了保险，说如果这家人事先买了保险，就会得到保险公司的理赔，就不会落到这个地步了。姨妈一下生气了，说，保险、保险，我们一家人好好的，买什么保险？再说了，买保险也要花很多钱，我们家哪有钱来买。姨父一看气氛不对，赶紧推说要改材料，起身离开了客厅。姨妈的儿子也说要复习功课，紧跟在他爸屁股后面躲进了里屋。姨妈叹口气，不再说话。

李小叶心里涌起一股复杂的滋味。

杜咪就更别指望了。她就是一个月光族，她的钱还不够她买衣服和化妆品，怎么可能买保险呢？李小叶一跟她提保险，她就说等有钱了再说，后来就躲着不见，最后手机也不接了。这个忘恩负义的家伙！李小叶心里骂道。

现在唯一的出路就是采用在培训班上学到的方法——陌生拜访。所谓陌生拜访，说白了就是向不认识的人推销保险产品。熟悉的人都不买，陌生人还会买吗？李小叶感到心里没底。

“从来就没有什么救世主，也不靠神仙皇帝，要创造人类的幸福，全靠我们自己……”李小叶只好用《国际歌》来给自己打气。

李小叶每天早晨出门，带着一个装着保险产品说明书的塑料夹子，就像刚来省城找工作那样，到城市里的单位办公楼和写字楼里，一个一个地敲门——结果不是碰一鼻子灰，就是被浇一盆凉水。她遭到拒绝，或者被挡在门外。有一次居然被当成上访人员，还没容她开口解释就说，走走走，去找政府的信访办去。李小叶感到哭笑不是。

李小叶干脆走到大街上去，像撒网似的见人就发一份公司的保险产品宣传单，上面留着她的手机号码。她想这样撒网总会捞到几条“鱼”吧。可是，宣传单发出去了，却石沉大海，没有一点消息。有一天，她从一个街道的路边走过，居然发现自己发出去的保险宣传单被人扔进了垃圾桶里。她心里感到非常的难受。

公司经理贺大虎看她挺努力的，就想帮她一下。决定以公司名义开一个产品说明会，由她找来客户，公司的讲师进行宣讲，这样签单的成功率就可以大大地提高，签的单都算在她的头上。李小叶仿佛看到了希望，于是又信心满满地到处跑，拿着请柬厚着脸皮跑单位的办公楼和写字楼，跑学校和医院，还跑老头老太打麻将的小区家属院。

开会那天，公司专门租了一个小酒店的会议室，布置了鲜花彩带，买了瓜子糖果，还准备给每一个来的客户送一小桶花生油。可是，等了半天最后只稀稀拉拉来了十几个人，还都是小区家属院的老头老太。他们一进场，李小叶就忙着给他们倒茶，热情招呼。可是，讲师在台上宣讲保险产品时，那些老头老太只顾埋头吃瓜子糖果和喝茶，等讲师一讲完，他们就到台前领了花生油，拍拍屁股就走人了，一份保险都没有买。李小叶急得在后面追着想拉都拉不住。会场里只留下一些还没喝干的茶水和一地的糖果瓜子皮。李小叶简直快要崩溃了。公司的人在帮忙收拾东西，她却忍不住一个人蹲在会场的角落里哭了起来。

人散尽后，李小叶独自离开会场，在街上漫无目的地走着。从培训一结束开始卖保单，她心里虽然有过遭人拒绝的准备，甚至想到过各式各样尴尬难堪的情景，但还是没料到结果会这样的惨烈。她开始怀疑自己是不是做保险这块材料，是不是自己误入了歧途？

天黑了，黑得就像一团抹布。城市的灯火亮了起来，人流行色匆匆，人们就像归巢的鸟儿纷纷往家走。李小叶望着街上一盏盏亮起的灯光，心里在想，属于我的灯光在哪里啊？她在马路边的一个水泥凳子上坐了下来，四周空无一人，空空荡荡，只有一根高高的电线杆竖在旁边，指向天空，不远处还有一个乞丐在垃圾桶里翻拾东西。在这样一座繁华的都市里，在这样一片令人向往的灯光里，她突然感到自己从来没有过的孤独。水泥凳子冰凉，她的心里比水泥凳子还凉。

这时，她忽然看见电线杆上有一个灯箱，上面的一段话吸引了她的目光：

面对生活，

如果你感到不如意，

说明你的努力还不够，

你需要对自己说：

我要努力、努力、再努力，

一定要实现自己人生的奋斗目标！

李小叶好像在冥冥之中听见有个声音在呼唤自己，她下意识地站了起来。或许这是老天的声音。她两只眼睛饱含着泪水，看着灯箱上的词语，放射出了异样的光芒。她大声读了起来，后面两句反复地高声朗读，完全忘记了周围的一切。

她的声音在夜空里盘旋回荡……

突然，整个街道上的电线杆灯箱都亮了，一排排地列着队，如同站立的卫兵一样。灯箱上的词语完全一模一样，灯光照亮了整个城市的夜空，一直延伸到很远很远的地方。

就在李小叶对保险快要感到绝望的时候，突然意外的转机来了。

这一天，李小叶接到大唐飞龙集团董事长林亚雄的电话，要请她一起吃饭，说好久没有见到她了。这个林亚雄就是几个月前李小叶在南湖边小茶楼失火时认识的那个大老板，当时还认了她做干妹子什么的，她都快忘记了。这时候陪有钱人吃饭，李小叶哪有工夫，她的心思都在卖保险上，就想借故推脱了事。然而，后来她才知道吃饭也是可以卖保险的，尤其是跟有钱人吃饭卖保险更为容易。

李小叶当时说有事去不了。林亚雄说，你别急，有人跟你说话。手机里传来一个女子嘻嘻哈哈的声音，是杜咪。杜咪说，有啥破事，不就是卖保险吗，你今天必须来吃饭，我保证你签单。李小叶说，你骗我吧，杜咪说，我骗你是小狗。李小叶犹豫地说，我不习惯跟那些有钱人在一起。杜咪说，有钱人又不是老虎，怕啥呢？李小叶只好勉强答应，好吧，我来。杜咪高兴地说，这就对了。

杜咪是李小叶介绍给林亚雄认识的。小茶楼失火救人的事情之后，有一天林亚雄邀李小叶下午一起喝茶。她不愿意去，毕竟跟他是一面之交，而且他是有名的大老板，自己是默默无闻的打工妹，坐在一起喝茶反差太大，显得很别扭。可是林亚雄一再要她去，说她是学茶艺的，想听她讲讲茶。李小叶推辞不过，感到一人前去不方便，就把杜咪叫上了。杜咪听说要去见一个有钱的大老板，高兴得差点跳起来。这个在小茶楼里打工的闺蜜，做梦都想认识大老板和有钱人。

喝茶的地方是一个中式的私人会所，属于会员制，里面的顾客都是有身份的人。私人会所在城里的南山书院旁边，一片高楼大厦的后面有一处树木掩映的园林，会所就在这片园林里，房屋是明清时期的老建筑，青砖白墙，木柱石廊，水榭亭阁，十分的幽静。

李小叶和杜咪坐了一辆三轮车来到私人会所门口，刚想进门，就被门口的一个男人挡住了，不让进去。李小叶说了林亚雄的名字，男人才叫来一个穿旗袍的年轻女子把她们引了进去。

一进会所，里面古香古色，环境幽雅。房屋是砖瓦和木质结构的，桌椅是十分珍贵的老红木和紫檀木，房间陈设有琴棋书画，庭院有木雕砖雕和石雕，还有盆景花木。李小叶和杜咪看得眼睛发亮。这才是有档次喝茶的地方。

杜咪兴奋得一边喊叫，一边拿出手机拍照。李小叶压低声音说，姑奶奶你小声点，不怕人家笑话咱们是刘姥姥进大观园？杜咪说，怕什么，刘姥姥就不能进大观园吗？不就是喝茶的地方嘛。这里挺高档的，我从来还没见过呢，嘻嘻。

李小叶拉着杜咪跟着穿旗袍的年轻女子往里走。

在一个僻静雅致的院落里，李小叶和杜咪见到了林亚雄。杜咪早已经听李小叶提起过这个大老板，可与他见面还是第一次。杜咪羡慕过李小叶，说她命就是好，傻人有傻福，到茶楼找工作居然找了个大款，还认她当了干妹子。真是打着灯笼都找不到的美事。

可是，杜咪一见到林亚雄却开口笑了起来。

林亚雄一愣，以为自己身上有什么不妥，赶紧摸摸头，理理衣服。他穿了一件休闲的灰白色短袖汗衫，蓄着短发，发间有些花白。戴着一副细边眼镜，脸上的胡子刮得很干净，手里拿着一本书，就像一个文人。

杜咪笑得更厉害了。

李小叶说，你笑什么，第一次见林总，这么没有礼貌。

杜咪说，我还以为大老板都是穿得西装革履的，没想到跟我家二叔差不多，尤其是脑门特像，不过我二叔从来不看书的。说着，又咯咯咯地笑起来。

杜咪家是康城铁路上的，父母都在铁路上工作，她有一个二叔李小叶见过，也在铁路上班，是个火车司机。平日见他老穿一件松垮的汗衫，手里拿着一个发黄的大玻璃杯，走起路来一摇一晃，脑门油亮。

林亚雄见杜咪笑个不停的样子，不仅没有生气，反而十分高兴，也跟着笑了起来。他问杜咪，我真的长得像你家二叔吗？

杜咪说，像，真的像，太像了。

林亚雄笑笑说，那以后你就叫我二叔吧。

杜咪认真地说，那不行，小叶管你叫哥，你让我叫你叔，那我不吃亏啦，不行不行。

林亚雄和李小叶都忍不住大笑。

杜咪性格开朗活泼，很会说话，也很会应酬，她不仅懂得茶艺，而且懂得男人的心理，这次与林亚雄见面，深得他的好感。后来，林亚雄再次向李小叶提起公司里需要人时，她就想到了杜咪。

她对林亚雄说，我把我的好朋友杜咪推荐给你，怎么样？林亚雄一口答应说，好啊，只要她愿意，干妹子的闺蜜没问题。李小叶又打电话问杜咪，愿不愿意去林亚雄公司里上班？杜咪一听，高兴得尖叫起来，当然愿意啦，那个破茶楼早就干腻了，整天给人端茶递水的伺候人，是该换个活法了。

就这样，杜咪在李小叶的推介下进了林亚雄的公司，被安排在他手下的房地产公司做楼盘销售，很快得到了林亚雄的赏识。

李小叶如约来到林亚雄安排的新世纪酒店。

杜咪在门口等着她，一见面就嚷她，怎么穿这么一身破衣服啊！李小叶看看自己说，这是公司新发的工装，纯正的青蓝色，正规场合才穿呢。杜咪说，你个傻妈，这是私人宴请，不是你的业务公关，你还真以为是来卖保险啊！李小叶说，我不卖保险吃什么。杜咪说，算了，就这样吧。走走走，人都来了，就等你，你大牌啊！

李小叶一进酒店，眼睛就花了。酒店里金碧辉煌，光彩夺目，就像进入外国的宫殿一样，白色的大理石墙面，墨绿色的铺地石材，配上红色的进口地毯，金色的大吊灯，处处显示出奢侈和豪华。走进大包间，里面有一张可以容纳二十多人的大桌子，上面摆着的高档餐具闪亮耀眼，正中是一盆五彩缤纷的鲜花。

大桌已经坐满了人，都把目光投向她。

李小叶感到有些紧张和拘束。

林亚雄见她进来，就向她招手，他旁边留着一个空位。李小叶眼睛一扫，包间里的男女，个个衣着光鲜，身份不凡，看来都是省城里有头有脸的人，自己坐林亚雄身边显然不太合适。可是，周围又没有其他的空位了。她正犹豫着，却被杜咪一把拉了过去，坐在了林亚雄的旁边。

菜已上桌，两个服务小姐在往酒杯里倒酒。

林亚雄站起身来，微笑着说，诸位静一静，我来介绍一下。我身边刚进来的这位，就是我的干妹子。我刚才讲的故事，里面的主人公就是她。

一桌人笑着，发出热烈的掌声。

李小叶感觉很是别扭，屁股在椅子上好像有钉子扎似的。

林亚雄对李小叶说，妹子，你也给大家做个自我介绍吧。

李小叶怯怯地站起来，向众人鞠了一躬，谦恭地说，大家好，我叫李小叶，是刚进保险公司的一名营销员。家在康城山区，是种茶的，我来到省城打工，希望你们多多关照。

大包间里又响起一阵掌声。

林亚雄让李小叶坐下，告诉她不用紧张，这些人都是他的朋友。之后，他大声宣布，诸位，现在宴会开始——

话音一落，灯光一暗，音乐骤然响起。包间的门打开，一个铺满了鲜花的推车徐徐进来，车上高耸着一个生日大蛋糕，一圈彩色的蜡烛跳跃着燃烧的火苗。跟随在推车两侧的年轻男女，衣着礼服、打着领带，唱起了《生日快乐歌》，祝你生日快乐，祝你……

一桌的人也都跟着唱了起来。

李小叶愣了一下，难道今天是林亚雄的生日，杜咪怎么没告诉她呢？正在她感到意外的时候，铺满鲜花和高耸着大蛋糕的推车竟然来到她的面前。

林亚雄说，妹子，你许个愿吧！

李小叶完全蒙了。

林亚雄说，今天是你的生日，许个愿吧！

李小叶这才猛然醒悟，想起今天的日期，原来正是自己的生日，她已经忘得一干二净了。没想到林亚雄叫她吃饭，请这么多人来，原来是为了给她举办一个生日宴会。她感到太吃惊了，居然杜咪也对她打了埋伏。

李小叶不知所措地站起身来，慌忙闭上眼睛，默默许了一个愿，然后对着大蛋糕吹灭了上面的蜡烛。瞬间，灯光重新亮起，包间里响起一片掌声。

李小叶眼里闪着感动的泪光。

生日蛋糕被服务员推到一边去了。林亚雄端起酒杯，提议开始喝酒。一桌子的人活跃起来，频频举杯，欢声笑语在大包间里荡漾着。

酒过三巡之后，林亚雄对李小叶说，妹子，你是我的救命恩人，我敬你三杯。李小叶说，林总，救命恩人不敢当，但做妹子我很高兴。林亚雄说，好，为我妹子，我先干为敬。说着，一连喝了三杯。

朋友们一阵叫好。

李小叶端起酒杯站起来说，林总——

林亚雄打断道，叫哥，现在开始必须叫哥。

李小叶眼里忽然涌出泪来，喊一声，哥，感谢你今天给我这么大一个惊喜，我从来没有过个这样隆重的生日，我一辈子不会忘记。我们遇见就是缘分，我也喝三杯，敬你！说着，把杯中酒一饮而尽，接着又倒了两杯一一喝下。

在场的人热烈鼓掌。

林亚雄见李小叶如此实在爽快，心里很是高兴，他说，哥今天要送你一件礼物。说着，叫杜咪拿过来。杜咪从一边取来一个精致的长方形盒子，外面扎着彩带。

林亚雄神秘地笑着说，大家猜里面是什么？

一桌人的目光都盯着那精致的长方形盒子，有的说是高档的皮包，有的说是值钱的项链，还有的说是浪漫的玫瑰花等等。林亚雄说，你们都猜错了。林亚雄转头问李小叶，妹子，你知道是什么吗？李小叶想了想，回答道，我想，你送给我的礼物，一定是我最想要的东西。林亚雄说，还是我妹子聪明，打开看看。

李小叶慢慢解开丝带，打开长方形盒子。

所有人的脖子都伸长了。

打开的长方形盒子终于暴露在大家面前，里面空空的只有一张卷起来的白纸，中间扎了一根红丝带。啊？一桌的人都感到十分诧异和奇怪。林亚雄叫李小叶打开那张卷起的白纸。李小叶拿起长方形盒子里的白纸，小心地抽掉那根红丝带，然后慢慢展开……她的眼睛一下睁大了。

林亚雄说，妹子，念吧！

李小叶激动地念道，我决定，拿出一百万购买永久保险公司的保险产品，作为送给我妹子李小叶的生日礼物。大唐飞龙集团董事长林亚雄。

李小叶的眼泪一下涌了出来。

……

第二天，林亚雄履行诺言，派杜咪来到经济开发区永久保险公司，以大唐飞龙集团的名义与李小叶签下了一张一百万的保险大单。签单的时候，公司领导贺大虎和马红艳亲自在场，公司的员工和营销员都围过来观看，有人还在大楼门口放了鞭炮。最后，公司经理贺大虎当着大家的面表彰了李小叶，说她是保险新人队伍里杀出来的一匹黑马。

这一张百万大单，让李小叶在公司里一举成名，引起了轰动。

从此，李小叶通过了考验期，成为永久保险公司的一名正式保险营销员。不久，她又考上了保监局的营销员职业资格证书，开始了她保险营销员的职业生涯。

她的命运转机便由此开始了。

拿到了卖保险挣到的第一笔佣金，李小叶给姨妈家买了一大堆东西，又请全家人到街上吃了一顿饭，以表示对他们的感谢。姨妈全家很是高兴，都祝贺她有了工作，也有了收入。

一个月之后，李小叶开始在省城里寻找合适的出租屋，她决定要搬出姨妈家，不能再给他们增添麻烦了。她很快在城南的一个城中村里看中了一间出租屋，出租屋有一个小院子，房东嫂子人也不错，知道她是外地来省城打工的，还带着一个孩子，要的房租也不高。这样，她就计划着日子准备搬出姨妈家了。在姨妈家住的日子里，这个并不宽裕的家给了她遮挡风雨的温暖，她实在有些舍不得离开。但她已经找到了工作，而且能够挣钱养活自己和孩子了，必须要有一个属于自己的窝。

李小叶搬走这天是个礼拜六，吃过早饭之后，她就在屋子里收拾东西。姨妈嘴上说不想她走，但却积极地帮她拿这拿那。姨父打击她说，你这人口是心非，小叶刚找到工作，一切还不熟悉，搬出去住孩子咋办啊？准备高考的儿子也跟着帮腔，就是，我妈有点太那个了，小叶姐就住在我家不好吗？等我考上大学住在学校里，屋子里就不挤了嘛。

姨妈说，你们都放屁，不当家不知柴米油盐贵。我也不想让小叶搬走，可是你们看看这个家，客厅成了卧室，上厕所要排队，日子长了真没办法，小叶住着也熬煎呢。人家现在有工作了，能挣钱了，住到外面去有啥不好。姨父说，你是怕影响你没时间去做化妆品推销吧，小心有一天把你当传销人员抓起来。姨妈说，哎，我那是传销吗？我那是直销，你懂不懂，你有本事提个科长处长什么的，也给家里作点贡献，让我脸上也光荣光荣，我还出去推销保健品干啥。还有你，小兔崽子，给我省点心，好好复习，要是考不上大学，看我咋收拾你。姨父的嘴哑了，姨妈的儿子也不吭声了。

李小叶早已经习惯了姨妈家的这种热闹，就笑着说，大家不要为我担心，欢欢已经大了，我先叫出租屋的房东嫂子帮我照看一段时间，再过半年就可以上幼儿园了。只是以后我开会出差什么的不在家，还要麻烦姨妈帮忙呢。姨妈说，那是当然的，麻烦啥哩。

李小叶带着简单的行李，抱着女儿欢欢就要走了，出门时姨妈竟哭得眼泪哗哗的，抱着欢欢不愿松手。她就是一个刀子嘴豆腐心的人。李小叶红着眼说，我会经常回来看你们的。姨父和小弟把李小叶送下楼。

李小叶抱着女儿欢欢坐上一辆三轮车，向姨父和小弟挥挥手，又向楼上窗前望着她的姨妈挥挥手，然后就离开了。她搬到了城南城中村的出租屋，开始了她新的生活。

卖出了第一张保单仅仅是开始，而后面的路要全凭自己走了。

有一天，李小叶来到城里一个热销的楼盘边卖保险。她看见这地方每天进进出出的人很多，都是来看房买房的。李小叶想，如果卖保险有卖房这么好卖就好了。不过，买房的人都有钱，在楼盘旁边卖保险或许可以沾点光。于是，她就在楼盘销售中心的旁边摆了个小摊，支张简易桌子，拉条横幅，上面写着“保险为你的生活遮挡风雨”。

果然，看房买房的人路过时都好奇地停下脚步，在她的小摊前围成一圈，听她讲什么是保险，买保险的好处。李小叶说，第一，保险讲诚信，一旦承诺，永不改变；第二，在你需要它的时候，不离不弃，挺身而出；第三，有效规避通货膨胀和金融危机，是只赚不赔的好生意；第四，合理避税，以后国家要收遗产税也不用害怕，钱一分不会少。

围看的人纷纷议论。一个大妈说，我还能活多久，我买保险干啥。李小叶说，活一天有一天的保障，活一天有一天的质量，百年之后还可以把钱留给后代。一个大爷说，甭提后代了，现在的娃靠不住，一个个都是白眼狼、啃老族，还给他们留保险，门儿都没有。

围看的人哄的一声笑了。

大妈问，你卖保险有礼品没有？李小叶如实回答说，没有。大妈说，你看人家卖房子的，还送电饭煲高压锅什么的呢。李小叶尴尬地笑笑说，要不你买一份重大疾病险，我送你一份人身意外险。大妈一脸不高兴地说，我身子好着呢，别咒我，听着都不吉利，哼！

一边围看的人直乐。

这时候，突然来了几个穿制服的城管人员，径直闯过来叫李小叶赶紧离开，不允许在这里搞产品推销。李小叶解释说，我不是在搞产品推销，是在宣传保险。城管人员说，宣传保险也不行，随便摆摊设点违反城市管理规定。说着，就要把李小叶轰走。

正在这时，有人跑过来喊了一声，等一下。

李小叶一看，原来是杜咪，她怎么会在这里？

杜咪告诉城管人员，这里是他们大唐飞龙集团房地产公司的地盘，不属于市政管理的范围，你们不能赶走李小叶。李小叶想，哦，原来这是林亚雄的地盘啊，真是遇到救星了。城管人员说，我们是接到有人举报才过来干预的。杜咪说，这事不用你们管了，我们自己会处理。城管人员说，那好吧，多一事不如少一事，我们走。

城管人员一走，围着的人也陆续散去。

李小叶对杜咪说，没想到你在这里上班，多亏你及时赶来，要不然我就被城管当成小摊贩了。杜咪说，你胆子也忒大了，卖保险居然卖到我们房地产公司的地盘上来了。李小叶嘻嘻一笑说，你们这里人多，我是借鸡下蛋嘛。杜咪开玩笑说，你“下蛋”也真会找地方啊。李小叶说，是啊，你们这里是个“金窝”嘛。

两个人嘻嘻地笑成一团。

杜咪问，你的保险卖得咋样？李小叶说，马马虎虎，你呢？林亚雄把你放在房地产公司上班感觉如何？杜咪说，挺好的呀，我现在是售楼小姐吔，跟你一样也搞销售，只不过是卖房子。李小叶问，一月能挣多少钱？杜咪得意地说，我们是底薪加提成，一月五六千吧，做得好的一月可挣八九千呢。李小叶瞪大眼睛喊起来，哇，这么多？我一月卖保险累死累活才两三千块钱。杜咪炫耀地说，我们年底还有绩效奖金呢，吃住都由公司管。现在房子很好卖，一开盘就卖光。那些从北山地区来的人，买房子就像买菜一样，都是用现金，提着布袋子来，连房子都不看，说买就买。有的一买就是好几套，亲戚朋友住一起，楼上楼下的。

李小叶不无羡慕地说，你们生意这么好啊。杜咪说，就是，生意好，挣的钱就多嘛。李小叶忽然感到心里有些不平衡。她说，看来林亚雄对你很关照呀。杜咪说，是啊，林老板经常来看我，有空了还带我出去吃饭，或是去酒吧喝酒。李小叶故意试探地说，你这小妖精，是不是在勾引人家呢？杜咪脸一下就红了，说，不是我在勾引他，是他在打我的主意好不好。杜咪的话一下就露了馅。李小叶提醒道，你可当心，人家是有老婆孩子的，年纪也快当你爹了。杜咪不在乎地说，他老婆和孩子都在国外，他要跟他老婆离婚呢。李小叶说，这跟你没关系，林亚雄是什么人，是省城有名的企业家，有钱有势，你一个康城山区的打工妹，当心人家玩你。杜咪无所谓地说，我才不怕，谁玩谁呢。李小叶说，你找死吧。杜咪厚着脸皮一笑，放心，我死不了，我会活得好好的，有你这个干妹子，他不能把我怎么样。李小叶说，这跟我没关系，你自己好自为之吧。杜咪拉着李小叶说，好啦好啦不说了，我们吃饭去，今天我请客。李小叶说，好，你有钱，今天就好好宰你一顿！

走。

走！

与杜咪的偶然相遇刺激了李小叶，一个卖房子的竟然比卖保险的收入还高，复杂劳动不如简单劳动。李小叶决定要确立一个今后的奋斗目标，在挣钱上超过杜咪。

一想到钱，李小叶的胃就一阵痉挛，涌起一股“饥饿感”，眼冒金星，心里发慌。她想起家在康城山区的父母，想起前夫朱大军欠下的赌债，想起离开坝子镇来省城找工作的情景……她浑身直冒虚汗。

在如今的社会，要想挣钱必须要有知识的储备。李小叶从书店里买来一本本的书充实自己，有《第一桶金》《人身保险》《市场营销学》《成功学》《销售心理学》《人事交际的技巧》《怎样说服人》等等，读了之后感到大有收益。比如，关于贫困，拿破仑·希尔就坦率地说："我不喜欢贫困，从来没有把它当作生命中注定的东西来接受，现在也不会接受它。贫困是一种瘟疫，你一旦接受了它，它就变成一种极坚而且难破的东西。出生在贫困之中并不是耻辱，而接受这种生来的贫困，并认为它无法避免，那就肯定是一种耻辱。"拿破仑·希尔说得太好了，就是自己心里的话。李小叶想，我也不喜欢贫困，更不要接受贫困而带来的耻辱。我要向贫困宣战！

李小叶还在书中读到这样一句话："一个人的成就，决定一个人的思想和幻想的能力。假如你幻想成为一个百万富翁时，你便会成为百万富翁，绝不能成为一个亿万富翁，因为你的能力，仅止于百万的幻想罢了。"读完这句话，她心里一阵乱跳。她不知道，自己幻想的目标在什么地方。以前，她的幻想是离开农村，离开家乡的大山，在康城做一名普普通通的茶艺师，不再像父母那样辛苦种茶就可以了。在树木掩映的茶楼里，伴着琴声，为客人泡一壶清茶，听他们海阔天空地谈论，让时光慢慢地流淌，这就是她最理想的生活境界了。现在她才明白，那样的幻想太幼稚、太简单，也太低级了。保险公司是一个现代化的金融舞台，自己的幻想应该是成为行业内顶尖的销售员，成为一个走进国际保险圆桌会议大厅里的人。一个普通的人能够走进那样高贵的殿堂，该是多么的自豪和荣耀啊。

然而，公司对保险营销员的职业规划有着明确的描绘，从普通营销员到优秀营销员，再到精英营销员，每一步都要用业务数字来说话，也就是说你卖出的保单数量和保费的多少，决定了你在什么位置上。

李小叶给自己制订了一个具体的创富计划：一千元起步，三千元达标，五千元奔小康，这是短期的。长期的三到五年，要成为公司的营销精英，建立百人团队，个人年收入达到六位数。

心里目标一明确，李小叶顿时感到眼前豁然开朗，前途光明，阳光灿烂。她全身心投入到保险这个伟大的事业之中。她想，只有挣了钱，才能摆脱贫困，才会有个人的荣誉和尊严。为了这个目标，她不怕每天早出晚归，不怕日晒雨淋，不怕一次次地拜访客户，也不怕客户的一次次拒绝和冷眼。别人一天二访三访，她一天六访七访，总会访出保费来的。

有一天，一个搞建筑工程的包工头打电话答应要买保险，说好了吃饭的时候签合同。他把李小叶约到一个饭馆的小包间里，点了四五个菜，要了一瓶白酒。李小叶说，先把保险合同签了再喝吧。包工头说，喝了酒再签。李小叶看看酒杯说，好吧。两个人就你一杯我一杯地喝了起来。眼看一瓶酒快完了，李小叶感到有些头晕，说，我就最后这一杯，喝完咱们就签字。包工头说，不急不急，咱们拉拉话。

包工头就给李小叶讲起他承包建筑工程的经历来，说他一人在外多么的不容易，整天在建筑工地上跟一群农民工打交道，工程遇到问题要找他，发不出钱来要找他，出了事故也要找他，日子过得悬吊吊的。李小叶不吭声。包工头把杯里的酒喝完了。李小叶也把杯里的酒喝完了，说，咱们签合同吧。

包工头把自己的酒杯又倒满，准备也给李小叶倒。李小叶捂住杯子，坚决不喝了。包工头突然站起来一把抱住李小叶，哭了起来。李小叶使劲挣扎，说，你这是干什么？包工头说，我就想抱抱你。李小叶生气了，很想给他脸上一巴掌，但一想到就要签的保险合同，就忍住了。说，你赶紧松手，不然我就喊人了。包工头果然松了手，回到座位上，趴在桌子上继续哭。

李小叶气恼地说，你这是干什么？是来签合同的，还是来喝酒的，还是来欺负人的？说着，拿起包和合同就要走。包工头哭着说，你先别走，等我把话说完就签。李小叶心一软，就重新坐下来。

原来，包工头的女人在前几天突然出车祸死了。之前，女人叫他给家里人买点保险，说买保险好比给佛烧香，花钱可以保平安。可是他一直拖着没有买，结果女人好端端走在路上就被一辆迎面而来的车子撞飞了。真是天有不测风云，人有旦夕祸福。包工头感到后悔莫及，就按女人留下的字条，给李小叶打了电话。

包工头说，他女人听过她的保险宣传。

李小叶感到很震惊。

包工头捶着胸口骂自己，我是一个混蛋啊，我要是听她的话，早点找你买了保险，也许啥事都没有了。他一边哭一边把杯里的酒都喝进了肚子里。

李小叶心里很不是滋味，没想到还有这样的事情。

包工头说着，拿出身边的一个黑皮包来，打开包里面全是钱，一沓一沓的，有十万。包工头说，这些钱，我现在全都交给你，你看买啥保险都行，就当替我老婆买的。李小叶接过钱，心里感到十分沉重。包工头站起来向李小叶鞠了一躬，为刚才的失礼道歉。他说，找不到人说话，心里憋屈。

李小叶感到包工头还算一个有情有义的人，就拿起酒瓶把最后的酒都倒进自己的杯里，对他说，大哥，啥也不说了，我陪你喝。说着，把酒一口喝干。

包工头也端起酒，说，喝——高兴地笑着，眼泪却满脸乱流……

# 十三

俗话说，万事开头难。

自从李小叶卖出了第一张保单后，一切都好像变得顺利起来。陆陆续续要买保险的人都开始来找她了。尽管都是一些小单，有几千块钱的人身险，也有几百块钱的意外险，但多多少少都是收获。

这些人大都是她以前陌生拜访过的客户，有政府办公楼里的公务员，有商业写字楼里的白领，也有小区家属院的老头老太，还有在大街上发宣传单的路人，就像过去撒下的种子，现在都从地里慢慢冒出芽来，三天两头就有人主动打电话来向她咨询保险的事情。这叫李小叶感到很是高兴，真是皇天不负有心人，原本以为跑断腿、磨破嘴的拜访，已经石沉大海再不会有消息了，可没想到这些人居然还记得她，或许是她上门宣传和散发名片时的那副执着而又有些可怜的样子感动了他们吧。不管怎么说，就像庄稼人一样，看着自家地里长出了嫩绿苗，心里就充满了希望。

为了加大保险宣传的效果，李小叶找来各种杂志和小报，把上面刊登的各种意外风险事例用剪刀剪下来，编辑成宣传保险的小故事，哪怕是一个小小的“豆腐块”也不放过，日积月累竟然剪贴了厚厚的一大本。仔细一看，还真是大千世界，无奇不有。

比如，一公司老板到乡村友人家里做客，刚进屋手机就响了，因屋里人多嘈杂信号不好，就登上友人平房顶上接电话。老板一边电话里谈着业务，一边习惯性地在房顶上来回踱步，结果一脚踩空从房顶上坠落下来，正好撞在一辆手推车的角铁上，顿时血流满面、不省人事。友人忙送到医院抢救，但终因伤势严重，不治身亡。

再比如，一小伙邀请三个哥们儿一起到夜市吃烤鱼、喝啤酒。不一会儿的工夫，小伙就喝了七八瓶啤酒，很快感到肚子发胀，要去卸“包袱”。一看公厕要走二三百米，还要拐一个弯，而旁边几步之处就有一个背静的墙角，暗处还有个一人多高的大铁箱，于是就偷懒匆匆跑到墙角，对着大铁箱就尿——突然间被一股强大的电流击中，浑身颤抖被弹出三米之外，倒地挣扎。原来那大铁箱是一个电压箱，长期漏电。后经医生检查，小伙两只胳膊残废，下身生殖器失去作用。

再比如，一男子长得丑陋，长期在外打工，其妻在一餐馆当服务员，年轻貌美，性格开朗，善与人交往。男子怀疑其妻有外遇，心里一直耿耿于怀。一日，男子突然半夜赶回家来，为了检验妻子对自己是否忠贞，就从后门潜入厨房，见妻子还没有睡觉，正在客厅里看电视，男子把厨房里电闸一关，屋里顿时漆黑。男子猛地扑向沙发里的妻子，紧紧地抱住不放。妻子奋力反抗，随手抓起茶几上的一把剪刀，朝男子身后刺去。男子惨叫一声松手。妻子跑到厨房拉起电闸，电灯一亮，竟然发现自己的老公躺在地上。那一剪刀刺在了他的后背上，离心脏只差几毫米，差一点就丢了命……

李小叶把这些故事讲给自己的保险客户听，告诉他们人生的风险无处不在，还是给自己和家人买一份保险，一辈子安稳踏实。客户听后有的觉得滑稽好笑，有的感到惊心动魄，还有的夜里辗转反侧，难以入眠。没过几天，就纷纷打电话找李小叶要买保险。公司里有营销员笑话她，说她是卖保险的“故事大王”。可是，李小叶不管别人这些讥笑，反正自己卖出了保单。

随着客户的增多，李小叶又改变方法，开始使用电脑。这样可以获得更多更广泛的信息，包括经济形势、财经新闻、财富人物、市场动态、金融分析等，她根据自己的需要进行整理，结合保险产品的推出，做成 PPT 对客户进行保险投资理财宣讲，比讲“保险故事”又上了一个档次。

李小叶拎着一台手提电脑在城市里四处奔走。从此她把自己叫作“保险理财顾问”，还专门印了名片，经常出入一些宾馆、写字楼和会议室，为客户们举办专题的“保险投资理财讲座”，受到客户们的欢迎。当然，她也不放过那些社区里的大爷大妈，尽管他们手里的钱不多，但他们喜欢投资，经常上那些街头骗子的当。

一天上午，李小叶约好了一些大爷大妈在市里的中心公园里讲投资理财。当她来到公园门口时，大爷大妈早就来了，一见面就跟她热情地打招呼。李小叶见人来齐了，就把大家带到一个亭子里，然后打开电脑，滔滔不绝地讲起来：

各位大爷大妈，我今天讲的内容是投资在行动，也就是关于投资理财的事情……

她从银行存钱讲起，然后讲到投资黄金，投资房地产，投资艺术品，投资各种各样的行业——最后她讲到了投资保险。她说，所有的投资，只有保险是为了自己的生命和健康，大家说买保险值不值？

大爷大妈齐声喊道，值！

李小叶说，大家给自己鼓励一下。

大爷大妈噼里啪啦拍起巴掌。

刚讲到正题上，一伙穿着制服、戴着大盖帽的人员跑来了，说是得到群众举报，公园里有人在搞非法传销活动，叫在场的人都不要动，他们要收缴李小叶带来的电脑和宣传资料。李小叶拿出保险营销员证，解释说自己在宣传保险，不是搞非法传销活动。大盖帽们不听，非要把李小叶轰走不可。

在场的大爷大妈不高兴了，一起挡住大盖帽们，不让他们拿走李小叶的东西，更不让他们把她赶走。大家说，人家是保险公司的理财顾问，在这里给我们讲投资理财，给我们讲保险，怎么污蔑人家是搞传销呢？胡说八道嘛！公园是公共场所，大家都有权利在这里游玩和活动，你们凭什么跑来捣乱，凭什么要赶走人家？真是狗咬耗子多管闲事。

一个大妈挺身横在前面说，谁要敢动这女子，动她的东西，我老太婆就跟他拼了！

大家围成一道墙，不让他们靠近李小叶。

大盖帽们一看这场景，傻眼了。白白被大爷大妈一顿臭骂，非常尴尬，但又不敢招惹这些老人，只好草草收场离去。

这伙人一走，大爷大妈欢呼起来。

李小叶开心地笑了……

再后来，李小叶从网络的迅速发展看到了机会，网络可以连接到千家万户，对于宣传保险和卖保险来说，无疑是一个更加现代化的平台。于是她找来一个电脑高手，给自己建了一个保险网站，取名叫“小叶谈保险”。

网站一开，一下吸引了很多人关注。不论是白天在公司上班，还是晚上回到出租屋里，只要她打开电脑，坐在电脑前就可以跟客户聊天了，通过网络聊天，她了解客户的保险需求，回答客户提出的问题，推出公司的保险产品，建立了一个网络客户群。

李小叶忙得不亦乐乎。

她又比公司的其他营销员先行一步，卖出的保单自然比别人要多。她谦虚地说，我这是笨鸟先飞。以前笑话她的人再也不吭声了。

然而，做保险最重要的还是信任。信任是打开财富大门的钥匙。李小叶记得最初在山里参加培训时，老师讲过两个关于诚信的故事，一个是中国的，一个是外国的。

中国的故事，讲的是宋朝的时候，有一个叫宴殊的人，十四岁被人作为神童推荐给皇帝，皇帝要他跟一千多名进士一起考试，晏殊发现这些试题自己已经做过了，就如实报告皇帝，请求改换题目。皇帝一问，果然如此，就非常欣赏宴殊诚实的品质，直接赐给他进士。

宴殊当官后，天下太平，京城的大小官员都常到郊外游玩，或在城里的酒楼消费宴请。晏殊家境贫寒，无钱出去吃喝玩乐，只好在家读书写文章。皇帝知道了，就提拔他为辅佐太子读书的东宫官。大臣们感到很是惊讶，不明白皇帝为何这样器重晏殊。

皇帝说，群臣经常游玩宴饮，只有晏殊闭门读书，如此自重谨慎，正是东宫官合适的人选。宴殊谢恩后说，皇上有所不知，我其实也是个喜欢游玩宴饮的人，只是家贫而已，若我有钱，也早与大家一样了。宴殊实话实说，得到皇帝的信任，也让群臣对他感到信服。

李小叶从这个故事里得到启发，做保险一定要实话实说，来不得半点虚假，因为人身保险是以人的生命或身体作为保险对象的，一点马虎不得。不能把保险吹得天花乱坠，老百姓的钱都是血汗钱，买不买没关系，但得跟人家说实话，讲清楚保险的好处，也要讲清楚不同的保险产品适合不同人的需要，让别人自己选择。他掏给你的是钱，你给人家的是一张纸（保险合同），人家得自愿，这是保险的基本原则。

外国的故事，说的是五百多年前的事情。荷兰的一个船长带着十七名水手，被冰封的海面困在了北极圈的一个地方，一困就是八个月。

漫长的冬季，不断有人因寒冷和饥饿死去。船上装满了各种货物，而这些货物中就有可以挽救他们生命的衣物和药品。然而荷兰船长却下令，不准任何人打开客户委托给他们运输的货物，哪怕自己冻死和饿死。

终于冰冻时节过去了，幸存的水手把货物完好无损地带回荷兰，送到了委托人手中。货物箱上的封条原封未动，而死去的水手永远留在了北极圈的深海里。委托人知道后，惊呆了。这些荷兰水手把商业信用看得比自己的生命还重要，他们用生命作为代价，坚守信用，创造了传之后世的经商法则。

这个故事在李小叶心里产生了强烈的震撼，那就是信誉比生命还重要。卖保险实际上卖的就是信誉。有了信誉就有了客户，有了客户就有了保费，有了保费就有了佣金。没有信誉，其他统统都是零。李小叶决心以诚信赢得客户的信任，踏踏实实卖出每一份保险。

这一天，李小叶随同经理贺大虎和副经理马红艳去参加一个客户死亡的理赔案子，亲自体验保险给人的伤痛所给予的关怀。一同去的还有负责这个案子的老营销员王桂花。贺大虎一边开车一边在路上讲了一件自己后悔的事情：

有一次，一个客户来到公司想给自己的儿子投保，贺大虎给客户推荐了少儿重大疾病保险。见客户有些犹豫，贺大虎就说，要不就买少儿英才吧，这是一款为孩子今后读大学的储备金，就当是存钱。客户高兴地说，好，就买这个。可是，没想到一年后客户的儿子被查出患有白血病，医生告诉他光治疗费用就要花几十万。客户一下蒙了。贺大虎后悔当初没有坚持让客户购买少儿重大疾病保险，使得客户家庭背上了沉重的负担。

贺大虎一声叹息。

大家也一阵唏嘘。

一行人来到市郊的一个工厂家属区，以前这一带都是国有工厂，生产电机的、机床的、搪瓷的，还有纺织和化工等等，非常火热兴旺。而现在这里的工厂几乎都倒闭了，厂房一片萧条，家属区也没有生气，显得死气沉沉的。

王桂花介绍说，她的这个客户夫妻俩都是工厂的工人，几年前都下了岗，男的不到四十岁，女的三十多岁，有一个六岁多的女儿。男的下岗后在外面跟朋友跑生意，女的在家门口摆了一个小摊，卖一些日用杂货。王桂花说，那男的是她中学的同学，两年前他买了一份人身保险，没想到年初查出得了肝癌，不到半年就去世了。家里现在留下一个没有工作的女人和一个刚上小学的女儿，身上背着十几万的债务，整个天都塌了下来。

他们来到客户的家里。窄小破旧的屋子一片灰暗，凌乱不堪。李小叶跟随着进入门里，一股东西发霉的味道扑鼻而来。一个女人躺在角落的床上呻吟，一个小女孩趴在一边写作业，借着窗户昏暗的光线，大体可以看清母女的模样。

经理贺大虎用低沉的声音代表保险公司向客户家属表示慰问，并把事先准备好的几万块保险金送到床上躺着的女人手里。马红艳也对女人安慰了一番，说为了孩子一定要保重身体，以后有啥困难可以来找保险公司。女人眼里不停地流泪。大家也红了眼睛。

几人一看家里的境况，经理贺大虎带头从自己的身上掏出五百块钱来，副经理马红艳也掏出五百，王桂花和李小叶各掏出二百，凑集一起，塞进小女孩的手里，就当是给孩子上学买课本。

女人抱着钱，忽然从床上翻身下地，扑通一声跪在大家的面前，一边大声的号哭，一边不停地磕头，以表示感谢。小女孩手里也拿着钱跟着跪下，伤心地哭泣。

这情景，像刀子一样剜着在场每一个人的心。

母女俩抱着钱跪着哭泣的身影，李小叶一辈子也忘不了。

回去的路上，大家心情沉重，都不说话。

从此，客户在李小叶的心里占据了十分重要的位置。她在一个小本子上专门建立了“客户档案”，用钢笔密密麻麻记下来每一个客户的名字、性别、年龄、职业、家庭人口、收入情况和联系方式，甚至客户的爱好兴趣也记了下来。比如有的爱好唱歌跳舞，有的喜欢种花养狗，有的爱好写字画画，有的喜欢打麻将扑克，有的爱好爬山运动，有的喜欢外出旅游；还有一个客户的爱好怪异，喜欢在家里养蛇。真是大千世界，无奇不有。

李小叶几乎每天都要跟这些客户打电话，问候一番，有什么需要帮忙的，她都热情相助。客户需要保险产品资料，她立刻送到家里去。客户去银行取款，她去充当“保镖”。客户钥匙丢了，她到处找开锁公司的人来开门。客户的生日到了，她会在手机上发一条短信表示祝贺，甚至亲自上门送上一份小小的礼物和鲜花……

有一次，李小叶认识的一个客户出差去了外地，他的妻子却不幸得了急性胆囊炎，住进医院做手术。她得知消息后，立刻跑到医院去看望病人，每天在病房端水端饭，还把客户上小学的女儿接回家中照料。一个星期后，客户从外地回来了，见此情景非常感动，拿出了一家三口的身份证复印件，递到李小叶的手上说，你是一个值得信任的人，请你为我们家设计一份全家保障计划吧。

原来，这个客户在一家中外合资企业工作，李小叶去过他的办公室，希望他购买保险，却遭到他婉言拒绝。客户说，对不起，我和爱人及孩子已经在香港购买了足额的保险，我们现在不需要了。李小叶微笑着说，没关系，以后有需要再找我。可是客户没有想到，妻子生病住院后，竟然得到了李小叶的真诚相助。客户坦白地说，其实他并没有在香港购买保险，当时只是为了拒绝她说了那些话。现在他愿意拿出一笔钱来交给她，为他们全家购买一份保障。最后，李小叶与这个客户签下了年缴二十万保费的大单。并且，后来这个客户又给她介绍了许多的客户。

像滚雪球似的，李小叶的客户越来越多，从几十人增加到几百人。

李小叶开始在公司崭露头角，引起了公司经理贺大虎的关注，他从这个从康城山区来的小女子身上看到了与别的营销员不同的东西，除了能够吃苦，做事认真，坚持忍耐这些基本素质外，她的身上还具有自信、果断和明确的目标，这是成功者的特质。

一天晨会之后，贺大虎和马红艳看见会议室里人都散了，只有李小叶一人没有走，手里拿着一个东西好像在发愁。贺大虎走过去问她，怎么啦？李小叶说，我想给自己找个地方挂东西。贺大虎问，啥东西？李小叶看一眼手里的东西，说，是一幅标语。马红艳问，什么标语？李小叶不好意思地笑笑说，是给自己打气鼓劲的东西。贺大虎说，给我看看。说着，把李小叶手里的标语拿过来一看，只见上面写着：

面对生活，如果你感到不如意，说明你的努力还不够，你需要对自己说——我要努力、努力、再努力，一定要实现自己人生的奋斗目标！

贺大虎说，这几句话很不错啊，是你写的？李小叶笑笑说，不，是我偶然在大街上发现的，我想用它每天激励自己。贺大虎说，好，我支持你，就先贴在会议室里吧，让大家也一起受到激励。等你有一天成为公司的营销精英和团队领袖，我给你一间办公室，让你把这幅标语挂进去。李小叶高兴地说，你说话算数？贺大虎说，当然算数。

第二天，李小叶的这幅标语出现在公司会议室的墙上，格外醒目。开晨会的时候，经理贺大虎特地增加了一项内容，就是全体人员大声朗读这幅标语，把它作为展业前的精神动力。

日子不紧不慢地走着，城市也在昼夜的交替之中悄悄地发生着变化。

这期间，李小叶的销售业绩登上了公司排名表上的前三名，她的照片也出现在办公楼大厅的销售明星榜上，与一些优秀的老营销员排列在一起。尤其是她卖出的大单，就像放卫星一样，在公司里引起轰动，不仅销售伙伴向她投来羡慕的眼光，而且公司的领导贺大虎和马红艳，见了她就夸奖表扬，鼓励她再接再厉创造新的销售业绩。同时，在单证发放、核保、用章、审批等方面，建立“快速绿色通道”，给予她大力支持，只要是她卖出的保单，特别是大客户保单，一律畅通无阻。

李小叶准备向更高的目标迈进。

在营销员的管理中，职业生涯的目标不光是个人营销精英，还有团队的领袖。个人精英是单打独斗，一枝独秀，而团队领袖是带领队伍，集体协同，并肩作战。团队管理者分组经理、处经理、区经理和部经理，一个一个的台阶往上爬，每爬一个台阶，队伍的人员和业绩就要增加，如果不增加反而减少，就要从现有的台阶上掉下去。谁爬到最高一级台阶，谁就赢得胜利，谁就笑到最后。

李小叶想，我不仅要做个人精英，还要做一个团队领袖，做精英中的精英。做保险的人都知道，从一个普通的营销员到销售精英，再到团队的领袖，中间有漫长的路要走，没有坚持下去的勇气和超人的能力是做不到的。很多人还没有看见绿洲就倒毙在沙漠里了。可是李小叶决定要一步一步地走下去。因为，这条路的目标不仅可以改变她的贫困生活，还可以带给她金钱，带给她荣誉和做人的尊严。

因此，在卖保险的同时，李小叶开始发展自己的队伍，也就是说建立自己的营销团队。按照公司营销管理制度，每发展一个人就会得到一定的补贴，并且从队员身上可以提取管理佣金。随着队员的增多，还可以晋升职级。团队越大，职级越高，业绩越多，补贴和管理佣金也越多。这在做保险的职业里，无疑又是一条挣钱的门道。李小叶当然不能放过。

然而，发展队伍是一件十分艰难的事情。不像当年参加红军闹革命，只要说有饭吃、有衣穿、分田地，劳苦大众都来踊跃报名。现在一说到保险公司，当保险营销员，人们都摇头躲得远远的。连以前招的大叔大妈，干着干着也不干了，有的回家抱孙子，有的回去跳广场舞，剩下的大都是没有退路的下岗工人或铁了心在保险公司干到底的人。愿意到保险公司当营销员的，越来越少。公司花钱在报纸和电视上做宣传广告，来了一堆人干不了几天，又都走人了。

营销员队伍不稳定，保险公司之间人才竞争也激烈，相互挖墙脚。干得好的人，有了大量客户群后，经不住别的公司高薪诱惑，突然就反水跳槽，还把客户资源也带走了，这对公司的打击也是很大的。人员招不进来，队伍脱落率高，这意味着公司的业务将受到影响，持续发展的能力会受到削弱。

公司领导发愁，销售经理和主管们也发愁。经理贺大虎忍痛拿出十万元来，重金奖励招募营销员并建立销售团队的个人。他相信，重金之下必有勇夫。

李小叶把目光锁定在大学应届毕业生身上。她不去找下岗的大叔大妈，也不去寻访那些因频繁跳槽和被单位淘汰的社会失业者，她要从应届大学毕业生里招募跟自己志同道合的人，建立一支年轻有活力的保险营销员销售队伍。

这一年，正好赶上省城举行一年一度的秋季大学毕业生招聘大会。

大会开始前，李小叶跑到大会的人才招聘中心，提出希望能够在招聘大厅给她一个几平方米的位置，让她招聘保险营销员。但得到的回答是，不行，来招聘的都是企事业单位，没有以个人名义来招聘员工的。李小叶说，我又不是个体户，我是保险公司的，怎么不行呢？接待她的人说，对不起，这是规定。她只好失望而归。

李小叶并不死心。回来后，找到经理贺大虎和副经理马红艳，谈了自己招聘大学生的想法。两个领导都说好，表示支持，可是人家不让进入招聘大厅，怎么办？李小叶想想说，我有办法，招聘大厅里不行，咱就在外面摆摊子，活人还叫尿憋死了不成！贺大虎笑道，你还真有招数，佩服！马红艳也赞同说，你这是打游击战嘛，能行！

贺大虎和马红艳赶紧召集人，帮助李小叶准备宣传横幅、公司简介展板和营销员招聘资料，还特地从会议室搬出两张桌子和几个凳子，一直忙到天黑。

第二天，全市秋季大学毕业生招聘大会在省体育馆大厅里举行，市里领导和有关部门的负责人将出席开幕式，参加招聘工作的各企事业单位的头头脑脑也来了。体育馆外搭着彩门，飘着气球和大幅标语，高音喇叭里响着音乐。大门一开，人像潮水般地涌进，人头攒动，声音沸扬。一个个招聘展台前围满了应届大学毕业生和他们的家长。

李小叶一大早就来到了体育馆。公司领导贺大虎和马红艳专门派了一辆面包车搬运东西，并亲自参加助战。几个年轻的公司员工，穿着整齐的职业装，披着大红的绶带，来协助她开展招聘工作。

李小叶把招聘摊位选择在体育馆大厅的门外，旁边有一块高大的电子招聘信息牌，凡来参加招聘大会的人都要在这里看一看。大家把招聘摊搭好后，还拉了一条宣传广告横幅，上面写着：这里是发展前景美好的朝阳产业，这里是实现人生财富的梦想平台，如果想让你的青春生命起舞和绽放异彩，请加盟永久保险公司，加入李小叶团队！

招聘摊刚搭好，一群大学毕业生和陪同的家长就如潮水般地涌来了。他们看完招聘信息牌上的目录后，很快被旁边的保险招聘摊所吸引，马上围过来询问情况。李小叶一边散发宣传资料，一边忙碌地回答学生和家长们提出的问题。

咨询和围观的人越来越多。不一会儿，就有学生有了加入公司的意愿，开始坐下来报名填表。但也有一些人在犹豫和观望，甚至一看是招聘保险营销员，扭头就走。

李小叶干脆站在一个凳子上，用话筒宣传起来。她介绍永久保险公司历史长久、实力雄厚、管理先进，是一家具有发展前景的金融企业。接着，她提出年轻人选择加入保险公司的五大理由：一是朝阳产业，二是巨大的发展空间，三是能够实现财富的梦想，四是挑战性无可比拟，五是充满爱心。

李小叶说，各位年轻的大学生朋友们、叔叔阿姨们，今天，我是来为我的团队招聘队员的，我的公司领导就站在我的身边，我的同事们也在我的身边。我希望我的队员不是为了当官而来，不是为了条件优越而来，不是为了工作轻松舒服而来。我希望你们是为了追求青春梦想而来，是为了实现个人价值而来，是为了获得人生财富而来。我知道，大家找工作不容易，但只要你选择了永久保险公司，选择了我的营销团队，我一定会给你惊喜，不会叫你失望。来吧，年轻的朋友们，未来和希望在等待着你们，美好的人生也在等待着你们……

李小叶富有激情的演讲，赢得了四周一片掌声。

这时，突然跑过来几个招聘会的工作人员和保安，一边驱散招聘摊前的人群，一边叫李小叶他们立即收拾东西赶紧离开，说这个地方不容许摆摊招聘。李小叶解释说，昨天跟大会筹备组联系过，招聘大厅里没有地方了，只好摆在外边。经理贺大虎和副经理马红艳也上前向工作人员说明情况，希望给予关照。可是，工作人员和保安铁着脸坚决不同意，说一会儿市里领导要来，叫他们赶紧走，不然就要强行采取措施了。

正在这时，人群里有人喊了一声，黄副市长来了！

大家让开路，看见一个个子不高、头发花白、目光锐利的人，走了过来。他的身后还有几个陪同的人员。果然是黄副市长，他是来出席人才招聘大会的，刚好路过这里看见有一个招聘摊围了不少人，就顺便过来看一下。跟在他身边的是他的秘书和几个政府部门领导，大唐飞龙集团的董事长林亚雄也陪同在旁边。

刚才李小叶的那一番演讲，黄副市长在人群后面都看到了。他小声对林亚雄说，这个女子讲得不错，很有气场，很有吸引力嘛。林亚雄笑着说，黄市长，她是我妹子。黄副市长不相信，说，你啥时候在保险公司有个妹子哟？林亚雄笑笑说，是我干妹子，真的。说来话长，回头我给你详细汇报。黄副市长说，你们这些老板呀，就是干妹子多，搞不懂。陪同的人一阵笑。

这时候，他们就看见那几个工作人员和保安跑来了，要赶走这个摆在体育馆外面的保险公司招聘摊子。

黄副市长走到大家面前说，我看这个招聘摊很好嘛，围了这么多人，说明它有吸引力。保险公司到人才市场招聘人员，而且是以营销员个人名义招聘，我还是第一次见到，他们给大学生找工作创造了机会，应该给予支持和鼓励。刚才站在板凳上演讲的那个女子，大家说讲得好不好？

围观的人齐声喊道，好！

李小叶赶紧给大家鞠躬致谢。

贺大虎和马红艳见市里领导来了，也很激动。

黄副市长继续说，现在大家都在喊就业难，是我们的工作岗位少了呢，还是我们的思想观念有问题？保险营销员，这应该是一个最普通最平凡的工作了吧，可是谁能够把它干好、干出成绩来，就是一个了不起的人，一个不平凡的人。先就业，后创业，这是我们常说的一句话。我认为，这句话对应届毕业的大学生来说，应该是管用的。我支持这个女子的招聘行动，感谢保险公司为社会就业所做的贡献！

李小叶眼睛潮润发亮。

贺大虎和马红艳，以及招聘摊前的伙伴们都激动不已。

黄副市长笑了笑，对几个大会工作人员和保安说，保险公司是来为大家解决就业问题的，解决工作出路的，这是一件好事情，我们应该鼓励和支持，应该邀请而不是赶走。如果大厅里地方不够，就让他们摆到外面广场里来嘛，多一个招聘单位，就多一批大学生就业，你们说对不对？

大学生和家长们热烈鼓掌。

工作人员和保安不好意思地低下头。

黄副市长上前握了握李小叶的手，又握了握贺大虎和马红艳的手，说，你们继续招聘吧，祝你们工作顺利！李小叶激动地说，谢谢市长！贺大虎和马红艳也向黄副市长表示感谢。林亚雄走过来对李小叶竖了一个大拇指，说，妹子，你了不起！李小叶高兴地说，林哥，你怎么今天也来了？林亚雄说，我跟你一样，也是来招聘人才嘛！

黄副市长向大家挥挥手，带着人向会场里走去。

招聘摊前响起一片掌声和欢呼声……

# 十四

起风了，春寒料峭。

刘剑锋三人一上午都没有找到李小叶，她好像一瞬间在地球上蒸发了。明明那辆北京吉普车进了康城，却一直不见踪迹，也没有当地警方的消息，到底是咋回事？

多少年来，刘剑锋在破案中很少出现判断的失误，但这一次他感到有些迷茫了。李小叶好像就在跟前，可就是看不清她的面孔，如同是在雾里一般。接连的不顺利，使刘剑锋的心情有些不快。处理这样的案子，就像是在水里摸鱼，水一浑，鱼儿就看不见了，眼看就要抓住了，可一不留神又会从手里溜掉。

上午，他们来到康城茶艺技术学校，以为可以在这里找到李小叶，因为她到康城来一定会到母校来看看的，可是在学校里转了一圈，也没有见到她的影子。他们找到李小叶过去的班主任，了解了一些有关她读书时的情况。

班主任见过省里的电视和报纸上对李小叶的宣传，以为他们是来了解她的先进事迹的，一见面就十分热情地介绍说，李小叶读书时非常刻苦，学习优秀，生活艰苦朴素，每学期都从家里带粮食到学校来，在食堂里搭伙吃饭。周末和节假日很少跟同学出去逛街玩耍，而是在外面的小餐馆帮人扫地洗碗挣学费钱……

三个人听着，心情很是复杂。

后来，他们开车上了山，在寺庙和古塔周围转了转，接着又下山进入市区，在城市中心街道和年轻人爱去的青年广场看了看，都一无所获。李小叶居然消失得无影无踪。

这期间，阳南县公安部门的同行打来电话说，他们了解到，李小叶在阳南县期间去过一次戒毒所，见了前夫朱大军，留下了一张欠债条，再没留下其他别的东西。另外，他们还找到了那几个打架的青年，是县城外一家修车铺的工人，他们不承认跟李小叶有什么关系，说是有人打电话叫他们去拖酒店路边的违章车辆，他们就去了，后来就跟那几个人打了起来。这伙人的话是真是假，难以辨别。了解的情况就这么多。

到了中午的时候，康城警方也打来电话，抱歉地说还没见到李小叶乘坐的那辆北京吉普车，只是看见跟踪她的那辆白色面包车先是一直在城里乱转，后来也消失了。康城的城市监控条件有限，市区里还有许多地方没有监控设施。刘剑锋问，有没有可能他们出了康城呢？康城警方说，不可能，出康城的公路只有两条道，一条是通往省城的高速路，一条是过去通往外省的山路，出城路口都有监控录像，只要一出康城就会被发现的。

看来李小叶还在康城，大家的心里总算踏实了一点。找到她只是一个时间问题。

马红艳说，刘警官，我担心时间长了，那几个人先找到李小叶，会不会出啥问题？

刘剑锋说，马经理放心，我们一定会保证她的人身安全。至于那伙人是干什么的，找李小叶是啥目的，我们会尽快搞清楚。一旦发现他们，马上就进行控制。从目前的情况来看，他们暂时还不会伤害李小叶。

马红艳说，那我们现在怎么办？

刘剑锋说，等。

因为有人追踪，李小叶有可能是进入康城之后就暂时隐藏起来了，不过她总要露面的，一露面当地警方就会发现。这需要等。既来之则安之。

中午，他们随便在街上吃了一份盒装的快餐。

时间不知不觉地走着，刘剑锋带着叶梅和马红艳在康城又转了一下午，该找的地方都找了，仍然没有李小叶的下落，也没有那辆破旧面包车的影子。真是见了鬼了！刘剑锋在心里骂着。

城市匆匆忙忙地走向黄昏。

刘剑锋揉揉鼻子说，我们走。叶梅问，去哪？刘剑锋说，吃饭去，吃完饭我们找个地方住下来，有了李小叶的消息，康城警方会打电话通知我们的。叶梅说，大叔，不会又叫我们吃盒装快餐吧？刘剑锋笑着说，不会，我请你们吃康城最地道的风味菜，南岸江边的江水鱼。叶梅和马红艳齐声叫好，说，这还差不多。

三个人开车来到了南岸的江边。傍晚的山脚下生意很热火，正是晚饭的高峰时间，远远就看见一个接一个的小吃店热闹起来，顺着一条石板铺成的道路，到处都是来看江景和吃饭的人。春日的这个季节，来康城旅游的人不少，晚上都会到这里来看倒映在江中的灯火，吃康城的风味小吃。江边的小吃店以经营鱼的为多，大都号称江水鱼，采用江水里的野生鱼和当地的烹饪方法做成，鱼鲜味美，有一种独特的风味，受到人们的喜爱，故而有了名声。

刘剑锋好长时间没有来了，突然看见一下冒出这么多的小吃店，都挂着江水鱼的牌子，竟有些眼花。他带着叶梅和马红艳一家一家地走过。

叶梅问，大叔，到底哪家好啊，我的口水都快流出来了。马红艳在一边笑。刘剑锋说，看你急的，当然是我以前吃的那家好呀，正宗。叶梅问，在哪儿？一定是个女老板吧？刘剑锋笑着说，你还猜着了，老板娘的确是个女的。叶梅说，废话，老板娘不是女的还是男的。刘剑锋说，嘿，你这个小丫头，给我挖坑呢。

说笑间，就来到一家门口挂着大红灯笼，牌子上写着“贵妃江水鱼”的小店，刘剑锋兴奋地喊道，就是这家，就是这家——惹得身边的人都转头看他。

刘剑锋不顾这些，带着叶梅和马红艳就挤进了店里。店里的生意很是红火，里面坐满了人。刘剑锋走到店门口的小吧台前，跟一个长得秀气的小姑娘说了几句什么，小姑娘立刻跑到里间的厨房去了。

叶梅说，大叔，怪不得你以前老爱来这里吃鱼喝酒，原来这里有美女，有“贵妃”啊。

一个胖胖的中年女人满脸油汗从里间出来，见了刘剑锋就笑着喊道，哟，原来是刘老板啊，有失远迎。好久都没有见你来了，是不是在外面发大财啦？

叶梅和马红艳诧异地看着刘剑锋，他怎么成了刘老板了？

刘剑锋红着脸说，发什么财啊，我是瞎混。不如你贵妃娘娘这里生意兴隆，财源滚滚。你看，我又来吃你的鱼来了，还带来两个大美女。

胖女人说，欢迎欢迎，稀客啊。你们来得正好，一个客人订了座有事来不了，你们就用着吧。说着，就把刘剑锋三人带到一个靠窗的桌子前，这里可以看到江面的夜景。

刘剑锋问，贵妃娘娘，你咋今天亲自掌勺啊？胖女人不好意思地笑笑说，没有办法，最近客人多，厨师忙不过来。刘剑锋说，那好，我们今天就尝尝你亲自做的拿手好菜江水鱼。胖女人说，没问题，还是以前的吃法？刘剑锋说，以前的。胖女人问，要酒不？刘剑锋看看叶梅和马红艳说，算了。胖女人不解地问，刘老板咋不喝酒呢？刘剑锋搪塞着说，晚上还有事呢。胖女人哦了一声，看看叶梅和马红艳，笑了笑，就到厨房里忙活去了。

叶梅问刘剑锋，这胖女人就是老板娘？刘剑锋说，是啊，不像吗？叶梅撇撇嘴又问，咋叫贵妃娘娘呢？刘剑锋说，她叫于贵妃，不是杨贵妃啊，所以店名就叫贵妃江水鱼，名声大嘛，吸引客人。叶梅笑道，长得胖胖的还真像“贵妃”呢。刘剑锋说，胖好看嘛。

叶梅和马红艳都捂着嘴笑了。

叶梅又问，那她怎么叫你刘老板？刘剑锋说，以前跟康城局里的朋友来，大家穿着便衣，他们都叫我刘老板，老板娘也跟着叫我刘老板，以为我是省城做大生意的，每次来吃饭都特别照顾。你们俩今天别给我穿帮了啊，毁了我刘老板的一世声名。叶梅说，大叔，没想到你还是一个有故事的人呢。刘剑锋说，当然，你以为。马红艳扑哧一声笑了。

不一会儿，江水鱼就端了上来，热气腾腾，满满一大盆红的绿的白的，放在桌子中间的位置，立刻香气扑鼻。刘剑锋举起茶杯说，我们以茶代酒碰一下，但愿我们尽快找到李小叶，顺利完成这次任务。叶梅和马红艳也端起茶杯，三人碰了一下。

叶梅问，大叔，你为啥不喝酒呢？听说你特能喝酒，酒量局里没人能比。还有你的那个走哪带哪的酒水壶呢？刘剑锋说，唉，我早已戒了，尤其是在康城这个鬼地方，我坚决不喝酒。叶梅说，是因为康城是你的滑铁卢吧？刘剑锋一听，拉下脸说，小丫头别胡说啊，过去的事别提了。马红艳不明白地问，什么滑铁卢？刘剑锋马上岔开说，她说炖鱼要用大铁炉。马红艳说，哦，大铁炉啊，现在很少见呀。叶梅忍不住哈哈地笑。刘剑锋说，吃鱼吃鱼。

三人的筷子一起奔向桌子中间的大鱼盆。这江水鱼的确不错，新鲜肉嫩，味道独特，越吃越香。三人边吃边称赞不已。这时候，叶梅的目光偶然从刘剑锋的身后扫过去，发现在店里的角落处有三个男子行为有些怪异，吃饭的时候狼吞虎咽，一个脚跷在凳子上，一个光着膀子，一个探头探脑的，眼睛四下乱转。小店里吃饭的人多，声音嘈杂，听不见他们在谈论什么，但感觉很像是早晨在阳南县快捷酒店监控录像里看到的那三个人，也就是从省城来追踪寻找李小叶的那几个家伙。

怎么会在这里碰见他们呢？叶梅心里起了疑问。

天下的事情就是有这么巧。这三人的确就是在追踪寻找李小叶的杆子、土锤和闷尿。他们在高速路上往省城的方向跑了一段后，听到钱老板打来的电话，又急忙返回来到了康城。虽然在路上耽误了一些时间，但康城也就是屁大的一个地方，她能跑到哪里去呢？杆子说，小女子，你别跟老子玩捉迷藏。

可是，他们在城里转了一天，几乎每一条街道、每一个人多的地方都跑遍了，也没有看到那辆北京吉普车，更没有看到李小叶。三个人转得头昏脑涨，心情烦躁，不时在车里发生争吵。

他们开着车在这个山区小城里胡乱转着，像苍蝇一样在玻璃上碰来碰去，但并不死心。最后在太阳就要落山的时候，从市区过桥来到了南岸江边。一看江边都是吃饭的小摊棚子，挂着五颜六色的招牌，里面坐满了吃饭的人，外面有人在吆喝。于是，肚子也跟着咕咕地叫唤起来。

土锤说，哥，跑尿了一天肚子饿了。

闷尿也说，就是。

杆子说，好吧，那就吃饭，想吃啥？

土锤和闷尿一起喊道，吃鱼。

杆子骂道，妈的，那就吃鱼吧！

三人把车停在了路边一个不显眼的地方，沿着江边的小吃摊一路逛来，最后进了“贵妃”江水鱼店，找了一个角落坐下来，要了鱼还要了几瓶啤酒，就狼吞虎咽地吃喝起来。虽然没有找到李小叶，但肚子总要先吃饱。

土锤边吃边说，哥，钱老板会不会骗我们，叫我们在康城瞎乱转。

闷尿也说，今天我们找不到那女子，明天我们就回省城吧。

杆子说，你们两个给我闭嘴，少废话！

两个人不说话了，只顾喝酒吃鱼。

叶梅把自己观察的情况小声告诉了刘剑锋，他侧过脸看了一眼，也感到有些怀疑，但不能够确定。叶梅说，要不要过去试探一下。刘剑锋说，不用，一会儿跟着他们出去，看看他们的车就知道了。马红艳吃惊地问，真的是那伙人吗？刘剑锋说，小声点，马经理。

正说着，角落里的三个男子起身站了起来，一人点上一支烟叼在嘴上，到小吧台前付了钱，然后就走出了小店。叶梅问刘剑锋怎么办？刘剑锋感到事情有些突然，人也不能十分确定，就叫叶梅跟着先出去看看，看他们的车是不是那辆白色面包车就清楚了。马红艳说，我也去。刘剑锋说，行，如果是那伙人，先不要打草惊蛇，看他们一会儿去哪里。如果不是那伙人，就马上回来，这鲜美的江水鱼才吃几口，凉了就不好吃了。

叶梅和马红艳应着，起身出了小店。

她们悄悄地跟着那三个人，看见他们来到码头上一个背着灯光的路边，那里停了一辆车，正是小县城快捷酒店监控录像上看到的那辆破旧的白色面包车。原来这三个男子果真就是追踪李小叶的那伙人。叶梅赶紧给刘剑锋打电话报告情况。

面包车开动起来，迅速离开了码头。

马红艳问叶梅，怎么办？叶梅说，先跟上去再说。说着，就挡了一辆出租车，朝着面包车开去的方向追去。叶梅说，我要看看他们到底是伙什么人，想要干什么？马红艳兴奋地说，说不定还能够找到李小叶的下落呢。

刘剑锋接到电话，叫叶梅紧紧跟住那伙人，他马上就开车跟过来。刘剑锋站起身准备走，回头看一眼大盆里鲜美的鱼，不舍地匆忙夹了一块放进嘴里，然后就到小吧台前埋单。正好老板娘从厨房出来，见他要走，就问，刘老板，鱼还没有吃完怎么就走了？刘剑锋说，有急事。老板娘一看跟着他的两个女的不在，就开玩笑地说，有美女跟在身边不自由啊，欢迎刘老板以后再来。刘剑锋说，谢谢贵妃娘娘。

刘剑锋付完钱，头也不回就朝停车场跑，然后开上车，按照叶梅在电话里提供的方向，离开江边转弯上了大桥，向市区方向驶去。

夜幕笼罩着江水边的康城，远处绵延的山变得一片模糊，只有城区里亮起了灯火。

面包车跑得飞快，出租车紧跟在后面。面包车在城里东拐西拐，开到了城里一家歌舞厅门口。车里的三个男子下了车，看看左右，进了歌舞厅大门。马红艳问，咋办？叶梅说，咱也进去。马红艳说，刘警官还没有来哩。叶梅说，不等他了。于是，她们下了出租车，跟着进了歌舞厅。

歌舞厅里灯光闪烁，音乐震耳，里面出出进进大都是打扮时尚的年轻男女，还有身上穿着很少且又透又露的性感女子。歌舞厅里有唱歌房，有跳舞厅，还有一些关着门的小包间。叶梅看见那三人进了跳舞厅里面。一个小男生走过来，问她们是唱歌还是跳舞？叶梅说，我们是来找人的。小男生说买票才能进去。叶梅说，我们来找人的，找到就走。说完，拉着马红艳就进了跳舞厅里。

刚一推开门，一股强大的声浪冲击而来，使人感到耳膜有一种破裂般的疼痛。叶梅和马红艳赶紧捂住耳朵。里面光线幽暗，人影晃动，在金属般的摇滚音乐声中，无数的身姿和手臂在疯狂地舞动宣泄，根本看不清任何人的面孔，也听不见彼此说话的声音。叶梅只好打着手势，叫马红艳跟在她后面。

叶梅大声喊，里面太吵啦。

马红艳点着头，感到头晕。

叶梅四处张望，目光在跳舞的人群中寻找刚才进来的那三个人。扫了几遍，无法辨认模样。她突然意识到了什么，马上示意马红艳往外走，出了跳舞厅到了门口，两个人就像缺氧的鱼一样张着嘴，大口地喘气。

马红艳不解地问，刚进去怎么出来了？

叶梅没有回答，径直跑到门外，朝刚才面包车停车的地方看去——她顿时傻眼了，车没了！叶梅后悔地顿了一下脚，糟了，上当了，这几个家伙溜了。

马红艳跑过来一看，果然没有车了。

叶梅明白过来，她们的跟踪有可能被发现了，那伙人来到歌舞厅，就是用金蝉脱壳之计把她们甩了。现在已经不知去向，真是太狡猾了！

正在后悔之时，刘剑锋的车赶到了。他跳下车就问，人呢？叶梅低着头懊丧又自责地说，跑了，都怪我工作太粗心了。马红艳向刘剑锋讲了刚才跟踪那伙人的情况。刘剑锋心想，这几个家伙反侦查能力还挺强的，看样子绝不是什么等闲之辈。叶梅刚办案，还缺乏经验，就安慰她说，算了，跑就跑了，跑了初一跑不过十五，我们的重点目标在李小叶。

于是，他们开车离开歌舞厅，通过跟康城的公安朋友联系，在当地的公安招待所住了下来，然后准备明天再继续寻找李小叶。

夜色里的康城变得格外扑朔迷离……

第二天清晨，山区里的康城从睡梦中慢慢醒来，房屋建筑在黎明中若隐若现，裹着一层轻纱一般的薄雾。

闷屃忽然醒了，被膀胱里的一泡尿憋醒了。他爬起身，发觉自己差点被土锤挤到床下。另一张床上杆子一人睡得舒舒服服的。房间里没有厕所，厕所在门外过道的尽头，是公用的。闷屃嘴里骂了声什么，就趿拉着拖鞋出了房间，然后走到过道的尽头。厕所关着门，他一拉，里面传出咳嗽声。他嘴里又骂了一声什么，慌忙夹着腿就往小旅馆外面跑，一直跑到巷子里的暗处，对着墙壁忍不住就尿起来。这时候，外面的天才麻麻亮。

他们一伙是昨天晚上住进这个老城区的私人小旅馆的。

三人在南岸江边的“贵妃”江水鱼店时，忽然发现有人在盯着他们，引起了他们的警觉。他们最担心的是被公安的眼睛盯住，在山区的阳南县城他们跟一伙土鳖青年打架已经惊动了警方，万一他们追踪而来那就很麻烦了。

他们得赶快溜掉。

对于他们这种在道上混的人，对自身的安全是十分敏感的。就像那些并不强大但又要捕食求得生存的动物一样，一旦有风吹草动，闻到有危险的气味，就要立刻隐藏起来或是逃之夭夭。自我保护是他们的本能。

他们迅速离开“贵妃”江水鱼店，并且想办法摆脱了被人跟踪的危险，在昏暗的黑夜里开着面包车在城里一阵乱跑，稀里糊涂就跑到了老城区。看见一片低矮破旧的老房子，就开了进去，发现一家私人小旅馆，在巷口的地方。

杆子认为这样的地方最为安全，小旅馆不用登记身份证，也不会引人注意，出入很方便。杆子和土锤就在小旅馆门口下了车，叫闷屎把车开进旁边黑乎乎的巷子里，并且为了安全起见，叫他干脆把车牌卸了。他们今天已经换了两次车牌了。车牌虽然是假的，但换来换去还是容易被发现。闷屎下车摘了车牌，扔进车里。

三人走进小旅馆，住在了一楼，进了房间后关上门，才放下心来。跑了一天也没有找到那女子，而且还差点被疑似公安的人盯上，三人都感到疲惫不堪，又惊魂未定。杆子倒在一张床上，土锤和闷屎倒在另一张床上，大家都不说话，一个个垂头丧气的样子。他们心里对寻找李小叶开始产生了动摇，但又不愿意放弃这次赚钱的机会。他妈的，这个女子到底钻到哪里去了呢？

然而，叫他们万万也想不到的是，李小叶和方明亮就跟他们住在这个老城区的同一个小旅馆里，就在他们房间的楼上，他们之间的距离也就是相隔一层楼板而已。不知这是巧合还是天意，正所谓不是冤家不聚头。

因此，当闷屎在清晨黢黑的巷子里对着墙壁撒尿时，偶尔一转头，忽然发现自己停的面包车前面还停了一辆老北京吉普车，他浑身猛然打了个冷战，刚尿一半的尿一下又缩了回去。这不会是那女子坐的那辆北京吉普车吧？昨夜停车时巷子里光线暗竟没注意到，咋会在这里碰见？会不会是别人的车呢？

就在他感到吃惊和怀疑的时候，一个更加叫他震惊的情景出现了。他回头看见小旅馆的门口匆匆走出一个女子，手里拖着行李箱向老街外面走去——这……

这……这……这不是那个叫李小叶的女子吗？闷屃简直不敢相信这是真的，他使劲揉揉自己的眼睛，再一次把目光抛过去。没错，就是她！

闷屃拔腿就往小旅馆里跑，心里惊喜得胡乱打鼓。他一把推开门，大声将杆子和土锤从床上叫起来，兴奋得结结巴巴地把出去撒尿发现的情况赶紧告诉二人。杆子和土锤先还没有反应过来，见他嘴里叽里呱啦不知说些什么，后来才恍然明白过来，赶紧穿好衣服跑出房间。

杆子和土锤果然在巷子里看见了那辆北京吉普车。

杆子问闷屃，人呢？

闷屃指着老街外面说，往那个方向去了。

杆子在闷屃脑袋上拍了一巴掌，你妈的瓜子，为啥刚才不把她拦住？

闷屃说，我？

杆子说，我个屁，赶紧开车去。

闷屃跑进巷子去开面包车，杆子和土锤顺着老街外面的方向追了出去。这真是天上掉下的馅饼啊，打着灯笼火把都找不到的人，竟然就住在同一个小旅馆里。这是老天爷帮忙，让他们在人海茫茫的康城，终于找到了他们要找的人。杆子兴奋得两腿跑得飞快。

两个人刚跑出老街，果然见街口处有一拉着行李箱的女子，站在路边，看样子是在等出租车。当她转过脸朝一边眺望的时候，杆子一眼就看清楚了，正是他们这几天一直在苦苦寻找的那个女子李小叶，她穿一件短风衣，脖子上扎一条小丝巾，跟手机里的照片几乎一模一样。

杆子心里一阵狂喜。

他们立刻跑上前去，一定要拦住李小叶，这次不能让她像在小县城的快捷酒店那样跑掉了。街口左右无人，只有李小叶一人站在那里。由于天才刚亮，公路上车辆很少，行人也很少。不知为什么她一大早独自出行。

他们跑到了李小叶跟前，一前一后拦住了她。杆子上前问道，你就是李小叶吧？女子回过头来，问，你是谁？我不认识你。杆子说，我们是从省城来的，找你有事情。李小叶感到不对劲，心里怦怦地跳动起来，问道，你们是什么人，找我干吗？杆子说，等一会儿你就知道了。

这时，一辆白色面包车忽地开了过来。

李小叶马上明白了，原来这几个人正是在阳南县追踪寻找她的人，没想到在这里碰上了，真是冤家路窄。她拉着行李箱就要走，准备甩开这几个家伙。

可是，她的双手已经被两个人牢牢地抓住了。

面包车一停下，李小叶就被杆子和土锤一把推上了车，把她的行李箱也扔了上来。李小叶喊叫，你们要干什么，干什么？杆子和土锤不说话，把她夹在车座的中间。杆子对前面开车的闷㞞喊，快开车！人还没有坐稳，面包车就斜着窜了出去，加大油门离开老街路口，穿过康城市区的街道，向城外方向开去。

街道上依然安静，好像什么也没有发生。

李小叶坐在车上，身边一边一个男人。她脑子里一片混沌，还没有完全从突然发生的事情里清醒过来。旁边的土锤开始打开她的行李箱，翻找里面的东西，但一无所获。

李小叶一边阻拦，一边生气地喊道，你们想要干什么？

杆子说，女子，别叫唤，我们也是替人办事，只要你把一件东西交给我们，事情就完了，我们挣的就是一点辛苦钱。

李小叶问，啥东西？

杆子说，很简单，就是一份啥合同书。

李小叶问，合同书？

杆子说，我也不懂，你拿出来，我给人家一打电话就知道了。

李小叶说，是谁叫你们来的？

杆子说，这事咱不能说，各行有各行的规矩，咱不能坏了规矩，对不对？只要你把东西给我，你走你的，我走我的，咱们井水不犯河水。

李小叶知道自己现在已经被人劫持了。这伙人肯定就是钱彪这个狗东西派来的，只有他现在才想要这个合同书。看来这些人是职业的“绑匪”，是黑道上的人，他们做事的目的就是为了钱。如果拿不到钱，他们绝不会罢休，什么事情都可以做出来。

李小叶感到面前吹过一道寒风，如刀子一样坚硬。

一大早，她就悄悄起床，离开睡梦中的方明亮，离开老街里的私人小旅馆，离开康城，摆脱马红艳和那两个公安人员的寻找，还有那几个追踪她的不明身份的人。她要回到省城去找钱彪要钱，或者找林亚雄借钱，总之要尽快平息眼前的客户闹事风波。如果事情不顺利，她就要赶在公安人员找到她之前，毁掉藏匿的那包东西，以防不测。她不愿意事情牵连到方明亮，决定离开他，独自面对一切。可是一出门，准备打的去长途汽车站，竟然遇上了这伙“绑匪”。她要冷静下来，想办法找到机会逃出去。

杆子问，东西现在在哪里？

李小叶答，在省城。

杆子说，好，我们回省城，拿到东西就放你，拿不到东西，到时候别怪我们不客气。

李小叶听出了威胁的口气，她把脸转向车窗外。

车开到一个无人的地方，杆子叫车停下来。他下车拿出手机赶紧给钱老板打电话报喜，说他们已经找到了李小叶，现在就在他们的手里。钱老板高兴地问，东西拿到了没有？杆子答，女子说东西在省城，他们正在回来的路上。钱老板说，好，等你们回来拿到东西，咱们一手交钱一手交货，到时请你们喝酒，哈哈哈哈。

杆子上车，面包车继续向前开。不一会儿出了康城，上了高速公路，朝省城方向一路开去。

当方明亮挣开眼睛的时候，看见小旅馆房间的旧窗帘布已经发白，透出光亮。外面的菜市场和老街楼下传来了一片嘈杂的声音。突然，他一翻身，发现李小叶不在身边，房间里也不见人，她的行李也不见了。他一下慌了，忙起身，发现床头留有一张字条，上面写着：

明亮，你好。当你醒来的时候，也许我已经踏上了远去的路程。现在，我的事情你都知道了，也许你会谴责我是一个可恶的骗子，骗了那么多保险客户的钱，叫他们现在痛不欲生，遭受巨大的经济损失。也许你还会在心里骂我是一个贪图金钱、爱慕虚荣、追求奢华生活的女人。我觉得，你谴责得对，也骂得对，事实上我现在就是这样一个人。我从一个贫穷的山区女子，成为一个事业上成功的人，成为一个拥有财富的人，成为一个令人羡慕的人，其中经历的过程你并不一定知道。走到今天这一步，我不后悔。世界上的事情都不是一帆风顺的，奋斗的路上充满了曲折和风险。我会想办法渡过眼前的难关。但是，毕竟我现在的处境非常危险，我不能拖累你。想了一夜，我们还是分开的好。好了，不说了。我要走了。感谢你给了我从未有过的快乐和幸福。不要找我。爱你的小叶。

方明亮一下蒙了，赶紧穿好衣服从床上下来。他没想到李小叶会真的离开他。她现在一个人去了哪里？

方明亮心里突然像被一把铁钳紧紧咬住了一样，疼痛难忍，他拿着李小叶留给他的信，声嘶力竭地大声喊起来，小叶——

他疯了一样跑出小旅馆的房间……

刘剑锋早晨起床后，眼圈明显的黑了，这是一夜没有睡好的结果。床头的烟灰缸里堆满了烟头。李小叶至今没有消息，康城的各个酒店都没有出现她登记的名字。那几个不明身份的人摆脱他们后也不知去向，没有了踪影，他们陷入了一团迷雾之中。

刘剑锋一脸的沮丧。

很显然，那伙人也在到处寻找李小叶。如果他们发现警察在跟踪他们，就会打草惊蛇，逃之夭夭，或者加快寻找李小叶的步伐，不择手段达到他们的目的。这样，李小叶的处境更加危险了。

刘剑锋没料到事情会变得如此的复杂。

叶梅和马红艳也早早起床，收拾好东西，随时准备出发。他们来到公安招待所的食堂吃早饭，正吃到一半，当地的公安朋友忽然打来电话，告诉李小叶乘坐的那辆北京吉普车在老城区外出现了，正在往市里的长途汽车站驶去。刘剑锋叫他们赶紧把车挡住，他们马上就赶过去。

一听有了那辆北京吉普车的下落，三个人都兴奋起来，赶紧扔下饭碗，回房间拿了东西，很快就上了停在招待所外面的警车。这时，当地的公安朋友又打来电话，说那辆车已经被他们在长途汽车站扣住了。叶梅和马红艳高兴地喊起来，太好啦，这下总算把李小叶找到了。刘剑锋也吐了一口气，紧绷的脸上终于露出笑容。

他们开车直奔市里的长途汽车站。

当他们到达地点时，看见一辆交警巡逻车已经把那辆北京吉普车挡在路边，交警人员正在查看车上男子的证件，男子极力在为自己辩解什么。交警一边解释，一边叫他下车，说，这是例行检查，希望配合。男子的火气很大，跟交警吵了起来。

这个男子正是方明亮，他来长途汽车站寻找一大早就不见了的李小叶。

刘剑锋把车靠边停下。三个人都快速跳下车，来到北京吉普车跟前，探头朝车里面看，发现前后座都是空的，除了男子一人，没有发现李小叶。他们一下愣住了。

刘剑锋问男子，李小叶呢？

男子看到又来了几个穿便衣的人，就反问，你们是什么人？

刘剑锋拿出警官证一亮，问，李小叶呢？

男子说，我也在找她呢。

刘剑锋问，你是她什么人，怎么跟她在一起？

男子说，我是她男朋友。说着，从身上掏出了一个工作证，递给刘剑锋。

刘剑锋看了看证件，说，你就是方明亮，你不是跟她在一起的吗？

方明亮说，今天早晨一醒来，就不见她了，不知去了什么地方，我也急着找她呢。

经过简单的询问，终于弄清楚了男子的身份，并且知道了他来康城山区跟李小叶见面的原因。但没有找到李小叶，大家感到很是失望。现在她一人又独自出走，到底去了哪里呢？是留在康城，还是去了省城，或是又返回了家乡的小县城？一切不得而知。那伙追踪她的人也没有踪迹。事情好像走进了死胡同，找不到出路了。

几个人的脸上都浮现出阴云。

刘剑锋要方明亮给李小叶打电话联系一下，他拿出手机拨了一下，对方关机没有反应。

他们陷入了进退两难的困境。

李小叶想要逃离绑匪的劫持的愿望越来越强烈。

一路上她都在观察可能逃走的机会，比如向路过的车辆呼救，比如跳车等等。如向路过的车辆招手求救，但隔着车窗玻璃，别人无法理解她的意思。跳车更不可能，高速公路上汽车以每小时一百公里的速度在飞奔，跳下去就会粉身碎骨。再说，一边一个家伙夹着她，根本就动弹不得。她只有等待机会。

李小叶想，到了省城，真要把东西交给他们吗？给了，自己就没法跟钱彪要钱了。不给，这伙人肯定不会罢休，说不定还会对她下毒手哩。咋办啊？

李小叶急得快要哭了。刚才被推上车时，她无意间看见他们身上都带着刀子，暗藏在腰上，衣服不经意掀起时就露出一道亮光。她的心里感到害怕。

李小叶有些后悔早晨离开方明亮了。要不然，这时候他们还会在小旅馆里，虽然像老鼠一样躲着，至少人身是安全的。现在方明亮知道她离开了，不知她的去向，心里该是多么的着急啊，一定会疯了似的到处找她。想到这里，她的眼泪顿时涌了出来。

面包车在高速路上飞奔，远处的山峰和路边的山谷纷纷朝后倒去。

终于看到了一个公路边的服务区标志。李小叶提出要上卫生间。杆子说不行，继续开。开车的闷屃说，我也要尿尿，憋不住了。杆子骂了一句，懒牛懒马屎尿多。他转头对李小叶说，我不是说你啊。李小叶转开脸，没理他。

车开进了高速公路边的服务区。这是一个山区里的小服务区，停下来的车辆不多，人也不多。下车的人，有上卫生间的，有到小商店的，有找开水的，也有到加油站给车加油的。杆子叫闷屃把车开到一无人处停了下来。等到服务区里的车辆和人陆陆续续走了，才让李小叶下车。她一下车，杆子和土锤紧紧跟在左右，就像保镖一样，一直跟到卫生间的门口。杆子提醒李小叶，抓紧点啊，我们就在门口等你。李小叶说，你们也管得太宽了吧，女人上厕所你们还守在门口？

杆子和土锤尴尬地后退了两步。杆子叫闷屃尿完尿马上到厕所的后面守着，防止她从后面的窗子跑掉。闷屃赶紧跑进男厕所里去了。

李小叶进了卫生间，眼睛飞快地寻找逃走的出路。卫生间里空空的，没有人。她看见有一个小窗，可是有一人多高，根本翻不出去。她抓紧时间打开手机，给方明亮发了一条短信，告诉他自己被那几个跟踪她的家伙劫持了，正在回省城的路上。

在发短信的时候，李小叶看见一个打扫卫生的女人走进来，穿着蓝色工作服，戴着帽子和口罩。她脑子里立刻有了主意。她赶紧把女清洁工叫了过来，悄悄告诉她，说她被几个拐卖妇女的坏人绑架了，要把她卖到很远的地方去，希望女清洁工帮帮她，那几个坏人就在外面。女清洁工朝门口一看，果然有两个贼眉鼠眼的男人站在女厕所门口东张西望，一看就不是好东西。女清洁工有些害怕，说，我怎么帮你呀？李小叶要女清洁工把她穿的蓝色工作服，还有头上的帽子和口罩都脱下来，然后把五百块钱塞在她的手里。女清洁工犹豫地说，妹子这不行吧？李小叶央求道，帮帮我吧大姐，我家里还有一个刚上小学的女儿呢，我被拐走了，她怎么办啊？女清洁工想想说，可是他们守在门口你出不去的。李小叶说，我试试看吧。女清洁工就收下钱，把身上的工作服、帽子和口罩脱了下来。

这时候，服务区开来一辆旅游大巴车，停下后下来一大堆男男女女，都往厕所里跑。进女厕所的女人们看见两个男人守在门口，都奇怪地看看他们。有一个高大胖的女人说，你们两个男人站在这里干啥，这是女厕所吔，想进去吗？

跟着的女人们哈哈大笑。

杆子和土锤只好又往后退了两步。

过了一会儿，旅游大巴上的女人们嘻嘻哈哈地从厕所里出来，其中，打扫卫生的女清洁工也跟在里面，戴着帽子和口罩，一边走一边低头打扫女人们手里扔下的东西。

杆子和土锤瞪着眼睛，看着出来的人，一直送她们上了旅游大巴车。杆子骂了一句，他妈的，骚情。土锤有些不耐烦了，说，哥，这女子咋还不出来？杆子坏笑道，你想进去看看？土锤说，我不去，要去你进去吧。两个人试探着想往里走。忽然那个高大胖的女人走出来，一边整理着裤子一边喊道，你们想干吗？杆子和土锤吓得赶紧又退了回去。

杆子和土锤看着旅游大巴开走了，车里传来男男女女的一阵笑声。

又过了一会儿，还不见李小叶出来，厕所里没有了动静。两个人开始急了，咋回事？杆子一挥手，两个人蹑手蹑脚一起进了女厕所。

里面空空如也，很是安静，只有隔间挡板里细小水流的声音。

杆子感到事情有些不妙，他喊了一声，有人没有？没有人回答。他们就开始用脚踹开一个一个隔档的门，都是空空的。到了最后角落的一个隔档，忽然听见里面有响动声。杆子喊道，小女子，快出来吧。门没开，里面又是一阵响动。杆子火了，挥手叫土锤把门踢开。土锤听从命令，上前一脚把门踢开，嘭——他们一下傻眼了。只见里面有一个女人浑身哆嗦靠在墙上，瞪着惊恐的眼睛，不是李小叶，而是打扫厕所卫生的女清洁工。

杆子气得暴跳如雷，歇斯底里地大声吼叫，妈的，李小叶，老子抓住你要宰了你！

女清洁工缩在角落里浑身发抖。

两个人赶紧跑出女厕所，叫回闷尿，一起上了车。杆子认为，李小叶化装成清洁工混出来后，一定是上了刚才那辆旅游大巴车。没想到这女子诡计多端，两个人守在厕所门口，一个人守在厕所后面，结果都让她跑掉了。现在只有追上那辆旅游大巴车，才能把李小叶抓回来。没想到煮熟的鸭子飞了，三个人肚子里搅着一团火。上了车，结果发现李小叶的行李箱也不见了。

杆子气得鼻子都歪了，抓挠着小胡子喊道，妈的，给我追！

面包车疯了似的开出服务区，向前面追去。

追了半个多小时，终于看见了旅游大巴车。面包车想超过去，但旅游大巴车不让。杆子叫闷屃狠劲按喇叭，要旅游大巴车停下来。可是旅游大巴车根本不听，依然往前开，谁也挡不住它。杆子一看没有办法，高速路上这么快的速度，面包车拼不过大巴车，只好跟在后面。只要李小叶在车上，她就跑不了。

旅游大巴车上的女人们看见追上来一辆破旧面包车，车里有两个人就是刚才站在女厕所门口的两个变态男人。女人们一边笑一边用手比画嘲弄他们。

杆子气得肺都要炸了。

杆子叫闷屃把车超过去，到前面去把旅游大巴车拦下来。闷屃一踩油门，终于超过了旅游大巴车。在超车的时候，杆子打手势叫大巴车司机赶紧把车停下。大巴车司机不知出了啥事情，只好放慢速度，最后在应急道上把车停了下来。

杆子三人跳下面包车，向后面的大巴车走去。

大巴车司机打开车窗，瞪着眼睛吼道，咋回事？

杆子向司机递上一支烟，说，师傅，不好意思，我家妹子可能坐到你的车上来了。大巴车司机说，莫名其妙，谁是你家的妹子？我们这是旅游团，没有别的外人。杆子说，我妹子脑子有病，刚才在服务区可能上错车了，麻烦你把车门打开，我们上去看看就走。司机不耐烦地说，快点啊，我们还要赶路呢。

车门打开了，三人快步登上车，在车厢里寻找起来。车里的男男女女眼睛都盯着他们。刚才上厕所的那个高大胖女人说，这不是在女厕所门口站岗的两个男人吗？车里的女人们哈哈笑了。

三人用眼睛车前车后扫了一遍，没有发现李小叶。杆子又叫土锤和闷屃看看每个座位的下面。两个人就一一俯身趴在座位下看。

高大胖的女人说，小子，瞧啥咧，有啥好瞧的？你妹子没在车上，赶紧到别处去找吧，也许还在女厕所里呢。

车里又是一阵哄笑。

杆子又气又恼，脸一阵红一阵白。他一挥手，走——

三人只好失望地下了车。

大巴车车厢里发出一片嘘声。

大巴车司机说，神经病！接着发动车，方向盘一打，车开了出去。

看着远去的旅游大巴车，杆子三人像泄了气的皮球瘫坐在地上。

而此时，李小叶在服务区已经跟打扫卫生的女清洁工换回了衣服，并向她表示感谢，然后坐上了一辆前往省城的长途汽车。她赶紧又给方明亮发了一个短信，说自己已经逃离了那伙绑匪，不用担心了。

真是一场惊险！

……

方明亮先后接到李小叶两个短信，可谓是一起一伏，一会儿紧张担心，一会儿意外高兴。

接到第一个短信时，他脑子里就像炸了一个响雷，赶紧把消息报告警官刘剑锋和叶梅，还有保险公司的副经理马红艳，几个人正在为不知李小叶的去向而感到发愁和焦虑，听到这一消息，感到非常吃惊。

他们火速开车离开康城，上了回省城的高速公路。

刘剑锋心里清楚，现在李小叶被那三个不明身份的人绑架了，不仅给案子的调查带来影响，而且还对当事人的安全产生威胁。他们必须追上那辆面包车，救出李小叶。

大家心急如焚。

刘剑锋加大油门，让警车飞奔起来。方明亮开着北京吉普车紧跟在后面。

半个小时之后，方明亮又收到李小叶第二个信息，得知她已经从那几个绑匪身边逃了出来。他立刻追上警车，告诉了刘剑锋三人。大家感到意外的高兴，悬在嗓子眼的心又落了下来。方明亮想弄清楚李小叶现在在哪里，可打电话过去，她依然关着手机。不知她逃出来后，现身在何处。几个人的脸上仿佛又蒙上了一层迷雾。

刘剑锋说，只要李小叶在回省城的路上，我们就一定会找到她。叶梅说，看来这女子的确不简单啊，能够从那伙坏人的手里逃出来，真是厉害！马红艳说，但愿再不要出啥事情了，这两天我紧张得眼睛不停地乱跳，夜里都睡不踏实。

几个人决定沿着回省城的高速路，一个一个服务站找。

一辆警车和一辆北京吉普车，在高速路上飞奔……

# 十五

李小叶回到了省城。

突然有一种恍若隔世的感觉浮现在她的心头。城市虽然还是高楼林立，车水马龙，人声嘈杂，但短短的几日离去又归来，竟然有了久违的感觉。她看看灰白的天空，又看看身边无数匆忙的身影，不知道眼前的一切是熟悉还是陌生。

跟随着出站的人流，她戴着墨镜走出长途汽车站。

站在车站门口，环顾四周，不知该去何处。城南的出租屋肯定是不能去了，姨妈家也不可能住下来，但女儿她一定要想办法看的，她现在实在是太想她了。她必须要先找地方歇下来，然后了解公司和客户最近的情况。当然，眼下最重要的，是要见到宏达投资公司的总经理钱彪。

时间不允许再拖下去了。

李小叶认为这件事必须要林亚雄出面帮忙才行。一出车站，她就给林亚雄打了一个电话，说要见他 ，她现在是有家难回了。林亚雄一听，李小叶从康城山区回来了，非常高兴，答应马上见面，并叫司机田三为她安排好住宿的酒店。两个人约好了在以前去过的南山书院旁边的私人会所见面，那里人少僻静，应该是比较安全的。

自从李小叶出事之后，林亚雄就一直感到不安，他不光为干妹子担心，而且还为这件事情将要引发的危机感到忧虑。事情一出，黄副市长夫人徐大姐就打电话来，话里藏着锋芒，说这件事已经惊动了许多人，担心这场保险客户的闹事风波会触及一些人的利益并引起社会的动荡。接着，钱彪就跑来找他，说李小叶出事与他有关系，闹事保险客户的钱就是进了宏达投资公司，现在都砸在白河工业园区和北山地区的煤矿油矿里了。如果李小叶出了事情，就会牵涉到宏达投资公司，也会牵涉到他林亚雄。于是，钱彪就暗自派人去找李小叶，要拿回当初签的合同协议。撇清宏达投资公司与她的关系，即便事发，那就是李小叶个人的行为了。

事后，林亚雄仔细地想，钱彪为何要瞒着他，通过李小叶把手伸进保险公司这座金山？他到底是出于什么目的这样疯狂地募集资金呢？长久以来，林亚雄表面上对钱彪是称兄道弟，但内心里一直对他都有所戒备和防范，就是担心养虎为患。当初留下钱彪，是为了减少一个在市场竞争中的对手，所谓化敌为友。然而后来发现钱彪的骨子里并没有折服，更不懂得报恩，一直在等待机会东山再起。他与几个社会朋友成立宏达投资公司就是迈出去的第一步。林亚雄暗地派人了解到，钱彪正在串通其他的股东，打算一步步削弱他在宏达的股权，摆脱他的控制，最终将与他在市场上公开叫板抗衡。

李小叶事情一出之后，林亚雄又派人出去进行了调查，发现钱彪与一个叫谢长安的人来往密切。这个人是长安文化传媒公司的老板，在社会上也有一些背景和人缘，近年见房地产业生意红火，也跃跃欲试准备介入。他曾经在白河工业园区的土地竞标中与林亚雄相遇，最后败北。于是就四处放风，说是林亚雄靠黄副市长撑腰，进行了暗箱操作。林亚雄没有在意这个人，小船翻不起大浪。但这次保险客户闹事，据说背后的推手就是这个谢长安，他不仅找来了媒体报道，而且还亲自带领闹事的客户围堵了保险公司。这是一个什么人物，他想干啥？

林亚雄要一一搞清楚。

半个小时后，李小叶坐出租车来到市里南山书院旁边的私人会所门口。这时候，林亚雄的车也刚好到了。两个人在门口见了面。林亚雄叫司机田三把李小叶的行李箱拿到车上，去安排住宿的酒店，然后他就带着李小叶进了会所。

进门后穿过几个曲廊，服务小姐把他们带到一处私密的小庭院里，在一棵高大的金桂树前有红木桌椅，他们坐下来。今天的天气很好，天空出现了太阳，阳光暖暖的。小庭院里小桥流水，假山盆景，石雕砖雕，花木点缀，一切都很精致。一只鸟笼挂在桂树枝上，里面的一只画眉跳来跳去，发出清脆悦耳的叫声，愈发显得庭院幽静。

小庭院里除了林亚雄和李小叶，没有别人。服务小姐送上一壶泡好的茶和两盘干果点心，又拿来一个点着的香薰放在一旁，然后就退了下去。茶的清香和香的淡淡青烟在庭院里缭绕起来。

林亚雄开门见山，直奔主题，问道，妹子，到底是咋回事啊，这几天哥快急坏了。

李小叶眼圈一红，说，哥，一言难尽。

林亚雄把茶杯移到李小叶面前，说，慢慢讲，怎么弄得满城风雨，你还跑得人都不见了。

李小叶喝下一口茶，叹了一口气，就把离开省城的前前后后经过大体说了一遍。她告诉林亚雄，那些保险客户的钱都在宏达投资公司的总经理钱彪那里，现在他拿不出钱来，客户就跑到保险公司闹事，弄得客户找她，公司找她，公安的人也找她，她不跑怎么办。

林亚雄说，咋会搞成这样子。我告诉过你，跟钱彪打交道要多长个心眼，要防着他。

李小叶说，他不是你的兄弟吗？还是你介绍我认识的呢。

林亚雄叹口气说，我现在也后悔呢，他是我兄弟不假，我在宏达也有股份，可是在生意场上只有利益的伙伴，没有真正永久的朋友。所谓君子之交淡如水，那是骗人的。钱彪，我太了解他是啥人了，说不定这件事情就是他挖的一个坑呢。

李小叶吃惊地说，真的？我怀疑派人来跟踪和绑架我的就是他。

林亚雄说，不光追踪绑架你，还有杜咪呢。

李小叶气愤地说，原来这人这么坏。

林亚雄问，你怎么会跟他私下合作，搞起投资来了？

李小叶说，唉，现在说也没有用了。林哥，你说我现在该咋办？

林亚雄说，解铃还须系铃人，当然还得找钱彪啦。不过，我也可以帮你，答应借给你钱，可是——

李小叶问，可是什么？

林亚雄说，你得把手里的大客户名单给我。

李小叶心里一抖，说，林哥，你要大客户名单干吗？

林亚雄说，你别问了，这是别人的意思。

李小叶心里清楚，这些大客户名单不仅有着不能让人知道的隐私，而且是她好不容易辛辛苦苦积累起来的人脉关系，就好比是她的私人金矿，是她生存的饭碗。她忽然一下明白了，是有人在给林亚雄施加压力，要跟她做一桩交易。

李小叶说，给你了，我以后怎么办？

林亚雄说，妹子，眼光要放长远一点，你还记得我给你介绍的那些重要客户吧，包括黄副市长的夫人徐大姐，对你一直都是很关心的。

李小叶说，我知道。

林亚雄说，你出事后，徐大姐一天一个电话追着我问你的情况，还有其他的人也打电话来问，我头都大了。

李小叶说，可是，我给他们的分红一次也没有耽误过，一分钱也没有少过呀？

林亚雄说，你呀，看问题就是简单，这不光是钱的问题，这些人的身份地位很重要，他们是不愿意自己的事情让社会和世人都知道的。

李小叶心里紧张起来。

林亚雄说，这么多年，我的事业能够做大，离不开我在社会上建立起来的各种关系，包括政府的关系。今天的企业也好，商业也好，金融也好，没有政府的支持是不行的。我有这些关系的支持，事业发展就很顺利。可是，你成功了就会遭到别人的嫉恨，他们会使用各种方法手段来打垮你，这就是商业竞争，也是强者和弱者的较量。

李小叶说，这个我懂。

林亚雄说，所以，你现在不能出事，出了事那些重要客户怎么办，你想过没有？他们大都是我介绍给你认识的，他们的钱不能受损失，信息更不能让外人所知道。徐大姐跟我说，现在的媒体记者就像苍蝇和狗一样，闻到点气味就乱飞乱叫，唯恐天下不乱。这些重要客户一旦有事情，我林亚雄如何对得起他们，你明白吗？

李小叶不吭声了，心里充满了矛盾。

林亚雄掏心地说，再说，你是我妹子，你出了事，我脸往哪里搁？现在有人不仅想打垮我，还想攻击黄副市长，最近正是市长人选确定的关键时期，底下竞争很激烈，有人就想做他的文章，说他提出的白河工业园区有问题，想把他拉倒。他倒了，我林亚雄就没有靠山了，这些人的目的就达到了。

李小叶惊叹道，事情这么复杂。

林亚雄说，这个世界就是这样，人心险恶，叵测难防。

李小叶说，好吧，我听你的。她答应了林亚雄的要求，同意把大客户名单交给他。

林亚雄高兴地说，这就对了。我可以给你一笔钱，先去安抚那些闹事的客户。然后，你还是要想办法把钱彪那里的钱要回来，才能从根本上解决你面临的危险。至于公安方面来调查的事情，我会想办法给你减轻点压力。不过，你暂时还是不要露面。

李小叶激动地站起身，眼里潮润着，向林亚雄鞠了一躬，谢谢林哥！她现在明白了，相比那些到公司闹事的普通保险客户，没有露面的大客户才是最潜在最深层的威胁，如果他们的利益和名声一旦受到影响，她就再也别想在省城里翻身立足了。她必须依靠林亚雄，从摔倒的地方重新爬起来。

钱彪接到杆子打来的电话时，正在办公室里与长安文化传媒公司的老板谢长安见面。两个人正谈得火热。谢长安戴一副金属细边眼镜，长着一副精明的样子，正在跟钱彪侃侃而谈。

他们在几年前就认识了，一认识就相见恨晚。他们的第一次见面，居然是在娱乐城的一个歌舞厅里，为了争一个漂亮的小姐，差点打了起来。这家歌舞厅叫“夜来香”，女老板乔丽娜是钱彪的情人，她一出面就把事情摆平了，两个人居然就成了朋友。后来，他们就经常到歌舞厅来，叫小姐陪着一起唱歌喝酒。

钱彪了解到，这个谢长安原是个学校教书的文化人，后来因为猥亵一个女学生，被学校开除。他就下海做生意，折腾了几年后有了钱，吃喝玩乐嫖样样在行，比没有文化的人更加生猛。这家伙脑子聪明，点子又多，常常做出一些意想不到的事情。

比如他收“破烂”。先是专门收那些旧书报、旧家具和旧物件，后来这些东西都成了古董。再后来就是收“废纸”，专门到政府部门和事业单位去收，里面的文件和政治学习书籍堆积如山，都当成“废纸”，大卡车一车一车地拉，卖给造纸厂，打成纸浆。然后，又变成纸，印成文件和政治学习书籍，然后又当成“废纸”——如此循环，生意不断。

比如他做“文化下乡”产业。他看到农村的文化娱乐生活贫乏，农民白天干农活，晚上抱女人，生活很单调，就买了几台电影投影仪和一批港台武打片，带着人到农村乡镇去放电影。还把城里快要散伙的文艺团体组织起来，打着名家艺术团的旗号到处演出挣钱。

再比如，他做“广告垄断”。他看见户外广告能挣钱，就通过花钱买通关系把城里主要地段、机场和公路广告都承包下来，最后价格由他说了算。后来，他又进入媒体广告，把电视台的黄金时段买下来，那些热播栏目的前后几乎成了他的天下。

最重要的是，这个家伙神通广大，关系厉害，上上下下都有人，好像没有他办不成的事情。钱彪对他很是佩服。

然而，就在谢长安生意一路顺通、飞黄腾达的时候，突然遭遇到一场暴风雨——黄副市长提出对全市文化市场进行整顿，他的那些“文化产业”纷纷受到政府的打击。什么“收破烂”“文化下乡”“广告垄断”，统统都行不通了。谢长安的生意一落千丈。加上后来在白河工业园区土地竞标中受挫，因此他心里对黄副市长、对林亚雄充满了仇恨。

这一点，与钱彪形成了共鸣。

谢长安告诉钱彪，要想搞倒林亚雄，首先要搞倒他的靠山；要搞倒他的靠山，就要在他的软肋处下刀子。现在社会上有人风传白河工业园区是黄副市长搞的政绩工程，对这一项目产生了质疑，这是一个机会。而且现在马上就要面临着市政府换届和市长位置的竞选，如果这时候在他的软肋上捅一刀子，他就可能当不成市长了，林亚雄也就没有了依靠。

钱彪就盼着这一天。

从一开始，林亚雄就是他生意上的克星，在最初的原始积累阶段，林亚雄就吃掉了他，之后他再也翻不过身来，只好蛰伏在林亚雄的身边，成为他的手下，成为他的“哥们儿”。然而，他做梦都想着有朝一日重新站起来，面对面地跟林亚雄再来一次决斗，看看到底是谁输谁赢。这些年来，他暗自疗伤恢复元气，等待着机会的到来。

他终于找到了谢长安这样的同路人。

成立宏达投资公司是迈出去的第一步。尽管林亚雄是大股东，可是钱彪与朋友合作控制着公司百分之六十以上的股份，话语权依然在他的手里，只要有一天他把林亚雄的那部分股权买过来，就可以彻底跟他分手，羽翼丰满地跟他抗衡了。

钱彪希望早日看到这一天。

谢长安早知道李小叶是林亚雄的干妹子，她有一批大客户，其中就有黄副市长的老婆徐雅姿，如果这些大客户的资金来源有猫腻，就会是一个软肋。谢长安说，我就不相信那些当官的身上有那么干净。这次资金出现了断流，坏事也可以变成好事，可以借助保险客户闹事，把事情闹得越大越好，一直闹到黄副市长下台。

钱彪说，那我怎么办？李小叶出了事，我也跑不掉啊。

谢长安说，你怕啥？李小叶出事，有保险公司顶着呢。那些钱买的是保险，有保险合同和发票，保险公司还敢不赔？我已经找律师问过了，李小叶没有钱，就得找保险公司要。她的保险理财不仅我买了，那些大客户都买了，谁不想赚钱啊！可是，这下把大家都套住了，就看谁有本事解了。我们就等着看这台好戏吧，哈哈。

谢长安发出阴森恐怖的笑声。

钱彪心里好像又有了底气，觉得还是谢长安脑子够用。他忽然想起什么，问道，对了，听说谢老板以前追过李小叶？

谢长安的眼睛在眼镜后面一亮，毫不忌讳地说，是啊，追过。一见这女子我就喜欢，漂亮有个性，开始我花了不少的钱在她那里买保险，后来又请她吃饭喝酒，买贵重的礼物送给她，可她都拒绝了，不领我的情。老子想拉拉她的手，抱她亲她一下都挨不着边。

钱彪笑道，谢老板原来还是一个痴情人啊。

谢长安叹口气说，不瞒兄弟你讲，我当初下海时老婆就跟我离了婚，到现在晚上睡觉我还孑然一身，光棍一条。当然，想要跟我上床的女人多的是，解决男人的需要不是问题，可是我心里清楚，这些女人都是冲着我的钱来的。无所谓，睡就睡了，但过后又觉得没啥意思。

钱彪说，谢老板追求品位嘛。

谢长安感叹地说，兄弟，做男人不容易啊。

钱彪问，你要是得不到李小叶咋办？

谢长安从牙缝里挤出了几个字，得不到？得不到我就毁了她，就跟砸一个玻璃杯子一样容易。她不就是一个康城山区来的打工妹嘛，收拾她很简单。

钱彪竖起拇指说，谢老板厉害，兄弟我佩服！

两个人正聊着，钱彪的手机响了。他一看，是派去寻找李小叶的那个杆子打来的。上午的时候杆子打来电话，说他们在康城已经把李小叶找到了，正在带回省城的路上，一回来就可以把东西拿到手交给他。钱彪心里非常高兴，总算要把压在心里的磨盘搬掉了，从此也就再没有后顾之忧了。他一直待在办公室里看着时间，等待着那伙人快点回来，尽早把那张协议合同拿到手里。现在他一看到电话，心情就忍不住激动起来，认为一定是这伙人已经带着李小叶回到省城了，或许已经从她手里拿到了东西。于是，他迫不及待的第一句话就问，东西拿到了吗？

杆子在电话里带着哭腔说，对不起，钱老板。

钱彪诧异地问，什么对不起？你说清楚。

杆子说，那女子在一个服务站跑掉了……

钱彪一愣，好像没听清楚，问道，你说什么？

杆子提高声音说，那女子跑掉了——

钱彪脑子里一下就炸了，像点燃了火药一样。他顾不得谢长安就在办公室里，大声吼叫起来，你们他妈的都是干啥吃的！一个小女子都看不住，到了手里都让跑掉了，你们他妈的是一群猪！

杆子在电话里赶紧解释，说李小叶如何如何的狡猾，把自己化装成打扫卫生的清洁工，从厕所里逃了出去，他们到处找也没有找到，也许现在已经跑回省城了。

钱彪气得脸色通红，脖子上暴起青筋，骂道，为啥不早点报告？现在才说，你们早干啥去了？你们就是他妈的一帮废物，一群猪。

杆子说，钱老板别发火，相信我们一定还会找到她的。

钱彪喊道，不用了，这事你们别管了。

杆子问，为啥？

钱彪说，这还用问吗，蠢猪！说完，啪地挂了手机。

他气呼呼地在屋里乱转，就像热锅上的蚂蚁。几天来，杆子一伙办事不力，不仅没有拿到他要的东西，反而还引起了警方的注意。好不容易找到了人，又让她跑掉了。如果李小叶回到省城，一定会来找他，找他要钱，否则就会以手里的合作协议来要挟，叫保险客户来找他。万一她向公安部门自首了，或者是被公安部门抓去了，他也就完了。他现在的处境十分被动，这帮家伙真是成事不足败事有余。

钱彪越想越恼火，头上冒出了冷汗。

谢长安见钱彪如此烦躁不安，就问，出了啥事情，看把你急的？

钱彪摇摇头，难以开口，说，没事没事，小事情。

谢长安好像猜到点什么，就说，这肯定跟李小叶有关系吧？兄弟，做事悠着点。现在是关键时期，熬过去咱们就可以成佛了。

钱彪在头上抹了一把，点点头。

谢长安说自己还有事，就起身告辞。钱彪也没有心思留他继续聊天，说，那就改日再见，相互有了啥消息一定尽快通气。钱彪把谢长安送到楼下，一直看着他开车离去。

谢老板刚走，林亚雄的电话就打来了，说李小叶回来了，现在就要见他。钱彪脑子里嗡了一声，说，好好好，我马上就来。李小叶果然已经回到了省城，而且是跟林亚雄在一起，这让他感到有些猝不及防。

钱彪心里很忐忑，回到办公室拿了包，又下楼开上车，向市区南山书院旁边的私人会所驶去。

一路上，他脑子里都在想着怎样跟李小叶交涉保险客户投资资金的问题，怎样从她手里拿回当初签的那份合作协议的问题，眼下要解决这两个问题，变得越来越急迫。不错，他是从李小叶那里募集到了一大笔巨额资金，本来应该进入保险公司的钱，却如流水淌进了他的口袋，然后投向了白河工业园区的政府项目和北山地区的煤矿油矿，以获取高额的收益。

这些年，社会发展很快，快得都让人感到跟不上脚步，比如煤矿油矿金矿，挖下去地皮下面就是钱。再比如房地产业，政府卖地，开发商盖房子，地面还是一个坑，人民币就像雪片一样飞来。谁赶在前面，谁就发大财，赚个钵满盆满；谁要晚了，连汤都没得喝。但是，所有投资的项目，必须是先手里要有资金，有了资金就有了资本，有了资本就能获得市场的资源。一般情况下，开发商们是向银行贷款，但银行的审批条件很苛刻，门槛很高，没有关系也很难贷出钱来。对于一些急需资金投入的老板来说，就像蹦到岸上的鱼，只有张着嘴胡乱蹦跶。这个时候，投资公司就应运而生，大显身手，它会给蹦上岸的“鱼”提供水源，只是付出的代价要高一些，但至少“鱼”可以活了，“鱼”活了生意就有了，生意有了钱就有了。事情就是这样的简单。

不过，这一切的前提是——投资公司必须募集来大量的资金，包括吸收民间资本和社会闲散资金，甚至从银行里套出资金来，源源不断地给“鱼”提供可以活下去的水源。一旦水源断了，“鱼”就会死掉，投资公司也会死掉，投资人也会死掉。这是一个循环的生态链条。

钱彪从李小叶身上看到了一片光亮。她在保险公司工作，身后就是一座巨大的金山。有了这座金山，就不愁自己没有资金，不愁自己壮大不起来。

可是，正当他在投资上风生水起、春风得意的时候，突然听说国家政策要转向，下一步该怎么走方向不明朗。接着，他的投资项目就出了问题，白河工业园区开发进展缓慢，甚至有了争议。北山地区开采的煤矿和油矿，价格下跌，生产下降，库存增加。还有那里的房地产，楼房一栋栋盖起来没人买，成了一座座空城和鬼城。这时候李小叶要把钱收回去怎么可能，水都泼出去了怎么收回来呀。不光从她那里募集的钱，还有别的渠道募集的钱，还有普通老百姓排队投资的钱，他哪里拿得出来！资金链断裂，是最可怕的事情。就像是站在悬崖之处，一不小心就会掉入万丈深渊。

坏就坏在当初不该跟李小叶签一个什么协议合同，这个协议合同把他俩绑在了一块，她出了事，他也跑不了。现在想来，李小叶这小女子早给自己留了一条后路。他原本想，只要派人把她那份协议合同拿到手，这件事就跟自己没有关系了。可是没想到事情没有办成，反而叫李小叶对他有了怀疑和警觉。钱彪现在肠子都悔青了。

值得庆幸的是，目前还有李小叶和保险公司在前面做挡箭牌，客户还没有直接来找他要钱。另外，还有林亚雄在后面撑着，宏达公司也有他的股份，他出事，宏达公司受损失，他林亚雄也得割肉。再说，林亚雄是一个重义气、讲面子的人，李小叶救过他的命，是他的干妹子，她出了事情他是不会不管的。

一路上乱七八糟地想着，车很快就到了私人会所。钱彪决定还是以不变应万变，先看看李小叶和林亚雄是怎么打算的吧。他把车停在了花园私人会所的门口。

钱彪来到小庭院里，一见到李小叶，就装出一副惊奇的样子喊道，哎呀妹子，你总算回来了，让哥操心死了。李小叶鼻子里冷冷地哼了一声，把脸转向一边。林亚雄对钱彪说，坐下说，都是自己人，不用那些客套话。

林亚雄开门见山，说大家见面的主题就是想办法解决李小叶目前遇到的事情。这件事说大也大，说小也小。大，现在已经在社会上闹得沸沸扬扬，惊动了方方面面，甚至市里领导。小，也就是个钱的问题，钱能够解决的，就不是啥问题。但是，弄不好却会有大麻烦，李小叶有可能被公安部门带走，宏达投资公司也会连带遭殃，他林亚雄脸上也不光彩。

林亚雄说，钱总，你说说吧，有啥好办法？

钱彪哭丧着脸说，哥，你说有啥办法，只要有钱把那伙闹事人的嘴堵上，啥事都没有了。问题是我现在没有钱，拿不出这么多钱来。宏达公司的钱投到哪里你都知道，账上有多少资金你也清楚，我手里现在哪里还有钱啊。

钱彪一开口就倒苦水。

林亚雄不动声色，转头问李小叶，妹子，你看咋办？

李小叶看着钱彪，毫不客气地指责道，钱总，你怎么是这样一个人，当初你是咋说的，投资没有任何问题，没有任何风险。可是现在有问题了，有风险了，你却当缩头乌龟，不但不出钱，还派人来绑架我，打算过河拆桥，你也太过分了吧！

钱彪一脸尴尬，忙解释说，误会了，误会了，我不是派人去绑架你，是想把你找回来。你人失踪了，我心里着急嘛，林哥心里也着急。

林亚雄闭上眼睛不说话。

李小叶生气地说，别假惺惺的了，我知道你心里着急啥。告诉你钱总，我出了事，你也跑不了。要不我告诉客户钱在你那里，让他们都找你去好了。

钱彪赶紧摆手说，别别别，别这样。

空气一下紧张起来。

林亚雄这时睁开眼睛，看着钱彪说，钱老二，这就是你的不对了，人家小叶把这么多钱放在你那里，是对你的信任，出了事情你不能撒手不管。另外，如果小叶有事，宏达公司也会受影响，我也算是一股东，事先你也没有告诉我，事情到了这个地步，孰轻孰重你应该掂量掂量。

钱彪耷拉着脑袋不吭气了。

林亚雄这时提出一个建议，说如果钱彪拿不出钱来，平息闹事客户这部分钱他来出。钱彪抬起头来，眼睛望着林亚雄。林亚雄说，不过我有一个条件，就是想把宏达投资公司的股份全部卖掉。钱彪一下愣了，瞪大了眼睛，哥，你这是啥意思？

林亚雄笑道，这不是你一直想要的吗？咱们都是生意人，你我打交道也不是一天两天了。兄弟之间心照不宣，你心里想的啥我知道，哥成全你。

钱彪脸一下白了，紧张地说，哥，你不能这样，你现在把资金抽走，宏达公司不就垮了吗？那我钱彪就完了。

林亚雄说，垮不了，也完不了，你可以把我的股份接下来啊。

钱彪说，我现在哪有钱呀！

林亚雄说，听说你在北山地区的投资可是赚了大钱啊。

钱彪一下傻了，没想到林亚雄早已经摸清了他的底细。他赶紧解释说，可是哥呀，那煤矿油矿现在都不行了，房子也卖不动了，钱都砸在那黄土里了。唉！

林亚雄说，那你就去找长安传媒公司的谢老板吧，他一定会帮你忙的。

底儿都被掏了出来。钱彪恨不能找个洞钻到地里去。

林亚雄不客气地说，钱老二，你想做事，哥替你高兴，用不着遮遮捂捂的。不过，做生意要走光明正道，别走歪门邪道。我还是那句话，人在江湖混，做人很重要。

钱彪脸上一阵红一阵白，说，哥，话都说到这份上还有啥说的，只要妹子肯把那份协议合同交给我，你说啥都行，我听你的。

李小叶说，交给你可以，但你必须退回我所有的投资款。

钱彪哭丧着脸说，妹子，能给你我早给了，我现在哪有这么多钱啊，那些投资要收回来也不是一天两天的事情嘛。

事情绕来绕去又僵住了。

林亚雄不急不忙又提出一个建议，要不这样——他说，我把宏达投资公司的股份都买下来，你把钱还给我妹子，剩下的钱我想办法追回，这样行不？

钱彪一听，身子在椅子上一闪，差点摔在地上。他惊恐地看着林亚雄，好半天才结结巴巴地说，哥，你这不是要杀……杀了我吗？我把公司卖了，我以后喝……喝西北风啊？

他没想到林亚雄的胃口这么大，一张口就要吞下宏达公司所有股份和资产，这等于是把他逼到绝路，叫他输得一败涂地，光着屁股。林亚雄也太狠毒了！

林亚雄说，兄弟，我可不是对你趁火打劫、落井下石啊。你现在这个烂摊子，就是一个纸糊的灯笼，看着红火，一戳就破。我这是在帮你，也是在救你。你自己好好想想吧，是不是这个道理。

钱彪已经蒙了，脑子里一片空白。

李小叶看看林亚雄和钱彪之间惊心动魄的博弈，分不清他们到底谁是谁非，谁对谁错，谁好谁坏。

钱彪双手抱着头说，哥，我今天身体有些不舒服，要不我先回去歇歇，这事我考虑考虑，再给你答复。

林亚雄说，好吧，身体要紧。不过，这事不能拖了，最迟明后天你得给我一句话，我好做安排。

钱彪说，好的，林哥。

李小叶说，钱总，那我就等你的消息。

钱彪一边点头，一边起身，赶紧离开私人会所，像一条受伤的野狗，落荒而去。

林亚雄在他身后发出一阵冷冷的笑声。

# 十六

来到省城后的李小叶，很快对这座古城熟悉起来。城市古香古色，有钟楼、鼓楼和斑斑驳驳的城墙，有老旧民居掩藏于街道和小巷里，甚至还有一些名胜古迹遗存着沧桑岁月的踪迹。当然，城市里更多的是新建的高楼大厦，许多地方正在大兴土木，道路翻修，车辆增多，交通越来越拥堵。

城市交集在亦古亦新之中，上了年纪的人大都喜欢过去的石头砖瓦、诗书戏曲，而青年一代则追求时尚，衣着打扮大胆前卫，这形成鲜明的对比。比如说，城墙下每天早晚都可以看到围着一堆堆的老人，拉着老琴，唱着老戏，自娱自乐，声音沙哑而高亢。然而，旁边就是现代化的高档娱乐城，游戏厅、歌舞厅、电影院、酒吧和咖啡厅，年轻人进进出出，青春毕现，笑语飞扬。未来的发展要看高新技术开发区，那里是科技的中心、人才的中心和财富的中心，是今后城市文明进步的希望。保守与开放，在这座城市里并存着，相互矛盾，又相互包容。

城市发展很快，就像大海涨潮一样漫卷而来，过去郊外的村庄很快被吞噬，成了城中村，成为城乡接合部一道独特的风景。李小叶每天早晨就是从南郊城中村的出租屋出来，开始新一天的工作和生活。

城中村里大都是过去的村民，随着城市在不断地扩大，村里已经没有了土地，村民实际变成了居民，但房屋建筑基本上还是过去的老样子，只是在上面不断地加高，以便有更多的房间用来出租。现在来城里打工的人越来越多，水涨船高，出租屋的价钱也在高升。租房者，大都是外地来打工的，也有做小生意和读书的学生，他们只能住在城乡的接合之处，在传统落后和现代文明的夹缝中生活。

城中村虽然是在城市的边缘，受到城市文明的影响，但生活的习性依然很少改变。村里到处拉着网状的电线，房顶上朝天仰着看电视的“锅”和太阳能热水器，房屋的窗口挂着花花绿绿的衣服、被子和女人的内衣，巷道里堆着肮脏的垃圾，还有拉粪的轱辘车，发出一股难闻的气味。

李小叶每天早晨出门时，女儿欢欢就捂着鼻子喊臭。她拉着女儿屏住呼吸，加快步子穿过村里的巷子。

她想，自己是一个山区来的打工妹，这座城市能容纳自己，已经很不错了。住在城中村的出租屋只是暂时的，只要自己努力卖出更多的保险单，挣得更多的佣金，将来就可以改变生活的环境，就会像城市人那样自己买房，住在漂亮舒适的楼房里。她从内心感谢保险这个职业，使她和这个城市连接起来，也和这个城市的人连接起来。

这天上午，李小叶接到林亚雄打来的电话，说是有事情找她，约她上午十点在他的公司大楼见面。她在公司门口坐上出租车，来到同在经济开发区的大唐飞龙集团公司。公司的大楼地处开发区的繁华地段，旁边都是一个比一个高，一个比一个现代豪华的商业写字楼。

李小叶走进大楼，在前台介绍了自己。一个服务小姐站起来说，董事长在办公室等你，你跟我来。李小叶跟着前台服务小姐从一楼大厅乘电梯，到了大楼最高一层，通过一条铺着红地毯的长长走廊，来到林亚雄宽大的办公室。

推开门，林亚雄正在窗前打电话，用手示意李小叶进门先坐下。前台服务小姐请她在一边的沙发上坐下，给她倒了一杯茶，然后就退出办公室了。趁着林亚雄打电话的时候，李小叶打量了一下这间宽大豪华的办公室，整个面积几乎有一个网球场那么大，里面有办公区，有接待区，有小型会议区，还有一个大落地玻璃阳台，栽着各种花木。室内除了图书和一些艺术品外，最醒目的是在大办公桌后面的一个装饰柜上，摆放着一台又老又旧的电视机。

李小叶正在感到奇怪，林亚雄打完电话走了过来，问她看什么呢，她回头笑笑说，这么豪华的办公室，怎么放一台这么老旧的电视机，早应该淘汰了。林亚雄笑着说，这屋里所有的东西淘汰了，我也不会扔掉它。李小叶问，为什么？林亚雄说，因为它是我的宝贝、我的命根。当年我做生意起家时，就是靠这个不起眼的电视机，没有它就没有我的今天啊。李小叶说，哦，原来是这样。

她凑近仔细一看，电视机上有着“白河”两个字。林亚雄告诉她，这个白河牌电视机是过去省城生产的，当年可是抢手货。他为了卖它，银行的工作都不要了，还遭到家里反对，差点流落街头。

李小叶吃惊地说，真的？

林亚雄说，是啊，跟你卖保险一样，啥苦都吃了。现在我每天坐在办公桌前看见它，就是提醒自己不要忘了过去。

没想到大老板还有怀旧的一面。

接着，林亚雄带着李小叶离开办公室参观他的公司。他们来到一楼的一个企业展示大厅，里面的图片和实物展示着大唐飞龙集团走过的历程，大厅中间有一个公司发展和远景规划模型。林亚雄指着模型中城市郊外的白河滩说，这是政府正在开发建设的一个新的现代化工业园区，其中就有我的房地产开发项目。这些楼盘有工业用房，也有商品住宅，还有酒店和商业中心。建成后，将成为省城的又一个亮点。

李小叶忍不住问，林哥，你是怎么获得成功的？林亚雄笑笑说，很简单，就两个字，野心。李小叶诧异地睁大眼睛，野心？林亚雄说，对，就是野心。所谓野心，就是想常人不敢想、做常人不敢做的事情。难道你不想成为一个成功的人吗？李小叶说，当然想呀，做梦都想。可是想有什么用，光想又不能够获得成功。

林亚雄被她的率真逗笑了，说，你说得没错，光想没有用。一个人的成功，除了个人的梦想、自我的磨炼和奋斗，还有一个重要的东西就是机会。机会有时候需要等待，有时候需要争取。

李小叶问，那怎么才能发现机会和抓住机会呢？

林亚雄说，我当初靠卖电视机起家，就是看见了物质紧缺与市场需要之间的差价，当时的白河电视机厂厂长，也就是现在市政府的黄副市长给了我机会，把电视机以出厂价批发给我，我又得到了银行的贷款，然后以市场价卖出去，我就获得了人生的第一桶金。后来也是这样，发现了市场的需要，立即抓住机会进入，就开始赚钱了。今天的社会，正处在变革的时期，同样有机会出现，一旦发现抓住了，就会获得成功。比如快速发展的基础建设和房地产开发，大量的农村和外来人口在拥进城市，这都是获得财富的机会。当然，还有金融业的发展，投资需求的扩大，机会是越来越多。

李小叶叹口气说，唉，你说这些对你们这样的大老板是机会，可对我们这些普普通通的人来说，或许只能是一个梦，可望而不可及。

林亚雄说，我不这么认为，我当初也就是银行里的一个小职员，如果不下海卖电视机，哪能做成今天这样的事情啊。事在人为嘛。只要看准了目标，有了机会，就大胆去做，梦就会变成现实。

李小叶说，听君一席话，胜读十年书，感谢林哥的指点和鼓励。

林亚雄笑道，其实，我今天叫你来不是想跟你讲这些的，是想给你介绍认识一个大客户。

李小叶一听林亚雄要给她介绍一个大客户，就高兴地喊道，什么大客户啊，在哪？

林亚雄神秘地笑笑说，别急，一会儿见面你们就认识了。

林亚雄带着李小叶离开大唐飞龙集团，坐车来到城里的“金融街”，这里四周都是银行和证券公司的大楼。车在一栋钢结构玻璃面的大楼前停下，李小叶随林亚雄下车后，抬头看见大楼门口的一块金属牌子上写着“宏达投资公司”几个字。

门口早已有个人在等候了。

一个穿着花道道T恤衫的中年男人躬身迎了上来，老远就大声喊道，哎哟林哥，你总算来了，叫兄弟等了大半天了。中年男人的口气明显有些夸张。

林亚雄悄声对李小叶说，瞧，这人就是你的大客户。

李小叶忍住了笑。

林亚雄跟中年男人握了握手，然后指着他的T恤衫说，我给你说过多少次了，上班时间得穿西服，不要穿得花里胡哨的。再说，穿T恤衫要扎进裤子里，不要露在外面，跟农民一样。

中年男人一点不恼，反而笑着说，林哥说得对，兄弟一定改正。今天不是要来美女吗，就穿得休闲了点。中年男人自我解嘲地看了李小叶一眼。

李小叶礼貌地一笑。

林亚雄把她介绍给中年男人认识，说，这是我干妹子李小叶。又介绍中年男人说，这是钱总，我们叫他钱老二。

中年男人伸手给李小叶递上一张名片，说，鄙人钱彪，早就听林哥说起你了，今日一见不胜荣幸，欢迎李小姐光临本公司。

李小叶接过名片说，幸会，钱总，认识你我很高兴。

林亚雄对钱彪说，好了，不用客套，你赶紧带我们上楼吧。

钱彪说，好好好，有请。

原来，这人就是宏达投资公司的总经理钱彪。李小叶早听杜咪说过，却没有见过面。没想到今天林亚雄把他当大客户介绍给自己认识，不知是啥意思。从见面的第一印象来看，钱彪完全不像是从事金融职业的人，倒像是一个开煤矿或者搞建筑工程的老板。他身体浑圆，皮肤黝黑，说话油滑夸张，一看就是一个在社会上闯荡多年的“老江湖”。

走进宏达投资公司的大楼，李小叶看见大厅里有许多拎着包排着长队的人，就问钱彪，这是做什么，这么热闹？钱彪嘿嘿一笑，解释说，这些人都是来公司投资的。我们在白河工业园区和北山地区的煤矿油矿都有投资项目，预期非常之好，客户们趋之若鹜，卖得很火。

李小叶说，怪不得我们保险不好卖，客户都跑到你们这里来了。

钱彪说，李小姐感兴趣，也可以来投资嘛。

李小叶说，我哪有钱啊，有钱我就不卖保险了。

三人都哈哈笑了起来。

说着话，就到了二楼钱彪的办公室。刚在沙发里坐下，一个服务小姐端上来一大盘热带水果放在林亚雄和李小叶面前。钱彪说，这是刚从泰国空运过来的，很新鲜。林亚雄对李小叶说，钱总一见美女就激动，你来了有进口水果吃，我来了只给我倒白开水，抠门得很。

李小叶笑着说，林哥，我哪有这么大面子，我可是沾你的光。

林亚雄很是高兴，对钱彪说，钱老二，我今天来的目的，不是来看你的，是让你和我妹子认识一下。她在保险公司工作，你以后要多多地支持她。

钱彪拍着胸脯说，哥，没问题。她是你妹子，也是我妹子，这有啥好说的，有事情尽管开口。

李小叶说，钱总是个痛快人，以后请多多关照。

钱彪说，那是应该的。

林亚雄对李小叶说，钱总是我兄弟，也是我朋友，我的事就是他的事，买个保险什么的对他来说算不了啥。

钱彪说，是是是，林哥说得对，不就是钱嘛，咱们投资公司玩的就是钱嘛，对不对。保险公司也是玩钱的，今后说不定我跟李小叶还有合作的机会呢，哈哈。

林亚雄说，三句话不离本行，扯远了。小叶，眼下有啥好的保险产品，给钱总说道说道。

李小叶说，不急，回头我专门给钱总制订一个保险计划书，然后送过来。

林亚雄说，也好，反正我介绍你们认识了，剩下的事情你们自己去谈。

钱彪说，没问题。

后来，李小叶才知道，钱彪曾经是林亚雄最初的生意竞争对手，被林亚雄打败以后就归顺到他的手下，一直跟着林亚雄干，从娱乐业到商业再到房地产业。后来钱彪向林亚雄提出要离开大唐飞龙集团，开办一家金融投资公司。林亚雄表示支持，并且还入了股，占了股份的一半，成为宏达投资公司的一个大股东。李小叶想，一个生意上的敌人，最后变成了兄弟和朋友，不知道林亚雄和钱彪是怎么做到的。真是难以理解。

几天之后，李小叶惊喜地在钱彪的办公室里签下了一张三十万元的大额保单。签单的时候，钱彪对李小叶说，你知道我为什么愿意买你的保险吗？李小叶问，为什么？钱彪说，实话跟你说吧，买这张保单不仅仅是为了林哥，主要是为了你，为了今后我们有机会进行合作，这张保单就算是我给你的一个见面礼吧。

李小叶眨眨眼睛，感到有些不解。

钱彪告诉李小叶，他从小就对钱很敏感，只要提到钱字，脑子里就会产生很多的联想。过去小时候没有钱，穷得身无分文。一次在街上进厕所，因为口袋里掏不出两毛钱，看门的老头不让进，他一急就把老头打了，不顾一切冲进厕所里，结果出来时被警察带到了派出所。

还有一次，几个小兄弟打赌，说谁敢脱了裤子在大街上裸跑，一步一块钱。没人敢脱，谁不知道光屁股在大街上跑丢人。结果只有他站了出来，他说我敢。因为他需要钱。他三下五除二就脱光了衣服裤子，像拔了毛的鸡一样甩开腿就跑，拼命往前跑，在大街上飞奔，就像疯了一样。他想，多跑一步就是一块钱啊。满大街的人都看着他，还有人给他鼓掌吹口哨。结果跑了不到一百米，他就被警察按倒在地上了。但后来他拿到了一百块钱。那时候，一百块钱很值钱的，够他吃好几天的饭了。

钱彪说，妈的，人穷了真的没脸面。所以，我认为，钱很重要，太重要了。

李小叶问，钱总，你想说什么？

钱彪道，我想说的是，你是一个不愿受穷的人，我也是。你卖保险，我做投资，都想成为富人，过富人的生活。可是你要知道，像你这样卖保险是永远成为不了富人的，最多就是解决温饱而已。只有投资才能让钱成倍地增长，快速实现人生的财富梦想。

李小叶说，我是穷人，哪有资金来投资啊。

钱彪笑着说，你虽然没有资金，但你有客户啊，客户手里有的是钱。在生意场上，客户就是资源，就是财富。保险公司拥有的客户，就是一座巨大的金山。

李小叶问，这跟投资又有啥关系？

钱彪说，嗨，关系大了，老百姓拿钱买保险有几个是为了保障和担心出意外的？大多数都想保值增值，能够获得比银行利息高的回报，比如你们的分红保险什么的，卖得就比较好对不对？

李小叶说，没想到钱总对保险还有研究。

钱彪说，可是保险再高的分红也赶不上资本投资带来的高额回报，如果你把保险客户的钱交给我们投资公司来运作，我包你一年翻上几番，三年五年就创造出财富的奇迹，那是怎样的景象啊！那天你刚到我们公司来，看到门口那么多人拿钱排队来投资，这不会是假的吧？

李小叶瞪大眼睛吃惊地说，你不是让我把保险客户的钱拿来做投资吧？

钱彪高兴地说，你真是聪明，一点就透。没错，这就叫借力生财。世界上有很多成功的富豪和企业家，都是以“借钱生钱”方式起步的，我们为什么不向他们学习？只有当钱转化为资本时才能够增值，而且还会持续地增长。你有客户资源，我有资金运作渠道，我们要是合作，还能不赚钱吗？我会给你比一般的投资者更多的优惠，怎么样？

李小叶感到心脏突突地乱跳，马上摇头否定，不行不行，这种事情我不会做，也不敢做，这个风险太大了。

钱彪笑道，人生哪里没有风险啊，你们保险公司不就是经营风险的行业，风险总是与机遇并存嘛。高风险，高收益。冒的风险越大，成功的机会就越大。

李小叶说，不说了钱总，这张保单你签还是不签？

钱彪笑道，当然要签，我说了，这是送给你的见面礼。你好好考虑一下，千万不要错过成功的机会。

李小叶不说话。

钱彪在保险合同上签完字，盖了章，完成了一切手续。李小叶拿起合同放进包里，说，公司还有事情。就赶紧告辞，匆匆地离开了钱彪的办公室。

……

钱彪提出希望合作的事情，在李小叶心里搅动了好几天，使她吃饭睡觉都受到了影响，心里好像被什么东西勾了起来，在半空中飘忽不定。

李小叶听说过投资的事情，也知道《圣经》里有个地主把钱托付给三个仆人保管和运用的故事。在家乡坝子镇的小茶店里，她跟婆婆何金香学做茶叶生意的时候，就懂得了投资做生意，比一般上班挣钱要容易得多。钱生钱带来的快乐，她体验过。当然，这与钱彪的宏达投资公司不能比，他是专门做资本运作的，是在一个更高的层面上进行投资，获得巨大的收益。这是现代经济社会涌现出来的一种新生事物，也是很多人实现财富梦想的一条新的途径。

钱彪提出来要跟她合作，把保险客户的钱用来投资，的确是有很大的诱惑力，回报肯定要比保险公司要高，而且高很多。卖保险就好比是在农田里一步一步的耕作，靠流下辛苦的汗水来换取收获；而资本投资就像是在金矿里挖掘，眼前突然就会冒出一座金山，晃着人的眼睛，也晃着人的心灵。李小叶感到始料不及，既惊喜又害怕，不知是祸是福。是继续在土地上耕作呢，还是在金矿里挖掘金山，李小叶感到很纠结。

想了几天，李小叶觉得这件事情不踏实、不可靠。保险客户买保险，要经过许多的环节，每一道环节就是一道关口，要想在每一个关口跨越过去是不容易的。就算是过五关斩六将，把客户的钱拿到手了，挖到了这座金山，可是万一有一天这座金山崩了怎么办？那可是天塌地陷，死无葬身之地呀。

金山虽诱人，但是有风险，还是老老实实地卖保险吧。这样一想，李小叶的心里又安稳了，吃饭睡觉又恢复了正常。她把全部精力又投入到卖保险的事业中，每天一大早到公司上班，参加晨会，学习保险产品条款，与营销伙伴们相互激励或分享销售经验，给客户打电话，拜访新老客户等等。

日子过得匆匆忙忙，辛苦而又充实。

对于保险营销员来说，从获得普通客户到拥有大客户，是一个十分艰难的过程，有的人甚至一辈子也无法逾越这一道沟壑，而李小叶却只用了不到一年的时间。

所谓大客户，指的就是那些在社会上有一定身份地位或财富实力的人。包括政府的官员、企事业单位的领导、工商界的巨头或老板，还有金融界的 CEO 和投资人等等。这些人很难接触到，就是碰上了，一提保险马上就会遭到拒绝。一个普通保险营销员，且不说文化程度，就是身份地位与这些社会精英们相比也有很大的距离，怎么能够向他们销售保险呢？

可是，李小叶发现生活中有一个奇怪的现象，就是往往买保险的人大都是普通的老百姓，也就是那些生活拮据口袋里没有多少钱的人，包括她出租屋的房东大嫂，也都乱七八糟地买了不少保险。而有钱人——也就是那些社会的精英们却很少买保险。这说明一个什么问题呢，李小叶百思不得其解。马斯诺不是说生存的需要解决之后，就要上升到安全和保障需要的层次吗？难道说这些社会精英认为，自己除保险之外已经有足够的抵抗风险的能力了？保险说到底是有钱人才买得起的特殊商品啊。在国外，越是有钱的人，买保险才越多啊。

那些有钱人才是她应该盯住的目标。

李小叶很幸运认识了大老板林亚雄，通过他一步步走进了大客户这个神秘的阶层里，看见了一个完全陌生却令她兴奋不已的世界。

这一年的春天，林亚雄带着李小叶认识了黄副市长的夫人徐大姐，由此她的保险生涯发生了新的变化。

林亚雄约李小叶在南湖边的小茶楼见面，说是要给她介绍认识一个“重量级”的大客户。小茶楼就是李小叶和林亚雄认识的那个地方，自从那次被火烧了之后，她已经有好长时间没有去那里了，难道那座茶楼又重新修好开始营业了？林亚雄没有告诉她缘由，只是说，到了就知道了。

李小叶提前来到南湖边，由于夜里下过雨，白天一放晴，空气十分清新，树木一片葱绿，湖面波光粼粼。湖边公园是不收费的，正是星期日，到湖边来玩耍的人不少。远远就看见一座茶楼，修葺一新，格外醒目。李小叶走近一看，门口立着一个牌子，上面写着：茶楼即将开业，择日敬请光临！她想，茶楼还没开业，林亚雄把自己叫来干什么，还要在这里见“重量级”的大客户，怎么见呀？

正纳闷着，林亚雄开着车来了。他满面春风下了车，见到李小叶很是高兴，把她拉到茶楼前问道，妹子，这茶楼怎么样？李小叶没明白什么意思，就说，还没有开业呢，牌子都没有挂，喝什么茶呀？

林亚雄笑道，我问你这茶楼好不好？

李小叶看了看茶楼，说，当然好啊，焕然一新，旧貌变新颜，比以前更有味道、更有气势了，估计这老板又花了不少钱呀。

林亚雄哈哈一笑，说，那老板把茶楼都烧了，哪还有钱呀。李小叶看着林亚雄一副神秘的样子，就问，林哥你这是啥意思，难道这茶楼变成了你的？林亚雄双手一拍，高兴地说，看看，我妹子就是聪明，一眼就让你发现了。告诉你妹子，这茶楼现在就是我的，也是你的。

李小叶诧异地说，我的？你开玩笑吧，林哥。

林亚雄认真地说，妹子，我没开玩笑，当然也是你的。

于是，林亚雄就对李小叶说出了买下这座茶楼的经过和想法。原来这座小茶楼生意一直就惨淡，失火后老板又缺乏资金无力修缮，就打算放弃。林亚雄得知消息后，就把小茶楼买了过来，重新恢复和装修。目的就是想今后谈生意或者带朋友来有个幽静的地方，而且是自己喜欢的地方。当然，最主要的还是为了感谢李小叶在这里救了自己，希望她以后来经营这个茶楼。

李小叶一听，感到很突然，原来林亚雄果真把这个烧毁的小茶楼买了下来，并且重新装修一新，非常像她家乡康城山区的建筑样式，木石结构，青瓦飞檐，雕花窗户，处处充满了古色古香的韵味。她不由得感叹道，林哥，你真是了不起，一个旧茶楼到你手里就完全变了样。

林亚雄说，妹子，这茶楼我真是为你买的。

李小叶笑道，哥，我是穷人，我可没有钱啊。

林亚雄说，哥送给你呀。

李小叶摆着手说，我可受不起，这要花多少钱啊。

林亚雄说，这不算啥，为妹子花再多钱我也乐意。你过去的理想不是想当一个茶艺师吗？哥送你一座小茶楼，算了你的一个心愿，咋样？

李小叶说，感谢林哥的好意，这份情义妹子领了，但茶楼我不能收。我现在在保险公司上班，工作很忙，事情也多，哪有时间来经营茶楼生意。再说，我要走了，我那么多保险客户怎么办？总不能叫他们都到茶楼来喝茶吧？

林亚雄一笑，看来李小叶是不愿意接受这个小茶楼，送给她这样贵重的东西可能会给她增加很大的心理压力。于是就故意生气地说，你这人，怎么这么犟呢，卖保险有什么好啊，开茶楼也能赚钱嘛。

李小叶哧哧地笑。

林亚雄想想说，好吧，人各有志，不能勉强。虽然你不愿意我送给你，但是，我还是希望这座茶楼你先帮我经营，运行资金我出，赔了是我的，赚了各分一半，怎么样？以后我可以经常来这里喝茶了。

李小叶一看，没法推脱，再推林亚雄会真的不高兴了，就说，这怎么行啊，茶楼我可以给你帮忙，但不能叫你吃亏呀！

林亚雄说，我吃啥亏啦，我的命都是你救的，这点小钱算啥，是不是看不起哥啊？

李小叶看拗不过，只好说，好吧，你有钱，你霸道，你想咋样就咋样吧。不过，以后别再提救命的事了。

林亚雄高兴地笑道，好好好，我遵命。

这时候，一辆黑色的小轿车朝湖边的小茶楼开来。林亚雄赶紧跑步迎上前去，等车停稳后，帮忙打开车门，用一只手护着车门上方。从车里下来两个人，一个李小叶见过，就是在市里体育馆人才招聘会那天见到的黄副市长，另一个是一位形象端庄、气质优雅的中年女人，她皮肤白皙，穿着得体，脸上带着微笑，一副夫人的派头。

原来这就是林亚雄给她介绍的“重量级”的大客户。

黄副市长下车后，眼睛四周环视了一下，看看波光粼粼的湖面，又看看湖边的树木和建筑，最后目光落在新修的茶楼上，对林亚雄说，你这个地方不错嘛，环境优美，空气新鲜，以后一定生意兴隆。

林亚雄说，感谢领导的吉言，我这小地方有您和大姐光临，那是蓬荜生辉啊。

黄副市长夫人徐大姐问道，你的干妹子在哪里呀？

林亚雄赶紧把一边的李小叶叫过来，站到黄副市长和夫人徐大姐的面前，先向她介绍黄副市长和夫人徐大姐，然后指着李小叶对黄副市长和夫人徐大姐说，这就是我干妹子。李小叶心里紧张地点头向黄副市长和夫人徐大姐致礼，并主动说，黄市长好，阿姨好，我叫李小叶。黄副市长一下认出了她，说，这不是那次招聘会上见到的那个保险公司的女子吗？林亚雄嘿嘿笑道，就是她。李小叶说，黄市长，谢谢你，那天要不是你帮忙，我就被那些工作人员和保安赶走了。黄副市长朗声笑了。

黄副市长夫人徐大姐插话问，听说你在这里火中救过林老板，有这回事吗？

李小叶回答，只是碰上了，助了一把力而已，这不算啥。

黄副市长夫人徐大姐称赞道，了不起，你是我们的巾帼英雄。

李小叶赶紧说，不敢当，谢谢阿姨鼓励。

黄副市长夫人徐大姐很喜欢这个山区女子的朴实和直率，对林亚雄说，亚雄，她是你干妹子，你叫我姐，她叫我阿姨，是不是有点乱啊？

黄副市长哈哈笑着说，是有一点乱。

林亚雄挠着头有些尴尬，不知该怎么办。

这时，李小叶灵机一动，赶紧改口道，这是我的错，我应该叫你姐，徐姐好！

黄副市长夫人徐大姐“哎”了一声，开心地笑了。她说，你真是聪明，怪不得你林哥老是在我面前提起你，讲起你们认识的经过真是有点传奇，就像现在的电视剧一样啊。

李小叶脸一红，不好意思地说，徐姐别听他胡说，没那么玄乎，他讲的故事都很夸张的。

几个人都笑了起来。

大家一边说笑着，一边走进了小茶楼。茶楼里一切都是新的，干干净净，清清爽爽，陈设追求的不是奢华，而是简单明净，桌椅多是竹木或藤编，透着一种自然的清香，墙面挂有书画，门口立着拴马桩和狮子等老石雕，走廊摆着花卉盆景，显得古朴而又雅致。茶楼里点了香，走到哪里都能闻到一种随风飘来的淡淡清香。

黄副市长和夫人徐大姐不时满意地点头称赞。

李小叶也觉得不错，有一种亲切的感觉。

林亚雄请黄副市长和夫人徐大姐上楼。他们来到楼上的一个大露台上，这里视野开阔，放眼望去可以把整个公园湖面尽收眼底。正是春光明媚的日子，微风徐徐，十分怡人。露台上早已经备好了茶台茶具，新招来的服务生一男一女站在一旁。黄副市长问林亚雄，你这里有茶艺师吗？

林亚雄指着一边的李小叶说，有啊，我妹子就是嘛。

黄副市长感到有些意外，问林亚雄，她不是卖保险的吗，怎么还会茶艺呢？林亚雄笑着答道，这你就不知道了，他们家就是康城山区种茶的，我妹子在学校学的就是茶艺专业。黄副市长高兴地看着李小叶说，真没想到，你还有这个特长，我们今天要好好品品你沏的茶了。

李小叶感到太突然了。林亚雄事先可没有告诉她，让她今天来为客人做茶，而且还是这么高级的领导，万一出了差错该怎么办？一时就有些紧张。她犹豫着说，我怕不行啊，好久没有做茶了。

林亚雄说，没问题的，你能行。所有东西我都备好了，茶、水还有点心干果，由你挑选。黄副市长也鼓励说，我们就是随意喝茶聊天，你不必拘礼。黄副市长夫人徐大姐也说，妹子，没想到你还会茶艺，我今天也想见识见识。

几个人都以期待的眼光看着李小叶。

李小叶说，好吧，我试试看。

林亚雄指着旁边茶柜上摆满的各种名茶，问黄副市长喝什么茶。黄副市长看了一眼说，随便吧，普普通通就行，不必刻意。林亚雄一下犯难了，随便是什么意思？普普通通是什么茶？像黄副市长这样的领导，喝茶是很有讲究的，啥好茶没有喝过？领导说随便，那就是不能随便。领导说普普通通，那绝对不能普普通通。林亚雄知道，黄副市长可是喝茶的行家啊。

林亚雄感到有点犯难了。

李小叶看出了林亚雄的不知所措，就从自己的包里拿出一个小竹筒来，说，要不先尝尝我的茶，这是父母刚托人从家乡带来的，是自己家里种的，明前的新茶。

黄副市长高兴地说，好啊好啊。

林亚雄说，不行吧，领导今天大驾光临，怎能喝这种山里的土茶？他有的是武夷山的大红袍、杭州西湖的龙井、安溪的铁观音、云南的普洱、安化的黑茶、洞庭碧螺春等等。

黄副市长说，你的好茶就留着自己喝吧，我今天就想喝喝这山里原生态的土茶。夫人徐大姐也说，我们家老黄爱喝茶，啥茶都喝了，这山里的土茶，就让他尝尝吧。林亚雄一听，越发感到不安。黄副市长要喝，他也没有办法，就等着李小叶出丑了。她这时候真不该自作主张。

于是，大家坐了下来。李小叶开始净手、焚香，一缕淡淡的沉香悠然而起。她从一旁取来林亚雄专门派人到南山找来的山泉水，水质清洌甘甜。她感觉还不错。喝茶讲究第一是茶，第二是水。有了好茶没有好水，也泡不出好茶的味道来。李小叶把天然的山泉水倒入一把生铁壶中，置放于电磁炉上。她选了一套景德镇生产的青花盖碗茶具，茶碗外青花淡雅，茶碗内洁白光润，犹如和田白玉，摆成整齐的一排。

李小叶端直而坐，静心呼吸，开始做茶。

水不一会儿就沸了。她提起铁壶用沸水一一浇在茶具上，认真清洗一遍。接着取出那只小竹筒，打开盖，在鼻子前闻了闻。这只小竹筒没有市面上那种茶叶盒的包装精美，但却十分雅致，淡黄光润，透出岁月的久远。里面装的就是康城山区的农家山茶，算得上是最最普通的茶了。李小叶闻着这茶，脸上浮现出一种陶醉的表情。

李小叶说，我们中国人喝茶有几千年的历史了，上到王公贵族，下到普通百姓，更有文人墨客，一生之中谁都离不开茶。喝茶，有的是为了显赫的地位和声名，有的是追求品位和意境，有的是讲究养生健康，还有的是要找回自己生活的记忆。而粗茶淡饭，则是普通老百姓生命的延续。茶其实就是一片树叶，经过与水的浸泡交融，就变成了另外一种物质，互相都发生了改变，把一种自然的生命与人的生命融汇在一起，这就是所谓的天地人和。茶不分高贵贫贱，在犹如人生的百味之中，总有一味是属于自己的。

黄副市长拍手称赞，说得好啊。夫人徐大姐也点头认同。林亚雄稍微松了一口气。

李小叶用一只茶勺，从小竹筒里舀出细小绿色的茶叶，一一放入四只干净的青花盖碗里，不多不少，恰到好处。茶叶碧绿，粒粒饱满，色泽光润。她将铁壶中温度降下来的水，缓缓倒入盖碗中，盖好茶盖，然后用手捂住茶盖把水滗出，这是洗茶。等盖碗里完全平静下来，她再次提起铁壶将水倒入盖碗里，一道画着弧线的清流冲击着茶叶，在盖碗里上下翻滚，这是凤凰点头起舞。在水刚要溢出之时，她果断地盖上茶盖，完成了整个沏茶的动作，就像一段节奏明快的音乐旋律戛然而止。

三个人看着她娴熟优雅的动作都入了神。

四只青花盖碗茶杯静静地立着。

稍过片刻，李小叶双手端起青花盖碗茶杯，分别送到黄副市长、徐夫人和林亚雄面前。她自信地含笑说道，请各位品尝一下家乡最普通的山茶。

黄副市长先揭开茶盖，奇迹发生了——玉白色的盖碗里，一粒粒细小翠绿的茶叶在水的浸泡下，慢慢地舒展开来，一芽一叶整齐地排列，尖尖的叶芽如枪，展开的叶片如旗，就像新春里破土而出的绿苗，也像湖面上掠过的春风。一汪绿色的茶汤透明见底，碧波荡漾，一股清香扑鼻而来，沁人心脾。

大家都看呆了。

黄副市长端起茶碗，先用眼睛欣赏茶色，然后放到鼻前闻着茶香，再朝茶汤表面轻轻一吹，这才啜了一口，在口腔里转动一圈，细细咽下。接着，他对着茶碗吸了起来，喉头滚动发出一阵呼噜的声音。

李小叶知道这是一个真正懂茶人的喝法。

黄副市长放下茶碗，高兴地连声喊道，好茶，好茶，好茶！

夫人徐大姐和林亚雄也端起茶碗喝了一口，果然感觉不同。一股天然清纯的味道和清香在嘴里弥漫，一瞬间仿佛置身于山林溪谷之中，有一种超凡脱俗、回归自然的感觉。

黄副市长一边品茶一边兴奋地说，我多年没有喝过这么好的茶了，就像小时候在家乡喝到的那种味道。夫人徐大姐也高兴地说，的确不错，老黄家是南方人，爱喝茶，多少年没有这样开心了。林亚雄也惊奇道，妹子，这么好的茶咋不早点告诉哥啊？李小叶不好意思地脸一红，说，这只是家里的土茶而已，摆不上台面，也不值啥钱。你们喜欢喝，我可以给你们拉几大车来。

大家哈哈地笑了。

黄副市长伸出大拇指对李小叶夸奖道，不仅你的茶好喝，而且你的茶艺也不错，没有表演，也不做作，举止优雅，谈吐不俗，有我们中国传统茶文化的气质和风范，好！

黄副市长带头鼓掌，夫人徐大姐和林亚雄也跟着鼓掌。

李小叶赶紧起身向三人鞠躬致谢。

喝茶间，黄副市长问起李小叶的家里情况和她个人工作情况。她一一做了回答，在说到个人家庭的不幸遭遇时，不免有些眼睛发红，心情难过。黄副市长感叹道，你这个女子不容易啊，要坚强，要自立，要努力奋斗，相信一定会有美好的未来。夫人徐大姐也安慰说，从今以后你也是我的妹子，有啥困难就跟我说，大姐一定会帮助你的。

李小叶鞠躬表示感谢。

林亚雄见黄副市长和夫人徐大姐心情高兴，就提出请黄副市长给新茶楼题一个楼名。黄副市长一口答应，说题字可以，但不落名，自己又不是书法家，字也写得丑，落名不是丢人吗？林亚雄说，领导谦虚了，你的书法是大家公认的，一字难求，就是省里的那些所谓的大书法家也比不了，不落名怎么可以呢？

黄副市长高兴地笑道，你真会拍马屁，不过我还是答应你的要求，给你写几个字吧。你想写个啥？林亚雄说，以前这地方叫鸿福楼，现在想改个名。黄副市长问，改个啥名？林亚雄说，我想叫一叶楼，您看怎样？黄副市长说，一叶楼，挺好，简单、雅致、贴切，也很大方，取这名是为了你干妹子吧？林亚雄脸一红，连连点头说，哎哟，领导，我心里这点小秘密怎么就逃不过你的眼睛啊？黄副市长笑道，今天就冲着你妹子的面子，给你写了。林亚雄忙说，感谢领导。

林亚雄叫人端上早已准备好的笔墨纸砚，在旁边一张大木案几上铺排好。

黄副市长走到案几前，对着宣纸端视了片刻，然后提起笔一口气挥毫写下了“一叶楼”三个字，接着落下自己的名字。字体潇洒自如，浑然天成。林亚雄带头鼓掌，李小叶和身后的茶楼服务员也跟随鼓掌。夫人徐大姐在一旁开心地微笑着。

后来，这三个字被林亚雄叫人做成了一块匾牌，高高挂在了茶楼的正中。茶楼开张之后，林亚雄就把它交给了李小叶来经营，而且要送给她一半的股份。李小叶接受了茶楼的经营，她把日常的管理交给了姨妈来负责。而培训服务人员和接待重要客户，她要亲自出面，或者叫好朋友杜咪来帮忙。至于林亚雄要送的股份，她坚决不要，答应以后有钱了自己买下来。林亚雄一听也罢，自己尽了心意，李小叶也领了人情。

李小叶从康城山区拉来了家乡的茶叶，重点推出天然无污染的高山绿茶，形成了自己独特的品牌。一叶楼的名声很快就传了出去。客人们除了来喝茶，而且还来买茶。生意风生水起、有声有色。一到春天采茶的季节，李小叶就把家里最好的新茶亲自上门给黄副市长家送去，黄副市长和夫人徐大姐都很高兴，说有机会还要到她家乡的茶山去看看。

最高兴的当然是李小叶的姨妈，不仅每天可以到茶楼来上班，指挥着一群小年轻服务员，而且也不用为推销化妆品而发愁了，日子变得忙碌而充实起来。李小叶通过认识黄副市长，使姨父也很快从政府里的一个普通小干部提拔为科长，苦日子终于熬出了头。他们从心里感谢李小叶，没有她的努力和帮忙，哪有这样的好事情啊。

李小叶笑了。

她想，好日子还在后面呢。

# 十七

生活就像有无数个门等着人们去打开，但每次只能选择一个，有的打开给人以惊喜，有的打开给人以困惑，有的打开给人以痛苦，有的打开给人以幸福——就看自己是不是幸运的了。

李小叶是不幸的，但又是幸运的。她一步步打开了通往成功的大门。

在认识黄副市长不久的一天，李小叶接到徐大姐打来的电话，叫她一起去参加白河工业园区的一个庆典活动。这个活动是由市政府牵头，各大开发商和投资商联合举办的，邀请了省市领导和相关部门的负责人参加，还有企业、工商、金融的头头及社会各界的名流、媒体记者等。庆典活动之后还有一个冷餐酒会，组织者特地邀请了参加活动领导的夫人参加。徐大姐带她去，是想让她见见世面，认识更多的人。李小叶当然乐意，一口就答应了。

李小叶听林亚雄说起过白河工业园区的事情，以前那里是一片荒芜的河滩地，市政府要把它开发出来，建设成国际化、现代化的工业园区，成为继省城经济开发区之后又一个新的价值高地和城市地标，也将成为这座城市新的亮点。林亚雄的大唐飞龙集团投资项目也在那片河滩地里。

杜咪也告诉过李小叶，那里的房子现在很便宜，楼房还没有盖起来，就吸引了很多买房的人，今后园区建成后房子肯定要涨价，很多人买来就是作为投资等着赚大钱。杜咪叫李小叶去看看，也买上一套。李小叶说，我哪有钱呀，我一个卖保险的营销员，挣的佣金才勉强糊口，哪里买得起房子啊，你这个售楼小姐不是忽悠我吗？杜咪听了呵呵直笑。她现在已经不在市区卖房了，而是在白河工业园区林亚雄的房产项目部当了销售经理，进步如此之快，李小叶不敢相信。

因此，徐大姐叫她去白河工业园区，她非常高兴。这不仅可以利用这个机会去看看这个未来的城市亮点，而且最主要的是可以认识更多的上层人物，发展一批高端的大客户。

李小叶提前在公司的门口等着徐大姐，她的车要路过这里，顺便带她一起去参加庆典活动。李小叶依然穿着那身青蓝色的工服，脖子上系了一条小纱巾。虽然现在她的佣金收入比以前多了，但她还是舍不得到街上为自己买一件像样的衣服。出门时，她提了一袋分成小包的家乡茶叶，准备作为礼物送给她的高端大客户们。

徐大姐的车很快就来了。李小叶上了车，跟徐大姐一路说着话，不知不觉就到了白河工业园区。

没想到白河工业园区占地面积有那么大，沿着白河东岸一望无边，直到快要靠近远处的南山。车过了白河大桥就进入一条新铺的道路，有工人在栽树和修理路面，在河滩不远的地方，到处露出新鲜的泥土。一些地方高楼大厦已经矗立起来，还有一些地方正在挖坑和搭建，推土机和挖掘机在工地上穿梭着。

李小叶想象不出今后白河工业园区是一个什么样的景象。

小车停在了园区里一个叫绿洲大酒店的门口，整个酒店就像是一个组合的巨大玻璃箱子，高高耸立，映着天空。小车一到，立刻有穿着制服的工作人员迎上来，打开车门。一见是黄副市长的夫人，赶紧微笑着向她问好，并且用手护着车门处。徐大姐下车后，李小叶紧跟在后面，脚刚落在崭新的大红地毯上，耳边就听见一片掌声。看见两旁站了那么多人，投来无数尊敬和羡慕的目光，她的心里一下就慌乱起来，脚步不由得有些迟疑。

徐大姐一边神态自若地向众人挥挥手，一边对李小叶小声说，身子挺直，跟着我走。李小叶顿时有了一股勇气，克服了刚才心里的自卑，站稳脚步，挺起胸脯紧跟在徐大姐身后。这时她才发现，周围的人不仅在向黄副市长夫人挥手致意，也在向自己点头微笑，她立即也以微笑和点头作为回敬。这一瞬间，李小叶心里突然升起一种被人尊敬和羡慕的满足感，一阵触电般的眩晕令她身体摇晃了一下，但她很快就稳住了，步子走得更加有力，这是她有生以来第一次产生这样的感觉。尽管这种感觉是虚幻的、短暂的，但这种感觉从此之后在她心里再也挥之不去了。

在工作人员的带领下，她和徐大姐来到酒店里面一个豪华的酒吧里，这里有鲜花美酒，有水果茶点，有舒适的沙发桌椅，还有优雅的音乐。作为临时休息的地方，专门接待领导们的夫人和其他家属。

徐大姐一到，酒吧厅里的女人们立刻活跃起来，纷纷前来与她见面问好，有说有笑。看来她在这些富贵的女人中很有凝聚力和向心力。不光因为她是黄副市长的夫人，而且还源于她是过去老省长的女儿。徐大姐性格开朗，为人直爽，在女人圈里很有人缘。

徐大姐跟这些省市领导、厅局领导和社会名流的夫人太太们握手拥抱，显得非常从容、得体、落落大方，她把身后的李小叶一一介绍给她们认识，说这是她刚认的妹子，不仅人长得漂亮、聪明，而且懂得茶艺。她有一个茶楼，就是南湖边那个一叶楼，大家有时间可以带上老公或者朋友，去品尝一下她的茶，欣赏一下她的茶艺，的确是很不错的。

夫人太太们纷纷和李小叶握手。

徐大姐夸赞说，不光如此，我这妹子还是一个金融理财师，现在在本市最大的一家保险公司当销售经理，各位姐妹以后要想投资理财和买保险，就找我这妹子好了。

夫人太太们惊讶地哦了一声，表示对这个穿着不起眼的小女子感到钦佩。

李小叶立刻拿出名片发给大家，说很高兴认识各位大姐，希望大家以后多多关照。她还把带来的小盒茶叶，分发给夫人太太们，说，这是家乡今年的新茶，请各位带回去品尝品尝。

夫人太太们很是高兴，看见李小叶为人谦和，聪明懂事，都愿意跟她认识结交。

一个夫人笑着说，你是徐大姐的妹子，那也是我们的妹子，以后你不但要教我们怎样喝茶，还要教我们怎样投资理财，让我们也像徐大姐那样，里里外外都是“一把手”。

夫人太太们嘻嘻哈哈笑了起来。

这时，酒店外面响起了一阵锣鼓声和鞭炮声——庆典仪式开始了。酒店外面的广场上彩旗招展，人头攒动。原来，这是白河工业园区建设二期工程项目正式启动暨绿洲大酒店开业典礼的仪式。参加仪式的领导和贵宾们走上了广场上的舞台。

有工作人员过来问夫人太太们，去不去参加外面的仪式，夫人太太们说，那有啥好看的，不就是讲讲话，剪剪彩，敲锣打鼓跳跳舞嘛！那是男人显示威风的地方，女人去啥，不去。她们不是来看热闹的，是来参加冷餐酒会的，是来通过女人与女人的聚会联络感情的。于是，夫人们趁着外面仪式刚开始之际，提议叫李小叶给她们讲一讲喝茶和投资理财的事情。

李小叶看看徐大姐，小声问，大姐，在这里讲可以吗？

有一个夫人喊道，没关系，我们今天是特邀来的女嘉宾，他们男人开大会，我们女人开小会，有啥不可以。

夫人太太们一起喊道，讲吧讲吧。

徐大姐笑着说，你看，这些姐妹多热情啊，你就讲吧。

其实，这正是李小叶需要展示的机会。她微笑着走到酒吧的吧台前，向大家鞠了一躬，然后清清嗓子就给大家讲了起来。她先讲茶道，简单从中国茶文化的历史讲起，然后讲到茶的功用，讲到品茶和沏茶的方法，以及怎样选择自己喜欢喝的茶。最后讲到茶与女人的关系。她说，开门七件事：柴米油盐酱醋茶，件件都与女人离不开。虽然茶排在最后，但茶最有浪漫的诗意。苏东坡说，佳茗如美色，未饮已倾城。杭州藕香居有一副对联：欲把西湖比西子，从来佳茗似佳人。女人似水，女人如茶，这是自古就有的渊源。所以，男人离不开茶，更离不开女人。

夫人们开心地一笑，第一次听到对茶这样的解读，感到新鲜而且生动，不由得议论起来。

李小叶请服务员拿来一套茶具，把自己带来的山茶沏给她们品尝。她说，这是康城山里的土茶，虽然很普通，但同样集天地之灵气，日月之精华。这种茶不经发酵，喝起来清新自然、溢香淡雅，有一种天然之气。而稍加焙制，则是滑润甘甜，茶香袭人。传说过去山茶还有一种淡香，仿佛少女身体散发的香味，令许多男人们着迷。

夫人太太们越发感到好奇，纷纷品尝，点头叫好。

趁着大家品茶的时候，李小叶开始讲投资理财与保险了，这是她的看家本事。过去幻灯片上的那些分析、数据和各种事例，现在早已经烂熟于心，倒背如流。她一一地讲述出来，如数家珍，很快吸引了大家。最后她说，随着社会的发展进步，保险已成为我们生活和生命中不可或缺的东西，它不仅仅是一种抵御人生风险的需要，更是一种对生活和生命的态度。对，就是一种态度。

夫人太太们认真听着她的演讲，就像眼前忽然打开了一扇新奇的窗口，看见了一道不一样的风景。

李小叶的话音刚一落，豪华酒吧里立刻响起一片热烈的掌声。

这时候，广场上的庆典仪式也刚好结束，出席仪式的领导和贵宾们向酒店的大厅里走来。

冷餐酒会就要开始了。

夫人们意犹未尽，眼睛还在看着李小叶。徐大姐喊道，姐妹们，如果还需要与我妹子切磋茶艺的，交流投资理财和保险的，你们私下联系。现在咱们去餐厅享受美味吧，别让男人们抢在前面，把好吃的都吃光啰。

夫人们哈哈地笑着，站起身来。

李小叶感激地对徐大姐说，大姐，谢谢你，你今天让我认识了这么多姐妹朋友，而且还给了我很大的支持和鼓励。徐大姐拉着她的手说，妹子，不说感谢，能够帮助你，我感到很高兴。咱们走，别落后！

李小叶感动地说，好。

夫人们紧跟在徐大姐和李小叶的身后，兴高采烈地向冷餐酒会大厅拥去……

时间如流水，这一年很快就到年底了。

经济开发区永久保险公司到了最繁忙的时候。经理贺大虎和副经理马红艳都在着急，全年的任务到现在还没有完成，差很大一个缺口。按照常规，到了十二月中旬业务就应收官，之后就是开展培训总结，为新年的开门红做准备了。任务完不成意味着当年的考核不达标，公司连续三年的先进就要泡汤，荣誉受到损失不说，个人的一年绩效奖金也就没了，每一个员工的收入也会下降。更为重要的是，对于贺大虎来说，省市公司正在对他进行提拔考核，能不能完成全年任务，直接关系到他的前途进步问题。

冬天气候寒冷干燥，一直没有下雪。贺大虎急得红了眼，嘴上干裂起了泡。

这时候，上面又下来了新产品，叫“全家福”，是一款分红型保险，市公司将开发区公司作为试点单位，也就是说要开发区公司做出一个榜样来，然后在全市推广。时间要求非常紧迫，从产品准备到销售推出再到实现预期目标，只给了两周的时间，这给了贺大虎极大的压力。谁都知道，新产品上市要赢得客户的认同是很不容易的，如果还要在短期内就实现很高的预期，根本不可能。就像是一个普通的人，要求他像专业运动员那样一下跳过两米高的杆子，就是吃了虫草喝了枸杞酒打了鸡血也办不到。

贺大虎在电话里跟市公司总经理唐国庆叫起苦来。贺大虎说，唐总，我们现在全年的任务都还没有完成，你又叫我们推新产品，这不是逼我跳河吗。唐总说，跳什么河，正是因为你的任务还有缺口，我才把新产品试点给了你，这可是一款分红型保险，是公司针对市场需要量身打造的，对你可是大大有好处啊。贺大虎说，万一卖不动怎么办，我不是两头落空了？要不你还是在别的地方试点吧。唐总在电话里火了，吼道，贺大虎，你真是狗咬吕洞宾不识好人心，身在福中不知福。我告诉你，我这是为你好，才在这关键的时候帮你一把，你要拿不下来，说明你没有本事。这件事就这么定了，完不成全年任务和新产品试点工作，你别来见我！啪，电话挂了。

贺大虎感到一阵惶恐不安。

他找来马红艳商量对策。马红艳说，既然上面领导都定了，只有照办，顶有啥用？分红产品虽然公司还没有卖过，但大姑娘坐轿头一回也得显摆一下，老百姓一听保险分红也挺诱人的，毕竟比在银行存钱又多了一个理财的渠道嘛。贺大虎叹口气说，你说得也有道理，我是担心咱们出力不讨好，年底这个节骨眼上推新产品，会影响公司全年任务的完成。

由于时间紧、任务重，贺大虎决定依靠兼业代理业务来打开市场，在最短的时间内完成预期目标。所谓兼业代理业务，就是通过银行代理保险业务，卖出保险产品，是保险公司和银行相互合作的一种销售模式。毕竟银行的网点多、客户多，资金流动性大，信誉度高，在短时间内容易达成客户的购买意向。马红艳说，把新产品都给了银行，我们还能赚多少？兼业代理业务银行是有手续费的。贺大虎说，只要能搞好试点工作，我们吃点亏不算啥，重点是完成全年的任务目标。

于是，贺大虎和马红艳分头带领公司的有关部门人员，对全市的大小银行进行了一次“地毯式轰炸”，一一拜访，终于签下了十几家合作协议。贺大虎松了一口气，卖出“全家福”新产品总算有了着落。

然而，没有想到的是连续三天市场反应平淡，不仅银行网点没有卖出几张单子，反而公司总体业务在下滑。贺大虎看着业务报表，感到头都蒙了。他赶紧叫马红艳去了解是啥情况。马红艳跑了一圈，很快回来报告说，银行根本就没有下力气推“全家福”，一是说他们工作多，派不出人手推保险；二是说年底他们的任务也重，担心推分红保险影响银行自身业务。贺大虎气得喊道，他们这是在耍滑头。马红艳问，我们该咋办？贺大虎晃晃脑袋说，要不我们派人到银行营业大厅去促销。马红艳说，这可能不行吧，别说银行不愿意，监管部门也不同意啊，到时候说咱们违规，来个通报批评就麻烦了。贺大虎不吭声了，在办公室里乱转，就像一头困兽。

马红艳说，要不还是我们自己卖吧，总不能在一棵树上吊死啊。

贺大虎叹口气说，只能这样了。

于是，贺大虎紧急召开公司全体员工大会进行动员，要求大家全力销售“全家福”分红保险产品，并且按照惯例逐级下达任务，分解指标，最后落实到人。可是，当他在会议室里刚把“全家福”分红产品试点预期目标说出来，台下就轰然议论起来，就像点燃了一个汽油桶。大家的情绪明显是不愿意。马红艳在一边喊安静，安静，也没有人听她的，会场乱成一锅粥。贺大虎后面说了些什么，他自己也听不清了。

动员会结束后，贺大虎黑着脸往自己的办公室走。路过一个走廊时，看见几个营销员在窃窃地议论什么，一见他赶紧不吭声了，他一走过又议论起来。贺大虎回到办公室，让马红艳去把李小叶叫来。

不一会儿，李小叶来到他的办公室。贺大虎叫她在办公桌对面的椅子上坐下，李小叶就坐下了。贺大虎问，你认为公司销售“全家福”好不好？李小叶答，好。贺大虎问，产品销售有没有市场？李小叶答，有。贺大虎问，那业务员为啥对卖“全家福”有意见？李小叶答，没有意见，只是任务太重了。贺大虎说，上级也是这样给我下达的任务，我必须交给你们。李小叶说，那是你的事情，我们完不成。贺大虎瞪着眼睛问，为啥？李小叶说，我吃的饭只能扛一百斤，你叫我扛一千斤，当然不愿意。贺大虎问，那怎样才能扛动？李小叶说，钱！贺大虎说，你是说奖励？李小叶说，重赏之下必有勇夫。

贺大虎心想，过去公司推出新产品也进行过奖励，而且开展突击任务时都要进行奖励，营销员卖保险除了在公司拿佣金，还有就是盼望公司的奖励了。尤其是到年底，如果任务还有差距，保险公司往往都会开展突击活动，以现金或物质的方式来进行刺激，以保证目标任务的完成。贺大虎比较抠门，过去的奖励都是锅碗瓢勺什么的，最高档次也就是电饭锅、加湿器什么的了，渐渐就失去了吸引力，营销员也没有兴趣了。现在看来，年底的任务完不成和业务下滑，跟奖励有很大的关系。实际上，营销员手里都有保单，就是持单观望公司有没有奖励。有就出单，没有就放到第二年“开门红”出了，“开门红”也是有奖励的。这是营销员与公司暗地里进行的一场博弈。可是，要拿出一笔钱来奖励营销员，是要占公司费用的，这是割贺大虎身上的肉。因此，他心里十分纠结。

李小叶说，要想推出“全家福”，还必须加大媒体宣传，不要光让营销员喊口号。贺大虎想，在电视报纸上做广告，又要花一大笔钱。他感到心在流血。李小叶说，舍不得孩子套不住狼。贺大虎问，还有啥法子？李小叶建议不要下达任务，采取竞标方式。贺大虎摇头道，下任务都不愿意，还竞标？更没有人愿意干了。李小叶说，你把奖励提高，而且给现金，不要那些电饭锅、加湿器之类的低档廉价东西。如果这样的话，我会第一个上台竞标，我也保证身后会有很多人跟上来。

贺大虎怀疑地看着李小叶，先不表态。

李小叶走后，贺大虎跟马红艳商量，没有别的办法，只有按李小叶说的试一试。现在时间紧迫，只有死马当作活马医了。贺大虎叹气道，这些营销员太没有主人翁精神了，关键时刻不为公司出力，眼睛还盯着钱，真是认钱不认人啊。连李小叶这样的优秀销售主管也是这样，叫我很是失望。马红艳笑道，人家营销员又不是你的正式员工，靠的就是佣金和奖金，还要养活一家人呢，这个可以理解。没有他们为公司卖保险，哪来公司的发展和业绩啊。贺大虎说，你说得也对，大家都不容易，理解万岁吧。马红艳笑了。

第二天，“全家福”竞标会在公司会议室拉开帷幕。

没想到动员会乱成一团，而竞标会却激烈有序，完全是意想不到的情景。分配任务没人愿意，开展竞标却争抢上台，真是奇了怪了。贺大虎闹不清楚是咋回事。

会议室里座无虚席。主席台上插着一块块牌子，上面大红笔写着“全家福”竞标标的和奖金金额，十分醒目。贺大虎刚宣布竞标开始，李小叶就第一个大步上来，拿下台中央那块最大额度的标的牌——五百万。

台下爆发出一片掌声。

接着，第二个人跑上来，是老营销员王桂花，摘取了四百万的牌子。

台下又是一片掌声。

第三个人是一个男同胞，上台掳走三百万的牌子。

会场高潮迭起。坐在一边的贺大虎傻眼了，使劲跟着鼓掌。马红艳也乐得脸上笑开了花。

竞标会非常顺利，不到一个小时，上级下达的任务全部竞标完毕，一干二净，连一点骨头和汤都没有剩下。而且捧着牌子走的人，一个个喜气洋洋，眉开眼笑，好似抱了个金娃娃。没有抢到的，反倒后悔叹气，捶胸顿足。

贺大虎真是搞不懂了，李小叶出的点子真有点邪门。如果照这样下去，不仅可以毫无悬念地完成“全家福”的试点工作，而且还能够保证完成全年的任务目标，真是一举两得，一箭双雕。但是，“全家福”毕竟是以一种特殊的形式分发下去的，能把保费收回来才是关键，就像地里的庄稼成熟了，如果遭遇大风冰雹什么的收不回来，还是白搭，一场空欢喜。这对于贺大虎来说，那就是一个致命的打击，再也翻不起身了。

贺大虎刚笑开的脸上，眉头不由得又紧锁起来。

新世纪酒店屹立在城市的群楼之中，如一座巨型的灯塔熠熠生辉。

酒店大门口一条大红横幅十分醒目，上面写着：“热烈欢迎参加‘全家福’答谢会的尊贵客户们!”这是李小叶将要在这里举行的一场保险新产品销售活动，她特意没有在横幅中出现“销售”二字，而是用答谢替代，这里面隐藏了她的用心。“全家福”多么的温馨喜气啊!

新世纪酒店是省城最豪华的五星级酒店之一，不要说在这里举行重大的聚会活动，就是在酒店住一晚价格都贵得令人咂舌。可是，李小叶却偏偏选择了这里，她要在这个豪华高档的酒店迎接她的高端大客户。当然，酒店上万块的场地费她是付不起的，但有干哥哥林亚雄帮忙，很快就解决了问题。酒店的梁总是林亚雄的朋友，小茶楼失火救人那天就是在这里吃的饭，还有李小叶过生日林亚雄送她第一张保单那天也是在这里。之后，林亚雄还带着她来过这里接待客人，认识朋友，都是梁总一手安排的。所以，林亚雄一打电话，梁总二话不说，不仅把场地费免了，而且还把招待的茶水费、服务费全都免了，只有李小叶要求酒店做的送给高端大客户的礼品盒，象征性地收了成本费。

李小叶来到酒店，在大堂门口见到了梁总。一见面，梁总就热情地握住她的手说，欢迎李小姐光临，以后有事直接找我，不用去麻烦林哥了。李小叶一笑说，不好意思，给你添麻烦了，感谢你的大力支持。梁总说，应该的嘛，我跟林哥是朋友是兄弟，一会儿他还要亲自来哩。李小叶说，他来干啥，我又没有邀请他。梁总笑道，你哥来给你捧场嘛，再有他听说黄副市长夫人徐大姐也要来，还有很多的领导夫人和各界成功人士的太太都要来，他当然要露面啦。李小姐能够把这么多有身份的人请到酒店来，是我的荣幸，所以我还要感谢你呢。李小叶说，梁总太客气了。

李小叶见过酒店梁总后，就步入酒店大门进入大堂，再踏上旋转楼梯来到二楼，答谢会的会场就在二楼会议大厅。一路看上去，整个酒店金碧辉煌，熠熠生辉。豪华巨大的水晶灯，高大镶嵌金箔的穹顶，进口大理石墙面，巨幅的落地玻璃，以及地面的红色地毯，处处都彰显出华贵和精美。

她来到会场大厅，看了里面的布置情况。前面的主题背景墙上喷绘着“全家福”客户答谢会的醒目字样，并配有红色的祥和图案，两边悬挂着彩色的气球，张贴着“全家福”分红保险的宣传海报和欢迎标语，后面还备有茶点水果。会场隆重热烈而又亲切温馨。

李小叶感到满意。说实在的，当她在公司拿下五百万保费的大额标的起，心里虽然充满自信，但依然感到有一种压力，能不能卖出这五百万的分红保险，自己也没有底。因为太仓促了，只有一周的时间。但她依然面带微笑，精神抖擞，不能让别人看出她内心的紧张。她给贺大虎和公司拍了胸脯，夺下标的就等于拿了军令状，绝不能后退半步，只能成功不能失败。

军令如山啊！

李小叶希望自己的高端大客户，不仅手里有钱，而且可以带动市场，通过答谢会把新产品“全家福”推介出去。于是，她给黄副市长夫人徐大姐和那些局长处长夫人及公司老总、企业老板太太打电话，邀请她们前来参加“全家福”答谢会，她们都一口答应了，并且还说要带朋友来。李小叶当然表示欢迎。

现在一切准备就绪，只等嘉宾和大客户们闪亮登场了。

李小叶站在会场门口，最先见到的是公司经理贺大虎和副经理马红艳。看得出来，表面上他们是来给李小叶助威的，其实是放不下心来。贺大虎一见李小叶就惊叹地看看四周说，这个酒店太豪华了，公司还从没有在这样高档的地方搞过活动，个人就更没有这个能耐了，你这要花多少钱啊？马红艳也有些担心地说，酒店气派，环境高档，但要让大客户掏钱买保险也不容易，往往越是有钱越不愿意买保险，毕竟他们投资渠道多嘛。贺大虎说，是啊，小叶就看你今天咋打响这一枪了。李小叶笑着说，二位领导放心，我自有办法，这是给咱公司挣面子，给两位经理挣面子呢。贺大虎马上说，对对对，这个面子挣得好，让大客户们看看，我们保险公司也是有实力的、有品位的，对不对？

马红艳和李小叶都乐了。

正说着，黄副市长夫人徐大姐来了，她的身后跟着一大堆有说有笑的夫人太太们。李小叶赶紧给贺大虎和马红艳介绍黄副市长夫人徐大姐，介绍局长处长的夫人，介绍商界老总、企业老板的太太。一时间，宾客临门，光艳四射，欢声笑语。

贺大虎和马红艳感到有些眼花缭乱。

林亚雄带着杜咪也赶来了。一见到黄副市长夫人，林亚雄就迎上去说，感谢徐大姐光临，亚雄我有失远迎啊。徐大姐笑道，别耍嘴皮子，要你感谢什么，我是来参加人家小叶举办的活动，跟你有啥关系。林亚雄嘿嘿一笑说，小叶是我妹子嘛，我当然要感谢你了。一会儿活动完了，我在这里安排吃饭，把你的好姐妹都叫上。徐大姐说，好，林老板请客，我们今天就吃吃大户。她周围的夫人们都开心地笑了。

杜咪见李小叶还穿着一身青蓝色的工装，就把她拉到一边小声说，你今天咋还穿这样的衣服呢，这是啥场合啊？李小叶说，没啥呀，我是在工作嘛，当然要穿工装嘛。杜咪摇摇头说，嗨，没办法，真是老土不懂新生活，哪天我带你去金华国际买件像样的衣服。李小叶知道，金华国际是省城最高档的商业大厦，那里的衣服大都是进口名牌，听说贵得吓人，是有钱人消费的地方，她哪买得起。李小叶应付道，好好好，等我有钱了就跟你去。

酒店的梁总走了过来，林亚雄把他介绍给黄副市长夫人徐大姐，说这是他的朋友兄弟，也是这家酒店的老总。徐大姐说，见过，以前陪老黄接待客人来这里吃过饭。梁总热情地说，徐大姐莅临酒店，本人深感荣幸，望以后多多来检查指导工作。徐大姐笑道，我又不是啥领导，就是一个普通客人来参加我妹子的活动，你不必客气。梁总点头说是。

大客户们陆陆续续都来了，一一进入会场。

李小叶请徐大姐和夫人太太们进入会议大厅，在前面摆放整齐的椅子上坐下来。林亚雄和杜咪，还有酒店的梁总也陪同进入会场，坐在徐大姐的后面。经理贺大虎和副经理马红艳坐在一边。一百多人的会议室里座无虚席。会议厅里的布置隆重而又温馨，一切都展现出举办者的用心。

答谢会很快正式开始。

在音乐声中李小叶走上会场大厅的主席台，她身穿青蓝色工装，露出白色衬衣的衣领，胸前插一朵红色的玫瑰鲜花，脖子处飘扬着一条粉色的小丝巾。她微笑着，明亮的眼睛闪烁出从容和自信的光芒。她首先介绍今天参加“全家福”答谢会的嘉宾和客户，并欢迎大家的到来。

会场里响起一片掌声。

李小叶请出公司经理贺大虎致欢迎词。贺大虎脸上兴奋得冒出油汗，激动地说，没有想到今天会来这么多尊贵的客人，尤其是黄副市长夫人徐大姐也亲自来参加答谢活动，这是对永久保险公司极大的鼓舞和支持，也是对保险事业的关心和爱护，我代表公司向黄副市长夫人徐大姐和台下所有的嘉宾客户表示热烈的欢迎和感谢！

接着，李小叶请出黄副市长夫人徐大姐讲话。徐大姐在掌声中走上台，拥抱了李小叶，祝贺她举办的答谢会。徐大姐不愧是领导的夫人，从容大度，气质不凡，并且给人以亲切的感觉。

徐大姐微笑着说，我很高兴来参加这样的答谢会，而且叫了很多朋友来，主要是让大家来认识一下李小叶。她是一个从康城山区来的普通女子，她家里是种茶的，她学的也是茶艺，由于家庭的种种原因来到我们这座省城打工。她本来可以当一个很好的茶艺师，但她却做起了保险，而且做得很出色。在我的印象中，不论她是做茶艺还是做保险，都是一个不普通的女子。她吃得苦，又懂得报恩，这样的人如今不多。一个小女子带着一个几岁的女儿，在这个城市里打工挣钱，要改变自己的生活和命运，这很不容易。我也是一个女人，也是一个母亲，懂得她的付出，相信她一定会取得成功！

台下掌声如潮。

李小叶眼里含着泪水。

答谢会进入李小叶的演讲程序。她控制住内心的激动，简要回顾了自己从康城山区来到省城的人生经历，说到了贫困的家庭，说到了不幸的婚姻，也说到了在城市找工作的艰难。但是，她说，我没有对生活失去信心，一个偶然的机会我走进了永久保险公司，就像从黑夜里走了出来，看见了光明和希望，开始了新的人生道路。感谢这个城市容纳了我，感谢许多人帮助了我，他们买下的每一份保单，都是对我的鼓励，更是对我的厚爱。我母亲说过一句话，就是一个人要懂得报恩。所以，今天我要真诚地感谢你们！

李小叶满眼泪光向大家深深鞠躬。

台下的人被她的经历和演讲感动了。徐大姐用赞许的目光看着她，林亚雄高竖起大拇指为她叫好，杜咪流着眼泪笑着使劲鼓掌，酒店梁总也情不自禁地举起双手对她表示敬佩……

李小叶说，我是一个年轻的母亲，也是一个女儿，我懂得保险对于一个家庭来说是多么的重要。我现在唯一能够为大家做的事情，就是给大家推荐最好的保险产品，做好专业的客户服务，有效规避人生风险，增加投资的财富，为千家万户送去安康和幸福。这就是我对大家最好的报答！

在音乐声中，几个酒店服务小姐推着一个小推车进来，将一个个精美的礼品盒送到每一位嘉宾和客户面前，里面是一瓶红酒和新世纪酒店特制的甜点。礼盒上有李小叶写的感谢话语，还配有一枝红色的玫瑰花。

与此同时，屏幕上开始播放李小叶自己制作的PPT，介绍新产品“全家福”分红保险，它的核心内涵是“还本付息，免税分红”，确保客户的收益。并且时间短，收益快，安全可靠。为了让大家相信这款产品，李小叶宣布自己也在现场购买“全家福”，与大家共同见证和分享保险带来的保障和投资收益。

李小叶的销售团队人员这时候已在一边铺好了桌台，摆好了宣传资料和保险合同，做好了咨询和签单的准备。

李小叶宣布，答谢会进入新产品“全家福”保险正式面市销售启动程序。贺大虎和马红艳陪同黄副市长夫人徐大姐走上台来，林亚雄和酒店梁总也走上台来，一起为“全家福”剪彩。

在一片掌声之中，台上的人一起拉下旁边一块牌子上的红绸子，一张巨大的“全家福”保单样式显露出来。

台下的嘉宾和大客户们纷纷向会场一边咨询签单的地方拥去……

李小叶的“全家福”答谢会取得了圆满成功，当天签单率百分之百，现场刷卡和交款三百多万，这是开发区公司有史以来第一次“集体大单”。接着第二天、第三天——不断有人找李小叶签单。在高端大客户启动的同时，她又把活动延伸到普通客户，第四天就突破了她摘下的标的五百万，并且继续向前挺进，势如破竹。

经理贺大虎完全傻眼了，心里激动和兴奋得像猴子一样乱蹦乱跳。李小叶一炮打响，使他信心大增看到了希望。他立刻复制李小叶的做法，下令公司所有销售人员以高端大客户带动普通客户，以个人业务带动兼业代理业务。同时，号召公司员工也积极购买“全家福”分红产品，赢取广大客户的信任。他还在电视台和报纸上开展宣传，配合业务人员的销售活动。一场保险新产品的销售浪潮迅速涌动起来！

贺大虎每天在公司坐镇指挥，马红艳在下面吆喝督战，销售人员一大早像网一样撒出去，不漏过城市里的每一个角落，晚上把收获的单子像满舱的鱼一样带回来。客户服务电话不停响起，接线员姑娘喊哑了嗓子。业务管理人员和财务管理人员，坐在大厅柜台前不停地审核、出单、收款、入账——忙得顾不上喝一口水，甚至上厕所都没有时间。交钱买“全家福”分红保险的客户在公司门口排成了长龙，这是保险市场从未出现过的罕见现象，连媒体记者也跑到公司来采访报道。

贺大虎把办公室的椅子搬到营业大厅上面的平台上，俯瞰着下面热闹非凡的景象，一边喝着茶，一边忍不住嘿嘿发笑。

为了节省时间，贺大虎叫人买来了方便面、火腿肠等熟食品，让大家吃喝都在大楼里，保持着公司不间断地运转。他承诺，等战斗结束后一定请大家上高档饭店吃大餐。公司大楼里，白天人头攒动，夜里灯火通明。所有人都熬红了眼睛，像是打了兴奋剂一样的亢奋。

七天的时间终于到了。当马红艳把业务统计报表交给贺大虎时，他看了一眼最后一行的数字，就蹲在地上大哭起来。马红艳说，贺经理你这是怎么啦?完成任务你应该高兴啊。贺大虎一下从地上立起来，在脸上抹了一把，笑着大声地喊道，对，我们应该高兴，应该高兴，我们终于胜利啦!

他把业务统计报表扔了出去。

七天时间，开发区公司在短短的时间里就实现了市公司下达的“全家福”销售目标，圆满完成了新产品的试点任务。同时，全年业务目标任务也一举突破，取得了突击任务和全年任务的双丰收。

公司上下一片轰动。

贺大虎接到市公司唐国庆总经理打来的祝贺电话，激动得声音和手都不停地颤抖，他嘴里不停地重复着四个字，谢谢领导、谢谢领导、谢谢领导……

唐总说，我现在要向你借人啊。

贺大虎问，借谁呀?

唐总说，李小叶，愿不愿意啊?

贺大虎忙点头说，愿意、愿意，当然愿意，领导尽管借。

唐总哈哈地笑着说，你小子现在总算聪明了。

李小叶被市公司唐总借调去做全市的“全家福”销售推广工作，到各区县公司去介绍自己的销售经验。他还请来省城的各家媒体，对李小叶进行采访，在全市进行全方位的宣传。一时间，李小叶的名字不仅迅速在公司内部走红，而且她的照片也出现在报纸电台电视台各大媒体上，甚至出现在户外大型电子屏和车身广告上。

记者采访李小叶时问，你在销售“全家福”保险产品中，是怎样取得成功的？

李小叶答，不是我的成功，是这款分红产品的成功，因为它符合老百姓的需求和利益。

记者问，听说你在答谢会上自己还带头买了这款产品，为什么？

李小叶答，是的，我买了。我相信这款产品，相信我的公司，并且愿意把这样好的保险产品与我的客户分享，以报答他们对我的支持帮助和关爱。

记者问，你以后有什么打算？

李小叶答，我只是一个从山区来的打工妹，是一个普普通通的保险营销员，我只想老老实实做人，踏踏实实做事，希望自己卖出的每一份保险，换来这座城市每一个人的幸福和平安……

媒体报道一出，省城大街小巷立刻掀起了一股前所未有的购买保险的旋风。人们拎着包纷纷到保险公司营业点和银行柜面，排着长队购买“全家福”分红保险，这是多年来没有见到的现象，就像在寒冷的冬天点燃了一把投资理财的熊熊大火。

唐总带着李小叶来到一个营业点现场，老百姓立刻围住了他们。一位老大爷拉住李小叶的手说，女子，你这人好，我相信你，我把积蓄的钱都拿来了，买了“全家福”，感谢你们分红没有忘了我们老百姓。旁边一个小伙子说，又有保障，又有分红，还免税，安全可靠，这么好的保险，不买是瓜子。

人群哄的一声笑了。

唐总和李小叶也笑了。

市公司的销售活动也取得了巨大成功。销售的业绩不断刷新，战报的数字一天比一天高。同样是七天时间，销售保费达到两亿多元，创下了省城保险市场销售的历史新高和罕见奇迹。一个购买保险的热流在冬天里涌动起来……

市公司召开总结表彰大会，对先进单位和个人进行表彰奖励。开发区公司和李小叶分别作为先进单位和先进个人荣登榜首，市公司一把手唐国庆总经理亲自把奖牌颁发给贺大虎，把两万元奖金送到李小叶手上，并与二人在台上亲切合影留念。之后，唐总还举行了盛大的“英雄宴”，向在销售“全家福”中的先进单位代表和个人敬酒。获奖的人员都披红戴花，与省市公司的领导坐在一桌，红光满面，精神焕发，心情非常激动和自豪。

唐总第一个向李小叶敬酒，祝贺她在“全家福”销售活动中取得的可喜业绩，感谢她在推广新产品中为公司做出的贡献。

李小叶说，一切都是应该的，是公司给了我这样的舞台，我才能有机会锻炼自己、展示自己并且得到成长。要感谢的应该是公司，我爱公司！

热烈的掌声响起。

酒杯的碰撞声也跟着响起。

“英雄宴”拉开帷幕。贺大虎满面红光不停地与领导们敬酒还酒，大声说笑，很是得意和风光。他喝得面红耳赤，走路摇晃，兴奋得如新郎官娶媳妇一般。

李小叶不时与公司领导和参加宴会的代表合影照相，还给崇拜她的营销员伙伴签名，就像电影电视明星一样。她春风满面，谈笑自如，却始终没有忘记紧紧地捂着自己身上口袋里装着的两万元奖金。

她的心里仿佛有千万面鼓在擂动，发出轰隆隆的声音，周围的一切都听不见了……

# 十八

李小叶站在市中心最豪华的商场——金华国际门口，她等待着好朋友杜咪的到来。她俩约好了在门口见面，然后一起进商场，杜咪要为她挑选一件漂亮的有档次的衣服。

杜咪多次对她说，你的衣服太难看了、太廉价了、太落后了，除了上班的青蓝色工装，就是到大众路批发市场买的低档衣服。那个地方是城乡接合部，搭着一个个巨大的半圆形蓝色塑料顶棚，顶棚下面是一个接一个的小货摊，有卖服装鞋子的、床单被褥的、箱子雨伞的、小家具小家电的、锅碗瓢勺的等等，应有尽有，五花八门。商家有的搞批发，有的做零售，销售的对象大都是城市里的工薪阶层、普通百姓，还有郊区农村的农民和外地倒货的贩子。因此那里人流拥挤，货物如山，声音嘈杂，气味难闻。

杜咪说，像你这样做保险的人，好歹也是金融单位的白领，穿大众路批发市场的低档衣服，实在是糟蹋人了。李小叶不以为然，说，有啥糟蹋人的，衣服是用来遮体的，只要穿得干净就可以了，何必要花钱买贵的。再说，大众路批发市场的衣服，不仅便宜，品种多，而且还可以砍价呢。

杜咪气得直咬牙，说，你还是不是个女人？女人天生就是要穿漂亮的衣服，就像鸟儿喜欢有漂亮的羽毛一样。女人爱美不光是为了吸引男性，更重要的是为了自己。女人的衣服就是走在这个世上的通行证，穿什么样的衣服，就会为你打开什么样的大门。李小叶笑道，有这么夸张吗？杜咪说，当然啦。李小叶说，好，那就等我有钱以后，买很多很多漂亮的衣服，去打开这个世界所有的大门。杜咪气得转身就走，不理你了，你个瓜女子。

在“全家福”客户答谢会上，李小叶答应杜咪等她完成任务后挣了钱就一定买一件像样的衣服。因此，当拿到了两万元奖金，她就把消息立刻告诉了杜咪，说自己可以买漂亮的衣服了。杜咪说，那就去金华国际，大门口见面，不见不散。

李小叶一听又犹豫了。出入金华国际的都是有钱人，听说那里的东西贵得吐血，一个包上万块，一件衣服几千块，一个胸罩也要几百块，甚至买一双袜子都要几十块，一般工薪阶层和普通老百姓只能望而却步。平日要叫她去那里消费，她绝对是不会去的。

杜咪说，说好了，不许变卦啊。

李小叶低声回答，好吧。

现在李小叶就站在金华国际的大门口。这座豪华的商场整体就像一颗巨大的钻石，由钢化玻璃幕墙构成，不锈钢架支撑，大门处矗立着金黄色的立柱，门口有一个自动旋转主门和两道高大的侧门，漂亮的礼仪小姐站在两旁，迎接客人的到来。

她站在一边，看着身后的玻璃橱窗，里面展示的都是高档商品。珠宝、手表、皮包和服装，都是世界名牌，吊牌上的价格令人咂舌。刚到省城找工作时，李小叶曾经路过这里，看见玻璃橱窗里的高档商品，她就像看到了天堂里的生活，令人心跳目眩。是的，这里就是富人的天堂。今天站在这里，她身上虽然带着卖保险挣来的两万元奖金，但依然感到惶恐不安，呼吸急促。她很想赶紧逃离这个地方。

正在这时，李小叶听见了杜咪叫她的声音。她回头一看，杜咪戴着一副时尚墨镜，打扮得像电影明星一样向她张臂扑来。李小叶说，你怎么现在才来，再不出现我就准备走人了。杜咪笑着赔礼道，对不起，大小姐，让你久等了，路上堵车嘛。李小叶朝她身上扫了一眼，闻到一股浓浓的香水味，故意挖苦道，不是路上堵车，是跟别人在一起耽误了时间吧。

杜咪只好承认她陪林亚雄参加了一个社交活动才赶过来，耽误了时间。李小叶说，真是见色忘友。杜咪说，好啦，我给你赔罪，走走走，咱们快进去。说着，拉着李小叶的手就大步往商场里走。

两旁漂亮的礼仪小姐弯腰齐喊，欢迎光临！

李小叶吓了一跳，用手捂住胸口。

她们进入一楼大厅，里面是卖女人高档化妆品的地方，灯光明亮，香气扑鼻，墙上贴着明星美女的广告，玻璃柜里摆放着各种进口化妆品，琳琅满目，令人眼花缭乱。年轻漂亮的服务小姐红唇黛眉，热情地向女顾客们推销化妆品。到了这里，女人是没有抵抗力的，有的只是放光的眼睛。

杜咪把李小叶带到一款名贵的法国化妆品柜台前，叫服务小姐拿出一大堆摆在柜台上，有脸上洗的抹的喷的贴的，她拿起来在手上看看，放在鼻前闻闻。李小叶悄悄瞟了一眼标价，我的天，一瓶最少都要七八百块，或者一两千块。她的心里抖了一下。

杜咪转头问她，你用过这个品牌吗？

李小叶脸一红，迟迟地说，我用的是宝宝婴儿霜，跟女儿一起用的。

杜咪瞪大眼睛，不相信地看着她，说，不会吧？

李小叶说，婴儿霜挺好的，真的，不会有假货。

杜咪摇摇头说，我的大小姐，你不要忘了，你是一个女人，女人！不是婴儿。

杜咪指着柜台上的化妆品，一边点着一边对服务小姐说，这些东西给我来两套。说完，把包里的一张卡递给服务小姐。服务小姐问，小姐，你不用自己刷吗？杜咪说，不用，你去刷吧，密码六个零。服务小姐高兴地拿着卡到结算柜台去了。

李小叶着急地问，你怎么把卡拿给服务员去刷啊？

杜咪无所谓地说，这有啥，省得我跑路排队。

看来杜咪是经常这样消费，她越来越潇洒，越来越花钱大方，跟着大老板林亚雄就是不一样啊。

服务小姐很快回来了，双手把卡还给杜咪，告诉她一共刷了一万四千五百元。杜咪只说了一个好字，收下卡，放回包里。

李小叶惊呆了，喊道，就这几件东西，这么贵啊？杜咪说，小声点，这是进口化妆品，不贵。李小叶只好说，不贵不贵，你是大款嘛。杜咪说，送你一套，我用一套，你回家就把宝宝婴儿霜扔了。李小叶红着脸推辞说，这么贵的东西我用不起。杜咪说，有啥用不起，用用就知道啥是好东西了，钱就是拿来花的。再说，这钱是林亚雄给的，卡上有几十万，不花干啥？男人的钱不花白不花。

李小叶瞪着眼睛看着杜咪，像是不认识似的，张着嘴说不出话来。

杜咪说，别这样看着我，好像跟钱有仇似的。

李小叶说，我跟你有仇。

杜咪嘻嘻地笑了。

李小叶也开心地笑了。

她们乘电梯来到了二楼。二楼是卖黄金和珠宝的，里面更加富丽堂皇，珠光宝气。那些黄金首饰金光闪烁，翡翠白玉精致迷人，件件都价格昂贵，可是仍然有不少顾客在柜台前，甚至还有一些年轻人，在挑选黄金首饰和翡翠白玉。李小叶心里很是感叹。

杜咪说，你看看，这就是有钱人，到了这里才明白啥叫囊中羞涩，啥叫自惭形秽。李小叶笑道，你也是有钱人啊。杜咪说，我哪算有钱人，充其量是个有钱花的人。等我有钱了，我也开个珠宝店，每天想戴黄金戴黄金，想戴翡翠戴翡翠——李小叶接过话说，想戴白玉戴白玉，呵呵呵呵。

两个人笑成一团。

二人说笑着来到三楼。这是她们今天要来的目的地，里面主要是女人的高档服装和皮包，全是国内外著名品牌。服装和皮包永远是女人的最爱。她们宁可省吃俭用，也梦想有一套漂亮的衣服和一个名牌皮包。有时候，就是身上没有钱，也要到这样豪华的店里来逛一逛，看一看。实在没钱买不起，也要去买一件仿冒的名牌衣服和皮包，满足一下虚荣的心理。这里的服装和皮包，都是国内外的名家设计的，款式新颖，质地高档，做工精美，每一件都高贵华丽，引领时尚和潮流。女人们一走到这里，就会眼睛发亮，心跳加速，驻足不前。

李小叶和杜咪走过皮包区的时候，遇见几个北山地区来的女人在挑选皮包。北山地区出煤炭、石油和天然气，过去很荒芜很穷，这几年一下富裕起来，出了不少有钱的煤老板、油老板和气老板。他们在省城买了房子，把女人和孩子也带了过来，在购物时出手阔绰，疯狂消费，使省城物价上涨。没钱的老百姓埋怨他们，可是商家却十分高兴，服务小姐一见他们，或者听见他们说话的口音，就像来了财神一样马上围上前去，笑脸相迎。这些人不论是买房子还是买奢侈品，几乎都喜欢用现金不用银行卡，把成捆的人民币从手提袋里扑噜噜倒出来，如同倒土豆红薯一般。

眼前的这几个北山女人就是这样，她们皮肤黑红粗糙，身体发胖，一口北山地区浓重的土话，穿着富贵的衣服，脖子上挂着粗大的黄金项链或银白的珍珠项链，手里拎着大包小包的东西，在商场里大声说笑。一看就是有钱人的女人。

两个服务小姐忙前忙后地为她们挑选皮包，额头上沁出了细汗。这些名牌皮包每一个都在万元之上。

李小叶和杜咪正要走开，却被那几个北山女人叫住了。一个高胖的女人喊道，哎，美女过来一下，帮帮忙。李小叶和杜咪没明白是什么意思，愣住停下脚步。高胖女人喊道，你们过来一下，帮我们挑选一下包包。其他几个女人也朝她俩招手。李小叶和杜咪终于懂了，就走了过去。高胖女人手里拿了三个皮包，款式不同，都非常漂亮，是顶级的国际品牌，每一个都在两三万元。

李小叶不懂，站在一边不敢吭声。杜咪对这些时尚的奢侈品非常熟悉，一眼就能看出它们的品牌和价格。高胖女人说，她们看了半天，也不知道啥好啥不好，就看着价钱贵的选了几个，想让她们帮忙看看，参谋一下，提着出去体不体面、够不够档次。李小叶想，这么贵的包包还不体面，还不够档次？想干啥呢？杜咪接过高胖女人手里的包，一个一个地看了，感觉都不错，高档华丽，款式新颖，可让这几个北山女人提着真有些可惜了。但是，人家有钱有什么办法，有钱就是上帝。她说，都不错啊，随便哪一个都行。

没想到话音刚落，高胖女人立刻就高兴地喊道，好，三个包包我都要了，服务员给钱——她的胖手在一个袋子里一掏，几捆现金就拍在柜台上。接着，旁边几个女人也都大声喊叫要买，有要三个包包的，也有要两个包包的，同样是掏出一捆捆的现金拍在柜台上。

李小叶和杜咪顿时看呆了。

高胖女人对李小叶和杜咪说，这里包包不错，你们也买几个吧？

她俩的脸唰地红了，尴尬得直摆手。

几个北山女人满意地提着包包向她俩表示感谢。服务员小姐也向她俩说感谢，脸上乐得开了花似的。

杜咪拉着李小叶赶紧逃跑。她们心里都受到了巨大的刺激，也可以说是受到了打击，甚至可以说是受到了伤害。金钱就是具有这么大的力量，不论你是男人女人，不论你的身份高低，有时候在它的面前都得低下头俯下身来。否则，一个人所谓的自尊就会被轻易地摧毁。连杜咪这个见过不少有钱人的女子，在这几个北山女人面前也感到相形见绌。

妈的，土豪——她俩不约而同都在心里骂了一声。

李小叶和杜咪落荒而逃来到服装区，好一会儿心情才平静下来。当看到满眼漂亮、光彩夺目的衣服，眼睛又重放光芒，脸上又露出兴奋的笑容，很快就忘记了刚才那尴尬和窘促的一幕。这才是她们今天要来的地方，为李小叶买一件像样的衣服。杜咪带着李小叶一个店一个店地逛，一个品牌一个品牌地看，一件衣服一件衣服地试。最后，终于在一家名牌店里看中了一款时装。这是一身套裙，款式时尚流行，线条简洁明快，色调端庄典雅。服务小姐说，这是一个著名外国服装大师设计的，去年参加法国巴黎国际服装设计大赛还获过奖，现在店里这个款式只剩两件，一件宝石蓝，一件玫瑰红。

李小叶要试宝石蓝裙装，杜咪表示反对，说她穿的衣服不论是上班穿的工装，还是平日穿的休闲装，千篇一律的青蓝灰白，色彩都不明快亮丽，给人压抑的感觉。杜咪要李小叶穿上玫瑰红套裙试试。

李小叶犹豫地说，我穿红的行吗？

杜咪说，你是八十岁的老太婆吗？人家老太婆还穿红的呢。

服务小姐在一边笑。

李小叶拿着玫瑰红套裙忐忑地进了试衣间。过了一会儿，她从试衣间里走出来。刚一出现在杜咪面前，她一下就尖叫起来，小叶你太美了，赶快照照镜子。眨眼之间，李小叶已经判若两人，这身套裙穿在她身上是那样的合体，显得气质高雅，光彩照人。

李小叶来到镜子前一看，果然被镜子里的人惊呆了，简直不敢相信这是自己。自从结婚之后，她再也没有穿过红色的衣服，离婚之后更是远离红色，与青蓝灰白相伴，把自己的身体和内心都包裹隐藏起来。现在穿上这件玫瑰红套裙，她不仅看见了依然还在的青春容颜，还看见了一个成熟女人的端庄和妩媚。她在镜子前转动着身体，欣赏着自己。

杜咪感慨地说，小叶，你太美啦，这才是真正的你。

李小叶问，我穿出去合适吗？

杜咪说，合适，当然合适。

李小叶问服务小姐，多少钱？

服务小姐说，三千九百元。

李小叶一下咳嗽起来，口水呛了她的嗓子。没想到一件套裙会这么贵，贵得离谱，贵得超出她的想象。原计划两万元奖金，拿一半存起来还前夫朱大军的赌债，拿三千元寄给父母，留下两千给自己买一件几百块的衣服，再给女儿欢欢买两件过冬的棉衣毛裤，剩余的钱作为缴纳房屋租金和生活之用。现在一件套裙就要三千九百元，大大超过了预算，吓死个人啊！

李小叶说，太贵啦——说着，就要回试衣间脱衣服。

杜咪说，贵啥？咱哪点比不上那几个北山女人，不就是钱吗？你要嫌贵，今天我给你买。

一提北山女人，李小叶刚才被刺伤的自尊就像在流血，心里如一锅开水翻滚起来。对呀，不就是钱吗，钱是什么？钱就是纸嘛。钱比青春重要吗？钱比女人的美丽重要吗？钱比一个人的尊严重要吗？钱是可以挣来的，而生命里有的东西是挣不来的。最终，钱是为人服务的。

心里想开了，李小叶就转过身，对服务小姐喊道，这裙子，我买了，给钱！她学着北山女人那样，把包里的一沓奖金啪地拍在柜台上。

杜咪在一边热烈鼓掌。

服务小姐眼睛愣愣地看着她们，不知道发生了什么事情。

交完钱，李小叶准备脱下试穿的套裙，换回原来穿的衣服。杜咪说，脱什么，就这样穿着多好看。李小叶也给自己鼓劲打气说，好，就这么穿着，咱也像北山女人那样，穿着外国的名牌衣服到大街上招摇一回。

杜咪说，走起。

李小叶说，走起！

两个女子一边唱着那首歌《飞得更高》，一边挽着手大步走出金华国际，她们的笑声飘向天空……

有了第一次奢侈的消费，李小叶忽然感觉钱带来的不仅是物质上的满足，而且还有精神上的愉悦和快乐。虽然刚开始也暗自心疼过，但这种不安很快就变成了一种动力，她要想办法挣更多的钱，过上有钱人的生活。那些昂贵的奢侈品当然是好东西，我们嘴上在咒骂它们，其实它们有什么错，错的是我们没有足够的金钱来拥有它们，或者说是我们没有足够的能力来获得它们。

人们经常自我安慰地说，那些奢侈品有啥好？过富人的生活有啥好？人再有钱也不过一日三餐睡一张床。其实这是阿Q，没有当上富人，怎么知道富人的生活不好呢。富人啥时候说过穷人的生活好了，最多说有钱不如有健康。废话，没有钱哪来健康！贫困山区的农民有健康吗？挖煤的矿工有健康吗？建筑工地的民工有健康吗？工厂流水线上的女人有健康吗？所以，富人说的话不要信，他们是怕穷人产生仇富心理，是怕人们心理不平衡。对富人也没有什么好仇恨的，就像北山地区的女人，她们以前也穷过，现在一夜富了，这有啥好仇恨的，这是人家命好老天爷给的。更多的富人都是靠自己努力的结果，他们在追求财富的同时，也推动了社会的进步。人们如果都没有追求财富的理想，就会变得越来越懒惰和平庸，这个民族也会变得越来越落后。

李小叶经常在床上翻来覆去想这些乱七八糟的东西。睡不着的时候，她会起床打开衣柜，目光投向挂在里面的那件高档的玫瑰红套裙。在这间简陋黑暗的屋子里，玫瑰红的套裙就像一团火在静静地燃烧，给她以希望和力量。

这之后，李小叶有空了就跟杜咪去街上逛高档的商店，去美容店做面膜和美甲，去桑拿房汗蒸，去 SPA 馆按摩。她要改变自己，让自己跟上时代的脚步。美容和桑拿她都可以接受，但水疗按摩有些不习惯。美容轻松舒服，桑拿酣畅痛快，可是水疗按摩有时候要与男性按摩师单独在一起，并且脱得几乎一丝不挂，趴在按摩床上让他抹上精油，从头到脚一遍遍地推揉捏拿，男人的手像泥鳅一样在她的身体上滑来滑去，有时候还会碰触到敏感的地方。李小叶立刻弹跳起来，没有感觉舒服，而是感到紧张。她体验了几次之后，坚决不去了。杜咪叹气说，唉，你真是瓜女子不懂新生活。

在穿着上，李小叶也开始发生改变。除了到公司上班一贯制地穿上那身青蓝色的工装外，平时外出展业和与客户见面，她开始改变穿着，身上有了带色彩的衣服和韩款时装，出门也要简单地抹抹口红，描描眉毛。她一下显得精神多了，也靓丽多了。客户们见了都纷纷夸奖她，说她完全变了一个人，比以前更加漂亮了。有人问她是不是有男朋友啦，还有人主动要给她介绍对象呢。弄得李小叶哭笑不得。

女人在一起，话题总离不开男人。

一天，李小叶和杜咪又来到桑拿房汗蒸，两个人脱了衣服斜躺在长条木凳上，白色的热气在房间里弥漫，也从身体上滑落，皮肤上很快就冒出细小的汗珠。两个人聊了一会儿之后，李小叶就向杜咪问起她现在与林亚雄的关系来。

李小叶问，你和林亚雄现在到底咋回事啊？杜咪毫不掩饰地说，好着呢。李小叶问，好到啥程度？杜咪说，就是那种没有公开的情人呗。李小叶惊讶地说，哇，发展很快嘛。杜咪说，男女之间，有啥大惊小怪的。李小叶看看左右，小声说，可是，你是给人家当……当那个小三呢。杜咪说，什么小三，他老婆在国外，早就不在一起了。李小叶说，老实交代，你们现在已经到了哪一步？杜咪坦然地说，我和他早就那个了。李小叶啊了一声，异样地看着杜咪。

杜咪老实地交代了她和林亚雄发生的那个事情。

那是一个夏日的晚上，林亚雄请朋友喝酒，让杜咪陪同，他把司机田三打发回家。几个人一直喝到半夜，结果林亚雄喝多了，杜咪只好打的把他送回家，扶到床上。偌大的一个别墅空空如也，就林亚雄一人居住，老婆孩子都在国外，平时只有清洁工来打扫卫生。林亚雄吐了，杜咪赶紧帮他收拾，刚收拾完要走，却被他一把拉住了，而且拉到了床上。林亚雄不由分说就剥去她的衣服，如同剥葱一样，任凭她挣扎喊叫都没有用。他这时候力气很大，就像一头发情的公牛……

事情完了，林亚雄躺在床上喘息着说，自从老婆离开他之后，他一直没有跟女人有过这样的事情，就像地里的庄稼没有雨水旱得快要冒烟了。男人也是人啊，也需要女人的滋润。可是，自己今天喝酒喝多了，刚才太冲动，可能伤害了她。他请求她的原谅，他对天发誓，他对她是认真的。一个男人，不管他有多大的本事，哪怕他征服了全世界呢，如果得不到一个女人真心的爱，他什么都不是，他征服的一切都没有意义。

酒后吐真言。杜咪看出他说的是真心话，心里就软了。虽然她早就看出林亚雄对她有所企图，也感觉总有一天会发生什么事情，她在防范着也在等待着。但是，事情突然就这样发生了，跟她想象的不太一样。她看见一个年长强悍的男人，一个事业成功的男人，对她这个小他二十多岁的年轻女子说出如此感伤的话语，她的心里突然像被什么东西触动，不免生出一种复杂的感情。

杜咪转过身子嘤嘤地哭了。

林亚雄用手轻轻地抚摸着她乌黑的头发和青春光洁的身子，心里感慨万千。杜咪转身投入他的怀抱里，把身体紧贴在他的身上……

自从林亚雄酒后与杜咪发生了那样的事情之后，他果然如久旱庄稼喜获甘露，从杜咪年轻的身上不仅感受了滋润，还汲取了生命的活力，仿佛焕发了青春。他变得精神抖擞，脸色红润，眼睛熠熠发亮。他一刻也离不开杜咪了，白天脑子里想着她，晚上就要跟她在一起上床。杜咪就像是妖艳的火，就像是迷幻的水，撩拨得林亚雄不能自已，无法克制。他们在床上一次又一次地翻腾，直到林亚雄筋疲力尽。

林亚雄很快把杜咪从下面的房地产公司调到了集团公司，安放在自己身边当秘书，一切外部的商务活动、应酬活动都由她负责。林亚雄除了在公司里提拔关照她，还私下在一个花园小区给她买了一套一百二十平方米的精装房子，后来又送她一辆三十多万的小车。林亚雄向她承诺，只要他国外的老婆跟他一离婚，他马上就跟她举行婚礼。

杜咪相信林亚雄说的是真话。

杜咪讲完她和林亚雄的故事，脸上洋溢着一种幸福和满足的神采。

李小叶不无感慨地说，你真了不起啊，一个省城这么有钱的大老板，竟然拜倒在你这么个穷山区来的小女子裙下。你太厉害了！

杜咪说，别说我了，讲讲你和方明亮的事吧。

李小叶说，我跟他有啥事？八字没有一撇呢，有啥好讲的。

杜咪说，那好，我给你介绍一个，有文化又有钱，保你喜欢。

李小叶说，行，介绍给我当客户吧。

杜咪嘻嘻笑着说，谁给你介绍客户，我是给你介绍男人。你别再这么旱着，再旱下去就没有男人要了。

李小叶红着脸在杜咪的身上拧了一把，说，你这个脸皮厚的女子，尽说骚话！

杜咪身子一闪，越加大胆地说，我就不信你到晚上不想男人，不想那个——

李小叶拿起身边的毛巾就抽打杜咪。杜咪跳起来躲逃，继续刺激李小叶，你就是想，就是想——李小叶拿着毛巾起身就追。两个赤裸裸的女子在桑拿房里笑着打闹起来……

几天后，杜咪果真给李小叶介绍了一个男人。

这个男人就是杜咪说的有文化又有钱的长安传媒公司老板谢长安。杜咪说她认识谢长安的时候，是在一个市里举办的企业家联谊晚会上，男男女女在一个酒店的音乐厅里跳舞。林亚雄跟杜咪跳了一曲之后，就到一边跟人谈事情去了。这时候一个戴眼镜、看似文质彬彬的男人就抢了上来，一手拉住她的手，一手搂住她的腰，还没容她乐意不乐意，就把她拽进了跳舞的旋涡里。

这个男人舞姿潇洒自如，就像是一只求偶的公鸡。他自我介绍说他叫谢长安，是做文化产业的，说着递给杜咪一张名片。杜咪在名片上扫了一眼。谢长安接着说，杜小姐，我们交个朋友怎么样？杜咪一惊，问，你咋知道我的姓名？谢长安诡异地笑道，你是林老板的贴身秘书，谁人不知道啊。杜咪反问，那你看咱们交个什么样的朋友？谢长安说，我是单身，当然是交男女之间那种朋友。杜咪笑笑说，你年龄大了点吧？谢长安说，不大，比林老板要小好多呢。杜咪说，对不起，你还是找别的女人吧。说着，就从谢长安的手里挣脱出来，不愿意再跟他跳舞了。谢长安怪笑着在她身后喊道，杜小姐，我是跟你开玩笑的。

这样，杜咪和谢长安就认识了。虽然第一印象不太好，但后来他们又在几次相同场合下见过面，谢长安再没有像跳舞那天的唐突和无礼，而是对她客客气气斯斯文文，一下变成了一个有文化教养的绅士。杜咪也渐渐改变了对他的看法。认为谢长安不过是一个对女人迫切需要的男人罢了，只要他看上一个女人，就会毫无遮掩地对她表达并扑上前去。一个单身太久的老男人，可以理解。谢长安知道杜咪与林亚雄的特殊关系，他不会去招惹她，但希望她能给他介绍一个女朋友，条件就一个，人要长得漂亮，性格温柔。杜咪笑着说，你这是两个条件。谢长安说，就算两个吧。杜咪答应，有了合适的，一定给他介绍。

杜咪就这样约了谢长安与李小叶见面。

地点是在市区一家有名的咖啡店里，两层小楼，门面不大，像是欧洲小镇的咖啡馆，也有点曼哈顿的风格，空间布置得雅致舒适。一进门，李小叶就看见一些青年男女，还有外国人双双对对坐在里面，迎面飘来现磨咖啡的醇厚香味。沿着木梯上楼，二楼豁然开朗。奶白色的墙，明亮的落地窗，核桃木色的桌椅，红色的丝绒帷幔，露台上的鲜花以及微风和阳光，足够营造出浪漫的氛围。

谢长安早在一个靠窗的地方等着她了。

李小叶上前向他做了自我介绍，谢长安站起身来握了她的手，然后两个人坐下。谢长安问李小叶喝什么，这里有云南小粒咖啡，有牙买加蓝山一号，还有拿铁、卡布奇诺，种类很多。李小叶说，都可以，我平时主要喝茶。谢长安说，对对对，听杜小姐介绍过了，说李小姐对茶艺很在行啊。不过，咖啡也有三百多年的历史了，它源自埃塞俄比亚一个名叫卡法的小镇，在希腊语中“Kaweh”的意思就是“力量与热情”。李小叶说，看来谢老板对咖啡很有研究啊。谢长安说，哪里哪里，研究谈不上，就是经常喝，喝多了就知道咋回事了。嘿嘿，力量与热情。

从一见面，谢长安的眼睛就没有离开过李小叶的身上，他的目光很快就把她从头到脚扫了一遍，然后落在她的胸脯上。她年轻漂亮的外貌和成熟的气质，像磁铁一样瞬间就把他吸引住了。他忽然感到有种心跳过速的感觉。

他向服务生要了两杯牙买加蓝山一号。

谢长安眼睛直勾勾地看着李小叶，感到杜咪给他介绍的这个女朋友，就像是天上掉下来个林妹妹，让他感到意外惊喜。他嘴里情不自禁地说，太好了，太好了！李小叶笑着问道，谢老板说什么太好了？谢长安说，你，太好了！李小叶说，我有啥好，一个普普通通卖保险的营销员而已。谢长安说，好，卖保险好，我喜欢保险。李小叶高兴地说，谢老板真是个痛快人。谢长安说，你不会嫌弃我的年龄吧？李小叶愣了一下，笑笑说，当然不会，年龄不重要，重要的是心态。谢长安兴奋得站起来搓着双手说，你说得太好了，简直就是我的知己。我就是一个心态很好的人，你算是找对人了。李小叶问，那谢老板想给自己买一份什么样的保障啊？谢长安眨眨眼睛，不解地问，买……买啥保障？李小叶说，你不是要买保险吗？谢长安啊了一声，摇摇头，像泄了气的皮球一屁股坐回椅子上。

原来，两个人都把话说岔了。李小叶以为谢长安是杜咪介绍的保险客户，而谢长安以为李小叶是杜咪介绍的女朋友，结果闹了一场误会。一时间，气氛显得有些尴尬。

服务生把咖啡端了上来，两个人都没有动杯子。

李小叶说，对不起啊谢老板，都怪杜咪没有把话说清楚，如果你不是为买保险来的，你可以离开，我不会怪你。她说完，看着谢长安，等着他起身离去。谢长安虽然感到有些难堪，但屁股却不愿意离开，他摆着手说，不不不，没什么，大家能够见面就是缘分，至于来的目的是啥都不重要。请喝咖啡，来点力量和热情。

两个人又都放松下来，端起了咖啡杯子。

李小叶问，听说谢老板以前是当老师的，我最佩服老师了。谢长安脸上立刻又有了喜色，说，是的，先在中学教书，后来辞职下海做了生意。当老师辛苦，工资又低，怎么活啊。李小叶说，不管怎样，你现在也是一个成功人士，我同样也佩服你！谢长安心里漾起一阵春风，又有了先前的精神，问李小叶，你有男朋友吗？李小叶笑道，谢老板，你这话问得太直白了吧？谢长安赶紧解释说，对不起，李小姐，我没别的意思，我只是随便问问。我是个单身男人，年龄比你大，的确是想找个女朋友。如果你有男人我绝不打扰，如果没有，希望你给我一次机会。李小叶回避说，谢老板，我们不谈这个好不好，我今天来没有这个思想准备。谢长安点着头说，好好好，不谈这个，你想谈啥都可以。对，你给我谈谈保险吧。

李小叶看着谢长安一副讨好的样子，不由得扑哧乐了。她从包里拿出宣传资料，给他讲起保险来。谢长安一会儿看看李小叶的眼睛，一会儿看看她说话的嘴唇和牙齿，就像小学生一样认真地听着。

时间过得很快，两只咖啡杯子见了底。谢长安叫来服务生要再续两杯咖啡，被李小叶挡住了。李小叶笑笑说，今天的咨询宣传就到这里，我还有事情，我们以后再见。说着，她收起宣传资料，站起身就要离开。谢长安说，等等，李小姐，虽然我们不是男女朋友，但我可不可以买你的保险？李小叶说，当然可以啊。谢长安说，那好，你回去给我做一份计划书，我明天就买，不仅我买，我还要给我公司的员工买。

李小叶感到意外地高兴。

谢长安说，我们可以拥抱一下吗？

李小叶说，拥抱不行，握握手可以。

谢长安只好跟李小叶握握手，然后一起下楼离开咖啡厅。出了门，谢长安要开车送李小叶，她说不用了，她坐公交车走。

李小叶刚要离开，看见咖啡厅门口旁边有人跪在地上，是母女两个人，低头向路人乞讨，不言不语，也不磕头索要，只是一动不动地长久跪着，像是一高一低的两个泥塑。母女面前铺了半张报纸，上面歪歪扭扭地写着“我要回家”四个字，还有些许行人留下的零散钱币。母女的身边有一个蓝布袋子，瘪瘪的露出几个干裂口子的馒头和半瓶没喝完的矿泉水。女人脸上十分憔悴，女儿脸上挂着泪珠。尤其是那蓝布袋子里的干馒头，让李小叶想起了家乡母亲做的干饼子，她心里就像被什么东西刺了一下。

李小叶停下就要掏钱。

谢长安说，你要干吗，做慈善啊？现在骗子很多呃，城市里到处都是，她们表面很可怜，赚取人们的同情心，其实是骗人的。你看这母女俩穿着虽然普通，但衣服却干净，一点不像要饭的。

李小叶走近女人，问她为什么要带着孩子一起乞讨，母亲开始不说话，后来才低声回答，说她是从河南农村来的，带着孩子来这里找打工的丈夫，结果没有找到，只好准备返回家去，可是没想到买火车票的时候，被小偷把身上的钱掏走了，只有在这里求好心人帮忙，给点路费钱好叫她们母女俩坐车回家去。

小女孩抬起头来看着李小叶，眼里转动着泪水。

李小叶忽然感到鼻子一阵发酸，赶紧从口袋里掏出二百块钱，放到女人的面前，说，你们赶快回家吧。

母女俩连连磕头。

谢长安不解地摇摇头，你还真信了？

李小叶转身离开，大步向街上的车站走去。

# 十九

刘剑锋和叶梅当天回到省城后，立即来到王局的办公室，向他汇报去康城山区寻找李小叶的情况。二人两手空空的不仅没有把李小叶带回来，而且还差点让她被一伙不明身份的人绑架走，幸亏她机灵逃脱出来，要不然事情就更加麻烦了。

两个人站在王局的面前低着头。刘剑锋主动承认错误，说自己疏忽大意，工作不力，没有完成任务，愿意接受组织处分。叶梅也检讨说，自己也有责任，没有配合好刘警官做好工作，要处分就处分自己。

刘剑锋转头看了她一眼，小丫头逞什么能。

王局并没有因为刘剑锋主动承认错误就轻饶了他，他指着刘剑锋的鼻子狠狠地剋了一通，一个侦察兵出身的刑警，连一个保险公司的小女子都找不回来，干啥吃的？说出去都丢人，我替你脸红。

刘剑锋低着头不吭声。

王局说，好在李小叶已经回到了省城，想必找到她不难。要跟保险公司和她的那个男朋友保持联系。同时还要关注她的亲戚朋友和一些社会关系，一有消息就马上对她进行控制，并把人转移到安全的地方，防止其他人先找到她而出现意外。同时，要尽快找到她藏匿的东西，取得证据，否则无法弄清楚事情的真相。

刘剑锋和叶梅挺直身子，目不斜视地看着王局。

王局说，目前保险公司方面暂时还比较稳定，清查工作正在紧锣密鼓地进行，随着时间的推移，问题会像冰山一样一点一点地浮出水面。这个时候要格外地小心，千万不要再出什么纰漏了，出了事谁也无法向上面交代。

刘剑锋见王局态度缓和下来，就问，那我就算没事了吧？

王局厉声道，什么没事了，你先回家给我写一份深刻检查，明天上班交给我。你们走吧。

刘剑锋脚没有动，眼睛盯着王局。

王局说，你还有啥事？

刘剑锋看一眼叶梅，支支吾吾没说出口。

王局说，有屁就放，赶紧。

刘剑锋嗓子里咳一声，小心翼翼地说，那我就说啦，你可别发火啊。这是你答应过的，让我从康城山区回来就回刑侦队去，这保险案子还是让经侦处的人来干吧。

叶梅瞪大眼睛看着刘剑锋，没想到他会冒出这么一句话，居然半道打退堂鼓。她忍不住说，大叔，你？

刘剑锋制止道，你别说话。

王局耷拉下脸，压着火说，看看，看看，好一个刘剑锋，狼尾巴终于露出来了吧。你小子屁股一撅，我就知道要拉屎。这事情我是答应过你，让你暂时帮帮忙，好好表现表现，可是你的表现令我失望。现在经侦处的人手紧张有所缓解，可以考虑你的请求，不过等明天早晨把检查交来以后再说吧。

是，谢谢王局！刘剑锋高兴地立正敬礼。

王局挥挥手说，快滚吧。

刘剑锋赶紧离开王局的办公室，叶梅气呼呼地紧跟在他的后面。走到办公室过道里，叶梅忍不住大声地喊叫起来，大叔，你啥意思啊？这活还没有干完，你就拍屁股走人，把我一人撂下怎么办？

刘剑锋说，小祖宗，你小声点。这事我有我的难处。你继续好好干，有啥难办的。你们经侦处有的是高手，他们干活比我强多了。

叶梅生气地说，强什么强，他们都看不起我。

两个人像是在吵架。办公楼过道里的人都转头好奇地看着他们，不知发生了啥事情。

叶梅说，你要离开，为啥不早跟我说？

刘剑锋堆起一副笑脸说，我是怕影响你的工作积极性嘛。不过，这次去康城山区虽然没有完成任务，但我觉得你表现不错，给我的印象很好，希望以后咱们有机会合作。要不你想办法调到我们刑侦队来吧，我们队里还没有女的呢，那些秃小子见到你肯定高兴死了。

叶梅说，我才不去你们那里呢，你们那里的人一个个狼似的。你要想真心帮我就别离开，把这活干完。

刘剑锋为难地说，丫头，我跟你说实话吧，这活我真的干不了。我脑子笨，从小算数就不好，冲冲杀杀可以，可是碰到这种经济案子、金融案子，尤其是保险公司还是第一次，看到那些密密麻麻的表格和数字，我头都大了。

叶梅说，你以前不是也破过经济案子吗？

刘剑锋说，我那是瞎猫碰到死耗子。

叶梅赌气说，我不管，我去找王局，坚决要把你留下来。

刘剑锋急了，一把拉住她，别别别，丫头，你千万别害我啊。

叶梅说，那我该咋办？

刘剑锋说，你先回去休息，改天我请你吃饭。我要回家写检查，还要写移交材料。另外，我也得回去洗一洗，瞧这一身都快臭了。他闻了闻自己的衣服。

叶梅噘着嘴不说话，看样子快要哭了。

刘剑锋又安慰了她一番，最后说一声，我走了，就夹起他那个随身带的破小包，大步走出过道，走出办公楼大门。

叶梅若有所失地望着他远去的背影，一个人愣愣地呆在原地，眼泪不觉涌了出来。

城市的天气在三月的季节里变化无常，有时候阳光灿烂四处花香，有时候春寒料峭让人感到寒冷，有时候布满雾霾让人心情压抑，总是叫人捉摸不定。

李小叶从南山书院旁边的私人会所出来，已经是下午四点多钟。她打出租车直奔市区里的阳光幼儿园，想赶在放学之前看到女儿欢欢。当然，她只能远远地偷偷地看一眼就走，否则她会控制不住自己的。现在她还不能公开露面。

在私人会所与林亚雄和钱彪的见面，虽然没有一个明确的结果，但她已经看到了希望。林亚雄提出的解决方案，对钱彪是一个打击，对她却完全有利。不论是林亚雄帮忙出钱，还是钱彪还钱，都可以缓解眼前的客户闹事风波。只要有了钱，没有过不了的火焰山。

林亚雄提议晚上在一起吃饭，给李小叶压压惊，把杜咪也叫来。李小叶说，不用了，我想去幼儿园看看女儿，然后到酒店早点休息，这几天太累了。林亚雄看她的确是浑身疲惫的样子，就说，司机田三已经把房间安排好了，你自己去住，想住多久住多久。等事情过去了，我们再在一起好好庆祝庆祝。

李小叶再次向林亚雄表示感谢。林亚雄提醒她，别忘了那份大客户名单。林小叶说，忘不了。她心想，一定要等他兑现承诺拿出钱后，才能把大客户名单给他。至于钱彪，他不答应退回全部投资钱款，也绝不轻易把协议合同给他。这个时候，她对谁都要防着点。

下午的太阳向西斜去，在春日的天空中抹上一道金红的光亮。城市里到了这个时候，就要进入下班的高峰了，尤其是在学校和幼儿园的地方，门口早已经围上了人，一些私家车辆也陆陆续续停在了周围的路边。

李小叶来到阳光幼儿园，从出租车下来后，走进马路对面的那家炸鸡店，找了一个角落坐下来。这里可以透过玻璃窗清楚地看到幼儿园的大门，还可以看到从幼儿园教室里拥出来的孩子们。现在还没有下课，离放学还有一点时间，教室里传来孩子们的歌唱声和欢笑声。听到这些稚嫩单纯的声音，李小叶感觉就像听见了女儿欢欢的声音。她的心里不由激动得颤抖起来。

虽然过去外出开会或者参加培训也经常离开女儿，但这次离开不同，她不知为什么有一种生死离别的感觉。如果此次出走不再回来，或者事情无法挽回被公安部门带走，女儿该怎么办啊？女儿可是她的命根子呀！

李小叶的心里突然紧了，一阵阵地抽痛。她必须要尽快结束这场噩梦。

趁着还没有到放学的时间，李小叶赶紧拿出手机给公司经理贺大虎打电话，了解一下公司现在的情况。当电话接通后，贺大虎一听是她的声音，又高兴又吃惊，第一句话就问她现在在什么地方，希望她赶快到公司去，把事情说清楚，把客户闹事的风波平息下去。李小叶告诉他自己已经从康城老家回来了，赶回来就是解决与客户发生的业务纠纷和资金问题的。

贺大虎说，回来就好啊，再不回来公司都要关门了，你的那些客户几乎每天都来公司找你，有些人还守在公司门口不走，说不见到你就不回家。我整天都为你提心吊胆啊。

李小叶说，贺经理放心，那些客户的钱很快就可以解决了，闹事的事情再也不会发生了。

贺大虎叹口气说，但愿这样。小叶啊，你这事情也闹得太大了，我们都不敢相信呀。我劝你明天就来公司，把事情说清楚，要不我们大家和整个公司都不得安宁。你知道不，公司承担着多大的风险吗？我承担着多大的压力吗？我现在已经被上面停职了，正在配合上级部门和公安人员的调查呢。你不回来，我咋把事情说得清楚？

李小叶一听公安二字，身上就像忽然被电了一样，不由得一抖，忙问，他们调查我啥呢？

贺大虎说，要核对你的业务情况啊，特别是那些闹事客户的保单，客户找不到你，就要求公司赔呢。唉，具体的就不说了。

李小叶的脸纸一样白了。

贺大虎说，你赶紧回公司吧，把事情说清楚，把欠客户的钱还给他们，也许还来得及，还有希望。

贺大虎后面还说了些什么，李小叶再也没有听下去。她挂了电话，心里又开始忐忑不安起来。通过与贺经理的通话，她发现事情远不是她想象的那样简单，以为平息了客户闹事的风波就可以逢凶化吉，可没想到公司已经开始进行全面的业务和单证清理，公安部门也在着手对事情进行调查，虽然眼下还没有拿到直接的证据，但随着清理和调查的深入，隐藏的事情很快就会暴露出来。

李小叶心里怦怦地跳了起来。

丁零零——丁零零——

这时，幼儿园里传来一阵清脆的铃声，小喇叭里传出欢快的音乐。孩子们放学了。李小叶透过炸鸡店的玻璃窗，把目光投向幼儿园的大门和里面的教室。她的目光里充满了期待、焦灼和激动。

孩子们潮水般地从教室里涌出来，朝幼儿园门口奔跑。

李小叶在孩子中寻找自己的女儿。终于，她看见了欢欢，她背着一个小书包和方明亮的儿子涛涛一起从幼儿园教室里出来，一边走一边跟涛涛说笑。看到女儿的那一瞬间，李小叶的心都快要碎了，她差点喊出声来，恨不能马上冲出店里，奔向幼儿园门口，扑过去拥抱自己的女儿——

突然，李小叶的胳膊被一个人拉住了——她吓了一跳，回头一看，居然是方明亮。早晨在康城与他不辞而别之后，没想到他也回到了省城。方明亮紧张地问，你怎么来这里啊？李小叶说，我来看看欢欢，马上就走。方明亮说，你不能去见她。李小叶问，为什么？方明亮说，你看——他向幼儿园门口旁边的马路一指，看见在接孩子的家长人群后面，有一辆破旧的白色面包车，车前有三个男子正在向幼儿园门口张望，正是跟踪绑架她的那三个家伙。

李小叶顿时紧张起来，害怕他们伤害孩子，就问，他们怎么会知道这里？方明亮说，我也不清楚，这伙人第一次跟踪我就是在幼儿园门口，一直跟踪到我们单位。现在他们出现在这里，肯定是在找你呢。李小叶吃惊地说，太可怕了，他们要是认出欢欢怎么办？会不会绑架孩子啊？方明亮说，看样子不会，他们是冲着你来的，你不能让他们看见和孩子在一起。

李小叶想，她刚跟钱彪见过面，还提到这伙人追踪绑架她的事情，钱彪表示再也不会发生了。可一转身，这伙人怎么又跟上来了，到底是咋回事？他们想干什么？

欢欢和涛涛走到了幼儿园门口，姨妈和方明亮的母亲迎上前去。两个孩子挥手告别，在两个大人的带领下离开幼儿园门口，分别向两个方向走去。

欢欢——李小叶心里呼喊着，远远地看着女儿，心如刀绞。

方明亮说，我们赶快离开这里吧，让那几个家伙看见就麻烦了。他拉着李小叶出了炸鸡店，趁着来幼儿园接孩子的人多，躲过马路边那三个家伙的视线，快步上了停在不远处的北京吉普车，然后启动车迅速离开。

李小叶不时回头，在人群中寻找女儿的身影。幼儿园很快就在车后不见了，她的眼里忍不住涌出了泪水……

在车上，方明亮向李小叶讲述了在康城遇到市公安局警官刘剑锋、叶梅和保险公司副经理马红艳的事情，以及他们在小县城和康城寻找她的经过。方明亮告诉李小叶，他们希望她不要再逃避了，勇敢地面对现实，回到省城主动向公司和公安部门讲清情况，交代问题，协助调查，尽快解决客户闹事的风波。目前他们已经掌握了她的一些情况，而且还在深入地调查。他们不希望她被人追踪绑架，更不愿意看到她的生命安全受到威胁。

方明亮说，小叶，请你相信我，我对你说过，不管你遇到什么事情，我都不会离开你的。今早你一人离开康城，险些遭到那伙坏人的绑架，我真是为你担心啊！

李小叶说，我的事情不用你管。

方明亮说，可是你的事情，就是我的事情啊。我们俩现在就是——

李小叶说，别说了，在前面的路边给我停下吧。

方明亮劝道，小叶，你听我说。

李小叶坚决地说，我不听，停车。

方明亮继续说，我愿意跟你一起面对一切，天大的事情我也不会离开你的。

李小叶大声喊道，这事跟你没关系，停车！不然我跳下去了。说着就要打开车门。

方明亮吓得赶紧踩住刹车，停在街道的路边。

李小叶跳下车，头也不回，快步走进路边的街道，眨眼间就消失在城市茫茫的人海之中……

钱彪难受地喝了一口杯中的酒。酒是洋酒，没有加苏打水，也没有加冰块，进入喉咙里以后火辣辣的，有股怪怪的冲味儿，他从来没有感到这酒是如此的难喝。

这是一家在护城河旁边的艺术酒吧，颇有些异国情调，吸引着一些社会精英人士、艺术家和老外常到这里来消费。酒吧的门面并不大，也不显眼，但一进入到里面就十分宽阔，完全就变成了另外一个世界。这里可以找美女喝酒聊天，还可以听爵士乐玩飞镖，看钢管舞和脱衣舞表演，甚至还可以举行小型的Party和音乐会。

钱彪一个人经常来这个地方，有时也跟几个特别密切的人一起来，比如他的情人——夜来香舞厅的女老板乔丽娜，还有长安文化传媒的老板谢长安。他今天在南山书院旁边的私人会所与李小叶和林亚雄见面后，一出来就给谢长安打电话，约他在护城河边的酒吧见面。谢长安在电话里说，不是刚见过面了吗，又有啥事情？钱彪说，来了再说，动作快点。

钱彪等着谢长安的到来，就是要赶紧与他商量应对林亚雄的对策。在李小叶出事之后，林亚雄突然提出要卖宏达投资公司的股份，或者买下宏达投资公司的全部资产，这叫他感到格外震惊，完全出乎他的预料。这个林亚雄，表面上是为了李小叶，暗地里却是为了收拾他，置他于死地。同时，李小叶手里还掌握着与他签的投资合作协议，如果她出了事，就会把他牵连出来，公司募集资金的事情也会曝光，客户们都会跑来找他要钱，到那时他还活得了吗？他现在就像走在悬崖间的钢丝上，稍有不慎就会坠入万丈深渊。

缠绵的音乐声中，一个穿着性感的女子媚笑着来到跟前，血红的嘴唇，暴露的低胸，迷人的翘臀——这要在平时，钱彪早就把她揽入怀里了。酒吧里的陪酒女郎一个比一个漂亮性感，而且还很会讨人喜欢，除了陪酒聊天，客人高兴了在她们身上动手动脚，她们也不反对，只要多给点小费就好了，大家都很开心。但是，钱彪现在一点心情都没有，他冷冷地瞥了女子一眼，摆摆手表示拒绝。女子嘴一撇，扫兴地转身离开。

钱彪又端起酒杯喝了一口，脸上挤出一副痛苦的表情。

身后忽然传来一个声音，你这是干吗呢，酒不醉人人自醉？

钱彪回头一看，是谢长安。唉，你总算来了。

谢长安扶一下眼镜，忙问，啥事情这么急？

钱彪给谢长安倒上一杯酒，说，妈的，后院起火了！

钱彪就把今天在私人会所见到李小叶和林亚雄的事情从头到尾说了一遍。他愤愤地说，你看咋办，林亚雄这不是把我往死里逼吗？谢长安想想说，是啊，他这个时候不管是把股份卖给你，还是把你的公司买下来，你都是吃亏啊。没想到他会来这一手，够阴的，借所谓帮助他的干妹子，把你一棍子打死。

钱彪急了，说，你看我该咋办啊？

谢长安喝了一口酒，想了想说，别急别急，天无绝人之路，总会有办法的。

谢长安想，林亚雄的这一招，是想从钱彪手里把钱拿出来，平息保险客户闹事的风波，怕的是李小叶出事，更怕的是影响到李小叶的那些“大客户”，影响到他身后的“靠山”。当然，顺手借机就把钱彪打压了，可谓一箭双雕。现在钱彪肯定是拿不出钱来买下林亚雄的股份，如果卖出自己的公司，退回李小叶的投资和其他募集的资金，他就一无所有了，甚至还会欠一屁股的债，再也翻不起身来。这样，钱彪真成了丧家之犬。

谢长安连连摇头。

钱彪更急了，喊道，快给我出个主意啊！

谢长安眼睛一眨，很快想到了一个办法。他说，这个关键时候，不要急躁，要以静制动，以无招胜有招。

钱彪问，啥叫以静制动？啥叫无招胜有招？

谢长安开始给他分析，说，现在有人怕保险客户闹事，怕影响社会稳定，怕公安局找上门，怕暴露个人隐私，怕坐不稳屁股下的官位，我们就要反其道而行之，把事情闹大，越大越好。

钱彪说，你这不是火上浇油吗？

谢长安说，我就是要火上浇油，事情大了，你才会没事，今后才有翻身的日子。再说，我也是保险客户，我的钱也在李小叶那里，我干吗不闹？

钱彪说，你说具体点，不是以静制动吗？

谢长安说，我的意思是，你现在不买也不卖，姜太公稳坐钓鱼台，看看林亚雄和他的干妹子到底还有啥招？谢长安说完，得意地一笑。

钱彪恍然大悟，仿佛从梦中醒来，他拍着自己的脑瓜子高兴地喊道，哎呀，我的个爷，我咋没有想到呢，我咋没有想到呢！哈哈。

谢长安告诉钱彪，鼓动闹事的事情他来做，保险客户他熟，媒体记者他也熟，一煽呼就起来了。保证林亚雄和李小叶不得安宁，还有那些“大客户”和大人物都不得安宁。

钱彪说，可是我还有东西捏在李小叶的手里呢，这咋办？

谢长安说，唉，简单得很，想个办法套出来不就完了。

钱彪乐着说，你这脑瓜子，服了。

谢长安说，到时候，你把她的大客户名单给我，你就安安稳稳等着看好戏吧！

两个人又像打了吗啡似的兴奋起来。

钱彪端起酒杯喊道，谢老板，太感谢了，兄弟我敬你。

谢长安也端起酒杯，喝！

酒是洋酒，没有加苏打水，也没有加冰块，进入喉咙里以后甜甜的，而且有股迷人的香味。钱彪从来没有感到这酒是如此的好喝。

刘剑锋开着车回了家。他打算明天交接工作后，就把车还给车队，在离开李小叶这个案子之前，车暂时还可以用一用，即使是开回家，也不算违反纪律，这可以说是局里不成文的规定。

想到要离开这个案子，刘剑锋心里感到一阵轻松，但也有一些内疚。虽说是临时帮忙，可事情没有办成，连一个保险公司涉嫌金融犯罪而跑出去的小女子都带不回来，的确有些窝囊。

他打开车窗，让风呼呼地吹在脸上。

对于李小叶这个案子，刘剑锋开始想得比较简单，认为她是拿了客户的钱跑了，只要把她找回来，事情就清楚了，该退的退，该赔的赔，如果涉及违规，保险公司内部就可以处理了。可是，一接触这个案子，他就感到有些头痛了，整个就是一团乱麻，如狗咬乌龟找不到头，不知该从何处下手。他对保险本来就不感兴趣，弄不清里面的道道，现在却要叫他上手保险出的问题，真是一头雾水。局里连一个这样的案例都没有，就是经侦处那帮白脸书生，未必就能找到开门的钥匙。

刘剑锋至今还没有见到李小叶，从去保险公司了解情况，到前往康城山区寻找她，他脑子里对她的形象始终是模糊不清，即便是看到她的照片，也感到不真实。一个金融单位里的先进人物，一个穷山区里的种茶女，无论如何也跟一个涉嫌巨额资金诈骗的人拼接不到一起，反差的确太大了。可是，康城山区一行，刘剑锋对李小叶开始刮目相看，她谨慎、敏感、果断，有胆量，做事周密而有计划，还有反侦查的手段，甚至从绑架者手里能够逃出来，这绝不是一个简单普通的小女子。

从他们赶到康城山区的小县城，到去坝子镇她的父母家，然后发现李小叶住的快捷酒店，接着又从小县城追踪到康城，他们始终都在围着她跑，一次次都扑空。而且还有那伙不明身份的绑匪也在寻找跟踪她，居然都让她溜掉了。现在她回到了省城，会藏匿在哪里，并且会采取什么行动，一切都不得而知。接下来的工作会陷入一片黑暗之中，不知何时才会出现一丝光亮。这个时候自己选择退出，是比较合适的，即便是要写一篇深刻的检查，也是值得的。

刘剑锋打心眼里就不愿意在经济案子里磨叽纠缠，当过兵的人喜欢干干脆利落的事情，还是在刑侦队里干活痛快。缉毒，当卧底，追击抢劫犯、杀人犯，跟犯罪分子真刀真枪地干，再苦再累不吃不喝几天几夜不睡觉，他也心甘情愿。

刘剑锋就像解脱了似的，长长地吐了一口气。

车到了城市的东郊，眼前是一片破旧的厂区，厂区里大都是纺织厂，过去曾经红火过，后来衰败了。他的家就在厂区后面的住宅区里，房子是水泥砖混结构，楼层不高，如火柴盒一般，一个挤着一个，楼顶上还架着许多电视天线和太阳能热水器什么的，是典型的上世纪末的建筑，与现在城里新建的楼房相比，已经破旧不堪，十分落后了。

刘剑锋把车停在楼前的路边，然后一步一步上了楼，楼道里有些黑暗，一直上到六层不能再上了，家就到了。他掏出钥匙开了门，进了这个只有一间半三十多平方米的房子。他还是第一次这么早回家，现在是下午四点多钟，老婆还没有下班，孩子还没有放学，屋子里显得非常安静。

刘剑锋赶紧脱了衣服洗澡。卫生间在厕所里，小得几乎只能容下一个人，脚下一个蹲坑，墙上安了一个热水器，打燃后蓝红色的火苗发出呼呼的声音，热水就从头上倾泻而下。

刘剑锋一边上下擦洗着，一边哼着歌。

这间房子还是刘剑锋老婆的，老婆以前是纺织厂的女工，工厂倒闭下岗后，现在一家医院上班，当挂号员。刘剑锋跟她认识，还是王局老婆做的媒人。那时候，他在部队侦察连当副连长，王局是他们团的团长。

那一次，王局的老婆来部队探亲，早晨看见刘剑锋带着连队出操，声音大、劲头足，回来就对王局说，侦察连那个小干部不错，能不能给我的一个小姐妹介绍一下。王局问，哪个小干部？王局老婆说，就是脸长得跟块煤炭似的那个。王局笑了，故意道，那个小干部可是我们团的人才，在军区比武是拿了奖的，听说我们师长正在打他的主意，准备招他为女婿，他不一定看得上你那个纺织女工呢。王局老婆说，师长有啥了不起的，我的小姐妹可是纺织厂的厂花，还是厂里的先进个人，追她的小伙排成长队，能不能看上你那个煤炭脸还不好说呢。王局以退为进，故意说，那就算了，你别操那份心了。王局老婆说，不行不行，还是试试，看看他们有没有缘分嘛。王局说，你呀，就想当红娘，到了部队见到兵就想给人介绍对象。王局老婆说，还不是给你们部队做好事。王局笑着连连点头，对对对。

后来王局专门安排刘剑锋到省城出了一趟差，两个人一见面，没想到就成了。结婚后，单位照顾军属，让老婆搬出宿舍分了一间筒子房，一住就是十年。后来搬了一个地方，增加了半间，也就是现在住的房子。

这期间，部队精简整编，王局转业到市公安局。没过两年，刘剑锋也跟着转业进了公安局，都是王局的照顾。可是单位分房，却轮不到刘剑锋，王局叫刘剑锋等一等，局里住房条件差的人多的是。刘剑锋只好等，没想到等来的结果是，单位福利分房取消了，要靠自己花钱买商品房了。

刘剑锋傻了眼，他工资不高，老婆收入也不多，而且纺织厂倒闭了，还下了岗，多亏王局老婆帮忙在一家小医院门诊找了一个挂号的工作，总算半边天没有倒下。他们要供一个儿子上学，哪有多少积蓄买房子，只好就在这一间半的房子里将就凑合了。孩子读高中后，生活学习都不方便，就住到姥爷家里去了，一两个星期才能够见一次面。刘剑锋心里感到很是愧疚，他下决心攒下钱来，争取买套大点的房子改善条件，让老婆孩子住得舒服一点。

刘剑锋洗完澡，匆匆下楼到家属区的菜市场买了些菜和肉，又买了一条鱼，然后回家开始煮饭，在厨房里一阵忙乎。这时候，老婆正好下班回来了，推门一见满屋烟雾缭绕，油辣气味扑鼻，看见刘剑锋在厨房里跟打仗一般，感到很是诧异，也很是高兴。咦，这家伙，今天怎么这么早就回家了？

刘剑锋很快将饭菜端上桌来，让老婆坐下。

今天太阳打西边出来了？老婆笑着问道。

刘剑锋从柜子里拿出以前没喝完的半瓶酒来，嘿嘿一笑说，老婆大人辛苦，今天慰劳慰劳你。

老婆问，保险公司的案子这么快就破了？

刘剑锋说，报告老婆，案子还没有破，可我的任务完成了。他说着，飞快地放了一只小酒杯在桌子上，然后打开酒瓶用鼻子闻了闻，有些急不可待的样子。

老婆把他的酒杯按下说，你慢点，我没有听明白。

刘剑锋说，就是说，这个案子我不管了，明天就交班回到刑侦队去。

老婆问，这是王局的安排？

刘剑锋嘻嘻一笑说，这是我主动要求的。

老婆拉下脸说，你真是不想活了！

刘剑锋眨眨眼睛问，老婆啥意思呢？

老婆说，啥意思，你还感觉不出来，你回到刑侦队我又得提心吊胆。我情愿你还办保险公司这个案子，完了之后就跟王局说说，调到经侦处上班算了。

刘剑锋说，你懂什么，经济案子、金融案子，那是跟钱打交道，犯罪的人个个聪明，事情麻烦，时间又长，瞧我这初中文化的脑子，跟开火车一样拐不了弯，哪干得了啊。

老婆说，可是安全。

刘剑锋摇摇头说，但是没劲。

老婆叹息一声，你呀，一根筋。

刘剑锋又堆起笑，端起酒杯请示说，老婆，我先来一口？还没等老婆点头批准，一杯酒已经进了肚子里。

老婆说，不许破坏规矩。

刘剑锋嬉皮笑脸地倒了第二杯，这个我懂，我懂——又是一杯。

刘剑锋在部队时就爱喝酒，酒量也好，喝一二斤白酒没有醉过。转业到公安局后，依然好喝酒，啥时候身上都背着一个军用水壶，里面不是装的水而是酒。队里有一小年轻不相信，硬要检验他水壶里的水，结果被呛得满脸通红，原来里面装的是高度烈性的老白干。在那次康城山区抓捕抢劫罪犯的案子中，他因喝酒误事被处分后，老婆就坚决不许他在外面喝酒了，否则就跟他离婚。在家里喝也只能限量，用小酒杯喝，一次十杯，不准超过三两酒。

老婆说，看来这次去康城任务完成不错，受王局表扬啦？

刘剑锋一边喝酒，一边含糊地点头应付，那是当然。

老婆说，怪不得今天高兴。

刘剑锋说，对，高兴。一仰脖杯底朝天，干了。

吃完饭，两个人看了一会儿电视，刘剑锋打电话问了一下儿子的学习情况，然后就趴在桌子上，铺开稿子准备写检查，写完检查还要写案子移交材料。老婆问他，都夜里了还要写什么东西？刘剑锋搪塞道，写工作总结，明天一早要交给王局呢。老婆叨叨说，这个王局连休息时间也不放过，比周扒皮还周扒皮，应该叫他王扒皮。刘剑锋笑了，说，老婆说得一点没错，这个王扒皮害苦我们这些干活的了。老婆扑哧一笑，说，你活该。

过了一会儿，老婆见刘剑锋一时半会儿完不了，就洗漱之后，说自己先睡了。

刘剑锋趴在桌子上苦思冥想，搜肠刮肚，想着怎样才能把检查写得深刻，好在王局那里通过。可是铺开的纸上写了大大的“检查”二个字就写不下去了，不知道该说些什么。说假话他说不来，说真话肯定过不了关，这个检查实在难写，王局明明这是在为难他嘛。

刘剑锋回头朝床上看了一眼，这一看更写不下去了。老婆侧身躺在床上，半搭着薄被，身体起伏如同波浪一般，露出裸着的后背和腿部，虽然是人到中年，但在微弱的灯光下，皮肤依然白白的光润诱人。他常年在外面出差奔跑，每次回来都如同新婚离别，迫不及待地早早上床，翻天覆地地跟老婆纠缠。

这个该死的检查——他心里骂了一句。

刘剑锋喝了酒，正处在兴奋状态，担心一会儿老婆睡着了，时间太晚，想做的事情做不了。于是就把写着“检查”两字的白纸往旁边一推，扔下了笔，离开书桌直奔床前。心里说，狗屁检查，办完事情再写吧。

他三下五除二脱了衣服，一上床就从后面抱住了老婆。老婆并没有睡着，只是躺在床上微闭眼睛，处在半眠的状态等待着刘剑锋，她希望他早点写完东西早点上床。她知道他上床后会做什么。如果躺时间长了，她困了也会睡着的。当然，睡着了刘剑锋也会把她弄醒，但她还是希望他早点上床，免得半夜里折腾，明天一早她还要赶到医院上班呢。

刘剑锋兴奋地抱住老婆，鼻子里发出粗气。

老婆柔滑地转过身来，小声问道，写完啦？

刘剑锋说，没，等会儿写，等不及了。

老婆笑道，没出息。

两个人正要亲热一番，这时候刘剑锋的手机不合时宜地响了。他抓起床头边的手机，一看是李小叶的男朋友方明亮打来的，就有些恼火地喊道，这么晚了，你有啥事？他尽量控制住还在喘息的呼吸。

方明亮在电话里紧张而又急促地报告，刘警官，李小叶刚才在城西来福巷被人绑架了——方明亮说，这是李小叶的好朋友杜咪打电话告诉他的，她们是在晚上一起喝完酒后出的事，杜咪现在还在来福巷。

刘剑锋在头上拍了一把，骂了一句，妈的，叫她在原地等着，我一会儿就赶到！

刘剑锋只好翻身起床，穿好裤子衣服。

老婆问，出了啥事？

刘剑锋说，麻烦事又来了，回来再说，你先睡吧。说完，拿上放在床头的枪和桌子上的车钥匙，匆匆出了家门。桌子上写着“检查”二字的白纸，还是一片空白地铺在那里……

# 二十

黑夜来临，省城灯火璀璨。

在城西来福巷文化休闲一条街的一家时尚餐馆里，李小叶和好朋友杜咪坐在一个朝南的角落，一边说话一边喝酒，不时还爆发出笑声。餐馆里灯光幽暗迷离，飘着流行的萨克斯音乐。红葡萄酒的浆液在玻璃器皿里荡漾，闪着迷人的色彩。两个人都喝得有些多了，脸色在微亮的灯光下泛着红晕，眼睛蒙蒙眬眬也有了些略微的醉意。

来福巷是省城里过去的一条老街，街里有文庙，有祠堂，还有一些明清时候留下来的老宅子。街上有卖古玩字画的，有卖文房四宝的，也有卖珠宝玉器的，外地游人都喜欢到这里来逛悠。政府把这里打造成了一条步行街，成为省城的一张文化旅游名片。随着游人的增多，餐饮业也跟着进入，白天是地方小吃，晚上就是咖啡奶茶酒吧什么的，吸引着男男女女的年轻人。

李小叶在这座城市最为知心的也就是杜咪了，只有跟她在一起，她才显露出自己真实的面目、真实的内心和真实的性情。下午在阳光幼儿园与女儿欢欢的相见，只能远远地偷偷一瞥，却不能与她近距离拥抱，这叫她感到非常伤心和难过。接着，又碰见了方明亮，虽然他帮她躲过了那几个绑匪的寻找，但她还是不想跟他在一起，让他卷入到自己面临的风险里来。这种相见不能，有话难言的境地，使得李小叶心情很矛盾又很痛苦，心里就像被什么东西紧紧地堵着和揪着，一阵阵地绞痛。

下了方明亮的车后，她像一个失去了方向记忆的人，独自在街上盲目地走着。就在这时候，杜咪打来了电话，说林亚雄告诉她，她从康城回到了省城。杜咪在电话里惊喜地喊叫着，约她晚上在来福巷见面，要为她接风，好好叙一叙。而此刻，李小叶正需要跟一个人倾诉，排解内心的怅惘和痛苦，杜咪的电话来得恰是时候。

当两个人在来福巷时尚餐馆一见面，一阵兴奋的尖叫声后，就紧紧拥抱在了一起。

几天的经历，恍如隔世。

杜咪流着泪拍打着李小叶说，我的亲啊，你总算回来了，我还以为你失踪后再也见不到你了——她呜呜地哭起来。

李小叶也哽咽着说，傻女子，我这不是好好的嘛。

两个人眼里都噙满了激动的泪水，就像经历了一场生离死别一样。

好一会儿，两个人才松开手坐了下来，抹去脸上的眼泪，相互看着对方，心情渐渐地平静下来。

杜咪着急地问，到底出了啥事嘛，吓死我了。

李小叶就把事情的原本经过一一告诉了杜咪。她讲了出事的原因，也讲了离开省城后发生的事情。她说，一年前为了还朱大军欠下的赌债和为了给母亲治病，也为了买下林亚雄手里的一叶楼，她只好向钱彪借钱，并且与他达成协议，把保险客户的资金放到宏达投资公司进行投资。谁知道这个家伙不守信用，现在拿不出钱来了，客户们就开始闹事。出了事情，钱彪不但不想办法解决问题，反倒派人来追踪和绑架她，想拿回与她签订的投资合作协议。

李小叶叹气说，唉，当初都怪自己想得太简单，经不住钱彪的鼓动和诱惑，结果上了他的当。

杜咪吃惊地说，原来那伙绑匪是他派的？这人怎么这样，比恶狼还坏啊。

李小叶说，眼下不仅那伙绑匪在找我，而且公司的人和公安的人都在找我，这一次我不知道自己能不能逃过这一劫。如果——我说如果，万一我出了啥事情，我拜托你一定要帮我照顾好欢欢，我唯一放心不下的就是她。说着，她的眼里又湿湿的了。

杜咪赶紧安慰道，你别瞎想啊，不可能的。林亚雄不是在想办法帮你吗，事情一定会过去的。

李小叶点头说，但愿如此。

杜咪没想到短短几天就发生了这么多的事情，她也同样经历了惊心动魄的一幕幕。先是在南山温泉酒店得知李小叶出事的消息，接着被保险公司和公安人员叫去问话，后来又被那几个不明身份的人绑架——现在回想起来，还惊魂未定，心有余悸。那伙人太可怕了，他们身上还有刀，逼着她说出李小叶在康城山区小县城的酒店地址。

杜咪说，对不起小叶，那天是我向那伙绑匪说出了你在老家县城住的地方，我当时害怕他们会杀了我。

李小叶说，傻女子，我不会怪你的，这不是你的错，都是那个钱彪干的坏事。

杜咪忽然想起什么，问道，你不是说回去要办一件事吗，是啥事啊？

李小叶叹口气说，唉，是为了还朱大军的最后一笔赌债。她讲了在阳南县去见狗子还钱的过程，又讲了去县城郊外戒毒所见到朱大军的情景。李小叶说，我这辈子再也不欠他的了，从此跟他再也没有丝毫关系了。

杜咪气愤地说，你还去见他？就是这个混蛋害了你。

李小叶淡然地说，我现在不怪他了，他的债我替他还完了，他自己也遭到了报应。要怪还是怪我们家里穷啊，怪我自己没有本事。所以，要想改变命运，就得付出，就得冒险，否则一辈子都别想翻身，别想过好日子，别想有自己的尊严。我不后悔自己做的事情，现在暴风雨很快就要过去了。

杜咪说，希望你一切顺利，也为了我们姐妹相见，今天晚上咱们好好喝一下。

李小叶说，好，痛痛快快地喝一下。

杜咪说，不醉不归。

李小叶说，不醉不归！

她们叫来服务生，要了酒和菜，酒是红酒，要了五瓶，不一会儿就摆满了桌子。服务生在给她俩开酒时，用一种异样的眼光看着她们，怀疑这俩女子是不是疯了，一下要了这么多酒。

杜咪对服务生说，你不用管了，我们自己来。

服务生放下酒瓶，摇着头离开了。

李小叶端起酒杯，首先感谢杜咪在她离开省城后，在危急关头给她通报消息，叫方明亮来救她，而且为了她还遭到那几个坏人的绑架。杜咪也举起酒杯说，那是应该的，为朋友两肋插刀嘛，还有啥说的。她祝贺李小叶康城山区一行有惊无险、安然无恙回到省城。

李小叶说，干！

杜咪说，干！

两只酒杯一碰，发出清脆的声音。

两个人一饮而尽。

杜咪问，方明亮在哪，你们这次在康城都还好吧？这男人还不错，我一打电话告诉他你在阳南县有危险，他就急得要救火似的，马上就挂了电话，我看还靠得住。

李小叶说，唉，一言难尽，别提他了。

杜咪问，怎么啦，有矛盾了？

李小叶说，我跟他分开了，不想让他卷进来，万一我有啥事，就把他害了。

杜咪吃惊地说，你和他分手啦？

李小叶说，也许我们本来就不该在一起。

杜咪惋惜地说，唉，可惜呀，你以后别后悔啊。

李小叶红着眼睛说，喝酒！

两个人你一杯我一杯地喝了起来。杜咪看见李小叶眼睛里浮现出一层泪光，知道她心里非常痛苦和难过，也非常的矛盾和纠结。不觉也勾起最近自己的一桩烦心事来，她从林亚雄口中得知，他的老婆不久就要从加拿大回到国内，是暂时回来，还是回来以后就不走了，不清楚。回来是跟林亚雄办理离婚手续，还是要与他和好如初，这更不知道。杜咪的心就像悬到了半空，一点着落都没有，空虚得发慌。未来到底是个什么结果，就像是游走在梦里一般。

真是每个人肚里都有一本难念的经。

不一会儿，桌上的酒瓶已经空了两三个。两个人喝着也进入了醉意蒙眬的状态，酒精麻痹了神经，使大脑兴奋而又麻木，看见周围的一切都变得虚幻起来。这个世界也许本来就是虚幻的！

李小叶高举起酒杯喊道，人生得意须尽欢，莫使金樽空对月。痛苦是一天，高兴也是一天，还不如高兴呢。为了高兴干杯！

杜咪也晃着身体笑道，说得好，天生我材必有用，千金散尽还复来。为了高兴，干杯！

酒杯里的红酒溅在她们的脸上和身上。两个人一边喝着一边大声地说笑，就像是在疯狂地发泄。餐馆里的人不时转过头看看她们，感到这两个女子好像有些神经不正常。

不知道过了多久，桌子上的五瓶红酒也快喝尽了。李小叶满脸通红、醉眼迷离。杜咪也一样，脸喝成了一块红布，依然兴奋不已，意犹未尽，不停地说话，喊着还要倒酒。李小叶舌头发硬，摆摆手，说自己喝不动了。

这时候，林亚雄给杜咪打来电话，问她在什么地方，是不是跟李小叶在一起，杜咪晃着身子醉笑着说，在来福巷啊，正跟小叶一起喝酒呢，你来不来？把你老婆也叫来一起喝，呵呵。林亚雄说，你是不是喝醉了，胡说什么？杜咪笑道，酒不醉人人自醉，我们今天高兴，要喝他个痛快，喝他个天翻地覆，喝他个人仰马翻，喝他个死去活来——

杜咪扔下手机，回头一看，李小叶已经瘫趴在桌子上了。

杜咪喊道，美女，你是不是醉了？

李小叶喃喃地说，我没……没醉……

这时候已经是夜深了，餐馆里还剩下几个人，外面的路上空空如也，一些店铺还亮着淡淡的光，从酒吧和咖啡屋传出唱歌或吉他的音乐。杜咪叫来服务生埋了单，然后扶起李小叶离开时尚餐馆。出了门，街面上半明半暗，模糊不清，两个人一摇一晃地朝巷口方向走去，准备打的回家。

这时候，几个黑影子跟了上来——

这几个黑影子前面的就是杆子，后面跟着土锤和闷屄，他们不是因为巧合在这里遇见李小叶和杜咪，而是早就盯上了她们，已经在餐馆外面等候多时了。他们就像狼早就瞄准了猎物，等待着机会扑上前去。

李小叶在康城途中逃离之后，杆子一伙就紧跟着开车回了省城。一路上担心公安发现追上来，就改道下了高速，走了过去的省道，上山下山一路颠簸，五脏六腑都差点翻出来了。本来肚子里就窝着一团火，又遭到雇主钱老板的一顿臭骂，三个人感到比在麻将桌上输了钱还要难受，简直窝囊极了！从来做事没有这样的不顺，遇到李小叶这个小女子，把他们这一趟折腾得够呛。更为恼火的是，钱老板不知为啥突然不让他们干了，把他们一下甩开了。这让他们的自尊心受到很大的打击，觉得钱老板太不把他们当人看了，辛苦地跑了一趟，最后一毛钱没有拿到，还叫他骂得狗血喷头、猪狗不如的。

土锤说，他这是卸磨杀驴。

闷屄说，他这是把我们当猴耍。

杆子想，做生意不能这样，坏了江湖规矩。你不仁，老子也不义。你不让老子干了，老子偏要干。老子倒要看看这个小女子到底有多重要，她手里的东西到底值多少钱。

土锤问，哥，是不是咱们自己干？

闷屄说，哥，咱听你的。

杆子说，活人还能被尿憋死？去屌他钱老板的！

于是，三人决定自己干。找到李小叶，拿到她手里重要的东西，然后再向钱老板谈条件，狠狠地敲他一杠，敲得他心痛，敲得他吐血。三人高兴得又狂笑起来。

回到省城后，他们就开始进行跟踪监视，重点是李小叶的好朋友杜咪，还有她的女儿，以及她的男朋友，也就是那个开北京吉普车的男人。他们分头到大唐飞龙集团公司、市规划局和阳光幼儿园门口蹲守，相信一定会发现李小叶的踪影。

他们在市规划局没有见到开北京吉普车的男人，在阳光幼儿园也没有发现李小叶出现，但他们在大唐飞龙集团的门口看见了杜咪。锁定目标之后，他们跟随匆忙坐上出租车的她来到来福巷，果然看见李小叶坐在一家餐馆里。

他们喜出望外，就在餐馆外面的一个角落守着，等着李小叶出来，一直等到天黑。

现在他们终于等到了机会。杆子一挥手，三人一起朝李小叶和杜咪冲了上去——

李小叶已经醉得不行了，忽然被后面上来的两个男子拉住了胳膊，她想挣扎却浑身没有力气，她想睁开眼睛却什么也看不清，脑子里一片混沌，完全不知道发生了什么事情。

杜咪虽然还没有醉到李小叶这样的状态，但身体也已经飘飘然了。当两个男子从身边拉走李小叶时，她还没有反应过来，自己也被另一个男子用手抓住了。

杜咪瞪着发红的眼睛喊道，你们想干……干啥？

抓着她的男子用手捂住了她的嘴巴。

杜咪终于看清了眼前这几个人的面孔，就是前几天找李小叶而绑架她的那几个坏蛋。她看见李小叶被他们强行拉上了那辆破旧的白色面包车。她脑子里嗡地一炸，一下清醒过来，拼命地挣开男子的手，想大声地喊叫——但她还没有喊出声来，喉咙就被男子用手卡住了，并且有一把亮晃晃的刀子出现在她眼前。男子凶狠地喊道，闭嘴，再喊我就宰了你！

杜咪看见刀子，一道寒光在眼前一闪，身子就软了。她瘫软在地上，胸口和嗓子火烧一样疼痛，想喊却发不出声来，只有眼睁睁看着这伙人把李小叶拉上了面包车。忽然，她感到头上被什么东西一击，然后眼前一黑，昏倒在地。

白色面包车一阵风似的离开了来福巷，很快就消失在城市扑朔迷离的夜色里……

刘剑锋开车赶到来福巷时，叶梅和李小叶的男朋友方明亮已经在那里等候了。刘剑锋从车上跳下来，看了看巷子里的情况，在黑夜的背景下，路面灯光灰暗，行人稀少，而两边的酒吧茶楼和咖啡屋却依然还有灯光闪烁，不时传来年轻人唱歌喝酒的喊叫声。巷子的角落有一只猫在黑暗中嗖地从地面蹿到房屋顶上。在这样的地方出事，动作速度快是没有人知道的。出了巷口就是大街，有三条路通往不同的方向，叫人难以寻找踪迹。

杜咪还在不停地哭，仍然处在惊慌之中，还没有靠近就扑来一股浓浓的酒味。叶梅在向她询问情况，一边做着记录。方明亮站在一边不知所措。

刘剑锋问叶梅，你怎么来了？

叶梅反问道，我还要问你呢，你怎么来了，你不是退出不干了吗？

刘剑锋尴尬地说，还没有到明天嘛，出了事我哪能不管，对不对？就算我来帮你，帮你们经侦处的忙吧。

叶梅白他一眼，说，谢了大叔，用不着。这跟你没有关系，我可以处理，不用你帮我们经侦处的忙，更不用你帮我的忙。

方明亮不解地看看两个人，不知他们发生了什么矛盾。

刘剑锋走到杜咪跟前，问道，为啥不先报警？杜咪颤抖着说，我怕……刘剑锋说，好了，你别怕，也别哭了，先回家去吧，后面的事情有我们呢。杜咪说，你们要快点救出李小叶，那些人身上有刀子哩。刘剑锋说，放心吧，那几个家伙我们会抓住的。

刘剑锋要叶梅马上通知城区分局和交警部门，调看一下监控录像，看从出事时间到现在有没有见到那辆破旧的白色面包车，如有发现立即报告。

叶梅说，是！

刘剑锋又问方明亮，出事后你跟李小叶手机联系过吗？

方明亮说，联系过，杜咪告诉他出事的情况后，他马上就给她打电话，手机通了，但没人接，然后很快就断了，再也打不通了。

刘剑锋判断，这几个追踪绑架李小叶的家伙，在她途中逃掉之后也回到了省城，仍然没有死心，现在又找到了她。看来这是一伙职业犯罪分子，并且有人在为他们提供信息，而提供信息的人很可能就是想要从李小叶身上得到东西的人。这个幕后的人到底是谁呢？

刘剑锋感到事情越来越复杂了。

一辆奔驰小车从巷口开了过来，停在路边。车上下来的是林亚雄，一脸的吃惊和气愤。见了杜咪急切地上前问道，你没事吧？真没想到光天化日之下居然有人敢在城里进行绑架，这太不像话了！警察是干什么吃的?!

杜咪立刻扑到他身上哭了起来。

林亚雄问，有小叶的消息吗？

杜咪摇摇头说，警察正在查呢。

林亚雄这才看见一边的刘剑锋和叶梅，便上前做了自我介绍，说，你们辛苦了。杜小姐是我的秘书，被绑架的李小叶是我的干妹子，晚上我还给她们打过电话，叫她们早点回家。没想到年轻人喝酒喝成这样，一个人还被坏人绑架了，真叫人意想不到啊。

刘剑锋说，林总，你别急，我们也是刚赶到，正在了解情况。

林亚雄着急地说，麻烦二位警官尽快想办法救出李小叶，绑匪如果要钱，我给，要多少钱都行，只要保证小叶的生命安全。

刘剑锋说，请林总放心，我们一定会抓住坏人，救出李小叶的。

林亚雄拱起双手说，多谢，拜托你们了！

刘剑锋突然问，林总今天见过李小叶吗？

林亚雄愣了一下，很快就回答说，见过啊，下午的时候，她刚从康城山区的老家回来，说是回家看父母去了。我约她见了一面，聊了一会儿家里的情况。晚上她跟杜咪一起出来吃饭，没想到就出了事。唉！

刘剑锋说，你知道她还见过别的什么人吗？

林亚雄摇摇头说，这就不知道了。他没有说出她见过钱彪的情况。

刘剑锋说，好的，谢谢林总。

林亚雄说，你们有了李小叶的消息，要尽快告诉我，不然我吃不好饭，也睡不好觉。

刘剑锋说，我们会的，放心吧。

林亚雄说，如果没事了，那我就送杜小姐回家了。

刘剑锋点点头。

林亚雄带着杜咪上了车，然后离开了来福巷。

刘剑锋对叶梅说，这个林老板一定知道一些李小叶的情况，他的话里好像隐藏着什么。叶梅说，我也有这个感觉，而且他跟杜咪这个女秘书的关系，我看也非同一般。刘剑锋问，你咋能看出？叶梅说，女人的直觉。刘剑锋笑道，你连男朋友都没有，哪来什么直觉？叶梅嘴一噘，喊道，大叔，你别瞧不起人嘛。刘剑锋说，好好好，我不说了。

一直在旁边局促不安的方明亮，问刘剑锋和叶梅，两位警官，还需要我做什么？

刘剑锋说，你先回去休息吧。

方明亮着急地问，李小叶会不会有危险？

刘剑锋说，我想，暂时不会。

方明亮痛苦地捶打着自己的头，后悔下午不该离开李小叶。如果他们在幼儿园躲过那几个绑匪之后，一直在一起的话，也许就不会发生这样的事情了。现在她被绑匪带走不知去向，生命都有了危险。

在两位警官的劝说下，方明亮开车离开了来福巷。他的脸上充满了后悔、担心、紧张和不安。

刘剑锋和叶梅在几个人走后，来到李小叶和杜咪喝酒的时尚餐馆，向里面的老板和服务生了解情况，又看了看她们喝酒的地方。桌子上已经被服务员收拾干净，看不出什么痕迹。

走出时尚餐馆，刘剑锋板着脸一句话不说，心里在骂，这帮狗日的，真他妈混蛋，又抢在前面把李小叶给绑走了。要是出了人命，这事情就闹大了，咋给王局交代呀。同时，他还担心李小叶从出租屋拿走的那包东西，如果落在绑匪的手里，他们就失去了证据，就会给调查破案带来困难。而那些把钱交给李小叶的保险客户，他们的钱有可能就会打水漂。尤其是那些社区里退休的老头老太、下岗工人，还有郊区拆迁的农民，他们用养老钱、看病钱编织的投资梦就会破灭，这是多么惨痛的教训啊！

刘剑锋心里七上八下，不由得担忧起来。本来已经打算回到刑侦队去，可一出了绑架的案子，心里又开始动摇了，人命关天啊！

叶梅问，大叔，你在想什么？

刘剑锋说，想怎么找到那伙绑匪啊。

叶梅问，要不要把情况向王局报告？

刘剑锋说，这么晚了打电话不是找骂嘛！

叶梅问，那明天你还回刑侦队去吗？

刘剑锋心烦地说，你问这么多干啥？真是哪壶不开提哪壶。现在出事了，我能撒手不管吗？

叶梅高兴地说，这回你可别半路再打退堂鼓啊。

刘剑锋说，真是啰唆，赶紧回家睡觉，我送你回去。

叶梅说，好嘞。

刘剑锋又嘀咕了一句，老婆还在床上等着我呢。

叶梅捂着嘴笑了。

刘剑锋开着车带着叶梅，也离开了来福巷。黑夜里静悄悄的，城市早已进入了梦乡，可是这个世界并没有安宁……

第二天，一大早上班刘剑锋和叶梅就来到王局办公室，向他汇报李小叶半夜里被人绑架的事情。刘剑锋说，已经通知城区分局、交警部门和派出所帮忙查找，到现在为止还没有她的消息。不过，据交警部门报告，从监控录像上看到，昨晚那辆破旧的白色面包车从来福巷出来后，沿着老城墙根儿驶出了城北，然后去向不明。

王局一听，冒火道，为啥不及时报告？

刘剑锋结结巴巴地说，太……太晚了，怕影响领导睡觉。

王局拍桌子吼道，你这是屁话！二十四小时全天候，再晚出事也要报告，而且必须是第一时间，这是纪律！懂不懂？

刘剑锋低头不吭声。

叶梅看一眼刘剑锋，也不吭声。

王局立刻做出三条指示：其一，立即组织警力对城北方向重点进行拉网式排查，尽快找到那几个绑匪，救出当事人李小叶，并查出幕后操纵者。其二，马上冻结李小叶的个人资产，包括银行存款等，防止资产被人转移。其三，加快保险公司的清理调查，弄清事实真相，必须给保险客户一个说法。

王局最后强调，千万别再给我闹出事情来了。

刘剑锋和叶梅吓得一动不动。

王局问刘剑锋，检查写好了吗？

刘剑锋红着脸说，这……还没……

王局说，那就继续回去写！

刘剑锋急了，可是我要查找那伙绑匪和李小叶，我哪有时间。

王局板着脸说，你不是要回刑侦队吗？

刘剑锋赶紧解释说，王局，情况不是变化了嘛，现在出了绑架事件，就不光是经侦处的事了，跟刑事案子也有关系，我当然应该有份吧。

王局指着刘剑锋说，嘿，你这个家伙，总能够找到理由啊。

叶梅在一边偷偷地乐。

刘剑锋请求道，王局开开恩吧，这次我一定保证完成任务。

王局看了他一眼，说，好吧，饶你这一回。不过这份检查先欠着，等找到绑匪救出当事人，可以将功折罪。但是，如果完不成任务，出了纰漏，不但要继续写检查，而且还等着背处分吧。

刘剑锋高兴地说，谢谢王局。

王局最后叮嘱道，无论如何，你们一定要保证当事人的生命安全。

是！刘剑锋和叶梅举手敬礼。

马红艳得知李小叶被绑架的消息是在上班的早晨，她刚走到公司大楼的门口，就接到了女警官叶梅打来的电话。叶梅在电话里的声音，足以证明事情的严重性，她强调，这件事除了公司领导知道外，对任何人都要封锁消息。马红艳昨天刚从嗓子眼落下的一颗心，现在又一下被提了起来，她不小心脚在门口绊了一下，差点摔倒。

一个员工从身边走过问她，马经理，你怎么啦？你的脸色不好。

马红艳摆摆手说，没事，可能是晚上没有休息好。

昨天回到省城，马红艳就到公司向经理贺大虎汇报了去康城山区寻找李小叶的经过，说事情就像电视剧一样惊险传奇。李小叶的确是回了老家，看望了父母，并且还了前夫的赌债，还去了康城。这期间，有几个不明身份的人一直在跟踪找她，还差点绑架了她。她和两个警官从小县城一路追到康城，都没有找到李小叶，后来得知消息她已经回到省城，他们就开车赶回来了。

贺大虎告诉马红艳，李小叶刚回来就给他打电话了，说欠客户的钱马上就可以解决，不会再有人来公司闹事了，她过两天就到公司来上班。

马红艳怀疑地说，她现在的话真的假的很难说。

贺大虎说，只要她回来，事情就会搞清楚的。

贺大虎要把工作交给马红艳，说这是市公司领导的决定，自己暂时离职是配合上级工作组和公安部门，做好李小叶问题的内部清理和调查工作。

马红艳感到有些突然，推辞说，不急不急，我刚回来，还是你来把控大局。

贺大虎叹息一声说，你看我倒霉不倒霉，我对李小叶那么好，她却干出这样的事情来，把我害了，把公司也害了。我咋没看出她来，我的眼睛真是瞎了，唉。

马红艳说，我也有责任。

贺大虎把这几天公司清理业务的情况告诉了马红艳，说上级公司派来了工作组，公司专门腾出了一间会议室给他们办公，里面摆了七八台电脑，堆满了公司的业务和财务档案。他的办公室也被工作组领导占了，成了找人谈话的地方。他把库房旁边的一间小房子腾了出来，作为临时的办公室，那是打扫卫生和看守库房的李老头休息的地方。马红艳说，这怎么行？你到我办公室来，我随便找个地方挤挤就行了。贺大虎说，不可以的，你现在要主持公司工作，没有一个办公室不行，我无所谓了，是个靠边站的人。

贺大虎原本是要提拔上去的人，现在因为李小叶的事情，已经有些心灰意冷了。

马红艳说，上面没有免你的职嘛，说不定还会另有任用。

贺大虎说，算了，我都准备下课了。

马红艳说，要下课我们一起下。

贺大虎正色道，这不行，你要坚持下去，我倒了不要紧，你还要挺起来，不然公司就垮了啊。

马红艳听了鼻子有些酸酸的。

贺大虎说，工作组去翻库房，翻出了问题。

马红艳问，啥问题？

贺大虎说，里面有很多过期的单证，几年前的都有，怀疑李小叶给一些客户的单证，就是库房里面的。我到库房去看了，也蒙了。

马红艳吃惊地说，啊？那些东西我不是早提醒你要销毁的吗？

贺大虎摇头说，唉，都怪我一时疏忽，酿成后患。原以为业务上还可以继续用，留着可以省点钱，时间一长，事情一多，就把那堆东西忘记了。

马红艳说，可是光有那些保险单证也不行啊，还有收据、发票和印章呢，还要经过公司一道道的审核审批呢？

贺大虎哭丧着脸说，是啊，谁知道哪里出了问题，现在只有见到李小叶才能说清楚了。

一整天，马红艳脑子里都乱糟糟的。

现在，贺大虎并不知道李小叶已经被人绑架了，他寄托在她身上的希望，或许将成为泡影，一触即碎。他受得了吗？马红艳心里难过极了。

她心神不安地走进办公楼，来到自己的办公室。公司的员工也陆陆续续上班来了，因为每天都有晨会，大家都来得比较早。她刚到门口，拿出钥匙准备开门，肩膀就被人拍了一下，回头一看，是经理贺大虎。

马红艳说，贺经理，你这么早啊？

贺大虎说，我来收拾收拾东西，正式给你交班啊。果然，他的胸前有一大堆东西，记录本、报表、公章，还有钥匙什么的。

马红艳说，哎呀，你急什么呀。

她赶紧开门，让贺大虎进屋。

贺大虎嘿嘿一笑，把东西放桌子上，说，早交早轻松，无官一身轻嘛。对了，今天早晨的晨会由你主持啊。

马红艳说，还是你来吧。

贺大虎说，你来，我给你敲边鼓。

马红艳叫贺大虎在椅子上坐下，不知道该怎样跟他讲李小叶被绑架的事情，犹豫了一会儿觉得还是应该告诉他，让他心里也有个准备。于是就尽量平静地说，贺经理，我告诉你一件事。

贺大虎问，啥事？

马红艳说，李小叶被一伙人绑架了。

贺大虎一下从椅子上弹起来，瞪大眼睛问道，你说什么，她被人绑架了？这不可能吧。

马红艳说，事情是昨天晚上发生的，就是那伙追踪她的人又找到了她，把她带走了，现在还没有消息，公安部门正在派人寻找。电话是叶警官刚才打来的，叫我暂时保密，不要告诉公司里的人，当然你除外。

贺大虎站在原地，愣着像根木头。

这时候，大门口的一个保安匆匆跑上楼来，来到马红艳的办公室，见贺经理也在，就报告说外面来了一帮人，要见公司领导，看样子很像前几天来公司闹事的客户。马红艳头皮一麻，问有多少人，保安说大概十几个，人不多。马红艳松了一口气，叫保安把人请到一楼客户接待室，她马上就下去。保安立刻跑出去了。

马红艳忙对还在发愣的贺大虎说，贺经理，你看怎么办？

贺大虎回过神来，想想说，来者不善啊。

马红艳问，要不要向刘警官他们报告？

贺大虎说，不急，先看看这些人来的目的再说。

马红艳说，嗯，那你也去见见吧。

贺大虎说，我就不去了，你现在是公司负责人，你去出面处理，我去安排保安守好大门，防止后面有大批的闹事客户出现。

马红艳说，好，还是你考虑的周到，那我就去了。

马红艳来到一楼大厅时，来找公司领导的那些人已经被大堂经理带到了客户接待室，里面传来一阵吵闹的声音。马红艳深吸一口气，走进客户接待室里。大堂经理跟随在后面，向屋里的人喊了一声，你们静一静，这是我们公司的马经理，你们有什么事情好好说。

马红艳朝屋里的十几个人扫了一圈，这些人还在大声吵吵，情绪激动，完全没有注意到她进来。其中，就有第一次闹事时戴眼镜和戴黑布帽的两个中年男人，一个是长安传媒公司的老板谢长安，一个是东郊白河村的村主任贾兴旺。屋里的人经大堂经理一喊，都停止了吵闹，把眼睛瞪向马红艳，射出敌意的目光。

马红艳镇静地问道，请问各位，今天来有什么事情？

有人喊了一声，我们要见李小叶，我们要你们还我们的血汗钱！

一群人又跟着七嘴八舌都吵闹起来。有人问，为什么李小叶不出来见面，是不是公司故意把她藏了起来？有人问，他们手里有保险公司的合同，到期了为啥现在还不给钱？有的问，他手里有李小叶签字的收据，上面写得清清楚楚是买的保险理财产品，到底有没有这回事？还有的问，如果李小叶跑了，公司要不要负责任？等等，吵成一团。

马红艳说，你们别吵，一个一个地说吧。

这时，一个高个子男人站起来说，请问经理，你们在报纸上登公告说，要求客户持公司有效合同或单证来公司进行登记，这是啥意思？啥叫有效合同和单证？我们不清楚，请你给予回答。

旁边的大堂经理小声告诉马红艳，这几天她出去后，贺经理按照上级要求，为了开展清理业务工作，查清李小叶客户的情况，以公司名义在报纸上登了一则公告，提示凡李小叶的保险客户，需到公司来进行登记。目前已经来了一些人，但还有很多客户没有来，不知是何原因。

马红艳听明白了，于是回答说，这件事情很好理解，公司通知客户来公司登记，是为了查明其投保的情况，并对合同单证进行真实性鉴定，这是保险公司正常的工作程序。至于是不是有效合同和单证，要看我们鉴定的结果。

高个子男人说，你的意思是说，鉴定是不是有效合同和单证，都由你们保险公司说了算？那请问李小叶是你们公司的营销员，还是销售经理，她跟我们签的合同，扯下的票据算不算有效？上面还有你们公司的印章和领导签名，算不算有效？

马红艳感到有点顶不住了，她尽力保持镇静地说，我刚才说了，要看鉴定的结果。

一个矮个子男人忽然站起来吼道，卖保险的是你们的人，钱被她拿走了，你们保险公司还不认账，反而还要看我们的合同单证有效无效，世界上哪有这样的道理？我们坚决不答应。

十几个人一起大声喊叫起来，坚决不答应。

马红艳一看又要闹起来，不知该怎么应付了。

这时，门忽然一下被推开了，经理贺大虎带着几个保安冲了进来，扯开大嗓门喊道，干什么，干什么，你们干什么？这里是保险公司，是金融单位，是受国家法律保护的，不是在你们家里想干啥就干啥，再吵闹就请你们出去！

接待室里喊叫的人一下哑了。

贺大虎说，你们谁是带头的？有话好好说，别胡孱闹，闹解决不了问题。

十几个人你看我，我看你，最后把目光转向戴眼镜的谢长安和戴帽子的贾兴旺。两个人一直坐在一边没吭声，任由跟随而来的人先吵闹一番，想给保险公司一个下马威。尤其是看到进来的马红艳是个女领导，就没有把她放在眼里，大伙一阵哄闹，搞得她差点下不了台。可是，贺大虎一进来，气势大为不同，他才是公司的“一把手”，是拿事情的人。于是，两个人相互推让一番，最后就由戴眼镜的谢长安代表大家说话了。

谢长安清清嗓子，扶扶眼镜，然后站起来说，我叫谢长安，是你们公司的保户。我旁边这位叫贾兴旺，也是你们公司的保户，在座的十几位都是你们公司的保户。我们今天来的目的，是代表还有很多没有来的李小叶的客户，想要公司领导给我们一个说法，就是我们买的保险到底退还是不退？如果退，大家相安无事；如果不退，我们就去找市政府，找省政府，找你们的市公司、省公司，甚至到北京去找你们的总公司。总要给我们解决问题，总要把钱还给我们。

贺大虎和马红艳心里一阵紧张。谢长安的话里带着明显的挑衅和威胁。

谢长安说，买保险的钱都是我们老百姓的血汗钱。就拿我来说吧，我以前是个老师，后来下海做点小生意。好不容易赚了点小钱，在李小叶的宣传鼓动下，我把积蓄都买了你们的保险产品，想老了以后没有后顾之忧。没想到保险到期了你们却不给钱，这叫我以后生活怎么办？

一个年纪大的老头喊道，我老伴还在医院里躺着，等着交医药费呢！

一个大妈哭起来，说，我把房子都卖了，买了李小叶的保险理财，说是能赚钱，赚钱快，结果被她骗了。我一家老小现在住在出租屋里，今后日子怎么过？不把钱退我，我就不活了！

会议室里一片唏嘘，客户们纷纷叫苦。

贺大虎说，大家安静，安静，我理解你们的心情。我们公司已经在报纸电视上登了公告，不是叫大家来登记吗？只要是情况属实，我们都会按照国家和公司的规定进行给付和理赔的，请你们放心。你们都带了保险合同和收据发票吗？

谢长安说，当然有，上面还有保险公司的大章，有李小叶的签字。贾兴旺说，我也有，是好几百户的大单呢。说着从一个塑料包里掏出一沓资料。客户们也喊道，我们也有——他们纷纷从身上掏出各式各样的单证票据，还有字条儿，五花八门。

贺大虎和马红艳瞪着眼睛看得惊呆了。

这些东西在前几天客户闹事时他们已经见过，很难分清真假，但现在上级工作组在公司的仓库里发现了过期的合同单证，这就说明这些过期合同单证有可能流出了公司，到了客户的手中。至于印章和收据发票，只有等待公安机关鉴定后才能知道真伪。

贺大虎看着眼前这些合同单证，就像寒冬的雪片飞舞，感到浑身发冷。他说，这样吧，大家先登记，把你们的资料留下来，我们公司还要进行核对，然后才能给大家回复，请你们把通讯地址和联系方式也写下来。

谢长安说，我们不能把原件给你们，交给你们以后就说不清了。

贾兴旺说，对，别又把我们给骗了。

贺大虎无奈地说，好吧，复印件就可以了。

贺大虎赶紧叫大堂经理派人为这些客户代表进行登记、复印资料，然后告诉他们登记之后就可以走了，回家等待消息。

谢长安仍不甘心地说，不管你们怎么核对检查，这些白纸黑字，还有大红印章，都是你们保险公司的，你们跑了和尚跑不了庙。如果不给我们退钱，我们决不罢休！

贾兴旺也说，希望你们尽快给我们答复，不然就别怪我们老百姓不客气了！

接待室里差点一触即发的战争终于化解，客户代表们开始按照要求复印资料、填表登记，然后陆续离去。

贺大虎和马红艳退出门外。

马红艳长长地吐了一口气，对贺大虎说，多亏你及时进来，要不然我都快顶不住了。贺大虎说，这不算啥，麻烦事还在后面呢。马红艳见他脸色不好，就问他怎么啦，贺大虎说，你没看见刚才那些客户手里拿的东西，我们还是赶紧请一个律师来吧。

# 二十一

周围都是水。

头顶是天空，水无边无际，天空也无边无际。水浪掀起来，一道白光；水浪落下去，一片黑暗。她就在这黑白之中拼命挣扎，想找到水的岸边。可是，似乎一切都是徒劳，她越是挣扎，越是在水里陷得更深，离岸边也越来越远。不，根本就看不到岸边。有一次好像有了希望，看见了山峰，看见了树林，看见了房屋——可是一瞬间又不见了。她有些绝望，但还不甘心。她大声地呼喊，只听见自己的回音。她拼命地挣扎，身体却更加的沉重。忽然一个巨浪打来，她被卷入一个黑色的漩涡，如一只猛兽将她吞噬……

啊——李小叶尖叫一声，猛地坐了起来，醒了。

她做了一个噩梦。

睁开眼睛一看，这是一个完全陌生的地方，自己被关在一间狭小黢黑的屋子里。虽然不是在梦中那片无边无际的水里，也没有坠入那个巨大的黑色漩涡，但眼前狭小黢黑的屋子令她感到更加的恐惧。

她想不起自己是怎么来到这间黑屋子的，昨晚与杜咪一起喝酒的情景，以及后来发生的事情已经忘得一干二净。她感到头一阵抽搐疼痛。

李小叶看见了一扇破烂的小窗，虽然屋子里是黑的，但窗子外面却有了些微的光亮，灰灰白白，模模糊糊的。她摸索着站了起来，自己刚才躺着的是一张旧木床，上面落满了灰尘，空气中有一股刺鼻难闻的霉味，看样子好久没有住人了。

她来到窗前，看见小窗被铁钉钉死，外面还拉了几根铁条。她朝外面望去，朦胧之中看见了一片田野，旁边有一些低矮破旧的房屋，远处可以听见火车轰鸣的声音，看来这里离铁路线不远。再朝下看，屋子下面有一个院子，堆着乱七八糟的农具和破烂的杂物。自己是被关在房屋的二楼，楼下和院子外是什么情形不得而知。

她的眼睛渐渐适应了屋里的黑暗，看清楚了周围的一切。屋里除了一张破旧木床和木柜，几乎再没有什么东西，墙上糊满了报纸，靠近床边挂着一个破裂的小圆镜。李小叶判断这或许是一个女子住过的房子。

她一摸身上的口袋，手机不在，随身的小包也不在。她开始紧张起来，不知是什么人把她关在了这里。她四处用眼睛搜寻，终于看见了门。她赶紧来到门口，轻轻拉了一下门，门并没有关死。她从门缝里望出去，看到的情景叫她大吃一惊——她看见了一直在追踪和绑架过她的那几个家伙，一个斜靠在门口，耷拉着头，睡得跟死猪一般；另外两个横躺在对面一间屋里，响着震天的呼噜声。

昨夜发生的事情忽然像电影倒片一样，回放到在来福巷时尚餐馆与杜咪喝酒的时段上，她俩都喝醉了，后来摇摇晃晃地走出时尚餐馆，然后黑暗中有几个黑影悄悄向她们身后袭来……她浑身打个冷战，怎么自己又落入了这伙绑匪的手里？肯定还是钱彪这个家伙指使干的，昨天她已经当着林亚雄的面跟他谈好了交易条件，只要他退回投资款，她就把合同协议书交给他，从此各不相干。可是，这伙人为什么还要绑架她呢？钱彪到底是在玩什么把戏？

李小叶想，一定要尽快逃出去。

她轻轻拉开门，门吱地响了一声。吓得她不敢动了。门口靠着的家伙没有醒，对面屋子的两个人还在呼噜。她继续轻轻拉门，门终于半开，她侧着身子小心翼翼地移出去，紧张得心都提到了嗓子眼儿上。

李小叶一步步走到楼梯口，然后一步步下楼，呼噜声被丢在了身后。楼下是一个堂屋，有一个关闭的大门，大门裂着一道缝子，露出些微的光亮。李小叶看到了希望，她加快步子向大门奔去，只要拉开门闩，打开大门，就可以冲到院子里，然后再冲到院子外面去。

李小叶刚拉开门闩，正要打开大门，突然响起一声凶狠的狂吠，汪汪汪——一条凶恶的大黑狗出现在面前，张着嘴吐着舌头几乎要扑到她的身上。她尖叫一声，赶紧关上门。大黑狗扑在门上，拼命地狂叫，门被扑得咚咚的响。李小叶吓得浑身发抖，不知所措。

哈哈哈哈——身后传来一阵浪笑。

一个声音喊道，你跑啊，继续跑啊，外面的大黑子正等着跟你拥抱呢！哈哈哈哈。

又有人跟着一起笑。

李小叶回过头，看见那几个绑匪走下楼来。

留着小胡子的杆子痞笑着对李小叶说，姐，没想到我们又见面了，真是孙悟空一个跟头可以翻十万八千里，可是还是逃不出如来佛的掌心啊。哈哈哈哈哈。

土锤和闷屃也跟着哈哈地笑。

李小叶狠狠地瞪了他们一眼。

杆子叫土锤把李小叶带回楼上，转身在闷屃的屁股上踢了一脚，你还笑，老子叫你看守值班，你却睡大觉。她要是再跑了，看我踢掉你的蛋子！

闷屃摸摸屁股，闪到一边。

土锤提醒说，哥，天快亮了。

杆子说，我知道。回去睡觉，老子还困着呢。

李小叶想喊，可堂屋大门关得死死的，还隔着一个院子，外面这么早也不会有行人，喊也没有用。她只好对杆子说，小兄弟，我跟你们无冤无仇，你们把我关在这里干啥？赶紧放我走吧。

杆子说，姐，放心，只要你好好配合我们，我会放了你的。现在天才刚亮，兄弟们找了你几天都没睡好觉，等睡饱了再说。

李小叶说，那把手机和小包还给我。

杆子说，这个我暂时替你保管，等事情办完了，我就还你。

李小叶气愤地喊道，你们简直就是土匪！

杆子一下恼了，抓挠着小胡子冲到李小叶跟前，咬咬牙说，我告诉你，我们不是土匪，我们是在做生意，拿钱办事替人消灾。以后再骂我们是土匪，别怪我不客气！

杆子的眼里露出一道凶光。他叫土锤找东西堵住李小叶的嘴，并把她的双手用绳子绑起来。

李小叶被重新带回楼上，关进狭小黢黑的屋子里。她的嘴里被堵上了一条脏兮兮的毛巾，有一股非常难闻的气味。双手被绳子绑在身后也不自由，越是挣扎越是发紧疼痛。不知道绑匪接下来还会对她做些什么，也许还会杀了她。李小叶内心感到一阵恐惧。

她眼睛朝小窗口望去，盼望最后一抹黑夜尽快过去，等待黎明到来之后再寻找机会逃离魔窟。

杆子倒在对面屋子的床上再也睡不着了。

他不喜欢别人叫他土匪。李小叶叫他了一声土匪，他心里就像被什么东西扎了一下，感到一阵疼痛。

这座位于镇北口的破旧房子是杆子家的，二层的房子是土筑的，院子的围墙也是土筑的。他清楚地记得小时候家里筑这房子和院子的情景，十几个帮工都是强壮的男人，在父亲的指挥下，他们用地里最好的干土和上白石灰，再混合铡成寸长的小麦秆子，用石头夯子猛烈地夯打，就夯成了坚固的围墙和房屋。帮工男人打夯时双手起落和流汗的肌肉，在杆子的脑海里留下了深刻印象。

那时候他父母早晚往铁路上跑，父亲在铁路上当搬运工，母亲在火车站摆小货摊，他和姐姐都在上小学。跟村镇上许多人家一样，父母把挣下的血汗钱几乎都砸进了房子和院子里。他们说，有了房子和院子才是家。夯土房冬暖夏凉，住着舒服。当时大家都筑土房。这样的土房子现在村镇上还有一些，但都破烂不堪了。一些砖混的水泥房子像火柴盒一样正在一座一座立起来，密密麻麻，就跟养鸡场似的。

这个镇子叫北关镇，是省城的郊区，以前是一个村子，周围有一片片的庄稼地。因为离城里的铁路和火车站不远，聚集的人越来越多，村子就成为镇子了。先前都是些当地种庄稼的农民，后来有了外地的逃荒者和手艺人，再后来有了到省城打工做生意读书看病的人，还有算卦看相、犯了事假冒身份四处流窜的人，杂七杂八，三教九流。林子大了啥鸟都有，这里就成了一个鱼龙混杂的地方。

杆子的先人是从河南逃荒过来的，坐了拉煤的铁皮火车一路走，一路奔波，最后到了这里就不愿再走了，就在这里住下了。一家人先是以种地为生，后来就跟当地的许多人家一样，靠山吃山靠水吃水，靠着铁路就做铁路的营生了。

杆子记得开始的时候日子还算过得去，家里虽苦却有笑声。但由于父亲的一场变故就彻底改变了家的命运。一天，他父亲在铁路上搬运货物时，被火车轧死了。杆子跑到现场，远远看见父亲被人盖着白布单子抬上了路边的救护车，他母亲和姐姐哭着奔了过去。杆子看着脚下的铁轨上还有父亲的血迹。听人说，当时他扛着一大包货物穿过铁路时，没有看见从背后来的火车，也没有听见火车的鸣叫声，他母亲一瞬间就被火车撞飞了，随同肩上的货物一起飞到了天上，然后摔下来死了。杆子远远地看着父亲被抬走，一人站在铁路边，没有说话，也没有哭，一直站到天黑。

日子就这样暗了。

从此杆子变得不爱说话，在学校里学习成绩也越来越差，动不动就跟别人打架，但总是以自己头破血流而归。由于经常遭到同学的欺负，他又开始逃学，到铁路上玩耍。跟他一起的就有土锤和闷屃，他俩也是这个镇子上的人，一个家里过去是打铁的，一个家里是蹬三轮车的。两个人在学校也常被人欺负，都属于弱势群体，于是就跟杆子结盟在一起。

几个人爱在铁路上玩扒飞车，就是在火车开动时奔跑过去，一下跳到车上，抓住车厢上的扶手，跟随着火车一起飞驰。火车站东有一个货运站，从那里驶出来的火车，有拉煤的拉油的拉各种货物的，速度开始都不太快，容易追上去，等火车速度快起来时，就赶紧跳下来，就像电影《铁道游击队》里的情景一样。杆子带领着土锤和闷屃，经常就扒上火车，拉着车厢大门的扶手，迎着吹过来的疾风，任凭头发和衣服被撩动起来。他们大声地发出喊叫和欢笑，啊——啊——

这是他们最快乐的时光。

有一天，他们碰到了几个大孩子，为首的一个叫郭计生，一伙的人都管他叫郭老大。他额头上有一道疤，亮亮的，像一把刀子，给人感觉寒飕飕的。郭老大和他的弟兄们也玩扒飞车，经常出现在铁道上。这一天他们碰见了，郭老大叫杆子三人跟他们一起来一次扒飞车比赛，赢了给他们一人一块电子表，输了就趴在地上做一百个俯卧撑。

郭老大说完，叫人拿了三块电子表放在地上。

杆子三人眼睛都亮了。电子表当时是多么时髦的东西啊，戴在手上到学校里，男同学会羡慕不已，女同学会眼睛露出惊喜和钦佩的光亮。

杆子想，扒飞车有啥难的，赢了有电子表，输了不过是做俯卧撑，吃不了亏。于是就答应道，比就比，谁怕谁！

郭老大派出了三个人，与杆子、土锤和闷屃在铁路边站成一排，等待着火车的到来。这三个人都比他们高出一头，身体强壮，完全没把他们放在眼里。当火车呼啸而来的时候，六个人一齐冲了出去——结果土锤和闷屃落在了后面，只有杆子抢在前面扒上了火车。三比二，他们输给了郭老大这帮大孩子。

郭老大把一只电子表给了杆子，并且亲自戴在他的手腕上。土锤和闷屄趴在地上痛苦地做着俯卧撑，一个、两个、三个……他俩看见杆子手腕上的电子表格外炫目，看见杆子一个劲得意地笑。

郭老大问杆子愿不愿意今后跟他们一起扒火车，不光有电子表，还会有很多很多的好东西，吃喝玩乐啥都不缺。杆子说当然愿意。土锤和闷屄趴在地上也点头表示愿意。郭老大很高兴，就叫土锤和闷屄起身，把另外两块电子表送给了他们。土锤和闷屄拿着电子表兴奋得乱跳。

当天晚上，郭老大还叫他们一起到馆子里吃了一顿羊肉大饼。

第二天，杆子、土锤和闷屄来到学校，一路上故意挽起胳膊上的衣服袖子，露出手腕上的电子表，果然吸引了同学们羡慕的眼光。这是一件值得自豪和骄傲的事情。可是，到了下午放学的时候，几个高年级男生在学校门口把他们拦住了，要他们拿出电子表来。杆子三人当然不给。高年级男生就冲上来抢，要把他们手腕上的电子表撸下来。以他们的实力，当然斗不过高年级男生，他们只有拼命地抵抗。

关键时候，郭老大和那帮大孩子出现了，就像秋风扫落叶一样就把那几个高年级男生赶跑了，并且警告他们以后再欺负杆子三人，就打断他们的腿脚。几个高年级男生吓得像兔子一样落荒而逃。

杆子三人感到扬眉吐气，对郭老大一伙大孩子感激不尽。

于是，他们就加入了郭老大一伙扒飞车的行动。到了晚上，他们扒上了火车才知道，郭老大一伙扒飞车其实就是偷盗火车上的货物。郭老大叫他们用铁棍撬开车厢门，把车厢里的货物扔出去。他们三人有些犹豫。郭老大说，害怕啦？害怕就走人。三人不吭声，也没动。郭老大说，要想吃喝玩乐啥不缺，就得冒险。咱们是兄弟，我决亏待不了你们，事情完了，大家都有份。干不干？

想着手腕上的电子表，想着那顿羊肉大饼，想着那帮像兔子一样被赶跑的高年级男生，杆子看看土锤和闷屄，深吸了一口气，最后下了决心，说，屌，咱有啥怕的？干！

土锤和闷屄也跟着说，干！

这样，杆子、土锤和闷屄就听从郭老大的指挥，撬开车厢大门，把里面的货物一箱箱一袋袋地往铁道边扔。下面有人接应，趁着夜深人静神不知鬼不觉就把货物飞快地拉走了。

后来，每一次扒飞车下来，郭老大和大孩子们把货物转手卖了之后，都会给他们分一些钱。有了钱三个人高兴得心花怒放，就到街上买好吃的，到学校附近的游戏厅打游戏，给喜欢的女同学买小礼物。特别是郭老大带着大孩子在学校门口收拾了那几个高年级男生后，再也没有人敢欺负他们了，相反他们看见谁不顺眼，就可以揍他一顿。欺负过他们的人躲得远远的，而一般的同学们见了他们都老老实实，恭恭敬敬，谁也不敢招惹他们。他们成了学校里的小霸王。

然而，好日子不长，没多久他们就出事了。在一次夜里扒飞车时，他们被铁路公安发现了。他们纷纷逃跑，郭老大一人逃了出去，那帮大孩子被警察抓了起来，而杆子、土锤和闷屄也分别在家里的被窝让警察拉起来带走了。他们被关在郊外铁路边的一个木板房里，关了整整十天，除了警察问话，就再见不到别人，每天听见火车轰隆隆地开过，就像从头到脚碾过一样，四分五裂。杆子心想，这一辈子完啦，完啦！

警察在审讯杆子的时候，指着他骂道，知道你们的行为是什么吗？简直就是土匪！这是杆子心里印象最深的一句话。后来杆子回到家里，他母亲哭喊着第一句话也是，小兔崽子，我怎么生了你这个土匪啊！说完她气得差点昏过去。

土匪这个词像烧红的烙铁一样印在杆子的心里了。

最后，那些大孩子们因盗窃罪被判刑关进了监狱，杆子、土锤和闷屄差点被送去劳教所。因为他们是被人利用，而且还是读书的学生，就放他们回家了，让学校和家庭进行管教。

从木板房里走出来，三个人抱头痛哭。

扒飞车事件之后不久，杆子的母亲就得了重病住进了医院，说是脑溢血，不到几个月就死了。村镇上的人都说是杆子气死的。原来靠母亲一人支撑的生活，一下就塌了。杆子就和姐姐过起了更为艰难的日子，都离开了学校，推起了母亲留下的小推车，到火车站去卖茶鸡蛋方便面等小商品，不管夏日或冬天，都要站在烈日和风雪中向来往的旅客大声叫卖，卖出一分一毛心里都欢喜得不行。

再后来，姐姐就嫁出去了，跟了一个开小饭馆的男人去了河南，一年偶尔回来一趟。杆子就一个人在这院子里生活。他推起那辆卖茶鸡蛋方便面的小推车，每天到火车站去谋营生。日子就这样混着，一晃就是好几年。

这一天，杆子正在火车站旁边摆摊叫卖，忽然出现几个戴墨镜的年轻男子把他的小推车围了，他战战兢兢感到一阵紧张，以为遇上了地痞流氓。可是，其中一个人摘下了脸上的墨镜，摇晃着大脑门说，兄弟，难道不认识我啦？

杆子探头一看，脑门上有道疤子，惊讶地喊道，哎呀，是你呀，郭……郭老大——

郭老大高兴地说，你小子还认得出来？哈哈哈哈。

几个年轻男子也哈哈笑了起来，一一摘去脸上的墨镜。

杆子一瞧，都是当年扒飞车的那帮大孩子。

郭老大拍拍杆子的肩膀，看看他小摊上的茶鸡蛋方便面，说，哎呀兄弟，怎么干起这个活儿来啦？

杆子脸一红，尴尬地说，我……我这是瞎混哩。

郭老大说，咱兄弟多年不见，找个地方好好叙叙。

杆子犹豫着说，我这里离不开呀。

郭老大从口袋里掏出一百元大票给他，说，找个人看着，咱们走。

杆子忙欢喜地收下百元大票，把小推车推到不远处一个停车场门口，交给一个看车的老头，大方地给了他十块钱。

郭老大叫人开过来两辆小车，一伙人上车后出了火车站向城里开去。在车上，杆子看看车，又看看郭老大脖子上挂的一条粗大晃眼的金链子，再看看旁边一个个穿着光鲜时髦的大孩子，自己却是一副破衣烂衫寒酸猥琐的模样，不免自惭形秽，恨不能把自己藏起来。

杆子小心地问，哥，你都有车啦，当老板啦？

车上的弟兄们笑了起来。一个说，车算个啥？大哥现在是我们公司的总经理，有车有楼有女人，啥都不缺。

哈哈哈哈。车上人一阵大笑。

杆子吃了一惊，没想到郭老大这么有钱，他不是出事后潜逃到外地去了吗，怎么还敢回来？还有这帮大孩子，怎么都从监狱里出来了？

车到了城里一家酒楼，下车后一伙人进了一个包间。郭老大对杆子说，我今天要好好地招待你。杆子说，招待我，为啥？郭老大说，为了当年扒飞车，你没有出卖我，够义气。杆子说，我本来啥也不知道嘛。郭老大说，我从南方回来后一直到处找你，没想到今天碰见你在火车站摆小摊，弟兄们差点没把你认出。对了，你还有两个兄弟呢？杆子说，唉，都在镇上混日子呢。

郭老大简单讲了他那年扒飞车出事逃出去的经过，说他好不容易躲过了警察的追捕，化装逃到了外地，到处东躲西藏，先后去了甘肃、青海和新疆，最后去了广东。苦也吃了，罪也受了，但后来遇到机会发了大财。现在回来把弟兄们召集在一起，有福同享有难同当。哈哈哈哈。

几个弟兄也说，他们提前出了监狱，听说郭老大回来了，又都投靠了他。

说话间酒菜上来，满满的一桌。几个弟兄打开酒瓶，把酒倒满杯子里。郭老大端起酒说，为了今天找到杆子兄弟，为了我们过去一起扒飞车，干！

干！

一桌人都把酒喝了下去。

杆子有些激动，酒一下呛了嗓子咳嗽起来。郭老大说，慢点慢点，先吃点菜，咱们兄弟今天要多喝几杯呢。杆子吃了菜，又喝了两杯酒，脸开始红起来。他端起酒敬郭老大，又敬桌上的弟兄们，大家都喝得十分高兴。郭老大对杆子说，兄弟，看你日子也过得寡淡，哥想帮你一下，你有啥想法？杆子想想说，哥，要不你帮我把那卖货的小推车换成一辆电动的三轮车吧？旁边的弟兄们都笑了。郭老大说，哎，小推车就不要了，电动的三轮车也没啥意思，我是想问你愿不愿意再跟哥干？杆子疑惑地问，你是说还扒飞车？

一桌子兄弟都笑起来，差点喷饭。

郭老大说，哥早就不干扒飞车的事情了，那个档次太低，哥带着弟兄们现在做的是大生意。

杆子问，做啥大生意啊？

旁边一个兄弟答，我们做的是商务中介。

杆子不明白地问，啥叫商务中介？

另一个兄弟说，这个你都不懂，商务中介就是做买卖的中间人，你有啥需求，你出钱我办事，就这么简单。

杆子笑道，那不是跟过去农村的媒婆子一样吗！嘿嘿嘿嘿。

那兄弟瞥他一眼说，啥媒婆子，我们是经纪人。

杆子问，甭管啥人，赚钱不？

郭老大说，当然赚钱，不赚钱弟兄们吃啥喝啥，对不对？我们公司生意好得很，啥业务都有，人手不够，忙不过来，今后公司还要不断扩大呢。

杆子又问，出事不？

一桌人又笑了，笑得乱晃。

郭老大说，兄弟你放心，不会有事，你是一朝被蛇咬十年怕井绳。我们现在是正儿八经做生意，不信哪天我请你到公司去看看。

杆子想了想，说，好，我跟你干，还有我那两个小兄弟，土锤和闷屄。

郭老大高兴地抹了一把亮脑门，说，好，从今天起你们三个就是我们商务中介公司的人了。大家有福同享有难同当。我决定，杆子兄弟主要负责城北一片的业务，将来事业做大了，你就是这一片的总经理。

杆子惊喜地说，我还可以当总经理？

郭老大说，当然可以啊，以后地盘越做越大，业务越做越多，大家都可以当总经理。来，为杆子和他两个小兄弟加盟公司，为我们弟兄们今后发大财，干杯！

干杯——

就这样，杆子三人又跟着郭老大一伙人干了起来。

杆子带着土锤和闷屄所做的业务，主要是替人讨债要账、打探隐私、摆平纠纷、收保护费等。现在是市场经济，企业与企业之间，人与人之间，做生意打交道，都跟利益有关系，少不了就会出现矛盾和纠纷。出了矛盾和纠纷光靠法律打官司不顶用，摆不上桌面的还得私下解决，这就给他们带来了生意。郭老大给了他们一辆旧车市场买来的二手面包车，又给他们配了照相机、录音笔、匕首、假枪、绳索、迷药什么的，当然还有各种各样的服装和假证件。郭老大说，这是做业务的工具。

于是，他们就跟着郭老大干了起来。

业务做起来其实也不复杂，有的活儿是郭老大打电话派给他们，有的活儿是客户自己找上门来。他们印了一些业务范围的名片和小广告，夜里贴出去，天一亮就有客户打电话上门了。

单位或者公司之间的业务，无非就是生意上的竞争和债务问题，杆子、土锤和闷屄就带着人上门威胁恐吓砸门店闹事，事情总能摆平。个人业务很多是情感纠纷，什么情人、小三、二奶，三角恋、四角恋、同性恋，乱七八糟的啥都有，他们就按客户的要求，跟踪、拍照、录音等，一手交钱一手交货。当然还有一种特殊的，就是官场上的人，为了当官保位，要他们做一些风险比较大的事情，比如绑架杀人。按说都是客户，事情都应该做的，但这样的业务风险太大，杆子一口拒绝，还是做生意场上和个人隐私方面的业务比较保险，跟官场上的人打交道很麻烦。

开始生意还不错，做了几单都比较顺利，赚了钱他们就每天在城里消费，住宾馆吃大餐，打游戏进歌厅找小姐，过着吃香喝辣的日子。杆子认为，比起从前推着小推车在火车站卖花生、茶叶蛋、方便面，简直就是一个在天上一个在地下。因为整天都在外面跑来跑去，杆子很少回到镇上的家里，就养了一只大黑狗看门，用铁链子拴在院子里，叫隔壁的邻居老头帮忙每天扔几个馒头什么的就可以了。

可是，最近不知道为啥生意不太好，十天半月揽不到一个活儿。杆子就和土锤、闷屃开着破旧面包车到火车站帮人拉货物，实在没有生意了，三人白天躺在家里睡大觉，晚上就出去泡网吧打游戏。

终于前几日有了李小叶这单生意，钱老板答应这活儿一共给他们三万块，先支付三分之一，事后全部结清。三人一听眼睛都亮了。这一单郭老大不知道，做完了可以都落在自己的腰包。可是，没想到事情办得一点都不顺利。更想不到的是钱老板不守信用，竟然半途变卦把他们甩开了。但是，只要抓到了小女子，钱老板要的东西就在他们手里，还怕赚不到钱？

杆子想，应该好好思谋思谋，怎样跟钱老板做这一笔生意了。想到这里，他抓挠着小胡子得意地笑起来，哈哈。

天大亮了，阳光从小窗外射进来。

门哐当一声被推开，三个绑匪出现在门口。

李小叶蹲在屋子的角落里，抬起头怒视着这几个小混蛋。她挣扎着被绑的双臂，嘴里发出唔唔的声音，眼睛里闪着泪光。自从醒来逃走没成功，再次被关进黑屋里，她就一直瞪大着眼睛，盼望着天明。

李小叶知道，这次她可能是逃不出去了。她想到了杜咪，不知她有没有叫人快来救她；她想到了方明亮，后悔昨天不该离开他身边；她想到了女儿，不知何时才能跟她拥抱在一起；她想到了远在康城山区年老体衰的父母，万一知道她出了事情，身体怎么能够承受得住啊？

李小叶心急如焚，脑子浮想联翩。几个家伙刚一进来，她恨不能冲上去跟他们拼了。

杆子看着她怒目相视的样子，就对身边的土锤说，把她手松了，嘴里的东西也弄出来。土锤迟疑地说，哥，她一会儿跑了咋办？杆子说，放心，跑不了，松松松！

土锤上前解了李小叶身上的绳子，又把塞在她嘴里的毛巾拽了出来。李小叶忽然感觉两个胳膊已经失去了知觉，接着如断了一般万箭穿心地疼痛。被臭毛巾堵过的嘴也僵硬着，一时不能合上，她只能张着嘴，大口大口地喘气，就像一条因缺氧而浮出水面的鱼。

李小叶转过身趴在床上哇一声哭了起来。杆子说，哭啥嘛，是你自己要跑要喊叫的嘛。李小叶哭得更凶。杆子说，只要你不跑不喊，我们就不绑你的手，不堵你的嘴，你在这屋里想咋样就咋样。李小叶喊道，你们放了我。杆子说，你放心，会放了你的，只要你帮我们把事情办了，就放了你，我说话算数的。

土锤在一边不耐烦地说，哥，跟她啰唆个啥？现在就办事情嘛。杆子骂道，你知道个屎，现在办事，外面可能都是警察，你们俩谁出去看看，顺便买点吃的回来，老子肚子都饿得咕咕叫了。土锤说，哥，我要看着这女子哩。闷屄不乐意地说，又是我去？杆子瞥他一眼，说，你嘟囔个屁，快去。从后院出去，快去快回。土锤嘿嘿一笑，闷屄拉着脸，拍拍屁股走了。

杆子叫土锤先下楼去，把夜里停在院子里的面包车用东西遮挡起来，万一有人到大门口来瞭望一下也见不到。土锤应一声下楼，忙活去了。杆子对李小叶说，老实在屋子里待着，等一会儿就跟你谈要办的事情。说完，他走出屋去，关上门，在门上挂了一把锁。

杆子下楼来到堂屋里，掏出手机给钱老板打电话。

他们一伙回到省城后，通过道上的朋友，不仅打听到李小叶是干啥的，而且还知道了钱老板的底细。原来这女子是个卖保险的，虽然是个营销员，但大小还是个销售经理，也算是一个小白领了。钱老板是一家投资公司的老总，是真正的有钱人，他跟这女子不知啥原因扯上了瓜葛，又不知啥原因翻了脸。只要从两个人身上下功夫，都能够搞出钱来。所谓鹬蚌相争，渔翁得利嘛。

电话很快就通了。杆子故意拖着腔调说，钱老板你好啊，现在忙不忙？我请你喝茶。钱彪生气着吼道，喝你个茄子，李小叶是不是在你那里？杆子暗笑着，不急不慢地说，你咋消息这么灵通呢？钱彪着急地喊道，我问你是不是！杆子说，是又咋样，不是又咋样，现在跟你有关系吗？钱彪说，你少跟我啰唆，赶紧放屁！杆子说，钱老板，你说话文明一点嘛，这个李小叶就在我的手里，我说了我会找到她的。不过，我们的生意已经结束了。钱彪压住火说，只要人在你们手里，能拿到我要的东西，生意可以再谈。杆子暗自一笑，问道，钱老板，你想咋谈？

钱彪气得咬牙切齿。一大早，他就从林亚雄那里得知了李小叶被人绑架的消息，马上就知道这是谁干的了。李小叶从康城一回来，他就在为她的资金问题焦躁不安，再加上林亚雄提出卖出宏达投资公司股份，或者买下宏达公司，更叫他心烦意乱，好久没犯的痔疮也冒了出来，疼得他走路坐车都咧着嘴、歪斜着屁股，一副狼狈的样子。

幸亏谢长安给他出了以静制动、以无招胜有招的主意，他才眼前一亮，重新振作起来。可是，他要的东西还在李小叶的手里，那就是一个定时炸弹啊。他必须尽快拿回来才能确保自己安然无恙。他准备拿出一笔钱来作为“诱饵”，先把李小叶手里的东西套出来，然后再给她来个金蝉脱壳把她甩掉，叫她措手不及。可是，偏偏这时候，李小叶又被杆子一伙绑架了，打乱了他的计划。现在人在他们手里，主动权也在他们手里，要重新谈生意就得听他们的了。

钱彪只得软下来，问，你想咋谈？

杆子说，钱老板，我知道你是投资公司的大老板，你有的是钱，但李小叶手里的东西不光你想要。还有很多人都想要，我们做生意为的就是赚钱，跟谁做都一样。

钱彪急着说，你别绕圈子，痛快点，开个价吧！

杆子说，八万。

钱彪气的喊叫，妈的，你这是敲诈，不行。

杆子说，八万，不干就算屌了。

钱彪咬咬牙说，好吧，八万就八万。不过，除了那个协议合同书，还有一份大客户名单。东西拿到，一手交钱一手交货，这次绝不能出差错。

杆子说，好，我要现金。

钱彪说，没问题。

杆子说，成交！

一桩生意就这样谈成了。杆子在堂屋里打完电话，高兴得手舞足蹈。拿到李小叶手里的东西，一眨眼就可以换来八万块钱，这生意超出了预期，令他感到非常满意，他嘴里忍不住哼起一段河南豫剧：

祖国的大建设一日千里，
看不完说不尽胜利的消息。
农村是青年人广阔天地，
千条路我不走选定山区。
……

这是杆子小时候跟他爸学的，后来遇到高兴事了，就要哼上几句。

土锤在院子里用塑料大棚布将面包车伪装好后，听见杆子在堂屋里唱起了河南豫剧，知道有了好事，就忙跑进堂屋问他，谈成啦？

杆子得意地说，成了。

土锤问，啥价？

杆子用手比了个八。

土锤瞪大眼睛蹦起来，喊道，八……八万啊？哥，我们发啦！

两个人一边兴奋着一边上楼，走到关李小叶的房间门口，取下锁，推开门。李小叶坐在床上，侧过脸去，不理睬他们。杆子嬉皮笑脸地对李小叶说，姐，咱们现在可以办事情了。李小叶冷冷地说，咱们有啥事情？赶紧放了我。杆子说，就是钱老板要的东西，赶紧告诉我放在啥地方。李小叶说，不知道啥东西，忘了。杆子说，你少给我装糊涂，你要不给我，别怪我对你不客气了。李小叶说，你敢咋样？

屋里的空气一下紧张起来。

杆子冷笑一声说，我会用绳子绑上你，堵上你的嘴，然后用皮带抽你，抽得你皮开肉绽，浑身是血。我也可以用刀子剁掉你的手指，一根二根三根都行，直到你喊停。再就是用刀子划破你的脸，毁你的容，你这张漂亮的脸从此就像一张地图，到处都是一道道的疤，非常的难看。最后，我还可以脱掉你的衣服，直到脱光，然后叫弟兄们——李小叶忽然喊道，别说了，你们简直就是土匪，流氓！

杆子和土锤晃着身子笑起来，只要她说出藏的东西在哪，她骂啥都行。

杆子对李小叶说，你把钱老板要的东西给我，我就放了你，我说话是算数的。李小叶说，我跟钱老板的事情，与你有啥关系？杆子说，关系大着哩，我是做生意的，要在钱老板那里挣钱过日子嘛。李小叶说，那好，我也跟你做生意，行不？杆子一愣，感到好笑，就说，你跟我做生意？李小叶反问，不可以吗？杆子抓挠一下小胡子，觉得有意思，想了想，说，可以啊，生意嘛跟谁做都一样。你说说，咱俩咋做？李小叶问，钱老板给你多少钱？杆子说，八万。李小叶说，好，我给你十万，咋样？杆子一愣，不相信地看着李小叶，说，姐你逗我玩吧？李小叶说，姐不跟你开玩笑。杆子看了李小叶一眼，觉得她是认真的，又看看土锤，认为很划算，就一口答应了，成交！李小叶说，你们拿了钱，马上放了我。杆子高兴地说，那是自然，我们是讲信用的，还有你的手机和包都还给你。

一场新的交易出现了。

杆子没想到李小叶愿意出的钱比钱老板还要多，他当然乐意啦。做生意就是这样，谁给钱多就跟谁做。何况钱老板这人不仁义，抠门小气不说，还半路上甩开他们，一会儿这一会儿那，变来变去的不够意思，还不如眼前这个女子做事干脆利落。

土锤也感到意外惊喜。

这时候，闷㞞买吃的东西回来了，手里拎着一大塑料袋，里面有烤饼豆浆胡辣汤之类的东西。刚上楼看见杆子和土锤兴奋得脸红红的像喝了酒一样，就问他们有啥喜事。

杆子说，喜你个头，咋样呢？

闷㞞说，热的嘛，赶紧吃。

杆子说，我问的是外面的情况，咋半天才回来，逛哪去了？

闷㞞说他哪也没逛，从院子一出去就一直躲着村里的人，走到离镇上派出所不远的地方，忽然看见门口停了一辆警车，不是镇上的，还有几个生面孔的警察，在向街上的小店和路人打听什么，他赶紧在小摊上买了吃的就跑回来了。

杆子问，从后院回的？

闷㞞说，后院回的，前门上着锁哩。

土锤说，哥，会不会警察发现啥了，我们赶紧转移吧？

杆子说，转移个屁，警察要是知道我们在这里，早就来了，他们这是在敲山震虎，你一出去就掉进坑里了，懂不懂？有句话咋说的，大隐隐于市，咱们藏在这人多嘈杂的镇子里，任凭风云起，稳坐钓鱼台，警察是找㞞不到的。

闷㞞讨好地说，嘿嘿，还是哥英明。

杆子说，吃饭。

几个人就扒开塑料袋，抢着东西吃起来。杆子叫土锤给李小叶也送点吃的过去，她现在的身份变成了与他们做生意的客户，对客户是不能虐待的。土锤提着一袋豆浆和两块烤饼走过去送给李小叶。

李小叶转身不理他，她心里难受。虽然从绑匪手里把钱彪的"生意"抢了过来，自己能够很快从这里脱身，但眼看着这帮家伙就要将自己辛辛苦苦挣来的钱抢走，心里如刀割一样。她把土锤拎过来的饼子和豆浆扔到一边。

杆子一边大口呼呼地喝着胡辣汤，嘴里嚼着烤饼，一边对李小叶说，一会儿他们吃完就去银行，要她把银行卡密码告诉他们。李小叶提出要跟他们一起去。她想，只要出了这个房间和院子，就有逃生的机会。杆子不同意，说他们自己去取钱，只要知道密码就行了。昨天晚上他们把李小叶绑来时，搜了她的小包，里面有钱包、手机、信用卡，还有身份证。

李小叶说，我不去你们取不出来的，大额取款需要本人在柜台上取，别人代替不了，这是银行的规定。杆子说，我们不在柜台上取，我们在自动取款机上取，这个我们比你有经验，你蒙不了我们。在我们没有拿到钱之前，你别想出去。李小叶想，他们在自动取款机上取钱会受到金额限制，当天十万块钱是取不出来的，这帮家伙根本不懂。拿不到全部的钱，他们还会继续把她关在屋子里。她急得不知该说什么是好。

李小叶气愤地喊道，不行，你们要是拿了钱跑了怎么办？

杆子说，说好了十万就是十万，不会多要你一分。一会儿取完钱回来，马上就放你回家，一分钟都不耽误。不讲信用怎么做生意，怎么在江湖上混，对不对？哈哈哈哈。

土锤和闷尿马上迎合说，就是就是。

李小叶心想，现在有啥办法，自己就是一只掉入狼窝里的羔羊，随时有被吃掉的危险，银行卡也在他们的手里，密码一旦告诉他们，就由不得自己了。但是，只要能够活着出去，钱和卡都不重要了。她叹口气，只好答应把密码告诉他们。

杆子说，慢点，我们都没有文化，脑瓜子也不好使，你还是写下来吧。他叫闷尿去找纸和笔来。李小叶说，不用找，我那包里就有。闷尿跑出去，不一会儿拿来了李小叶的包。李小叶从包里拿出了笔和便笺纸，顺手去摸包里的手机和钱包。杆子说你不用摸，手机和钱包都在我身上，取了钱回来就还给你。

李小叶被迫无奈在便笺纸上写下银行卡的密码，交给了杆子，在松手的一瞬间，她的手颤抖起来。杆子看着便笺纸上的密码数字，就像看见了一沓一沓数不过来的人民币，他兴奋得眼睛放光，大声喊道，弟兄们，我们有钱啦！

有钱啦——土锤和闷尿也喊叫起来。

三个人走出关李小叶的屋子，杆子叫土锤去找一个准备装钱的袋子，然后叫闷尿留下，叮嘱他看好李小叶，不能让她跑了，万一她的密码不对取不到钱，回来还要收拾她。杆子下了楼，见土锤手里拿着一个不知从哪里翻出来的破布包，使劲拍打着上面的灰土。

杆子催促道，赶紧走。

两个人翻出后院，直奔镇上的银行。

# 二十二

天有不测风云，人有旦夕祸福。老祖宗的话不管信不信，有时候偏偏就会落到人的头上。那一年，正当李小叶在保险公司刚有些显山露水的时候，接连几件事情差点又把她拉回到贫困的边缘。

第一件事是母亲病了。

秋天过了之后，冬天说来就来了。得知母亲的病，是在初冬一个寒冷的日子。省城里尽管还没有下雪，但已经有了北山地区下雪的消息，城市的天空灰蒙蒙的，阴沉着脸，干冷的风直往人的脸上扑打，就如同刀子在割肉。街上的路人行色匆匆，缩紧了脖子。到了下午时分，天很快就暗了，就像舞台要关闭大幕似的，匆匆忙忙，而路灯也早早地开启，在暮色里发出昏黄的光。

李小叶下班后，一如既往地来到幼儿园接女儿欢欢回家，她们坐上了公共汽车，一路上她用双手捂着女儿冰冷的脸颊，一边问一些在幼儿园里的事情，一边也给她讲一些自己知道的笑话。女儿不时在车上发出开心的笑声。尽管工作劳累了一天，跟一个个客户说了不少的话，但李小叶只要跟孩子在一起，还是愿意不停地说话，不停地逗她开心。这时候，她感觉自己是温暖的、幸福的。

女儿说，妈妈，我们幼儿园小朋友现在都有那种又轻又漂亮的小书包。李小叶说，你也想要啦？女儿低下头，小声说，他们说我是从山里来的，土气，不愿意跟我玩。李小叶说，山里来的怎么啦，你告诉他们，我家还有茶山呢，你们家有吗？女儿说，可是，他们还说——李小叶问，说什么？女儿说，说我没有爸爸，没钱给我买新书包。

李小叶抱紧了孩子，鼻子一酸，说，别听他们胡说，等妈妈这个月拿到佣金，就给你买新书包，好吧？女儿问，妈妈，什么是佣金？李小叶说，就是妈妈在保险公司上班挣的钱，妈妈卖的保险越多，公司给妈妈的佣金就越多。女儿天真地说，妈妈，我长大了也要挣佣金，给你买好多喜欢的东西。李小叶把脸贴在女儿的脸上，嗓子里哽哽的，什么话也说不出来。

公共汽车终于到了南郊离出租屋不远的车站，母子俩从拥挤的人堆里挤出来下了车。走到城中村的巷口旁边时，女儿提出要吃街边包子铺的包子。这家包子铺是一家连锁店，里面的包子品种多，味道好，女儿爱吃。每当路过这里，李小叶都会买的。

包子铺排起了队，这时候正是下班人多的当口，都想带点包子回家作为晚饭，有时候来晚了包子就没有了。好在包子卖得快，队伍也动得快，不一会儿就轮到李小叶了。她买了六个包子，有肉的有菜的，一样一半，然后付了钱，离开包子铺。她从塑料袋里拿出一个包子给女儿，女儿高兴地吃起来。包子冒着热气，女儿的嘴里也吐着热气。

李小叶问，好吃不？

女儿说，好吃。

李小叶问，香不香啊？

女儿说，香，妈妈你也吃。

李小叶说，我一会儿吃，等欢欢肚子吃饱了，妈妈再吃。

母女俩边走边说，就到巷口跟前了。突然，女儿喊道，妈妈你看，那边有个老爷爷一直看着我们。

李小叶抬头一看，只见巷口边的石牌坊下，蹲着一个老头，头上戴着一顶破布帽，一只手拿着干饼啃着，一只手紧紧地拽着脚下的一个编织袋，浑身冻得直哆嗦。尽管他仰着脸望着她们，但由于人在暗处光线不好，一时看不清他的面孔。

女儿有些害怕地往她身后躲。

此时，老头忽然站起来，朝着李小叶喊了一声，小叶——

李小叶吃了一惊，仔细一看，原来是自己的父亲！她一下愣住了，没想到父亲会出现在这里，更没想到父亲会变得这样的苍老，她居然连模样都没有认出来。父亲见到她们，显然是非常的兴奋，眼睛里露出激动的光亮，额头和眼角的皱纹仿佛也一下舒展开了，嘴唇也忍不住有些抖动，沾在嘴边的干饼末子像土一样往下掉。

爸——李小叶一下扑了过去。

她把女儿叫过来，欢欢，快叫爷爷。女儿看着陌生的老人，犹豫了一会儿，怯怯地叫了一声，爷爷。

李小叶做梦也没想到父亲会出现在眼前，这是他平生第一次来到省城。李小叶离开家乡一年多时间没有见到父亲，居然差点认不出来了。他变得那样苍老憔悴，就像秋天被霜打了的庄稼。父亲是不爱出远门的，今天突然出现在省城找她，一定是家里出了什么事情。

李小叶赶紧问道，爸，你怎么来了，事先也不打个电话。

父亲欲言又止，连连叹气。

李小叶着急地问，爸，咋了嘛，家里出啥事了？

父亲摇摇头。

李小叶问，爸，你说话嘛！

父亲长长叹息一声，蹲下身去，终于开口说，唉，是你妈病哩！

原来李小叶的母亲病倒了。父亲说，母亲以前就因劳累过度身体不好，肾上长了肿瘤做过手术，欠了镇上何金香家一大笔钱，后来李小叶嫁给朱大军，这笔钱也就不用还了。但母亲的身体还是霜打一样，提不起精神，也不知道是什么原因。这一回生病，比以前更加严重，腰痛，浑身发肿，站不起身来。父亲把母亲送到县里医院，医生说要住院检查，但要先交两万块钱才准入院，可家里一时拿不出这么多钱来，父亲只好从家乡赶来省城找李小叶了。现在母亲还躺在医院门口，等着父亲拿钱回去才能给她办住院的手续。

父亲哭丧着脸说，小叶，你说这咋办哩？

李小叶听后有些蒙了，但很快就明白了事情的严重性和紧迫性。她扶起蹲在地上的父亲，说，爸，我们到家里去说吧，这巷子里不远处就是我住的房子。父亲说不去了，他已经去过了，还见了那个女房东，现在就是等着钱急用，要赶回家去。李小叶说，现在天快黑了，银行也下班了，就是找人借，谁手里有两万块现金啊？不行等明天再说。父亲急了，说，你妈还躺在医院门口呢，一个人我咋放心？我一会儿还得坐车赶回去。你没钱，我去找你姨妈借。李小叶劝道，姨妈也不会有两万块现金，去也是白去。父亲快绝望了，说，小叶，你说咋办呢？

巷口的石牌坊前卷起一股寒冷的旋风。

李小叶突然想起自己的包里正好有两万块钱，这钱是今天见客户时客户买的保险费，准备明天交到公司的财务上。现在为了救急，给母亲看病，只好先动用这两万块钱了。可当她把手刚伸进包里时，心里又犹豫起来，这可是客户买保险的钱啊，按照公司制度规定是绝对不能挪用的，这是一道不可逾越的堤坝。李小叶从来没有挪用过客户的一分钱，客户把钱交给她，就是对她的信任，更是对保险公司的信任。可是，当李小叶的眼睛碰触到父亲那绝望无助的目光时，她心里的堤坝一下就垮塌了。她顾不了这么多了，先把钱给母亲治病，自己再想办法把客户的钱补上去，这样做谁也不会知道的。

李小叶从包里掏出那两万块钱，说，爸，这钱你先拿去吧。父亲吃惊地看着她说，小叶，你一下哪来这么多钱？李小叶说，你别问了，赶紧拿回去给妈看病吧。父亲点着头，抖着双手接过钱，眼里闪过湿湿的光亮。李小叶说，你打的去车站吧。父亲说，不用了，我坐公交车三轮车都可以，要省好几块钱呢。李小叶说，可你还没有吃饭呢。父亲说，没事，我带有家里做的干饼。

李小叶看见自己的手里还拿着包子，就全部给了父亲。父亲把脚下的那只编织袋给了李小叶，说里面装着她爱吃的家乡的红薯、竹笋，还有家里做的干饼。李小叶要送父亲去车站，父亲看看天色说，不用了，天快黑了，赶紧带孩子回家吧。

李小叶叫女儿跟爷爷再见。

欢欢招招手喊道，爷爷拜拜。

父亲高兴地笑了。李小叶叫了一辆三轮车过来，父亲坐上车，朝李小叶和小孙女挥挥手，朝远处车站的方向奔去。寒风在黄昏里吹打着他单薄的衣衫和灰白的头发。

李小叶拿出一块干饼，在嘴里嚼着，看着渐渐远去的父亲苍老的背影，鼻子忽然一酸，眼泪不觉涌了出来……

事后，李小叶得知母亲患的是肾病综合征，因一直没有好好治疗，现已发展为尿毒症，如果到了晚期就有生命危险。因此，必须从县医院转到康城医院治疗，以前的手术只是摘除了肿瘤，而现在的病却随时充满着危险，要做介入性治疗，要做血液透析，要靠昂贵的药物维持。这要花很多很多的钱，就像一个无底的黑洞，永远也填不满。

李小叶被卷入了这个黑洞的旋涡之中。

至于她挪用客户的那两万块钱，后来她又悄悄地用其他客户的钱补上了，一直这样前面缺了后面补，直到自己有钱了，才把这个窟窿全部填平。这样违规的行为居然能瞒天过海，公司一点都不知道。她感到十分侥幸，仿佛看见有一道光亮从心里黑暗的缝隙中透出来，叫她害怕也叫她兴奋。

这是她走向另一条道路的开始。

第二件事，是还前夫朱大军的赌债。

李小叶替不争气的前夫朱大军还债，是在她离婚时撂下的话。她说话算数，债是一定要还的。不是为了朱大军，而是为了自己，为自己彻底与朱家了结关系，为自己真正获得身心的自由。但是，一百多万的债不是一天两天、一年两年就能够还清的，就是到金矿去挖金子，她一个拖着孩子的女人也不可能一夜暴富，她甘愿背上这个沉重的包袱，相信总有一天会还完这笔孽债。

她来到省城打工，在保险公司当了一名营销员，靠着卖保险用辛苦汗水换来的微薄佣金，一边养活孩子，一边攒钱还债，凭着自己的努力，希望打开一片天地，前景就会一片光明灿烂。

然而，积攒下来还债的钱屈指可数，对于巨额的债务来说，只能算是杯水车薪。每当她在睡觉前翻出枕头下记账的小本子，就不由得叹上一口气。这个小本子已经被她翻得卷了边，里面记录着她省吃俭用存下来的钱，几百块、几十块，甚至几块几角都一一记录下来，不论多少累积起来就是希望啊。她常常看着这些微小的数字眼睛发亮，拿出计算器加了一遍，又加一遍，再加一遍，每加一遍既感到空落，又感到充实。

日子一天天地过去，债务依然如山般沉重。终于有一天，债主们找上门来了。

这一天，李小叶正在公司组织自己的团队进行培训。这些人都是新加入公司不久的年轻营销员，具有本科或大专学历，朝气蓬勃，好学上进，有的是从人才招聘会上招来的，也有自己上门应聘的。经过她的精心筛选，先送到公司山里的培训基地进行培训，然后回来再开展业务前的实战准备，熟悉保险品种和条款，了解市场需求，学习拜访客户等。李小叶希望这支高学历的年轻队伍能够不断壮大、不断发展，成为公司业务开拓的一支新生力量。

培训在职场的会议室里进行。

李小叶说，在国外，从事保险工作的人都是白领，金融理财专家，高端人士，都是有钱人。你们以后也会成为这样的人，不仅靠自己的劳动会挣到很多的钱，而且还会受到客户和社会的尊敬，实现自己的人生理想和价值。

学员们都目不转睛地看着她。

李小叶说，很多人认为，大学毕业生不适合做保险，因为没有社会阅历。但我不赞成这样的看法，大学毕业生年轻活跃，精力充沛，且文化素质较高，他们思路灵活，富有激情，容易接受新生事物和掌握现代化的销售工具，具有开拓高端客户的优势。但是，成功的路上绝非平坦，摆在你们面前的只有两条路，一条路是坚持走下去，另一条路就是淘汰回家。坚持走下去前途一片光明，淘汰回家就是一个可怜的失败者。保险这个行业，就是一个竞争性的行业。我相信你们每一个人都是强者，都是胜者！

正讲到要紧处，看守公司大楼的一个保安跑到会议室门口，见李小叶正在讲课，就向她急着招手。李小叶看见后就停下来，走到门口，问保安有什么事，保安说，外面有几个人找你。李小叶说，我正在讲课，现在没空，叫他们等着。保安说，不行，那几个人在门口闹着呢。李小叶问，是什么人？保安说，不清楚，他们要闯进来，我把他们拦住了。李小叶感到有些奇怪，就说，我去看看。

李小叶叫学员们自己进行讨论，她下楼出去看看，到底是什么人找她，还这样横冲直撞的。她下楼来到公司的大门口，看见有四五个陌生男人站在外面，这些人并不是她的保险客户，也不像省城里的人，他们个子虽然高低不同，胖瘦不同，但肤色大都差不多，黝黑发亮，眼神里透出一种野性，脸上表情也有些蛮横，衣着打扮很像是康城地区社会上的人。

李小叶走上前去问道，是你们找我吗？

几个男人马上围上来。其中一个矮胖的男人说，你就是李小叶？快认不出来了，我们以前见过面的。

李小叶听说话的口音是康城地区的人，就感到有些奇怪，这些不认识的老乡，怎么会来省城找她呢？

李小叶问，你们找我有啥事啊？

矮胖男人口气硬硬地说，找你当然有事，你不会忘记了吧？

李小叶还是不明白，啥事啊？

矮胖男人说，啥事，还钱啊！

李小叶愣了一下，还没有反应过来。

这时一个精瘦的小伙子走到跟前，喊了一声嫂子，说，我是狗子啊，你不认得啦？大军的小哥们儿。

李小叶仔细一看，真是前夫朱大军过去的一个狐朋狗友，外号叫狗子，在阳南县城外开了一个汽车修理铺，以前见面总是嫂子长嫂子短的，嘴巴热乎。

可是，李小叶一听到朱大军三个字，脸一下就绷紧了，冷冷地说，谁是你嫂子，我跟朱大军现在没有关系，有事你们找他去。

矮胖男人说，他关在戒毒所里一分钱没有，找他干吗？我们找的就是你。

狗子赶紧把李小叶拉到一边，小声告诉她，眼前这几个人都是朱大军以前的债主，今天来省城是专门来找她的。李小叶一下明白了，原来这伙人是来讨债的，包括狗子，朱大军也欠他的钱。再看看这些面孔，她终于回忆起来，在朱大军吸毒被公安抓走后，这些人曾经找上门来要过钱。

李小叶说，是你今天把这些人带来的吧？

狗子哭丧着脸说，嫂子，我不想来，是他们逼我来的，没办法。

李小叶冷冷地说，我现在没有钱，等有钱了会还给你们的。

狗子说，嫂子你小声点，这几个人都是康城一带有名的混混，天不怕地不怕，只认钱不认人，刚才本来要闯进你们公司楼上找你的，让保安拦住心里正火呢。现在你要是在这里跟他们顶起来，会对你不利，影响你的前途，是不是？还是找个地方说话吧。

李小叶看看旁边那伙气势汹汹的人，觉得狗子说的不无道理，的确不能在这里跟他们硬碰，要避开公司办公大楼，换个地方再跟他们周旋。现在快到中午吃饭的时间了，离公司不远的一条巷子里有许多小餐馆，不如请他们去吃饭，再想办法将他们打发走。

李小叶答应了狗子的提议。

狗子跑过去对那几个男人说了几句话，那伙人斜看了李小叶一眼，然后勉强同意了。

李小叶就带着这几个债主离开公司大楼门口，来到不远处的巷子里一家川味餐厅，要了一个小包间。在饭菜还没有上来的时候，这几个康城“老乡”就开始试探性地向李小叶发起了进攻。

矮胖男人说，听说你在省城保险公司混得不错？

李小叶说，哪里呀，我一个卖保险的，还不如这个餐馆端菜的服务员。

矮胖男人说，不会吧，人家都说保险公司很有钱，肥得流油。

李小叶说，其实，那些钱都是客户的。

矮胖男人继续说，我还听说你们营销员也挣钱多，有的一年能挣十几二十万。

李小叶笑道，那是个别人，不怕老乡笑话，我来省城时间也不长，卖保险的佣金只能让我和孩子糊口，一直还租房子住呢。

矮胖男人有些不高兴了，黑着脸说，你少给我们哭穷，你现在是大城市的人了，又是保险公司的白领，听说还当了什么经理，当领导哪会没有钱呢？

几个讨债人附和说，就是的。

李小叶笑道，我算是啥领导，说白了就是保险公司的一个打工妹，不信你们可以去打听打听，要是卖保险能挣钱，那为啥没人肯到保险公司来？

矮胖男人终于拉下脸直奔主题，不耐烦地说，好了好了，不扯那么多了，我们今天就是来向你要钱的，不管你是领导也好，还是打工的，总得还我们的钱。记得你和矢大军离婚时是给我们做了保证的，他还不了的钱由你还，对不对？

李小叶说，对，我说过。

矮胖男人说，杀人偿命，欠债还钱，这是天经地义的事情。事到如今已经过了一年多了，你一分钱都没有给我们，而且还让我们大老远跑到省城来。你说，今天这钱还，还是不还？

桌上的一伙人都喊叫起来，要李小叶还钱。他们把当年朱大军吸毒赌博的借条从身上的口袋里掏出来，一张张扔在桌子上，摆在李小叶的面前。

小包间里的气氛一时紧张起来。

李小叶毫不示弱地说，钱我当然会还你们，可是那么多钱我今天怎么还得了。你们这不是硬逼我吗？还讲不讲道理？

矮胖男人也躁躁地说，老子几个今天就是来逼你的，不是来跟你讲狗屁道理的。

李小叶诚恳地说，各位老乡放心，等我有钱了，一定会还给你们，我说话算数，请你们相信我。

矮胖男人说，光说顶屁用，要我们等到猴年马月？

几个讨债人说，就是的。

矮胖男人开始给李小叶施加压力，说如果不还钱，他们就到保险公司闹，或者把她老家山上的那片茶地作为抵押。

李小叶一听就急了，到公司去闹，那是要砸她的饭碗，而抵押家里的那片茶地可是要她父母的命呀。这伙人简直太狠心了。她气得站起来一拍桌子，愤怒地喊道，想到我们公司闹事，门口有保安，你们去闹闹看，我才不怕呢。这里是省城，不是康城你们的地盘。你们想打我家茶地的主意，这是白日做梦！

地是我父母的，跟朱大军的债务没有丝毫关系，想要没门！

几个人一下愣住了，没想到李小叶是个吃软不吃硬的人。

这时，狗子赶紧出来打圆场，劝李小叶坐下不要生气，劝矮胖子和几个讨债人息怒不要发火，大家有话好好说，总有办法可以解决问题的。

矮胖男人说，咋解决，你把钱给我？

狗子涨红着脸说，我……我哪有钱呢。

矮胖男人说，那你少在中间和稀泥。

狗子走到矮胖子跟前悄声告诉他，不能跟李小叶硬来，她现在不比从前，在省城里关系很广，她的客户里啥人都有，逼急了随便打电话找几个人来，你们就对付不了。大伙是来要钱的，没必要闹事，这里是人家的地盘，好男不跟女斗嘛。

矮胖男人一听，就说，那还是谈还钱的事吧。

李小叶问，你们看怎么个还法？

矮胖男人说，那得有个期限，最迟三年必须还完，到期还不了，就拿你家的茶地做抵押。

李小叶感到无奈，想了想说，好吧，三年就三年。

矮胖男人说，你得写个字据，免得事后不认账。

李小叶说，我说话算数。

狗子怕双方又僵住了，赶紧对矮胖子说，哥，她既然答应了，写不写字据就那么回事，欠条在咱们手上呢。再说，她在省城保险公司上班，她爸妈也在咱县上，跑得了和尚跑不了庙，到时候看她能不能把钱打来，不就知道了吗？

矮胖男人和几个讨债人一商量，就点头同意了。

矮胖男人对李小叶说，字据你可以不写，但是你得答应一件事情。

李小叶不解地问，啥事情？

矮胖男人喊了一声，服务员，拿酒来！

不一会儿，服务员跑进来，拿来两瓶白酒。矮胖子拿过一瓶酒，放在李小叶面前，说，你把这一瓶白酒喝了，还钱的事我们就相信你。

李小叶说，我说话你们还不信？

矮胖男人说，你喝不喝？

李小叶看了看桌上的白酒，知道是这伙人故意为难她。但这时候，绝不能退缩，一退缩事情就坏了。于是，就拿过白酒，拧开了酒盖，对矮胖男人说，我喝可以，但你们也得喝，咱们一人一瓶，这才公平。说完，叫服务员又拿来几瓶白酒，一人面前放一瓶。

矮胖男人和几个讨债人的眼睛都瞪着李小叶，这架势就像要进行一场斗架似的。

李小叶问，咋喝？

矮胖男人说，一口吹干！

李小叶说，吹就吹——只见她二话不说，拿起白酒，瓶口对着嘴，仰着脖子就咕咚咕咚地喝起来，酒瓶里的气泡直往上冒。

狗子担心地喊道，嫂子你慢点。

矮胖男人和几个讨债人看着她，眼睛都发直了。

咚！一只喝干的酒瓶立在桌子上，不摇不晃。李小叶用手在嘴角抹了一把，眼睛亮亮地射出一道光芒。她看着矮胖男人和几个讨债人，手指着他们跟前的酒瓶说，喝，是男人都喝了！

矮胖子和几个讨债人只好尴尬地拿起酒瓶，一口接一口地喝起来。有的刚喝几口，脸上就露出痛苦的样子，有的才喝到一半，身子就开始摇晃，还有的喝完了，却一头栽在桌子上，身子瘫软成一堆烂泥……

李小叶吐一口酒气，仰头大笑起来。

第三件事是南湖边的小茶楼。

李小叶想有一个自己的茶楼的心愿由来已久，尽管她后来选择了卖保险的工作，但茶对于她来说，是与生俱来的，是流淌在生命和血液里的基因，是伴随她长大的美好和苦涩的记忆，她的一生或许永远离不开茶。一个山区茶农的女儿，一个茶艺学校毕业的学生，除了家里有一片茶园，当然更希望有一个自己的茶楼。茶楼是茶的归宿，是她从小就有的一个梦想。

现在这个梦由林亚雄替她编织好了。

林亚雄原本是想把这个茶楼送给李小叶的，连茶楼的名字都改成了一叶楼，可见其诚意，但被她拒绝了。她不能接受别人赠送的东西，何况是一个茶楼。这么重的礼，在山区人的眼里看来，一定是要有相应分量的回报才敢接受。她一个外来打工的女子，今后拿什么来回报呢？这是万万不可以的。至于在大火中救了林亚雄的命，那完全是出于一种做人的道义和本能，道义是不能用金钱和物质来衡量的，本能更是一个人内心真实的驱动。

李小叶坚决不接受，但答应等有钱了可以把小茶楼买下来。

林亚雄摇着头说，山里人太倔了，一根筋。

双方商议好，茶楼暂时交给李小叶来经营，等她攒够了钱再正式盘过去。李小叶平时叫姨妈在茶楼帮着打理，而到了晚上下班和节假日，她就来到茶楼里亲自坐镇，或给几个聘用的小妹进行培训，讲茶的文化历史，讲茶的知识礼仪；或亲自穿上汉唐服装，为客人表演茶艺和弹奏古筝，赢得一阵阵掌声。好朋友杜咪有时也跑来帮忙，招呼客人，忙前忙后，姐妹俩就像并蒂莲花惹人喜爱。

茶楼的生意一开始就不错，有地处南湖的优美环境，有茶楼古朴雅致的装修风格，加上林亚雄经常带着人来光顾，积聚人气，一下就打开了局面。茶楼不仅为客人沏茶、表演茶艺，而且还销售茶叶，主要推出康城山区的绿茶，因茶叶里含有一种富硒的物质，对人身体健康有益，深得茶客的喜爱。客人品完茶，走时都要买上几盒带走，拿回家喝或者当礼物送人。尤其是清明前后新茶下来，家里的茶叶一送到，不几天就被抢购一空。有了茶楼的生意，家里的茶叶也不愁没有销路了。

生意就这样红红火火地开展起来。

于是，李小叶就迫切地想把茶楼盘过来，只要有了茶楼，赚了钱她才能给母亲治病，才能还前夫朱大军欠下的赌债。可是买茶楼又不是买小葱小菜，就算是林亚雄以最低的价格给她，她一个保险公司的营销员，靠卖保险挣来的佣金是无论如何也拿不下来的，除非是向银行贷款或向他人借钱。李小叶心里愁得不行，就把杜咪叫来想办法。两个人来到茶楼前的南湖边，坐在一块石头上，面对一汪湖水，她向杜咪倒出了自己的苦恼。

杜咪说，你是死要面子活受罪，人家送给你你不要，想买自己又没钱。李小叶说，我乐意。杜咪说，那就只好找银行贷款嘛。李小叶说，银行贷款要有抵押，我拿啥抵押，拿你呀？杜咪说，那怎么办，要不就找人借钱啊。李小叶说，你借我吧？杜咪叫道，我又不是大款，哪有这么多钱。李小叶说，你真是气死我了。

杜咪提议找林亚雄借，说，他是大老板有的是钱，而且又是你的干哥哥，他还能不借？李小叶说，去去去，你这不是故意捣乱吗？买人家的茶楼，还要借人家的钱，这是啥道理啊？你别给我出馊主意啦。杜咪说，我这是为了帮你嘛，真是好心得不到好报。你清高，你孤傲，要不把你家的茶地卖了买茶楼吧？李小叶说，我才不会呢，那地是我家的命根。杜咪说，那就没办法了，只好做你的美梦吧。

李小叶叹息一声，把脸转向一边，看着空荡的湖面。

杜咪忽然眼睛一亮，说，对了，有办法啦。去找宏达投资公司的钱总嘛，他那里有的是钱，跟银行差不多，都是做放贷投资什么的，找他保证没问题。他是林亚雄的哥们儿，跟你也认识，你一开口，他还会要你的抵押吗？

杜咪这一说，倒是提醒了李小叶，这个钱总好几次见面都跟她提过，说是有需要帮忙就找他，并且还想跟她谈投资合作的事情。李小叶对资本投资这样的事情不懂，也没有兴趣，但找他借钱应该是可以的。现在杜咪这么一点拨，李小叶好像从迷雾中看见了一条朦朦胧胧的道路。母亲治病要钱，替前夫朱大军还债要钱，买茶楼也要钱，而且都不是小数目，而且都是那样的急迫，可是钱从何来？面临的困难已经把她推到了绝境，她就像一叶孤舟在激流中挣扎，风大浪急，随时都会将她吞没，她只有奋力挣扎，才能到达希望的岸边。

李小叶想，投资合作的事情先不提，找钱总借钱应该是可以的。只要有钱买下茶楼，好好地经营，一定很快就会赚到钱。加上她在保险公司努力地卖保险，不断扩大客户，不断提升业绩，不断挣佣金，就会战胜眼前的困难，以后的日子一定会一天比一天好起来。

李小叶心里看见了一丝希望的光亮。

她问杜咪，你说这个钱彪做事可靠吗？杜咪说，他是投资公司的老板，他说了算。李小叶说，你没明白我的意思，我是说他这个人到底咋样？杜咪笑道，你管他人咋样做啥，又不找他当老公，只要把钱借给你就 OK 了。李小叶扑过去，你这个坏女子，我今天要撕烂你的嘴，你找他当老公吧。

两个女子笑着在湖边打闹起来。

第二天，李小叶打电话约好了与宏达投资公司的总经理钱彪见面，见面的地点就在南湖边的一叶楼。李小叶在电话里对钱彪说，钱总，我请你喝茶。钱彪说，好好好，我一定来。一口就答应了。

然而，与钱彪见面借钱，并不像想象的一帆风顺，而是完全出乎李小叶的预料。

下午的天气不错，城市的天空虽然还有些模糊不清，但初冬的阳光还是透过云层淡淡地洒下，落在高高低低的建筑物上，落在还没有完全凋谢的树木上，黄黄的、灿灿的，给人一种温暖的想象。

李小叶上午抓紧时间在公司办完了自己的业务，中午之后就赶到一叶楼，等候着与钱彪见面。下午喝茶的客人陆陆续续地到来，茶楼里笑语不断，茶叶飘香。姨妈在楼上楼下地忙活着。

钱彪开车如约而来，在茶楼旁停好车，然后走到茶楼前。李小叶已经在门口等候，笑迎上去，说道，钱总真是稀客啊，难得请到，欢迎，欢迎！

钱彪穿了一身西装，左手提一个黑色公文包，就像要跟谁进行商务谈判似的，显得有些不自在，他拉了拉脖子上的领带说，客气客气，不是我难请到，是妹子你不愿意接见我嘛。

李小叶说，你是财神爷，我哪敢啦。

钱彪说，你就认你的林哥，他才是财神爷嘛。

李小叶说，他是他，你是你。我今天请你喝茶，认的就是你这个财神爷。

钱彪高兴地晃着头说，那敢情好，今天哥就好好跟你聊聊。

两个人一边说笑，一边就进门上楼。李小叶事先在楼上留了一个临窗的雅座，并且茶桌上早备好了茶和茶具，还有点心和水果。

李小叶看着钱彪一身正规的装束，感到有些好笑，过去见到他都是穿着休闲宽松花花绿绿的衣服，而今天第一次见他穿着办公的西装，感觉反差太大了，就像老虎戴上了一副眼镜，有些滑稽。

李小叶笑着说，把西装脱下来吧，茶楼里不冷。

钱彪尴尬一笑，说，其实早就想脱了，可林哥老批评我不正规，没品位，不像搞金融的。我过去闯江湖的时候，穿什么西装，装什么洋蒜，真他妈别扭死了。不过今天跟妹子见面，我还是得正规一点嘛。

李小叶笑道，那就请随便吧。

两个人坐下后，李小叶点了一炷香，然后净手亲自沏茶。她从一个精致的木盒里取出一个圆球形的茶团，轻轻掰下一块，在鼻子前闻了闻，然后放入一个铁钵中碎碾成粉末，再放入茶桌上一古朴斑驳的铁壶里，又加了一些橘皮和薄荷，在一只电磁炉上烹煮起来。不一会儿，一股醇厚的茶香就弥漫开来。

钱彪看着好奇地说，妹子，我虽然不懂茶，但也是一个喝过茶的人，你今天的做法哥还没有见过。

李小叶说，这叫团茶，是用唐代的制茶方法做成的茶，按照茶圣陆羽的茶道，要分采、蒸、捣、拍、焙、穿、藏七个步骤才能做成。我今天特以古代茶法款待你，让你体验一下团茶的本色本味，再配上这些茶点，就可以感受到古人品茶的美妙韵味了。英国人也有喝下午茶的习惯，茶桌上是离不开点心的。

钱彪惊喜道，哎呀妹子，哥是个粗人，你这样厚待我，我有点受宠若惊呀。

李小叶露齿一笑。

钱彪说，妹子，听说林哥要把这茶楼送给你，你不要，你干吗不要呢？这茶楼有你保证赚钱啊。

李小叶说，我不要他送，我是想自己买下来。

钱彪竖起大拇指说，妹子有骨气，佩服佩服。

李小叶叹口气说，可惜我没有钱啊。

钱彪一拍胸脯说，哥有钱啊，哥是做啥的，是做资本投资的，缺啥就是不缺钱呀！嘿嘿。

李小叶高兴地说，钱总，我正想听你这句话呢。咱们不是外人，我跟你直说，今天请你来喝茶，就是想跟你商量买茶楼这件事哩。

钱彪说，好事啊，钱没有问题，包在哥身上。可是——他故意卖了一个关子。

李小叶问，可是什么？

钱彪狡黠地一笑说，可是你能不能考虑一下，我以前给你提到的咱们一起投资合作的事情。

李小叶一听，心里咯噔一下，没想到钱彪借钱给她是有条件的，而且这个条件有多大的风险自己也不清楚。看来这个表面的“粗人”，心里却打着精细的算盘。不过既然话说到这里了，不妨让他讲讲“投资合作”是个啥意思。

李小叶说，钱总，我是一个卖保险的营销员，咋能跟你这个投资公司的大老板谈投资合作，这不是笑话我吗？

钱彪说，哪里的话，妹子，你有你的资源，我有我的平台，我们当然是可以合作的嘛。

于是，钱彪就滔滔不绝地跟李小叶谈起投资合作的事情来。他说，现在我们正处在一个资本运作的时代，同时也是一个挖掘资源、抢占资源的时代，谁拥有资本和资源这两种东西，就会成为市场的老大，就会赚得一桶又一桶的金。

李小叶说，这跟我有啥关系？我既没有资本，也没有资源。

钱彪说，当然有关系啦。你的保险客户就是你的资本和资源，他们会给你带来无尽的财富。

李小叶说，不可能，我卖一张保单才能提一点可怜的佣金，不知卖到何年何月才能赚到大钱，十年？二十年？到那时我都老了。

钱彪说，所以说，你必须跟我联手起来，与我合作，才能实现你的财富梦想，我会叫你很快就赚到大钱的。

李小叶说，真的吗？

钱彪说，那当然。

话越说越投机。钱彪说的投资合作，就是要李小叶把她的客户资源与他的投资平台结合起来，产生出巨大的财富效应。具体说，就是把保险客户的钱筹集起来，交给他的投资公司，然后投入到资本市场中获取高额利润。

钱彪说，现在市场上都急需资金，房地产开发、煤矿油矿，还有政府兴建的各种经济开发区等。我认识的北山地区的煤老板、油老板天天打电话找我要钱，愿意出高价融资，急得眼睛都红了。政府也急，黄副市长为了白河工业园项目，到处招商引资，愁钱愁得晚上睡不好觉，急了就把金融单位的头头叫去开会，变着法儿要大家出钱，从唐僧身上割肉。

钱彪说，现在谁手里有钱，谁就是大爷。

李小叶的心里开始蠢蠢欲动了，就像南湖平静的水面投了一块石头，泛起了波澜。她担心地问，会不会有什么风险啊？

钱彪说，有啥风险？现在国家就是要大力发展经济，搞活市场，这是很难得的机会。机不可失，失不再来，哥这是在帮你呢。再说了，就是有风险，才有利益啊，高风险才会有高回报，这个你是懂的。你把客户的钱放在保险公司那是死钱，放在我的投资公司那才是活钱，我会给你很可观的回报。只要你跟我合作，给你妈治病的钱，还债的钱，那还用愁吗？我保证，用不了两年，你很快就会成为这座城市里的有钱人，成为一个体面、受人尊敬和令人羡慕的人。我们投资公司就是制造富翁的机器，这绝不是神话。

李小叶心潮澎湃起来，完全被钱彪描绘的美好远景迷住了。为了这个美好的远景，她认为值得冒一次险。不过，要把保险客户的钱拿来放进宏达投资公司里，绝不是一件容易的事情。

钱彪看出了李小叶的心思，为了进一步打消她的顾虑，就说，舍不得孩子套不住狼，要想赚大钱就得下狠心。看看世界上那些富人们，哪一个天生就是有钱人，不都是看准了机会大胆出手，最后咸鱼翻身一夜暴富，成了人上人。远的不说，就说眼前，拿着大把大把的钱到宏达公司来投资的人多的是，什么样的人都有，谁不想赚钱啊。大家为了一个共同的目标，那就是赚钱，赚钱，再赚钱！

李小叶完全被钱彪的煽动击中了。她想起了林亚雄说的一个人成功的秘诀，就是两个字：野心。如果再加两个字，就是机会。野心有了，机会来了，就看你敢不敢下决心了。她感到自己的心跳加快，呼吸急促。现在顾不得想下一步该怎么走，如果不跟钱彪合作，他就不会借钱给她，没有钱就拿不下茶楼，这一点是十分清楚的。她只能当机立断。

李小叶一锤定音，说，好，我跟你合作。

钱彪高兴得双手一拍，说，妹子，爽快！哥明天就把买茶楼的钱打给你，一分利息都不要。你妈治病需要的钱，还有还债需要的钱，都包在我钱彪的身上。

李小叶提出，他们需要签一个合作协议，以表示双方的诚意。钱彪开始不愿意，觉得没必要，大家关系不一般嘛。李小叶还是坚持，说那都是客户的钱，而且可能不是小数。钱彪就只好答应了，没问题。钱彪没有想到这份合作协议，竟然为他后来出现的危机埋下了伏笔。

钱彪要李小叶把投资的保险客户名单都给他，包括大客户的名单。李小叶说，这个不行，保险客户的信息是不能泄露的，只能以她个人的名义把钱打入宏达投资公司，以后投资分红的时候，由她向保险客户们分发。

李小叶绝不会把客户信息给钱彪，给他就等于把自己的老底交了出来，她没有这么傻。

钱彪没有办法，只好依了她。

钱彪对李小叶说，这件事不能告诉林亚雄。李小叶问，为啥？钱彪说，不为啥。虽然林亚雄是我大哥，也是宏达公司的大股东，但有些事情我不想让他都知道。李小叶说，钱总放心，这件事就你我知，天知地知。钱彪说，这样最好。

铁壶里的团茶沸腾翻滚，浓香扑鼻。

李小叶喊道，哎呀，光顾说话，我们该吃茶了。

钱彪也笑道，对对对，吃茶吃茶。

李小叶把铁壶里的团茶倒进钱彪面前的茶杯里，茶汤呈黄绿色，浓浓的，稠稠的，就像面糊糊，但飘着一股茶叶原味的清香。李小叶也给自己倒上一杯，站起来端起茶杯说，钱总，我以茶代酒，感谢你！

钱彪说，好，预祝我们合作成功！

两个茶杯碰在一起。

钱彪迫不及待地喝了一大口，刚进嘴里忽然感觉有一股怪怪的味道，脸上强装笑容，喉咙却难以下咽。他歪咧着嘴说了一个字，苦——

李小叶捂着嘴笑了。

# 二十三

第二天，宏达投资公司的钱总果然把一大笔钱打到了李小叶的银行卡上，她看着手机上显示出的数字，心脏狂跳不已，就像买彩票中了大奖一样。

等心情平静之后，她就给林亚雄打电话，说钱准备好了，要买下他的小茶楼。林亚雄在电话里感到很诧异，说，你怎么一下会有这么多钱？李小叶说，是家里人四处借的，反正今后都要销售家乡的茶叶，一说借大家都借了。林亚雄说，唉，你干吗要借钱呀，不是给自己找麻烦吗。李小叶说，有啥麻烦的，你到底卖不卖？不卖就算了。林亚雄说，卖卖卖，我惹不起你这个妹子，送你不要，偏偏要借钱来买，真是犟驴。

李小叶扑哧一声笑了。

不几天，李小叶就从林亚雄手中正式把一叶楼盘了过来，为实现她人生的理想迈开了第一步。

接下来，为实施与钱彪的合作，李小叶开始了精心而周密的准备。她心里清楚，要把保险客户的资金吸引过来，只有依靠卖保险的名义。否则，说拿钱到别处去投资，谁也不会掏腰包的。可是，要以卖保险的名义截留保费，这是要冒很大风险的，弄不好就要付出惨重代价。因为如果公司知道了，就会以违反公司规定，给她处分甚至把她开除出公司。一旦走到这一步，就没有回头路了。

另外，要想把这件事情做得滴水不漏，难度也极大。首先，要把客户的钱拿来放到钱彪的投资公司里，就是一件不容易的事情，必须有一款高额回报的保险产品，才能将客户吸引过来。其次，她还要给客户提供相关的单证票据，得到他们的认可，这样客户才会放心大胆地把钱交给她。然而单证票据就是一个问题。最后，要及时兑现投资回报，让客户尝到甜头，不断地加大投入，就像滚雪球一样，投资合作才能继续进行下去。否则，资金一断就会出现问题。

夜里，李小叶躺在出租屋里的床上辗转难眠。她想到将要遇到的风险和难处，就打算放弃与钱彪的合作；但又想到病重的母亲和追债人凶狠的面孔，她便感到惶恐不安，身上冒出虚汗。现在只有这唯一的一条路可走——跟钱彪合作，通过把保险客户的钱投向宏达投资公司，获得高额的投资回报，自己才有希望，这个家才有希望。

那天，她听了钱彪的资本运作理论，觉得很有道理，惊讶原来有钱人是这样赚钱的，他们利用资本占取资源，获得巨大财富。难怪有钱人越有钱，没钱人越没钱。更没想到的是，她的保险客户也成了资源，成了财富的金矿。她眼前豁然开朗，心里洒满阳光。自己有客户资源，钱彪有投资渠道，钱就会生钱，好比鸡下蛋、蛋孵鸡，会越来越多，越来越多，越来越多……

如果说有风险，她跟钱彪签了合作协议，就等于捆绑在一起了，就像那句俗话说的，是一根绳子上的蚂蚱，谁也离不开谁。再说，钱彪是林亚雄的哥们儿，怎么也不可能做出对不起她的事情来。只要三年，对，只要三年就够了，她就有钱给母亲治病，也可以还清债务了。到那时，她不仅在保险公司会取得辉煌的业绩，而且在投资领域也会获得巨大的财富，成为一个像钱彪说的真正的有钱人，一个受人尊敬和尊重的人，一个人生道路上成功的人！

李小叶被自己的梦想激动着，并且产生了一种奇怪的冒险的兴奋和冲动。

她开始全力以赴对后面每一个环节进行认真仔细的设计——

运作的第一关是要有单证，也就是保险合同，这是客户购买保险的凭证。公司里的单证都是有数的，有登记的，销售人员在领用时都要签名，用不完还要按时退回去注销，不能够私自留存。但是，在实际工作中，往往都有单子填错损坏或推迟延误的现象，这样就出现了一个灰色地带，为了营销员销售保险方便，执行起来就没有那么严格。李小叶在公司里发现了这一现象，第一次把客户的两万块钱给了来省城的父亲，拿去给母亲治病，后来又用别的客户的钱填补上去，最后再用自己的钱抹平，这样轮番的操作，就是在单证上做了文章。很庆幸，公司里没有人看出来。一切都天衣无缝。

然而，这次与钱彪的合作用这样的方法不行，几张保单没有问题，大量的需求就困难了，迟早都会露出马脚被人发现。因此必须要有足够的保险单证，事情才能顺利进行下去，否则她的梦想永远也成为不了现实。李小叶只好把眼光锁定在了公司的废旧保单上。

发现废旧保单是在一个偶然的机会。

这一天，李小叶跟往常一样开完晨会后，就快步去二楼的业务管理部门领取保险合同，她与几个客户约好了要在上午来公司签单。当来到管单证的办公室门口时，领单的人挤成一团排成了长队。她一打听，说是公司换了新保险合同，以前的不能用了，发放单证的人忙得一塌糊涂。

李小叶只好排队跟在后面，等了好半天，终于轮到了她。发放单证的人叫于春兰，跟李小叶的关系挺好，以前也是营销员，后来调到内勤岗做发放单证的工作。发放单证是一个苦活累活，又是一个责任重大的岗位。过去是由公司管理部门的一个女同志负责，就因工作太累受不了就不干了，说每天就跟打仗一样，比男人还男人。后来换了一个小伙子，没干多久也走了。公司只好在营销员里挑，营销员能吃苦，任劳任怨，不讲价钱，这样就挑了于春兰。于春兰是个下岗工人，不爱吭声，也不爱跟人交往，就知道闷头干活。她除了发放单证，还要兼管业务盖章，所以一天忙得昏天黑地的。后来李小叶才知道，于春兰也离了婚，带着一个孩子，跟她的情况差不多。

李小叶就有些同情她，有时去领单子就会给她带瓶矿泉水或者水果什么的，中午在外面吃饭有时也把她叫在一起，到了过年过节还会给她送点小礼物。久而久之，于春兰见了她脸上就有了笑容，也开口说几句话了。不过，彼此都不探问过去的事情。

一见李小叶，于春兰微笑了一下，用手拂拂额头前散乱的头发。李小叶说，于姐，很忙啊，看你一头的汗。于春兰不好意思地说，天天都这样，你要什么？李小叶递给她一张字条。于春兰看了一眼，飞快转身在后面一排靠墙的单证柜子里寻找李小叶要的东西，不一会儿一沓保险合同单递到她的手上。李小叶数了数，在登记本上签完字，说声谢谢。于春兰点点头，微微一笑。李小叶一转身，于春兰又像机器人一样继续忙碌起来。

下午下班前，李小叶再一次去二楼，办理客户签约交款的业务处理和收据用章，正式的合同要等领导签字盖公章后，过几天连同发票一起交给客户，这样一桩保险的交易才算完成了。印章管理和单证管理在同一个办公室，只是在门外围了一个办公的柜台而已。印章管理员是一个叫王跃进的男人，平时见了女同志爱开玩笑，讲笑话和荤段子，每次见到李小叶都要找她说话，眼睛里总有些别的内容。李小叶有些躲着他。

王跃进看见李小叶过来，就嘻嘻哈哈喊道，哎哟，美女来了，最近业绩做得不错嘛，啥时候请我喝酒啊？

李小叶说，喝酒还不容易，就看你喝不喝得过我。

王跃进说，喝不过没关系，只要跟你喝就行，醉了我也愿意呀。

李小叶说，你还是找你老婆喝吧。

旁边的营销员们笑着向王跃进起哄。

这时有人跑来喊道，王跃进，领导找你，叫你过去一下。王跃进本来想给李小叶先盖章的，但前面还有几个营销员缠磨着他，只好对李小叶说，美女，对不起了，领导有事，我先去一下。李小叶说，你快去吧，当心晚了领导发火，尅你一顿！王跃进啊了一声，赶紧拍屁股跑了。营销员们又是一阵笑。

李小叶来到时，虽然人不多了，但还有几个在办理业务。不一会儿，大家办完事都走了。李小叶看见于春兰一个人还在一边忙着，不知在收拾什么东西。

李小叶上前招呼道，于姐，该下班了。于春兰从柜面上抬起头来，说，哟，是小叶呀，你咋还没走？李小叶说，盖章哩，老王跑了。于春兰说，我忙着呢，你自己盖吧。李小叶说，这怎么行？于春兰说，没事，你盖吧。

原来，于春兰不仅管着发放合同单证，而且还兼管着业务处理和财务收讫的印章。本来印章是由内勤王跃进一人管的，但由于公司业务量大，人手少，王跃进忙不过来，就叫于春兰兼管。来办事的人多，于春兰有时也顾不过来，为了方便就叫办事人自己盖，大家都熟悉，又是公司的业务，谁盖都一样。

于春兰笑道，这又不是公司的公章，你怕啥？贺经理不是在会上说了，你是公司的精英，要给你一路开绿灯。

于春兰说得不错，公司的正式印章是圆形章，由公司办公室专人管理，是代表公司的法人依据，在客户的保险合同上最后都要盖上公司印章才能生效。而业务处理用章和财务收讫用章是长方形的，只是给客户收据或单证上的一个凭据，不具备法律效力。因此，内部人员在办理保险业务时，使用业务处理用章和财务收讫用章，没有那么严格。

李小叶说，那我可盖了？

于春兰说，盖吧。

李小叶啪啪啪，一会儿就把单子和收据的章子盖好了，心里感到十分爽快。

于春兰站起身来说，你给我帮帮忙怎么样，把这几个纸箱子放到库房去。李小叶一看，问里面装的啥东西？于春兰说，唉，都是些废旧单证合同，新的来了，旧的就没用了，领导叫整理好放起来。李小叶说，好，妹子愿意效劳。于春兰找了一辆平板小推车过来，跟李小叶一起，把纸箱子抬上去，然后推出二楼的办公室。

库房在二楼最边上的厕所旁边，穿过过道转一个弯就到了。于春兰拿出钥匙打开库房门，只见里面堆满了东西，桌椅板凳、宣传展板、学习小册子和政治图书等，一个角落里堆放着各种废旧业务单证，已经码成了一座小山。于春兰说，这些单证合同堆在这里都好几年了，每次换新的旧的就扔在这里，说是要统一销毁，结果一直没有处理。于春兰还说，这个仓库好几个部门都有钥匙，连打扫卫生的王老头也有一把，谁都可以进来，谁都不管，你看堆得乱七八糟的，真是没有办法。她这样说着，心里感到很不满意。

从平板车上放下纸箱子，李小叶的目光停留在那些废旧单证合同上。于春兰拉她一把，笑着说，愣着干啥，你还想来管管这堆不用的破东西？李小叶回过神来，说，我哪有这本事，这是领导考虑的事情。于春兰说，对对对，就是应该领导考虑，我们这些平头老百姓拿钱不多干活不少，还是少管闲事的好。

两个人说着话，离开了库房。

后来，李小叶就把这件事情忘了。当宏达投资公司的钱总提出与她合作投资后，库房里的那堆废旧单证合同就突然清晰地从记忆中跳了出来，再也挥之不去了。对于公司来说，这些废旧单证合同是没有用的东西，而在李小叶眼里看来，它们就是一座未挖掘的金矿。保险客户又不清楚什么是废旧的，什么是在用的，只要看见是保险公司印刷的就会掏钱。有了这些堆积如山的废旧单证合同，李小叶再也不用发愁了。三年的时间，以高回报的保险产品吸引客户资金，进行一场暗地里轰轰烈烈的资本运作，这些废旧单证合同足够了。

李小叶喜出望外，躺在出租屋的床上忍不住笑出声来……

窗外的黑夜，忽然出现满天的星光。

接下来的关口，是要解决票据和印章的问题。这个问题困扰了李小叶好几天，她不知道该如何进行下去。她知道光有保单不行，还必须给客户收据或发票，而且上面还要盖章，尤其是保单上要有正式的公司印章。票据可以找到一些，业务和财务的收讫印章偶尔也可以蒙混过去，可卖出的保险产品数量大、时间长，完全打公司的主意是行不通的。要自己方便地掌握收据发票和印章，只有在外面想别的路子，然而这条路子风险更大。

再三考虑之后，李小叶决定到“黑市”上去走一走，看一看。

在一个下着小雨的上午，李小叶打着雨伞来到了城北的火车站。她把周围环视了一圈，发现这里永远是城市里人流量最多的地方，也是最杂乱的地方。人们来来往往，车辆川流不息，各种各样身份的人汇聚在这里，形成了一个庞大复杂的世界。一些人来了又走了，一些人走了又来了，而一些人似乎永远在这里，依靠这个杂乱的地方生存和生活。表面上看上去风平浪静，暗地里却有各种交易在这里进行。合法的有，不合法的也有，混杂在一起，谁也说不清楚，谁也看不明白。

李小叶以前在这里认识一个自称吴飞的人，是在火车站专门倒卖火车票、发票的一个贩子。李小叶认识这人纯属偶然。

那一天，经理贺大虎被市公司确定为后备干部而高兴，请了几个销售主管和经理吃饭，说是找个地方热闹一下。有人说，火车站附近有一家正宗的四川麻辣火锅，味道很好，于是大家就一起来到了那家火锅店。

贺大虎要了一大堆鱼、肉和菜，又要了两箱啤酒，叫大家敞开肚子吃喝。鱼、肉下锅里后，一会儿就沸腾起来，一片鲜红。大家纷纷伸出筷子，捞鱼捞肉。一到嘴里，果然感觉味道不错。大家端起啤酒纷纷向贺大虎表示祝贺，希望他早日高升。贺大虎谦虚地说，唉，只是个后备而已，等真的当了市公司领导，一定请各位去高档餐厅吃海鲜大餐。

大家端起啤酒一阵哄闹。一个个吃得热火朝天、满头冒汗，辣得大家张嘴吐舌鼻涕横流，很是高兴和痛快。

饭后，贺大虎叫李小叶帮忙去结账。小店服务员说，没有发票。贺经理说，没关系。出门时告诉李小叶到火车站去找贩子买一张就行了，回来找他签字就可以报销。李小叶开始不相信，后来去火车站一转果然就办成了事。

当时她在火车站外面转来转去，想找贺大虎说的卖发票的贩子，可眼前人来人往，不知谁是她要找的人。到小摊上打听都说不知道，或者瞪她一眼叫她走开。她心里很是纳闷，忘了问贺经理卖发票的贩子具体在啥地方了，火车站这么大上哪里去找，贩子脸上也不写字如何认得，真是麻烦。

正在茫然之间，一个黑瘦的小伙出现在她面前，用胳膊碰了她一下说，姐需要帮忙吗？李小叶看了他一眼，以为是火车站帮人拿行李的，就转脸没理他。黑瘦小伙又用胳膊碰了她一下，说，姐你有啥事情，我帮你。李小叶没好气地说，对不起，不需要，我没有行李，也不买火车票，你找别人去吧。

黑瘦小伙仍不离开，继续纠缠说，姐，你肯定有事需要帮忙。李小叶不屑地瞥他一眼，说，你咋知道我需要帮忙？我的忙，你帮得了吗？黑瘦小伙自信地说，姐你说说，我肯定帮得了。李小叶火了，说，我要发票，你有吗？黑瘦小伙看看左右，压住声音说，姐你别喊啊，我当然有，你跟我来——说着，就把李小叶往一边拉。李小叶感到奇怪，这是什么人啊？

黑瘦小伙把李小叶拉到一个人少的地方，说，姐，我就是卖发票的。李小叶愣了一下说，你就是卖发票的？黑瘦小伙看看左右说，姐你不敢喊，这地方有“老鹰”呢。李小叶不明白地问，啥是“老鹰”？黑瘦小伙说，就是便衣警察。李小叶说，你又不是小偷，怕啥？黑瘦小伙说，姐你不知道，有些生意他们不让我们做，看见了要赶我们走。李小叶问，你真是卖发票的？黑瘦小伙说，不信你跟我来。

黑瘦小伙又把李小叶带到火车站旁边的一个停车场，看看左右，从一辆破旧的摩托车里掏出一个皱皱巴巴的帆布包来，里面都是一沓沓的空白发票，上面还盖着各种大红印章。黑瘦小伙说，咋样，信了吧？李小叶看着帆布包里的东西，点点头。黑瘦小伙问，要几张？李小叶说，一张。黑瘦小伙说，多买几张可以优惠。李小叶说，就一张。黑瘦小伙掏出空白发票，迅速地撕下一张，说名称和金额你回去自己填。李小叶怀疑地说，这是真的假的？黑瘦小伙说，当然是真的，保证能报销。李小叶说，那把你的手机号码告诉我，报不了我找你。黑瘦小伙说，可以，就把号码给了李小叶。她一打，果然他身上的手机就响了。黑瘦小伙说，姐我没骗你吧。我们做生意不是一锤子买卖，以后你有啥需求可以来找我，买火车票、办证件，包括大学文凭、高级职称、获奖证书，啥证件都行，还可以刻公章，保证没问题。如果你给我介绍客户，我还给你打折。李小叶问，你的客户多吗？黑瘦小伙得意地说，当然很多，啥人都有。李小叶说，那你不怕“老鹰”抓你？黑瘦小伙狡黠一笑说，他们抓不着我，我跟他们打游击战，嘿嘿。就是抓进去也没事，顶多两三天就出来了，当是旅游，嘿嘿嘿。出来继续干，人总要吃饭嘛。李小叶又问，你叫啥名字？黑瘦小伙说，姐你就叫我吴飞吧，口天吴，飞机的飞，到火车站一问，都知道。李小叶说，吴飞？这是个假名字吧？黑瘦小伙脸一红，嘿嘿一笑说，真的假的，反正你就这么叫呗。

李小叶拿着花了十块钱买的一张发票，赶紧离开了火车站，一路上左看右看，提心吊胆。回到公司后，她把发票填好名称和金额，拿给经理贺大虎签字，他大笔一挥，就在财务上一路顺风地报销了。李小叶悬着的一颗心这才落了下来。

后来有一天，李小叶把这件事告诉好朋友杜咪，杜咪一点没感到惊讶，说，这有啥好奇怪的。李小叶提高声音喊道，那个火车站叫吴飞的小伙子居然还卖假证件，还敢私刻公章。杜咪说，这很正常啊，市场有需求就有供应嘛，我刚来省城的时候就办了一个假证，正规大学，本科文凭，所有手续齐全，网上还可以查到，只花了五百元，一切搞定。要不然靠我们康城茶艺学校那张大专文凭，怎么在省城里混得下去。李小叶惊讶地看着杜咪，喊道，这你也敢弄虚作假？杜咪说，谁叫你死心眼呢。

李小叶再也无语，脑子里快要崩溃了。

现在想来，也许杜咪是对的，这个社会是一个竞争的社会，是一个什么都要凭身份的社会，哪怕是有那些虚假的证件，就可以在社会上立足和生存，否则就会被社会无情地淘汰。虚假的东西成了真实的需要。

雨越下越大了。

李小叶躲到火车站大楼托运包裹的地方，拿出手机给黑瘦小伙吴飞打电话，很快就听见了对方的声音。李小叶告诉吴飞找他有事，并说了自己现在的位置。不到五分钟的时间，一个身披黄色塑料雨衣的人穿过人群跑了过来，就像一个幽灵一样出现在李小叶的面前。他掀开雨衣的帽子，抹一把满脸的雨水，嘴里还喘着气——正是黑瘦小伙吴飞。

吴飞在脸上抹了一把，笑笑说，姐今天怎么来了？李小叶说，你还记得我？吴飞说，当然记得，姐漂亮，脖子上系一条小纱巾，好看，嘿嘿。李小叶脸一红，问，最近生意咋样？吴飞说，马马虎虎。李小叶又问，想挣钱吗？吴飞调皮地一笑，说，当然想啊，谁不想是笨蛋，嘿嘿。李小叶说，那好，你给姐办件事吧，我亏不了你。吴飞问，啥事？李小叶说，一会儿就知道了。吴飞说，那我们换个地方说话吧。

吴飞带着李小叶离开火车站托运包裹的地方，穿过宽大的广场，走到大街后面的一个巷子，来到一家小旅店跟前。他们进了门，收了雨伞和雨衣，看见小旅店里进进出出不少人，都是来住宿的旅客。李小叶看了一眼柜台里忙碌的一个中年女人，又看了看门口有一个抽烟看门的中年男人。吴飞说，姐放心，到了这里就没事了。他说，那中年女人和中年男人，都是我家的亲戚。李小叶感到很是意外。吴飞说，以后有事就到这里来找我。

吴飞把李小叶带进柜台后面的一间小屋子里。路过柜台时，忙碌的中年女人看了她一眼。

吴飞关上门，回过头问，姐，你有啥事？

李小叶屏住气，掩饰着内心的紧张，从手提包里取出一个信封，说，这个业务交给你来做，里面有定金，一定要做好，保证质量，还要保证安全。吴飞接过信封，斜着眼睛瞟了一眼里面的东西，是几张纸样和一沓钱。吴飞高兴地说，姐放心，包你满意。李小叶说，我三天后来取货。吴飞说，三天有点紧张，五天吧。李小叶想想说，好，五天就五天，交货付钱。吴飞说，没问题。

李小叶拿起雨伞，走出屋子。吴飞跟在后面，一直送到了小旅店门口，说一声，姐慢走。柜台里的中年女人看了她一眼。李小叶打着雨伞离开了小旅店，一直走到大街人多的地方，她才长长地吐了一口气，任凭雨水斜打在她的脸上和身上，快步离开火车站这个鱼龙混杂的地方……

五天后，李小叶终于拿到了自己需要的东西——一包收据发票和几枚刻好的印章。她回家后关严门，对着灯光仔细地观看，看不出什么差别和问题，顿时狂喜不已。

她激动得浑身发抖，心里默默地念着，就要开始啦，就要开始啦，就要开始啦——

杜咪突然病了。

得到杜咪生病的消息，李小叶心急火燎。消息是林亚雄从外地打电话告诉她的，他在电话里对李小叶说，你去看看杜咪吧，她最近情绪很不好，你帮我劝劝她。我现在在外地有事很忙，没时间回来照顾她。林亚雄再没有说其他的话就挂了手机。

李小叶在公司开完晨会，就跟经理贺大虎请假，说要去拜访一个重要客户，便匆匆离开了公司大楼。本来公司上午要开会组织政治学习，全体人员都要参加。但一听李小叶说有业务，贺大虎一口就同意了。在他眼里，一切都要为业务让路，只要跟保费有关，他都会大开绿灯。贺大虎说，客户为重，你去吧。

李小叶打了一辆出租车，很快就来到杜咪住的地方。这是一个高档的商品房小区，里面环境不错，绿树花草，喷泉流水，居住者大都是城里的有钱人。杜咪就住在里面的一栋小洋房里，房子是二室一厅，还有厨房和卫生间，虽然不算大，但属于精装房，挺不错的。这房子是林亚雄买来送给杜咪的，李小叶曾来过一次。

一摁门铃，门打开，看见杜咪一副虚弱憔悴的样子，脸上苍白，眼睛无神，一见到她立刻哭着扑过来。李小叶忙问，怎么啦，是病了还是有人欺负你？杜咪不说话，一个劲地哭。李小叶赶紧把她扶回屋里床上躺着。

杜咪红着眼睛问道，你怎么来了？

李小叶说，林亚雄告诉我你病了，我就赶紧来了。你病了咋不吭一声呢？

杜咪说，我没病。

李小叶说，还没病，瞧你这副样子。

杜咪抽泣着欲言又止，说，我……

李小叶着急地问，唉，到底咋回事嘛，去医院看医生没有？

杜咪哽哽咽咽终于说出了实情，原来她不是生病了，而是去医院做了人工流产。

啊？你怀孕了——李小叶瞪着眼睛，你为啥不早说？

杜咪说，我……我怎么说啊。

李小叶问，林亚雄知道不？

杜咪噘着嘴生气地说，他知不知道都一样，我就是他办公室里的一件摆设，想起了看一眼，想不起就忘得一干二净。

李小叶笑着说，你可不是一般的摆设，人家把房子、车子什么的都送给你，还不满足啊？

杜咪说，他就会拿东西哄哄我，我要的不是这些。

李小叶问，你还要啥？知足吧。

杜咪说，我要他爱我、关心我。可是，我到医院去做手术，他连个人影都见不到。

李小叶问，你怀孕他真的不知道？

杜咪只好说实话，他知道，但叫我把孩子打掉。

李小叶气得说，你呀，你怎么这么傻呀，怀了孩子怎么能随便打掉呢？

杜咪哭着说，不打掉怎么办？我也不想啊！林亚雄以前讲，他要跟他老婆离婚，现在又说他女儿在国外要读研究生，还需要他老婆照顾，一时还离不了，要我再等等，你说我要等到啥时候？我肚子一天天大了，怎么出去见人？

李小叶骂道，这个林亚雄真不是东西。

杜咪突然拉着李小叶的手说，小叶，你说，林亚雄他是真的爱我吗？

李小叶不知道该说什么是好，只能不置可否地摇摇头说，你俩的事，我咋知道。林亚雄爱不爱你，你自己清楚，但他让你怀孕了，却又叫你去医院打掉孩子，这太不负责任了。

李小叶朝房间里扫了一眼，到处乱得一塌糊涂。卧室里散乱着衣物，客厅茶几上堆着饼干、方便面、饮料和水果，沙发里还有毛巾、美容杂志、卫生纸等，厨房的锅碗瓢勺就更是不堪入目了。

李小叶赶紧起身忙活起来，帮她收拾屋子。

杜咪问，小叶，你说我要不要跟林亚雄分手？

李小叶说，为什么？

杜咪说，我不知道自己到底是他的女秘书，还是情人，还是女朋友？

李小叶说，这个你分得清楚吗？

杜咪说，以前我才不管这些呢，可是现在我想，我总得弄明白吧，不能稀里糊涂地陪他消耗我的青春，他要不答应跟我结婚过日子，我就跟他分手。

李小叶问，你现在能跟他分开吗？

杜咪眼里流着泪说，我现在为了他把孩子都打掉了，你说我怎么办？

李小叶叹口气，鼻子也感到酸酸的。

屋子里显得很伤感，也很无奈。

杜咪在床上坐起身来，目光向窗外望去。李小叶收拾完凌乱的屋子，倒了一杯开水递给杜咪，重新在她的面前坐下来。

杜咪说，小叶，你知道吗，我们都是从康城山区小地方出来的，来到大城市都想拼一拼，混出个人样来，在这里有自己的立足之地，有一个美好的未来。可是，在我看来，对于一个女人来说，谈何容易！不管你怎么努力，怎么付出，在别人的眼里，你都是一个外来人，一个打工妹，最终还是让人瞧不起。

李小叶点点头，也有同感。

杜咪说，在这个城市里，是看你的地位如何，看你的权势如何，看你的金钱如何，如果没有这些东西，你永远也不能出人头地。你看你的那些女户客，不是夫人太太，就是女中豪杰，还有那些北山地区的红脸蛋女人，男人不是煤老板就是油老板，进了商场服务小姐都围着转。我现在总算看明白了，咱女人当不了官，掌不了印，我们要不就是想办法找个有钱的男人，要不就是自己奋斗想办法挣很多很多的钱。只有这样，在这个城市里你才活得真正像一个人。

李小叶说，你以为谁都像你，可以找一个林亚雄这样的大老板吗？

杜咪噘着嘴说，你别哪壶不开提哪壶，反正像你这样卖保险也是挣不了大钱的。

李小叶故意说，那也不一定，万一哪天老天爷开眼，叫我发财了呢。

杜咪终于一笑，说，做你的美梦吧。

杜咪忽然好像想起什么，就问李小叶最近是不是借了宏达投资公司钱彪的钱，买下了林亚雄本要送给她的小茶楼。李小叶问，你是怎么知道的？杜咪说，是前几天林亚雄约几个朋友一起吃饭时，钱彪悄悄告诉我的。李小叶问，他没有告诉林亚雄吧？杜咪说，没有，他还要我替你保密呢。李小叶心里顿时咯噔了一下，这个该死的钱彪，嘴大包不住风，这事这么快就告诉了杜咪。她立刻问杜咪，他还说什么没有？杜咪摇摇头。李小叶心里松了一口气，心想，幸好没说出投资合作的事情来。

李小叶告诉杜咪，借钱的事情她告诉林亚雄了，说是找家人借的。林亚雄虽然有些怪罪她，但也没说更多。李小叶叮嘱道，你千万别在枕头前给我露馅穿帮啊。杜咪说，你放心好了，我不会在他面前提这事的。

杜咪问，钱彪借钱痛快吗？李小叶说，还好，一开口他就答应了。杜咪问，他没有给你提条件？李小叶心里顿了一下，说，没有啊，借钱就借钱，有啥条件？杜咪盯着她的眼睛，脸上露出一种暧昧的笑，真的没有？李小叶坚决地说，当然没有。你啥意思啊？她死咬不松口，绝不能给杜咪说出与钱彪合作投资的事情。杜咪说，那我就放心了。李小叶说，你有啥不放心的？杜咪说，钱彪这人大方是大方，但生意人嘛，唯利是图，我看他一见你就俯首帖耳一副讨好的样子，怕是打你的主意。李小叶说，他打我啥主意？杜咪说，你是单身女人啊，男人见了漂亮女人都会打主意的，尤其是漂亮的单身女人。李小叶说，嘁，他敢打我的主意？休想！杜咪说，那不好说，我刚才看见你脸一红，就担心有事。李小叶一把揪住杜咪说，嗨，你这个坏女子，让我看看你的良心是不是让狗吃了。杜咪身子在床上一滚，笑道，谁叫你是美女，又是个单身女子呢，嘻嘻嘻嘻。李小叶说，看我今天收拾你这个骚女子！

两个人在床上打闹起来，杜咪的精神和情绪也好多了。过了一会儿，两个人安静下来，斜靠在床头上，眼睛望着屋子的窗外。

李小叶一脸认真地说，咪，你刚才说得对，我们一定要靠自己的努力，改变自己的命运，不仅在这座城市里要有立足之地，而且要成为一个成功的女人，一个独立自强的真正女人。

杜咪说，小叶，你真是这样想的？

李小叶点点头说，是啊，我们在这个社会上都没有根底，更谈不上有地位。我卖保险，就是希望将来成为一个真正的保险理财师，成为全国的保险精英，走进世界“百万圆桌会议”。同时，我买下小茶楼，不光是为了还债，给我妈治病，更重要的是为了改变自己的生活，成为一个富有的人。以后，我要成立茶艺公司，自己当老板，在省城里开连锁店，三家五家，七家八家，甚至可以发展到省内外和全国各地。到那时候，还怕咱们没有身份地位吗？还怕咱们没有钱吗？你说呢？

杜咪愣愣地看着李小叶，像不认识似的，我的妈呀，小叶，原来你有这么大的野心？

李小叶说，什么野心，是上进心。

杜咪笑着说，对对对，是上进心。

李小叶眼睛露出光芒，坚定地说，总之，无论我们选择什么样的道路，采取什么方式和手段，只要是朝着目标不懈地努力并且获得成功，我们就不枉一生。

杜咪眼睛也亮了，说，小叶，相信你会成功的。李小叶自信地说，是的，会成功的！两个女子激动而又兴奋地拥抱在一起……

天气放晴，太阳像镜子一样明亮。

一切准备就绪。李小叶经过精心的筹划，开始正式启动与钱彪的投资合作计划，实施高投入、高收益的保险理财产品宣传策划工作。她把产品取名为“财富年年红”，意为年年红火，财源滚滚，很吉祥也很有吸引力。主要对象是自己的老客户和高端大客户，采取直接与客户见面的方式进行宣传销售。

这项工作难度比较大，也很费时间，但这样做安全可靠，而且一旦能量积聚就会爆发，产生强烈的辐射带动作用，就会从老客户群中迅速扩散到新客户层面，产生多米诺骨牌效应，最后全面开花。为此，她专门精心制作了产品宣传单，并开始向客户一一打电话，预约见面。

李小叶在内心里也问过自己，这会不会是一种欺骗，是不是违反了做保险的第一原则——诚信的原则。但她又一想，欺骗仅仅为的是自己，而她以卖保险的名义募集客户的资金进行投资，为的不光是自己，而且还有客户，他们也将是投资的受益者。两者之间还是有不同之处，充其量也就是个美丽的谎言。

她为自己找到了依据，心里也就踏实了。

为了“财富年年红”的宣传销售，李小叶马不停蹄地在客户中奔走，办公楼、写字楼、酒店、餐馆、咖啡厅，甚至跳广场舞的街上，她用极富诱惑力的利益回报吸引客户，动摇他们的心。销售活动就像地下的岩浆在涌动，等待着喷发的那一刻。

高端大客户们不用说，他们有的是钱，也不缺乏投资的理念，一见面就对“财富年年红”有了兴趣，并且有了购买的意向。而普通的客户，手里的钱虽然要捏得紧一些，但越是没钱越是对钱充满了渴望，一旦见到有高回报的投资渠道，他们就会产生巨大的诱惑和冲动，不顾一切地翻箱倒柜拿出钱来全力投出。当然，在没有下手之前，他们往往要犹豫一段时间，等待有人带头购买，他们才会紧随其后，如洪水般倾泻而出，势不可当。

李小叶清楚，保险产品与别的商品不同，也与别的金融产品不同，人们对它的认识总有一个过程，很多都要经历一个从怀疑到认可，再到购买的过程。有时候，与其说是对产品的认可，还不如说是对一个公司的认可，对一个销售人员的认可。所以，营销员的信誉度是非常重要的，重要到客户可以把你冷酷地拒之于千里之外，也可以毫不犹豫地将大把大把的钱放心地交给你。这就是保险的特殊销售方式，营销员是产品销售的桥梁。

李小叶对此很有信心。虽然她从业时间还不算太长，但她已经积累了一定的销售经验，有了自己的客户群，还是公司里的先进个人和销售精英，她的五英寸照片就挂在公司大楼营业大厅的墙上，客户进进出出都可以看到。她随身还带有那展业的影集，上面有与许多领导的合影，也有与社会名流的合影，尤其是有在人才招聘会上她跟黄副市长谈话时记者现场抢拍的照片，足以证明她的思想品德、业务能力和人脉关系。她现在把“财富年年红”像渔网一样撒了出去，相信一定会有很好的收获。

为了扩大宣传力度，李小叶还专门去了一趟东郊的白河村。她听杜咪说过，白河村在白河工业园区征地之后，有一大笔拆迁安置留存款，掌握在村主任贾兴旺手里。李小叶以前去找过他，碰了一鼻子的灰。贾兴旺压根儿就不认可保险，认为保险是骗人的。不骗人，买来也没啥用。这次去，李小叶做好了充分的思想和物质准备。

李小叶来到白河村，看见村民们都住进了安置房，在没见到村主任贾兴旺之前，她先向村民了解了一些村里现在的情况。发现农民没有了土地之后，有的在建设的工业园区里打工，有的在镇上摆摊做买卖，有的出租房屋坐吃租金，有的却无所事事，靠打牌喝酒赌博过日子。

李小叶好不容易找到了村主任贾兴旺，他不在安置房的村里，而是在镇上的一个茶楼和几个闲人喝茶。李小叶一出现，贾兴旺来不及躲，只好说，你咋又来了？我说了，我们村不买保险，你别给我推销了。李小叶说，贾主任，我今天不是来卖保险的，是来给你送礼物的。正好，你在喝茶，就尝尝我送给你的茶。说完，从拎着的提袋里拿出一盒茶来，其余的全部送到贾兴旺的手上。提袋里还有两瓶高档白酒，是贾兴旺最爱喝的。李小叶从村民那里知道，贾主任喜欢贪点小便宜。

贾兴旺马上变了表情，笑着接过提袋里的酒和茶叶，赶紧请她坐下。李小叶叫服务员重新拿了一副茶具来，自己亲自沏茶。贾兴旺和几个闲人看着她娴熟的动作和沏茶的神态，眼睛一下就看呆了。李小叶沏好茶，端上茶杯送到贾兴旺面前，说，这是康城家乡的新茶，请尝尝。贾兴旺一喝，果然味道不同，连声叫好。李小叶说，贾主任觉得这茶好喝，以后的茶我都包了。贾兴旺高兴地说，好好好，太好了。几个闲人喝了茶后，也称赞不已。

李小叶说，贾主任，你们现在的日子过得好悠闲啊，真叫我羡慕。贾兴旺说，有啥羡慕的，又没地，又没钱。李小叶说，想办法挣呗，听说贾主任很有能耐的。贾兴旺说，唉，有能耐有啥用，我在村里搞了两个加工厂，一年也赚不了几个钱。李小叶说，你们村不是有钱吗？可以搞投资啊。贾兴旺说，上哪投啊？门都没有。李小叶说，我有个渠道，不知你感不感兴趣？贾兴旺眼睛一亮，说来听听。李小叶看了几个闲人一眼。贾兴旺马上对几个闲人说，你们走走走，改天再聊，我现在要跟李经理谈正经事情呢。

几个闲人一走，贾兴旺就迫不及待地问，妹子，啥渠道啊？李小叶说，保证赚钱的渠道。接着，她就把“财富年年红”保险理财产品向贾兴旺做了宣传推介，告诉他此项投资稳赚不赔，他个人还可以从中得到不少的好处。贾兴旺心里一喜，但嘴上说，村里的这笔钱是拆迁安置留存款，怕投出去有风险。李小叶说，保险公司绝对安全可靠。贾兴旺讨价还价说，我们村民经常打架闹事出点意外什么的，能不能？李小叶明白他想说什么，也知道他心里已经开始松动，就说，只要你买“财富年年红”，我就送给你们村民意外险，咋样？贾兴旺狡黠地嘿嘿笑了起来，最后说了一句，我们村委会再商量商量。

可是，李小叶从白河村回来后，却一直没有等到贾兴旺的回复，不知是何原因。而奇怪的是其他客户也是一样，一个星期过去了，没有一点动静和反应。

撒网的水面一片平静。

这一天，李小叶突然接到经理贺大虎的电话，要她立即到他办公室去一趟。她想，会不会出啥事了？贺大虎的口气有些不一般。她吸了一口冷气。

李小叶来到贺大虎的办公室，门已经为她打开。贺大虎站在办公室里正等着她，旁边还站着副经理马红艳。李小叶心里不免一阵紧张。可是，当她看到贺大虎脸上的表情时，疑虑的心情就像风吹乌云马上就消散了。贺大虎的脸上笑得如同开了一朵花，见了李小叶进来，开口就大声喊恭喜恭喜。马红艳也向她握手表示祝贺。

李小叶有些不知所云。

贺大虎说，恭喜你李小叶，你被总部评为全国营销员精英个人了，是我们公司和省市公司一层一层报上去的，总部已经批准下来，要你明天就去北京开会。上面来的文件通知晚了，实在抱歉啊。

马红艳说，你为公司争了光，是我们的骄傲。

李小叶问，真有这事？

贺大虎和马红艳一齐说，当然是真的。

李小叶一下蒙了，感到惊喜，又感到意外。她有些语无伦次地慌忙说，这是公司和两位领导培养帮助的结果，我感谢公司，感谢两位领导。

贺大虎和马红艳哈哈直笑。

李小叶赶紧向贺大虎和马红艳弯腰致谢。

贺大虎高兴地说，不用客套了，你现在把手里的工作放下，回去准备写一篇发言稿，说不定还要在会上发言呢。然后收拾收拾行李，明天跟省市公司的领导和其他代表一起坐火车去北京，我们等着你光荣归来。

贺大虎激动地上前与李小叶握手，并且拍了拍她的肩膀。

李小叶感觉就像是在做梦一样，分不清自己现在是真实的还是虚假的，什么时候离开贺大虎办公室的都不知道。走在公司办公楼里，感觉所有人投来的目光都不一样了，仿佛人人都知道她被评为全国营销员精英个人，就要去北京开会了。

消息很快传遍公司上下，无数双手在为她鼓掌欢呼。

第二天，李小叶与其他几名代表一起，在省市公司领导的带队下，坐火车出发到北京参加总部举行的全国系统营销员精英个人表彰大会。这个大会一年一度召开，是系统内营销员个人最高荣誉和最高规格的会议，是对一年里最优秀的营销员个人最高的褒奖。公司总裁将在会上亲自为他们颁发荣誉证书和奖章，并设庆功宴向代表们表示祝贺。能够参加这样的会议，是营销员个人的荣耀，也是所在公司的荣耀。

参加这次会议，李小叶算是开了眼界。在北京的三天时间里，除了参加会议、表彰颁奖、交流经验，就是领导接见和宴会，每天都是在音乐、鲜花、掌声和美酒中度过，每时每刻神经都处在兴奋甚至亢奋之中。会议还组织他们到天安门广场、革命历史博物馆和八达岭长城等景点参观，李小叶想去热闹的王府井看看买点东西都没有时间。

三天时间很短，眨眼间就过去了。

李小叶和代表们从北京回来，在火车站又受到了热烈的欢迎。省市公司的领导及先进个人代表公司的领导都来了，还给他们送上了鲜花和大红绶带。接着，省公司在市里国际会议中心的大厦里举行营销员精英个人代表汇报会，包括李小叶在内的几位代表上台一一发言，讲述自己从事保险工作的不凡经历和成功经验，容纳几千人的会场座无虚席，掌声雷动，彩旗飘扬。

当天晚上，省市电视台和广播电台播出了永久保险公司营销员精英个人代表汇报会的新闻。第二天，李小叶和其他几位代表的照片及事迹又出现在大大小小的报纸上。一时间，这件事情成为省城街头巷尾人们热议的话题。

之后，李小叶的电话开始接连不断，手机铃声一个接一个的响起。除了杜咪、林亚雄，还有方明亮得到消息向她表示祝贺外，连黄副市长夫人徐大姐也打来电话对她大加赞扬。其他的，全都是她的客户群打来的，都是冲着购买“财富年年红”保险理财产品来的。高端大客户从徐大姐开始，接着政府领导的夫人们、社会各界精英的太太们紧紧跟随，纷纷出手。团体客户以东郊的白河村为突破口，与村主任贾兴旺签下了一张分量不轻的大单。接着，是谢长安这样有钱的老板、写字楼里的白领，还有街道里社区里的老头老太，一个接一个地打来电话，拎着装满现金的提包或带着银行卡向她赶来。

等待多日的平静一下被打破了。

李小叶的“财富年年红”销售，在暗地里像火山爆发一样喷涌而出……

# 二十四

时间很快就过了一年，转眼就到了春节前夕。

人们忙碌着贴春联，打扫卫生，采购年货，省城里到处是一派浓浓的节日气氛。天公更是作美，下起了一场飘飘洒洒的大雪，雪花落在高楼林立的建筑物上，落在街道的路面，落在城市的每一个角落，堆集起一层美丽的洁白，也掩盖了一些肮脏的东西，空气变得干净和清新起来。人们的脸上洋溢着喜悦。

这个时候，李小叶比任何时候都要忙碌。这一年，是她收获的开始之年，她收获了荣誉，也收获了金钱。特别是她的“财富年年红”保险理财产品，让她很快摆脱了经济上的困境，一下跨入到“有钱人”的行列。

她打开了“金矿”的大门。

李小叶记得曾经看过的一本书上说，金钱是达成人生目标的必要手段。你可以鄙视金钱，但没有金钱你寸步难行。一个人的身份和价值，常取决于他的金钱，这看上去不公平，但事实就是这样，越有钱就越有机会争取自己想要的事物、想要的地位、想要的生活。金钱可以改变生活的困境和窘态，提高生活的品质。连英国的《新英格兰医学》杂志也说，富人比穷人活得更健康、活得更长久。

到了年底，在宏达投资公司的投入有了令人振奋的消息，当年的投资收益即可兑现。当钱彪把钱打到李小叶指定的银行账户时，看到那一个巨大的数字，她兴奋得简直不敢相信自己的眼睛，反复看了几遍后才得以确认，心脏激动得就像擂动的大鼓怦怦乱跳。回报的确相当诱人，大大超出了原有的预期。钱彪果然履行了承诺，她感到很是高兴，心里压着的一块石头总算放下了。第一年的红利就这么丰盛，让李小叶对未来更加充满了希望。

李小叶把八成的红利给了购买“财富年年红”的客户，剩下的二成留给了自己，这一笔钱是她人生挖掘到的“第一桶金”。她赶紧拿出钱，替前夫朱大军还了第一笔赌债，那些追债人再也没有到省城来纠缠。她把钱寄回家里，将母亲送到康城的大医院接受治疗，病情很快得到了缓解。她又加大对一叶楼的投入和宣传，使小茶楼生意更加火红。李小叶充分体会到了金钱的魔力，只要有了钱，任何事情就不用发愁了。

有了钱，一切问题迎刃而解。

在给客户兑现分红时，李小叶采取了两种不同的方式。对于高端的大客户们，为了避免公众的视线，她亲自把一张张办好的银行卡分别送到他们的手上。而对于一般普通的客户，为了达到宣传和轰动效应，李小叶没有将钱直接打到他们的卡上，而是在元旦这一天，找了一家酒店召开新年客户分红会，在会上以分发“红包”的形式，将钱发到每一个客户的手中。“红包”是一沓一沓的现金，绑着鲜亮的红绸带，在台前的桌子上垒成一座小山，十分的喜庆。李小叶在台上念一个客户的名字，客户就应一声跑上台来接过她手里的“红包”。每一个拿到“红包”的人都高兴得五官开花，握手向她表示感谢。

对于这次分红，不论大客户还是中小客户都感到满意。大客户投入多自然收益多，中小客户投入少但收获也不错，只是感到自己以前胆子小了，步子慢了，后悔当初没有下狠心多买一些。事后又纷纷找到李小叶，拿出钱来要增加购买，把新一年的投资又推向了新的高潮。

钱似流水，又源源不断地流入李小叶的手中，再通过她的手流向宏达投资公司，再流向钱生钱的地方。

春节一过，日子很快就进入了春天。

这一天，杜咪给李小叶送来了请柬，邀请她一起去参加南山高尔夫温泉酒店开业的庆典活动，说这是一个有钱人和成功人士的聚会。过去像这样的活动，李小叶会感到胆怯和自卑，会借故不去参加，因为自己跟有钱人和成功人士都不沾边，自己只是一个卖保险的营销员，在那样的场合里会显得有些格格不入。但这一次不同，李小叶毫不犹豫就答应了。她现在的身份不仅是永久保险公司的销售经理、营销精英，而且还是南湖一叶楼的女老板，参加这样的活动是没有问题的。何况在那些有钱人和成功人士中，许多人都是她的客户。

李小叶对自己充满了信心。

庆典活动安排在星期六，酒店老板邀请了市里领导和省城工商界的大佬们，以及他们的夫人，还有各方面的嘉宾及媒体记者。南山离市区只有二三十公里的路程，开车半个小时就可以到达。温泉酒店就坐落在南山里，与高尔夫球场连为一体，是一个广东大老板投资修建的，集休闲娱乐健身为一体，实行会员制，是高端人士出入的地方。据杜咪说，黄副市长和夫人徐大姐要亲自出席，林亚雄也要参加。

参加这次活动，李小叶叫上了方明亮陪她一起去。一个女人，把一个自己喜欢的男人带到公众的面前，不言而喻就要表明他们之间的亲近关系。方明亮心里明白这一点，高兴地答应了。

一大早，吃过早饭后，李小叶就开始收拾自己，梳洗打扮，挑选衣服，最后穿上了跟杜咪一起在金华国际买的那件高档的玫瑰红时装套裙，再系上一条淡粉色的小纱巾，她感到非常满意。这件套裙还是她买来后第一次穿在身上呢。她知道出席这种场面的人，都是有头有脸的人物，衣着上绝不能马马虎虎，既不能穿保险公司刻板的工装，也不能穿平时廉价的休闲服，必须要穿高雅端庄大方的礼服才能与之相匹配。

刚换好衣服，楼下小院就传来了方明亮喊她的声音。按照约好的时间，他准时来到了出租屋。李小叶拎上包，带着女儿欢欢出了门。刚到楼下，就看见方明亮一脸惊讶的表情。方明亮看着她，眼睛放着光，惊叹地说，你太漂亮了！

李小叶脸一红，不好意思地说，就会恭维我。

方明亮问欢欢，你说，妈妈漂不漂亮？

欢欢说，漂亮。

李小叶笑道，别夸我啦，咱们走吧。

两个人带着欢欢走出小院子，穿过城中村里的小巷，一路上不时有人回头看她。他们走出巷子，坐上停在巷口马路边的北京吉普车，先来到南湖的一叶楼，把欢欢交给了李小叶的姨妈，然后两个人就直接奔往南山。

南山景色宜人，风光无限。李小叶按照杜咪提供的路线，叫方明亮把车开进了南山一条隐秘的山路中，半途还有一个有人把守的关卡，显得十分的神秘。幸好事先有杜咪给的请柬，两个人顺利通过了关卡。

过了一个山口之后，眼前豁然一亮，出现一片开阔的地方，远处山峦起伏，近处绿草如茵，一个高尔夫球场出现在眼前。旁边有一处园林式建筑，里面树木花草修剪得十分精致，还点缀有一些大理石雕像和太湖石假山喷泉，一座白色的温泉酒店就坐落在中间，就像欧洲的庄园别墅，十分的豪华气派。温泉酒店有室内外温泉，室外是露天的汤池，在树木掩映之中可以看到不断升腾的热气，而室内的温泉是什么样子，有多么的奢华，就不得而知了。

李小叶和方明亮都是第一次来到这样高端的地方，感到十分的新鲜。他们把车停在车场，然后来到温泉酒店前的一块绿色草坪上，看见这里已经聚集了许多身着西装草履的男人和穿着漂亮衣服的女人。

山里的空气清新，天空湛蓝，阳光灿烂。轻松愉快的音乐在酒店的草坪上回荡。李小叶碰到一些自己认识的人，有政府官员、银行领导、企业和商界老板，以及他们的夫人。她与他们应酬自如，谈笑风生。她见到了长安文化传媒公司的老板谢长安，他还是对她不死心，见了她格外的殷勤，不过看见一边站着的方明亮，没敢做出过分的举动，但眼里明显露出一种酸酸的妒意。她还见到了宏达投资公司的总经理钱彪，他把她拉到一边悄声说笑，相互祝贺合作投资取得的成功。

李小叶笑得灿烂如花。

她在人群中看到了杜咪，她正在跟林亚雄和几个人说话，一回头看见了她和方明亮，就朝他们走了过来。杜咪一脸惊讶的样子，上下看了看她，有些夸张地说，哇！李小叶，你太漂亮了，简直就像大明星一样嘛。李小叶也故意调侃道，咱们要向北山女人学习，总不能落后嘛。两个女子呵呵地笑起来，这话只有她俩懂。

李小叶向杜咪介绍了方明亮，这是他们头一次见面。方明亮彬彬有礼地跟杜咪点头握手，说，经常听小叶说起你，幸会啊。杜咪看了看眼前这个高高瘦瘦有点艺术气质的男人，毫不掩饰地对李小叶说，你男朋友很帅嘛，看来他就是你命中的白马王子。李小叶脸一红，说，别胡说八道啊，八字还没一撇呢，就是普通朋友而已。

林亚雄和一个胖胖的男人也走了过来。林亚雄给胖胖的男人介绍李小叶，说，这是我的干妹子。胖胖的男人用一口广东普通话说，妹妹好漂亮哦，早就听林总说到你，今天一见果然名不虚传。说完，从身上掏出一张名片递给李小叶。林亚雄告诉李小叶，这个胖胖的男人就是温泉酒店的高老板。李小叶说，高老板，恭喜你啊，你这个酒店太漂亮了。高老板说，李小姐喜欢，今后随时可以来玩。李小叶说，那太好了。林亚雄指着方明亮问，这位先生是谁？李小叶刚要介绍，没想到杜咪嘴快，说，这是李小叶的男朋友方明亮。方明亮点头向林亚雄问好。

林亚雄有些责怪地对李小叶说，妹子，你有了男朋友为啥也不告诉哥一声？李小叶红着脸说，这不带来了吗，你看行不？林亚雄说，当然行，必须行。妹子看上的，那还有错？

大家一阵笑。

林亚雄问方明亮是做什么工作的，看上去像一个艺术家。方明亮说他是搞园林规划设计的，但也喜欢艺术。李小叶介绍说，他是园林工程师，还是一个业余画家，举办过个人画展。林亚雄满意地点点头说，工程师还会艺术，不错啊。

林亚雄希望方明亮可以帮他的白河工业园区项目进行园林设计。方明亮说，我们单位主要负责城市的园林设计工作，外面商业性的项目都不参与。林亚雄说，八小时之外单位总管不着吧？现在很多有技术专长的人，私下到外面挣点钱是很正常的。方明亮说，业余时间我都在画画。林亚雄笑笑说，没关系，你可以考虑一下。

高老板这时候认出了方明亮，说曾经在两年前的那次画展上见过他。这一说，李小叶和方明亮都想起来了，那次画展上有个光头大老板要买李小叶的那幅肖像画《向往》，方明亮不卖，结果发生了争执，原来那个光头大老板就是眼前的这个广东人高老板。这个世界真是太小了，没想到会在这里碰面。可是，现在高老板的头上并不是光光的，而是浓黑的一片呀？

李小叶奇怪地盯着高老板的头上。

高老板得意地笑着说，看不出来了吧？我这头发是到韩国植的发，哈哈。

广东老板见到方明亮很高兴，原以为他是一个画家，却没想到还是一个园林专家，就说，既然来了，就评价一下我的高尔夫温泉酒店的园林做得怎么样，方明亮实话实说，园林做得的确不错，但是在南山建高尔夫球场和酒店，会对整个山体和自然环境有所影响，而且今后在这里开展对外营业，也会对自然环境产生污染。高老板脸上有些不悦，说，再好的自然环境，如果不开发利用，不带来经济效益，就没有什么用处。他的高尔夫球场和温泉酒店，不仅可以让人们到这里来休闲旅游健身，而且还可以拉动消费，促进当地的经济发展。方明亮还想说什么，衣服却被李小叶暗地里扯了一下，就把话咽了回去。

高老板说，我喜欢你的画，如果你愿意卖的话，你可以出高价，买来装饰酒店的房间。方明亮婉言拒绝了，说，我的画只是个人爱好，很不成熟，目前还没有出售的打算。高老板说，画也是商品，如果只放在家里，或者只展出给别人看，体现不出它的价值。方明亮说，钱不是衡量艺术品的唯一标准，有的东西比钱重要。高老板拍拍方明亮的肩说，年轻人不要太轻狂哦，艺术家也不是神仙，也要吃饭的嘛！说完，哈哈笑起来。

林亚雄在一边也笑了。

高老板对李小叶说，听说李小姐是保险公司的优秀人才，有时间可不可以给我宣传一下保险啊？李小叶高兴地说，当然乐意，我随时听命。高老板觉得李小叶干脆痛快，很是高兴。林亚雄说，高老板如果需要买保险找我妹子就行了。高老板说，那还用讲，林老板的妹子就是我的妹子，妹子说需要买啥保险，我掏钱就是了。我们广东人讲话，毛毛雨啦。

李小叶和杜咪忍不住笑起来。

高老板说，草坪一边的桌台准备有热茶、咖啡、点心、水果和饮料，可以随便享用。庆典仪式之后，参观温泉酒店和高尔夫球场，中午请大家在温泉酒店里吃大龙虾和鲍鱼，这些海鲜都是从日本空运过来的，十几个小时前还在北海道的深海里，绝对的新鲜美味。吃完饭，大家可以去泡温泉，也可以去体验一下高尔夫球。庆典结束后，还会送给每位参加庆典活动的嘉宾一份精美的礼物。

高老板说完，带着林亚雄到一边跟其他的嘉宾们见面去了。杜咪也跟了过去，说一会儿再见。

李小叶看见方明亮在一边还绷着个脸，就说，你刚才不应该跟高老板较劲，咱们是来参加人家酒店开业的庆典活动嘛，嘻嘻哈哈一下就行了，用不着认真。方明亮说，这个广东胖子仗着财大气粗，好像有钱就了不起，到处显摆，我看不惯。李小叶说，人家是生意人嘛，你不必在意。再说，他要高价买你的画，你卖给他就是了，赚钱有啥不好？方明亮说，看来你很喜欢这样的场面，官场和商场，很热闹也很排场。李小叶坦诚地说，谈不上是喜欢，只是工作需要而已，要跟各种各样的客户打交道，尤其是这些大客户，他们是买保险的重点对象，是我的衣食父母。其实，有权和有钱也没有什么不好，有了这两样东西，可以做好多的事情。现在讲发展经济，没有政府出面不行，没有商人投资也不行。出入这样的场面，可以学习很多东西，也可以交很多的朋友。

方明亮不再说话了。

李小叶看出他有些不高兴，她的话可能触碰了他内心的某种东西。

这时，一辆黑色小轿车向温泉酒店驶来，草坪里的人一阵躁动。黄副市长和夫人徐大姐从车上下来，向大家挥挥手，后面跟着他的秘书。广东高老板和林亚雄等人立刻迎了上去，媒体记者也飞快地跑过去。不一会儿，温泉酒店开业典礼就开始了，人们从草坪向酒店前聚集。参加庆典活动的官员和夫人太太们，坐在了前面早就准备好的椅子上。商界老板们和各方面的客人坐在后面。酒店的前面临时搭建了一个拱形彩门的主席台。

广东高老板宣布温泉酒店开业典礼开始，先介绍参加典礼的领导和来宾，然后请黄副市长讲话，草坪上响起一片掌声。黄副市长穿了一身白色的运动服，上来就说，他今天是来南山锻炼身体的，是来呼吸新鲜空气的，没有打算讲话，也不希望耽误了大家吃高老板的海鲜。草坪上一片笑声。黄副市长向广东高老板表示祝贺，希望他把温泉酒店和高尔夫球场办好，成为人们休闲度假运动的好地方，更希望他带动更多的广东企业家、商人、投资人参与白河工业园区的投资建设，把生意做得更大，为本市的发展建设做出贡献。

广东高老板连连表示感谢，说一定尽力，一定尽力。

广东高老板请黄副市长为温泉酒店开业剪彩。两个礼仪小姐上来拉开一条红绸，黄副市长拿着广东高老板递过来的一把金黄色的剪刀，剪下红绸中间的花团，拱形彩门两边顿时响起礼炮的声音，彩条从空中如雨纷纷散落，鞭炮声也噼噼啪啪地炸响。

草坪上一片掌声。

台下的人们起身跟随着黄副市长走向彩色拱门，然后进入温泉酒店。李小叶要方明亮一起进去看看，方明亮有些犹豫，说酒店有啥好看的，无非就是高档豪华，老百姓又住不起。李小叶说，住不起看看还不行？方明亮说，你进去看吧，我在外面等你。李小叶感到有些为难，看出方明亮不喜欢这样热闹的场合，这里官场人物很多、商业味很浓，让他感到浑身不自在。李小叶说，要不你先回去吧，也别等我了。方明亮问，那你回去咋办？李小叶说，你不用管，我跟杜咪一起走。方明亮说，那好吧。

方明亮转身离开了李小叶，向停车场走去。李小叶看着他远去的背影，心里涌起一种复杂的滋味。方明亮是一个清高的人，也是一个有原则的人，他显然不太适应眼下的这个现实社会，认为官场都很黑暗、钩心斗角，商场都是唯利是图，开口就是谈钱，缺乏精神信仰。李小叶敬佩他、喜欢他，但又清楚地感到他们之间还有一种距离。他俩真的能够走到一起吗？她内心里矛盾着。

杜咪跑过来了，问，帅哥呢？

李小叶说，有事回去了。

杜咪从李小叶的脸上看出有点不快，说，看来帅哥好像是不喜欢这里。

李小叶说，管他呢，我喜欢就行。

杜咪拉着李小叶的手一起走进温泉酒店。

酒店里的确是非常的豪华，墙面和地面都是用进口的石材铺贴，灯具金碧辉煌，落地玻璃采光明亮。房间里的陈设更是奢侈，几乎都是进口高档的东西，床和桌椅是意大利的纯实木，巴洛克风格，卫生间洁具和淋浴器是德国名牌，房间里还有电脑和温控系统，连墙上的油画也是西洋风格，据说都是名家画的。虽然广东高老板不懂艺术，但他有钱就买了下来，作为酒店里的装饰。高老板介绍说，酒店将实行会员制，与高尔夫球场一体经营，只有会员才能进入，享受里面高端的服务，一个会员入门的最低费用要五十万，他要把这里打造成为社会各界精英的俱乐部和成功人士的私人会所。

参观的人无不赞叹，嘴里发出啧啧的声音。

黄副市长说，你这里普通老百姓可消费不起啊。高老板解释说，黄市长，我这是专门为高端客人、社会精英和成功人士搭建的一个交流平台，也是为了满足社会和市场的需要啊。黄副市长开玩笑说，你这个平台门槛高了一点，像我这样的人恐怕都进不来哟。高老板赶紧说，不会的，像黄市长这样的贵人，我们请都难请，欢迎您随时光临。再说，今后政府搞活动、搞招待，也有个像样的地方嘛。档次又高，环境又好，私密性也不错，你们一年的招待费拿出一点点来，没有问题啦。

黄副市长哈哈笑了起来，说，高老板真不愧是生意人，连政府的碗里也盯着。做生意嘛，当然是要赚钱的，但是不要忘了回报社会，也不要忘了为老百姓做点事情。广东老板连连点头，那是那是，就是敬菩萨敬财神，也要烧三根香嘛，这个我们懂的。我打算捐五百万元做点公益事业，然后在白河工业园区搞一个投资项目，下来和股东们商量商量，一定给市长一个满意的答复。黄副市长高兴地说，这样很好嘛，我代表市政府表示欢迎啊。走，吃你的海鲜大餐去，我的肚子咕咕地叫，开始抗议了。

随同的人都笑了起来。

参观完酒店，大家去餐厅吃广东老板的海鲜大餐。在餐厅门口，李小叶碰见了黄副市长和夫人徐大姐，黄副市长对身边陪同的林亚雄说，这不是你干妹子吗？前一段时间报纸和电视宣传过她，她可是保险公司的名人呢。旁边的人围了过来。李小叶说，谢谢市长鼓励。黄副市长幽默地说，听说你现在出去见客户，都拿着我跟你的合影照片，你很会做公关宣传嘛，保险公司的发展也有我的一份功劳呢。黄副市长说的合影照片，就是那次招聘会上记者抓拍的照片。

李小叶不好意思地红了脸。

周围的人发出了笑声。

徐大姐见到李小叶也很高兴，把她拉到一边，见旁边没人就小声地说，我和我的姐妹朋友对购买“财富年年红”保险理财产品的回报感到非常满意，希望以后继续做好，不要出问题。李小叶说，这款产品是三年到期，每年分红，到期后大家觉得好，可以继续购买，如果不满意，也可以连本带分红全部收回，不存在风险问题。徐大姐笑着说，大家当然希望继续投资多多分红啦，你要为大家当好保险理财师嘛。李小叶说，请徐大姐放心，我一定会努力做好的。

徐大姐拍拍李小叶的肩膀，表示对她的信任。

徐大姐离开后，杜咪走过来，用异样的眼光看着李小叶说，你真行啊，连市长和他的老婆都跟你这么熟悉，看来关系不一般啦。李小叶说，我哪比得上你呀，林老板的大秘书，你认识的领导、老板可比我多多了。杜咪说，你别谦虚了，一个卖保险的小女子，现在是山鸡变成金凤凰，令人刮目相看啊！

两个人开心地笑着一起走进餐厅里。

吃完饭后，参加庆典活动的人陆续离去。黄副市长没有走，广东老板和林亚雄陪同他去打高尔夫球。夫人徐大姐也没有走，与几个姐妹朋友去体验酒店里的室内温泉。李小叶和杜咪也没有走，他们去了酒店后面的室外露天温泉，享受在南山大自然野外泡汤的美妙。

黄副市长在打球时，向林亚雄提起了加快白河工业园区建设的事情，他最近带着人到发展先进的南方城市去进行了考察，对招商引资进行了调研，感到市里的步伐还是太慢了，思想不够解放，胆子也不够大，前怕狼后怕虎，老是跟在别人屁股后面走一步看一步，这样下去就会坐失发展的机遇。他希望除了政府大力支持外，企业家们、投资开发商们，包括金融界领导都要积极主动有所作为。

林亚雄说，现在主要的问题还是资金紧缺。

黄副市长说，这个问题要专门召开一次金融会议。他突然想起什么，问道，听说你征的那片地还有一些问题？农民告状告到我这里来了。

林亚雄欲张口，却不知该如何说。

黄副市长说，你有话就说，不要吞吞吐吐的。

林亚雄说，黄市长，是这样的，我们征的那片地是一个叫白河村的，政府拿到手时是每亩三万多，给我们几乎就翻了一番，我们的开发成本加大了不说，村里的农民也不高兴，天天闹着要我们给他们补偿。现在还有一大半的地闲着，里面长满了草，村里的一些老人也不愿意搬走，甚至在征用的土地里偷偷种上了庄稼，常常跟我们的保安发生冲突。我们感到很恼火，但也没有办法。

黄副市长发火道，你什么意思，你是说我们政府把钱赚了，把你们坑了？

林亚雄说，我可没这么说。

黄副市长说，你就这个意思，土地是国家的，征地的钱再多也进不了我黄文的口袋，政府把地卖给你们，是给你们企业一个发展的机会，中间出现的问题，当然要靠你们自己去解决，难道还要政府把你们当成两三岁的小孩天天抱着哄着？

林亚雄不吭声了。

黄副市长问，园区里这样的情况还有没有？

林亚雄小声说，不止我一家。

黄副市长的脸一下就黑了，黑得很难看。

一边的广东高老板见状赶紧打岔，说，黄市长，今天天气好，我陪你多打几洞，咱们不谈工作上的事啦，相信林总自然会有办法的嘛。黄副市长对林亚雄说，反正你不要给我找麻烦。林亚雄说，你放心吧，我会摆平的。黄副市长挥起杆，将草地上的球打了出去，白色的小球在天空中画出一条长长的弧线飞向远处。

广东老板和林亚雄鼓掌叫好。

这个时候，李小叶和杜咪正在酒店后面的露天温泉里泡汤，由于室外的天气还比较寒冷，到野外来的人很少，只有几个青年男女穿着泳装，在汤池里嬉笑打闹。室外的温泉汤池按照山的自然环境建造，有大有小，错落有致，或掩隐在树木之中，或藏匿在山石后面，水色泛蓝，清澈见底，水面飘着白色的热气，并散发出一股矿物质的气味。人在水里一点不觉得寒冷，反而感到身体温暖热胀，皮肤被泡得红红的，非常的舒适，加上山里自然清新的空气，的确是一种难得的享受。

李小叶躺在丝滑的温泉水里，不无感叹地说，这真是有钱人享受的生活啊。

杜咪说，不光是有钱人，还有有权人。

李小叶说，唉，可惜这两种人我们都不是。

杜咪说，你说错了，有权人我们这辈子是做不了了，但有钱人还不一定呢。男人喜欢权，女人喜欢钱，各有各的道吧。

李小叶笑道，那我们就泡在这里做有钱人的梦吧。

杜咪感叹地说，如今有钱就是大爷，没钱就是孙子。你看那个土鳖一样的广东老板，就因为有钱，为了炫富，请来这么多人来凑热闹，连市长大人也来给他捧场。

李小叶说，你只要跟上林亚雄，离有钱人的距离已经不远了。

杜咪撇嘴说，他整天说要跟他在加拿大的老婆离婚，可到现在也还没有个结果。其实，我无所谓，他离不离婚没关系，我只要有钱就行了，有了钱我照样可以享受这样的生活。我年轻，我才不怕呢。

李小叶说，我很羡慕你，想做什么就做什么。

杜咪说，人不能白活嘛，对不对？我看你现在也不错，有小茶馆的生意，有保险公司的佣金和奖金，穿的衣服也高档时尚，像个有钱人了。

李小叶笑道，别挖苦我了，我哪有钱啊，今天穿的衣服，纯粹是打肿脸充胖子，为了给自己壮胆撑面子嘛。

杜咪说，你少跟我哭穷，我又不向你借钱。

李小叶说，那我向你借钱行不？

杜咪说，去你的，我才不借呢，要借找你的帅哥去。

李小叶说，他可是个穷光蛋，没钱。

杜咪说，没钱你还找他？

李小叶说，我乐意。

杜咪笑道，看来你已经坠入情网了，坦白交代上床了没有，嘻嘻嘻嘻。

李小叶脸一红，将水向杜咪打过去，你这个骚女子，真是狗嘴里吐不出象牙来。

杜咪笑着也把水撩过来，看你还装，装——

两个人又打闹起来，野外的温泉汤池里，不时响起她们嬉笑的声音，在空旷的南山里回荡。

这一天，林亚雄与白河村的贾兴旺村主任约好了在工业生态园区旁边的老村子里见面，商谈有关征地补偿的问题。前不久，公司为村里修建的安置房已经建好，按计划在春节前村民们应该都要搬迁入住，可是林亚雄得到消息，村里的一些老人迟迟不肯搬家，死活住在自己破烂的房子里，谁说也没有用。如果村民搬迁不完，就会给公司的开发工作带来困难，弄不好还会引发公司与村民的冲突。如果出了事，跟黄副市长就不好交代了。

林亚雄因此感到担心。他除了带上秘书杜咪之外，还把宏达投资公司的总经理钱彪也叫来了。随车除了带上一些米面油和水果之类的东西外，还用一个信封装了三千块钱礼金，放在杜咪的包里。村主任毕竟是白河村的领导，大小也是一方诸侯，是权势之人，绝不能小觑。初次见面总得有个礼信。

车出了城区，直奔白河工业园区的方向。春天到来之后，郊外变得一片新绿，宽阔的大地几乎跟天空连成一片，不时看见成群的鸟儿在田野里飞过。道路很好，六车道双向行驶，平坦开阔，隔离段和道路两边有修剪整齐的绿化树木，这条路是专门为市里通往白河工业园区而新修建的，取名叫白河大道。以前东郊这片地方，都是一些破烂低矮的房屋，有的用烂砖头砌成，有的还是过去的土墙，房顶上搭着简易石棉瓦，或者编织袋布，是所谓的棚户区。住户有附近小工厂的工人、种地的农民、做小买卖的摊贩，还有回收废品和垃圾的人，这片区域经济非常落后。现在，那些过去的景象都见不到了，取而代之的是一座座正在修建的高楼，还有绿地花园，面貌焕然一新。

不一会儿，就看到了白河。

林亚雄是在白河边长大的，他家过去就在白河边的一家军工厂里，他小时候经常和邻居伙伴光着屁股在白河里游泳抓鱼，在河滩边翻跟头，爬到小木船上比谁尿得远。那时候白河水非常清澈，尿画着弧线钻进水里，都能看见一串串泡泡，还有小鱼游过来。后来就不行了，由于东郊增加了纺织厂和造纸厂，排水造成污染，城里的车又天天在河边倒垃圾，加上不知什么原因上游干涸，河水越来越少，河道变窄，到了夏天蚊虫满天飞，臭味传十里，河里再也见不到鱼虾了，人们也不能下河游泳了。

现在政府对白河进行了治理，应该说情况有了很大的变化，过去的纺织厂纷纷倒闭，造纸厂很多也已经搬走，并且不让城里的车随便倒垃圾，污染的情况已经得到了明显改善。但是，河两岸形成的烂滩地和沼泽地，仍然像是人身上的一块脓包和烂皮癣，难看难闻难以治愈，成为城市郊区建设的一块顽疾，也制约了当地的经济发展。

市政府提出在白河边建设工业生态产业园区，有人举手赞成，有人表示反对。

赞成的人说可以改善周边条件，激活当地经济发展，拉动社会需求，提高 GTP。反对的人说会破坏当地环境，造成工业污染，影响白河水质，危害老百姓生活。到底是要发展还是要环境，众说纷纭，莫衷一是，公有公的道理，婆有婆的说法。但最终在黄副市长的坚持下，白河工业园区的建设项目还是上马了。

林亚雄不管这些，他看到的只是商机。作为一个在商海里辛苦打拼了二三十年的商人，他绝不会放过任何一次能够赚钱的机遇。对于他来说，赚钱就是硬道理。因此，在政府的征地拍卖中，他一口气拿下了工业园区内近千亩土地，包括荒芜的河滩地和白河村的土地，算得上是园区里的一个大户了。

之所以不惜巨资在这里抛下赌注，林亚雄有他自己的算盘。他知道，随着城市的发展，土地资源会越来越少，过了这个村就没有这个店了，以后谁占有土地资源，谁就是市场的老大。这些土地即便是三五年内盖不起房子，土地也在不断地增值，比他拿到的价格会翻许多倍。所以，一些土地闲置在那里他并不着急，他只是担心政府的宣传推动不够，招商引资不力，金融单位不予支持和配合，这会给他的资金运转带来影响。至于与村民的矛盾问题，他认为也不算什么，再大的问题不就是钱的问题，凡是钱可以解决的问题，都不是问题。但政府的人不这么看，他们要的是政绩，要的是有所作为，要的是上级领导的认可和政府形象。所以，他们害怕老百姓闹事，怕影响他们的脸面，也怕影响他们的官位。在官员心里，政绩和稳定比什么都重要。

林亚雄要做的，就是在这些利益关系上找到一个平衡点。

想到资金的问题，由于商业用地占了一大块，住宅的楼盘开发又占了一大块，还有一些相关的项目也在启动，都需要大量的资金。林亚雄明显感到手里有些周转不过来。现在找银行贷款越来越困难，其他的融资渠道也非常狭窄，并且成本很高、风险也大。因此，他寄希望于宏达投资公司的钱彪，希望他能够多筹集资金，弥补大唐飞龙集团目前的资金短板。毕竟自己也是宏达投资公司的一大股东，钱彪又是跟随了自己多年的小兄弟，大家知根知底，关键时候可以互相帮衬一把。

林亚雄在车上对身边的钱彪说，你那里筹钱的事，还得替我抓紧啊，现在政府催得急，说工业园搞得太慢，影响了招商引资，完不成原定的目标和计划，不好给上面交代。

钱彪说，这怎么能怪罪我们，明明是政府无能嘛。

林亚雄正色制止道，你胡说什么 ，以后在外面闭上你这张臭嘴。

钱彪也感觉自己的话有些过，赶紧解释说，我就那个意思而已。

林亚雄说，闭嘴！

钱彪说，好，我不说了。

杜咪在前面的后视镜里斜了钱彪一眼。

司机田三不吭声，把住方向盘，眼睛看着前方。他好像永远是个哑巴。

林亚雄说，还没说完呢。

钱彪故意装傻，说啥？

林亚雄在钱彪脑袋上拍了一巴掌，钱呢？

钱彪赶紧说，林哥，钱没有问题，你放心吧，兄弟会替你想办法的。有的是路子，不过都砸在这个工业园里，值不值当？

林亚雄说，你懂个屁。我在这个江湖上摸爬滚打了几十年，走到今天，就总结出一条经验，那就是听共产党的话，跟着政府走，绝对没错，保证稳赚不赔。

钱彪赶紧说，是是是，林哥高见，高见。

林亚雄笑了，说，你小子真会拍马屁啊。

杜咪在一边笑了。

车穿过正在新建的工业园区，穿过大唐飞龙集团开发的楼盘，进入到白河村原来的地面，现在这些土地包括里面的村子，都是飞龙集团的。刚买过来时，有的地里还长满了庄稼，现在里面已经是杂草丛生，地界上拉上了铁丝围栏，并派有公司的保安看守和巡逻。

小车在老村口停了下来。

林亚雄之所以选择在老村子与村主任贾兴旺见面，一是想看看村民们搬迁的情况；二是现在这里是自己的地面，老百姓不敢与他发生冲突。按说与一个村主任见面不应该由他老总亲自出面，派一个下面部门的负责人就足矣。杜咪也劝他不要来，说这里的村民很刁，前几天有几个村民就把一个看守工地的保安队员打伤了，说是不让他们进入自家原来的庄稼地里。后来村民和保安队差点打起来，还是镇政府领导出面才把事情压了下去。因此，林亚雄觉得自己还是要来，别看村主任这个官不大，可也是一方诸侯，天高皇帝远，天不怕地不怕，有时候二起来，还拿他真没有办法。村民们在后面闹事，村主任心里当然清楚，无非是要作为谈判的筹码，向开发公司多要些钱罢了。强龙要降住地头蛇，他得亲自出面。

村主任贾兴旺头戴一顶黑色的小布帽，嘴里吧吧地抽着烟，已经站在村口等他们了，旁边还带着一个陪同的人。

这个叫贾兴旺的村主任，曾经来过公司找过林亚雄，但林亚雄没有见他。听说这人过去在外面当过包工头，见过一些世面，也挣到一些钱。后来回村后，又带着村里的人在白河边淘河沙卖，搞建筑材料加工，村民们就选他当了村主任。林亚雄还听说，政府征地时，他突击加高加宽了自己家的房子，在空地里新栽了树苗，结果多拿了不少的征地款和安置费，也多分了一套安置房。可见这种人，就像白河里的石头，又滑又硬，不好对付。

林亚雄一下车就跟村主任打招呼，贾主任，让你久等了。

贾兴旺笑着说，没关系，等你这样的大老板，值得。

林亚雄叫杜咪把带来的米面油和水果，还有信封里装的三千块钱的礼金交给村主任贾兴旺，说，一点心意，不成敬意。

贾兴旺毫不客气地叫身边的人收下，说一声谢了。

林亚雄问，还有多少人没有搬走？

贾兴旺回答，十几户吧。

林亚雄放眼看去，村子里大多数人都搬走了，还有一些人正在用农用车和三轮车搬家，门口、路边到处是丢弃的杂物和破烂不要的东西，整个村庄变得很冷清也很凌乱，一片破败的景象。本来小村子就只有几十户人家，房屋也陈旧，人走房空，没有人气，给人一种荒凉的感觉。但是，他们搬到靠近镇上的安置房就大不同了，那里是楼房，有电有水有暖气，离街上也不远，生活交通都比老村子舒适方便，不知为什么还有一些村民不愿意搬走。

林亚雄问，年前能说动他们搬完吗？

村主任说，说不动，都是老人。

林亚雄开门见山地说，那我们谈条件吧。

这时候，几个搬家的村民回过头来看着他们。村主任贾兴旺板着脸扯着嗓子吼了一声，驴尿的，看啥看？还不赶紧把家里破烂玩意儿拉走，坛坛罐罐不要的就撇下，留给工业园的人当尿壶，哈哈。一个村民喊，老子不想走！贾兴旺吼道，不想走有本事就留下，看你媳妇愿不愿意。一个村民说，我尿泡尿再走行不？留个纪念。说完，当众就脱下裤子，掏出东西就尿。贾兴旺骂道，狗日的，坏屃！

林亚雄皱了皱眉头。

杜咪转过脸去。

钱彪鼻子里哼了一声。

贾兴旺回头对林亚雄笑笑说，不好意思啊，农村人没文化，也不文明，不用粗话压不住。

双方开始谈判。林亚雄说，公司研究同意给村里一定的征地和搬迁补偿，希望村里提出一个合适的价格，大家商议。我今天还特地把宏达投资公司的钱老板也请来了，资金方面好进行运作和保证。

钱彪向村主任贾兴旺点头表示了一下。

贾兴旺提议，五一节快到了，能不能先给村民们按照刚才给他的米面油水果一家一份，算是开发公司给搬迁户的慰问，相信这么大的公司，这点钱应该出得起。

杜咪想说话，被林亚雄挡住了。他点头说，可以，小事情。

贾兴旺说，村民搬迁后，没有了土地，也就没有了生活来源，以后要公司安置村里的人到工业园上班。

杜咪插话说，政府已经给了你们征地费和安置费，我们还给你们盖了安置房，难道还要把你们供养起来不成？

贾兴旺说，村民们是去上班，不是要你们养的。

杜咪说，说得好听。

林亚雄说，可以，只要我们提供的工作岗位，村民们做得了，或者不嫌弃，我们表示欢迎。

贾兴旺接着说，你们现在有的土地还闲置着，房子也盖不了这么快，三年五年不用，能不能让村民们继续耕种？今年里面长的庄稼，才刚起苗苗呢，以后也就是挣点油盐钱。

林亚雄说，不行，土地现在已经归我们了，村民不能再使用。

贾兴旺说，反正闲着也是闲着，多可惜啊。

林亚雄坚决地说，那也不行。

贾兴旺摘下黑布帽子在身上拍打了几下，装出一副无所谓的样子说，好吧，这件事我是管不住的，村民要到地里去，你们就看着办吧。

钱彪在一边忍不住火了，你别威胁人，老子可不吃这一套。

林亚雄说，还是谈补偿的问题吧。

贾兴旺说，好，谈补偿的问题，因为这涉及今后村民的医疗和养老，是一辈子的事情，我们村委会研究了，提了一个方案，林总你看看。说完，叫旁边站着的人掏出几张纸递给林亚雄。

杜咪喊道，怎么成了一辈子的事情了？

林亚雄眼睛在纸上扫了一下，不由得哈哈大笑起来。

杜咪和钱彪感到诧异。

贾兴旺眼睛盯着林亚雄问，你笑啥？

林亚雄笑道，你这个狮子开口也开得太大了，我可喂不饱你呀，哈哈。说完，把纸扔给了贾兴旺。

贾兴旺不死心地说，林老板，农民没有了土地，以后子孙饭都没屎吃了，你们开发商赚了大钱，补偿这些对你们来说，只是九牛一毛，咋叫大开口啊？

林亚雄正色道，我的钱也是一分一厘挣来的，不能随随便便地乱花。我们公司不是慈善机构，也不是寺庙，我们要讲经济效益，讲经营成本。再说，做啥事情都有个规矩，得按规矩来。

贾兴旺也不让步，愤愤地说，规矩不光是你们定的，大家要讲公平。

林亚雄说，那好，你就去和政府讲吧，土地是他们卖给我的，不是你卖给我的。你觉得吃亏了，我还认为是我帮助了你们。公平的原则是由政府定的，你去找政府吧！

钱彪拉着林亚雄说，哥，这人是个生驴子，还谈个屁！我们走人。

杜咪也瞥了贾兴旺一眼，你心也太贪了。

三人气得转身上车，离开了老村子。这事情没法谈下去，跟这伙农民打交道，简直就是对牛弹琴！

贾兴旺在后面跳起来喊叫，老子要公平——

就这样，谈判破裂，大家分道扬镳。

然而事后，林亚雄考虑到要给黄副市长一个交代，保证村民不去找政府的麻烦，就按自己承诺的，在五一前给白河村的村民，每家每户送了米面油和水果。节日之后，又招收了十几个村里的青年男女，到工业园的建筑工地上班。

但是，关于补偿金和使用闲置土地的问题，林亚雄绝不松口。村主任贾兴旺又来到公司谈了几次，双方还是没有达成一致意见。表面上看，事情平息下来了，但由于根本的问题没有解决，一些村民仍然没有从老村子里搬走，老百姓擅闯公司地里种庄稼的事情时有发生，双方的矛盾在不断地酝酿升级，为后来发生的冲突埋下了伏笔。

# 二十五

这一年的夏天，李小叶决定在省城买房子了。

她要有一个真正属于自己的家。在外打工的人都知道，如果在一个城市没有属于自己的房子——哪怕只有二三十平方米的小屋，那就像河里漂流的草木一样永远没有根，或者说就像一条流浪狗一样只有四处漂泊没有归宿。但是，一个打工者能够在一座城市里买得起房子，是件谈何容易的事情，那得拼多大的力气，靠多少个日夜的付出啊。然而，李小叶现在有钱了，可以买漂亮的衣服和进口小包，可以出入高档酒店和私人会所，可以去美容店和咖啡厅消费，当然也可以买一套属于自己的房子了。

康南的贫困山区，李小叶肯定是不会回去，那里留下了她太多的痛苦记忆。而在南郊出租屋居住的日子，又让她感受了太多生活的艰辛。在这个城中村阴暗狭窄的屋子里，夏天没有空调，冬天没有暖气，夜里上厕所要从三楼下到一楼。白天可以听见外面喝酒吵闹的声音，可以闻到垃圾和下水道腐臭的气味；夜里可以看见老鼠肆无忌惮地在屋里跑来跑去吱吱乱叫，女儿经常被吓得从梦里惊醒。这样的地方不可能长久居住下去。

家里母亲的病情虽然得到了控制，可康城的医疗条件毕竟有限，要得到很好的治疗还必须到省城的大医院。李小叶听父亲打来电话说，山上的国有茶场已经改制，准备招商引资搞开发，打算建茶园和旅游度假村，要收购家里的茶地，他们没有答应。如果卖了茶地，今后的日子怎么过？但是今后茶山被私人老板垄断，收购价格就会被压低，家里挣钱就艰难了，全要指望在省城的李小叶在她的一叶楼进行销售。父亲还说，大喜现在已经考上了大学，毕业后肯定不会回坝子镇，更不会回到山上种茶叶。二叶在镇上认识了一个跑药材运输的男人，家是湖北的，也许用不了多久，她就会跟那个跑运输的男人结婚嫁到湖北去。二叶一走，家里就没有人照顾母亲了。李小叶知道了这些后，心里很是不安，迟早她都要把父母从家乡接到省城来一起居住，这样她的心里才会踏实。

这样一来，李小叶白天黑夜满脑子里想的都是房子、房子、房子。

有一次，方明亮半开玩笑地说，你别带着孩子住那个出租屋了，跟我住在一起算了。我有房子，我们两家人合为一家人不是很好吗？李小叶明白他的意思，没有说话，只是微微一笑 。李小叶心想，自己就是跟他好了，也不可能去住他的房子。她要的是一个自己的家。再说，以后父母从老家来怎么住？

她开始留心城市里的房子，一有空就偷偷去看新建的楼盘，有时候也向好朋友杜咪请教一些房地产的信息和知识。杜咪问她是不是打算买房子啊，要买的话可以帮她的忙，林亚雄在白河工业园区和市区里都有楼盘，价格可以很优惠的。李小叶说，我哪有钱买，只是问问而已。

李小叶不愿意现在就把买房子的事情告诉杜咪，否则她会刨根问底，你怎么会有这么多钱啊？当然，单位的人更不能知道，她一个普通营销员，才来省城几年就买房子，那会成为公司轰动的新闻，也会受到很多人的质疑。买房必须悄悄地进行，不能张扬，谁也不能告诉。

李小叶常常想象着自己的房子是个什么样子。

这一天，李小叶约了一个保险女客户在一叶楼喝茶，谈完业务上的事情，不知怎么就谈到了房子上，而且很快谈到了离南湖边不远的一个楼盘。这个楼盘李小叶去看过，是一个中高端的房产，房子质量不错，小区里环境也好，打开窗就可以看到南湖，看到湖对面的一叶楼，是一个理想的地方。

北方地区缺水，省城里有这样一处南湖，周围的房价就要比别的地方要高出许多，而且购买者趋之若鹜。这个楼盘第一期推出后，立马就销售告罄，房价一路高升。第二期刚挖一个坑，就开始排号，房价贵了百分之十，李小叶只好望而却步。这个女客户是做服装生意的，她说认识一个朋友，是北山地区挖煤的老板，在这个楼盘里买了一期的好几套房子，最近说手里有点紧需要资金，问卖服装的女客户要不要买房，可以原价让给她一套。女客户的孩子在国外读书，自己打算今后移民到国外去，不想再买房子了。她告诉李小叶，如果想要，她就跟这个煤老板联系。李小叶心里一喜，说先去看看。于是，女客户就打电话联系了那个北山的煤老板，约好了见面时间。

第二天，女客户带着李小叶来到离南湖不远的楼盘，在门口见到了那个煤老板。煤老板是个五十多岁的中年人，黑红的脸膛，中等个子，其貌不扬，从一辆路虎车里跳出来。三个人简单做了介绍，然后就进了楼盘里去看房子。煤老板一共买了四套房子，有顶楼的有中间的也有一楼的，顶天立地全齐了，都打开让李小叶看。煤老板真是有钱，四套房子大小不一，下来少说也要值上七八百万元。然而，对于他来说，这不过就是几车煤的事情。煤老板说，要不是他手里急需现金周转，他是不打算让出房子的，而且如果是卖服装的女老板要，他才愿意以原价卖出。李小叶说，你在这里有四套房子，四不好听，卖出一套剩下三，三好。《道德经》上说，道生一，一生二，二生三，三生万物。这样就吉利了。煤老板一拍脑袋，好像醒悟了似的说，哎呀，妹子你说得对，我最近生意就是有点背，这四套房子随便你挑一套好了，就按原价给你。李小叶和女客户都笑了起来。

李小叶最后选择了一楼的房子，三室两厅两卫，一百六十平方米，后面带一个花园，十分接地气，适合父母搬来后居住，出门锻炼或买东西也方便，还可以在花园里养养花草，晒晒太阳，消磨时光。一家人居住足够了，家里的狗狗来了，也有地方养着。最重要的是，房子是精装房，简欧风格，是李小叶喜欢的，不需要再费劲装修了，买好家具随时就可以入住。

李小叶感到非常满意。

由于煤老板急需要钱，说好了一周内把钱准备好，一次付清。当时一期的房价不算太贵，精装房才一百五十万。李小叶一听，心里也咯噔了两下，虽说是原价让出，但这也不是一个小数目了。好在她现在手里掌握着大量资金，有卖保险的钱，有一叶楼的生意，还有“财富年年红”与宏达投资公司的合作投资，她不怕自己没有钱，也不怕自己赚不来钱。

李小叶很快凑齐了一百五十万。

李小叶是以父母的名字买下这一套房子的，之所以用父母的名字而不用她的名字，她有自己的考虑。李小叶打电话叫父母寄来户口本和身份证，说是要在省城办茶楼的营业执照，两个老人不懂，很快就寄来了户口本和身份证。几天后，李小叶和煤老板在市房产交易中心见面，办完房产过户手续之后，她就在旁边的银行里把钱一次打到了煤老板的卡上。

双方握手，事情圆满结束。李小叶终于有了属于自己的房子，她对今后的日子充满了憧憬和希望。

没过多久，有了钱的李小叶又萌发了买车的念头。

北方秋天的雨季来临，大雨下个不停，整个城市都湿透了，到处都是雨水，有的地方道路也被淹没，出行成了问题。李小叶可遭殃了，她一早一晚要送接孩子去幼儿园，公共汽车人多挤不上去，出租车也难打，有时候连三轮摩托车都叫不上。连续几天，她送孩子到幼儿园都迟到了，老师的脸拉下来，明显对她不高兴了。方明亮说他开车来接送，她嫌麻烦，这样的困难自己可以克服。

这一天早晨，雨下得更大，而且还刮着风。李小叶比往日起得要更早一些，打着雨伞带着女儿快步出了门。坐车上班的人实在是太多了，又下着大雨，公共汽车一来人们就蜂拥而上，李小叶抱着女儿几次都没有挤上公共汽车。她的雨伞在挤车中被扯坏了，女儿也被挤车的场面吓得恐惧不安。公共汽车坐不上，就准备打出租车。可是出租车都不停歇，里面都坐有人，飞一般地驶过。李小叶不停招手也没有用。时间一分一秒地过去，她急得在雨里团团乱转。

终于有一辆平日拉货的面包车停在跟前，李小叶不顾一切，抱着女儿就冲了过去。门开了，前面座位已经塞满，后排上还有两个空的。李小叶习惯性地问了一句，去城里阳光幼儿园多少钱？开车的司机生硬地撂下一句，五十。这显然是一个黑车，张口乱要价。李小叶说，太贵了，公共汽车才两块钱，你这不是宰人吗？司机牛皮地说，爱坐不坐，嫌贵自己开车呀。一句话把李小叶噎住了。

正说着，两个年轻人跑了过来，二话没说就抢钻进车里，扔给司机一百元，车门啪一声就关上了。开车的司机朝李小叶扬了扬手里的大票子，嘲笑着踩下油门把车开走了。李小叶心里感到非常的屈辱，气得捡起地上的一个饮料瓶，就朝拉货的面包车扔去——她拉着女儿，撑着扯坏的破雨伞愣愣地站在原地，冰凉的雨水扑打在她的脸颊和身上……

事后，李小叶发誓一定要买一辆车，再不受这样的屈辱。钱，不成问题。

买车前要先学会开车。李小叶花三千块钱报名找了一家驾校，小车单教，老师傅带着她一对一手把手训练，每星期一次，三个月学完，然后通过考试拿到驾照。

学车的时候已是冬天，天气寒冷。第一周先讲理论，然后才开始上车摸方向盘。李小叶每个星期天来到郊外的一片空地上，跟着驾校的老师傅学习开车，从启动、行进、绕圈到倒库这些最基础的动作开始，一步一步地学起。北方的冬天，寒风刺骨，坐在破旧的教练车上就像在冰窖里一样，李小叶冻得浑身发抖，握着方向盘的双手一阵阵刺痛。她要戴手套，被老师傅吼着脱了下来。老师傅说，怕冷别来学车，学不好会出去害人的，也会害了自己。从此，老师傅怎么说，她就怎么做。李小叶学得认真，进步很快。

终于到了考试的日子。考试分科目一、科目二、科目三，科目一是理论，科目二是倒库，科目三是路考，必须每一个科目都得及格通过才行。理论考试，李小叶没有问题，就担心后面的两个实际操作项目。教车老师傅说了，驾驶考试是关键，很多学车的人都在这后面两关被淘汰下来。尤其是倒库，看似简单，往往很多学车人考试时，车屁股大都越线或压倒杆子，甚至有人还把车倒进路边的水坑里。如果考试被淘汰，就要等待时间重考，直到通过为止，很是麻烦。

李小叶一听有些胆怯了，她最怕倒库，车往后倒，脑袋后面又没有长眼睛，光凭两边的后视镜是没有感觉的。她每次倒车总是斜在一边。有一起学车的人给她出主意，说不用紧张，花点钱就搞定了，现在马路上开车的，有几个是正儿八经通过考试的，还不是暗地里塞了钱，考官睁只眼闭只眼也就过了，何必这么认真。李小叶想，现在社会上的确有这种现象，但是既然学车就要把技术学到，考试通不过说明技术不过关，就是花钱拿到驾照了，今后开车也是个危险，咱要对别人的生命负责任，更要对自己的生命负责任。

李小叶只好找方明亮帮忙，叫他陪自己练习倒库。

每天晚上女儿睡着了以后，李小叶就坐方明亮的北京吉普车到城外一条没有修通的公路上进行练习。半夜里这里没有人也没有车，显得安静又空旷。借着路灯微弱的光线，李小叶握着方向盘，在方明亮的指点下，一次次地练习倒车。虽然天气寒冷，但有方明亮在身边，她感到很温暖。经过几天的突击训练，她的倒库技术突飞猛进。到了考试的这一天，李小叶已是胸有成竹，充满信心，顺利通过了倒库和路考两个科目，不久后便拿到了驾驶执照。

李小叶欣喜若狂。她终于靠自己的努力获得了成功。当然，也离不开方明亮最后的帮助。她觉得方明亮这人，有时候有点清高，有点迂腐，有点太认真，但做人还是实在的、靠谱的。拿到驾照这天，她请方明亮一起吃了顿饭，表示庆祝，两个人都很开心。方明亮说，你拿到了驾照，以后我的北京吉普车也可以开了。李小叶说，我才不开你的老爷车，我要开漂亮的小轿车。她的脸上掠过一种从未有过的自信。

李小叶开始到城市里的各个汽车 4S 店里看车，进口的国产的，高档的中低档的，看得她眼花缭乱拿不定主意。她想，现在买车是不是太张扬了，太惹人眼目了。公司里除了贺经理和马经理开着公司的车外，其他人还没有几个开私家车的，她一个营销员要是开车上班，公司里还不炸开了锅？但又想，其实现在有车的人很多，车已经不是财富的象征了，只是一个代步的交通工具而已。只要有钱，买辆车不成问题。自己有了车，一方面可以接送女儿到幼儿园；另一方面也方便与保险客户们见面，提高卖保险的效率。现在是一个竞争时代，保险营销员在城市里跑街多如蚂蚁，如果没有现代化的交通工具做支撑，就难在竞争中跑在前面。

李小叶最后决定还是买，但要悄悄地买，就跟买房子一样，谁也不告诉。她憧憬着，与宏达投资公司的合作第二年将要到期，如果一切顺利，她不仅可以获得巨大的回报，而且还可以继续运作，把资金的雪球越滚越大。一叶楼的生意依然向好，客人越来越多，家乡的茶叶经她大力宣传，在省城的销售已经打开了局面。她这个女老板，很快就可以从幕后走向前台。同时，她在保险公司的表现和业绩，也是无人能比，在公司稳居第一。作为公司的一名销售经理、个人精英，她将成为全省系统保险营销员的一面旗帜。她这样的身份，拥有一辆小车是恰如其分的。

李小叶无数次想象着自己开着小车在这座城市里穿行的情景，两边的街道和林立的高楼大厦一一从眼前闪过，行人们向她投来羡慕的眼光，仿佛自己就是这座城市的主人，心情无比的畅爽。这是一件多么惬意而又美妙的事情啊！

于是，到了年底的时候，李小叶终于下决心买了一辆进口的红色小轿车。这一天，她来到郊外汽车城的4S店，一进玻璃大门，那辆红色的进口小车就撞进了她的眼帘，就像一团燃烧的火焰耀人眼目。李小叶心里猛地一跳，这正是她想要的。红色代表激情和生命，并显示出蓬勃的活力。而轿车流畅的曲线，又如同是女人，非常的柔美，加上车内在的高端品质，的确是达到了一个完美的结合。李小叶坐在车里，眼睛一阵阵发亮。她对身边卖车的小伙说，这辆车我要了。

卖车小伙高兴地说，姐，你真有眼光。这辆车是前几天才进店的新款，好几个女顾客都看上了，还没拿定主意。姐要了，说明它跟你有缘分啊。不过，这款车需要预订，三个月后才有车。

李小叶说，我现在就要车。

卖车小伙说，现车是要加价的。

李小叶说，钱不是问题。

卖车小伙忙说，姐真爽快。

李小叶来到VIP房间，坐到沙发上。卖车小伙殷勤地端来咖啡，拿来了购车的合同。小伙问是缴全款还是贷款，李小叶说全款，她嫌贷款手续麻烦。小伙说，姐太聪明了，全款好，实际比贷款便宜。李小叶很快填好了合同，在卖车小伙拿来的POS机上刷了卡。半个小时不到，办完了所有购车手续——大厅里的红色进口小轿车现在属于她了。李小叶的心激动得怦怦地狂跳。

卖车小伙说，姐，车你啥时候开走？

李小叶说，你们先替我办理好一切手续，然后通知我，等我有空了就过来开走。

卖车小伙说，好的，姐你要抓紧时间啊。

李小叶说，知道了。

一个星期后，李小叶把这辆红色的进口小车开出了4S店，开回了自己在南湖边买房的小区里，停在了地下的停车库。一个接一个的梦想就这样开始实现了……

冬天真正寒冷的时候，李小叶听到了一个不好的消息。这个消息说，煤炭降价了。

最先得知这个消息，是在晚上看电视时。女播音员先播了一条驾车撞人的新闻，说是一个开车的女司机，错把油门当刹车，冲到了路边人行道上，撞倒几个人后，冲进一个店铺里——她瞪大眼睛看着车辆撞人的惨景，以及女司机惊慌失措脸色苍白的样子。她自己也吓出了一身冷汗，没想到开车还有这么大的危险！接着，女播音员就说了煤炭降价的事情，电视上出现了煤矿和拉煤车的画面。

要是过去，煤炭降价是与她没有一点关系的，似乎也影响不了她的生活，但现在她对此变得敏感起来，女播音员的每一个字钻进大脑就像虫子一样啃噬着她的神经。

李小叶忽然想起煤炭降价是跟自己有关系的。她听宏达投资公司的总经理钱彪说过，“财富年年红”保险理财筹集的钱，就是投到了北山地区的煤矿油矿和白河工业园区。北山地区的煤矿油矿这几年生意很火，煤老板油老板们都赚了大钱，过去的这一片不毛之地成为富得流油的地方，各地投资的钱像雪片一样飞到那里。房地产业也随之兴起，一座座高楼从黄土和沙漠里耸立起来，就像是人们向往的人间天堂一样。而白河工业园区，则是市政府的重点开发项目，将来要打造成为国际化的产业集群，发展前景蔚为可观。这几项投资，赚钱是不言而喻的。事实上，第一次的分红回报，也证实了钱彪投资的方向没有问题。

可是，进入这个冬天之后，情况开始发生了变化。

先是气候变得异常。天空中出现了一种叫作雾霾的东西，除了寒冷，城市里变得一片昏暗，模糊不清。大白天，城市的路灯和车辆都亮起了灯光，行人戴上了厚厚的口罩，还有的年轻人戴上了一种像防毒面具的东西，很是夸张。以前城市里冬天有雾，这很正常，可是出现了霾，人们就搞不清楚了，霾到底是个什么玩意儿？后来广播报纸电视对霾做了解释，才知道是空气中的一种有害物质。比如煤灰、汽车尾气、工业污染、建筑废料等。

李小叶以为，霾是一种看不见摸不着的东西。可是有一天，她早晨带着女儿出门，在路上就感受了什么叫霾。先是闻到一股怪怪的味道，就像汽车轮胎烧焦了那样，又像是咸鸭蛋发臭的气味，令人感到胸闷窒息。接着，她看见空气中有一些物质在飘舞，很细小的东西，几乎让人看不清楚，但却实实在在地存在，就像夏日黄昏里雨点般狂飞的蚊虫，向人发起袭击，钻进人的鼻孔和嘴里，甚至眼睛和耳朵里。

李小叶抱起女儿赶紧躲避。

在雾霾没有出现之前，城市里过去出现过沙尘暴，也是昏天黑地的。有人说，沙尘暴就来自内蒙古的沙漠和北山地区的黄土，它们掠过北方的城市，飞到了秀丽的南方，而且还笼罩了美丽的上海。更有夸张的说法是，日本人说中国的沙尘暴越洋过海，刮到了他们的岛国，给他们的城市造成了污染，向中国提出抗议。这简直是无稽之谈！但也有人调侃说，日本人以后不老实，要跟我们争钓鱼岛，就给他们搞点沙尘暴去，我们内蒙古的沙漠和北山地区的黄土多的是，从空中撒点过去很方便。这虽然是个笑话，但说明沙尘暴是自然环境造成的，而雾霾却是人为造成的。

表面上看，我们的天空被污染了，我们的大地被污染了，我们的河流被污染了，我们的空气被污染了。而实际上，是我们的生活被污染了，是我们的大脑被污染了，我们的良心被污染了。我们破坏自然，破坏资源，老天爷当然要惩罚我们。

就这样事情很快发生了变化。城市里不准再烧煤了，小区里供暖烧煤的锅炉被取缔了，城里冒烟的烟囱被炸掉了……更为下狠力的是，一些大工业，如钢铁厂、水泥厂、化工厂等，凡是有污染的企业，纷纷都开始关闭停产，这样的消息和新闻几乎天天出现在报纸和电视上。更为严重的是，一些欧洲国家遭受了经济危机，老外们口袋里没有钱，我们的出口就减少了，钢铁煤炭卖不出去，造成大量库存和积压，价格自然就掉头降了下来。

这一降，就像一块石头把李小叶的心往下一拽，让她感到十分的疼痛。煤炭降价卖不出去，钱彪在北山地区的投资就会受阻，而她的“财富年年红”分红也难以实现。这可是每年的关键时刻啊，分红受到影响，客户们就不会继续购买，而且还会要求赎回本金，这样事情就麻烦了。

第二天，李小叶赶紧给卖房子给她的那个煤老板打了一个电话，想探听一下煤炭的真实情况，得到的答复证实了电视上报道的消息，北山的煤炭卖不动了，现在堆积如山，一天没有几辆车来拉煤。煤老板们没事干，整天聚在一起打麻将喝羊肉汤。石油受国际影响也在不断降价，油老板们小脸黄黄的，日子难熬。搞房地产的人也闻风而动，一方面抓紧抛售房产，另一方面停下在建项目，赶紧回笼资金，如同惊弓之鸟在暴风雨来临之前，纷纷寻找躲避的地方。

李小叶一听，顿时紧张起来，心怦怦直跳。

她赶紧打车来到宏达投资公司，向钱彪问询今年的投资分红情况。走到总经理的办公室门口时，还没进门就听见了钱彪大声吼叫的声音，他粗脖子红脸地正冲着几个低头的手下责骂，一副气急败坏的样子。他突然看见出现在门口的李小叶，先是愣了一下，然后挥手对几个手下大声喊，都给我滚，滚！

几个手下赶紧退出办公室。

李小叶问，钱总干吗发这么大的火啊？钱彪摇摇头说，唉，这帮蠢猪，成事不足败事有余。李小叶说，消消气吧。钱彪给李小叶倒了一杯水，递到她手上，说，今天什么风把你吹来了？李小叶说，西北风。钱彪警觉地问，听到啥消息了？李小叶说，煤炭降价了。钱彪故作镇静地说，是吗，那又怎样？李小叶说，这跟我们的投资分红有关系吧？钱彪躲闪道，现在不好说。

屋里的空气变得凝重起来。

李小叶放下水杯，眼睛盯着钱彪说，钱总，你得给我说实话，情况到底咋样？钱彪叹口气说，妹子，实话实说，我也难以预料，今年的分红恐怕要往后推了。李小叶瞪大眼睛，为啥？钱彪双手一摊，答道，煤老板手里没有钱了，油老板也喊亏了。李小叶一屁股坐在沙发上，忽然想起什么，问，那白河工业园里的投资呢？钱彪说，现在也遇到了资金上的麻烦，工程进展很慢。李小叶不解地说，这不是市政府的重点工程吗，难道还缺钱？钱彪说，这个你不懂，政府只是搭个台子，唱戏的吆喝的，还不是靠开发商和投资商，光你林哥就投入不少，我手里的钱也砸进去很多。现在国家形势有所变化，工业园下一步怎么搞，说实话我心里也没有数啊。李小叶脸一下白了，颤抖着声音说，那我怎么跟客户交代啊？钱彪说，那没办法，就告诉他们分红往后推一推了。投资嘛，谁会预料发生啥事情呢，我又不是神仙。

李小叶心慌了，慌得六神无主。她说，钱总，那可要出事啊。钱彪安慰道，妹子，别紧张，别害怕，我说的是往后推，不是说不给钱嘛。我们宏达公司投资的业务很多，你这点钱，不算啥。李小叶说，那要推多久啊？钱彪说，我会尽快想办法的，并且准备亲自到北山去一趟。妹子，我心里比你还急呀！

李小叶不知该说啥好了，形势显然是不利，钱彪也一副焦头烂额的样子，现在唯一的期望就是但愿他到北山地区去，能够从煤老板油老板那里要回钱来，客户们能拿到分红回报，一切顺顺利利，大家皆大欢喜。如果拿不回钱来，她只能对客户们说分红推后，如果他们不愿意，那就只有想别的办法，推一天是一天，以争取时间。但这个时间不能太长，也不能拖得太久，否则客户们就会产生怀疑，要求退回本金，到那时候事情就难以控制了。

走出钱彪的办公室，李小叶听见身后传来钱彪的号叫声和玻璃杯摔碎的声音……

李小叶天天等待钱彪的消息，隔上几天就给他打一次电话，一直到了“财富年年红”保险理财产品到期的分红日，钱彪的回答始终只有一句话，再往后推推。再往后，他竟然把手机关了，去他公司办公室也见不到人了。

李小叶心里开始慌了。

不久，电视上又传出新闻，说北山地区的房地产也出了问题，房子一栋栋的空着没有人买，房地产商关门走人，当地开发建设的所谓新城竟然成了一座座的“鬼城”。更为可怕的消息是，李小叶从别的地方打听到，钱彪把宏达投资公司的钱，不仅投在了当地的煤矿和油矿上，而且很多还投在了房地产上。

李小叶简直快要崩溃了。

这时候，客户开始打电话找她，甚至找到公司门口要见她，催她要钱。李小叶只好撒谎，先是说公司上面分红方案还没有下来，需要等一等。后来又说，公司电脑系统升级，财务数据需要重新审核，等等。总之是拖延时间，拖一天是一天，拖一秒是一秒，希望钱彪赶紧要回钱来，不然就要出事了，出大事了。

没过几天，果然就出了一件事情——白河村的村民与大唐飞龙集团下属的房地产公司，因土地纠纷发生了打架事件。

事情的原因是几个村民擅自闯入房地产公司的征地里种菜，被几个看守的保安人员把菜拔掉，并将他们驱离，结果发生口角打了起来，几个村民被打伤，送进了医院。村里要求房地产公司公开道歉，赔偿村民医疗费。大唐飞龙集团的人说，门都没有，是村民违法进入公司的征地，并且不听劝阻与保安人员发生肢体接触。以前也发生过类似事件，还把保安人员打伤过，村里也没说道歉和赔偿医疗费。对此，房地产公司一忍再忍，现在看来，忍解决不了问题。

双方僵持不下。

这时候，李小叶接到了村主任贾兴旺的电话，说要见她一面，谈一下关于保险理赔的事情。当初贾兴旺不仅在李小叶手里买了“财富年年红”保险理财产品，而且还给村民们附加了意外伤害保险，村民打架受伤，保险公司应该是要赔付的。

李小叶一听，很不愿意这个时候去见老奸巨猾的贾主任。去了肯定要提起今年的“财富年年红”分红事情，而且还不知要提出啥无理要求来。那年卖他“财富年年红”时，他就提出要给村民赠送人身意外保险，李小叶当时没有办法，为了得到他手里掌握的那笔征地留存款，只好自己掏钱为村民们买了三年的意外保险，这下好了，村民打架受了伤，她还要掏钱为他们埋单。

李小叶给杜咪打电话，先问清楚打架的经过。

杜咪说你去一趟也好，顺便协调一下我们公司与村里的矛盾，也算是帮你林哥一个忙。李小叶问，你咋不去呢？杜咪说，我现在出面也不方便，那几个村民伤不重，住进医院就是想讹诈公司一笔钱，有你们保险公司出面，这事就好解决了。李小叶说，哪那么简单，美得你呀！杜咪嘻嘻一笑说，算我求你了，事情办成请你吃饭。李小叶说，谁稀罕饭，请我去南山泡温泉。杜咪高兴地说，好好好，去泡温泉，没问题。

李小叶来到白河镇旁边不远的白河村安置房，见到了村主任贾兴旺。安置房离白河镇不到两三里路，能够看到宽阔广袤的白河，只是冬季的河床里没有多少水，露出干涸的河滩。安置房是三栋楼，一共二百多户，用砖墙围了起来，墙边空地原想做花园，结果被村民开成了一块块的小菜地，搭了猪圈和鸡窝，看上去跟新建的楼房有些不伦不类。村民们从过去的老村子搬进新建的楼房，开始不习惯，现在慢慢也适应了，只是庄稼人不种地以后，会感到无所事事。有的人就到村办企业去淘河沙、做水泥预制板，有的人到镇上摆小摊、做小生意，还有人到外面和在工业园区里去打工，剩下的一些人没事干每天就在楼下围着桌子打麻将。

贾兴旺带着李小叶转了一圈，然后就谈到被打伤村民的赔偿问题，说几个村民家还住在老村子里，上有老人下有小孩，家庭非常困难，希望保险公司能多赔一点。李小叶说，按说打架受伤保险公司是不赔偿的，但是看在主任的面子上，可以想想别的办法，但赔偿要按保险条款来，不是你想要多少就是多少。贾兴旺说，这个我懂，你多少赔一点，算是给那几个尿人一点安慰。唉，都怪那些开发商，良心都被狗吃了，把人打伤了不说，连医药费都不出。李小叶说，听说你们也打伤过他们的人。贾兴旺不满地骂道，驴屌的，他们活该！

李小叶提出要去看看被打伤的村民。贾兴旺说，还住在医院里呢。李小叶提醒说，如果不符合伤情住院的，住院费要自己负责，保险公司是不管的。如果是故意骗保，还要追究法律责任。贾兴旺脸上马上变得有些紧张起来，说估摸那几个受伤的村民很快就可以出院了，到时候他把病历发票什么的交给李小叶，然后她把钱给他就行了。贾兴旺骂道，狗日的，这笔账我要算在那些黑心的开发商头上。

谈完受伤村民保险理赔的事情，李小叶准备离开。贾兴旺拦住她，提起“财富年年红”分红的事情，问怎么钱还没有下来，李小叶头皮一阵发麻，但镇静地说，贾主任别着急嘛，再等一等，少不了一分钱的。贾兴旺说，这回可是拖了些日子，还不分红得是有啥问题呀？李小叶笑笑说，有啥问题，就是分红方案还没出来嘛。保险公司有的是钱，不会不给你的，账算好了自然就分了。贾兴旺看她一眼说，你可别糊弄我啊，这些钱都是村民今后的养老钱，出了事情我老贾可担待不起啊。李小叶说，放心吧，绝对没问题，去年你拿到的钱也不少嘛。贾兴旺嘿嘿一笑说，那是的，可是今年还没到手嘛。

离开白河村安置房，李小叶坐在回城的公交车里，心里一直忐忑不安，大冷天的里面的衣服竟被汗水浸湿了。

第二天，李小叶接到杜咪打来的电话，代表林亚雄向她表示感谢，说白河村的那几个受伤村民已经出院了，不然赖在医院里不出来，公司不知要赔多少钱呢，多亏了李小叶出面，一下就把问题解决了。李小叶说，你别高兴得太早，小心那个贾主任还会找你们的事。

这件事刚过几天，李小叶又接到黄副市长夫人徐大姐打来的电话，说是要见她一面。李小叶心往下一沉，她知道见面当然是谈“财富年年红”的分红事情。说实在的，徐大姐是她现在最怕见的人，她是大客户里最重要的人物。可李小叶无法躲避，再难以开口解释，她也必须硬着头皮去面对。

下午，李小叶和徐大姐在经济开发区的一家咖啡店见了面，这时候店里客人不多，显得比较安静。徐大姐穿着一件黑色的羊绒大衣，戴了一副墨镜。她们在一个靠边的角落里坐下来。徐大姐摘下墨镜，脱去羊绒大衣。李小叶要了两杯现磨蓝山咖啡，服务员不一会儿就送来了。

李小叶歉疚地说，大姐工作这么忙，有事情打电话告诉我就行了，不必亲自跑来的，真是不好意思。徐大姐用勺子搅着杯子里的咖啡，微微笑了笑说，我也是今天有点时间想见见你。李小叶问，大姐有什么事情吗？徐大姐开门见山地说，没有别的，就是想问问“财富年年红”分红的事情。李小叶头上轰然响了一下，果然不出所料。

徐大姐直接问，是不是出啥问题了？

李小叶没有马上回答，跟徐大姐这样的人说话，一是不能说假话，二是要注意措辞，但又不能把与宏达投资公司钱彪合作投资的事情说出来。她停顿了一下，尽量平静地说，大姐，今年经济形势不好，分红只好推迟了。

徐大姐问，能推迟多久？

李小叶说，我现在也不好说，估计时间不会太长，也许一个月，也许两个月，估计不会超过三个月。

徐大姐说，推迟不怕，就怕钱拿不回来。

李小叶强装笑容说，大姐，这怎么可能呢？咱是保险公司呢，你们的钱是绝对保证安全的。

徐大姐说，这样最好。小叶，这件事绝不能出问题，不光是我，还有那些姐妹朋友，还有很多的关系，这么多人的钱交给你，就是对你的信任。你前面做得很好，后面不要辜负了大家的期望。这些人你都知道，他们的身份地位不比其他人，出了事情对你、对你们保险公司都是不利的。

李小叶感到如有一股寒风吹过，心里一阵颤抖。她连忙点头说，大姐，我知道，这个我懂，我懂。

徐大姐说，我今天就是来问问，希望你一定要兑现承诺。分红推迟不要紧，关键是不要出问题。

说完，徐大姐站起身来，说，我还有其他事情，司机在外面等着我呢。李小叶一看，她杯里的咖啡还没有喝完呢，就说，那我送你。徐大姐说，不用了，我先走了。徐大姐穿上黑色的羊绒大衣，戴上墨镜，提上小包，气质不凡地走出了咖啡店。

李小叶看着徐大姐离去，如一根木头僵硬在原地。杯里没喝完的咖啡已经凉了。这时，她像塌了架的炭火一屁股瘫坐在椅子上，一股无形的巨大力量把她击倒了。李小叶内心在挣扎着，她心里清楚，像徐大姐这样的高端大客户，自己是得罪不起的。分红推迟不要紧，关键是不要出问题。这句话点中穴道的要害。如果分不到红，客户们就会要求退回本金，滚动的雪球就会崩溃，那才是致命的，八九千万近亿的资金啊，一时间谁拿得出来？后面会出现什么严重的后果，简直无法想象。

李小叶感到眼前一片黑暗。

突然，她想到了钱彪，想到了宏达投资公司，他们之间是有合作协议的，是一根绳子上的蚂蚱。不管钱彪把钱投到煤矿油矿和房地产，还是白河工业园区，他都应该拿出钱来解决眼前出现的问题。李小叶就像是一个掉进河里快要沉没的人，忽然看见漂来的一块木头，她要抓住它，拼命挣扎爬到岸上……

李小叶决定不顾一切，不惜一切代价，一定要努力挽回将要置自己于死地的被动局面。

# 二十六

杆子和土锤很快从街上回来了，从后墙翻入院子后，直接奔上屋里的二楼。闷屃见了，马上迎上前问是不是取到钱了。杆子一把推开他，骂了一句，取你个头——接着，一脚踢开关着李小叶的房门。门哐当一声开了。闷屃这才发现，杆子一脸的怒气，后面的土锤也黑着脸，一副失望的样子。杆子一进门，看见李小叶坐在木板床上，就叫土锤，给我绑起来！

土锤拿了一根绳子冲了过去。

李小叶吃惊地喊道，你们要干什么，干什么？钱给你们了，就卸磨杀驴翻脸不认人了？杆子气呼呼地喊道，老子一根毛都没有拿到，银行里根本就取不出钱来，你不是故意在玩我们吧？李小叶说，不可能啊，我给你们的密码绝没有错。杆子吼道，那我们为啥取不出来？李小叶想了想说，会不会是被银行冻结了？对，一定是被他们冻结了。杆子问，谁？李小叶说，就是在阳南县和康城追赶你们的人。杆子说，妈的，你是说公安的人？

公安人员一直在找李小叶，也在找他们，这是杆子心里清楚的。但是，他没有想到他们这么快就通知银行，把李小叶的钱冻结了起来。怪不得杆子和土锤在镇上银行ATM机上取钱时，反复操作，机子里就是吐不出钱来，气得两个人恨不得将机子砸了。见身后又来了取款存钱的人，只好作罢气咻咻地离开，回来找李小叶算账。

闷屃忽然冒出一句，如果钱被银行冻结，你们去取钱，银行的人会不会知道？会不会认出你们，报告公安找到这里来？土锤说，我们没有这么瓜，我们都戴了帽子和口罩，认不出来。杆子不吭声，在屋里转圈。闷屃问，那我们现在该咋办？杆子说，咋办，只有再找钱老板了。闷屃说，你不是撂开他了吗？

杆子照闷屄屁股踢一脚，你懂个狗屁！

杆子心里清楚，在李小叶这里拿不到钱，只有回头找钱老板，东方不亮西方亮，不管怎么说还有八万块钱。原本想这女子出钱高就把钱老板撇开，没想到在银行一毛钱都没有取出来。妈的，真是耗子跳到糠箩里——空欢喜一场。好在李小叶还在自己手里，就像鱼饵还在钩上一样，钱老板想要东西自然会咬上来的。这件事情必须尽快了结，否则夜长梦多。现在公安在外面查得正紧，出门不小心就可能会落到网里去。赶紧从钱老板那里弄到钱后，就把这女子一放，啥事情都没有了。

改变主意后，杆子叫土锤不用绳子绑李小叶了，现在要紧的是从她嘴里打开缺口，找到藏东西的地方。土锤松开手，李小叶愤怒地瞪着眼睛。杆子说，既然现在到银行取不出钱来，我们的生意也就做不成了，还是要你把东西交出来，然后就放了你。如果不照我说的做，我就想办法叫你开口。

李小叶骂道，你们卑鄙！

杆子说，没办法，我们也要活人呢。

李小叶看得出来，眼下这伙绑匪拿不到想要的东西、拿不到钱，是绝不会放了她的，而且说不定自己还面临着生命危险。这伙绑匪为了钱，什么事情都做得出来。如果把东西交给这伙绑匪，他们就会与钱彪进行交易，钱彪就会毁灭了与她合作投资的证据，她想要回保险客户的钱就比登天还难了。

李小叶没有选择的余地，只好答应他们。她说，好吧，我带你们去。

杆子得意地笑道，这样就对了嘛，识时务者为俊杰。

土锤和闷屄问，是不是马上就走。杆子说，不用，等到中午的时候再说。中午人都要吃饭，镇上搜查的公安也要吃饭，我们那个时候出去不会被发现。几个人就在屋里等待时间。杆子接着又哼起了河南豫剧小曲。李小叶双手抱着头，紧捂着耳朵。

时间一晃就到了中午。天上看不见日头，地面也没有一丝风。

几个绑匪开始收拾东西，然后带着李小叶下楼。杆子叫土锤到门口去瞧瞧，有没有啥动静；又叫闷屄去院里准备车辆，把遮盖的塑料篷布掀掉，将面包车开出来，一会儿直接从大门口开出去。

土锤走到大门前，正要趴在门缝上朝外面看，突然头上的大门咚咚响了两声，吓得他身子往后一躲。闷屄正准备掀开面包车的篷布，听见声音也赶紧蹲藏在车后。杆子停住脚步，拉紧李小叶，惊慌地问道，咋啦？

院子里的大黑狗大声狂叫起来，汪——汪汪——

大门又咚咚响了两声，是有人在敲门。

杆子一边紧张地把李小叶往堂屋里带，一边叫土锤上去看看，到底是啥人在敲门。土锤怯怯地再次挨近门口，从门缝里往外一看，虽然有些吃惊，但没有刚才那样的紧张了，马上跑回堂屋里向杆子报告情况。

杆子问，啥人？

土锤咬着杆子的耳朵说，郭老大。

杆子一惊，他咋来哩？

土锤说，鬼晓得。

郭老大不光是杆子一伙在道上的大哥，也是他们“生意”上的头儿——所谓商务中介公司的总经理。过去在铁路上扒飞车出了名，现在做“中介生意”又发了大财，明里是替人消灾解难、帮人做事，暗地里却是干着打砸抢劫敲诈勒索的买卖。现在地盘越来越大，势力越来越强，道上的人不敢得罪他，手下的人也不敢冒犯他。

自从杆子一伙加入郭老大的“公司”后，的确吃香喝辣的不用愁了，但也感到风险性越来越高。当年扒飞车被铁路公安关进木板房的情景，偶尔会出现在脑瓜里。只是一旦“生意”挣了钱，一切又都忘得精光。然而，时间长了，杆子一伙对郭老大也有些不满，认为他分配不公。郭老大派的活，干完后钱统统上缴，再做分配。他们自己找的活，干完后钱也是统统上缴，再做分配。钱都叫郭老大赚了。他们做的事情并不少，可得到的却不如跟他的那伙弟兄多。就像当年扒飞车一样，他们只能吃一些残羹剩饭。杆子心里感到不服，心想，有一天也要独立门户，自己带着人干。

前一段时间，听说郭老大一伙离开省城到外地扩大地盘、开展“新业务”去了，杆子一伙好久没有见着他。他怎么这个时候突然出现在北关镇，并且找上门来，莫不是听到了什么风声？李小叶这个活，杆子是瞒着郭老大的，他会不会闻到啥气味了，特地跑来教训他们？如果郭老大把李小叶这一单抢走，他们就白忙活了。

杆子赶紧叫土锤把李小叶带到楼上去藏好，看看情况，他一会儿想办法把郭老大一伙打发走。土锤立刻把李小叶拉回楼上，关进原来的屋子，并且用那条臭毛巾堵住了她的嘴，用绳子把她绑在了破木板床旁边。叫她老实点，不要乱动。

杆子见一切就绪，就亲自迎上前去开门。

大门一打开，一下闪进来四五个人。为首的正是郭老大，光着头，戴副墨镜，一张神秘莫测的笑脸，一双闪着刀子般光亮的眼睛，身后跟着几个身体强壮的汉子。

杆子随即关上大门。

杆子笑脸相迎，哎哟哥，你咋亲自来了？郭老大拥抱了杆子，拍拍他的肩说，哥今天来看看你，最近忙，好久不见了。你咋半天才开门，是不是金屋藏娇啊？杆子解释说，这几天听说市面有些紧，我们几个都待在家里，怕有人来找麻烦。你有啥事打电话吩咐一声就是了，不必亲自跑来嘛。郭老大说，我是想兄弟了，不要紧，没人敢挡我的道。杆子说，那是那是。

院子里的大黑狗还在冲着来人汪汪大叫，脖子上拴的铁链子哗哗地响。杆子喝了一声，大黑狗马上不吭声了，乖乖地趴在地上。

郭老大说，真是一条好狗啊，听话。

杆子脸一红，知道他是话中有话。

郭老大忽然看见一边的闷屃正在面包车跟前站着，就问杆子是不是要出门？杆子慌忙掩饰说，没有没有，我是没事在检查车况，请哥和兄弟们进屋里说话。一行人就进了中间的堂屋。郭老大的眼睛上下左右地打量了一番。

土锤从楼上下来，朝杆子使了一下眼色。杆子明白，叫他去泡一壶好茶上来，自己忙着擦桌子搬凳子的，招呼郭老大和弟兄们坐下。不一会儿，土锤就把茶水送上来了。杆子亲自把茶倒在杯子里，双手端起一杯送到郭老大面前。郭老大接过杯子，用嘴吹了吹，喝一口说，嗯，这茶不错啊。杆子说，我不懂茶，也不会喝茶，是一个办事的老板送的。郭老大说，怪不得，我还以为几日不见，你发了大财，高雅起来了。

郭老大身边的弟兄们哈哈笑了起来。

杆子也跟随着笑，说，咱就是一个乡巴佬，高雅个屁。

郭老大身边的兄弟笑得更凶了。

杆子心里想，这屋子里不能久待，要是郭老大这伙人知道这屋里还藏了个女子，就会问个水落石出，并且就像狮子老虎一样，轻易就把他们到嘴的肥肉夺走。得想办法让他们尽快离开为好。于是，等郭老大喝了几口茶后，杆子就说，哥，你看我这家里实在是太窝囊了，又脏又乱，正好已到饭点了，咱们出去找个像样的地方，我做东请哥和兄弟们喝酒去。咱一边吃一边聊，咋样？

郭老大说，不急不急，刚坐下就要撵我走啊？我还是第一次来你家做客呢。

杆子忙说，不敢不敢，我是怕在这里埋汰了大哥。

郭老大看看这又黑又脏的屋子，说，的确有些破旧了。他吩咐身边弟兄过几天找一个工队来，帮忙收拾收拾，装修装修，再换一些新的家具进来，不能让自己的弟兄过这样的日子。杆子慌忙感谢，说，破屋子不值得哥操心。郭老大说，屋子再破，也是先人留下的嘛，一个人要懂得感恩。杆子感动地点头说，是是是。郭老大叫身边的弟兄把东西拿上来，两个人就从外面搬进来几个纸箱子，里面装的都是酒和外地的土特产。郭老大说，这是我们到外地开展“新业务”带的一点东西，大家有福同享。杆子说，感谢大哥！

郭老大放下茶杯，站起身正儿八经地说，兄弟，我今天来见你不为别的，是有一件重要的事情——

杆子吓得腿抖了起来。

郭老大说，我来宣布一件事，北区这一片地盘从今以后归你了，今天正式任命你为本商务中介公司北区的经理。

杆子感到非常意外，眼睛吃惊地看着郭老大。

郭老大身边的弟兄从皮包里掏出一张纸，双手递给郭老大。郭老大又转手把那张纸送到杆子面前。土锤和闷屎在一边伸长脖子看着，高兴地喊道，哥，你当官了。

杆子赶紧并腿鞠躬，双手从郭老大手里接过那张纸，激动地说，感谢哥，感谢总经理！

屋里的人噼里啪啦地拍手。

成为北区的经理，意味着今后这一片的“业务”都是他杆子的了，啥事情他说了算。杆子心里感到美滋滋的。

这时候，郭老大突然头一歪，眼睛一斜，说，哎，楼上好像有啥动静？杆子一下从兴奋中回过神来，心里一抖，说，大……大概是老鼠吧。郭老大说，不像。他叫身边的人上去看看。

杆子一看，坏了，显然郭老大是故意这样的，看样子他是有备而来。眼看就要露出马脚，不如由被动转为主动。他一拍脑袋，赶紧对郭老大说，哎哟哥，小弟正有一件事情要向你报告，差点忘了。

郭老大狡诈地一笑说，啥事情？

杆子说，前几天兄弟刚接了一个活，带了一个人回来，就关在楼上。郭老大问，啥人？杆子回答，是一个女子，保险公司卖保险的。郭老大说，卖保险的搞来干啥，有啥油水？杆子说，油水大着呢。郭老大问，咋个大法？杆子说，这女子手里有一个老板需要的东西，已经开了价。郭老大问，出多少啊？杆子迟疑地答，八万。郭老大仰头哈哈大笑起来，笑声像刀子一样在面前飞过。

杆子身子一阵哆嗦。

郭老大止住笑声说，兄弟，哥不跟你兜圈子了，实话告诉你吧，你这活儿瞒不过哥的眼睛，哥早知道了。兄弟，做人要懂得感恩，千万不要忘恩负义。谁要是敢在我眼下藏猫腻，我郭老大饶不了他！

杆子吓得抖着身子说，是是是。

郭老大说，告诉你，这个卖保险的女子可不是一般人，她的身后还有大老板，还有当大官的，八万太便宜了，至少要五十万！

杆子吓得瞪大眼睛，五十万？

郭老大说，快去把那个女子带下来吧。

杆子脸色发白，腿脚发软，赶紧叫土锤去把楼上的李小叶带下来……

一大早，天空中布满了雾霾，到处阴沉沉的。

警官刘剑锋和叶梅走出王局的办公室，开始了寻找绑架李小叶那伙绑匪的行动，他们要在城区分局和派出所的配合下，对相关区域进行拉网式的排查。王局还派给他们两名经侦处的年轻干警，负责与永久保险公司的联系和协调，加强案情调查和侦破的力量，让刘剑锋和叶梅把主要精力都用在寻找李小叶和绑匪上，尽快把人解救出来。

刘剑锋一听又派给他两个年轻人，就有些不高兴，嘀咕道，经侦处还有没有老点的啊？王局说，你发什么牢骚，年轻的有啥不好，年轻人有热情有干劲，脑子灵活，还懂电脑，你会吗？刘剑锋不吭声。王局说，你爱要不要，不要就拉倒。刘剑锋赶紧说，要要要，当然要，多一个蛤蟆总比没有强嘛。王局指着刘剑锋的鼻子说，你这个家伙，就是不知好歹，今天不把人找到，看我怎么收拾你，赶紧走吧！

刘剑锋嘿嘿一笑，忙不迭地说，我走，我走。抓起包就跑。

叶梅跟在后面捂着嘴笑。

在局里只有王局才能够制服他刘剑锋，叫他老老实实、服服帖帖，其他人他谁都不尿。

刘剑锋和叶梅出了局里的办公楼。叶梅问，大叔，我们现在去哪？刘剑锋说，你说该去哪？叶梅说，我先问的你，你该回答。刘剑锋说，我不知道，也许我们只有待在办公室里等消息。叶梅说，大叔，你的态度有点消极吧。刘剑锋撇撇嘴，没有说话。他抬起头来看看模糊的天空，叹了一口气。本来是一个保险的案子，现在又出现了绑架，把事情搞得越来越复杂。他担心李小叶的问题还没有查清楚，再爆出人命案，他就没法在局里待了。现在的绑匪都穷凶极恶，只要是为了钱，啥事情都做得出来。

刘剑锋表面平静，其实心急如焚。他从王局嘴里得知，据局里掌握的情况，省城里现在活跃着一个表面经营商业中介业务、实际专门从事地下犯罪的团伙，以打砸抢劫、敲诈勒索牟取暴利，形成了一个黑社会组织。这些人配备有枪支刀具和各种现代化作案工具，对社会潜在威胁巨大。目前局里正在展开调查，但因为这个团伙是打着商业中介的旗号，其主要对象都是那些深陷各种矛盾纠纷中的公司或个人，受害者往往因为多种原因不愿公开露面，也不敢向公安机关举报，故而难以掌握证据，予以摧毁打击。

绑架李小叶的那一伙人是不是这个组织的成员，目前尚不清楚。但从天网监控录像上看，那辆白色破旧面包车离开来福巷就没了踪影，很可能进了北关镇。因此，刘剑锋就把目光锁定在了北关镇。然而北关镇如此庞杂缭乱，从何处下手，一点头绪都没有。他只有依靠当地分局和派出所配合，在北关镇撒下一张大网，就是大海里捞针，也要把那伙绑匪找到。

现在，当地分局和派出所已经开始行动。

虽然寻找绑匪的重点目标是在北关镇，但刘剑锋认为眼下至少还有两个地方不容忽视，一个是李小叶在南湖的小茶馆一叶楼，一个是她的闺蜜杜咪的住处，这两个地方都有可能隐藏着与案件相关的重大线索——也就是绑匪需要得到的东西。现在看来，这个东西至关重要，绑匪一直穷追不舍绑架李小叶，目的就是为了得到它。它不仅与相关人的利益相连，而且一定还隐藏着不可告人的秘密。

必须要抢先找到李小叶藏匿的东西。

刘剑锋决定趁着当地分局和派出所在对北关镇展开排查的时候，先去李小叶的小茶楼和杜咪的住处。他给李小叶的男朋友方明亮打了一个电话，叫他帮忙配合去一趟一叶楼。

叶梅对此感到不理解，怎么去一叶楼和找她那个闺蜜杜咪呢？绑匪和李小叶不可能在这两个地方。

刘剑锋把自己的想法告诉了叶梅。从目前的情况来看，他们现在基本掌握了李小叶的社会关系和个人资产情况，通知银行冻结了她的银行卡，但却一直没有发现她有房产。刘剑锋不相信李小叶有钱后不买房子，她不可能一直住在南郊那间破旧的出租屋里。然而，通过房产交易中心的调查，没有查到李小叶的名字，这让他感到十分奇怪。

从到康城山区了解的情况看，当地公安去了李小叶的家，去了县城的戒毒所和那个打架青年的修车铺，都没有发现她留下的东西。绑匪们一路追踪绑架，也没有找到他们要的东西。这说明东西一定是被李小叶当天离开省城时就藏起来了，也许是在一叶楼，也许就是在闺蜜杜咪的家里。

刘剑锋说，我们必须抢先找到李小叶藏匿的东西，否则拿不到证据，案子就很难破了。

叶梅点点头，觉得刘剑锋分析得有道理。

刘剑锋和叶梅开车来到南湖边时，方明亮的车早已经停在约好的地方了。一见面，方明亮就十分急切地问有没有李小叶的消息，眼睛红红的，看来李小叶被绑架后他一夜都没有睡好。二人摇摇头，说正在展开搜查。刘剑锋交代方明亮，一会儿见了李小叶的姨妈，不要说出李小叶回来被绑架的事情，也不要暴露他们两个人的身份，帮他们问几句话就走。方明亮点头明白。

三人一路走到南湖边的一叶楼。

现在正是上午八九点钟的时间，湖边有一些锻炼身体的老人，还有一些陆陆续续到来的游客，商铺正在一家接一家地开门，湖边的树木在微风中晃动，一群鸟儿在湖面飞来飞去。

几个人来到一叶楼前，见一位中年妇女在忙着开门开窗，几个年轻女子在外面洒水扫地。中年妇女就是李小叶的姨妈。方明亮上前叫了一声阿姨，李小叶姨妈回过头来，见是方明亮，就问，你怎么来了？方明亮说带两个朋友来南湖转转，顺便走到这里来看一下。李小叶姨妈说，茶楼还在打扫卫生，如果要喝茶的话还要等上一会儿。李小叶姨妈一边说着，一边看了一眼旁边的刘剑锋和叶梅。

方明亮说，不喝茶了，我们转一会儿就走。

李小叶姨妈问，你知道小叶啥时候回来吗？

方明亮摇摇头说，我也没有她的消息。她这一出差，看把你忙的。

李小叶姨妈说，可不是嘛，她要在就好多了，不光可以管着孩子，空了还可以帮帮我的忙，这茶楼里里外外的事情都要她做主呢。她不回来，我心里没底呀。这孩子一出去好几天了，也没有一个电话，也不知啥时回来，真是急人。

李小叶姨妈话匣子一打开，就没完没了，不停地叹气。

方明亮只好安慰她一番，说，现在市场竞争很激烈，保险公司压力也很大，李小叶能够把工作做得那么好，那么出色，成为公司里的销售经理和先进个人，多亏姨妈在后面大力支持，她心里一直都非常感激你的。

李小叶姨妈笑着说，还是你会说话，让我高兴。

方明亮忽然问，阿姨，小叶走那天来过茶楼吗？

李小叶姨妈说，没有啊，那天她只是给我打了一个电话，匆匆忙忙就走了，说要出去开会培训，要十天半个月才回来。

方明亮问，那她之前有没有放一包东西在茶楼里？

李小叶姨妈说，啥东西？

方明亮说，我也不清楚，她走那天告诉我，说有包东西不知扔在哪儿了，要我帮忙找找，见你我就顺便问问。

李小叶姨妈责怪地说，这孩子整天瞎忙爱忘事，经常丢三落四的。不过，她没放东西到茶楼里来，这里来来往往的人多，丢了东西说不清楚。

方明亮说，就是，也许是她放在公司的办公室里了，自己想不起来，哈哈。

李小叶姨妈也笑了，又看了一眼一边的刘剑锋和叶梅。

方明亮怕久了引起李小叶姨妈的怀疑，就赶紧转移话题，说，阿姨，我可以带朋友到茶楼里参观一下吗？李小叶姨妈说，可以可以，你们进去看看吧。

方明亮就带着刘剑锋和叶梅进了一叶楼。他们先走进一楼看了看，然后又上二楼，把摆放茶叶的柜台、普通茶室和雅间都看了。楼上楼下转了一圈，没发现有藏匿东西的地方。于是，就回到门口向李小叶姨妈告辞，说改天再带客人来喝茶。

李小叶姨妈说，好。一直目送他们离开。

回到停车的地方，刘剑锋见方明亮低着头，一句话不说，知道他刚才很紧张，心里也很难过，就拍拍他的肩，表示对他理解和安慰。从一叶楼观察的情况看，茶楼里都是开放式的，眼睛都能够看到，只有小库房关着，上了把小铁锁。叶梅说，要不上去搜查一下？刘剑锋说，暂时别动，叫一个人来这里看守住就行了，有情况立即向我们报告。叶梅说，你的意思是，如果东西藏在茶楼里，那伙绑匪就会带着李小叶到这里来？刘剑锋说，有可能。叶梅说，好吧，我叫人来看守。说着，掏出手机联系派人的事情。

方明亮的情绪稍微平缓之后，问刘剑锋，刘警官，下面我们做什么？

刘剑锋说，我们去看看李小叶的好朋友杜咪。

三人驾车离开南湖，一路向开发区飞奔而去。

手机铃声响起——

杜咪正躺在屋里的床上昏睡，听见手机响后一下惊醒。这时窗外已经大亮，灰白的光线透过纱帘照进了屋里。林亚雄已经不在床上，不知道是早晨什么时候悄悄走的。杜咪拿起枕边的手机，一听是方明亮打来的，说是要带着昨晚见到的两个警官过来看她。她迟疑了一下，还是答应了，并且告诉他自己住的地方。

昨天晚上李小叶被绑架的那一幕又蓦然闪现在眼前，杜咪感到一阵心悸和不安。她放下电话，赶紧起床洗脸梳头，然后收拾乱糟糟的屋子。刚忙一会儿，门铃就响了。

杜咪拉开门，看见方明亮和两位警官站在门口，就叫他们进屋。在杜咪和方明亮说话的时候，刘剑锋和叶梅用目光把屋里快速扫了一遍。杜咪叫三人在客厅里坐下，倒上茶水。大家简单寒暄了一下，就直奔主题。

叶梅问杜咪，李小叶离开省城那天，你们见过面吗？

杜咪摇头说，没有。那一天她不在家，是在南山的高尔夫温泉酒店参加一个活动没有回来。她得知李小叶出事，是保险公司叫她去谈话，打听李小叶的下落。这些情况，两位警官是知道的，他们当时就在场。后来李小叶从康城山区的县城打来电话，她才知道她回了老家。再后来，她被那几个绑匪劫持，要她说出李小叶藏在什么地方，在刀子的威逼之下她只好告诉了他们，这伙人就追到康城山区去了。再后来，李小叶回到省城，她们当晚在来福巷见面，喝了点酒，就发生了绑匪绑架李小叶的事情。

杜咪像竹筒倒豆子，一口气说完。

叶梅问，李小叶除了出租屋，还有没有别的住地，就是说在省城还有没有别的房子？杜咪说，不知道。不过以前听她说过，今后有钱了一定要在省城买房子，还打算把父母都从老家接过来一起住。叶梅问，李小叶在省城还有哪些关系密切的人。杜咪说，关系密切的，除了她姨妈、方明亮和自己，好像再没有什么人了。对了，还有林亚雄，是她的干哥哥，就是昨晚用车到来福巷接她的人。其他的就是她的客户了，情况就这些。叶梅打算还要问什么，刘剑锋打断了她。

刘剑锋直接问，李小叶有没有放什么东西在你这里？

杜咪愣了一下，突然想起什么似的，说，对了，多亏你提醒，她有一个行李箱在我这里，是林亚雄的司机昨夜送来的。李小叶从康城回来后，林亚雄给她安排了酒店，没想到还没住就被人绑架了，东西就放在了我这儿。杜咪一边解释，一边把行李箱从卧室里提了出来。

刘剑锋叫叶梅打开行李箱。行李箱没有锁，打开后看见里面都是一些简单的衣物和洗漱用品，没有发现李小叶从出租屋床下带走的东西。从与杜咪的谈话和屋里的情况来看，李小叶那天行走匆匆并没有把那包东西藏在杜咪这里。

叶梅感到很是失望。

这时候，刘剑锋的手机响了。在北关镇执行排查任务的分局公安人员报告说，在镇上发现有人用李小叶的银行卡在自动取款机上取钱，银行得到报警后报告了当地派出所，分局的排查人员已经赶到银行从监控录像上找到了取钱人的画面，要他们赶紧过去辨认。

刘剑锋一听，高兴得差点跳起来。这伙绑匪终于露出了狐狸的尾巴。他叫叶梅马上出发，赶到北关镇去。这伙绑匪果然就在北关镇。现在要采取打草惊蛇的办法，把绑匪逼出来，一举将其擒获。方明亮和杜咪也要跟着去。刘剑锋开始不同意，说他们是在执行任务，有了消息一定会告诉他们的。但方明亮和杜咪一再要求，并保证绝不影响他们的工作。刘剑锋只好答应了。

几个人赶紧离开杜咪的房子，快步下了楼。

刘剑锋和叶梅跳上车，拉响警笛，一路朝城北的方向疾驰而去。方明亮带着杜咪，开着北京吉普车紧跟在后面。

城北北关镇，人群熙熙攘攘。

派出所院子门外停着几辆警车，里面的警务室里围了一大堆人，有当地派出所的干警，也有分局排查的公安人员，还有当地银行的负责人及镇治安主任等，大家正在看银行自动取款机上截取的录像片段图像。画面上的取款人是两个青年模样的人，戴着墨镜和口罩，明显是经过了伪装。

派出所所长叫镇治安主任仔细辨认，图像上取钱的青年是不是镇上的人。镇治安主任看了半天，不敢确认，图像上一前一后两个男子低着头，加上摄像头的角度，看不清他们的面孔。毕竟村镇人口密集，流动人员又多，像这样打扮装束的年轻人满大街都是，实在是难以辨认。

派出所所长催促道，认出来没有？

镇治安主任摇摇头，说看不出来。现在镇上的年轻人大都在外面工作、做生意、打工，很少待在家里，许多人都不认识。

派出所所长说，好了好了，你去找两个年轻人来认认。

镇治安主任赶紧跑了出去。

这时候，刘剑锋和叶梅，还有方明亮、杜咪赶到了。他们把车停在派出所门口，通过传达室时亮了证件，然后直接大步进到警务室里。一进屋子，刘剑锋和叶梅做了自我介绍，大家一一握手。派出所所长简单介绍了情况，然后就让刘剑锋和叶梅观看银行监控录像。录像上的两个人正是他们要找的绑架李小叶的绑匪，只是他们戴了帽子和口罩，大家一时难以辨认。

派出所所长说，你们仔细看看。

刘剑锋突然一拍桌子说，没错，就是这帮家伙！

派出所所长问，你能确定？

刘剑锋说，确定。

刘剑锋在康城山区的阳南县快捷酒店看过监控录像，这伙绑匪共有三个人，一个长得瘦长，一个长得粗壮，还有一个长得矮小一头黄毛。这两个蒙面在银行取钱的人，就是其中长得瘦长和粗壮的那两个家伙，身材比例和走路动作与阳南县快捷酒店的监控录像里的人一模一样。变成啥模样，都逃不过他的眼睛。

叶梅佩服刘剑锋不仅是一个老刑警有经验，而且还有一双侦察兵锐利的双眼。

确认了是刘剑锋他们要找的人，派出所所长和屋里的人都很高兴，松了一口气，事情总算找到了线索，有了一个突破口。现在只等辨认是不是当地人，就可以采取行动了。

这时门被推开，镇治安主任领着两个小伙子匆匆进来，一边喘着气一边说，这两娃都是镇上的，平日活跃得很，镇上村里的男男女女、老老少少，没有不认识的，大大小小的事情，也没有不知晓的。两个小伙子一看满屋的警察和凝重的气氛，吓得身子哆嗦。其中一个紧张地退缩身子说，我……我们可没做啥犯法的事啊。

派出所所长看了两个人一眼，说，别害怕，我们找你们来是请你们帮忙辨认人的。

镇治安主任踢了退缩身子的小伙子一脚，骂道，没出息，路上不是给你们讲了吗，就是叫你们来认下人，看清楚了是不是我们镇上的，看完了就滚回去。

两个小伙子这才直起身子，怯怯地走到办公桌的电脑跟前。

一个警官开始播放监控录像。

两个小伙子的眼睛死死地盯着画面，一分一秒也不敢放过，眼看就要放完了，还没有吭声。图像快到了尾声，两个蒙面的家伙在 ATM 机上反复操作没有取出钱，气得挥手朝取款机上砸了一拳，甩甩手，转身悻悻而去。录像快完了，两个小伙子一动不动。

然而，就在监控录像一闪就要结束的瞬间，刚才身子退缩的那个青年咳嗽了一声。

刘剑锋赶紧叫停下，问小伙子是不是发现了什么？小伙子说，在片子的最后，好像有个东西他认识。刘剑锋赶紧叫派出所警官把录像往前倒回去，倒到没有取出钱准备离去的那一段。当放到绑匪挥拳砸 ATM 机时，小伙子忽然说，就是这里——他指着画面上的那只胳膊。定格的画面上那只挥着拳头的胳膊正砸向 ATM 机，手腕处有一串珠子。刘剑锋叫警官放大点。画面放大，那串珠子十分明显地展现在众人面前。

小伙子说，这串珠子他认识，因为这串珠子是他的。这串珠子叫金刚菩提子，是他几年前花了好几百块钱买的，已经玩得发红有了包浆。特别是上面那颗佛头，是他自己配的，用的是一颗南红玛瑙，非常漂亮，他自己十分喜欢。可是后来却被镇上的一个人抢了，抢他珠子的人名字叫吴天贵，外号杆子，家就住在镇北口。他身边还有两个结拜兄弟，一个叫赵大福，外号叫土锤。一个叫郭有才，外号闷尿，都是北关镇的人。他们三人说是在外面跑运输，其实都在社会上混，听说还有江湖上的大哥作靠山，村镇里的人都不敢招惹他们，他们也很少在镇上露面。

这一下，这伙绑匪的真实身份终于水落石出。

叶梅对派出所所长说，我要用一下所里的电脑。派出所所长说，没问题，桌上的电脑尽管用。叶梅打开电脑在公安内部信息网上查询，很快就有了结果——屏幕上出现了杆子、土锤和闷尿的照片，还有相关的文字记录，表明他们曾在多年前参与过一起铁路盗窃案件，被铁路公安机关抓过，由于未成年只是拘留了十五天。而同一伙的其他“飞车党”成员都被判刑了，只有一个叫郭老大的头目逃脱法网之外。

两个小伙子指手喊道，就是他们。

一切都清楚无疑。

刘剑锋马上部署对绑匪杆子家立刻进行包围。公安人员荷枪实弹，整装向镇北口出发。为了不惊动绑匪，也不影响到群众安全，派出所所长带一队人马，负责疏散镇北口附近的村民，封锁路口；刘剑锋和叶梅带着分局的排查人员，直奔绑匪杆子的家。方明亮和杜咪紧跟在刘剑锋和叶梅的后面，两个人的心里说不出的紧张，恨不得马上抓住绑匪，救出李小叶。

刘剑锋和叶梅带着人在离绑匪家只有一二十米的一座房屋后面隐蔽起来，观察杆子家院子里的动静。刘剑锋叫方明亮和杜咪待在原地不要动，等行动结束后再出来。

路上已经没有了行人，一切静悄悄的。刘剑锋指挥五六个人绕到后院，翻墙进入。他和叶梅从正面带着人慢慢靠近大门口。大铁门上着锁，锈迹斑斑，不知哪年贴的对联，只剩下半截，字迹模糊。刘剑锋感觉不好，大门怎么上着锁？突然听得院子里传来一阵急促的狗叫，一定是从后院过去的人翻墙进去了。他果断地一挥手，上！

一个年轻干警冲到门前，用一把借来的斧子砸向铁锁。刘剑锋上前飞起一脚将门踹开，掏出枪冲进院子里，接着又冲进了屋子里，冲到楼上。叶梅和后面的人员紧跟而上，如同一股旋风猛烈地席卷而至。

眨眼之间，整个院子和房屋全部被控制。然而，屋里屋外，楼上楼下，都搜遍了，也没有找到李小叶和那几个绑匪，只是在楼上的一间屋子，发现有绑架的绳索和一条毛巾。另外的房间和过道里，有凌乱的塑料袋、一次性饭盒和一些烟头。在楼下的堂屋里，有几箱酒和土特产。桌子上，摆有几个茶碗，壶里的茶还是热的，打开盖冒着热气。

妈的，小兔崽子们跑啦？刘剑锋气得嘴咧咧着。

一个干警跑进来报告，说在院子里发现了一辆白色面包车，还有一些假冒的车牌。刘剑锋和叶梅出去一看，正是他们在阳南县和康城见到的那辆破旧面包车。刘剑锋想，这些家伙是怎么把人带走的呢？从屋里的情况看不止三人，一定还有同伙。

刘剑锋一边叫人仔细搜查，看还有什么线索，一边派人去把他的邻居叫来。不一会儿，邻居家的老头进了院子。刘剑锋上前问了几个问题，老头都如实做了回答。老头说，他跟隔壁小子家是邻居，但整天看不到这人在屋里，平日只是帮他喂喂狗，扔俩馍在院子里。昨晚半夜听见院子里狗叫，有车的声音，大概是这小子回来了，今天早晨和上午一直没有动静。中午的时候，又来了两个车，下来几个戴黑眼镜的人，砸砸门，后来就进了院子，再后来啥时候走的就不清楚了。

刘剑锋叫老头回去，说有事情再去问他。老头走后，刘剑锋叫人把面包车和一些找到的相关东西带走，告诉镇上派出所所长安排警力，这几日白天黑夜在院子外面看守，一有情况就马上报告，说不定这伙人还会回来。

这时候，方明亮和杜咪跑了进来，问刘剑锋，绑匪抓到了吗，李小叶在哪儿？

刘剑锋不说话。叶梅把他们拉到一边，简要说了情况。

一听说绑匪把李小叶带走了，方明亮和杜咪都惊呆了，这下该怎么办？

正在这时，叶梅的手机急促地响了，她很快接了电话，脸上出现异样的表情。刘剑锋问，啥情况？叶梅说，安排在南湖边看守的人员打来电话，说是李小叶的小茶楼附近出现可疑人员，问要不要抓起来。刘剑锋说，先不要动，我们马上赶过去。叶梅说，是！

刘剑锋骂道，妈的，这帮家伙今天演的是什么戏啊？

# 二十七

天刚亮，东方还是一片模糊，在黎明到来之前，城市里静悄悄的。然而，路上也有了早起的人，环卫工人戴着口罩在路上打扫卫生，有离单位远的骑着自行车上班。这是省城沸腾一天的前奏。在南湖边，清晨慢慢地醒来，湖岸的树林里有了鸟叫，湖边的路上有人在跑步，还有人提着鸟笼遛鸟和牵着绳子遛狗。湖面上一层薄雾正在散去，如揭开面纱，露出波光的水面。初春的早晨，还有些寒气袭人。

一辆车在南湖边停下来。车上走下林亚雄。一大早，他打电话给钱彪，约好了在南湖边见面。

昨晚半夜，林亚雄得知李小叶被人绑架后，脑子里就像一道电流突然短路，滋啦啦冒出火花，立刻闪现出肥头憨脑的钱彪来，一定是这个家伙又在搞什么名堂。下午才在南山书院旁边的私人会所里见面，提出方案解决李小叶保险客户闹事的事情。可是，还没有过一个晚上，他咋就又变卦了？

林亚雄清楚，李小叶的事情如果继续闹大，对钱彪没有什么好处，自己也会受到牵连和影响。更为重要的是，黄副市长夫人徐大姐不断给他打电话，要他赶快找到李小叶，确保她的那些大客户在这次保险风波中不受到损失。特别是李小叶手里的那份大客户名单，里面有她的名字，还有很多重要人物的名字，千万不能流露出去，否则会惹出更多的麻烦。徐大姐在电话里强调，必要时要想办法拿到那份名单，将其销毁。林亚雄保证，请徐大姐放心！

起初，他以为钱彪派人去找李小叶，很快会拿回那份投资合作协议和大客户名单，这样他也就不用费力了，顺水推舟就可以解脱自己的隐患和徐大姐的忧虑。然而，钱彪不但没有把事情办成，拿到需要的东西，反而受到李小叶的要挟，造成被动。林亚雄只好另想办法，打算用卖出宏达投资公司的股份，或者买下宏达投资公司来规避风险，打击钱彪，以平息保险保户的闹事风波，可谓一石多鸟。可是，没想到下午刚一转身，钱彪还没有表态，晚上李小叶就被人绑架了，而且还惊动了公安部门。不知钱老二到底在背后搞什么鬼名堂。

林亚雄从家里赶到来福巷，把杜咪接回到她住的花园小区。一路上杜咪不停地哭，他不停地安慰，希望她尽快从惊恐的情绪里稳定下来。同时，他也在担心，李小叶与杜咪见面时，会不会把钱彪派人去追踪绑架她的事情告诉杜咪，如果杜咪知道了这伙绑匪是钱彪找来的，会不会怀疑是他在背后指使钱彪绑架的李小叶呢？女人是很敏感的，一旦翻脸闹起来就会变成一只凶猛的老虎，什么也不顾忌。最近，杜咪得知他老婆可能要从国外回来，情绪就很不稳定，要是这些事都汇集一起爆发出来，这个世界就乱了套。唉，女人啊！

事情果然并不平静。

一进屋杜咪就不停地问他，这几个绑匪到底是什么人，为什么要穷追不舍地绑架李小叶？林亚雄说，我咋知道？这很可能是她的保险客户，那些闹事找她要钱的人。杜咪摇头说，不是，李小叶告诉她，这几个绑匪是钱彪花钱雇的黑社会的人。他拿了李小叶的钱去投资，不但不还反而还要雇人去害李小叶，这到底是为什么？

林亚雄故作惊讶地说，真有这事，不可能吧？杜咪说，怎么不可能，是李小叶亲自告诉我的。你是宏达投资公司的大股东，又是钱彪的大哥，难道你还不清楚？林亚雄解释说，钱彪这个人你是知道的，虽然表面上跟我很亲近，但实际上他在打自己的小算盘，暗地里很多事情都瞒着我，这件事情我真的不知道。杜咪看他一眼说，我现在很难相信你说的话。林亚雄说，我敢对天发誓！杜咪说，算了，男人发誓能管啥用。林亚雄无语。

过了一会儿，杜咪情绪基本平稳下来。林亚雄准备离开，杜咪却不要他走，扯着他的衣服不放，问，是不是你老婆快回国了，想躲着我呀？林亚雄说，胡说什么，两回事。杜咪说，什么两回事，就是一回事。告诉你，就是你老婆回来了，我也要你天天陪着我。

林亚雄说，好，我陪你，小祖宗快睡觉吧。

这时候已是凌晨的一两点钟了，楼下的花园树丛里传来一阵流浪猫发情交媾的声音，哇哇的尖厉而有些恐怖。

就这样，林亚雄没有回家，只好陪着杜咪一直睡着，在床上胡乱躺了几个小时。天刚亮，他就悄悄起床出了门，下楼后给钱彪打了一个电话，要与他马上见面。然后又叫司机田三过来，在花园小区的门口坐上车，直接就到南湖来了。

林亚雄下了车，甩着手，让司机田三在路边等着，他向湖边的一个亭子走去。

钱彪开车来到南湖边时，林亚雄已经等候着他了。

林亚雄背身站在岸边栈道的亭子里。钱彪跑步上前，气喘吁吁地喊道，林哥，我来了。林亚雄转过身来，眼睛冷冷地看着他。钱彪紧张地问，林哥，这么早叫我来有啥事？

林亚雄问，李小叶现在哪里？

钱彪愣着眼睛说，不知道啊，昨天下午我走了之后她不是跟你在一起吗？

林亚雄吼道，你少给我装蒜，她现在到底在哪里？你给我说清楚。

钱彪委屈地说，哥，我真的不知道，到底出啥事了？

林亚雄生气地说，她昨晚又被你找的那几个家伙绑架了！

钱彪愣了，惊讶地说，啊，怎么会有这事？

林亚雄恼怒地说，钱老二，咱们昨天下午才谈好了，事情完全可以解决的，你为啥要节外生枝？你搞的啥名堂？现在公安也出动了，你还想不想活？

钱彪吓坏了，忙解释说，林哥，这事真不是我叫他们干的，那几个家伙我已经把他们打发走了，怎么可能呢？会不会是别的人绑了她？现在找她的人很多。

林亚雄说，杜咪跟她在一起，看得清清楚楚，就是那几个人干的。

钱彪拍着脑袋骂道，妈的，这几个蠢猪，他们想干吗？

林亚雄骂道，你也是蠢猪！

两个人都气得不说话了。过了一会儿，林亚雄冷静下来，要钱彪赶紧想办法联系到那几个绑匪，问清楚李小叶的下落，一定要在公安找到她之前，找到她并拿到那份投资合作协议和大客户名单，否则就会出大事。

钱彪立刻掏出手机打电话，只有一阵嘟嘟的忙音，继续拨打，还是这样。他气得一个劲地骂，这帮蠢猪，这帮蠢猪——恨不得把手机砸了。

一阵风从湖面刮来，两个人身体都不由得打了一个哆嗦。

钱彪说，林哥，我现在就去找他们，我就不相信找不到这帮兔崽子，我挖地三尺也要把他们揪出来。

林亚雄叮嘱说，关键时候，有些事情你知道该咋做的。

钱彪说，林哥放心，我知道，有了消息马上告诉你。

钱彪转身跟林亚雄分手，离开湖边的亭子，向自己停车的地方走去。他坐上停在路边的车，踩动油门，发疯似的开走了。

林亚雄依然站在湖边的亭子里，望着清晨荡起波澜的湖面，心里难以平静……

老婆从加拿大打来电话，假借女儿读书为由向他要钱，而且把离婚的事情再次拖延。他把钱打过去了，她却说最近要回来一趟，也不说回来的目的。难道是她听说自己有了女人，要回来折腾一番？这事情挺闹心的。

公司的事情也令他心烦。白河工业园区的开发建设，大唐飞龙集团的项目名列在前，近千亩的土地上有的大楼立起来了，有的只盖了半截，有的还是一片长着草的荒地。尽管市政府高度重视，黄副市长亲自抓，一方面开会叫省市的金融单位和大行业、大企业，为工业园建设出钱出力，另一方面还带着人到外省和南方发达有钱的城市去推介宣传，招商引资，希望能够按照原定目标全部建成。然而，成效甚微，进展缓慢，不仅整个园区需要的资金巨大，大唐飞龙集团也还需要大量的投入，他感到压力很大。

这个时候，征地的白河村村民，又因为土地闲置问题、人员拆迁安置问题、土地补偿款问题，整天派人找到公司来交涉吵闹。那天在园区召开金融工作扩大会议时，村里的人本来要拉着横幅到会场来抗议的，幸好及时发现堵在了外面，差点叫黄副市长撞见。他感到很是头痛。

现在又冒出李小叶被绑架的事情，搅得他心乱如麻。

林亚雄看见亭子边有一堆小石头，就走过去捡起几块，挥手一块一块地用力掷向湖面，小石头斜飞过平静的湖面，在水上跳跃，划出一道道白色的波痕，最后无声地沉入湖中。

林亚雄想，自己千万别像这小石头，蹦跶几下就沉下水里。如果要沉的话，只能是钱彪这样的人。

林亚雄暗自笑了两声。他听见自己的笑声在这个空旷的湖面显得有些寒冷和恐怖。

司机田三走过来说，林总，我们走吧？

林亚雄拍拍手上的沙土，说，好，我们走。

钱彪开始不停地给杆子打电话，每次从手机里听到的都是嘟嘟的声音。从南湖边到去公司的路上，再到自己的办公室，一次次地拨打都没有结果。

钱彪把自己关在办公室里，不让任何人来打扰他。他在房间里转来转去，一支接一支地抽烟，如同一只困兽。要打的电话打不通，不想接的电话一个接一个地来，都是来打听投资的事情，问有没有什么问题？资金何时回笼？等等。搞得他心烦意乱，就像是在油锅里煎熬。

林亚雄一大早把他叫到南湖边，说李小叶被绑架了，这的确叫他感到惊讶，也意识到了问题的严重性。现在他必须要以最快的速度找到她，拿回与她签订的合作协议，他才能够确保自己安然无恙。至于那份大客户名单，那是林亚雄关心的事情。

刚一到公司，钱彪就叫来自己手下的人，四处去打探消息，然后给娱乐城“夜来香”歌舞厅的女老板乔丽娜打电话，问杆子一伙人去没去她那，女人说，没有啊，不是给你干活去了吗？钱彪说，嗨，别提了，这几个蠢猪弄不好会坏我的大事。女人问，怎么啦？钱彪在电话里简单说了一下事情的经过。女人说，嗨，几个小王八，我叫人去收拾他们。钱彪说，算了，以后再说，你有他们的消息马上告诉我。女人嗯了一声，声音柔软起来，问他何时到她那里去，钱彪说，现在没心情，等这件事情办完了，再去陪她。女人不高兴地挂了电话。

乔丽娜以前是钱彪手下的陪舞小姐，后来成了他的情人。钱彪离开娱乐业后，把这家“夜来香”歌舞厅给了乔丽娜，两个人的关系一直不断。前几天，钱彪需要人去找李小叶，就是乔丽娜帮的忙，找了杆子这伙人。

这段日子钱彪的眼睛老是跳，一会儿是左眼，一会儿是右眼，分不清是祸是福。为了收回投出的资金，他专门去了一趟北山地区，找那些煤老板油老板和房地产商要钱。那个地方的气候要比省城迟许多，现在还处于寒冷的冬天，草木干枯，黄土的原野里光秃秃一片。可是，他看到的景象比冬天还要寒冷，煤矿和油井都不再像过去那样繁忙热闹，矿区里冷冷清清，看不到几个工人，也见不到几辆拉煤拉油的车。

在一个堆成山的煤堆前，钱彪找到了一个煤老板。煤老板正和几个矿工蹲在棚子里炖羊肉汤，见了他舀上一碗递上叫他喝。他端着羊肉汤先张不开口，后来就干脆放下碗，说明了来意。煤老板始终就一句话，现在没有钱，只有土豆和羊肉，要不？

他又去找投资的油老板。公司里找不到人，打电话也没有人接。问公司里的人，说老板带着老婆去海南度长假去了。结果扑了个空。

钱彪最后去了一直红火的北山新城，那里的楼房一栋连着一栋，就是见不到人。他在售楼部终于找到了房地产老板，老板正在办公室里跟几个手下办事的人围着桌子打扑克，脸上贴着纸条，耳朵上夹着烟卷，一脸的傻笑。见了钱彪，还拉他坐下一起打牌，热闹热闹。房地产老板幽默地说，要钱没有，要房子多的是，不行就拿房子抵钱，你可以随便挑。钱彪看一眼外面一片荒芜的房子，心都凉了。

跑了一大圈，钱彪一毛钱也没有要回来。车上倒是拉回来不少的羊肉、土豆、大葱什么的。

李小叶天天打电话催他要钱，跟催命鬼似的。钱彪说拿不出钱来，要她再拖一拖。李小叶说，再拖就要出事了。果然没几天，李小叶就出事了，她的客户把事情闹到了保险公司。李小叶跑了。

钱彪急得屁股火烧火燎。

为了尽快找到李小叶，拿到那份投资合作协议，钱彪马上就想到了乔丽娜，她那歌舞厅里什么人都有，一定能帮她找到需要的人。果然，钱彪跟她一说，没一会儿乔丽娜就回电话说，人找好了，晚上过来见面。

钱彪脑子里浮现出那晚与杆子一伙见面的情景。

那天晚上，钱彪独自一人开车来到市区的娱乐城里，在“夜来香”歌舞厅门口停下车。歌舞厅旁边还有洗浴中心、麻将馆、游戏厅等，一片灯红酒绿的景象。歌舞厅的门口站着两排保安，个个都身强体壮，手里拿着传呼机。一见钱彪从车里出来，都向他鞠躬致礼，齐声喊，钱总好——接着，一个人把他的车开走，一个人领他进入灯光闪烁的大门。

一进大门，震耳欲聋的摇滚音乐和沸腾疯狂的喊叫声扑面而来。

乔丽娜已经在大厅里等候钱彪了，一见面便满面春风地迎上前与他拥抱。乔丽娜是跳舞出身，身材高挑苗条，凹凸有致，性感迷人，还带着一身的香气，虽然已经三十多岁，不再跳舞，但身材依然婀娜多姿。钱彪拥着她有种触电般的感觉。

一楼是大舞厅，声音吵闹。乔丽娜挽着钱彪的胳膊，乘电梯来到二楼，二楼是 KTV 包间，三楼也是，还有隐秘的供客人特殊需要的房间，所有的一切装修都十分豪华。在暧昧的紫红色灯光过道里，一群年轻的穿着暴露、浓妆艳抹的女子擦肩而过，见了乔丽娜立刻向她点头问好。乔丽娜挥手让她们过去。这些年轻女子嬉笑着潮水一样涌向过道，并很快涌进两边的包间里。

钱彪咂咂嘴说，你这里的小女子越来越漂亮了。

乔丽娜说，别眼馋啦，走吧。

两个人走到一个包间前，门口站着一个男服务生。乔丽娜问，人来了吗？男服务生答，来了。乔丽娜说，好了，你走吧。服务生一弯腰，就离开了。

乔丽娜和钱彪推开了门。包间里半明半暗，有三个高低胖瘦不一的人，拿着话筒在嚎歌，五音不全，声嘶力竭。这正是乔丽娜找来的人。他们一边喝酒一边嚎歌。房间的茶几上堆着啤酒、水果和瓜子。三人见有人进来，停止了嚎叫。乔丽娜介绍说，这三个小兄弟以前来过“夜来香”，一个叫杆子，一个叫土锤，一个叫闷屄。乔丽娜对三人说，这是钱老板。三人放下话筒，上前要跟钱彪握手。钱彪说，客套免了，你们坐下吧。三人尴尬地搓搓手，屁股落进沙发里。乔丽娜说，你们谈事，我出去一下。

钱彪看看三人，问，干过找人这活吗？

杆子笑笑说，干过，多了去了，专业的。

钱彪又问，保证不出纰漏？

杆子肯定地说，绝对不会。

钱彪就开始给三人交代任务，然后从身上掏出了几张照片和一沓钱，撂在茶几上。他说，这钱是预付金，其余的钱事成后再付。

杆子高兴地把钱放进口袋里，然后看那几张照片。

这时候，乔丽娜进来了，身后跟着几个身穿短衣短裙的性感女子。乔丽娜对女子们说，今晚好好伺候这三个小哥儿，让他们玩好喝好，钱老板已经埋单了。杆子赶紧收起照片，看着漂亮的女子们，兴奋得眼睛发亮，连声说，谢谢钱老板，谢谢乔姐。

几个女子浪笑着朝三人扑去。

钱彪和乔丽娜走出包间，身后传来那伙人狂喜的笑声。

乔丽娜带着钱彪上了四楼，来到她的办公室。一进屋，乔丽娜就关了门，两个人磁铁一般吸在一起狂吻起来，一边吻一边喘息，一边用手撕扯对方的衣服，脚步快速地向前移动——当移动到办公室的一张长沙发前时，两个人身上已经完全扯光了。

杆子打来电话的时候，已经是上午的十点多钟了。铃声一响，钱彪慌忙从椅子上坐起来，一看正是那个叫杆子的小胡子打来的。正愁找不到人呢，这几个蠢猪终于露面了。

钱彪一开口就把杆子臭骂一顿，要他们办事办不成，不要他们办了，他们偏偏又自作主张把李小叶绑架了，这到底是怎么回事？杆子并不示弱，怪钱彪不讲信用，事情没办完就把他们甩了。他承认李小叶就在他们手里，如果还需要那东西，就跟他们重新谈生意。

钱彪问，你们现在在啥地方？杆子嘿嘿一笑说，这个不能告诉你。钱彪问，你们想咋样？杆子说，还能咋样，当然是钱嘛。于是，两个人就你一句我一句地在电话里交易起来，最后谈好价格十八万块，比先前翻了一倍多，一手交钱一手交货。现在李小叶在他们手里，价自然由杆子说了算，钱彪只得答应。只要找到人，拿到东西，钱不算啥。

双方谈好了条件，约定下午见面。

钱彪开始准备钱。他打开办公室里的保险箱，从里面取出十八万块现金，放进自己的手提包里。中午吃饭后，他就一直在办公室里，躺在沙发上等待电话。可是，一直等到了下午，仍然没有消息。钱彪就有些急了。难道是杆子那边出了什么问题？是公安发现了他们的行踪，还是李小叶不肯交出他要的东西？打手机过去杆子也不接。

钱彪急得站起身来，像热锅上的蚂蚁在办公室里转圈子。

手机铃声终于响了，是杆子打来的。钱彪抓起桌子上的手机就骂，你他妈的啥玩意儿，给我搞什么鬼？

手机里传来一个陌生男人的声音，钱老板别发火嘛，做生意要以和为贵呀。

钱彪大声问，你是谁？

陌生男人说，你叫我郭老大吧，你要的人和东西现在在我的手里，咱们谈一谈。

钱彪说，跟你有啥好谈的，叫杆子来说话。

郭老大说，对不起，你只能跟我谈。

钱彪说，你想谈啥？

郭老大说，谈生意啊。

钱彪说，我已经跟杆子谈好了，跟你没谈的。

郭老大说，他说了不算，咱们得重新谈。

钱彪问，你是啥人？

郭老大说，我是他老大。

钱彪明白了，问，你要多少？

郭老大说，五十万。

钱彪像挨了一闷棍，气呼呼地说，你他妈的这是敲诈呀！

郭老大说，钱老板如果嫌价高，我可以把你需要的东西交给别人。

钱彪急了，说，别，咱们有事好商量。

郭老大笑道，这就对了嘛，钱老板是个聪明人。

钱彪说，我要见到人，见到东西再说。

郭老大说，你说个时间和地方吧。

钱彪想了想说，那就晚上九点，城里娱乐城“夜来香”歌舞厅见。

郭老大说，好，一言为定。

两个人挂了手机。

钱彪骂道，你……你个浑蛋——他气得血压升高、脸色紫红，脖子上也暴出了青筋。

南湖边出现了两个人，一胖一瘦，在一座假山石头的后面，观察不远处的一叶楼。他们神色诡秘，鬼鬼祟祟，很快引起了守候在此的公安便衣的注意。

胖的是朱大军，李小叶的前夫。瘦的是狗子，朱大军的小哥们儿。两个人是昨天半夜里从康城山区的阳南县来到省城的，大概就是在李小叶被人绑架的时候，他们住进了火车站旁边的一个小旅馆里。

朱大军是在李小叶离开阳南县的第二天，从戒毒所里放出来的。在戒毒所里整整关了三年多，他终于戒掉了毒瘾，熬出了头，就像从地狱里钻出来，重新脱胎换骨，面对一个新的世界。一出戒毒所的大门，他没有先回家，而是直接去了县城边的“鑫鑫”修车铺找到了狗子。他要向狗子打听李小叶在什么地方，他要去见她。

朱大军提着一个破布小包，来到县城郊外路边的“鑫鑫”修车铺，在门口见到了狗子。狗子正闭着眼睛靠在修车铺铁门框边的椅子上，两个铺里的伙计一个在他的脸上抹药，一个在捶他的肩膀。他的脸上青一块红一块的，还有几道小血口子。朱大军就站在离他只有十几米远的马路对面，认真地看了他一会儿。然后，他走了过去。

一个伙计喊了一声，要修车吗？

朱大军没吭声。

那伙计又喊了一声，没事就走开！

朱大军还是没有动身，眼睛就盯着狗子。

狗子终于眼皮动了一下，斜着眼睛看了朱大军一眼，先是一愣，然后马上掀开身边的两个人，站起身叫了一声哥——立刻上前一把抱住了朱大军。

狗子说，哥，你真出来啦？

朱大军说，真出来了。

狗子说，咋不吭一声，兄弟去接你。

朱大军说，不用，这样就好。

狗子赶紧把朱大军迎到修车铺里，在一个旧皮沙发上用毛巾抹了抹，然后叫他坐下，递上烟，端上茶。朱大军说别忙，要狗子也坐下。狗子就在旧皮沙发上坐下了。

朱大军问，你嫂子把钱还你啦？

狗子有些惶恐不安地说，还了，哥若需要拿去用。

朱大军摆手说，不需要。又问，你嫂子把所有的钱都还清了？

狗子说，都还清了。

朱大军仰头看看天，再问，她就回来还钱？

狗子摇摇头说，不知道，她还回了坝子镇，回了家。

朱大军说，咋这时候回来呢？

狗子说，也许，知道哥要出来了吧。

朱大军问，她现在在哪？

狗子说，好像回省城了。

狗子就把李小叶来给他还钱，以及后来在县城快捷酒店被一伙人追踪，以及找他帮忙掩护逃离的事情说了一遍。朱大军吃惊地问，还有这事，她出啥事了？

狗子摇摇头，说，不知道。

朱大军从旧皮沙发上忽地立起身，抓起一边的破布小包就往修车铺外面走。狗子追了出来，问朱大军，你上哪儿去？朱大军说，你不用管。继续大步往前走。狗子问他，你是不是去省城找嫂子？朱大军不说话，步子迈得更快。狗子急了，劝说道，你跟嫂子已经离婚了，你还去找她干啥？朱大军头也不回，边走边说，她是我女子的妈，出了事，我女子咋办？狗子朝地上跺了一脚，嗨了一声，说，你等我一会儿。

狗子转身跑回修车铺里，在一个铁皮柜子里拿出一个信封袋塞进身上，里面有钱有卡，又在抽屉里翻出一把匕首，别在后面的腰上，然后顺手抓起沙发上的一件外套，发疯一样地冲出了门，回头冲伙计们喊了一声，给我看好铺子，老子过几天回来。

几个修车小伙计愣愣地看着他，不知他要跟那个胖子去哪里。

就这样，朱大军和狗子坐长途汽车当天夜里来到了省城，在火车站旁边的车站下了车。脚刚一落地，黑暗中几个面孔模糊的女人就围上来，问他们住不住店，抢着要拉他俩走。朱大军一看都半夜了，分不清东南西北，也不知住哪里好。见女人们这么晚了，还出门在外拉生意也不容易，就跟了一个女人，说，前面带路。

那女人把他们带到火车站旁边的一个小旅馆。办完手续后，两个人进了屋，拿出在路上买的一瓶白酒和一包猪头肉花生米，坐在床头边，咬开酒瓶盖，就你一口我一口地喝起来。

狗子说，哥，你在戒毒所吃了不少苦吧？

朱大军说，那还用说？真是猪狗不如，老子都恨不得把自己杀了。

狗子说，现在熬出头了，兄弟为你高兴。

朱大军说，高兴个屁！老子把家都败了，老婆也跟我离了，女子也没有了，我还有啥高兴的！我他妈真是猪狗不如，我不是人。这话是你嫂子骂我的，她骂得一点没错。

狗子把酒瓶递给朱大军。

朱大军喝了一口，后悔地说，我在戒毒所里想，我是在造孽哟，我从小学的时候就痴迷她，去扯她脖子上的小纱巾；她打了我，我还痴迷她，一直到初中高中到社会上混，都痴迷着她。最后终于痴迷到手了，想干点大事讨她欢喜，让她高兴。可是，总是事与愿违，结果啥事情也没有弄成，反而混得不像个人样，她更看不起我了。老话说，强扭的瓜不甜。她就像我们在山里抓到的鸟儿，想让它叫一声，它却死活不叫，也不吃东西，宁愿撞死在笼子里。真他妈的造孽哟！

狗子劝慰道，哥，算了，过去的事情不说了。

朱大军说，不，要说，我想说，我在戒毒所里没法跟人说。

狗子说，好吧，你说吧，想说就说个痛快。

朱大军又喝了一大口酒，说，我对不住李小叶，我后悔，我忏悔——她嫁到我家，给我家干活，给我生女子，孝敬我爸妈，我却发脾气打她、骗她、糟蹋她；我打架、赌博、吸毒，最后欠了一屁子债。离婚了，她一个女人拖着孩子到省城来找工作，打工替我还钱。我是一个男人，你说我……我他妈还有脸吗？

朱大军眼里有了泪光。

狗子说，哥，我的那些钱其实不想要回的，是嫂子她坚决要还，我只好收下。

朱大军在脸上抹一把说，狗子，你先收下，这钱是哥欠你的。有一天，哥会把钱给你嫂子，不，给李小叶的。

狗子说，哥，我把钱带来了，在包里的一张卡里，你想咋花就咋花。

朱大军举起酒瓶给狗子，说，够哥们儿，喝！

狗子接过酒瓶，也喝了一大口。

不一会儿，一瓶酒就见底了，床头柜上的猪头肉花生米也吃得只剩下一些残渣。两个人脸红红的，头晕晕的，到了似醉非醉的状态。已经是半夜了，明天还要去找李小叶，就关了灯，脸脚不洗就倒在床上睡了。

刚开始，两个人在黑暗中都睡不着，过一会儿就听见火车由远而近轰隆隆地响起，就像从头上碾过去，叫人头皮发麻心惊肉跳，还不时有白色刺眼的灯光从窗户扫过。

朱大军翻来覆去，床铺压得嘎吱地响。

狗子说，哥，明天我们换地方吧。

黑暗中，朱大军没有吭声，不知道他心里在想什么。

狗子也不吭声了。

再过一会儿，屋里就响起如雷的鼾声。

第二天一起床，已经是上午九点多钟了。两个人带上随身的东西，出了火车站旁边的小旅馆，在街头胡乱吃了点东西，就按照原计划准备去找李小叶了。

他们先来到经济开发区的永久保险公司。这地方狗子来过，那年他带人来找李小叶要债，在这里找过她。旁边不远处巷子里的小饭馆，李小叶还请他们吃了一顿饭，达成了还债的协议。她真还是说到做到，不到三年时间就把朱大军欠下的赌债都还完了。

走到保险公司外面的大门前，朱大军放慢了脚步，有些犹豫起来。狗子说，进楼去就马上可以见到李小叶，她现在可出名了，是保险公司的先进人物，又是销售经理，还上过省上的报纸和电视。一提她的名字，门卫保证不会挡的。

朱大军一听，干脆停下了脚步。心想，自己是害了她的人，她咋肯见他呢，不如躲在这里先打听一下情况再说。昨天从戒毒所出来，一听狗子说有人在追踪李小叶，他就担心她出啥事情。在戒毒所里见到她时，也感到她有些异样，行色匆匆，心神不安，所以就决定到省城来看看，到底是咋回事。其实，只要知道她照常在公司里上班，平平安安的，见不见都没有啥了。真要想见的，是自己的女儿欢欢，现在不知长成啥模样了，也不知有多高了，见了怕都不认识他了。

朱大军叫狗子去楼里打听一下，问李小叶在不在，如果见到她，千万不要说他来了，就说狗子自己来省城办事，顺便看看她，问她有没有啥事情，没事情就走，不要久留。他就在大门外等他的消息。

狗子答应后就向大门走去。

朱大军在门口蹲了下来，心里一阵忐忑不安。

狗子刚走，旁边就有几个人围了过来，也像是在门口等人的。几个人问朱大军是不是来找李小叶的，朱大军奇怪地看着这几个人，心里不由得警惕起来，就问，你们怎么知道李小叶呢？几个人一下笑了起来，说，咋不知道呢，我们都是她的保险客户呢。朱大军松了一口气说，哦，原来这样，你们都是来找她的，咋不进去呢？几个人说，李小叶不在，我们在这里等她都好几天了。朱大军有些失望地自语，不在啊？几个人就忙问他，是不是也上当了，来找她要钱的？朱大军一听，感到莫名其妙，说，上啥当，要啥钱？几个人哈哈笑起来，其中一年轻人说，装，装，装得真像，谁不是来找她要钱的。旁边一老人说，她可把我们害惨了，都是辛辛苦苦的血汗钱啊，眼看都要打水漂了，以后日子怎么过啊！一个中年人说，大家都是受害者，她骗了我们，跑了和尚跑不了庙，躲了初一躲不过十五。听说保险公司已经派人去找她了，公安局也在找她，总会找到她的，总会给我们一个公道。

朱大军听着就像是在云雾山中，不知这些人在说些什么。

几个人继续议论，一个说，我都找她好几天了，还是见不到人，拿不回钱，该咋办呢？另一个说，反正有保险公司在这里，怕啥！一个说，保险公司才不管你呢，说你们参加非法集资，受骗了跟他们没有关系。另一个说，咋没有关系，我们手里有保险公司的合同，上面还盖有大红章子，他们敢不认？一个说，听保险公司的人说，那合同可能是假的，要想追回钱只有找骗钱的人。另一个说，真的假的，老百姓咋搞得清楚，反正那女子是保险公司的人，她把钱拿跑了，我们就在保险公司等，总要讨回我们辛辛苦苦的血汗钱。一个说，她要是不还钱，我们见了她就把她绑了，送到公安局去，让她受到法律的惩罚！

议论的人越说越愤怒，咬牙切齿，挥舞拳头，恨不能把李小叶撕成八大块。

朱大军听着紧张得头发都竖了起来，脸色变得跟墙壁灰一样的白。

这时狗子跑出来了，见朱大军被几个人围着，赶紧拉起他就往外跑，一边跑一边说，哥，不好，出事了，嫂子出事了。朱大军说，你咋这么久才出来？狗子解释说，他刚进保险公司大楼向一个保安打听李小叶，就被几个人拦住了，问他是不是她的保险客户，要拉他到一个屋里去登记。他说自己不是客户，是她的老乡来找她的。几个人用更加怀疑的眼光看着他，要他留下姓名、家庭住址和手机号码，并且问他找李小叶到底有啥事情。狗子说，我有事情跟你们有啥关系，为啥要跟你们讲？几个人说，李小叶涉嫌一桩保险集资诈骗案，人已经跑了，凡找她的人都要登记，问清楚缘由，这是公安机关说的。狗子无奈只好留下了姓名、家庭住址和手机号码，还拿出身份证进行了复印，这才让他离开了大楼里面。

狗子惊慌地说，哥，他们说的是真的吗，怎么办？

朱大军痛苦地闭上眼睛，照自己的头上狠狠砸了一拳，都是老子造的孽哟！

两个人跑了好一会儿，才在一个街道的十字路口边停下脚步，喘着气，抬头望着天，好半天都不说话。过了一会儿，还是狗子先开的口，哥，你说咋办？

朱大军不说话。

狗子说，要不，咱回吧？

朱大军说，你回。

狗子说，那你呢？

朱大军说，你莫管。

狗子说，你想咋样嘛。

朱大军冒出一句，该救还得救。

狗子忽然看见朱大军眼睛里涌出了眼泪，觉得就像有刀子戳着他的心一样，也跟着难过起来。他觉得朱大军变了，不像过去的朱大军了，在戒毒所里三年时间，不知是什么东西改变了他。狗子不再说话了。

两个人后来找到了李小叶姨妈住的地方，屋里没有人。问邻居，说每天她在南湖边的一个小茶楼里上班。于是他们就来到了南湖边，果然看见一座小茶楼，上面挂着牌子“一叶楼”。两个人一阵欣喜。

朱大军和狗子直奔一叶楼。

两个人来到小茶楼，投目张望，看见楼上楼下有不少的客人，一片喧闹的声音，看来生意还不错。朱大军没见过李小叶姨妈的面，他跟李小叶结婚时，她姨妈也没有从省城回坝子镇，只是托人给他们送了礼钱，所以他不认识她。

朱大军向柜台女服务员打听李小叶姨妈在不在，女服务员指着门口说，在外面。朱大军回头一看，见一个中年女人正在拿着手机打电话，好像是在谈什么事情，神色有些着急和不安。

朱大军等中年女人打完电话，上前问道，你是小叶的姨妈吗？李小叶姨妈用怀疑的眼光看看两个人，问，你们是谁，有啥事？朱大军做了自我介绍，说我是朱大军，是来找小叶和看看女儿的。李小叶姨妈一听，先是一愣，然后火气突然就冒起来了，眼睛一斜，脸一横，一手叉腰一手指着朱大军骂道，原来你就是朱大军啊，你是个混蛋，是你害了我们小叶，你还有脸跑来见她。你们已经离婚了，欢欢也不是你养大的，你给我滚！

朱大军张嘴想解释什么，姨妈，你听我说。

李小叶姨妈打断道，谁是你姨妈，谁是你姨妈？你给我滚，滚得越远越好，滚回你的监狱去。

朱大军更正说，不是监狱，是戒毒所。

李小叶姨妈喊道，管你是啥玩意儿，你给我离远点，李小叶不在，欢欢你也休想见到。

朱大军着急地说，我是怕她们有危险。

李小叶姨妈吼道，我看你才危险，赶紧给我滚，不然我就——她转身进门找东西。

狗子见势不妙，拉住朱大军就跑，说，哥，我们赶紧走吧。

刚离开门口，身后就传来哗的一声，一盆凉水险些泼在了两个人身上。李小叶姨妈在后面骂道，今天真是倒霉撞了鬼了！

两个人落荒而逃。朱大军并不甘心离开，而是与狗子躲在了离一叶楼不远的一座假山石后面。朱大军认为，李小叶从康城回来后，如果有人在找她、跟踪她，她肯定不会回自己的家，而是会藏在小茶楼里，或者住在别的地方。她不在，一定是把女儿交给了她姨妈，盯住姨妈就可以见到李小叶和女儿了。

后来，两个人在假山后面忽然发现有人在不远处暗地里监视他们，感觉蹊跷，以为是那些保险客户为寻找李小叶，也在南湖边等她。两个人一下就慌了，不知该如何是好。

就在这时候，刘剑锋和叶梅赶来了。他们在北关镇没有抓到那伙绑匪，得知南湖这边有情况，就立即开车赶了过来。杜咪和方明亮本来还要跟着过来，刘剑锋没有同意，让他们回去等待消息。

刘剑锋和叶梅跳下车，看守在南湖边的几个公安人员就跑过来，向他们汇报了情况，用手指了指假山后面一胖一瘦的两个人。

刘剑锋指挥看守的公安人员，朝假山后面包围过去。

朱大军和狗子正在不知所措之时，突然几个持枪的人站在了面前。刘剑锋上前亮了一下公安的证件，问道，你们是什么人，在这里鬼鬼祟祟的干什么？朱大军和狗子见好几个人围过来，而且手里还拿着枪，说是公安局的，一下蒙了，不明白发生了什么事情。

朱大军举着手说，我们没做啥，就是来这里玩的。

狗子也跟着举起手说，就是，我们是来玩的。

一个看守的公安人员说，你们哪像是来玩的，先去了小茶楼，被人赶了出来，然后就躲在这里，眼睛就一直没有离开过那个小茶楼。

刘剑锋吓唬道，老实说，到底是来做啥的，为啥要一直盯着那个小茶楼？有啥目的？不说实话，就把你们带到公安局去。

朱大军辩解说，小茶楼为啥不能看啊？

狗子害怕地说，警官别别别，别带我们走，我们是从康城山区来的，来找一个人。

叶梅问，找谁？快说。

狗子指指朱大军，胆怯地说，找……找他以前的媳妇。

叶梅问，他以前的媳妇是谁？

狗子说，叫李小叶。

刘剑锋和叶梅都吃了一惊。原来这个胖子就是李小叶的前夫朱大军，他不是关在县里的戒毒所吗？本来去阳南县时就想去见见他的，结果没有见成，没想到在这里碰见了，真是不是冤家不碰头，有缘分啊。

刘剑锋说，你就是朱大军啊，真是幸会，这个时候你也跑来凑热闹。说说，来找李小叶有什么事？

朱大军低下头不说话。

狗子在一边插话说，他就是想来见见嫂子，见见他的女儿。

叶梅问狗子，你是什么人？

狗子结巴地说，我……我叫王鑫，外号狗子，在阳南县城开了一家修车铺。

原来这家伙就是在阳南县城的快捷酒店外面与跟踪李小叶的那伙人打架的小青年。叶梅说，原来是你呀，在阳南县打架闹事很厉害的嘛。

狗子看了叶梅一眼，低下头。

刘剑锋本来听到看守人员的报告，还以为发现了那几个绑匪，他们从北关镇转移后，把李小叶带到了一叶楼，要在这里寻找他们要的东西。没想到这两个人一个是李小叶的前夫，一个是小县城的打架青年，不觉感到大失所望，又白忙活一场。跑了一天，还是没有找到那伙绑匪和李小叶，心里很是恼火。

刘剑锋说，你们赶紧离开这里，回你们老家去，老老实实在家里待着。

朱大军说，凭什么？我高兴在哪里就在哪里，这是我的自由。

刘剑锋冷笑一声，说，你现在知道自由啦，告诉你，老老实实听话，就是自由，懂吗？

朱大军瞪着眼睛说，我不走，你能把我咋样？

叶梅说，嘴还挺硬的，你不走就是妨碍我们执行公务，李小叶现在已经被人绑架了，我们正在搜捕绑匪，这一区域都是我们监视的地方，奉劝你们赶快离开这里。要不，就把你们强行带走。

朱大军一听，吃惊地瞪大眼睛问叶梅，你说啥，她被人绑架了？是谁干的，告诉我！

叶梅说，这关你什么事！

朱大军浑身发抖，说不出话来。

刘剑锋警告说，你们别给我们添乱啊，赶紧走。

狗子拉拉站着不动的朱大军，小声说，哥，咱胳膊拧不过大腿，赶紧走吧。朱大军噘着嘴，气呼呼的，只好离开南湖边的假山处，不时回头看一眼那湖边的一叶楼……

# 二十八

天气还是灰蒙蒙的，雾霾笼罩着省城。

上午，市政府办公大楼里正在召开会议，专题研究白河工业园区的开发建设工作。会议由副市长黄文主持，市委赵书记出席，还有市府有关部门的负责人参加。会议主题就一个，就是按照省里要求，对白河工业园区进行科学定位，并进一步加快开发建设的工作。会议室里气氛严肃，参加会议的人员脸上个个神色凝重，就像窗外灰蒙蒙的天气，一时不见好转。

黄副市长的脸上也是紧绷绷的，绷得像一块挖土的铁锨，很是吓人。他一边听发言汇报，一边看桌子上的材料，还不时用手握成拳头轻轻敲打自己的额头。现在二期工程的推进工作遇到了困难，资金不足，建设迟缓，严重影响了招商引资，离当初提出五年全面建成的目标，还差相当大的距离。可是今年就是最后的一年了，过几天就要召开市人大会议，这件事情还要在会议上给代表们一个交代。因此，他感到十分焦虑。

更叫黄副市长感到不安的是，再过几天市政府班子就要换届了，他这个主持市政府工作的副市长顺理成章就要坐上正位，这个时候不能有丝毫的差错和闪失。可是，最近他听到底下有一些声音，说白河工业园区的开发建设，是对白河自然生态的破坏，是有人想以政绩谋得官位等等，甚至还有个别报纸以专家学者的名义发表文章，说白河工业园区开发建设缺乏科学论证，是政府一些人头脑发热，急功近利。矛头显然是直接指向他，这叫他心里非常恼火。

黄副市长这几天夜里睡不好觉，每晚上床前都要吃安眠药。昨天晚上，夫人徐雅姿就劝他说，管他呢，别听这些人瞎吵吵，小船翻不起大浪。

他说，别小看这些小船，肯定是背后有人在支持，推波助澜，目的是不想让我坐到市长这个位置上，阻挡白河工业园区的开发建设。不过，没这么容易。白河工业园区是市里规划的重点建设项目，不是我黄文一个人决定的，上有政绩考核和军令状，下有老百姓要就业吃饭，不在开发建设上做文章，不充分利用自然资源加快发展经济，不付出一定的牺牲和代价，难道天上会掉馅饼？这些人真是想得太简单、太幼稚！

他气得从床上坐起来，索性打开灯，点燃一支烟。

夫人徐雅姿不高兴地说，你这样还怎么睡觉？不仅你睡不着，我也没法睡了。说着，起身抱起被子，打算到客厅的沙发上去睡。每当黄文失眠睡不着，最后的结局都是这样。

黄副市长忽然叫住她，说，你等等，有件事我问你一下。

夫人徐雅姿止住步，回头道，半夜三更的还有啥事？我明天一早还要上班呢。

黄副市长说，我问你，你是不是带着一伙人，在林亚雄那个干妹子那里买了不少保险？

夫人徐雅姿说，什么叫一伙人，那都是我的姐妹朋友。

黄副市长说，我问你是不是？

夫人徐雅姿说，是又怎么样？

黄副市长说，怎么样，你知道吗，那个叫李小叶的女子最近出事了，涉嫌保险诈骗和非法集资，老百姓闹到了保险公司门口，目前掌握的涉案资金还不小呢，王局长他们已经派人介入了。

夫人徐雅姿瞪着眼睛说，怎么可能是诈骗非法集资，明明是买的保险理财产品嘛，我们手里可都有保险公司的合同，还盖了公司印章的。

黄副市长说，唉，你还真信？那些东西保险公司和公安机关正在调查鉴别，弄不好都是假的。

夫人徐雅姿说，不可能。我前几天还见过李小叶，她说是今年经济形势不好，公司分红推迟了。

黄副市长说，她那是骗你们的鬼话。

夫人徐雅姿说，就算她是诈骗非法集资，可她为啥去年还给大家分了红？林亚雄也告诉我，他正在想办法帮李小叶把钱还给客户，还了不就完了，有啥大惊小怪的。

黄副市长用手指着夫人徐雅姿说，真是妇人之见，哪这么简单。这个李小叶先是跑了，现在又被一伙绑匪给绑架了，事情越闹越大，要是闹出了人命，那可就捅天了。

夫人徐雅姿这才有些慌了，忙说，她被绑架啦？哎呀，那你说该咋办？

黄副市长说，王局长他们正在找人呢，先把人救出来再说。

夫人徐雅姿说，可是我的钱，还有我姐妹朋友的钱怎么办？李小叶还不了，我们就去找保险公司。

黄副市长说，你还嫌事情闹得不够大是不？钱是小事，如果这件事情把你牵涉出来，还有你的那些姐妹朋友，有人就会大做文章，甚至还会把我拉扯进去，事情就会更加复杂。

夫人徐雅姿大声嚷嚷起来，什么钱是小事，你就光想你头上的乌纱帽，我投进去的钱可不是小数，如果就这样打水漂了，我要找他们保险公司算账。

黄副市长问，你这些钱是从哪里来的？

夫人徐雅姿说，你不用管。

黄副市长吼道，你今天必须给我老实说。

夫人徐雅姿心怯了，吞吞吐吐地说，有家里的，也有别人送的……

黄副市长气得从床上跳起来，指着夫人徐雅姿发火道，我早就跟你定了规矩，外面的钱物一分一厘一针一线都不能收，你是怎么遵守的？叫你手莫伸，手莫伸，可是你就不听。这会害了你，也会害了我，唉。

夫人徐雅姿眼圈一下红了，委屈地说，可我也是为了这个家，孩子在国外上大学要花钱，家里迎来送往的要花钱。你是市里领导，我是领导老婆，出门在外应酬的事多，总要讲面子，总要花销。还有上面的领导、夫人，方方面面的关系，逢年过节的少不了也要表示一下，就凭你我的工资收入，应酬得了吗？家里家外的事情你啥也不管，只知道自己当官，只知道你的白河工业园区，你心里有我吗，有这个家吗？还嫌我害了你，你有没有良心？

黄副市长生气地吼道，你还有理由了，你这样做就是不对嘛。

夫人徐雅姿说，有啥不对？咱们中国人讲究人情世故，现在社会风气就这样，大大小小的官谁不拿点吃点喝点送点，你给别人办事，别人给你回报，礼尚往来，这是很正常的事情。如果送你钱物你不收，人家就会觉得你瞧不起他，甚至还会觉得是送少了。就说林亚雄吧，你这一辈子帮了他多少忙，可以说没有你就没有他的今天，有的项目给别人也是给，给他也是给，你不给他给谁？

黄副市长说，我是看林亚雄是一个干事业的人。

夫人徐雅姿说，现在的事情，只要有了钱，谁还不会干啊，关键看是不是自己的人，对自己有没有利益。你不收钱，他们自然会找到家里人。开始我也不要，拒绝他们，可是他们还会想尽各种办法接近你，送钱送礼物。像林亚雄这样的关系，我拒绝得了吗？

黄副市长摇摇头无奈地说，赶紧收手吧。

夫人徐雅姿说，可是眼下怎么办？你要想办法把我的钱，还有我姐妹朋友的钱给要回来。

黄副市长说，我上哪去要，谁叫你们去买那种骗人的保险呢？

夫人徐雅姿哭着说，还不是因为她是林亚雄的干妹子，又是保险公司的先进个人、销售精英，报纸电视都做了宣传，你不也是当着众人表扬她吗，谁知道她会骗人啊？

夫人徐雅姿一扭身，捂着脸抱起被子跑到客厅去了。

黄副市长深叹一口气，再也无法入睡了。

烟雾在面前缭绕……

这时候，有人在他胳膊上捅了两下。黄副市长从不快的回忆中清醒过来。一看是旁边的赵书记，他的眼睛正看着他，小声说，老黄，你在想啥呢？你的脸色可不好啊，身体不会有啥问题吧？原来，这时有关部门负责人的汇报已经完了，作为主管领导的他应该讲几句话，然后大家进行讨论发表意见。

黄副市长赶紧正正身子，用双手在脸上抹了一把，打起精神对赵书记说，没事，夜里没睡好，失眠，老毛病了。

赵书记笑道，老伙计，你可不能倒下啊，眼下的事情一件比一件重要，等熬过这段时间，我放你的假，带着夫人出去疗养疗养。

黄副市长说，谢谢老赵，我这身体是铁打的，没问题，扛得住，疗啥养啊。

赵书记笑了。

黄副市长端起茶杯喝了一口水，清清嗓子，又环视了一下会场上在座的人，感觉气氛太沉闷，就说，刚才大家已经听了有关部门关于白河工业园区目前开发建设的情况，形势不容乐观啊。不过，大家也用不着哭丧着脸，好像在这里给我开追悼会似的。

会场哄的一声笑了起来。

黄副市长说，这就对了，笑比哭好，我们要用革命的乐观主义战胜一切。说实在的，我最近也是为白河工业园区的事情吃不好饭，睡不好觉，相信同志们也是这样，如果你们的老婆在家里埋怨你们，就说是我黄文害的，叫她们来找我，我管饭，还给她们赔礼谢罪。

大家又一阵笑。

黄副市长说，同志们，现在我们的确遇到了很多困难，资金方面的，合作方面的，引进项目方面的，等等，甚至下面又冒出来一些不合谐的声音。有人说，我们这是搞重复建设，因为我们有一个经济开发区。但是他们不知道，随着经济社会的发展，过去的开发区已经远远不能满足我们城市建设的需要了。有人说，我们这是破坏了自然生态环境，但是大家可以想想以前东郊的白河是个什么模样，如今又是什么模样，自然生态环境也是需要治理才能美化起来的。

白河和南山是我们这座城市的两叶肺，需要我们去精心呵护和保护。但是不要忘了，我们的人口在不断增加，农村进入城市的人和大学毕业生一年比一年多，城市在不断扩大。过去的传统工业要倒闭转型，下岗就业的压力也越来越大，我们从哪里去满足人们的需求？说实在的，我也不愿意看到各种开发项目影响到我们的白河和南山；我也希望看到这两叶肺干干净净，没有受到污染和破坏。但是，我们现在别无选择，只有适当做出一些让步，做出一些牺牲，这叫顾全大局。在这个关键的时候，我们千万不能动摇，就像是军人冲锋打仗一样，绝不能到了半途就犹豫后退，这是一种耻辱！

省里要我们调整思路，科学定位，依我看就是要把白河工业园建设成为高科技工业园和绿色生态园。这会有很多困难啊，同志们，我们只有把基础建设搞好了，营造一个良好的环境，才能吸引更多国内优秀的企业进来，吸引更多的世界知名名牌和国际资本进来。有了梧桐树，不愁凤凰来嘛！

下面响起一片掌声。

正说着，办公厅的副秘书长匆匆跑进会场，打断了黄副市长的讲话，在他耳边说了几句什么。他的脸一下就变了，就像一道乌云遮了过来，马上就黑了。黄副市长对副秘书长说，你在外面等我，我马上就来。副秘书长匆匆退出去了。黄副市长跟身边的市委赵书记小声说了副秘书长进来报告的事情，说他出去处理。赵书记脸上也出现惊异的表情，点头表示同意，又叮嘱一句，注意政策，稳定为重。

会场上的人都以异样的目光看着他。

黄副市长说，政府大楼门口出了点情况，我去看看。大家围绕刚才的议题继续讨论，最后由市委赵书记做重要指示。我去去就回——说完，起身大步走出了会议室。

身后传来一片窃窃的议论之声。

市政府大门口，一群人打着白底黑字的横幅标语把道路堵得水泄不通。大门正对着的，是一条连接市中心的主要道路，接着是一个绿化广场。现在公路已经中断，公交车或其他车辆都被堵在两边，而绿化广场上也围满了观看热闹的人。警察维持着秩序，没有与打着横幅标语的人发生冲突。

这时候，正是市政府办公的高峰时期，出出进进的人和车辆应该很多，但现在想出去的出不去，想进来的也进不来，只好等待事态的发展。铁栅栏的大门已经关闭，两边站着持枪的卫兵，绷紧了神经，铁着脸一动不动地保持着固有的姿势，不准任何人靠近大门。旁边紧挨着是传达室，里面已被人堵得满满的，一个政府工作人员正在极力进行交涉，声音嘶哑，显得力不能支。打着横幅标语的人不停地在门口呼喊口号，声浪一阵高过一阵。呼喊的口号与他们打着的横幅标语上写的一致：我们要活命，我们要土地！保险公司是骗子，还给我们血汗钱！

市政府院里，已经有了应对突发事件的准备，保安人员已经在办公楼后面待命，随时准备冲向大门，阻挡游行闹事的人拥进市政府大楼里来。黄副市长从办公大楼会议室里出来的时候，副秘书长就把事情发生的经过告诉了他，说事情来得突然，事先一点迹象都没有，就像洪水决堤一下就冒了出来。现在老百姓不知咋了，动不动就找政府，堵政府的大门。

黄副市长问，来的都是些什么人？

副秘书长回答，大都是白河工业园区旁边的白河村拆迁村民，还有就是保险公司的客户，其他的一些人不知什么身份，正在进一步了解。

黄副市长不解地问，拆迁村民怎么跟保险公司的客户搅和在一起？

副秘书长说，不清楚。另外，现场还来了不少的媒体记者。

黄副市长一听，拉下脸不高兴地说，他们也来跟着凑热闹，还嫌事情不够乱吗？

副秘书长摇摇头，不吭声。

黄副市长问，前几天保险公司门口客户闹事，背后的煽动者是谁，了解了吗？

副秘书长回答，了解了，是一个叫谢长安的人，是一家叫长安文化传媒公司的老板，以前在整顿文化市场和清理城市广告中，受到执法部门的处理。在白河工业园区的土地招标中，也被淘汰出局。因此，对政府有些不满。这次保险客户闹事，他也是保户之一，于是就利用他熟悉媒体的关系，大造舆论，煽动保户，带头到保险公司闹事。

黄副市长说，看来今天这场闹剧，还是这个谢老板导演的。

副秘书长点点头。

黄副市长问，闹事的具体原因知道吗？

副秘书长回答，据初步了解，就是为了白河工业园区征地补偿的问题，还有大唐飞龙集团保安与白河村村民发生打架冲突的事情，白河村的村民被打伤了，现在还没有赔偿。村民一大早就开了几辆农用车和十几辆三轮车，进城堵在市政府门口，他们要求市政府领导出来见面，否则绝不罢休。

黄副市长生气地说，这个林亚雄是怎么搞的？又问，那些保险客户又是咋回事，前几天在保险公司闹事不是已经平息了吗？

副秘书长说，这些人找不到那个女营销员，后来又派代表去找保险公司的领导，要求保险公司赔钱，遭到保险公司的拒绝，现在就一起闹到政府门口来了。他们要求政府给他们做主，要保险公司退还他们的钱，严惩那个女营销员。

黄副市长说，这个事情还挺复杂的。

副秘书长劝道，黄市长你还是别去了吧，我再去劝劝他们。

黄副市长说，自己的老百姓有啥好怕的。

他知道，这几年来，群众找政府上访请愿的事情时有发生，并且越来越频繁，市政府门口不止一两次被堵，个别的还形成聚众闹事上街游行，甚至出现打砸抢的违法行为。社会在发展，尤其是在深刻变革之中，出现了许多新情况、新问题，特别是涉及老百姓利益的事情，很容易把矛盾激化成为冲突，将一个普通很小的问题，演变成一个大的社会事件，影响社会稳定，也给政府部门带来了巨大压力。为了防止出现意外情况，市政府办公厅专门制订了应急方案，成立了防暴卫队，以确保政府机关的安全和正常办公秩序。

黄副市长亲自处理过几次上访问题。有一次，一群下岗老工人找到他，说生病了连医药费都报销不了，他们找谁都互相推诿不解决问题。他一了解，原来是下面有干部克扣了下岗工人的医药费。他非常气愤，对分管领导进行了处分，撤了那个干部的职，把医药费全部还给了那些下岗工人。想到这些，他心里难以平静。

黄副市长继续往前走。副秘书长说，黄市长，要不带上两个卫队人员。黄副市长说，不需要。他回头看了一眼藏在办公楼后待命的防暴卫队，生气地说，把这些人也都给我撤了。说罢，大步向门口走去。副秘书长赶紧叫过来一个人，交代了几句，然后紧跟上黄副市长的步子跑过去。

两个人很快就到大门口了。

堵在门口的群众见有人走来，马上停止了呼喊口号，目光直直地盯着向他们走来的政府领导。

黄副市长跨出铁栅栏大门，走到人群的面前。他看着眼前黑压压的一片人头，就说，我是市政府的黄文，请问你们谁是领头的？

黑压压的人头一致转向大门旁边的传达室。

传达室里，那个政府工作人员还在极力向几个围堵人员进行耐心的劝说解释，但依然被一片吵闹的声音所淹没。其中就有长安文化传媒公司的老板谢长安，还有白河村的村主任贾兴旺。两个人一唱一和，声音一高一低，就像一对红着脸来斗架的公鸡。

他们回头忽然看见黄副市长站在大门外面，一下就愣住了。原来他们打算只是想带着人到政府门前堵一堵，闹一闹，让新闻媒体曝曝光，给政府施加一点压力，让他们尽快督促大唐飞龙集团和永久保险公司解决问题，也就达到目的了。嘴上喊着要求政府领导出来见面，其实是认为政府领导根本不会露面的，最多派一个小处长出来问问情况也就了事了。可是没想到政府领导真的还出来了，而且还是黄副市长亲自出来。

两个人一时不知该咋办了。贾兴旺把谢长安往前推说，谢老板，你先出去说说吧。谢长安一把拉住贾兴旺说，贾主任，这个时候你可别溜，咱们都是一个战线的，为了大家的利益要团结一致，不就是见官吗，有啥好怕的？谢长安鼓足勇气拉着贾兴旺走出了传达室。

黄副市长问，你们两位怎么称呼啊？

谢长安扶扶眼镜框，镇定地说，本人谢长安，过去是教书的，现在做点小生意。

贾兴旺摘下头上的黑布帽子，向黄副市长弯腰鞠了一躬，强装笑容说，黄市长你好，我是白河村的村主任贾兴旺，我在电视里见过你，今天来打扰你不好意思，嘿嘿。

谢长安鄙夷地看了贾兴旺一眼，恨不能踢他一脚。

副秘书长在一边生气地说，你是村主任还不懂规矩，居然带人堵市政府的大门，胆子不小！

贾兴旺解释说，我也是没有办法，村民们要来找政府讨个说法，我也拦不住，怕这伙人胡来，我就只好跟着来了。

副秘书长还想说什么，被黄副市长拦住了。

黄副市长问，前几天带头到保险公司闹事的也是你们两位吧？

谢长安和贾兴旺没回答，算是默认了。

黄副市长说，你们俩，一个过去是个读书人，一个现在是村干部，应该说都是明事理的人，懂政策法规的人，怎么能够带人到保险公司闹事，到市政府跟前堵门呢？我想不明白。出了问题，你们不是想办法去解决，而是想把问题越闹越大，这是为什么？

谢长安和贾兴旺互相看看，不吱声。

黄副市长说，你们每个人都有自己的利益。我是副市长，我也要考虑全市人民的利益。如果有了矛盾出了问题就闹事，会成什么样子？闹事可以解决问题吗？我们是一个民主国家，也是一个法治国家，什么事都得按法律制度办，不能胡来！

谢长安和贾兴旺低下了头。

黄副市长说，你们的诉求我都知道了，等我们把事情调查清楚，一定会给大家一个答复的。

谢长安抬起头说，那不行，你今天就要当着大伙的面，给我们一个说法。

贾兴旺也附和说，对对对，你是市长，说话管用。

黄副市长笑道，你们真要一个说法？那好，我今天就给你们一个说法。

全场的人都安静了下来。

黄副市长说，我先说说白河工业园区的土地问题。老乡们，老一辈的人都知道，过去白河两岸是个啥样子，现在是个啥样子。政府在那里建设工业园区，就是为了改变过去的贫穷面貌，改变那里的生活环境。前不久我还去过你们的老村子，那是啥景象？现在你们搬进新的安置楼房，又是啥景象？你们扪着良心想一想，日子到底是比过去好了还是差了？当然，从今以后你们没有了土地，你们要考虑今后的日子，考虑子子孙孙的将来，这个想法没有错，但绝不能以这种方式来向政府示威，堵政府的大门。

贾兴旺辩解说，可是村民们感到卖地卖亏了。

黄副市长说，农村的土地是属于国家的，改革开放后实行承包责任制给了个人，现在政府要开发建设征用土地，根据《土地管理法》和有关规定，给了村里土地赔偿费、安置补助费、青苗补偿费和地上附着物补偿费等等。其中要求，土地补偿费和安置补助费的总和，不得超过土地被征收前三年平均年产值的三十倍。乡亲们，白河村的情况你们心里都清楚，咱们每年的产值是多少？那些河滩地一年到底能打多少庄稼？咱不能拿自个儿的土地跟城里的土地比啊，看见人家碗里都是肉，心里就痒痒的。说实话吧，政府给的价已经是到顶了。

一个村民大声说，那我们以后的生计该咋办呢？

黄副市长说，现在农村的医疗保险问题已经基本解决，看病不用担心了。对于你们来说，就是一个年轻人就业的问题和老年人养老的问题，这总得有个时间过程，而且要大家共同想办法来解决。开发商答应给你们征地补偿，还安排了你们村里的年轻人去工业园工作，加上政府给你们的征地款补助款，村里的资金应该不少了，你们总不能一口吃个金娃娃，躺在钱堆上晒太阳嘛。

人群纷纷议论起来，气氛开始缓和。

谢长安见势不妙，趁人不注意，悄悄地溜了。

黄副市长说，听说你们有的人对过去的田地还恋恋不舍，还偷偷跑去种地，与开发公司发生了矛盾，还出现了打架的事情。种地的事，我能理解，农民嘛，离不开土地。但不能违反相关法律和规定，更不能打人，谁打了人就要负责任，就要赔偿。这件事，我黄文可以给你们做主。

有村民喊，你说话算数？

黄副市长说，那是当然。

有人带头鼓起掌来。

黄副市长说，第二件事，买保险被骗的事情。这件事保险公司和公安机关正在调查，如果是保险公司的问题，保险公司当然要负责任。如果是你们自己上当受骗，那就要按照法律的规定，惩罚行骗的不法分子，政府不能以行政命令代替法律。所以，你们要等待事情最后调查的结果。

人群中有人喊道，听说那个营销员已经卷钱跑了，我们该咋办？

围堵的人又激动起来，高喊口号。

黄副市长挥挥手说，大家不要激动，人是跑不了的，事情也会调查清楚的。老乡们，这件事情政府一定会依法办事，尽力挽回和减少大家的损失。但是，今后你们自己也要吸取教训，擦亮眼睛，不要贪图钱财，受所谓高回报、高收益的诱惑，再不能上当受骗了。千万要记住那句广告词说的，理财有风险，投资须谨慎！

人群中有人喊，都是有人出的歪主意，私下把咱村里的征地留存款买了保险，以为可以发大财，没想到钱都快打水漂了。有人跟着说，就是，也不知道有人得了啥好处啊？

贾兴旺一听急了，一转身，见谢长安不在了，心里的底气一下就没有了。贾兴旺心里骂道，这个狗日的，他煽惑起来的事情，自己却偷偷溜了。

黄副市长问贾兴旺，贾主任，是不是有这事？你这个村主任回去要好好查一查。

贾兴旺憋红着脸说，有……有这事，但是开了村委会通过的。

可是，下面的村民们却说，大家都不知道，村委会并没有征求大家的意见，事后也没有向大家通报，直到出了事情，村里才告诉大家，叫大家到保险公司去闹，找政府给个说法。

场面像一团火，忽然烧到了村主任贾兴旺头上。他狼狈不堪，一脸热汗，最后恼羞成怒地对着村民们骂起来，你们个驴尿的，老子为了你们多挣点钱，你们却在这里给我挖坑。老子不干了，你们都给我滚回去，别在这里丢人现眼的，滚——说完，他向黄副市长一弯腰，然后转身气呼呼地离开人群，像一头碰了墙的驴黑着脸悻悻地走了。

黄副市长故意喊道，呃，贾主任，别走啊，我还准备留你吃饭呢。

围观的人群发出一阵哄笑。

见带头闹事的人都离开了，群龙无首，围堵的村民和保险客户也收起横幅标语，纷纷离开市政府大门，一些向停在公路边的农用车和三轮车拥去，一些向广场和街道走去。围观的人也像风一样散开了。不一会儿，大门口就恢复了平静，公路的交通也恢复了正常秩序。一场群体事件的风险危机终于化解了。

黄副市长站在门口，看着政府大门外重新川流不息的车辆，看着中心广场上在雾霾中飘动的五星红旗，心潮起伏，眼睛里涌出一种发亮的东西。

旁边的副秘书长看着他，为他捏了一把汗。

两边执勤的卫兵，也深深地松了一口气。

市政府门口被人围堵的时候，林亚雄刚好赶来看到这一幕，他是准备来找黄副市长汇报工作的，大唐飞龙集团在白河工业园区的开发建设进入到关键阶段，他需要市政府在政策和资金等方面给予更大的支持。

当车离市政府大门还有二三百米远时，就被警察挡住了，叫停在路边。司机田三问怎么回事，我们是来市政府办事的。警察解释说，前面有人闹事，把市政府门口堵了，影响到交通，车辆暂时无法通行。市政府大门也不让人进了。林亚雄摇下车窗玻璃一看，果然见不远处的市政府门口围了一大堆人，扯着横幅标语，喊着口号，还有不少人在围观。路上横着农用车和三轮车，挡住了车辆通行。一些交警在指挥车辆转向或掉头。

司机田三问警察，到底为啥事？警察说，唉，听说是郊区白河村的农民为卖土地的事，还说他们的村民被人打了没人管。还有一些就是保险公司的客户，说是钱被人骗了要不回来，一大早就跑到政府门口来闹。司机田三还想问什么，警察挥手叫他赶紧掉头离开，不然一会儿车一多，堵在这里就出不去了。司机田三问林亚雄怎么办，林亚雄说，回。司机田三赶紧掉转方向，穿过警察打开的路中间隔离栏，开了出去。

林亚雄看到刚才的情景，又听警察这么一说，头都快炸了。这些围堵市政府大门的人，居然大都是白河村的村民，而且闹事的目的与己有关，即讨要征地补偿的问题和打伤村民赔偿医疗费的事情。没想到这伙村民告状，竟然告到了市政府门口，简直是太可恨了。征地补偿他们狮子大张口，公司的地里他们跑来种菜，不仅不听劝阻，反而跟守卫人员发生冲突。公司的人被打伤，他们闭口不谈，而村民被打伤就要求赔偿，现在还恶人先告状，真是岂有此理！

林亚雄越想越生气，闭上眼睛平息起伏的心情。

车回到开发区公司大楼前。车停下后，司机田三打开车门。林亚雄睁开眼睛，下了车走进大门，上楼回到办公室里，立即安排人去了解市政府门口闹事的情况，等待事态的发展。

不一会儿，他接到钱彪打来的电话，说是已经跟那伙绑架李小叶的人联系上了，人在他们手上，东西还没有拿到，但价码提高了。林亚雄说，只要拿到东西，钱不要在乎。钱彪说，是是是。林亚雄说，这件事情要抓紧，现在保险客户正在市政府门口闹事呢。钱彪一听，紧张地说，怎么越闹越大了？林亚雄说，你今天必须把这件事情解决了，另外要保证李小叶不能出事情，出了事你可是吃不了兜着走。钱彪说，是是是。林亚雄想象得出来，钱彪现在一定紧张得脸色发白、头上冒汗了。

接完钱彪的电话，很快就有了市政府门口的消息。公司了解情况的人报告，围堵在市政府大门外的村民和保险客户已经散了，黄副市长亲自出来才镇住了场面，并且答应替村民做主，解决好征地补偿和打伤人的问题。林亚雄一听黄副市长的名字，屁股一下就坐不住了，从椅子上腾地弹了起来，嘴里不停地念叨，坏了坏了，他老人家怎么亲自管这事了？

他要立即召开一个会议，研究应对之策。黄副市长肯定会打电话来臭骂他，向他兴师问罪。

林亚雄习惯地喊了一声，杜秘书——

外面的房间没有回应。他这才想起，昨晚李小叶被人绑架之后，他就放了杜咪的假，没让她来上班，叫她在家里好好休息，以便从受到的惊吓中恢复过来。

想到杜咪，林亚雄心里一阵感叹。过去只是觉得她年轻漂亮，喜欢金钱，爱慕虚荣，有些任性，后来才发现她其实内心单纯，善解人意，心地也好。尤其是她的好朋友李小叶出事后，她就像丢了魂一样，日夜不安。这样的女人可以依靠。

可是，最近老婆突然说又要回来，不知回来的目的是啥。如果回来是离婚当然好，皆大欢喜。如果不是离婚，而是回来跟他闹杜咪的事情，那就有些麻烦了。他担心会伤害了杜咪。老婆在国外早就跟别的男人在一起了，而且还是一个老外，这叫林亚雄感到容忍不了，坚决要跟她离婚。老婆也答应了，但就是迟迟不肯回来办手续，难道是故意要消耗他？把一个男人需要女人的那点东西消耗完，就像蜡烛最后烧尽一样。

林亚雄只好自己亲自给有关人员打电话，叫他们马上到他办公室来开会。

不一会儿，人就到齐了。林亚雄把白河村村民到市政府门口围堵的事向大家进行了通报，说他们这么做就是冲着公司来的，为的就是征地的补偿款和打伤人的医疗费，大家赶紧提出一个方案来，他好给黄副市长一个交代。正说着，他的手机就响了——是黄副市长打来的。

林亚雄心里一抖，真是邪了，你怕什么就偏偏来什么。

林亚雄刚说一声，黄市长好——张开的嘴忽然就像被什么东西卡住了，发不出声来。黄副市长在电话里对林亚雄毫不客气发了火，声音震耳欲聋。他赶紧捂住手机，顾不上自己在下属面前狼狈的样子，脸一会儿红一会儿白，连连点头说，是是是。下属们正襟危坐不敢动弹，瞧着林亚雄被黄副市长在电话里一阵狂轰滥炸。

林亚雄答应黄副市长马上就赔偿打伤村民的医疗费，但征地补偿款的事情，公司要开会研究才能决定。白河村提出的要求太高，不可能完全满足，还可以跟他们再谈判，谈到双方感到合适为止。

黄副市长说，谈可以，但不能谈成马拉松，更不能谈成光开花不结果的树。你们当老板的有的是钱，不要抠抠搜搜的，身上拔两根毛算不了啥。老百姓不容易啊，人家地没了，屋没了，村也没了，今后还要养活一大家人，有个生疮害病的，哪一样不花钱。你得替人家想一想嘛，不要光打自己的小算盘。

林亚雄听着头都大了，赶紧说，黄市长我听你的，我们再让让步，再跟村里谈谈。

黄副市长说，这就对了，企业也要有社会责任，和谐社会大家都要作贡献嘛！

林亚雄接完电话，就像打了一场仗下来，浑身无力，瘫坐在办公室的椅子上，张着嘴像鱼一样地喘气……

好事不出门，坏事传千里。

不好的消息总是传得飞快，就像不小心捅了马蜂窝，马蜂成群结队地追在屁股后面跑都跑不掉。

经济开发区永久保险公司的经理贺大虎，就是一个被马蜂追着屁股的人。虽然李小叶的事情一出，他不再主持公司的工作，但市公司唐总的电话还是直接打给了他。告诉他，刚接到市政府副秘书长的电话，说市政府门口出现了聚众闹事的事件，其中就有李小叶的保险客户，他们给政府施加压力，要求找到当事人，退赔受骗的保险资金。市政府希望保险公司配合公安机关的调查，尽快查清事实，做好客户的安抚稳定工作，积极化解矛盾，防止群体上访事件的再次发生，以维护社会稳定的大局。

唐总在电话里口气非常严肃，要贺大虎赶紧采取措施，稳定客户情绪，绝不要把矛盾往外推，如果再出现客户聚众闹事，特别是到政府里去堵门闹事的事情，就拿他贺大虎是问，对他绝不客气。

贺大虎无话可说，只能怪自己倒霉。他心里清楚这样的事情迟早都会发生。李小叶事情出来之后，特别是她的突然失踪，一切就失控了。客户多次来找公司，虽然都应付过去了，但实质性的问题并没有解决，很多事情根本就无法说清。

虽然李小叶在公司里的个人业务快要清理完毕，可是她在外面卖出的所谓“财富年年红”保险分红理财产品到底有多少，简直就是一个看不到底的黑洞，无法得知。这些都只有李小叶本人清楚。从受骗客户登记的情况来看，目前初步了解的资金就已达几千万，实在让人感到害怕，让人感到恐惧。并且这些卖出的“财富年年红”，大都有公司的单证和印章，真假难分，公司要撇脱关系，是一件十分艰难的事情。

贺大虎约好了上午与公司聘请的律师见面，副经理马红艳已经到楼下接人去了。他接完电话，走到办公室窗前，正好看见马红艳领着一个穿着西装、戴着眼镜、提着公文包的中年男人进了公司的大楼。

不一会儿，马红艳和中年男人进了他的办公室。马红艳给贺大虎介绍说，这就是公司请来的律师，姓秦，秦律师。贺大虎请秦律师在一把靠墙的椅子上坐下。他扫了一眼调查组一来满屋堆着的电脑、纸箱、文件夹、资料袋，不好意思地说，办公室现在是别人在用，这些人今天不在，咱们就凑合在这里谈吧。秦律师放下公文包说，好的，没关系。贺大虎拿出烟叫秦律师抽烟，秦律师说不会。马红艳给秦律师泡了一杯茶，秦律师接了过去。

贺大虎对秦律师说，情况马经理都跟你说了吧？

秦律师点点头说，说了。

贺大虎说，那好，你就往最坏的结果说吧。

秦律师捂嘴轻轻咳嗽了两声，又在鼻子上推了一下眼镜，说，我看了马经理送来的情况材料和复印资料，这件事情的确有些复杂。表面上看，这是当事人的一个集资诈骗行为，跟保险公司没有关系。但是，当事人是保险公司的营销员，又是以卖保险为名义，骗取客户的资金，事情就有些麻烦了。按照法律上的表见代理制度，不管当事人是公司的正式员工还是聘用的营销员，她为保险公司销售产品，保险公司就与她有连带的关系。

贺大虎问，什么叫表见代理？

秦律师说，一两句话很难说清楚，简单地说就是指无权代理人在其表现出足以让相对人相信其有代理权的外观下所为之代理。表见代理的本质是无权代理，但无权代理的后果要由“外观”显示的被代理人承担。

贺大虎问，这是什么意思？越说越糊涂，你能不能讲通俗一点。

马红艳劝道，贺经理别急，让秦律师慢慢说。

贺大虎对秦律师说，不好意思啊，我们对法律不太懂。

秦律师挠挠头说，这么说吧，你们的营销员就是无权代理人，保险公司就是被代理人，而广大保险客户就是所谓的相对人。营销员属于公司聘用的合同制人员，代理销售公司的保险产品，本质上属于无权代理。但实际上，保险客户在购买保险中，认定营销员就是保险公司的人，营销员卖保险就是保险公司在卖保险。这样，营销员的行为就变成了有效代理。因此，营销员出了事，保险公司也要承担责任。明白了吧？

贺大虎说，那你的意思就是说，李小叶在外面骗了客户的钱，我们保险公司还要为她埋单？

秦律师说，理论上是这样。不过，根据《合同法》规定，被代理人依承担有效代理行为所产生的责任，可以向无权代理人追偿因代理行为而遭受的损失。就是说保险公司给保户赔了钱后，可以通过法律再向当事人，也就是本案嫌疑人李小叶，要回损失的资金。当然，只要有证据证明，当事人的行为是个人所为，当事人就要负主要的法律责任。

贺大虎说，绕了一大圈，说了半天就是公司肯定要受到损失了。

秦律师说，是这样，这是法律为了保证第三方的利益。而且，公司的责任越大，损失就越大。

贺大虎一听，脸色就变了，变得非常可怕，额头不停地冒汗，嘴角处不经意地抽动。他原以为，这件事完全是李小叶个人的行为，跟公司没有丝毫关系，公司也不会受到多大的经济损失。然而，经秦律师这么一讲，他才如大梦初醒，真正意识到了事情的严重性和危害性。自己被停职检查和受处分都不要紧，公司受到巨大的经济损失，他就是一个抬不起头来的罪人了。他现在深深地感到后悔，过去自己只重视抓业务发展、抓保费指标，眼睛只盯着业务数字，而忽略了对员工的思想教育，忽视了业务管理和制度建设，才造成了管理的漏洞，产生这样严重的恶果。

贺大虎突然感到眼前一黑，身子歪倒在椅子上。

马红艳赶紧上前扶住他，紧张地问道，贺经理你怎么啦？一边用手掐他的人中，一边又把茶水往他嘴里灌。

秦律师在一旁吓得不知该如何是好。

贺大虎终于噗的一声吐出一口茶，睁开眼睛苏醒过来。

马红艳松口气说，贺经理，你吓死我了。

贺大虎喘着气说，没事没事，我刚才只是有点不舒服，头晕。对了，讲到啥地方啦？

秦律师小心翼翼地说，讲到法律责任的问题。

贺大虎说，好，继续。有没有办法能够减轻损失？

秦律师说，我明白你的意思，当然有办法。

贺大虎一听说有办法，在椅子上又挺起身子，打起精神来。

秦律师说，最好的办法就是打官司，用法律的手段来解决问题，这样或许才会对公司有利。

贺大虎一听要打官司，眼睛就瞪大了，说，打官司？这是啥办法，保险公司打官司，十打九输，法官都偏向老百姓。

秦律师说，可是不走法律程序解决不了问题，而且公司受到的损失也会更大，公司的损失大，领导的责任就大——秦律师看一眼贺大虎没再说下去。

贺大虎愣住了，不说话了。

秦律师解释说，我说的打官司，不是保险公司跟客户打，也不是保险公司跟当事人打，而是要叫受害客户与当事人打，向法院提起民事诉讼，追究当事人的法律责任，要求当事人赔偿，这样公司的风险就会减小，损失也会减小。不过，这样当事人受到的法律制裁就比较重了。

马红艳问，那些客户能听我们的吗？

秦律师说，他们最后只能选择这种方式。

贺大虎问，如果真是这样，那李小叶就会坐牢，坐很长时间的牢吗？

秦律师说，那要看最后审判的结果。

贺大虎和马红艳突然都沉默了，脸色发青，心里好似有一道冬日里的寒风吹过，非常坚硬，如箭一般冷飕飕的，令人浑身战栗……

# 二十九

两辆小车在乡镇路上飞奔，后面扬起一股高高的尘土。

一伙人带着李小叶，出了杆子的家，出了北关镇。前面一辆车上前排坐着郭老大，后座上是李小叶，她被杆子和另一个身体强悍的男子夹在中间。后一辆车上是土锤和闷屃及郭老大的三个手下弟兄。

两辆车穿过北关镇人来人往的街道时，看见路边有不少警察，还有一辆警车从远处驶来。李小叶身子立刻被杆子和身体强悍的男子用力紧紧地按住，一只手捂住了她的嘴巴，她想挣扎却一点都不管用，反而身体被越压越紧，几乎被埋进车的座椅里。捂住她嘴的那只手又粗又硬，而且有股浓烈呛人的烟味，她感到呼吸困难，憋得眼睛直流眼泪。当躲过警察和警车后，那只粗硬的手刚一松开，她就使劲地咳嗽起来。

杆子望着窗外骂道，狗日的，警察好像闻到啥味儿啦？坐在前面的郭老大说，兄弟，哥今天要不来，你可能就出不了你家院子了。杆子忙掏出烟来，递上前去，说，多谢哥。又掏出打火机探身上前，替郭老大点燃。杆子问，哥，咱们现在去哪儿？郭老大吐一口烟说，先出北关镇然后往南开。

车窗外的村庄和原野在移动。

郭老大在外地时就得知，杆子一伙这几天私下揽了一个活，开始以为是小打小闹没有引起兴趣，后来一打听才知道事情不简单，背后大有来头，是一块难得的肥肉，就暗自派人监视杆子一伙的行踪。这三人，从当年在铁路上扒飞车起，到现在加入他的商务中介公司，一直都是靠他罩着，没有他郭老大，杆子可能还在火车站摆小摊，土锤和闷屃还在城里瞎胡混。可他没想到，这几个家伙居然瞒着他想吃独食，打算另起炉灶。他当然不能容忍，本想好好教训一番他们，但一想到要做成这笔大生意，眼下还得靠这几个家伙，于是就采取软硬兼施的办法，叫他们乖乖就范。果然，杆子一伙对他感到又害怕又感激，一切都得听他的摆布。

当李小叶从楼上被拉下来时，郭老大顿时感到眼前一亮，这女子不错啊，虽然看上去有些疲惫不堪，但模样和身材摆在那里，有山有水的，尤其那双眼睛目光灼灼，透出一股桀骜不驯的性格。郭老大觉得这女子有意思。

李小叶看见堂屋里又多了一伙陌生人，心里不觉一颤。

郭老大像狼一样的眼光把李小叶从上到下仔细扫了一遍，然后叫人放开手，装出一副抱歉的样子说，李小姐，实在是委屈你了，我这杆子兄弟不会招呼人，把你安排到他家这破地方，太不合适了，怎么着也得让你住在城里的大宾馆嘛，对不对，哈哈。

李小叶看着眼前这个大光头，问，你是谁？

郭老大说，哦，忘了自我介绍了，本人姓郭，他们叫我郭老大。

杆子在一边赶紧补充道，他是我们商务中介公司的总经理。

李小叶吃惊地说，你们是一伙的？

郭老大说，那当然，都是兄弟嘛。

李小叶白他一眼，你们还做生意？

郭老大笑道，当然啦，我们啥生意都做，只要能挣钱。

周围的弟兄们迎合着笑起来，笑得粗野而又放肆。

李小叶终于明白了，自己刚落入狼群，现在又掉进了虎窝。

郭老大说，李小姐，我们今天认识这叫缘分啊。

李小叶说，咱们一无冤二无仇，你们赶紧放了我吧。

郭老大说，放你容易，只要咱们今天把生意做成了，马上就送你回家。我说到做到。

李小叶气愤地说，你们这是绑架和敲诈，跟土匪强盗有啥区别？

几个手下要上前堵她的嘴，扇她的耳光。

郭老大摆手制止道，李小姐骂得好，我喜欢你这性格直来直去。你无非是说我的生意不正当、不咋地，是吧？可是，想想你自己做的事情又咋样呢？据我了解，你可是骗了好多客户的钱，害得他们就要倾家荡产，到处找你、找你们保险公司要钱。你我之间有啥区别，对不对？咱们彼此彼此，哈哈。

李小叶就像头上被挨了一棍子，嗡嗡作响。说她跟这伙绑匪是一路人，这简直是对她人格的侮辱和诽谤。她气得赶紧为自己辩解说，你胡说，我是为客户投资理财，为他们创造财富，而你们却是绑架勒索害人利己，我跟你们完全不同！

郭老大停住笑声说，李小姐，别说漂亮话了。俗话说，鸡有鸡道，狗有狗道。咱们不管做啥、咋做，无非都是想挣钱发财。你今天帮我把这生意做成了，我郭老大绝不会亏待你的。

李小叶说，帮了你，我咋办？

郭老大说，我帮你离开省城，离得越远越好，我在南方有的是朋友和兄弟，有你落脚的地方，让那些保险客户和警察永远也找不到你。要不，你进了公安局的大门，以后的日子就难过了。

李小叶喊道，不，我绝不！

这时，一个在外面望风的家伙急匆匆地跑回来说，镇上的警察越来越多了，并且开始向镇北口围过来了。郭老大一看形势不好，一挥手，赶紧撤！一伙人就匆忙带着李小叶，出了杆子家的院子大门，瞧瞧左右无人，上了外面停着的车。绑匪们像闻到了猎人气味的狐狸，开着车撒腿就跑。

车出了北关镇，躲开大道，进入一条郊外的乡村土路，然后一拐，绕着城朝南面的方向开去。路面不平，有些颠簸，人在车里晃来晃去。

见逃离了公安警察搜查的危险，郭老大在车上对李小叶说，李小姐，现在可以把藏东西的地方告诉我了吧？

李小叶闭口不答。告诉了这伙绑匪，等于就是出卖了自己，她再也难从宏达投资公司的钱彪手里要回客户的钱了，她怎么去面对那么多保险客户？那些东西眼下就是她与钱彪博弈的筹码，也是未来东山再起的希望。

郭老大说，只要你听我的话，交出那份东西，我马上就放你走。

李小叶还是不说话。

郭老大说，事情很简单，这钱是钱老板出，你只是交出他要的东西，这有何难啊？

李小叶喊道，他是个背信弃义的人，我才不会把东西交给他。

郭老大威胁说，如果你不交出来，我们就去找你的女娃，让你们母女俩团聚一下，咋样？看是你的女娃重要，还是你的东西重要。

李小叶心里一惊，没想到这帮家伙比杆子一伙更加狠毒，为了钱连孩子都不肯放过。可是她清楚，现在公安警察已经在到处找她，绑匪其实心里也很紧张，时间拖得越长就越容易暴露，因此他们想尽快拿到东西，完成交易。这个时候，就看谁能够坚持挺过去。绑匪无非要的就是钱，威胁只是威胁，但却不敢把她怎么样。她决定绝不妥协、绝不让步。

李小叶强硬地说，你们敢！你们要是碰我女儿一下，我就跟你们拼了！我劝你们赶紧住手，别打歪主意了，没看见警察在到处找你们吗？现在还来得及，赶紧放了我，好给你们自己留一条后路。

郭老大狂笑起来，警察？我靠，警察就是个屁。老子又不是没有见过警察，哈哈。

一提警察，杆子心虚了，小声对郭老大说，哥，咱要不缓一下？

缓个屁！郭老大吼着，眼里露出凶光，把半截烟头扔出窗外。

杆子不敢吭声了。

郭老大见李小叶不肯配合，决定给她来真格的，马上去市里阳光幼儿园把她女娃绑了，叫她不见棺材不掉泪。杆子担心地说，那地方人太多了，下手动静有些大哩。郭老大说，人多怕啥，人多才热闹呢。杆子应诺道，是是是。

郭老大终于露出了凶恶的面目。

汽车加快速度，在乡村土路上飞奔起来。

李小叶的心揪紧了。时间一分一秒过去，她不知道后面将会发生什么样的事情。

两辆小车很快从郊外进入到城区，楼房车辆和行人渐渐多了起来，车在街道里穿行。坐在李小叶身边的强悍男子，不知啥时候从身后掏出一把明晃晃的刀子，抵近她的腰部。李小叶感到有一股寒气逼来，僵直着身子，不敢乱动。强悍男子一句话不说，眼睛一直盯着她。

车快到阳光幼儿园门口的时候，郭老大叫停在路边。此时，还没有到幼儿园放学的时间，大门关闭着，教室里传来钢琴的音乐声和唱歌声，以及孩子们的欢笑声。透过大门和围墙的铁栅栏，可以看见幼儿园的小操场，明亮的玻璃窗子，以及墙上五颜六色的动物和花草图画。

李小叶从车窗望过去，脑子里闪现出女儿欢欢的笑脸，此刻她或许正坐在教室里唱歌画画，或者在跟小朋友们一起做游戏。她昨天还偷偷来过这里，匆匆地看了女儿一眼。今天又来到这里，却是被人绑架，面临着生命危险，而且还将危及女儿。怎么办？她心急如焚。

郭老大问，怎么样李小姐，想好没有？

李小叶把头转向一边。她心里怦怦地乱跳，就像要从胸口里跳出来。她想，等一会儿方明亮会来接孩子，她一定要想办法提前告诉他，让他发现身边有危险，不让女儿被绑匪抓走。为了保护女儿她会不顾一切，绑匪们的阴谋休想得逞！

郭老大见李小叶没有屈服的意思，就摸摸光脑门叫杆子下车，让他去告诉他的两个小兄弟，等一会儿幼儿园放学，孩子们一出来，就把李小叶的女儿直接抢走，带回车上。杆子应着下了车，走到后一辆车前，叫出土锤和闷屄，拉到一边的电线杆下，给他们交代任务和有关注意事项。

土锤心里有些不情愿，说，这生意让郭老大一插手进来，就没啥好事情了，要在公开场合抢走一个女娃，风险太大。闷屄也担心说，昨晚绑了李小叶，警察已经到处在找他们，现在又要绑架她的女娃，事情会越弄越大，后面不好收场啊。杆子说，我也没有办法，现在郭老大说了算。土锤问，事成了，我们能拿到多少？杆子朝郭老大的车子瞥了一眼说，我他妈哪里知道？闷屄对土锤说，你就别做梦了，郭老大这种人，有好处啥时候想着咱几个弟兄了？哪次不是他们吃肉咱喝汤，可干活卖命的事都是我们冲在前面。你们还记得以前扒飞车的事吧，出了事他们跑得比兔子还快，差点把咱三个搭进去。

过去发生的事情，历历在目，记忆犹新。

杆子叹口气说，现在只能听郭老大的，咱们惹不起他，但也要防着他，绝不能自己吃了亏。大家见机行事吧，一有情况就赶紧闪。

土锤和闷屄说，只好这样。

杆子回到车上，郭老大问，你们几个嘀咕啥呢？杆子说，给他俩交代事呢，大家讨论咋弄，别把事情弄砸了。郭老大满意地点点头，用眼睛通过后视镜观察李小叶的反应，从她眼神闪动，或者嘴唇的闭合，以及呼吸的起伏，判断她心里是不是在动摇。他知道，过不了一会儿她就会低下头来，乖乖地向他求饶。没人过得了眼看着自己女娃被绑架这一关！他暗自得意地笑着，就像是一只野兽，看着一个到手的猎物无助地挣扎。

接孩子的家长陆陆续续地来了，有的开车来，有的骑自行车来，有的步行来，有老人也有年轻的夫妇。不一会儿，幼儿园前面的路边就停了许多的车，门口围了许多的人。

李小叶的心仿佛被东西钩了起来，在空中晃荡。看来这伙绑匪果然要来真的了，万一女儿被他们抢走，她那么小的年纪怎么受得了绑匪的恐吓？干脆还是把东西交给他们吧，自己付出再大的代价，也不能让女儿受到伤害。可是一旦东西交给他们，自己的一切就完了。怎么办？她的心里简直快要崩溃了。

丁零零——

这时，幼儿园的铃声响了。清脆的声波穿过幼儿园大门和公路，穿过车窗玻璃进入李小叶的耳里，她惊吓得身不由已地尖叫了一声。

她看见土锤和闷屄向幼儿园门口走去。

郭老大说，李小姐，赶紧告诉我东西在哪里，不然后悔就来不及了。

李小叶身体挣扎了一下，喊道，你们放开我！

杆子和身体强悍的男子死死地抓着她。

一群孩子如同鸟儿一般从幼儿园的教室里飞奔出来，在老师的带领下，从教室路过小操场，有说有笑活蹦乱跳地向大门走来。家长们拥挤过去围紧了大门口。这是下午五点的时间，淡白色的阳光从西面斜照过来，在幼儿园的围墙处投下一道灰暗的阴影。

土锤和闷屄已经挤进了幼儿园门口。

郭老大催道，快说，说了我就叫他们马上停下来。

李小叶急得眼泪快流出来了，心里的抵抗就要彻底的瓦解了，她再也受不了这样的精神折磨，只能向郭老大屈服，不然孩子就要受到绑匪的伤害。她准备开口答应郭老大的要求，叫两个绑匪停止行动。忽然，她从车窗外看见了方明亮朝幼儿园门口跑来。他的出现，使李小叶又欣喜又紧张，心里又有了希望，可是不知该用什么方式告诉他，女儿正面临着被人绑架的危险。

身体强悍的男子看出了李小叶脸上的变化，顺着她的视线，发现了跑向幼儿园门口的方明亮。他拍拍郭老大的肩，用手指过去。郭老大一怔，怕土锤和闷屄搞不定，就对杆子说，你也上！

杆子刚打开车门脚踏出去，李小叶就挺起身子拼命挣扎，伸出半个身子大声呼喊，方明亮，小心有坏人——话音还没落，身后的强悍男子一把就将她拽了回去，她回头朝强悍男子手上咬了一口。男子嗷地叫了一声，手一松。李小叶奋力挣脱准备冲出车外，可是被回过身来的杆子堵了回来，并关上车门。她又被夹在了杆子和强悍男子中间，一块擦车的毛巾塞进她的嘴里，两双手用力压住了她的身体。强悍男子手上流着血，眼睛凶狠地瞪着李小叶。

李小叶使劲地挣扎，想吐出嘴里又脏又臭的毛巾。

幼儿园的孩子开始走出大门，家长们迎上去把孩子一一接走。方明亮的儿子涛涛和李小叶的女儿欢欢拉着手一起出来，方明亮远远张开双臂迎接他们。

这时候，躲在一边的土锤斜冲了过去，用身体把方明亮一撞，险些撞倒在地，旁边的闷屃趁机上前抱起李小叶的女儿就跑。方明亮先是愣了一下，但马上就反应过来，喊道，你们干什么？起身就追，要夺回欢欢。土锤上前挡住，与方明亮厮打起来。

接孩子的人们不知发生了什么事情，如油锅一样炸开了。幼儿园门口响起一片惊慌的呼叫声。

闷屃抱着吓得哭喊的欢欢，东躲西闪，想穿过人群跑回停车的地方。可是，不知道为什么，他突然转过身，抱着孩子慌忙朝另一个方向跑去。

郭老大瞪大眼睛急着喊道，妈的，咋回事？

杆子紧张地指着车窗外喊道，哥，你看，警察！警察来了！

果然，几个身着警服带着枪的公安人员，快速朝幼儿园大门处奔来。

郭老大骂道，妈的，这里怎么会有警察，快开车！开车！

杆子着急地说，我的两个兄弟还没上车呢。

郭老大对司机喊道，别管了，快开车！

司机猛踩油门，车轰一声冲了出去。后面的车也慌慌张张跟随其后，赶紧逃之夭夭。

李小叶哭着拼命地挣扎，就像一头发疯的母狮，用头猛烈地撞击旁边的杆子和强悍男子。她嘴里被堵着发不出声来，眼里流着泪水，心里在大声地怒骂，你们这些强盗土匪畜生，你们要遭天打雷劈，你们赶快放了我的孩子，放了我的孩子……

刘剑锋和叶梅带着人在北关镇的绑匪家扑了个空，赶到南湖边的小茶楼，又是虚惊一场，见到的竟是李小叶的前夫朱大军，没有找到绑匪一丝的影子，心里很是恼火。眼看已经在水里摸到了鱼，却没想到又从手里溜掉了，真是气人。

他和叶梅站在湖边，一直看着朱大军和狗子离去。

刚才王局打来电话，说上午市政府门口发生了老百姓围堵闹事事件，其中就有那些闹事的保险客户，他们要求政府赶紧找到当事人李小叶，要保险公司退回他们被骗去的钱。市政府领导要他们加快速度，抓紧调查破案，给受害群众一个交代。

刘剑锋心里感到压力巨大，心急如焚。

他点燃一支烟，狠狠地吸了一口。现在绑匪带着李小叶离开北关镇之后不知去向，后面的一分一秒也不知道要发生什么事情。现在保险公司那边的清理工作快要接近尾声，李小叶的问题正在浮出水面，只是她手里掌握的资金到底有多少还不清楚，而那些巨大的资金流向了何处，更是无法得知。叶梅从银行方面查了李小叶的资金动态，大都是她在保险公司的个人收入，并没有大量资金的进出迹象。那些巨额的资金去了哪里，成了一个很大的问号，也成了李小叶案子的重要疑点。如果查不到那些大量资金的去向，就很难推进案情的侦破，最终也很难挽回保险客户和保险公司的损失。

可是，眼前最重要的是马上找到那伙绑匪和李小叶。他们去了哪儿呢？

叶梅忽然想起上午在北关镇时，绑匪隔壁的老头不是说，他看见来了一伙人，两辆车，后来就一起离开了。说明这伙绑匪不光是去康城山区的三个人，还有另外一伙。应该对这伙人也查一查。刘剑锋问怎么查啊，叶梅说，我记得王局说过，省城里有一个黑社会团伙，以经商的名义进行抢劫诈骗活动，会不会他们就是一伙人呢？咱们再回北关镇一趟，我有办法。说完，叶梅拉着刘剑锋就上了车，朝北关镇开去。

他们再次开车来到北关镇，在杆子家的邻居门前停下。

叶梅上前敲门。不一会儿，还是那个老头走出来。叶梅说，大爷，还得打扰你一下。老头侧着脸问，啥事？叶梅说，你跟我来一下。说着，把老头带到停在门口的车前。叶梅拿出车上的电脑快速打开，很快进入到公安内部有关查询系统。叶梅叫老头靠近电脑，看着上面出现的一张张人头图片，问有没有早晨见到过的人。老头凑近眼睛仔细看，一次次地摇头、摇头，还是摇头——叶梅感觉没啥希望了。这个查询系统，收集了无数犯罪嫌疑人的资料档案，人员庞杂，人数众多，就像一堆乱七八糟的垃圾，很难分辨出要找的目标。

叶梅不愿放弃，按照分类锁定范围继续查询，翻动一张张人头图片。忽然，老头盯着电脑哼了一声。叶梅停住手，眼睛看着老头。老头比画着手说，回去回去——叶梅明白老头的意思，赶紧往回翻。刚翻回几张照片，老头就指着一个光头的人说，有这人。叶梅说，大爷，你看清楚了？老头说，看清楚了，我眼不花，这人脑门光亮。叶梅高兴得跳起来，抓住刘剑锋的胳膊喊道，大叔，我找到啦，找到啦！

照片上的人正是郭老大，真名郭计生，三十五岁，光头，小眼，一副凶相。

资料表明，此人有犯罪前科，因铁路盗窃案长期逃匿，并在外地有杀人案底，一直被公安部门通缉追捕。网上一查，现在改了姓名，叫郭富达，摇身一变，居然成了省城一家商务中介公司的总经理，手下网罗了一大帮社会闲散人员。据侦查人员掌握的情况，省城里发生的多起敲诈勒索和抢劫案件，都怀疑与他有关，只是还没有掌握确切的证据，无法采取行动。看来这是一个极凶狠又狡猾的家伙。

确认了绑架头子，刘剑锋也非常高兴，他笑着对叶梅说，小丫头你真行，我给你记上一功。说罢，他叫叶梅通知各分局派出所，马上把郭老大的照片分发出去，立即对此人和同伙进行通缉抓捕，发现情况后立即报告。

叶梅说，是！

事情的突破，就像打开了一道门，眼前豁然开朗。这时，他的手机又响了，是李小叶的闺蜜杜咪打来的，问他们找到那伙绑匪没有，救出李小叶没有？刘剑锋说暂时还没有，但已经有了线索，很快就会有结果的。杜咪在电话里支吾起来，好像有话要说。刘剑锋想起早晨与叶梅一起去找她谈话时的情景，就感觉她心里隐藏着什么，直到离开时她的眼神似乎还在犹豫，难以决定。

刘剑锋问，杜小姐，你有什么事情吗？

杜咪说，刘警官，我……

刘剑锋说，你不要担心什么，有话就说。现在只要是跟救出李小叶有关的情况，我们都想听到。

杜咪好像鼓足了勇气，说，刘警官，对不起，我有一件事情没有告诉你们。昨天晚上，李小叶跟我一起在来福巷吃饭的时候，她告诉了我一个秘密，说她把保险客户的钱拿到宏达投资公司去投资了，没想到出了问题，宏达投资公司的总经理钱彪却派人在追踪和绑架她，昨天晚上绑架她的人就是那伙人……

宏达投资公司？总经理钱彪？保险客户资金投资？还有追踪和绑架？一个个问号闪现出来，与李小叶前前后后发生的事情连在一起，形成了一幅完整清晰的画面。杜咪提供的最新线索，令刘剑锋和叶梅感到意外震惊和兴奋。李小叶大量资金的流向终于有了线索和目标。

一切都清楚而明白无疑。

刘剑锋对叶梅说，报告局里，马上对宏达投资公司的总经理钱彪实施监控。

叶梅说，是！

事情正在一步步水落石出……

朱大军和狗子离开了南湖边。两个人跑了大半天，肚子空空的，咕噜咕噜直叫唤，嘴里也发干，身子软塌塌的没有力气。朱大军闷着头不说话，狗子看着他脸色难看，也不敢吭声。

从保险公司门口看到和听到的，到南湖边警察的出现，一切都证实李小叶的确是出事了，而且还遭到坏人的绑架。朱大军内心一次次感到震惊，一次次感到悔恨。他在想，李小叶如果不是为了替他还债，就不会来到省城，不到省城来也就不会出现这样的事情了。过去做了太多对不住她的事情，自己就是一个混蛋。毕竟李小叶曾经是自己的老婆，现在她出了事，还被人绑架了，他不能见死不救。一个人做了不是人做的事，那就是畜生，如果还不知道反悔，不知道报答，那就比畜生还不如了。

他们走着走着，看见一家小饭馆，好像是新开不久的，门口贴着对联，地上还有鞭炮的痕迹，旁边歪倒着几个光秃秃的花篮藤筐。两个人见到小饭馆，肚子里马上条件反射，咕噜咕噜滚雷一般地响起来。

两个人进去后，见里面空空荡荡的，已经没有客人了。一个女人在收拾桌子板凳打扫卫生，两个小伙子靠在门口玩手机游戏。时间早已经过了饭点，但厨房炉子上的铁锅里还冒着热气。

狗子问打扫卫生的女人，还有吃的吗？女人朝旁边的柜台里努了努嘴，意思去问老板。两个人走过去一看，一个胖乎乎的男人闭着眼睛躺在柜台后的椅子上打瞌睡，嗓子里还响着呼噜。

朱大军示意狗子去问，自己在小饭馆里转悠起来。

狗子咳嗽两声，问道，老板，还有吃的没有？

胖老板猛地睁开眼睛，吓了一跳，坐起身来，操着河南口音问道，你是干啥哩？

狗子笑着说，老板，我们是来吃饭的。

胖老板这才清醒过来，说，没饭了。

狗子说，我们随便吃点啥都行。

胖老板有些不耐烦，挥手说，走走走，关门了。

这时候，朱大军转了一圈，把小饭馆里里外外看了一遍，回到了服务台前。他不紧不慢地对胖男人说，老板，你这小饭馆好像连营业执照和卫生许可证都没有吧？据我所知，开饭馆的话，店里每个人，包括厨师服务员和老板你，都要有体检合格证，在指定的医院检查身体，每人需要一百元。

胖老板一愣，关你啥事？

朱大军笑笑说，是不关我的事。不过，我知道，如果一家小饭馆没办任何执照就开业，假如有人举报，很快就有穿制服的人来了，嘿嘿。

朱大军对狗子说，我们走，不吃了。

胖老板赶紧从服务台里把他们拦住，立刻改变态度，脸上堆着笑说，两位兄弟留步，刚才俺有眼不识泰山冒犯了你们，俺给你们赔个不是。你们不就是吃饭吗？好说好说，需要吃点啥，米饭炒菜水盆羊肉，样样都有，尽管开口。

朱大军说，不需要那么复杂，来两碗面，填饱肚子就行了。

胖老板朝门口两个眼睛盯着手机的小伙子吼了一声，你娘的，还玩？快去做两碗面，大碗的，给两位大哥多放些肉臊子，再切一盘卤牛肉，算我送的，快去！

两个小伙子赶紧放下手机，跑进厨房里，擀面切面，一阵忙活。

胖老板给朱大军解释说，小饭馆刚开张几天，还没有来得及去办手续。听老乡说，手续很难办，要花不少的钱，心想能省点就省点，嘿嘿。

朱大军说，唉，其实大家都不容易。

胖老板拱着双手说，感谢两位兄弟包涵啊。

狗子说，好说好说。

两个人就在一张桌子前坐下来。刚才打扫卫生的女人送来一壶热茶，不一会儿又端上一盘卤牛肉，转身又端上两大碗冒着热气的面条。面条上浇着厚厚的肉臊子，还有一层红汪汪的辣椒油，香味逼人。狗子高兴地对朱大军说，哥，你真行。朱大军说，吃。两个人就抱着碗，埋下脸，饿鬼一般大吃起来。眨眼工夫，风卷残云，一盘卤牛肉，两大碗面条就进了肚子，盘里和碗里都干干净净。两个人又各要了一碗面汤，一人喝下半碗，响亮地打了一个饱嗝，这才浑身舒坦了。

两个人付了钱，走出小面馆。胖老板亲自送到门口，说欢迎下次再来。

离开小饭馆，两个人漫无目的地绕着南湖边走。当然，不能靠近一叶楼，那些便衣警察还守在那里。

狗子问，哥，下一步咋办？

朱大军嘴里蹦出两个字，找人。

狗子问，是找我嫂子呢，还是找那些绑架的人？

朱大军说，屁话，不都一样嘛！

朱大军要狗子马上打电话，联系一下过去道上认识的朋友和在省城打工的老乡，探一探省城里的水深水浅，打听一下小道消息，看看最近省城都有些啥事情，总能问出点眉目来。该出力的出力，该花钱的花钱，就是掘地三尺，翻箱倒柜，也要找到那伙绑匪，把李小叶救出来。

狗子掏出手机，开始一一地打电话找人。

朱大军点上烟，在一边听着。

电话里的人乱七八糟地说了一大堆。最后没想到胡蒙乱撞歪打正着，还真在一团昏暗迷乱之中找到了一丝线索。一个过去跟狗子一起学修车的老乡，现在在省城的娱乐城一家叫“夜来香”的歌舞厅当保安，说是女老板告诉他们晚上有重要的接待任务，二楼最大的包间被人包了，有人要在那里谈事，要保证绝对安全，不准其他任何人进入。他私下问了女老板的司机，说客人是一伙黑道上的人，带着一个卖保险的女子，要跟一个金融界的大老板进行一场交易。这些人不知道是不是他们要找的人。

朱大军一听，骂了一声，妈的，肯定是这伙人干的！

于是，二人就决定晚上去娱乐城的“夜来香”歌舞厅想办法救出李小叶。朱大军要狗子在附近找一家超市，买点东西。狗子问，去超市干啥，难道还要送礼不成？朱大军说，你说对了，老子就是想给那些家伙送一份厚礼。狗子一下明白了，说，哥不用去，我这里已经带了。说完，悄悄撩起衣角，露出一把弹簧匕首。朱大军嘿嘿一笑，说，你那玩意儿不顶用，跟小孩玩具差不多，一会儿看我的。

两个人打听到了附近的超市，朱大军进去在卖厨房用具的地方，挑选了一把名牌的不锈钢菜刀，厚重又锋利，就是专门剁砍骨头的那种，然后放进自己的旧布袋里。狗子一直跟着他，看他不慌不忙、平平静静买完刀，脑子里不时闪现出不锈钢菜刀在案板上剁砍骨头的场面，脖子后面不由得一阵凉飕飕的。

狗子有些胆怯地问，哥，晚上真去？

朱大军瞥他一眼，你㞞，就回去。

狗子说，不可能的。

朱大军拍拍狗子的肩，够兄弟！

两个人嘿嘿地笑了，笑得有些慷慨悲壮。

# 三十

黑夜笼罩，灯火闪烁，夜幕给城市披上了一层神秘而不可捉摸的伪装。

钱彪提着一个密码箱，匆匆从办公室里出来，下楼后上了停在公司楼下的一辆黑色轿车。密码箱里装了五十万现金，刚好满满一箱。夜里有点凉，他换了一身深色的休闲装，里面是T恤，外面是拉链夹克。戴了一副墨镜，是有红外夜视功能的那种，这样晚上别人就不容易认出他来了。

出门前，他在办公室里独自喝了半瓶白酒，不知是为了给自己壮胆，还是为了在绑匪面前显示自己金融老板的身份和实力。毕竟是一人独往，而且可能还要当着李小叶的面与绑匪进行交易，场面实在是有些难堪，而且情况难以预料。按照与手机里自称郭老大的人约定，晚上九点在市里娱乐城“夜来香”歌舞厅见面，一手交钱，一手交货，这件事情就算彻底地解决了。

几天前，他以为找几个人从李小叶那里把东西要回来是件很简单的事情，可没想到一波三折，那三个蠢猪把事情搞得越来越复杂。现在又冒出一个什么鸟郭老大，要价更狠，开口就要五十万，寸步不让。他妈的这是在打劫割人的肉啊！依照他过去的脾气，早把这帮土鳖收拾了。可是，现在他不得不收敛一点，打打杀杀的日子过去了，他现在是投资公司的老总，是社会上有身份地位的人。就像林亚雄说的，只要用钱可以摆平的事情，就用不着跟这帮家伙费力气。

一大早，林亚雄就把他叫到南湖边臭骂了一通，认为是他又叫人把李小叶绑架了，打乱了正在商量解决问题的计划。上午，林亚雄又打来电话，告诉他市政府门口发生了围堵事件，把李小叶的事情越闹越大，市里领导很生气。林亚雄要他今天必须把事情解决了。到了下午，林亚雄再一次来电话，催问与那帮家伙见面没有？拿到东西没有？李小叶怎么样？他跟林亚雄说，情况又有了变化，现在冒出了一个叫郭老大的人，看样子是那伙人的头儿，一口开出了五十万的天价，约好了今晚在娱乐城“夜来香”歌舞厅见面，当面交钱交物。

林亚雄先感到有些意外，但接着说，这个时候花点钱折财免灾，可别出大事，出了大事花钱也没用了。林亚雄一再强调，除了拿回李小叶与宏达投资公司的合作协议，还要拿到那份大客户名单，千万别落在其他人的手里。钱彪应诺，好的好的，保证万无一失。

看来，林亚雄急得快要疯了！

钱彪喜欢看到林亚雄快要疯了的样子。他心想，我收拾不了你，但有人会收拾你。今晚只要他拿到那份与李小叶签的合作协议，就立即把它毁掉，自己就再也没有后顾之忧了，夜里睡觉也可以安稳踏实了。至于那份大客户名单，我才不交给你林亚雄呢，我把它送给谢长安，他会很高兴的。你们俩就去斗吧，看谁输谁赢？这一定是一场好戏。如果李小叶被警察抓去，那是她自己倒霉，反正抓不到我钱彪的尾巴，就让那些保险客户们去找李小叶和保险公司闹吧，闹得越凶越好。

想到这里，钱彪不由得发出一阵既得意又幸灾乐祸的笑声。

为了防止事情出现意外，钱彪把与郭老大见面的地点定在娱乐城“夜来香”歌舞厅，因为那是他过去的地盘，有他的情人乔丽娜和一帮小兄弟在那里，鸟郭老大翻不起浪来。

钱彪开着车钻进了夜色里……

上帝说，要有光，于是就有了光。

但光照亮不了世界的每一个地方，也照亮不了城市的每一个角落。黑暗莅临的时候，一场罪恶肮脏的交易就在夜幕下徐徐地拉开了。

市区里的娱乐城“夜来香”歌舞厅，依然是灯火闪烁，声音震耳，表面上看去与往常一样，但实际在门口却多了许多的保安。通往二楼和三楼的电梯口也有人站立，进入包间里的人必须由服务人员引领。这些保安人员都是年轻力壮的男子，统一身穿黑衣，一律短发，手握对讲机，戴着耳麦。一楼是摇滚大厅，响着劲爆的音乐，在半明半暗、五光十色闪烁的灯光里，打扮前卫时髦的青年男女疯狂地扭动着躯体，摇摆着头颅，如痴如梦如醉如死。二、三楼是KTV包间，有唱歌跳舞的，也有喝酒划拳的，当然还有那种色情女子，私下与男客做那见不得人的肉体生意。

最早到来的是朱大军和狗子。天刚黑他们就来到了娱乐城，进了“夜来香”歌舞厅旁边的一家游戏厅，一边玩游戏一边等待在歌舞厅当保安的老乡传来消息。

接着，是郭老大一行，他们也提前了半小时到来。两辆车停在了歌舞厅旁边的一条小巷里，一行人带着李小叶鱼贯而入进入大厅。歌舞厅女老板乔丽娜在大厅里等候他们，并带领着他们进入电梯，直接到了三楼，然后进入一间豪华的大包间里。门口有两个保安看守。

乔丽娜要郭老大等人先休息一会儿，也可以先唱唱歌，说钱老板已经在路上了，很快就到。郭老大说，一帮男人唱歌没意思，去叫几个漂亮的妹妹来，陪弟兄们放松一下。跟随郭老大的几个手下一阵乱叫。乔丽娜说，好，没问题。出门的时候看了一眼被人按坐在沙发上的李小叶。她低着头，头发散乱，脸上挂着泪水。她成了一只落入狼群里的羔羊。

站在一边的杆子心里显得有些不安，他在担心土锤和闷尿。下午在阳光幼儿园抢走李小叶的女娃时，突然出现了警察，他们没能回到车上。路上，郭老大不停地催他打电话，问土锤和闷尿的情况，看他们逃走没有？女娃在不在手里？有没有被警察抓去？如果被抓去了，他们就得改变与钱老板的见面地点。杆子终于联系上土锤了，土锤说没事，幸亏他们腿脚跑得快，人多混乱，没让警察抓住，钻进了学校旁边不远处的一个旧货市场里躲了起来。郭老大问，那女娃还在不？土锤说，在。郭老大不信，要听女娃的声音。杆子把手机放在郭老大耳边，里面传来小女孩的哭喊声。郭老大就笑了，叫土锤和闷尿晚上九点前，必须把女娃送到娱乐城“夜来香”歌舞厅来。他要用李小叶的女儿来换钱老板需要的东西。

现在，杆子担心土锤和闷尿一路上带着一个女娃不方便，怕他们躲不过警察的寻找而出现问题。

不一会儿，乔丽娜叫来了几个穿着暴露、浓妆艳抹的年轻女子。郭老大笑着喊道，弟兄们，漂亮的妹妹来了，你们想唱就唱，想跳就跳，想抱就抱。还愣着干啥？赶紧上啊，哈哈。

一伙绑匪向进来的女子们扑过去，包间里立刻乱成一团……

从女儿在幼儿园被抢走的那一刻起，李小叶就开始后悔了。

她后悔不该跟眼前的这伙绑匪们硬拼，她太低估了他们的狠毒和凶残，在光天化日之下，竟然当着她的面抢夺她的女儿，而她却无能为力。她的心就像被刀割一样，万般疼痛！这帮绑匪如此丧尽天良，为了金钱不惜对一个孩子下手，以此来要挟她，逼她拿出他们想要的东西。

她更后悔自己不该一念之差，听信了钱彪的话，踏上了一条错误而危险的不归之路。回忆起到省城几年的时光，最幸福美好的，还是那些最简单最艰苦的日子。尤其是进入到保险公司，完全改变了她的人生道路，她从一个普普通通的营销员，一个康城山区来的打工妹，很快成长为公司的销售主管、经理、营销精英和先进个人，出席全国系统的表彰大会，受到公司高层领导的接见，也受到同伴们的鲜花和羡慕的眼光，以及报纸电视广播的宣传——她成了公司里的传奇式成功人物，她的身上闪耀着高大美丽的光环。

然而，在人生的道路上是什么东西诱惑了她，使她偏离了生活的轨道，走向一个危险的境地。是家庭的困境，是还债的压力，还是内心的欲望？总之她开始追求金钱和财富，并以此作为改变社会地位，获得荣耀和尊严，走向人生成功的目标。不错，当一个人拥有很多金钱的时候，物质的欲望和虚荣心是可以得到满足的，甚至可以目空天下——这是金钱导致内心膨胀的结果。可是，金钱和财富不光会给人带来满足感，也会给人带来罪恶感，关键是看你获得的金钱和财富，有没有对社会和他人造成危害和伤害。

她回想自己，在拥有大量金钱的时候，的确有过激动、喜悦和兴奋。她用手中的钱还前夫朱大军欠下的赌债，给母亲治病，买小茶楼、买车、买房、买漂亮的衣服，出入豪华高档的酒店、美容店、私人会所，享受金钱带来的物质生活……这一切就像梦幻一样。可是，当夜深人静的时候，她又常常从梦中惊醒，心里感到害怕，担心那些越来越多的金钱，如同堆积在沙滩上的城堡，瞬间会轰然坍塌。

是的，她就是一个骗子，一个罪人！

她骗了自己的客户，虽然那些人中也有贪婪金钱的，也有梦想一夜暴富发财的，但更多的是普通的老百姓，他们仅仅是想把辛辛苦苦挣来的钱保值增值，比银行的利息高一点。是她以卖保险的名义欺骗了他们，给他们带来了不可估量的损失。同时，她还欺骗了公司，她滥用公司的废旧单证、私刻公章和购买假发票，违犯了公司规定和法律制度，将给公司造成巨大的影响和经济损失。

想起那些到公司闹事的客户，她心里就一阵阵颤抖。他们痛苦的脸上流着泪水。那些当初信任的眼光，现在都变成了失望的眼光、流泪的眼光、仇恨的眼光。想起公司的领导贺大虎和马红艳，她心里就感到愧疚难当。公司出了问题，他们心急万分，还要担当责任。她辜负了他们对自己的信任、爱护和帮助。想到自己的女儿，她更是痛不欲生，如万箭穿心，这么幼小的年纪还要因为她的过错，而受到不该有的伤害……

她就像受到蛇的诱惑而偷吃“禁果”，被上帝逐出伊甸园的亚当和夏娃一样，也将受到法律的惩罚和世人的谴责。现在公安人员正在四处寻找绑匪和她，谁也逃不脱那张巨大的天网。人如果失去自由，就是拥有全世界的财富又有什么意义呢？

李小叶深深地后悔，眼泪不停地往外流。

郭老大见李小叶已经没有抵抗的能力了，就用手拔出她嘴里的擦车毛巾，问，李小姐，这下想通了吧？

李小叶痛哭着央求道，我答应你们，把东西给你们，全都给你们，你们放了我女儿吧。

郭老大高兴地拍着光脑门说，这就对了嘛。放心，你女娃我保证一根头发丝都不会少。只要我们拿到东西，马上就把你们母女俩都放了，我郭老大说到做到。

李小叶说，那我现在就带你们去拿。

郭老大说，不急，马上钱老板就来了，我们当面谈好，然后一起去。说完，他看了一眼手腕上的手表。

郭老大问杆子，土锤和闷屃怎么还没有到？

杆子说，也许快了，要不我出去看看？

郭老大不放心地看他一眼，说，算了吧，再等等。

这时候，钱彪开着车准时如约来到娱乐城“夜来香”歌舞厅，他把车停在歌舞厅前面，提着装钱的密码箱下了车。两个穿黑衣的保安上前弯腰喊了一声，钱总好，然后陪着他向歌舞厅大门走去。门口，乔丽娜风摆杨柳地笑迎他。

钱彪问，人来了吗？

乔丽娜说，来了。

钱彪问，那女子呢？

乔丽娜说，在里面，一直在哭。

钱彪问，都是些啥人？

乔丽娜说，黑道上的，老大为人阴险，做事凶狠，你要小心点。

钱彪不以为然，冷笑一声，老子在江湖上闯荡过还怕他们不成！这可是咱的地盘，人都到位了吗？

乔丽娜说，放心，一切都安排好了。

钱彪看看手里的密码箱说，万一出现意外，一个都不要放走。

乔丽娜点头说，懂了。

钱彪凑过去在乔丽娜脸上亲了一口。乔丽娜身子妖娆地一扭，撒娇一笑，带着钱彪走进大厅，坐电梯直接上三楼。

与此同时，朱大军在网吧里接到了歌舞厅保安老乡打来的电话，进一步证实了消息的真实性。确实有五六个黑社会的人，行为诡异，带着一个女子进了歌舞厅。保安老乡说，那女子好像情绪不太好，被两个人紧紧跟着，嘴里还被堵着东西，不知道是不是你们要找的人。通过保安老乡的描述，朱大军确信那女子就是自己的前妻李小叶，于是他要狗子留在网吧里，他前去歌舞厅想办法把李小叶救出来。

狗子说，那一帮子人你对付得了吗？

朱大军说，对付得了要去，对付不了也要去。他想，不要说李小叶以前是他的老婆，就是离婚后替他还完赌债这一件事，他去为她拼命也值得。

狗子说，嫂子以前对我也不薄，后来还把钱还给我。既然哥要去救嫂子，就不能把我留在这里，你去我也去。

大军看着狗子，在他肩上一拍，好兄弟，走起！

狗子说，哥，走起！

朱大军拎着那个装着不锈钢菜刀的旧布袋，后面跟着狗子，一起出了网吧……

乔丽娜带着钱彪来到三楼的豪华大包间门口。钱彪让她在外面等着，他很快就办完事情。他推开门，只见里面灯光昏暗，闪烁旋转，一伙男女群魔乱舞，闹成一片。他提着密码箱站在门口，皱着眉头。

包间里忽然有人吼了一声，嘈杂的声音立刻就停止了。随着灯光大亮，所有又唱又跳的人愣愣地立在原地，目光投向刚进门的钱彪。

郭老大推开搂着的一个女子，挥挥手说，你们统统都出去，出去！

几个浓妆艳抹的女子一阵风地溜出了包间。

钱彪这才看清楚了包间里的每一个人，包括坐在沙发上被人用手按着的李小叶。

郭老大问，你是钱老板吧？

钱彪摘下脸上的墨镜，问，你是郭老大？

沙发上被人按着的李小叶，一见钱彪，立刻情绪激动地从沙发上蹦起来，愤怒地瞪大眼睛骂道，钱彪，你真不是人，为啥要害我？

钱彪说，妹子，你别急，我现在是来救你出去的。

李小叶说，呸，你别装好人了。你不但不还我的钱，还叫人追踪我、绑架我，你到底是啥用心？

钱彪解释说，我也是没有办法呀，早叫你把合同协议给我，你不给嘛。

李小叶说，你用这样卑鄙的手段，不得好死。林亚雄知道了，也绝饶不了你！

钱彪说，妹子，大难临头，谁不顾自己啊。我实话告诉你吧，我这样做，都是你林哥一手安排的。你别忘了，他也是宏达投资公司的股东，你手里也有他需要的东西。

李小叶大声吼道，你胡说，胡说！

眼前已经分不清是非黑白，她简直快要疯了。

郭老大赶紧叫人把李小叶重新拉回到沙发上。他说，你们别吵闹了，我们得谈正事。他站起来对钱彪说，钱老板幸会，请坐。

钱彪提着密码箱站在门口没动。他说，郭老大，咱们开门见山，我把钱带来了，你把东西交给我，咱们各走各的路。

郭老大的眼睛盯住钱彪手里的密码箱，放出一道绿光。他狡诈地嘿嘿一笑，说，钱老板别急嘛，人在这里，东西是跑不了的，我们等一会儿就交易。

钱彪警觉起来，问道，郭老大，你啥意思，难道东西还没拿到手？

郭老大说，稍等一下，咱们马上就去拿。

郭老大叫杆子打电话，问问土锤和闷屃带着女娃到了没有，他妈的，磨磨蹭蹭，懒驴子拉磨似的。杆子急忙掏出手机，捂着一只耳朵跑到一边给土锤和闷屃打电话。

李小叶喊道，钱彪，你妄想，我绝不会把东西给你的。

郭老大忽然转身猛地给了李小叶脸上一巴掌，她的鼻孔和嘴里顿时飞出一股鲜血。郭老大眼睛里露出凶光，骂道，你敢跟老子反悔？

两个手下把她的两只胳膊向后反拧起来。

李小叶疼得发出一声惨叫。

郭老大眼睛里射出凶光说，李小姐，你今天要不配合，就别怪我不客气了。我郭老大今天要是拿不到东西，一会儿就叫弟兄们把你的女娃宰了，信不信？说完，他用手做了一个拿刀劈人的动作。

李小叶嘴里吐出一口血水，骂道，你们这帮畜生、王八蛋！

钱彪见此情景，心里也感到很不舒服，觉得有点威胁他的意思，就说，郭老大，咱们是做生意的，动刀动枪的这样不好吧？

郭老大笑道，钱老板，生意各有各的做法，你就甭管了。今天晚上，我保证叫你拿到想要的东西，这生意咱们做定了。

杆子跑过来在郭老大耳边报告，说土锤和闷屃带着女娃马上就到。

郭老大哈哈地大笑起来。

正在这时，有人敲门。

郭老大得意地对钱彪说，你看，钱老板，人到了。咱们马上出发，一会儿一手交钱，一手交货，哈哈，开门——

门还没有完全打开，嘭的一声就被人一脚踢开了，闯进来两个怒气冲冲的人——正是朱大军和狗子，一个手里握着一把不锈钢菜刀，一个手里挥舞着一把弹簧匕首。开门的绑匪被朱大军一把揪住了胸口。

朱大军大喝一声，都不许动！

屋里所有的人都僵住了。

郭老大没料到突然冒出这么两个人来，以为是钱彪在搞什么鬼。就问钱彪，钱老板，你这是啥意思？钱彪也蒙了，以为是郭老大设下的陷阱，就反问道，郭老大，我还要问你呢，这是啥意思？东西没拿到就跟我交易，现在还给我演这一出，你这是想黑吃黑啊，道上的规矩懂不懂？

你——郭老大气得直翻白眼。

两个人都把眼光转向朱大军和狗子。

郭老大想，半路上杀出个程咬金，看看眼前这两个人的架势，火气冲天愣头愣脑的，就问，请问兄弟是哪条道上的？

朱大军吼道，少说废话，赶紧把人放了。

郭老大问，放谁？

朱大军说，别跟我装糊涂，沙发上那女的。

郭老大问，她是你啥人？

朱大军迟疑了一下，说，她以前是我老婆，咋地？

郭老大一听，忍不住像喷饭似的大笑起来，说，她是你老婆，还是以前的？哈哈，我以为是你妈呢。

他一挥手，几个手下围住了朱大军和狗子。

李小叶万万没想到朱大军和狗子会突然出现在面前，而且手里一人还握着菜刀，一人挥舞着匕首，一副要跟人拼命的样子。她急得喊道，朱大军你跑来干啥？

朱大军看见李小叶被两个绑匪拧着胳膊，口鼻都流着血，顿时怒火从心里燃烧起来，眼睛里冒出吓人的光亮。他对李小叶说，你别怕，我是来救你的。说完，他把手里的不锈钢菜刀朝前一横，另一只手揪紧开门绑匪的衣领，对围着的绑匪吼道，都给我闪开——崭新的不锈钢菜刀闪闪发亮。狗子也挥舞着弹簧匕首跟在后面，瞪着眼睛。

绑匪们不由得往后一退。

朱大军冲郭老大喊道，把人放了！

郭老大说，兄弟，有话好好说，别舞刀弄棒的。

朱大军把不锈钢菜刀横在开门绑匪的耳朵上，做出要割下来的动作，绑匪吓得闭上眼睛号叫，大哥救命！

郭老大喊道，兄弟慢点，我马上就放——说完，他叫拧着李小叶的两个绑匪把她放了，并用眼睛暗示了一下。两个绑匪明白了郭老大的意思，把李小叶带到朱大军面前，松开手一推。李小叶感到两只胳膊像断了一样的疼痛，一下倒在地上。朱大军赶紧丢开手里的绑匪去扶她。开门的绑匪趁机挣脱，而其他的绑匪迅速从身上掏出了刀具和铁棍，一下把朱大军和狗子，以及李小叶团团围了起来。

钱彪见势不好，悄悄退到门口。

郭老大坐在沙发上，发出一阵阴森森的怪笑，说，想跟我玩，你们还嫩了点，到道上去打听打听，我郭老大是啥人？别说你俩土鳖，再来十个八个，老子也不放在眼里。

李小叶叫朱大军和狗子赶紧走，不要管她。朱大军叫狗子保护好李小叶，他掩护他们走。郭老大说，谁也走不了，除非把李小叶留下，就放他们一条生路。朱大军说，那要看我手里的这把菜刀答不答应。郭老大说，我们也有家伙，看谁的厉害。

双方僵持着，剑拔弩张，一触即发。

朱大军说，你们别猖狂，老子已经报了警，警察一来你们一个也别想跑掉。

郭老大心里一惊，不知是真是假，命令绑匪们往前冲，把李小叶抢夺回来，赶紧离开这里。

一伙绑匪就朝三人冲过去，屋里混战成一团。

钱彪看事情办不成了，提着密码箱，乘乱打开门跑了出去。

朱大军挥舞着不锈钢菜刀抵挡着妄图冲上来的绑匪，掩护着李小叶。狗子也比画着弹簧匕首进行抵抗，不让绑匪靠近身边。刀棍在空中碰击飞闪，发出一阵阵金属声音。有一个绑匪惨叫一声倒在地上。朱大军胳膊上和手上也受了伤，血染红了他的衣服。他拼红了眼睛，疯了一般吼叫着，挥舞着菜刀，像一堵墙阻挡着绑匪，不让他们靠近李小叶。绑匪们把三人越逼越紧，最后他们抵挡不住退进了卫生间里，迅速关门反锁。

绑匪在外面咚咚撞门，门把手不停晃动。

朱大军用身体把门死死抵住，叫李小叶赶紧想办法逃走。李小叶见朱大军胳膊和手上都在流血，就扯下脖子上的小纱巾撕开为他包扎。朱大军叫狗子赶紧打开卫生间的玻璃窗，带着李小叶逃出去。狗子说，哥，这是三楼，跳下去就没命了。朱大军红着眼睛骂道，妈的，不行就跟这伙绑匪拼了！李小叶哭着说，别再打了，我出去，你们赶紧离开吧。朱大军说，不行，你不能出去，落在这伙人的手里会没命的。

咚！咚！咚！

绑匪们在门外撞得更凶了，撞击的声音令人恐惧，就像一群野兽要冲进来一样。

朱大军身体抵着门，忽然看见卫生间洗漱台下面有一堆盘着的绳子，眼睛不由得一亮，赶紧叫狗子看看能不能用。狗子跑过去捡起来，果然是一条又粗又长的绳子。原来，这是歌舞厅里平日为防备公安的突击检查，专门为那些找小姐的嫖客准备的。三人感到逃出去有了希望。于是狗子打开窗子，把绳子一头固定在洗漱台下面的一根铁管子上，一头扔到了窗外垂落到楼下。

谁想到这时，意外的事情发生了：

砰！砰！砰！——突然三声枪响。

这枪是郭老大开的，他瞧几个手下半天撞不开门，担心时间长了，警察得知消息赶来，那就跑不掉了。他一回头，忽然发现拎着密码箱的钱老板不见了，杆子也不知啥时候溜了。郭老大一下就火了，暴跳如雷，从身上掏出了一把手枪，对着卫生间门里连开三枪，枪声短促而清脆。

顿时，里外都安静了，安静得可以听见每一个人胸口跳动的声音。

在卫生间门后，朱大军一屁股坐在地上，低头看见自己的胸部和肚子上有两处地方向外喷血，就像冬天水龙头爆裂了一样。李小叶和狗子一下蒙了，瞪大惊恐的眼睛，仿佛被天上的雷电击中了。李小叶反应过来，向朱大军扑过去，用双手去捂他喷血的地方。她吓得浑身发抖，双手也不停地发抖，鲜血不停地从她指缝间冒出来。她嘴里哭喊着，朱大军、朱大军，你到底怎么啦？朱大军身子软软地靠在门上，抬起眼皮看着李小叶，看着她脖子处的那块粉红胎记，微微一笑说，你快走吧，我可能今天走不了了。我来就是想看看你，看看女儿，我对不起你们……

朱大军说到这时，忽然喉咙一阵作响，嘴里吐出一口鲜血，手里的不锈钢菜刀哐当从手里滑落地上。接着，他就像一堵墙轰然斜倒在地上，朝天瞪着双眼，浑身一阵猛烈地抽动，抽着抽着，就不动了。

朱大军——李小叶嘶喊一声，在他旁边大哭起来。

哥——狗子双膝跪下，抱头痛哭。

门终于被撞开了，绑匪们冲了进来。郭老大看见朱大军倒在血泊里，叫绑匪赶快拉起李小叶就往外走。狗子想冲上前去拼命，被郭老大一脚踢到角落里。

一伙人带着李小叶，准备离开三楼包间，离开“夜来香”歌舞厅。刚出门，就看见外面过道一片混乱，男男女女的客人都惊慌失色，有的往电梯口奔跑，有的往楼梯口奔跑。这些人中，先前有人看见了朱大军和狗子拿着刀冲杀进来，接着又听见了豪华包间里传出的枪声，于是都吓得从包间里跑了出来，并且有人大声呼喊，出事啦，杀人啦——

郭老大手下的兄弟问，哥，咋办？郭老大吼道，赶紧撤！电梯肯定是下不去了，走楼梯道。一伙人绑架着李小叶进了楼梯道，刚拐一个弯，就听见下面传来急促的脚步声，一看糟了，是穿着制服的公安警察来了，正在快步往楼上跑。一伙人又赶紧退回到三楼过道，打算另寻出路。刚到过道，发现从电梯口处出来两个便衣警察，一男一女，手里拿着枪，叫他们站住，放了手里绑架的人。

一伙人像触电一样呆住了。

出现在电梯口处的便衣警察正是刘剑锋和叶梅。他们下午得到报告，有两名绑匪在市区阳光幼儿园绑架了李小叶的女儿后逃窜了。他们立即赶了过去，然后对附近区域进行拉网式搜查，最后终于在一家旧货市场内将土锤和闷尿两名绑匪抓获，并救下了李小叶的女儿。经初步审问，两名绑匪供认了绑架李小叶的事实，并且交代晚上九点，郭老大一伙将带着她在市里娱乐城“夜来香”歌舞厅，与钱老板进行一场交易。

于是，刘剑锋和叶梅一边向王局报告，一边立即赶到娱乐城“夜来香”歌舞厅，在当地公安分局和派出所的配合下，对歌舞厅周围进行了包围。他们刚赶到，就看见绑匪们带着李小叶进了歌舞厅，接着宏达投资公司的总经理钱彪也接踵而来。意外的是，李小叶的前夫朱大军和狗子不知为什么也冒了出来，匆忙进入歌舞厅里面。

刘剑锋看着时间，为了确保李小叶的人身安全，也为了人赃俱获将绑匪和交易人一起抓获，他决定选择突然袭击的方式进入歌舞厅内。九点一到，他和叶梅带着人向娱乐城“夜来香”歌舞厅冲去。在门口遭到保安的阻拦，但他们很快制服了保安，继续朝大门里冲去。刚进大厅里，刘剑锋和叶梅在嘈杂的声音中，忽然听见楼上传来几声枪响，顿时感觉不好，立刻叫人封锁大门，又把随同人员分成两路，一路走楼梯过道，一路由他和叶梅带着从电梯上去，争取把绑匪们堵在三楼，尽快抓捕并解救人质。

刘剑锋和叶梅一出电梯口，就碰上了绑匪们带着李小叶从楼道里跑出来。

狭路相逢，刘剑锋大喊一声，我们是公安警察，你们放下手里的凶器，放了绑架的人！

叶梅也喊道，你们已经被我们包围了，赶紧投降吧！

绑匪们站住没动，眼睛看着郭老大。

叶梅以为绑匪已被镇住，就要上前去。刘剑锋说小心，话刚出口，就看见绑匪里有个光头举起了枪。刘剑锋赶紧上前把叶梅推向一边。枪砰的一声就响了，子弹从刘剑锋胳膊上飞过咬了一口，衣服霎时就红了。他身子一闪，就地一倒，同时对着前面的一个绑匪开了一枪。绑匪栽倒地上，捂着腿乱叫。其他绑匪们吓得抱头鼠窜立刻散开，躲进过道一边的包间里。

在混乱之中，李小叶挣脱了绑匪的手，跑回到原来的豪华包间，并且立刻关上门，将门反锁。她感到又惊又怕，浑身无力，沾满朱大军血的双手还在颤抖。她身体瘫软在门后。

叶梅跑到刘剑锋身边，看见他为自己受了伤，心里很难过，眼泪不觉地流了出来。大叔，你怎么样啊？她一边问，一边替他包扎止血。刘剑锋说，不要紧，只是表皮伤。叶梅说，我们退到后面去吧，这里太暴露了。刘剑锋说，这个时候不能后退，要把绑匪堵在三楼的包间里，如果他们跑到二楼一楼就麻烦了，下面全是人，他们容易跑掉，也会伤及无辜群众。

这时候，楼梯过道的一路人马也上来了。刘剑锋指指绑匪的位置，叫他们注意隐蔽，相互掩护。

李小叶听见门外响起了枪声和喊话声。接着，又有人冲到门口使劲撞门，是郭老大的手下，想闯进门来把她抓回去。她赶紧跑到卫生间，见狗子还靠在角落里捂着肚子痛哭。朱大军躺在血泊里，瞪着眼睛一动不动，样子十分可怕。李小叶用手替朱大军抹下眼皮，让他闭上眼睛。狗子见李小叶摆脱了绑匪，要她赶紧从窗口逃出去，那根绳子还吊在窗外。

李小叶犹豫着。现在该怎么办？是选择留下还是继续逃走？留下很可能就会被公安带走。而逃走，能逃到哪里去，还能逃多久呢？女儿还在绑匪的手里呢，怎么办？她的脑子里乱极了。

外面过道还在喊话，双方僵持不下。

撞门声越来越响。

忽然又响起几声枪响，门口传来一阵杀猪般的嚎叫，其中还有郭老大的声音，看样子是撞门的绑匪和郭老大被子弹击中了。很快，绑匪们就开始投降了，并朝过道里扔出手里的刀棍。又过了一会儿，一阵脚步声来到豪华大包间门口。有一个年轻女子的声音在喊话，李小叶，我们是市公安局的警察，我们是来营救你的，也是来请你回去接受调查的，希望你配合我们的工作，从房间里出来吧。

李小叶脸一下煞白了。

狗子起身催促道，嫂子，你快走吧。

李小叶心如乱麻。

一个男警察也喊话，李小叶你出来吧，只要你主动出来，就算你是自首。

李小叶大声喊道，我的女儿现在在哪里？

男警察说，我们已经把她救出来了。

话音刚落，突然门外响起了女儿欢欢的声音，哭着喊道，妈妈，妈妈——

门外又传来方明亮的声音，小叶，你出来吧，坦然地面对一切，不管以后是什么样的结果，我都会等你，欢欢也会等你。

杜咪在外面哭喊道，小叶，你出来吧，我想你！

听着门外女儿的呼唤，还有方明亮和杜咪期盼的声音，李小叶心如刀绞，仿佛就要碎了。她身子一软，跪在地上失声痛哭起来，脸上流下悔恨的泪水，声音撕心裂肺。

门外的人静静等候。

门终于开了，李小叶满脸泪水走了出来……

第二天清晨，天气晴朗，天空如同被水洗了一般，干干净净，往日沉重的乌云和雾霾都不见了，蓝天里白云朵朵，大地上风和日丽。初春灿烂的阳光洒满了古城，城市依然古朴厚重又现代繁华，楼宇屹立，车水马龙，行人往来。一切井然有序。

两辆警车从市区一家酒店里开出来，向南郊方向驶去。这时候，城市已经苏醒。清洁车在街道上打扫路面，将黑夜里留下的肮脏东西清理干净。洒水车把水洒向道路两边的绿化带，树木和花草一片生机勃勃。

刘剑锋和叶梅及随行公安人员，带着李小叶先来到南湖边的一个商业住宅小区，然后进入一座楼里，打开一楼的一个房门——这是李小叶还未住进来的新家。在她的指引下，公安人员从卫生间吊顶的管道后面找到了一个塑料包裹。

刘剑锋打开包裹，看见里面有一份协议合同书，有一份保险大客户名单，还有几枚伪造的大红印章，以及一些收据发票和一个小笔记本。

刘剑锋简单翻了翻，合同协议记录了李小叶与宏达投资公司利用保险客户资金双方合作投资的内容，后面有钱彪和李小叶的签字。保险大客户名单上，有客户的姓名和电话号码，还有客户的职业和身份，记得非常详细。这两份东西，都是绑匪们拼命想要拿到的，更是宏达投资公司总经理钱彪想要得到的。

几枚大红印章，刻的是保险公司的公司印章及财务印章和业务用章。还有收据发票，都是李小叶从火车站私人贩子手里买来的。而那个小笔记本里面密密麻麻的文字和数字，记录了许多不为人知的秘密。

刘剑锋和叶梅又来到地下车库，封了那辆李小叶还没有来得及驾驶的进口红色小轿车。

叶梅拿着照相机对现场的每一处地方都拍了照片。

现在全部绑匪已经被抓获，只有嫌疑人钱彪逃匿不知去向，正在进行通缉。

在完成对李小叶新居的取证之后，刘剑锋和叶梅一行人又来到南郊的城中村出租屋。他们把警车停在村口的石头牌坊前。李小叶带着他们穿过狭窄幽暗的小巷，来到自己租房的小院。

房东嫂子惊慌地开了门。一行人直接上到三楼的房间，打开门锁，再一次对屋里进行搜查。公安人员在床垫下翻出了保险公司过期废旧的保险合同和其他单证，足足装了三大纸箱，她的那些“财富年年红”保险理财产品大概就是出自这里。这些东西使她从客户那里源源不断地获得了巨额资金，并且构筑起了她实现财富理想和成功人生的美丽梦想。

然而，这个梦想现在破碎了。

一切都晚了。以后的日子，将变成一场噩梦！

李小叶眼里的泪水仿佛被冰冻住了，她看着自己在这个城市住了三年多的出租屋。虽然是那样的简陋，那样的昏暗破旧，却与她一同经历了痛苦和彷徨，经历了欢乐和温暖，也经历了梦想和希望。可是，这一切都将瞬间化为乌有，像无数记忆的碎片向无边无际的黑暗散去……

是啊，人生就像一场梦。

现在梦醒了，一切都空了。

她的目光落在墙上方明亮送她的那幅小油画上，画面上的那个贫困山区清纯的小女子，站在自家茶地的篱笆前，目光望着远方，眼里有些迷茫有些忧郁也有些憧憬。

李小叶问身边的叶梅，我可以带上这幅画吗？

叶梅看看刘剑锋，他摇摇头。

李小叶最后再看了一眼小油画，遗憾地转过身去。

公安人员还从屋里的柜子里搜出一堆借款条和欠条，还有许多买药的发票。这些借款条和欠条，是李小叶替前夫朱大军还完赌债收回来的，也有她借给别人的钱留下的字据，几万、几千、几百、几十都有。而那些买药的发票，都是为母亲治病的。

叶梅问，这些东西怎么办？

刘剑锋看一眼李小叶，心里涌起一股说不出的滋味，摆摆手，叫放回原位。

离开出租屋前，李小叶换上了那件高档的玫瑰色的套裙，脖子上系上一条淡粉色的小纱巾。她站在墙上挂着的镜子前，整齐仔细地梳理自己，揪下一根不知何时冒出来的白发。她对着镜子凄然一笑，就像要出门去参加一场盛大的庆典活动，那里有无数的政府官员、商业巨头、企业家、银行家、富豪、成功人士、社会精英……

公安人员带着李小叶离开了出租屋。她走下楼时，看见房东嫂子和她丈夫吓得站在一边，房东嫂子抖着身子抹着泪。李小叶歉意地弯腰给两个人鞠了一躬，然后就随着公安人员出了院子。房东嫂子捂着嘴在身后哭出了声。

他们穿过狭窄昏暗的巷子，围观的人们投来异样的目光，窃窃私语。李小叶低着头，头发落下遮住了她的半边脸，人们也看不清她脸上的泪水。走出巷子，来到村口的石头牌坊前，又遇到了每天要从城中村路过的那个奇怪的城市盲人。他闭着眼睛，手里拿着竹棍，在李小叶面前停了下来，吆喝了一声，女子，你看好路，走好——

李小叶轻轻应一声，走好。

城市盲人点着竹棍继续往前走了。

李小叶望着他的背影，用手捋了一下额前落下的头发，抹去脸上冰凉的泪水，抬头看了看灿烂的天空，然后怆然一笑，稳着脚步跟着刘剑锋和叶梅向路边的警车走去……

城市上空有一群鸟飞过。

生活如同一条河流，有无数的生命在里面沉浮。

李小叶被公安警察带走的第二天，大唐飞龙集团在媒体上发布公告卖出在宏达投资公司的所有股份。

宏达投资公司因非法集资被查。总经理钱彪仍然在逃，下落不明。

经济开发区永久保险公司的经理贺大虎被撤销职务，开除公职。副经理马红艳受到公司警告处分。几百名受害客户分别以民事诉讼方式，向经济开发区永久保险公司、宏达投资公司及李小叶提起法律诉讼，要求退还资金并赔偿损失。公安机关查收了李小叶的个人财产，包括银行存款、小茶楼，以及新买的房屋和小车。然而，虽然可以从宏达投资公司挽回部分钱款，但仍然有大量的资金无法追回，受骗客户损失惨重，而保险公司也受到巨大的损失。

最后查明，李小叶案件涉案金额高达九千多万元，这是省城出现的最大的保险犯罪案件，在全省整个金融犯罪案件中也是触目惊心的。其中，一些大客户的资金涉嫌挪用公款或来源不明，已报纪检部门进行调查。但保险客户的有关信息属个人隐私，其有关问题不予对外公布。

不久，市公安局召开表彰大会，警官刘剑锋和叶梅受到表彰，分别获得三等功和嘉奖。

半年之后，李小叶因保险诈骗和非法集资罪被判处有期徒刑十年。

自此，一切尘埃落定。

2017 年 3 月于西安曲江